Ein Haus für Mr. Biswas

Das Buch

Fast ohnmächtig vor Zorn geht Mr. Biswas durchs Leben, belastet, aber nicht geläutert durch einen frühen Sündenfall, den durch ihn verschuldeten Tod des Vaters. Er fühlt sich in der Großfamilie, in die er nicht ganz freiwillig eingeheiratet hat, allein und ohne Rückhalt. Sein Leben lang ringt er um Freiheit und Selbständigkeit, versinnbildlicht in dem Wunsch nach einem eigenen Haus, einem Zuhause. In lakonisch-ironischem Ton erzählt V. S. Naipaul von seiner Heimat Trinidad und dem tragikomischen Überlebenskampf Mr. Biswas', einer Figur, die der Autor in Erinnerung an seinen Vater – den er sehr verehrte – entworfen hat.

Der Autor

Vidiadhar Surajprasad Naipaul wurde am 17. August 1932 auf Trinidad geboren und lebt seit 1950 in Großbritannien. Der Romancier, Reiseschriftsteller und Journalist gilt weltweit als bedeutendster Vertreter der englischsprachigen Autoren aus dem früheren Empire und hat alle nur denkbaren literarischen Auszeichnungen gewonnen, zuletzt den Nobelpreis für Literatur.

Von V. S. Naipaul sind in unserem Hause außerdem erschienen:

An der Biegung des großen Flusses
Auf der Sklavenroute. Meine Reise nach Westindien
Guerillas
Eine islamische Reise. Unter den Gläubigen
Land der Finsternis. Fremde Heimat Indien
Der mystische Masseur
Wahlkampf auf karibisch
Ein Weg in der Welt

V. S. Naipaul

Ein Haus für Mr. Biswas

Roman

Aus dem Englischen
von Sabine Roth

List Taschenbuch

Besuchen Sie uns im Internet:
www.list-taschenbuch.de

Umwelthinweis:
Dieses Buch wurde auf chlor- und
säurefreiem Papier gedruckt.

List Verlag
List ist ein Verlag des Verlagshauses
Ullstein Heyne List GmbH & Co. KG.
1. Auflage Januar 2003

Titel der englischen Originalausgabe: *A House for Mr Biswas*
(André Deutsch, London)
Übersetzung: Sabine Roth
Lektorat: Andrea Krug
Umschlagkonzept: HildenDesign, München – Stefan Hilden
Umschlaggestaltung: Hauptmann und Kampa, Werbeagentur,
München–Zürich
Titelabbildung: photonica/Ryushi Nakagawa
Satz: Pinkuin Satz und Datentechnik, Berlin
Druck und Bindearbeiten: Elsnerdruck, Berlin
Printed in Germany
ISBN 3-548-60255-X

Für dieses Buch,
das zwischen 1957 und 1960 entstanden ist,
eine verspätete Widmung

P. A. N.

31. Juli 1932, Gloucester
3. Februar 1996, Salterton

Inhalt

Prolog

Zehn Wochen vor seinem Tod wurde Mr. Mohun Biswas, ein Journalist aus der Sikkim Street in St. James, Port of Spain, entlassen. Er war schon seit einer Weile krank. In nicht ganz einem Jahr hatte er über neun Wochen im Colonial Hospital gelegen und sich noch länger zu Hause auskuriert. Als der Arzt ihm vollständige Schonung verordnete, blieb dem *Trinidad Sentinel* keine Wahl: Mr. Biswas wurde mit Dreimonatsfrist gekündigt und erhielt noch bis zu seinem Tod jeden Morgen ein Freiexemplar der Zeitung.

Mr. Biswas war sechsundvierzig und hatte vier Kinder. Er hatte kein Geld. Seine Frau Shama hatte kein Geld. Auf dem Haus in der Sikkim Street lastete – seit vier Jahren unverändert – eine Hypothek von dreitausend Dollar. Die Zinsen beliefen sich bei einem Satz von acht Prozent auf zwanzig Dollar im Monat; dazu kamen zehn Dollar Grundstückspacht. Zwei der Kinder gingen noch zur Schule. Die beiden Älteren, von denen er sich Unterstützung hätte erhoffen können, studierten mit Stipendien im Ausland.

Es verschaffte Mr. Biswas einige Befriedigung, dass Shama unter diesen Umständen nicht schnurstracks zu ihrer Mutter lief und sie um Hilfe anbettelte. Vor zehn Jahren wäre das ihr erster Gedanke gewesen. Jetzt versuchte sie Mr. Biswas zu trösten und sann selbst auf Mittel und Wege.

»Kartoffeln«, sagte sie. »Wir könnten Kartoffeln verkaufen. Die gehen hier für acht Cent das Pfund. Wenn wir sie für fünf Cent einkaufen und für sieben verkaufen …«

»Gegen Tulsi-Blut ist kein Kraut gewachsen«, sagte Mr. Biswas. »Ich weiß schon, ihr Tulsis seid ein Haufen Finanzgenies. Aber geh mal raus und zähl nach, wie viele Leute Kartoffeln verkaufen. Dann noch lieber die alte Karre.«

»Nein. Nicht das Auto. Mach dir keine Sorgen. Wir schaffen das schon.«

»Ja«, sagte Mr. Biswas verdrießlich. »Wir schaffen das schon.«

Von Kartoffeln war nicht mehr die Rede, und Mr. Biswas drohte kein zweites Mal damit, das Auto zu verkaufen. Er legte es nicht länger darauf an, etwas gegen den Willen seiner Frau zu tun. Er achtete jetzt ihr Urteil, und ihr Optimismus nötigte ihm Respekt ab. Er vertraute ihr. Seit sie in das Haus gezogen waren, hatte Shama eine neue Loyalität entwickelt, ihm wie den Kindern gegenüber; fern von ihrer Mutter und den Schwestern konnte sie ohne Scham zu ihnen stehen, und für Mr. Biswas war dies ein fast ebenso großer Triumph wie das eigene Haus.

Er betrachtete das Haus als seines, auch wenn es auf Jahre hinaus mit Schulden belastet war. Und während dieser Monate der Krankheit und Verzweiflung empfand er stets aufs Neue, welch ein Wunder es war, in seinem eigenen Haus sein zu dürfen, und welche Kühnheit: zum eigenen Gartentor hineinzugehen, anderen nach Belieben den Zutritt zu verwehren, jeden Abend seine Türen und Fenster zu schließen, keine Geräusche hören zu müssen außer denen seiner Familie, ungehindert von Zimmer zu Zimmer und durch seinen Garten spazieren zu können – nach all den Jahren, die er dazu verurteilt gewesen war, sich gleich beim Heimkommen in einem beengten Zimmer in einem von Mrs. Tulsis Häusern gegen das Gewimmel von Shamas Schwestern und Schwägern und deren Kindern zu verschanzen. Als Junge war er aus einem fremden Haus ins nächste gezogen, und seit seiner Heirat, so kam es ihm vor, hatte er immer nur in Tulsi-Häusern gewohnt, im Hanuman-Haus in Arwacas, in dem zerfallenden Holzhaus in Shorthills, dem unförmigen Betonkasten in Port of Spain. Und nun, am Ende, fand er sich in seinem eigenen Haus wieder, auf seinem eigenen halben Grundstück, seinem eigenen Flecken Erde. Dass er dies zuwege gebracht hatte, erschien ihm, in diesen letzten Monaten, unfasslich.

Das Haus war über zwei oder drei Straßen hin sichtbar und in ganz St. James bekannt. Es ähnelte einem riesigen, zu breit geratenen Schilderhaus: hoch, eckig, zweigeschossig, mit einem Giebeldach aus Wellblech. Entworfen und gebaut hatte es ein Kanzleisekretär, der in seiner Freizeit Häuser baute. Der Kanzleisekretär hatte überall Beziehungen. Er kaufte Land, das vom Stadtrat als unverkäuflich ausgewiesen worden war; er brachte Grundbesitzer dazu, Grundstücke zu halbieren; er kaufte notdürftig trockengelegtes Sumpfland in der Nähe von Mucurapo und verschaffte sich dort Baugenehmigungen. Auf ganzen oder Dreiviertelgrundstücken baute er eingeschossige Häuser, zwanzig auf sechsundzwanzig Fuß, die nicht weiter auffielen; auf halben Grundstücken baute er zweigeschossige Häuser, zwanzig auf dreizehn Fuß, die herausstachen. Das Balkenwerk für fast alle seine Häuser stammte aus den aufgelösten amerikanischen Militärlagern in Docksite, Pompeii Savannah und Fort Read. Zwar passten die Balken nicht immer zusammen, aber auf diese Weise konnte der Kanzleisekretär seinem Hobby mit einem Minimum an fachmännischer Hilfe nachgehen.

Im Parterre von Mr. Biswas' zweigeschossigem Haus hatte der Kanzleisekretär in einer Ecke eine winzige Küche abgeteilt: der verbleibende L-förmige Raum war ungegliedert und diente als Wohn- und Esszimmer. Küche und Esszimmer trennte ein Türrahmen ohne Tür. Im Obergeschoss, direkt über der Küche, hatte der Kanzleisekretär ein Kämmerchen ausbetoniert und mit Klosett, Waschbecken und Dusche versehen; dank der Dusche war es hier immerzu feucht. Der verbleibende L-förmige Raum war in ein Schlafzimmer, eine Veranda und ein weiteres Schlafzimmer unterteilt. Da das Haus nach Westen schaute und durch nichts vor der Sonne geschützt war, konnte man sich nachmittags eigentlich nur in zwei Räumen aufhalten, unten in der Küche und oben in dem feuchten Bad mit Klosett.

Der Kanzleisekretär hatte in seinem ursprünglichen Entwurf offenbar vergessen, die beiden Geschosse miteinander zu verbinden, und diesen Mangel nachträglich zu beheben versucht. Er hatte in die Ostwand Türen gebrochen und eine roh gezimmerte Holztreppe – schwere Bohlen auf wackligen Trägern mit einem schiefen, ungestrichenen Geländer an der Außenseite und einem steil abfallenden Wellblechdach – halsbrecherisch an die Rückwand des Hauses gehängt, ein krasser Gegensatz zu dem weiß verfugten Backstein der Fassade, den weißen Holzstreben und den Milchglasscheiben in Türen und Fenstern.

Für dieses Haus hatte Mr. Biswas fünfeinhalbtausend Dollar bezahlt.

Mr. Biswas hatte selbst zwei Häuser gebaut und viel Zeit damit verbracht, sich welche anzusehen. Dennoch war er ein Laie geblieben. Die Häuser, die er gebaut hatte, waren primitive Holzkonstruktionen auf dem Land gewesen, wenig besser als Hütten. Und während seiner Haussuche hatte er immer angenommen, dass neue, moderne, bunt gestrichene Häuser seine Möglichkeiten überstiegen, und darum kaum eines besichtigt. Weshalb er, als plötzlich doch eines in greifbare Nähe rückte, eines mit einer soliden, ansehnlichen, modernen Fassade noch dazu, auf der Stelle geblendet war. Er hatte das Haus nie in der Nachmittagssonne erlebt. Bei seinem ersten Besuch dort – an einem Nachmittag – hatte es geregnet, und beim zweiten, mit den Kindern diesmal, war es Abend gewesen.

Natürlich gab es auch Häuser für zwei- oder dreitausend Dollar zu kaufen, auf ganzen Grundstücken, in aufstrebenden Vierteln. Aber diese Häuser waren alt und heruntergekommen, ohne

Zäune, ohne jeglichen Komfort. Oft drängten sich zwei oder drei solch trauriger Bauten auf einem Grundstück, und jedes Zimmer in jedem Haus war an eine andere Familie vermietet, die auf gesetzlichem Wege nicht herauszubekommen war. Welch einen Kontrast zu diesen Hinterhöfen mit ihrem Gewusel von Kindern und Federvieh bildete da das Wohnzimmer des Kanzleisekretärs, der in Pantoffeln, ohne Krawatte und Jackett entspannt und behaglich in seinem Ruhesessel saß, während die schweren roten Vorhänge, die sich in den gebohnerten Dielen spiegelten, eine Heimeligkeit und Gediegenheit wie aus der Reklame verströmten. Welch ein Kontrast zum Haus der Tulsis!

Der Kanzleisekretär zog in jedes Haus, das er baute, selber ein. Während er in dem Haus in der Sikkim Street wohnte, baute er schon das nächste – wohlweislich ein Stück entfernt, in Morvant. Er war unverheiratet und lebte mit seiner verwitweten Mutter zusammen, einer liebenswürdigen Dame, die Mr. Biswas Tee und selbst gebackenen Kuchen vorsetzte. Mutter und Sohn schienen sich sehr zugetan, und das ergriff Mr. Biswas, dessen eigene Mutter, von ihm vernachlässigt, fünf Jahre zuvor in großer Armut gestorben war.

»Fällt mir verdammt schwer, hier auszuziehen, Mensch«, sagte der Kanzleisekretär, und Mr. Biswas entging nicht, dass der Mann, obwohl er Dialekt sprach, zweifellos gebildet war und den Dialekt wie auch den übertriebenen Akzent nur einsetzte, um den Eindruck von Geradlinigkeit und Herzlichkeit zu unterstreichen. »Ist doch nur wegen meiner Mutter, Mensch. Sonst könnt mich nichts dazu kriegen. Die alte Dame schafft die Stufen nicht mehr.« Er machte eine Kopfbewegung in Richtung der schweren roten Vorhänge, die an der Rückwand des Hauses die Treppe verdeckten. »Das Herz. Kann jeden Moment aus sein mit ihr.«

Shama hatte den Plan von Anfang an missbilligt und das Haus nie besichtigt. Als Mr. Biswas sie fragte: »Und? Was meinst du?«, sagte sie: »Meinen? Ich? Seit wann habe ich eine Meinung?

Wenn ich nicht gut genug bin, mitzukommen und dein Haus anzuschauen, wie soll ich dann gut genug sein, eine Meinung zu haben?«

»Ah!«, sagte Mr. Biswas. »Uns schwillt der Kamm. Wir sind vergrätzt. Wetten, du würdest anders reden, wenn das ein Haus wäre, das deine Mutter von ihrem schmutzigen Geld kaufen will?«

Shama seufzte.

»Oder? Du bist doch nur glücklich, wenn wir für den Rest unserer Tage bei deiner Mutter und eurer großen, glücklichen Familie wohnen bleiben. Oder?«

»Ich meine gar nichts. *Du* hast das Geld, *du* willst das Haus kaufen, und *ich* habe gar nichts zu meinen.«

Die Nachricht, dass Mr. Biswas um ein eigenes Haus verhandelte, hatte sich in Shamas Familie herumgesprochen. Suniti, eine siebenundzwanzigjährige Nichte, die zwei Kinder hatte und oft lange Zeiten ohne ihren Mann auskommen musste, einen gut aussehenden Taugenichts, der sich um den Bahnhof in Pokima Halt kümmerte, wo zweimal am Tag der Zug hielt – Suniti sagte zu Shama: »Ich hab gehört, ihr wollt hoch hinaus, Tante.« Sie machte keinen Hehl aus ihrer Belustigung. »Haus kaufen, hm?«

»Ja, Kind«, sagte Shama mit ihrer Märtyrermiene.

Dieses Gespräch fand auf der Hintertreppe statt und drang an die Ohren von Mr. Biswas, der in Unterhose und Hemd auf dem Slumberking-Bett lag, in dem Zimmer, in dem fast alle seine im Lauf von einundvierzig Lebensjahren angesammelten Besitztümer untergebracht waren. Mit Suniti befand er sich im Krieg, seit sie ein kleines Mädchen war, aber viel hatte seine Verachtung gegen ihren Sarkasmus nie auszurichten vermocht. »Shama«, rief er, »sag dem Gör, sie soll sich nach Pokima Halt verziehen und ihrem Nichtsnutz von Mann beim Ziegenhüten helfen.«

Die Ziegen waren eine Erfindung von Mr. Biswas, mit der er Suniti wunderbar ärgern konnte. »Ziegen!«, sagte sie in den Hof und schmatzte laut mit der Zunge. »Manche Leute haben immerhin Ziegen. Was mehr ist, als man von gewissen anderen Leuten behaupten kann.«

»Tss!«, sagte Mr. Biswas leise. Er widerstand der Versuchung, Suniti Kontra zu geben; stattdessen drehte er sich auf die Seite und vertiefte sich wieder in die *Selbstbetrachtungen* des Marc Aurel.

Noch am Tag des Kaufes entdeckten sie an ihrem Haus die ersten Mängel. Die Treppe war gefährlich, der Boden im Obergeschoss hing durch, es gab keine Hintertür, kaum ein Fenster ließ sich schließen, eine Tür ließ sich nicht öffnen, etliche Rohrfaserplatten unter der Dachtraufe waren herausgefallen, und durch die Lücken flogen Fledermäuse im Dachboden aus und ein. Sie besprachen diese Dinge so ruhig wie nur möglich und hüteten sich, ihre Enttäuschung offen zu zeigen. Und es war erstaunlich, wie rasch die Enttäuschung abklang, wie rasch sie sich mit jeder Eigenheit, jeder Unannehmlichkeit des Hauses arrangierten. Und nachdem dies einmal geschehen war, verloren sie den kritischen Blick, und das Haus wurde einfach ihr Haus.

Als Mr. Biswas zum ersten Mal aus dem Krankenhaus zurückkam, stellte er fest, dass das Haus für seinen Empfang hergerichtet worden war. Der kleine Garten war auf Vordermann gebracht, die Wände im Erdgeschoss mit Leimfarbe gestrichen. In der Garage stand der Prefect, den ein Bekannter Wochen zuvor von der Redaktion des *Sentinel* zurückgefahren hatte. Das Krankenhaus war Niemandsland gewesen. Nach diesem Niemandsland hieß ihn nun seine Welt willkommen, eine für ihn neu bereitete Welt. Er konnte kaum glauben, dass er selbst diese Welt geschaffen hatte. Er begriff nicht ganz, wie es zuging, dass er einen Platz darin hatte. Und alle Dinge, die ihn umgaben, galt es nun zu untersuchen und neu zu entdecken, freudig, überrascht, ungläubig. Jede Beziehung, jeden Besitz.

Der Speiseschrank. Der war über zwanzig Jahre alt. Er hatte ihn kurz nach seiner Heirat beim Schreiner in Arwacas gekauft, weiß und neu, der Fliegendraht ungestrichen, das Holz noch duftend; und eine ganze Weile hatte man noch Sägemehl an den Fingern gehabt, wenn man mit der Hand über die Regale fuhr. Wie oft er das Holz gebeizt und gefirnisst hatte! Und gestrichen. Der Fliegendraht war stellenweise völlig verklebt, und Firnis und Farbe hatten einen dicken, klumpigen Mantel über das Holz gelegt. Und in was für Farben er es gestrichen hatte! Blau und grün und sogar schwarz. 1938, in der Woche, in der der Papst gestorben und der *Sentinel* mit schwarzem Trauerrand erschienen war, hatte er einen großen Topf gelber Farbe in die Finger bekommen und alles gelb angestrichen, selbst die Schreibmaschine. Die hatte er mit dreiunddreißig angeschafft, als er beschlossen hatte, für englische und amerikanische Zeitschriften zu schreiben und damit reich zu werden: eine kurze, frohe, hoffnungsvolle Spanne in seinem Leben. Die Schreibmaschine war untätig und gelb geblieben, und ihre Farbe schockierte längst niemanden mehr. Und welche Daseinsberechtigung hatte die Garderobe, außer der, dass sie jeden ihrer Umzüge mitgemacht hatte und sie sie als eines ihrer Besitztümer betrachteten, auch wenn die meisten Haken inzwischen abgebrochen waren, das Glas braun gefleckt, das Holz verunstaltet vom vielen Überpinseln. Den Bücherschrank verdankten sie einem arbeitslosen Hufschmied, den die Tulsis in Shorthills als Tischler beschäftigt hatten; seine wahre Berufung offenbarte sich in jedem Stück Holz, das er angerührt, jeder Fuge, die er gearbeitet, jeder Verzierung, an der er sich versucht hatte. Und der Esstisch: billig erstanden von einem vom Bedürftigenunterstützungs-Fonds des *Sentinel* für unterstützungswürdig befundenen Bedürftigen, der Mr. Biswas seine Dankbarkeit bekunden wollte. Und das Slumberking-Bett, in dem er nun nicht mehr schlafen durfte, weil es im Obergeschoss stand und ihm das Treppensteigen verboten worden war. Und die Vitrine, die Shama sich gewünscht hatte, immer noch anmutig und immer noch so gut wie leer. Und die Sitzgruppe, ihre jüngste Errungenschaft: Sie hatte dem Kanzleisekretär gehört, der sie ihnen als Dreingabe geschenkt hatte. Und draußen in der Garage der Prefect.

Doch wichtiger als all dies war das Haus, sein Haus.

Wie furchtbar wäre es gewesen, jetzt kein Haus zu haben, sterben zu müssen im Kreis der Tulsis, in dem Lärm und Schmutz dieser großen auseinanderbrechenden, gleichgültigen Familie, und Shama und die Kinder dort zurückzulassen, in ein einziges Zimmer gepfercht; schlimmer noch: gelebt zu haben ohne auch nur den Versuch, ein kleines Stück dieser Erde für sich zu fordern; von der Welt zu gehen, wie man sie betreten hatte, nutzlos und unbehaust.

Erster Teil

1. Pastorale

Kurz vor seiner Geburt hatte es zwischen Mr. Biswas' Mutter Bipti und seinem Vater Raghu wieder einmal Streit gegeben, und Bipti hatte ihre drei Kinder genommen und war mit ihnen in glühender Sonne den weiten Weg bis in das Dorf gelaufen, in dem ihre Mutter Bissoondaye wohnte. Dort hatte Bipti geweint und das alte Lied von Raghus Knickerigkeit gesungen: wie er über jeden Cent, den er ihr gab, Buch führte, wie er jeden Zwieback in der Zwiebackdose zählte und lieber zehn Meilen zu Fuß ging, als einen Penny für einen Karren zu bezahlen.

Biptis Vater, vom Asthma außer Gefecht gesetzt, richtete sich auf seiner Liege auf und sagte, was er bei betrüblichen Anlässen immer sagte: »Schicksal. Gegen das Schicksal kommt keiner an.«

Niemand beachtete ihn. Das Schicksal hatte ihn aus Indien auf die Zuckerrohrplantage gebracht und ihn vorzeitig altern lassen, so dass er nun in einer zerfallenden Lehmhütte in den Sümpfen dahinsiechte, und doch zitierte er es oft und voller Zuneigung, als wäre die bloße Tatsache, dass er noch lebte, ein besonderer Gunstbeweis.

Während der alte Mann redete, schickte Bissoondaye nach der Hebamme, machte Biptis Kindern etwas zu essen und richtete ihnen Betten her. Als die Hebamme kam, schliefen die Kinder schon. Nicht lange jedoch, und sie wurden durch das Schreien von Mr. Biswas und das Gekreisch der Hebamme geweckt.

»Was ist es?«, fragte der alte Mann. »Junge oder Mädchen?«

»Ein Junge, ein Junge«, jammerte die Hebamme. »Aber was für ein Junge! Verkehrt herum geboren, und mit sechs Fingern!«

Der alte Mann stöhnte, und Bissoondaye sagte: »Ich hab's gewusst. Mir ist kein Glück vergönnt.«

Und obgleich es Nacht war und der Weg einsam, machte sie sich auf und lief ins nächste Dorf hinüber, wo es eine Kaktushecke gab. Sie kehrte mit Kaktusblättern zurück, die sie in Streifen schnitt und über jede Tür, jedes Fenster, jede noch so kleine Öffnung hängte, durch die ein böser Geist in die Hütte eindringen mochte.

Aber die Hebamme sagte: »Du kannst tun, was du willst, dieser Junge wird seine Mutter und seinen Vater zugrunde richten.«

Am nächsten Morgen, als das helle Licht ganz sicher alle bösen Geister von der Erde verscheucht hatte, erschien der Pandit, ein kleiner, magerer Mann mit scharfen, spöttischen Gesichtszügen und einer geringschätzigen Art. Bissoondaye ließ ihn auf der Liege Platz nehmen, von der der alte Mann vertrieben worden war, und erzählte ihm, was sich zugetragen hatte.

»Hm. Verkehrt herum geboren. Um Mitternacht, sagt ihr.«

Bissoondaye konnte sich über den Zeitpunkt keineswegs sicher sein, aber sowohl sie als auch die Hebamme waren überzeugt, dass es nur Mitternacht gewesen sein konnte, die unheilvolle Stunde.

Doch während sie noch mit gebeugtem, verhülltem Haupt vor dem Pandit kauerte, hellte dessen Miene sich plötzlich auf. »Ach was. Nicht weiter schlimm. Es gibt immer Mittel und Wege, mit solch unglücklichen Fügungen fertig zu werden.« Er schnürte sein rotes Bündel auf und brachte daraus seinen astrologischen Almanach zum Vorschein, zwei Pappdeckel mit einer Anzahl loser Blätter dazwischen, lange, schmale Seiten aus einem dicken Papier, das braun war vor Alter, sein Modergeruch durchmischt mit dem Geruch der roten und ockerfarbenen Sandelholzpaste, mit der es verschmiert war. Der Pandit nahm ein Blatt hoch, las ein wenig, feuchtete den Zeigefinger mit der Zunge an und nahm ein anderes Blatt hoch.

Schließlich sagte er: »Erst einmal zu den Eigenschaften dieses unseligen Knaben. Er wird gute Zähne bekommen, aber sie werden sehr breit sein, und sie werden weit auseinanderstehen. Ihr wisst ja sicher, was das heißt. Aus dem Jungen wird ein Lüstling und ein Prasser. Möglicherweise auch ein Lügner. Bei diesen Lücken zwischen den Zähnen kann man nie wissen. Vielleicht bedeuten sie nur eins von diesen Dingen, vielleicht auch alle drei.«

»Und die sechs Finger, Pandit?«

»Tja, das ist in der Tat ein bedrohliches Vorzeichen. Ich kann euch nur raten, haltet ihn von Bäumen und Wasser fern. Vor allem von Wasser.«

»Du meinst, wir dürfen ihn nie waschen?«

»Das nun auch wieder nicht.« Er hob die rechte Hand, drückte die Finger aneinander und sagte langsam, den Kopf zur Seite geneigt: »Man muss das Buch auszulegen wissen.« Er klopfte mit der Linken auf den zerfledderten Almanach. »Und wenn das Buch von Wasser spricht, dann würde ich sagen: Wasser in seiner natürlichen Form.«

»In seiner natürlichen Form.«

»In seiner natürlichen Form«, wiederholte der Pandit, wenn auch zögernd. »Ich meine«, sagte er dann schnell und mit gereiztem Unterton, »haltet ihn von Flüssen und Teichen fern. Und natürlich vom Meer. Und noch etwas«, fügte er hinzu, voller Genugtuung jetzt: »Seht euch vor, wenn er niest.« Er schob die langen Blätter des Almanachs zusammen. »Viel von dem Unheil, das der Junge zweifellos bringen wird, kann abgemildert werden, wenn man dem Vater einundzwanzig Tage lang verbietet, ihn zu sehen.«

»Das lässt sich einrichten«, sagte Bissoondaye, zum ersten Mal mit Emphase.

»Am einundzwanzigsten Tag jedoch muss der Vater den Jungen sehen. Nicht von Angesicht zu Angesicht allerdings.«

»In einem Spiegel, Pandit?«

»Das wäre sehr unklug. Nimm eine Messingschale. Scheuere sie gut.«

»Natürlich.«

»Die Messingschale füllst du mit Kokosöl – das du im übrigen selbst pressen musst, aus Kokosnüssen, die du mit deinen eigenen Händen gesammelt hast –, und im Spiegel dieses Öls muss der Vater das Gesicht seines Sohnes erblicken.« Er verschnürte den Almanach wieder und schlug ihn in die rote Baumwollhülle ein, die ebenfalls mit Sandelholzpaste verschmiert war. »Das dürfte alles sein.«

»Eins haben wir noch vergessen, Panditji. Den Namen.«

»Das kann ich euch nicht abnehmen. Aber ich würde sagen, als erste Silbe wäre *Mo* eine sichere Wahl. Den Rest müsst ihr euch selber ausdenken.«

»Oh, Panditji, du musst mir helfen. Außer *hun* fällt mir nichts ein.«

Der Pandit war überrascht und aufrichtig erfreut. »Aber das ist doch ausgezeichnet. Ausgezeichnet. *Mohun.* Ich hätte es selbst nicht glücklicher treffen können. Denn Mohun bedeutet, wie du weißt, der Geliebte, und das war der Name, den die Hirtenmädchen dem Herrn Krishna gegeben haben.« Sein Blick verklärte sich bei dem Gedanken an die Legende, und für einen Moment schien er Bissoondaye und Mr. Biswas vergessen zu haben.

Derweil nestelte Bissoondaye aus dem Knoten am Ende ihres Schleiers eine Zweischillingmünze, die sie dem Pandit hinhielt, mit einer gemurmelten Entschuldigung, dass es nicht mehr war. Der Pandit sagte, sie habe ihr Bestes getan und solle sich keine Sorgen machen. Insgeheim war er recht zufrieden; er hatte mit weniger gerechnet.

Mr. Biswas verlor seinen sechsten Finger, noch ehe er neun Tage alt war. Eines Nachts fiel er einfach ab, und Bipti überlief ein kleiner Schauder, als sie am Morgen die Decken aufschüttelte und das winzige Fingerchen zu Boden kullerte. Bissoondaye sah darin ein frohes Zeichen und vergrub den Finger hinter dem Kuhstall auf der Rückseite des Hauses, nicht weit von der Stelle, wo schon Mr. Biswas' Nabelschnur begraben lag.

In den folgenden Tagen wurde Mr. Biswas mit Aufmerksamkeit und Respekt behandelt. Seine Geschwister fingen sich Schläge ein, wenn sie seinen Schlaf störten, und viel Mühe wurde darauf verwandt, die Biegsamkeit seiner Gliedmaßen sicherzustellen. Morgens wie abends wurde er mit Kokosöl massiert. Alle seine Gelenke wurden bewegt, die Arme und Beine diagonal über seinen glänzend roten Rumpf gefaltet, die große Zehe des rechten Fußes an die linke Schulter geführt, die große Zehe des linken Fußes an die rechte Schulter und beide Zehen an die Nase, worauf schließlich alle vier Extremitäten über seinem Bauch zusammengebogen und dann, mit einem Klaps und einem Lachen, freigegeben wurden. Mr. Biswas sprach gut auf diese Turnübungen an, und Bissoondayes Zuversicht wurde so groß, dass sie für den neunten Tag ein Fest anberaumte. Sie lud die Dorfbewohner ein und bewirtete sie. Der Pandit kam und war unerwartet leutselig, wobei er durchblicken ließ, dass ohne sein Eingreifen gewisslich kein Anlass zum Feiern bestünde. Jhagru, der Barbier, brachte seine Trommel mit, und Selochan beschmierte sich von Kopf bis Fuß mit Asche und tanzte im Kuhstall den Shiva-Tanz.

Einen heiklen Moment gab es, als Raghu auftauchte, Mr. Biswas' Vater. Er war zu Fuß gekommen; sein Lendentuch, der Dhoti, und die Jacke waren staubig und verschwitzt. »Na, das ist ja reizend«, sagte er. »Ein Fest. Und wo ist der Vater?«

»Scher dich weg hier!« Aus der Seitentür zur Küche trat ihm Bissoondaye in den Weg. »Vater! Was für ein Vater ist das, der seine Frau fortjagt, sooft sie schwer auf den Füßen wird?«

»Das geht dich überhaupt nichts an«, sagte Raghu. »Wo ist mein Sohn?«

»Geh nur rein. Gott hat dir deine Großmäuligkeit und deinen Geiz heimgezahlt. Geh rein und schau dir deinen Sohn an. Er wird dich zugrunde richten. Sechsfingrig, verkehrt herum geboren. Geh und schau ihn dir an. Aber sieh dich vor, wenn er niest.«

Raghu stockte. »Wenn er niest?«

»Ich habe dich gewarnt. Du darfst ihn nicht vor dem einundzwanzigsten Tag sehen. Wenn du jetzt eine Dummheit begehst, ist alles deine Schuld.«

Von der Liege kam das grummelnde Schimpfen des alten Mannes. »Schamlos, verworfen. Man glaubt sich ja im Schwarzen Zeitalter, so wie dieser Kerl sich benimmt!«

Der Streit und die Drohungen, die darauf folgten, reinigten die Luft. Raghu gab zu, dass er im Unrecht war und schon viel dafür gelitten hatte. Bipti erklärte sich bereit, zu ihm zurückzukehren. Und er willigte ein, am einundzwanzigsten Tag wiederzukommen.

Zur Vorbereitung auf diesen Tag machte sich Bissoondaye daran, trockene Kokosnüsse zu sammeln. Sie brach die Schale auf, zerstieß die Kerne und entlockte ihnen das Öl, wie der Pandit es ihr aufgetragen hatte. Es war eine mühsame Arbeit, sieden und abschöpfen und noch mals sieden, und es war erstaunlich, wie viele Kokosnüsse nötig waren, um ein klein wenig Öl zu gewinnen. Aber das Öl war beizeiten fertig, und Raghu erschien, sorgfältig gekleidet, mit glänzendem, an den Kopf geklatschtem Haar und gestutztem Schnurrbart, und er nahm den Hut ab, genau wie ihm geboten worden war, und betrat das dunkle Hinterzimmer der Hütte, in dem es warm nach Öl und altem Dachstroh roch. Er verdeckte die rechte Seite seines Gesichts mit dem Hut und sah hinunter in das Öl in der Messingschale. Mr. Biswas, durch den Hut vor dem Blick des Vaters abgeschirmt und von Kopf bis Fuß gut eingewickelt, wurde mit dem Gesicht voran über das Öl gehalten. Das gefiel ihm gar nicht; er furchte die Stirn, kniff die Augen zu und brüllte. Das bernsteinklare Öl kräuselte sich, kleine Wellen störten die Spiegelung von Mr. Biswas' Zügen, die mittlerweile wutverzerrt waren, und die Besichtigung war vorbei.

Ein paar Tage später kehrten Bipti und ihre Kinder nach Hause zurück. Und dort verlor Mr. Biswas stetig an Bedeutung. Es kam der Zeitpunkt, da selbst die tägliche Massage aufhörte.

Aber eine Sonderstellung behielt er doch. Sie vergaßen nie, dass er ein Unglückskind war und man sich besonders vor seinem Niesen in Acht nehmen musste. Mr. Biswas erkältete sich leicht, und in der Regenzeit trieb er die Familie an den Rand des Ruins. Nieste Mr. Biswas, bevor Raghu zur Zuckerrohrplantage aufbrach, so blieb Raghu daheim, arbeitete vormittags in seinem Gemüsegarten, und am Nachmittag schnitzte er Spazierstöcke oder Holzpantinen und verzierte die Hefte von Macheten und die Knäufe von Spazierstöcken mit Mustern. Sein Lieblingsmotiv waren Gummistiefel; er hatte nie Gummistiefel besessen, aber er hatte den Verwalter welche tragen sehen. Bei alledem hütete er sich, das Grundstück zu verlassen. Dennoch zogen Mr. Biswas' Nieser häufig kleine Pannen nach sich; dann fehlten nach dem Einkaufen drei Pence, Flaschen zerbrachen, Schüsseln kippten um. Einmal nieste Mr. Biswas drei Morgen in Folge.

»Dieser Junge richtet seine Familie wahrhaftig zugrunde«, sagte Raghu.

Eines Morgens hatte Raghu bereits den Abflussgraben überquert, der das Grundstück von der Straße trennte, als er plötzlich stehen blieb. Mr. Biswas hatte geniest. Bipti kam herausgelaufen und sagte: »Das macht nichts. Er hat geniest, als du schon auf der Straße warst.«

»Aber ich hab ihn noch gehört. Ganz deutlich.«

Bipti überredete ihn, trotzdem zur Arbeit zu gehen. Ein, zwei

Stunden später, als sie den Reis für das Mittagessen wusch, hörte sie Geschrei auf der Straße, und als sie hinauslief, lag Raghu auf einem Ochsenkarren, sein rechtes Bein mit blutigen Verbänden umwickelt. Er stöhnte, nicht so sehr vor Schmerz wie vor Wut. Der Mann, der ihn hergebracht hatte, weigerte sich, ihm in den Garten zu helfen; Mr. Biswas' Niesen war nur zu bekannt. Raghu musste auf Biptis Schulter gestützt hineinhumpeln.

»Dieser Junge bringt uns noch an den Bettelstab«, sagte Raghu.

Er sprach aus einer tief wurzelnden Angst heraus. Obwohl er sein Geld zusammenhielt und sich und seiner Familie vieles versagte, war er doch überzeugt, dass hinter der nächsten Ecke die Armut lauerte. Je mehr er anhäufte, das wusste er, desto mehr hatte er zu vergeuden und zu verlieren, und desto besser gab er Acht.

Jeden Samstag stellte er sich mit den anderen Arbeitern vor dem Kontor der Plantage an, um seinen Lohn in Empfang zu nehmen. Der Verwalter saß an einem kleinen Tisch, vor sich seinen khakibespannten Tropenhelm, der zwar Platz verschwendete, aber Symbol seines Reichtums war. Zur Linken des Verwalters saß, wichtig, streng und akkurat, der indische Schreiber und malte mit kleinen, makellosen Händen bald mit schwarzer, bald mit roter Tinte kleine, makellose Zahlen in sein großes Buch. Während der Schreiber Ziffern eintrug und mit seiner hohen, akkuraten Stimme Namen und Beträge aufrief, suchte der Verwalter Münzen aus den Haufen von Kupfergeld und den Türmen von Silbergeld heraus, und mit noch größerem Bedacht zog er Scheine aus den blauen Ein-Dollar-Stößen, dem niedrigeren roten Zwei-Dollar-Stoß und dem ganz flachen grünen Fünf-Dollar-Stoß. Kaum ein Arbeiter verdiente fünf Dollar die Woche; die Scheine waren für diejenigen bestimmt, die zusammen mit dem eigenen Lohn auch den ihrer Ehefrauen oder Ehemänner abholten. Steife blaue Papiertüten mit gleichmäßig gezackten Rändern und groß aufgedruckten Zahlen umstanden den Tropenhelm wie ein Ring von Wächtern, aufrecht gehalten durch das Gewicht der Münzen in ihrem Innern. Diese Münzen blitzten zwischen runden, sauber ausgestanzten Löchern hervor, die das Geld, wie man Raghu erklärt hatte, atmen ließen.

Die Tüten faszinierten Raghu. Es war ihm gelungen, sich ein paar davon zu verschaffen und im Lauf vieler Monate – und mit ein wenig Mogeln, indem er zum Beispiel einen Schilling in zwölf Pennys umtauschte – auch zu füllen. Seitdem konnte er nicht mehr damit aufhören. Niemand, nicht einmal Bipti, wusste, wo er seine Tüten versteckt hielt; aber es ging das Gerücht, dass er sein Geld vergraben hatte und wahrscheinlich der reichste Mann im ganzen Dorf war. Solches Gerede beunruhigte Raghu, und um ihm entgegenzuwirken, sparte er noch rigider.

Mr. Biswas wuchs heran. Die Gliedmaßen, die zweimal täglich massiert und eingeölt worden waren, blieben jetzt tagelang staubig und lehmig und ungewaschen. Die Unterernährung, der er schon seinen sechsten Finger zu verdanken gehabt hatte, plagte ihn nun mit Ekzemen und entzündeten Stellen, die anschwollen und aufbrachen und verschorften und von neuem aufbrachen, bis sie stanken; am schlimmsten befallen waren Fußknöchel, Knie, Handgelenke und Ellbogen, und von den Entzündungen blieben Narben zurück, die wie Impfnarben aussahen. Die Unterernährung war auch an seinem brettflachen Brustkorb und den spindeldürren Armen und Beinen schuld; sie hemmte seinen Wuchs und bescherte ihm einen weichen, vorgewölbten Bauch. Und doch wuchs er unbestreitbar. Es fiel ihm nie auf, dass er hungerte. Es machte ihm nie etwas aus, dass er nicht zur Schule ging. Das einzige Ärgernis war, dass der Pandit ihm verboten hatte, sich Teichen und Flüssen zu nähern. Raghu war ein ausgezeichneter Schwimmer, und Bipti wollte, dass er auch Mr. Biswas' Brüdern das Schwimmen beibrachte. Darum durften

Pratap und Prasad jeden Sonntagmorgen mit Raghu in einem nahe gelegenen Flüsschen baden gehen, und Mr. Biswas blieb zu Hause, wo Bipti ihn wusch und mit der blauen Seife so gründlich an ihm herumschrubbte, dass alle seine Schorfkrusten abgerissen wurden. Aber nach einer Stunde oder zwei war das rote, wunde Gefühl verflogen, neue Krusten bildeten sich, und Mr. Biswas war wieder glücklich. Er spielte mit seiner Schwester Dehuti Haus. Sie vermanschten gelbe Erde mit Wasser und bauten sich Feuerstellen; in leeren Kondensmilchbüchsen kochten sie ein paar Körnchen Reis und buken auf Herdsteinen, die aus umgestülpten Blechdosen bestanden, ihre *rotis*.

Auf solche Vergnügungen verschwendeten Pratap und Prasad keine Zeit. Mit ihren neun und elf Jahren waren sie zu groß für derlei Unfug; sie verdienten schon Geld und halfen den Plantagenbesitzern frohgemut, das Gesetz gegen Kinderarbeit zu unterminieren. Sie hatten sich Erwachsenenunarten zugelegt. Sie sprachen mit Grashalmen zwischen den Zähnen; sie tranken laut schlürfend, seufzten dann und wischten sich mit dem Handrücken den Mund; sie aßen gewaltige Mengen Reis, klopften sich die Bäuche und rülpsten, und jeden Samstag warteten sie in der Schlange, um ihren Lohn zu kassieren. Ihre Aufgabe war es, die Büffel zu hüten, die die Zuckerrohrkarren zogen. Die Büffel suhlten sich am liebsten in einem schlammigen, faulig-süßen Wasserloch unweit der Fabrik, und so planschten Pratap und Prasad zusammen mit einem Dutzend anderer magerer Jungen den ganzen Tag zwischen den Büffeln im Schlamm herum, lärmend, vergnügt, mit unbändiger Energie und voll der eigenen Wichtigkeit. Wenn sie heimkamen, waren ihre Beine verkrustet von getrocknetem Büffelschlamm, der so weiß leuchtete, dass sie wie die Bäume vor Spritzenhäusern und Polizeiwachen aussahen, deren Stämme bis auf halbe Höhe weiß gekalkt sind.

So sehr es Mr. Biswas sich wünschte, er konnte nicht hoffen, zusammen mit seinen Brüdern zum Büffelteich geschickt zu werden, wenn er alt genug war. Der Pandit hatte vor Wasser gewarnt; und obwohl sich einwenden ließ, Schlamm sei nicht gleich Wasser, und obwohl ein Unfall dort Raghu einer steten Sorge enthoben hätte, wäre es weder Raghu noch Bipti je eingefallen, dem Rat des Pandits zuwiderzuhandeln. In zwei, drei Jahren, wenn man ihm eine Sichel anvertrauen konnte, sollte Mr. Biswas mit den Jungen und Mädchen der Grasschneidekolonne ausrücken. Zwischen den Grasschneidern und den Büffelhütern herrschte Dauerkrieg, und es konnte keinen Zweifel geben, welche Seite die überlegene war. Die Büffeljungen mit ihren weißverkrusteten Beinen, die die Büffel kitzelten und mit Stöcken auf sie eindroschen, sie anbrüllten und herumkommandierten, übten Macht aus. Die Grasschneider dagegen, die in einer langen Reihe am Straßenrand entlangmarschierten – ihre Gesichter kaum zu sehen unter hohen, breiten Garben von nassem Gras, so dass sie fast blind dahinstapften und sich mit der Last auf ihren Köpfen und dem Gras über ihren Augen gegen Schmähungen nur durch kurze, nuschelnde Erwiderungen zur Wehr setzen konnten –, boten Spöttern ein leichtes Ziel.

Und Mr. Biswas' Platz würde in der Grasschneidekolonne sein. Später warteten dann die Zuckerrohrfelder auf ihn, wo er jäten und ausschneiden und pflanzen und ernten würde, bezahlt nach Tagwerken, die der Aufseher mit seiner langen Bambusrute abmaß. Und da würde er bleiben. Er würde es nie zum Aufseher oder zum Waagemeister bringen, denn dazu musste man lesen können. Nach vielen Jahren der Arbeit hätte er vielleicht so viel gespart, dass er ein paar Morgen Land pachten oder kaufen konnte, um sein eigenes Zuckerrohr anzubauen und es den Plantagenverwaltern zu einem Preis zu verkaufen, den diese festsetzten. Aber so weit brachte es nur, wer so viel Stärke und Optimismus bewies wie sein Bruder Pratap. Denn Pratap schaffte es. Und Pratap, der kein Wort lesen oder schreiben konnte, sollte reicher werden als Mr. Biswas und viele Jahre vor Mr. Biswas ein Haus, ein großes, solides, gut gebautes Haus sein eigen nennen.

Doch Mr. Biswas lernte die Plantagenarbeit gar nicht erst kennen. Denn Ereignisse, die sich schon bald zutragen sollten, lenkten sein Leben in andere Bahnen. Zu Reichtum verhalfen sie ihm nicht, aber sie versetzten ihn in die Lage, sich in späteren Jahren mit den *Selbstbetrachtungen* des Marc Aurel zu trösten, während er in seinem einen Zimmer auf dem Slumberking-Bett lag, umgeben von fast all seiner Habe.

Dhari, der Nachbar, kaufte eine trächtige Kuh, und als das Kalb geboren war, bot er Mr. Biswas einen Penny die Woche, damit dieser dem Kalb tagsüber zu trinken gab, denn Dharis Frau ging arbeiten, und Kinder hatten sie keine. Raghu und Bipti sahen es mit Freude.

Mr. Biswas liebte das Kalb. Er liebte seinen übergroßen Kopf, der so wacklig an dem zarten Körper festgemacht schien, er liebte seine knubbligen, staksigen Beine, die großen traurigen Augen und die dümmliche rosa Nase. Liebevoll sah er zu, wie es ungestüm am Euter der Mutter saugte, kleckernd, die dünnen Beinchen weit gespreizt, sein Kopf kaum zu sehen unter dem Kuhbauch. Und er ließ es mit Tränken allein nicht getan sein. Er führte das Kalb spazieren, über feuchte Riedgraswiesen, die zerfurchten Wege zwischen den Zuckerrohrfeldern entlang, eifrig darauf bedacht, ihm eine ausreichende Vielfalt an Gräsern zu bieten, und außerstande zu begreifen, warum es ihm so widerwillig von einem Platz zum anderen folgte.

Auf einem dieser Spaziergänge entdeckte Mr. Biswas das Flüsschen. Der Badeplatz, an dem Raghu Pratap und Prasad das Schwimmen beibrachte, war das sicher nicht; dazu war es zu seicht. Aber es konnte gut die Stelle sein, wo Bipti und Dehuti am Sonntagnachmittag die Wäsche wuschen und von wo sie mit weißen, verschrumpelten Fingern zurückkehrten. Zwischen Bambusbüscheln hindurch strömte das Flüsschen über glatte Steine in allen Größen und Farben, und das kühle Wasserplätschern vermischte sich mit dem Rascheln der scharfen Blätter, dem Seufzen der hohen Rohre, wenn der Wind sie wiegte, und dem Ächzen, mit dem sie sich aneinander rieben.

Mr. Biswas stand im Wasser und schaute nach unten. Die schnelle Strömung und das Rauschen ließen ihn vergessen, wie seicht es war, die Steine fühlten sich glitschig an, und voll Angst kletterte er ans Ufer zurück, von wo alles wieder ganz harmlos wirkte, während das Kalb tatenlos und unglücklich neben ihm stand, denn Bambus mochte es nicht.

Immer wieder zog es ihn zu dem verbotenen Flüsschen. Die Freuden, die es bot, schienen unerschöpflich. In einer kleinen Höhlung im dunklen Schatten der Uferböschung erspähte er einmal einen Schwarm schwarzer Fischchen, die so gut getarnt waren, dass man sie leicht für Binsen hätte halten können. Er legte sich auf die Bambusblätter und streckte ganz langsam die Hand aus, doch kaum hatten seine Finger den Wasserspiegel berührt, da zuckte und huschte es, und die Fische waren fort. Danach versuchte er sie nicht mehr zu fangen, wenn er sie sah. Er beobachtete sie nur und warf dann Dinge ins Wasser. Ein dürres Bambusblatt ließ sie ganz leicht erschauern; ein Bambuszweig erschreckte sie schon mehr, aber wenn er danach völlig still hielt, beruhigten sie sich wieder. Dann spuckte er. Zwar war er kein solcher Meisterspucker wie sein Bruder Pratap, der seinen Speichel mit beiläufiger Brutalität auf jedwedem Untergrund aufklatschen lassen konnte, aber es befriedigte Mr. Biswas doch, seine Spucke langsam über den schwarzen Fischchen kreisen zu sehen, ehe sie in die Strömungsrinne hinaustrieb. Mitunter versuchte er sein Glück mit einer dünnen Bambusrute, einem Stück Schnur und einer umgebogenen Klammer ohne Köder daran. Die Fische bissen nicht an, aber er musste die Schnur nur energisch hin und her schwenken, und sie bekamen es mit der Angst. Wenn er genug von ihnen hatte, warf er ein Stöckchen ins Wasser; dann schoss der Schwarm so blitzgeschwind davon, dass es eine Wonne war.

Eines Tages verlor Mr. Biswas das Kalb. Er hatte es über dem Fischebeobachten vergessen. Und als es ihm, nachdem das Stöckchen geworfen und der Schwarm davongeschnellt war, wieder einfiel, war es verschwunden. Er suchte es an den Ufern des Flüsschens und auf den angrenzenden Feldern. Er ging zurück zu der Wiese, auf der Dhari das Kalb am Morgen angebunden hatte. Der eiserne Weidepflock mit seinem glänzenden, vom vielen Einschlagen platt gehämmerten Kopf steckte im Boden, aber ohne Strick, ohne Kalb. Er verbrachte eine lange Zeit mit Suchen, auf Wiesen voll hoher Gräser mit flaumigen Rispen, in den Gräben, die wie saubere rote Schnitte zwischen den Feldern klafften, im Zuckerrohr. Er rief nach ihm, ganz leise muhend, damit niemand aufmerksam wurde.

Dann gelangte er unvermittelt zu dem Schluss, dass er das Kalb ein für allemal verloren hatte – dass es im Übrigen durchaus alleine zurechtkam und schon zu seiner Mutter in Dharis Hof zurückfinden würde. Bis dahin erschien es ihm als das Klügste, sich zu verstecken, bis das Kalb wieder aufgetaucht oder aber vergessen war. Es wurde langsam spät, und er sagte sich, dass er am besten daran tat, sich zu Hause zu verstecken.

Der Nachmittag ging dem Ende zu. Der Himmel im Westen leuchtete rauchig golden. Die meisten Dorfbewohner waren von ihrer Arbeit heimgekehrt, und Mr. Biswas musste große Vorsicht walten lassen auf seinem Weg – sich dicht an Hecken entlangschleichen und manchmal in Gräben ducken. Er schaffte es unbemerkt bis zum rückwärtigen Ende ihres Grundstücks. An einem Zuber zwischen Hütte und Kuhstall stand Bipti und scheuerte Emaille-, Messing- und Blechgeschirr mit Aschenlauge. Er kauerte sich hinter die Hibiskushecke. Pratap und Prasad kamen nach Hause, Grashalme zwischen den Zähnen, die knapp sitzenden Filzhüte durchgeschwitzt, die Gesichter sonnenverbrannt und fleckig vom Schweiß, die Beine mit weißem Schlamm verkrustet. Pratap, ganz erwachsen, schlang sich ein weißes Baumwolltuch um die Mitte, bevor er mit geübter Dezentheit die dreckigen Hosen auszog, nach der Kalabasse griff und sich mit Wasser aus dem großen schwarzen Ölfass begoss. Prasad hatte sich auf ein Brett gestellt und schabte sich den weißen Schlamm von den Beinen.

Bipti sagte: »Ihr zwei müsst noch Holz holen, bevor es dunkel wird.«

Prasad brauste auf; als wäre zusammen mit dem weißen Schlamm auch die männliche Gesetztheit von ihm abgefallen, schleuderte er seinen Hut auf den Boden und schrie wie ein kleines Kind: »Warum kommst du *jetzt* damit? Warum kommst du mir *jeden* Tag damit? Ich geh nicht!«

Raghu kam hinter dem Haus hervor, einen halbfertigen Spazierstock in der einen Hand, in der anderen noch das glühende Stück Draht, mit dem er dem Stock Muster eingebrannt hatte. »Hör zu, Junge«, sagte Raghu. »Nur weil du Geld verdienst, bist du noch lange kein Mann. Tu, was deine Mutter dir aufträgt, und zwar schnell, bevor ich diesen Stock an dir ausprobiere, noch ehe er fertig ist.« Er lächelte über seinen Witz.

Mr. Biswas wurde mulmig zumute.

Prasad, immer noch schimpfend, hob seinen Hut auf, und er und Pratap verschwanden um die Hausecke.

Bipti trug ihr Geschirr auf die Vorderveranda, wo Dehuti sich wahrscheinlich schon mit dem Abendessen zu schaffen machte. Raghu kehrte zu seinem Feuer vor dem Haus zurück. Mr. Biswas schlüpfte durch die Hibiskushecke, sprang über den schmalen, flachen Graben, der grauschwarz und matschig vom Aschenwasser aus dem Spülzuber und dem Schlammwasser aus Prataps Kalebasse war, und stahl sich auf die kleine Hinterveranda, auf der ein Tisch stand, das einzige von einem Schreiner angefertigte Möbelstück im Haus. Von der Veranda schlich er ins Zimmer seines Vaters, kroch unter den Volant des Bettes – vier in den Lehmboden gerammte Pfosten mit Holzbrettern darüber – und wartete.

Es wurde eine lange Wartezeit, aber keine unbehagliche. Unter dem Bett vereinten sich die Gerüche von altem Stoff, Staub und altem Dachstroh zu einem einzigen überwältigenden Modergeruch, und er vertrieb sich die Zeit mit müßigen Versuchen, die einzelnen Gerüche auseinander zu sortieren, während er auf die Geräusche in und vor der Hütte lauschte. Sie klangen fern und dramatisch. Er hörte seine Brüder zurückkommen und ihr trockenes Holz auf den Boden werfen. Prasad schimpfte immer noch, Raghu drohte, Bipti begütigte. Dann horchte Mr. Biswas plötzlich auf.

»He, Raghu!« Er erkannte Dharis Stimme. »Wo steckt euer Jüngster?«

»Mohun? Bipti, wo ist Mohun?«

»Bei Dharis Kalb wahrscheinlich.«

»Da ist er eben nicht«, sagte Dhari.

»Prasad!«, rief Bipti. »Pratap! Dehuti! Habt ihr Mohun gesehen?«

»Nein, Mai.«

»Nein, Mai.«

»Nein, Mai.«

»Nein, Mai. Nein, Mai. Nein, Mai«, sagte Raghu. »Für wen haltet ihr euch eigentlich? Los, sucht ihn!«

»Mein *Gott*!«, schrie Prasad.

»Und du auch, Dhari. Das war deine Idee, dass Mohun das Kalb versorgt. Ich ziehe dich zur Verantwortung.«

»Das werden die Behörden anders sehen«, sagte Dhari. »Ein Kalb ist ein Kalb, und für jemanden, der nicht so reich ist wie du …«

»Es wird schon nichts passiert sein«, sagte Bipti. »Mohun weiß ja, dass er nicht ans Wasser gehen darf.«

Ein durchdringendes Wehgeheul ließ Mr. Biswas zusammenzucken. Es kam von Dhari. »Wasser. Wasser. Oh, dieser Unglücksjunge. Es reicht ihm nicht, seine Eltern zugrunde zu richten, nein, er muss auch mich vernichten. Wasser! Oh, Mohuns Mutter, was sagst du da?«

»Wasser?« Raghu klang verwirrt.

»Der Teich, der Teich«, heulte Dhari, und Mr. Biswas hörte ihn den Nachbarn zurufen: »Raghus Sohn hat mein Kalb im Teich ertränkt. Ein Prachtkalb. Mein erstes Kalb. Mein einziges Kalb.«

Im Nu hatte sich eine schnatternde Menge versammelt. Viele waren am Nachmittag am Teich gewesen; gar nicht so wenige hatten ein Kalb durch die Gegend wandern sehen, und einer oder zwei wollten sogar einen Jungen gesehen haben.

»Unsinn!«, erklärte Raghu. »Lügner, alle miteinander. Der Junge geht nicht ans Wasser.« Er hielt inne und fügte dann hinzu: »Der Pandit hat ihm ausdrücklich befohlen, sich von Wasser in seiner natürlichen Form fernzuhalten.«

»Das ist mir ein schöner Vater«, sagte Lakhan, der Fuhrmann. »Schert sich nicht darum, ob sein Sohn ertrunken ist oder nicht.«

»Woher willst du wissen, was er denkt?«, sagte Bipti.

»Lass ihn, lass ihn«, sagte Raghu in verletztem, nachsichtigem Ton. »Mohun ist *mein* Sohn. Und wenn ich mich nicht darum schere, ob er ertrunken ist oder nicht, dann ist das ganz allein meine Sache.«

»Und was ist mit meinem Kalb?«, fragte Dhari.

»Wen interessiert schon dein Kalb? Pratap! Prasad! Dehuti! Habt ihr euren Bruder gesehen?«

»Nein, Vater.«

»Nein, Vater.«

»Nein, Vater.«

»Ich gehe und tauche nach ihm«, sagte Lakhan.

»Du bist ja sehr begierig, dich hervorzutun«, sagte Raghu.

»Herrje!«, rief Bipti. »Wollt ihr wohl mit diesem Gezanke aufhören! Suchen wir lieber den Jungen.«

»Mohun ist *mein* Sohn«, sagte Raghu. »Und wenn irgendjemand nach ihm taucht, dann bin ich das. Und ich bete zu Gott, Dhari, dass ich auf dem Grund dieses Teiches dein elendes Kalb finde.«

»Zeugen!«, sagte Dhari. »Ihr seid alle meine Zeugen. Diese Worte werden vor Gericht wiederholt werden.«

»Zum Teich! Zum Teich!«, riefen die Dorfleute, und den Neuankömmlingen wurde verkündet: »Raghu taucht im Teich nach seinem Sohn.«

Mr. Biswas unter dem Bett seines Vaters hatte zunächst befriedigt gelauscht, dann mit wachsender Unruhe. Raghu kam ins Zimmer; er atmete schwer und schimpfte auf das ganze Dorf. Mr. Biswas hörte, wie er sich auszog und nach Bipti rief, damit sie ihn mit Kokosöl einrieb. Sie kam und rieb ihn ein, und beide verließen das Zimmer. Von der Straße her erklangen Stimmen und Schritte und entfernten sich allmählich.

Mr. Biswas kroch unter dem Bett hervor und stellte zu seinem Unbehagen fest, dass die Hütte im Dunkeln lag. Im Nebenraum begann jemand zu weinen. Er ging zur Tür und schaute nach. Es war Dehuti. Sie hatte sein Hemd und zwei Unterjacken von dem Nagel an der Wand genommen und drückte sie an ihr Gesicht.

»Schwester«, flüsterte er.

Sie hörte ihn, sah ihn, und ihre Schluchzer verwandelten sich in Gekreisch.

Mr. Biswas wusste nicht, was er tun sollte. »Komm, komm«, sagte er, aber seine Worte zeigten keine Wirkung, also verzog er sich wieder ins Zimmer seines Vaters. Gerade noch rechtzeitig, denn einen Augenblick später erschien Sadhu, der Alte, der zwei Häuser weiter wohnte, und fragte, was passiert sei. Die Luft pfiff ihm beim Sprechen durch die Zahnlücken.

Dehuti kreischte nur weiter. Mr. Biswas schob die Hände in die Hosentaschen und bohrte die Finger durch die Löcher im Futter in seine Schenkel.

Sadhu führte Dehuti hinaus.

Irgendwo draußen ertönte ein einzelnes Froschquaken, gefolgt von einem Saugen und Blubbern. Die Grillen zirpten schon. Mr. Biswas, allein in der dunklen Hütte, fürchtete sich.

Der Teich lag auf Sumpfland. Schlingpflanzen überzogen die Wasserfläche, und von weitem schien er nicht mehr als eine flache Senke im Boden. Tatsächlich war er voll jäher Tiefen, und die Dorfleute gefielen sich in dem Gedanken, dass diese Tiefen unermesslich seien. Es gab weder Bäume noch Hügel ringsum, darum war der Himmel auch jetzt, nach Sonnenuntergang, hoch und hell. Die Dorfleute standen schweigend an dem Ufer, an dem der Boden fest war. Die Frösche quakten, und der Ziegenmelker begann sein klagendes Rufen. Die Moskitos waren bereits unterwegs; von Zeit zu Zeit schlug sich ein Dörfler klatschend auf den Arm oder ein rasch angezogenes Bein.

Lakhan der Fuhrmann sagte: »Er bleibt zu lange unten.«

Bipti runzelte die Stirn.

Ehe Lakhan noch sein Hemd ausziehen konnte, tauchte Raghu aus dem Wasser, blies die Backen auf, spie einen langen dünnen Strahl in die Luft und holte tief und keuchend Atem. Die Tropfen perlten von seiner eingeölten Haut ab, aber der Schnurrbart klebte eingesunken an der Oberlippe, und die Haare hingen ihm in Fransen in die Stirn. Lakhan half ihm ans Ufer. »Ich glaube, da unten ist etwas«, sagte Raghu. »Aber es ist sehr dunkel.«

Die niedrigen Bäume in der Ferne ragten schwarz in den blassen Himmel; vor den orangefarbenen Streifen des Sonnenuntergangs zeichneten sich graue Tapser wie von schmutzigen Daumen ab.

Bipti sagte: »Lass diesmal Lakhan gehen.«

Und ein anderer sagte: »Warte bis morgen.«

»Bis morgen?«, sagte Raghu. »Damit das Wasser für alle vergiftet wird?«

Lakhan sagte: »Diesmal tauche ich.«

Raghu, immer noch keuchend, schüttelte den Kopf. »*Mein* Sohn. *Meine* Verantwortung.«

»Und *mein* Kalb«, ergänzte Dhari.

Raghu beachtete ihn nicht. Er fuhr sich mit allen zehn Fingern durchs Haar, blies die Backen auf, stemmte die Hände in die Seiten und rülpste. Gleich darauf war er wieder im Wasser. Der Teich war nicht der Ort für taucherische Eleganz: Raghu rutschte einfach vom Rand herab. Der Wasserspiegel schloss sich über ihm, schwappend, kräuselnd. Der Abglanz des Himmels verblasste allmählich. Während sie warteten, wehte von den Hügeln im Norden eine kühle Brise heran; zwischen dem schwankenden Röhricht funkelte das Wasser wie Pailletten.

»Da kommt er«, sagte Lakhan. »Ich glaube, er hat etwas.«

Dharis Jammerschrei ließ keinen Zweifel daran aufkommen, was es war. Dann schrie auch Bipti auf, und Pratap und Prasad und alle Frauen stimmten ein, während die Männer das Kalb ans Ufer zogen. Seine eine Seite war grün von Schleim; um seine dünnen Beinchen ringelten sich Schlingpflanzen, noch frisch und kräftig und grün. Raghu hockte an der Böschung und sah zwischen den Knien hindurch ins dunkle Wasser hinab.

Lakhan sagte: »Jetzt lass mich tauchen und nach dem Jungen suchen.«

»Ja«, bettelte Bipti, »lass ihn tauchen.«

Raghu blieb reglos sitzen, schwer atmend, sein Lendentuch an den Körper geklatscht. Dann war er wieder im Wasser, und die Dorfleute schwiegen erneut. Sie warteten, schauten auf das Kalb, auf den Teich.

Lakhan sagte: »Ihm ist etwas passiert.«

»Red keinen Unsinn, Lakhan«, widersprach eine Frau. »So ein guter Taucher wie Raghu.«

»Ich weiß, ich weiß«, sagte Lakhan. »Aber er ist schon zu lange unten.«

Dann verstummten sie alle. Jemand hatte geniest.

Sie wandten sich um und erblickten ein Stück entfernt in der Dämmerung Mr. Biswas, der dastand und sich mit dem großen Zeh am Knöchel kratzte.

Lakhan warf sich in den Teich. Pratap und Prasad eilten zu Mr. Biswas und drängten ihn weg.

»Dieser Junge!«, sagte Dhari. »Bringt erst mein Kalb um, und jetzt hat er den eigenen Vater auf dem Gewissen.«

Lakhan brachte Raghu bewusstlos ans Ufer. Sie wälzten ihn auf das feuchte Gras und pumpten ihm Wasser zu Mund und Nase heraus. Aber es war zu spät.

»Boten«, wiederholte Bipti immerzu, »wir müssen Boten herumschicken.« Und so schwärmten die Boten aus, aufgeregte, beflissene Dorfleute. Die wichtigste der Botschaften ging an Biptis Schwester Tara in Pagotes. Tara war eine Frau von Rang. Das Schicksal hatte ihr zwar Kinder verwehrt, aber ihr dafür einen Mann gegeben, der sich auf einen Schlag vom Land unabhängig gemacht und Reichtum erworben hatte; schon jetzt gehörten ihm eine Rumschänke und ein Gemischtwarenladen, und er hatte sich als einer der ersten auf Trinidad ein Auto gekauft.

Tara kam und übernahm sofort das Kommando. Ihre Arme waren vom Handgelenk bis zum Ellbogen mit silbernen Armreifen gepanzert, die sie auch Bipti des Öfteren empfohlen hatte: »Nicht gerade hübsch, aber mit so einem Arm streckst du jeden Angreifer nieder.« Sie trug außerdem Ohrringe und ein Nakphul, ein »Nasenblümchen«. Um ihren Hals lag ein massives Joch aus Gold, und ihre Fesseln schmückten dicke Silberreifen. Ungeachtet dieser Schmuckmassen war sie energisch und tüchtig und hatte sich die bestimmende Art ihres Mannes angewöhnt. Sie überließ das Trauern Bipti und kümmerte sich um alles andere. Sie war mit ihrem eigenen Pandit angereist, dem sie einen Sermon nach dem anderen hielt; sie erteilte Pratap Verhaltensvorschriften für die Zeremonie; sogar einen Photographen hatte sie mitgebracht.

Prasad, Dehuti und Mr. Biswas schärfte sie ein, sich würdig zu benehmen und nicht im Weg zu sein, und Dehuti musste dafür sorgen, dass Mr. Biswas ordentlich angezogen war. Als Kleinstem in der Familie begegneten die Trauergäste Mr. Biswas mit Respekt und Mitgefühl, wenn auch nicht ohne ein Quäntchen Furcht. Von so viel Beachtung verlegen gemacht, drückte er sich in Hütte und Garten herum und glaubte dabei einen neuen, rohen Geruch in der Luft zu wittern. Auch im Mund hatte er einen fremden Geschmack; er hatte in seinem Leben kein Fleisch gekostet, nun aber war ihm, als hätte er rohes weißes Fleisch gegessen; aus seiner Kehle stieg in einem fort abscheulicher Schleim auf, und er musste so oft ausspucken, dass Tara schließlich fragte: »Was ist los mit dir? Bist du schwanger?«

Bipti wurde gebadet. Das nasse Haar wurde ihr sauber gescheitelt und die Scheitellinie mit rotem Henna bestrichen. Dann wurde das Henna wieder abgekratzt und der Scheitel mit Kohlenstaub gepudert. Sie war nun auf ewig Witwe. Tara stieß einen kurzen Schrei aus, das Signal für die anderen Frauen, ihr Wehklagen zu beginnen. Auf Biptis feuchtem schwarzem Haar glänzten noch Spuren von Henna wie Blutstropfen.

Einäscherungen waren verboten; Raghu musste beerdigt werden. Er lag in einem Sarg im Schlafzimmer aufgebahrt, bekleidet mit seinem besten Dhoti, Jacke und Turban, um den Hals die Gebetskette, die ihm bis über die Jacke hinabhing. Die Ringelblumen, mit denen der Sarg bestreut war, hatten die gleiche Farbe wie der Turban. Pratap als ältester Sohn schritt um den Sarg, wie das Zeremoniell es erforderte.

»Jetzt ein Photo«, sagte Tara. »Schnell. Alle zusammen. Zum letzten Mal.«

Der Photograph, der bis dahin rauchend unter dem Mangobaum gestanden hatte, ging in die Hütte und sagte: »Zu dunkel.«

Die Männer begannen sich für den Fall zu interessieren und gaben gute Ratschläge, während die Frauen wehklagten.

»Tragt ihn raus! Lehnt ihn an den Mangobaum.«

»Zündet eine Lampe an!«

»Wieso soll das hier zu dunkel sein?«

»Was weißt du schon? Bist du jemals photographiert worden? Also, *ich* meine ja ...«

Der Photograph, ein Mischling mit chinesischem, europäischem und schwarzem Einschlag, verstand kein Wort. Schließlich schleppten ein paar von den Männern den Sarg auf die Veranda hinaus und stellten ihn schräg an die Wand.

»Vorsicht! Nicht dass er rausrutscht.«

»Oje! Jetzt sind die ganzen Ringelblumen runtergefallen.«

»Lasst sie!«, befahl der Photograph auf Englisch. »Für die besondere Note. Blumen auf dem Boden.« Er baute sein Stativ im Hof auf, gleich unter dem struppigen Rand des Strohdachs, und steckte den Kopf unter das schwarze Tuch.

Tara rüttelte Bipti aus ihrem Trauern auf, zupfte Biptis Haar und den Schleier zurecht, trocknete Biptis Augen.

»Fünf Leute alles zusammen«, sagte der Photograph zu Tara. »Gibt ein Problem mit dem Aufstellen. Müssen zwei auf die eine Seite und drei auf die andere. Alle fünf, sind Sie sicher?«

Tara blieb fest.

Der Photograph schmatzte missbilligend, aber nicht in Taras Richtung. »Tss, tss! Leg wenigstens wer einen Keil unter den Sarg, dass er nicht rutscht.«

Tara kümmerte sich darum.

Der Photograph sagte: »Also gut. Mutter auf die eine Seite, großer Sohn auf die andere. Neben Mutter, kleiner Junge und kleines Mädchen. Neben großem Sohn, kleinerer Sohn.«

Wieder steuerten die Männer ihre Ratschläge bei.

»Alle müssen den Sarg anschauen!«

»Nein, die Mutter!«

»Nein, den Kleinen!«

Der Photograph entschied die Sache, indem er Tara befahl: »Jetzt alle zu mir herschauen!«

Tara übersetzte, und der Photograph verschwand unter seinem Tuch. Fast augenblicklich kam er wieder hervor. »Wenn mal die Mutter und der Große jeder eine Hand auf die Kante vom Sarg legen?«

Das geschah, und der Photograph zog sich unter das Tuch zurück.

»Halt!«, rief Tara und kam mit einem frischen Ringelblumenkranz aus dem Haus gelaufen. Den hängte sie Raghu um den Hals, und dann sagte sie zu dem Photographen auf Englisch: »So. Drück ab.«

Mr. Biswas, der nie einen Abzug von dieser Photographie besaß, sah sie zum ersten Mal 1937, als sie, mit einem Passepartout umrahmt, an der Wohnzimmerwand von Taras vornehmem neuem Haus in Pagotes auftauchte, ein wenig verloren wirkend inmitten der vielen anderen Bilder von Beerdigungsgesellschaften, der vielen ovalen, zum Rand hin unscharf werdenden Porträts verstorbener Freunde und Verwandter sowie einiger Farbdrucke englischer Landschaften. Die Photographie war zu einem sehr hellen Braun verblasst und teilweise überdeckt von dem blauvioletten – unverblichenen – Stempel des Photographen und seinem breiten, verwischten, mit weichem schwarzem Bleistift geschriebenen Namenszug. Mr. Biswas staunte über seine eigene

Kleinheit. Die Schorfkrusten und die Narben seiner Ekzeme prangten gut sichtbar auf seinen knubbeligen Knien und an den spindeldürren Armen und Beinen. Alle auf dem Bild hatten unnatürlich große, starr blickende Augen, die aussahen, als hätte sie jemand mit schwarzem Stift nachgezogen.

Tara sollte Recht behalten: Das Bild zeigte die Familie zum letzten Mal vollzählig. Denn innerhalb weniger Tage zogen Mr. Biswas und Bipti, Pratap und Prasad und Dehuti aus Parrot Trace fort, und die Familie war für immer auseinandergerissen.

Es begann gleich am Abend der Beerdigung.

Tara sagte: »Bipti, du musst mir Dehuti überlassen.«

Bipti hatte gehofft, dass Tara das vorschlagen würde. In vier, fünf Jahren musste Dehuti verheiratet werden, und es war besser, wenn sie zu Tara kam. Da würde sie Benimm lernen, Anmut und Sittsamkeit, und dank einer Mitgift von Tara vielleicht sogar eine gute Partie machen.

»Da man nun mal jemanden braucht«, sagte Tara, »sollte es doch wenigstens jemand aus der Familie sein. Das war schon immer meine Devise. Wildfremde in meiner Küche und meinem Schlafzimmer, das mag ich nicht.«

Bipti fand ebenfalls, dass Dienstboten aus der eigenen Familie Fremden unbedingt vorzuziehen seien. Und Pratap und Prasad und sogar Mr. Biswas, die niemand gefragt hatte, nickten, als hätte das Thema Dienstboten sie schon oft beschäftigt.

Dehuti sah zu Boden, schüttelte ihr langes Haar und murmelte ein paar Worte, die besagten, dass sie viel zu klein war, um nach ihrer Meinung gefragt zu werden, aber sich sehr freute.

»Ein paar neue Kleider für sie«, sagte Tara und befühlte den Georgetterock und den Satinpetticoat, die Dehuti für das Begräbnis angezogen hatte. »Und Schmuck.« Sie nahm Dehutis Handgelenk zwischen Daumen und Zeigefinger, hob ihr Kinn an und zog das Ohrläppchen nach vorn. »Ohrringe. Gut, dass sie die

Ohren schon durchstochen hat, Bipti. Die Stöckchen da braucht sie jetzt nicht mehr.« In Dehutis Ohrlöchern steckten zwei dünne, harte Stückchen von der Mittelrippe eines Palmwedels. Tara gab Dehutis Nase einen kleinen Stups. »Nakphul dazu ... Hättest du gern ein Nasenblümchen?«

Dehuti lächelte schüchtern, den Blick gesenkt.

»Tja, die Mode«, sagte Tara, »so kurzlebig heutzutage. Ich bin altmodisch, da kann man nichts machen.« Sie strich über ihre goldene Nasenblume. »Altmodischsein hat seinen Preis.«

»Du wirst sehen, du kannst zufrieden mit ihr sein«, sagte Bipti. »Geld hatte Raghu nicht. Aber er hat seine Kinder gut erzogen. Zucht, Frömmigkeit ...«

»Meine Rede«, sagte Tara. »Genug geweint jetzt, Bipti. Wie viel Geld hat Raghu dir hinterlassen?«

»Gar keins. Ich weiß es nicht.«

»Wie, du weißt es nicht? Hast du plötzlich Geheimnisse vor mir? Das ganze Dorf weiß, dass Raghu steinreich war. Er wird dir doch so viel hinterlassen haben, dass du einen netten kleinen Laden aufmachen kannst.«

Pratap schnaubte. »So ein Geizhals wie der! Der hat sein Geld gut versteckt.«

Tara sagte: »Ist das die Zucht und Frömmigkeit, die dein Vater dir beigebracht hat?«

Sie suchten. Sie zogen Raghus Kiste unter dem Bett hervor und untersuchten sie auf einen doppelten Boden; auf Biptis Vorschlag hin untersuchten sie jede Fuge im Holz selbst, ob sich dahinter nicht ein Geheimfach verbarg. Sie stocherten im rußigen Dachstroh und fuhren mit der Hand die Sparren entlang; sie klopften den Lehmboden ab, die Wände aus Bambus und Lehm; sie inspizierten Raghus Spazierstöcke und zogen die Ringbeschläge ab, Raghus einzigen Luxus; sie zerlegten das Bett und gruben die Pfosten aus, die es trugen. Sie fanden nichts.

Bipti sagte: »Er hat eben doch nichts gehabt.«

»Gott, bist du dumm!«, sagte Tara ärgerlich, und immer noch verärgert befahl sie Bipti, Dehutis Bündel zu packen, und nahm sie mit sich fort.

Da bei ihnen im Haus nicht gekocht werden durfte, aßen sie bei Sadhu. Das Essen war ungesalzen, und kaum begann er zu kauen, war es Mr. Biswas wieder, als würde er rohes Fleisch essen, und der abscheuliche Speichel stieg aus seiner Kehle auf. Er rannte hinaus, um auszuspucken und sich den Mund zu spülen, aber der Geschmack blieb. Und später schrie er lauthals, als Bipti ihn daheim in der Hütte ins Bett brachte und mit Raghus Decke zudeckte. Die Decke war haarig und kratzig; sie schien ihm die Ursache des neuen, rohen Geruchs zu sein, den er den ganzen Tag gerochen hatte. Bipti ließ ihn sich müde schreien, und endlich schlief er doch ein, im gelben Flackerschein der Petroleumlampe, der nie bis in die Ecken reichte. Bipti selbst sah dem Docht beim Herunterbrennen zu, bis Prataps Schnarchen – er schnarchte wie ein ausgewachsener Mann – und die tiefen Atemzüge von Mr. Biswas und Prasad durch die Hütte tönten. Auch dann schlief sie nur zeitweilig. Im Zimmer herrschte Stille, aber die Nacht draußen war erfüllt von Geräuschen: Moskitos, Fledermäuse, Frösche, Grillen, der Ziegenmelker. Wenn die Grille einmal mit dem Zirpen aussetzte, war das wie eine Störung, und Bipti schreckte hoch.

Ein neuer Laut weckte sie aus leichtem Schlaf. Erst war sie sich nicht ganz sicher. Doch die Nähe des Geräusches und seine Unregelmäßigkeit beunruhigten sie. Es klang vertraut, aber im Dunkeln, ohne Zusammenhang, konnte sie es nicht recht zuordnen. Da war es wieder: ein dumpfer Schlag, eine Pause, gefolgt von längerem Knacken und Kratzen und einer Reihe leiserer Schläge. Und noch einmal. Gleich darauf hörte sie noch ein anderes Geräusch, wie von zerbrechenden Flaschen, aber gedämpft, als ob die Flaschen voll wären. Und nun wusste sie, dass die Geräusche aus ihrem Garten kamen. Jemand stolperte zwischen den Flaschen herum, die Raghu mit dem Hals nach unten im Boden vergraben hatte, als Einfassung für die Blumenbeete.

Sie weckte Prasad und Pratap.

Mr. Biswas, der von raunenden Stimmen wach wurde, in einem Zimmer voll tanzender Schatten, schloss die Augen, um die Gefahr auszusperren, und sogleich wirkte alles, wie schon am Vortag, dramatisch und fern.

Pratap drückte Prasad und Bipti Spazierstöcke in die Hand. Vorsichtig schob er den Riegel an dem kleinen Fenster zurück und stieß es dann mit einem Ruck auf.

Der Garten war von einer Sturmlaterne erleuchtet. Ein Mann stach zwischen den Flascheneinfassungen eine Forke in die Erde.

»Dhari!«, rief Bipti.

Dhari sah nicht auf und antwortete auch nicht. Er wiegte die Forke im Boden hin und her, dass die Wurzeln rissen, die das Erdreich zusammenhielten.

»Dhari!«

Er fing an, ein Hochzeitslied zu singen.

»Die Machete!«, sagte Pratap. »Gib mir die Machete!«

»O Gott! Nein, nein«, sagte Bipti.

»Ich geh da raus und hau ihn tot wie eine Schlange!« Prataps Stimme überschlug sich fast. »Prasad? Mai?«

»Mach das Fenster zu«, sagte Bipti.

Das Lied brach ab, und Dharis Stimme sagte: »Ja, macht das Fenster zu und geht schlafen. Ich bin ja da und passe auf euch auf.«

Mit einer heftigen Bewegung zog Bipti das kleine Fenster zu, schob den Riegel vor und ließ die Hand darauf liegen.

Das Graben und Flaschenzerbrechen nahm seinen Fortgang. Dhari sang:

In deinen Taten zeige Mut,
Sei standhaft, und vertrau auf Gott.

»Da steckt nicht Dhari allein dahinter«, sagte Bipti. »Leg dich nicht mit ihm an.« Und als würde das nicht nur mildernde Umstände für Dhari bedeuten, sondern Schutz für sie alle, fügte sie hinzu: »Er will nur das Geld eures Vaters. Lasst ihn suchen.«

Mr. Biswas und Prasad waren bald wieder eingeschlafen. Bipti und Pratap blieben auf, bis Dharis Lieder verstummten und seine Forke aufgehört hatte, in die Erde zu stechen und Flaschen zu zerbrechen. Sie sprachen nicht. Nur einmal sagte Bipti: »Dein Vater hat mich immer vor den Leuten hier im Dorf gewarnt.«

Pratap und Prasad erwachten wie stets noch im Dunklen. Sie sprachen nicht über das, was passiert war, und Bipti bestand darauf, dass sie zum Büffelweiher gehen sollten wie sonst auch. Sobald es hell war, ging sie in den Garten hinaus. Die Blumenbeete waren aufgewühlt; Tau glitzerte auf den aufgeworfenen Erdschollen, unter denen entwurzelte Pflanzen hervorguckten, schon schlaff und zag. Im Gemüsebeet war nicht gegraben worden, aber einige Tomatenpflänzchen waren abgeknickt, Stäbe zerbrochen, Kürbisse angestochen.

»Oh, Raghus Frau!«, rief eine Stimme von der Straße her, und über den Graben sprang Dhari.

Wie nebenher riss er ein taunasses Blatt vom Hibiskusstrauch, zerdrückte es in der Hand, steckte es sich in den Mund und kam kauend auf sie zu.

Der Zorn übermannte sie. »Raus hier! Sofort! Und du nennst dich einen Mann? Ein schamloser Vagabund bist du. Schamlos und feige!«

Er ging an ihr und der Hütte vorbei in den Garten. Kauend betrachtete er die Verwüstung. Er war für die Arbeit gekleidet; an seiner Taille steckte die Machete in ihrer schwarzen Lederscheide, in seiner Hand baumelte der emaillene Essensbehälter und über seiner Schulter die Kalebasse voll Wasser.

»Oh, Raghus Frau, was haben sie dir getan?«

»Ich hoffe, du hast etwas gefunden, das dich freut, Dhari.«

Er zuckte die Achseln, den Blick auf die zerstörten Blumenbeete gerichtet. »Sie werden weitersuchen, Maharajin.«

»Jeder weiß, dass du dein Kalb verloren hast. Aber das war ein Unfall. Was ist mit –«

»Jaja. Mein Kalb. Ein Unfall.«

»Das vergesse ich dir nicht, Dhari. Und Raghus Söhne vergessen es auch nicht.«

»Er war ein großer Taucher.«

»Unmensch! Scher dich raus!«

»Gerne.« Er spuckte das Hibiskusblatt in eines der Beete. »Ich wollte dir nur Bescheid sagen, dass die bösen Männer wiederkommen werden. Warum hilfst du ihnen nicht, Maharajin?«

Es gab niemanden, den Bipti um Hilfe bitten konnte. Der Polizei misstraute sie, und Freunde hatte Raghu nicht gehabt. Außerdem wusste sie nicht, wer alles mit Dhari im Bunde war.

An diesem Abend trugen sie Raghus sämtliche Stöcke und Macheten zusammen und warteten. Mr. Biswas machte die Augen zu und lauschte, aber je mehr Zeit dahinging, desto mühsamer hielt er sich wach.

Geflüster und Bewegung in der Hütte weckten ihn. Weit weg, so schien es, sang jemand ein langsames, schwermütiges Hochzeitslied. Bipti und Prasad standen still da. Pratap, die Machete in der Hand, lief in wilder Aufregung zwischen Fenster und Tür hin und her, so ungestüm, dass die Flamme der Petroleumlampe sich hierhin und dorthin bog und einmal mit einem erstickten Laut ganz verschwand. Das Zimmer versank in Dunkelheit. Einen Augenblick später züngelte das Flämmchen wieder auf und erlöste sie.

Der Gesang kam immer näher, und als er fast bei ihnen war,

konnten sie auch Stimmengemurmel und leises Gelächter unterscheiden.

Bipti zog den Riegel zurück, öffnete das Fenster einen Spalt und fand den Garten hell von Laternen erleuchtet.

»Sie sind zu dritt«, flüsterte sie. »Lakhan, Dhari, Oumadh.«

Pratap schob Bipti beiseite, stieß das Fenster weit auf und schrie: »Haut ab! Haut ab! Ich bring euch alle um!«

»Pst!« Bipti zog Pratap vom Fenster weg und versuchte es zu schließen.

»Raghus Sohn«, sagte eine Männerstimme aus dem Garten.

»Du immer mit deinem ›pst‹!«, schrie Pratap Bipti an. Tränen stürzten aus seinen Augen, er brach in Schluchzen aus. »Ich bring sie alle um.«

»So ein kleiner Krakeeler«, sagte ein anderer Mann.

»Irgendwann bring ich euch alle um!«, brüllte Pratap. »Verlasst euch drauf.«

Bipti nahm ihn in die Arme und tröstete ihn wie ein kleines Kind, und im gleichen sanften, gelassenen Ton sagte sie: »Prasad, mach das Fenster zu. Und leg dich schlafen.«

»Ja, Sohn.« Sie erkannten Dharis Stimme. »Leg dich schlafen. Wir kommen jetzt jede Nacht und passen auf euch auf.«

Prasad schloss das Fenster, aber die Geräusche ließen sich nicht aussperren: Gesang, Geplauder und das gemächliche Scharren von Forke und Spaten. Bipti saß da und starrte die Tür an, neben der Pratap auf dem Boden kauerte, in der Hand eine Machete, deren Griff zu einem Paar Gummistiefeln geschnitzt war. Er rührte sich nicht. Seine Tränen waren versiegt, aber seine Augen waren rot und die Lider geschwollen.

Letzten Endes verkaufte Bipti Hütte und Grundstück an Dhari und zog mit Mr. Biswas nach Pagotes, wo sie von Taras Milde lebten, aber nicht bei Tara, sondern zusammen mit ein paar mittellosen Verwandten von Taras Mann an einem grasüberwucherten

Weg weitab der Main Road. Pratap und Prasad wurden bei einem entfernten Verwandten in Felicity untergebracht, im Herzen der Zuckerrohrplantagen; sie waren die Plantagenarbeit bereits gewöhnt und zu alt, um noch etwas anderes zu lernen.

So also verlor Mr. Biswas das einzige Zuhause, auf das er irgendein Anrecht hatte. Die nächsten fünfunddreißig Jahre sollte er als Wanderer zubringen, ohne einen Ort, den er sein Eigen hätte nennen können, ohne eine Familie als der, die er der alles verschlingenden Welt der Tulsis abzutrotzen versuchte. Denn jetzt, nachdem die Eltern seiner Mutter und sein Vater tot waren, seine Brüder auf der Plantage in Felicity arbeiteten und Dehuti als Dienstmädchen in Taras Haus, während er selbst sich zusehends weniger mit Bipti zu sagen hatte, die, einmal gebrochen, immer nutzloser und verschlossener wurde, fühlte er sich wirklich ganz allein.

2. Vor den Tulsis

Mr. Biswas vermochte später nicht mit Genauigkeit zu sagen, wo die Hütte seines Vaters gestanden hatte oder wo Dhari und die anderen gegraben hatten. Er erfuhr nie, ob Raghus Geld gefunden worden war. Viel konnte es ohnehin nicht gewesen sein, da Raghu so wenig verdient hatte. Aber der Boden barg dennoch Schätze. Denn dies war Südtrinidad, und auf dem Land, das Bipti so billig an Dhari abgetreten hatte, wurden reiche Ölvorkommen entdeckt. Und als Mr. Biswas Nachforschungen für einen Artikel für das Sonntagsmagazin des *Sentinel* anstellte – RALEIGHS TRAUM WIRD WAHR lautete die Überschrift, »doch das Gold ist schwarz. Nur die Erde ist golden. Nur der Busch ist grün« –, als Mr. Biswas im Zuge dieser Nachforschungen nach dem Fleck suchte, an dem er seine frühen Jahre verbracht hatte, fand er nichts als Bohrtürme und ölverschmierte Pumpen, die in endlosem Gleichmaß auf und ab schwangen, umgeben von roten Rauchverbotstafeln. Auch das Haus seiner Großeltern stand nicht mehr, und wenn Hütten aus Lehm und Gras abgerissen werden, bleibt nichts zurück. Mr. Biswas' in jener Unheilsnacht vergrabene Nabelschnur und der kurz darauf vergrabene sechste Finger waren zu Staub zerfallen. Den Teich hatte man trockengelegt, und auf dem einstigen Sumpfland erstreckte sich eine Gartenstadt aus weißen Holzbungalows mit roten Dächern, Zisternen auf hohen Stelzen und säuberlichen Gärtchen. Das Flüsschen, an dem er die schwarzen Fische beobachtet hatte, war mittels eines Dammes in einen Stausee umgelenkt worden, und wo sich der unregelmäßige Wasserlauf geschlängelt hatte, sah man nun geradwinklige Rasenflächen, Straßen und Einfahrten. Die Welt legte kein Zeugnis von Mr. Biswas' Geburt und ersten Lebensjahren ab.

Wie er in Pagotes feststellte.

»Du sein wie alt, Junge?«, fragte ihn Lal, der Lehrer in der kanadischen Missionsschule, während seine kleinen haarigen Hände den Zeigestock über der Namensliste hin und her rollten.

Mr. Biswas hob die Schultern und trat von einem nackten Fuß auf den anderen.

»Ihr! Was soll werden mit euch, hm?« Lal war aus einer niedrigen Hindukaste zum Presbyterianertum bekehrt worden und hatte für alle nicht bekehrten Hindus nur Verachtung übrig. Als Ausdruck dieser Verachtung sprach er gern gebrochenes Englisch mit ihnen. »Morgen du mir bringen deine Butzurkunde, du verstehen?«

»Butzurkunde?« Bipti sprach das englische Wort nach. »Hab ich nicht.«

»Habt ihr nicht, hm?«, sagte Lal tags darauf. »Ihr! Wisst nicht mal, wann geboren machen, hm?«

Aber sie einigten sich auf ein plausibles Datum, Lal vervollständigte seinen Eintrag, und Bipti lief zu Tara um Rat.

Tara ging mit Bipti zu einem Rechtsanwalt, der seine Kanzlei in einer winzigen, schiefen, auf acht unbehauenen Holzklötzen erbauten Bretterbude hatte. Die Leimfarbe an den Wänden war weggebröckelt. Ein Schild, das der Mann offensichtlich selbst verfertigt hatte, wies F. Z. Ghany als Rechtsanwalt und Notar mit Berechtigung zur Abnahme eidesstattlicher Erklärungen aus. Man sah es ihm nicht an, wie er auf seinem ramponierten Küchenstuhl in der Tür saß und sich mit einem Streichholz in den Zähnen stocherte, so weit vorgebeugt, dass ihm die Krawatte wie ein Pendel vorm Hals schwang. Große, staubige Bücher stapelten sich auf den staubigen Bodenbrettern, und auf dem Küchentisch hinter ihm stand, mit einem grünen, gleichfalls staubigen Löschblatt unterlegt, ein reich verziertes Metallgerät, das wie eine Miniaturausgabe des Karussells auf dem Spielplatz in St. Joseph aussah, an dem Mr. Biswas auf dem Weg nach Pagotes vorbeigekommen war. An diesem Spielzeugkarussell hingen zwei Gummistempel, und darunter lag eine lilafleckige Dose bereit. Den Rest seiner Büroausstattung trug F. Z. Ghany in der Hemdtasche, die steif von Füllfederhaltern, Bleistiften, Papierbogen und Kuverts war. Eine tragbare Ausrüstung war unverzichtbar für ihn, denn seine Kanzlei in Pagotes hatte nur am Markttag geöffnet, dem Mittwoch; an anderen Markttagen saß er in seinen anderen Kanzleien in Tunapuna, Arima, St. Joseph und Tacarigua. »Nur drei, vier Hundebisse oder Beleidigungen am Tag«, pflegte er zu sagen, »und ich bin versorgt.«

Als er die Dreiergruppe im Gänsemarsch die Holzplanke über dem Abwassergraben entlangkommen sah, stand F. Z. Ghany auf, spuckte sein Streichholz aus und begrüßte sie mit gutmütigem Spott. »Maharajin, Maharajin, kleiner Junge.« Hindus waren seine Hauptverdienstquelle, aber als guter Muslim misstraute er ihnen.

Sie stiegen die beiden Stufen in seine Kanzlei hinauf. Es wurde eng, das hatte Ghany gern; es lockte Kundschaft an. Er schob den Stuhl hinter den Tisch, setzte sich darauf und ließ seine Klienten stehen.

Tara fing an, die Sache mit Mr. Biswas zu erklären. Sie holte weit aus, aufgestachelt durch den spöttischen Ausdruck auf Ghanys grobem, gedunsenem Gesicht.

In eine ihrer Atempausen hinein sagte Bipti: »Butzurkunde.«

»Ah!«, sagte Ghany, und sein Gebaren änderte sich schlagartig. »Eine Geburtsurkunde!« Das war ein bekanntes Problem. Er machte ein amtliches Gesicht. »Affidavit. Wann hat die Geburt stattgefunden?«

Bipti sagte auf Hindi zu Tara: »Ich weiß es nicht genau. Aber Pandit Sitaram weiß es sicher. Er hat Mohun einen Tag nach der Geburt sein Horoskop gestellt.«

»Was kommst du nur immer mit diesem Kerl an, Bipti. Er weiß überhaupt nichts.«

Ghany verstand jedes Wort. Er konnte es nicht leiden, wenn indische Frauen in der Öffentlichkeit zu Hindi überwechselten, als wäre es eine Geheimsprache, und fragte ungeduldig: »Geburtsdatum?«

»Achter Juni«, sagte Bipti zu Tara. »Es muss der achte sein.«

»Also gut«, sagte Ghany. »Achter Juni. Warum auch nicht?« Und lächelnd fasste er unter den Tisch und ruckte die Schublade dort ein paarmal hin und her, bis sie endlich herauskam. Er holte einen Briefbogen hervor, riss ihn in der Mitte durch, steckte die eine Hälfte zurück in die Schublade, ruckelte die Schublade her und hin, um sie zu schließen, legte den halben Briefbogen auf das staubige Löschblatt, stempelte seinen Namen darauf und zückte einen Stift. »Name des Jungen?«

»Mohun«, sagte Tara.

Mr. Biswas genierte sich. Er fuhr mit der Zunge die Oberlippe entlang und versuchte den Knubbel vorn an der Nasenspitze zu erreichen.

»Nachname?«, fragte Ghany.

»Biswas«, antwortete Tara.

»Ein schöner Hindu-Name.« Er stellte noch mehr Fragen und schrieb. Als er fertig war, machte Bipti ihr Kreuz, und Tara ließ den Stift viele Arabesken in der Luft vollführen, bevor sie bedächtig ihre Unterschrift daneben setzte. F. Z. Ghany kämpfte erneut mit der Schublade, brachte die andere Hälfte des Bogens zum Vorschein, stempelte seinen Namen darauf, und dann mussten alle noch einmal unterschreiben.

Mr. Biswas lehnte derweil mit der Stirn an einer der staubigen Wände, die Füße weit nach hinten gestemmt. Aus seinem

Mund hing ein Spuckefaden, den er vorsichtig immer weiter herunterließ, damit er nicht abriss, ehe er auf dem Boden ankam.

F. Z. Ghany hängte den Namensstempel an seinen Platz zurück und griff nach dem Datumsstempel. Er drehte an den Rädchen, knallte den Stempel auf das nahezu trockene lilafarbene Kissen und dann aufs Papier. Zwei von den Gummistreifen fielen ab. »Der ist hin«, sagte er und inspizierte friedfertig das Gerät. »Das Jahr tut's noch«, erklärte er dann, »da dreht man nur einmal jährlich. Aber die Tage und die Monate, Mann. Ändern sich ständig.« Er nahm die Gummistreifen in die Hand und betrachtete sie nachdenklich. »Kann der Kleine behalten. Bisschen mit spielen.« Er schrieb das Datum mit einem seiner Füllfederhalter und sagte: »Gut, den Rest erledige ich dann. Teure Sache, so ein Affidavit. Stempel und alles. Zehn Dollar.«

Bipti fingerte an dem Knoten am Zipfel ihres Schleiers herum, und Tara bezahlte.

»Sonst noch irgendwelche Kinder ohne Geburtsurkunde?«

»Drei«, sagte Bipti.

»Bringt sie her«, sagte Ghany. »Bringt sie nur alle her. Immer am Markttag. Nächste Woche, wie wär's? Solche Sachen regelt man am besten gleich.«

So wurde Mr. Biswas' Existenz also amtlich, und er hielt Einzug in die neue Welt.

Null mal null ist null,
Zwei mal null ist null.

Lal hörte die leiernden Stimmen der Kinder mit Befriedigung. Er glaubte an Gründlichkeit, Disziplin und (eines seiner Lieblingswörter) »Sitzfleisch« – Tugenden, an denen es nach seiner Überzeugung namentlich unbekehrten Hindus gebrach.

Ein mal zwei ist zwei,
Zwei mal zwei ist vier.

»Halt!«, rief Lal und gestikulierte mit dem Tamarindenstock. »Biswas, wie viel ist null mal zwei?«

»Zwei.«

»Komm nach vorn. Du, Ramguli, wie viel ist null mal zwei?«

»Null.«

»Komm her. Du da, mit dem Hemd, das aussieht wie das Mieder von deiner Mutter. Wie viel?«

»Vier.«

»Komm her.« Er hielt den Stock an beiden Enden und bog ihn rasch zweimal durch. Die Jackenärmel hingen ihm bis über die schmutzigen Manschetten und die dünnen, dicht behaarten Handgelenke herab. Die Jacke war braun und an den Stellen, wo Lals Schweiß sie zu tränken pflegte, safrangelb. Seine ganze Schulzeit hindurch sah Mr. Biswas Lal nie in einer anderen Jacke.

»Ramguli, geh an deinen Platz zurück. Also, ihr beiden. Habt ihr euch inzwischen überlegt, wie viel null mal zwei ist?«

»Null«, wimmerten sie im Chor.

»Richtig, null mal zwei ist null. Du hast aber vorhin zwei gesagt.« Damit packte er Mr. Biswas, zog ihm die Hose über dem Hosenboden straff und ließ den Tamarindenstock niedersausen, und dabei sagte er: »Null mal zwei ist null. Null mal null ist null. *Ein mal* zwei ist zwei.«

Mr. Biswas, aus Lals Griff entlassen, kehrte weinend zu seinem Pult zurück.

»Und jetzt du. Aber erst sagst du mir, wo du dieses Mieder herhast.«

Dass es ein Mieder war, daran ließen das leuchtende Rot und die Keulenärmel wenig Zweifel, aber die Jungen hatten kein Wort darüber verloren – fast alle trugen sie Kleider, die ursprünglich für andere bestimmt gewesen waren.

»Wo hast du das Mieder her?«

»Von meiner Schwägerin.«

»Und – hast du dich bedankt?«

Keine Antwort.

»Wenn du deine Schwägerin siehst, dann bestell ihr doch was von mir, ja? Sag ihr«, – und Lal packte den Jungen und brachte den Tamarindenstock zum Einsatz –, »sag ihr einen schönen Gruß, und null mal zwei ist nicht vier. Sag ihr, null mal null ist null, null mal zwei ist null, ein mal zwei ist zwei, und *zwei mal* zwei ist vier.«

Mr. Biswas lernte auch noch andere Dinge. Er lernte das Vaterunser auf Hindi aufsagen, so wie es im Hindi-Lesebuch von König Georg V. stand, und er lernte zahlreiche englische Gedichte aus dem Königlichen Lesebuch auswendig. Getreulich, wenn auch ohne rechte Überzeugung, schrieb er Lals weitschweifige Ausführungen über Geysire, Senkungsgräben, Wasserscheiden, Strömungen, den Golfstrom und eine Reihe von Wüsten mit. Er erfuhr von der Existenz von Oasen – die Lal »Wasen« aussprach –, und bis an sein Lebensende blieb eine Oase für ihn nichts weiter als vier oder fünf Dattelpalmen um eine Süßwasserquelle, inmitten einer Unendlichkeit von gleißender Sonne und gleißendem Sand. Er lernte, was ein Iglu war. In Mathematik gelangte er bis zum Kapitalzins und lernte, Dollar und Cent in Pfund, Shilling und Pence umzurechnen. Die Geschichtsdaten, die Lal ihnen beibrachte, waren für ihn einfach Lernstoff, ein Schulfach, so unwirklich wie die Geographie; und erst von dem Jungen mit dem roten Mieder erfuhr er – ungläubig – von dem Großen Krieg.

Mit diesem Jungen, Alec mit Namen, freundete Mr. Biswas sich an. Die Farben von Alecs Kleidern waren stets für eine Überraschung gut, und eines Tages schockierte er die gesamte Schule damit, dass das Wasser, das er abschlug, blau war, ein klares, zartes Türkisblau. Auf die aufgeregten Fragen antwortete Alec:

»Weiß auch nicht, Mann. Vielleicht, weil ich portugiesisch bin, keine Ahnung.« Und Tag um Tag lieferte er feierliche Darbietungen, die die meisten Jungen mit ihrer Herkunft hadern ließen.

Mr. Biswas war der Erste, dem Alec sein Geheimnis enthüllte, und eines Morgens, nachdem Alec in der Pause seine Vorführung beendet hatte, wurde auch Mr. Biswas' Hosenstall mit großer Geste aufgeknöpft, und das Spektakel wiederholte sich. Es gab einen Aufruhr, und Alec blieb nichts anderes übrig, als die Flasche mit Dodds Nierendragees vorzuzeigen. Im Handumdrehen war sie leer, bis auf ein halbes Dutzend Pillen, die Alec partout nicht herausrücken wollte. Die Dragees stammten ebenso wie das rote Mieder von seiner Schwägerin. »Wenn sie's rauskriegt, bin ich dran«, erklärte Alec, und den Jungen, die trotzdem noch weiterbettelten, sagte er: »Kauft euch selber welche. In der Drogerie gibt's Massen davon.« Und viele von ihnen kauften sich tatsächlich welche, die Urinbecken der Schule plätscherten eine Woche lang blau, und der Drogist schrieb den sprunghaften Anstieg der Verkaufszahlen dem Erfolg von Dodds Nieren-Almanach zu, denn dieser brachte neben einer Witzseite auch reihenweise Geschichten über die wundersamen Heilungserfolge der Dragees bei den Einwohnern Trinidads, die den Herstellern allesamt überschwängliche, verblüffend wortgewaltige Dankesbriefe schrieben, mit Bild.

Alec und Mr. Biswas legten Schiffsnägel auf die Eisenbahnschienen jenseits der Main Road, wo die Züge sie ihnen zu Messern und Bajonetten walzten. Sie saßen zusammen am Pagotes-Fluss und rauchten ihre ersten Zigaretten. Sie rissen ihre Hemdknöpfe ab und tauschten sie gegen Murmeln, mit denen Alec noch mehr Murmeln gewann – wobei er seinen Bestand fortwährend gegen die räuberische Hand Lals verteidigen musste, der das Spiel für vulgär erklärt hatte und es auf dem Schulgelände nicht duldete. Sie saßen an einem Pult, schwatzten, wurden gezüchtigt und auseinander gesetzt und kamen doch immer wieder zusammen.

Und durch diese Freundschaft entdeckte Mr. Biswas auch seine Begabung für Schönschrift. Wenn Alec es leid wurde, sich an wirklichkeitsfremden erotischen Zeichnungen zu versuchen, entwarf er Buchstaben, und Mr. Biswas malte sie eifrig und mit zunehmendem Erfolg nach. Als er einmal in einer Mathematikarbeit bei einer Textaufgabe, in der es um Regenwasser und Zisternen ging, eine völlig absurde Anzahl von Stunden herausbekam, schrieb er fein säuberlich UNGÜLTIG quer über die ganze Seite, worauf er die Lettern liebevoll ausmalte und schattierte. Als die Stunde um war, hatte er nichts anderes geschafft.

Lal, der Mr. Biswas' Emsigkeit zufrieden zur Kenntnis genommen hatte, geriet in Wut. »Ah! Plakatmaler, komm nach vorne.«

Er verprügelte Mr. Biswas nicht. Stattdessen ließ er ihn an die Wandtafel schreiben: ICH BIN EIN DUMMKOPF. Mr. Biswas warf schwungvolle, verächtliche Buchstaben auf die Tafel, und beifälliges Kichern wurde laut. Lal, der mit dem Tamarindenstock fuchtelnd von Pult zu Pult eilte, um für Ruhe zu sorgen, stieß gegen Mr. Biswas' Ellbogen, und Mr. Biswas rutschte die Kreide aus. Er verwandelte den Krakel in einen zusätzlichen Schnörkel, der ihn tief befriedigte und der Klasse Eindruck machte. Jetzt war es für Lal zu spät, ihn zu schlagen oder ihm zu befehlen, die Tafel zu wischen. Wütend schubste er ihn weg, und Mr. Biswas kehrte zu seinem Platz zurück, lächelnd, ein Held.

Fast sechs Jahre ging Mr. Biswas auf Lals Schule, und die ganze Zeit über blieben er und Alec Freunde. Dennoch erfuhr er so gut wie nichts über Alecs Zuhause. Alec sprach nie über seine Mutter oder seinen Vater, und Mr. Biswas wusste lediglich, dass er bei seiner Schwägerin wohnte, der Frau mit dem roten Mieder, der unphotographierten Konsumentin von Dodds Nierendragees, die, so Alec, eine Meisterin im Prügeln war. Mr. Biswas bekam diese Frau nie zu Gesicht. Er besuchte Alec nie zu Hause, genauso wenig wie Alec ihn. Wie in stillschweigender Übereinkunft hielt jeder sein Familienleben vor dem anderen geheim.

Es wäre Mr. Biswas furchtbar gewesen, wenn irgendeiner seiner Schulkameraden gesehen hätte, wie er lebte, in diesem einen Zimmer einer Lehmhütte an dem grasüberwachsenen Weg. Er war nicht glücklich dort und betrachtete es auch nach fünf Jahren noch als Übergangslösung. Die meisten ihrer Hausgenossen blieben Fremde für ihn, und bei Bipti fand er wenig Rückhalt, weil sie sich scheute, ihm vor fremden Leuten ihre Zuneigung zu zeigen. Außerdem bejammerte sie zunehmend ihr schweres Schicksal, und dann fühlte er sich hilflos und deprimiert, und statt sie zu trösten, lief er hinaus, um Alec zu suchen. Zwischendurch hatte sie sinnlose Wutausbrüche, fing Streit mit Tara an und drohte danach tagelang murmelnd, wann immer jemand es hören konnte, dass sie weggehen würde, zu den Straßenbaukolonnen, wo eine Frau, die einen Korb voller Steine auf dem Kopf balancieren konnte, immer gebraucht wurde. Wenn er in ihrer Nähe war, musste Mr. Biswas fortwährend gegen Zorn und Niedergedrücktheit ankämpfen.

Zu Weihnachten kamen Pratap und Prasad aus Felicity zu Besuch, zwei erwachsene Männer mit Schnurrbärten; in ihren Festtagskleidern – gebügelten Khakihosen, glanzlosen braunen Schuhen, blauen, bis zum Kragen zugeknöpften Hemden und braunen Hüten – wirkten auch sie wie Fremde. Ihre Hände waren so hart wie ihre stoppligen, sonnenverbrannten Gesichter, und sie wussten wenig zu erzählen. Wenn Pratap mit vielen selbstkritischen kleinen Seufzern, einem halben Auflachen dann und wann sowie Pausen, die es ihm erlaubten, einen kurzen Satz in übersichtliche Portionen aufzuteilen, ohne dass das Satzgefüge Schaden litt – wenn also Pratap von dem Esel berichtete, den er gekauft hatte, und aufzählte, welche seiner Aufgaben wie viel Zeit in Anspruch nahmen, tat sich Mr. Biswas mit dem Zuhören schwer. Der Eselskauf erschien ihm als bloße Farce, und er konnte kaum glauben, dass der grämliche Pratap einmal der Junge gewesen sein sollte, der wild durch die Hütte gerannt war und gedroht hatte, die Männer im Garten umzubringen.

Was Dehuti anging, so sah er sie fast nie, obgleich sie so nahebei wohnte. Er betrat Taras Haus selten, außer wenn ihr Mann, auf Taras Drängen, eine religiöse Zeremonie abhielt und Brahmanen brauchte, die er speisen konnte. Dann wurde Mr. Biswas mit Ehrerbietung behandelt; in einem sauberen Dhoti, ohne seine zerlumpten Hosen und Hemden, wurde er zu einem anderen Menschen, und es kam ihm nie unschicklich vor, dass die Person, die ihm so demütig zu essen bot, seine eigene Schwester war. Als Brahmane wurde er in Taras Haus geachtet und gehätschelt, doch kaum war die Zeremonie vorüber, kaum verließ er mit den Opfergaben von Geld und Tuch das Haus, war er wieder nur der Arbeitersohn (*Beruf des Vaters: Feldarbeiter*, lautete der Eintrag in der Geburtsurkunde, die F. Z. Ghany geschickt hatte), der mit seiner bettelarmen Mutter ein einziges Zimmer in einer Lehmhütte bewohnte. Und sein ganzes Leben hindurch blieb das sein Status. Als Tulsi-Schwiegersohn und Journalist kam er immer wieder mit Menschen zusammen, die Geld hatten und manchmal auch Stil; dann fiel es ihm nie schwer, sich ungezwungen zu geben und das Wohlleben zu genießen, aber am Ende all dieser Anlässe stand unweigerlich die Rückkehr in sein überfülltes, schäbiges Zimmer.

Taras Mann, Ajodha, war ein magerer Mensch mit einem mageren, verdrossenen Gesicht, in dem sich mehr Huld ausdrückte denn Herzlichkeit, und Mr. Biswas fühlte sich in seiner Gegenwart immer gehemmt. Ajodha konnte zwar lesen, fand es aber standesgemäßer, sich vorlesen zu lassen, und so wurde Mr. Biswas zuweilen ins Haus gerufen, damit er ihm für einen Penny eine Zeitungskolumne vorlas, die Ajodha sehr liebte. Es war eine amerikanische Kolumne mit dem Titel »Du und dein Körper«; sie erschien in mehreren Zeitungen gleichzeitig und befasste sich jeden Tag mit einer anderen Gefahr für die menschliche Gesundheit. Ajodha lauschte ernst, beklommen, entsetzt. Mr. Biswas verstand nicht, warum er sich freiwillig so quälte, und er staunte, dass dem Verfasser, einem Dr. Samuel S. Pitkin, nie die Themen ausgingen. Aber der Doktor zeigte keine Ermüdungserscheinungen; zwanzig Jahre später gab es die Kolumne immer noch, Ajodha hatte sich seine Lust daran bewahrt, und manchmal las Mr. Biswas' Sohn sie ihm vor, jetzt für sechs Cent.

Wenn also Mr. Biswas Taras Haus betrat, dann immer als Brahmane oder Vorleser und damit ganz klar mit einem Status, der von dem Dehutis abgegrenzt war, und er erhielt selten Gelegenheit, mit ihr zu sprechen.

Eines machte Bipti vor allem Sorgen: weder Pratap noch Prasap oder Dehuti waren bislang verheiratet. Für Mr. Biswas verfolgte sie keine Pläne; er war noch jung, und sie vertraute darauf, dass seine Schulbildung ihm alles mit auf den Weg gab, was er für sein Fortkommen brauchte. Das sah Tara anders. Mr. Biswas begann gerade Aktien und Rentenpapiere durchzunehmen – eine Materie, zu der Lal genauso wenig Bezug hatte wie seine Schüler – und lernte für den Besuch des Schulinspektors nach den Regeln von *Bells Lehrbuch der Vortragskunst* »Bingen am Rhein« zu deklamieren, da nahm Tara ihn von der Schule und teilte ihm mit, dass er ein Pandit werden sollte.

Erst als seine Habseligkeiten in ein Bündel geschnürt wurden, entdeckte er, dass er sein Schulexemplar der *Vortragskunst* noch hatte. Es war zu spät, es zurückzugeben, und so behielt er es. Wohin er auch ging, das Buch begleitete ihn, bis es schließlich seinen Platz im Bücherschrank des Hufschmieds im Haus in der Sikkim Street fand.

Acht Monate wohnte Mr. Biswas bei Pandit Jairam in dessen kahlem, geräumigem, ungestrichenem Holzhaus mit seinem Geruch nach Räucherwerk und blauer Seife, seinen weißen, glatt geschrubbten Fußböden und seiner Aura von Reinlichkeit und Heiligkeit, deren Aufrechterhaltung allen große Mühen abverlangte außer dem Pandit selbst. Acht Monate lang lernte er Hindi, wurde in die wichtigsten religiösen Schriften eingewiesen, mit verschiedenen Zeremonien vertraut gemacht und vollzog unter Pandit Jairams wachsamem Blick die Morgen- und Abendpuja für den Haushalt des Pandit.

Jairams Kinder waren alle bereits verheiratet, und er lebte allein mit seiner Frau, einer verbrauchten, abgearbeiteten Person, deren einzige Aufgabe jetzt darin bestand, Jairam und sein Haus zu versorgen. Sie klagte nicht. Unter Hindus galt Jairam als großer Gelehrter. Er vertrat außerdem skandalöse Ansichten, die zwar als effekthascherisch abgetan wurden, aber dennoch erheblich zu seiner Popularität beitrugen. Er glaubte an Gott, glühend sogar, behauptete aber gleichzeitig, dass dies für einen Hindu nicht nötig sei. Er wetterte gegen die Gewohnheit mancher Familien, nach einer religiösen Zeremonie eine Fahne zu hissen, dabei war sein eigener Vorgarten ein wahrer Wald von Bambusstäben mit roten und weißen Flaggen in verschiedenen Stadien des Zerfalls. Er aß kein Fleisch, geißelte jedoch das Vegetariertum: Glaubten sie denn, der Held Rama sei nur zum Spaß auf die Jagd gegangen?

Nebenbei arbeitete er an einem auf Hindi verfassten Kommentar zum *Ramajana*, und Teile dieses Kommentars bekam Mr. Biswas von ihm diktiert, zur Förderung seiner Sprachkenntnisse. Damit Mr. Biswas zusehen und lernen konnte, nahm Jairam ihn auf seine Runden mit, und wo immer er mit dem Pandit einkehrte, mit der heiligen Schnur und all den anderen Kastenemblemen geschmückt, empfing man ihn ebenso ehrerbietig wie in Taras Haus. Bei diesen Anlässen war er für die praktische Seite von Jairams Amt zuständig. Er reichte die Messingschale mit dem brennenden Kampfer herum; die Gläubigen ließen eine Münze in die Schale fallen, strichen mit dem Finger durch die

Flamme und berührten dann ihre Stirn. Er ging mit der geweihten, gesüßten Milch, auf deren Oberfläche das Tulsi-Blatt schwamm, von einem zum anderen und gab jedem einen Teelöffel voll zu kosten. War dann die Zeremonie beendet, wurden die Brahmanen gespeist, und er erhielt den Platz neben Pandit Jairam; und wenn Jairam gegessen und gerülpst und nach mehr verlangt und wiederum gegessen hatte, war es Mr. Biswas, der ihm sein Natronpulver auflöste. Hinterher trat Mr. Biswas vor den Altar, eine Erhebung aus Erde, die mit Mehl bestreut und mit kleinen Bananenbäumchen bepflanzt war, und klaubte die dargebrachten Münzen heraus, wobei er sorgsam jeden Winkel absuchte, ohne Rücksicht auf verbrannte Opfergaben oder irgendetwas sonst. Die Münzen, die mit Mehl, Erde oder Asche bestäubt waren, nass vom Weihwasser oder warm vom heiligen Feuer, trug er zu Pandit Jairam, der in der Regel in irgendeinen philosophischen Disput vertieft war. Dann scheuchte Jairam Mr. Biswas weg, ohne ihn auch nur eines Blickes zu würdigen. Kaum waren sie jedoch wieder daheim, verlangte Jairam das Geld zu sehen, zählte es und tastete Mr. Biswas von Kopf bis Fuß ab, um sicherzustellen, dass er auch nichts für sich behalten hatte. Mr. Biswas musste außerdem all die Geschenke nach Hause schleppen, die Jairam verehrt worden waren, hauptsächlich Baumwollstoffe, gern aber auch unhandliche Bündel mit Früchten und Gemüse.

Ein besonders sperriges Geschenk war ein Büschel Gros-Michel-Bananen. Sie waren noch grün, als Jairam sie überreicht bekam, und wurden zum Reifen in der großen Küche aufgehängt. Nach einiger Zeit begann sich das Grün aufzuhellen und mit zarten gelben Flecken zu überziehen. Die Flecken wurden rasch größer, das Gelb immer satter, und bald schon zeigten sich die ersten braunen Stellen. Der Duft reifender Bananen, stärker nun als der stechende Geruch des klebrigen Saftes, den die Stiele absonderten, zog durch das ganze Haus, was Jairam und seine Frau anscheinend ungerührt ließ, nicht aber Mr. Biswas. Er sagte sich, dass die Bananen alle auf einmal reif sein würden, dass Jairam und seine Frau sie unmöglich alle aufessen könnten und dass viele verfaulen würden. Er sagte sich auch, dass eine Banane oder auch zwei bestimmt nicht vermisst werden würden. Und als Jairam eines Tages außer Haus war und seine Frau gerade nicht in der Küche, pflückte Mr. Biswas zwei Bananen ab und aß sie. Die Lücken, die in dem Büschel klafften, bestürzten ihn. Sie waren nicht nur unübersehbar – sie waren ein Affront fürs Auge.

Prügeln war nicht Jairams Art. Wenn er wütend war, mochte es gelegentlich eine Ohrfeige setzen, aber in der Regel hielt er an sich. Zur Strafe für eine schlampig ausgeführte Puja beispielsweise musste Mr. Biswas ein Dutzend Verspaare aus dem *Ramajana* auswendig lernen und durfte das Haus nicht verlassen, ehe nicht jedes Wort saß. Während er nun Pappstreifen mit für ihn unverständlichen Versen auf Sanskrit bemalte (Jairam hatte seine kalligraphische Begabung entdeckt), überlegte Mr. Biswas unentwegt, was für eine Strafe der Bananenraub wohl nach sich ziehen würde.

Jairam kam an diesem Abend spät nach Hause, und seine Frau brachte ihm zu essen. Dann ging er, wie jeden Abend nach dem Mahl und einer kurzen Ruhepause, mit schweren Schritten auf der kahlen Veranda auf und ab und führte Selbstgespräche, bei denen er die Dispute des vergangenen Tages noch einmal durchspielte. Als Erstes zitierte er die Gegenmeinung. Dann ließ er verschiedene seiner Erwiderungen Revue passieren, deren letzte, schlagkräftigste er mehrmals wiederholte, jedesmal mit einem triumphierenden Anschwellen der Stimme, bevor er abbrach, um ein Stück aus einer Hymne zu singen. Mr. Biswas auf seinem Bett aus Zucker- und Mehlsäcken lag da und lauschte. Jairams Frau besorgte in der Küche den Abwasch; das ablaufende Wasser floss durch ein Bambusrohr in eine Rinne, aus der es laut zwischen die Büsche plätscherte. Über dem Warten schlief

Mr. Biswas ein. Als er erwachte, war es schon Morgen, einen Moment lang fühlte er sich sorgenfrei. Dann fiel es ihm wieder ein.

Er wusch sich draußen im Hof, schnitt einen Hibiskuszweig ab, faserte ein Ende auf und putzte sich die Zähne damit, spaltete den Zweig und schabte sich mit den Hälften die Zunge. Dann sammelte er im Garten Ringelblumen, Zinnien und Oleanderblüten für die Morgenpuja und hockte sich ohne den rechten religiösen Eifer vor den reich geschmückten Schrein hin. Der Geruch nach Messing und schaler Sandelholzpaste widerstrebte ihm; es war ein Geruch, der ihm später in Tempeln, Moscheen und Kirchen wiederbegegnen sollte, und stets erfüllte er ihn mit Unbehagen. Mechanisch säuberte er die Kultbilder, deren Furchen und Dellen von den Rückständen alter Sandelholzpaste schwärzlich oder bräunlich-weiß verklebt waren; leichter ließen sich die kleinen, glatten Kiesel reinigen, über deren Bedeutung er noch nicht aufgeklärt worden war. Für gewöhnlich kam an diesem Punkt des Rituals Pandit Jairam dazu, um sich zu überzeugen, dass er nicht hudelte, aber an diesem Morgen kam er nicht. Mr. Biswas sang die vorgeschriebenen Lobgesänge, bestrich die Bildnisse und die glatten Kiesel mit frischer Sandelholzpaste, streute frische Blüten darüber, läutete die Glocke und weihte die gesüßte Milch. Dann ging er mit den noch feuchten, kitzelnden Sandelholzzeichen auf der Stirn zu Jairam, um ihm von der Milch zu bringen.

Jairam, gebadet, frisch gekleidet, ausgeruht, saß in einer Ecke der Veranda in ein paar Kissen gelehnt, die Brille auf der Nasenspitze, ein bräunliches, auf Hindi verfasstes Buch auf den Knien. Als die Verandabretter unter Mr. Biswas' nackten Sohlen zu schwingen begannen, schaute er über den Brillenrand auf, bevor er den Blick wieder senkte und eine der bräunlichen Seiten umblätterte. Die Brille ließ ihn älter aussehen, abgeklärt und milde.

Mr. Biswas hielt ihm den Messingkrug mit der Milch hin.

»Baba.«

Jairam setzte sich auf und streckte ihm die hohle Hand entgegen, wobei er den Ellbogen des erhobenen Armes mit den Fingern der freien Hand stützte. Mr. Biswas goss. Jairam berührte mit der Innenseite des Handgelenks seine Stirn, segnete Mr. Biswas, schüttete sich die Milch in den Mund, fuhr mit der nassen Handfläche über sein dünnes graues Haar, rückte die Brille zurecht und vertiefte sich wieder in sein Buch.

Mr. Biswas zog sich in seinem Zimmer die Arbeitskleider an und kam wieder heraus, um zu frühstücken. Sie aßen schweigend. Auf einmal schob Jairam Mr. Biswas seinen Messingteller hin.

»Da, iss.«

Mr. Biswas' Finger, die sich an ein paar Kohlblättern zu schaffen machten, stockten.

»Du magst nicht? Natürlich nicht. Und soll ich dir sagen, warum? Weil ich von diesem Teller gegessen habe.«

Mr. Biswas' Finger krümmten und streckten sich. Sie fühlten sich trocken und schmutzig an.

»Soanie!«

Jairams Frau kam aus der Küche marschiert und stellte sich so zwischen die beiden, dass sie Mr. Biswas den Rücken zukehrte. Er starrte auf die Rillen hinten an ihren Fersen und bemerkte, dass ihre Fußsohlen rau und schmutzig waren. Das wunderte ihn, denn Soanie schrubbte unablässig den Boden und badete sich.

»Hol die Bananen her.«

Sie zog sich den Schleier über die Stirn herab. »Willst du die Sache nicht lieber vergessen? So eine Kleinigkeit.«

»Kleinigkeit! Ein ganzes Büschel Bananen!«

Sie ging in die Küche und kam mit dem Bananenbüschel im Arm zurück.

»Leg sie hierher, Soanie. Mohun, außer dir kann diese Bananen jetzt niemand mehr anrühren. Wenn mir die Leute in der

Güte ihres Herzens Gaben bringen, dann sind sie für dich bestimmt. Richtig?« Die Schärfe schwand aus seiner Stimme, er wurde wieder der gütige, geduldig erläuternde Pandit, der er in Gesellschaft war. »Verschwendung ist eine Sünde, Mohun. Das habe ich dir immer und immer wieder gesagt. Wir dürfen diese Bananen nicht verkommen lassen. Du musst zu Ende führen, was du begonnen hast. Los jetzt!«

Mr. Biswas hatte sich von Jairams ruhigem, gelassenem Ton einlullen lassen, und der abrupte Befehl überrumpelte ihn. Er senkte den Blick auf seinen Teller und bog und streckte die Finger, deren Kuppen mit trocknenden Kohlstreifen verklebt waren.

»Los jetzt!«

Soanie stand so in der Tür, dass sie das Licht aussperrte. Obwohl heller Tag war, machten die Schlafzimmerwände auf der einen und das niedrige Dach auf der anderen Seite die Veranda dämmrig.

»Schau. Ich hab dir eine geschält.«

Und Jairams saubere Hand hielt Mr. Biswas eine Banane vors Gesicht. Er nahm sie mit seinen schmutzigen Fingern, biss ab und kaute. Zu seiner Überraschung schmeckte sie. Aber der Geschmack war so konzentriert, dass er ihm keinen Genuss bereitete. Dann stellte er fest, dass der Geschmack beim Kauen wegging, und so kaute er bedächtig, ohne etwas zu schmecken, und lauschte dabei den lauten, quatschenden Geräuschen, die ihm den Kopf füllten. Noch nie, so schien ihm, war eine Banane mit so viel Getöse verzehrt worden.

Wenig später war von der Banane nichts mehr übrig außer dem kleinen, harten Zäpfchen im Herzen der Schale, die aufgefaltet dalag wie eine große, hässliche Urwaldblume.

»Schau, Mohun. Ich hab dir noch eine geschält.«

Und während er die aß, schälte Jairam geruhsam die nächste. Und die übernächste, und die überübernächste.

Nach sieben Bananen übergab sich Mr. Biswas, worauf die leise weinende Soanie ihn auf die hintere Veranda trug. Er selbst weinte nicht, wenn auch nicht aus Tapferkeit; er empfand nur Langeweile und Unbehagen. Jairam stand mit einem Ruck auf und stampfte in sein Zimmer, jetzt plötzlich sehr erbost.

Mr. Biswas aß in seinem Leben keine Banane mehr. Mit diesem Morgen nahmen außerdem seine Magenprobleme ihren Anfang; sooft er aufgeregt, deprimiert oder wütend war, sollte sich von nun an sein Magen blähen, bis die Magenwände schier zu zerreißen drohten vor Schmerz.

Eine unmittelbarere Folge war die Verstopfung. Er konnte seine Notdurft nicht mehr gleich frühmorgens verrichten, und er war sich bewusst, welchen Schimpf er den Göttern antat, indem er die Puja unrein vollzog. Nie wusste er, wann der Ruf ihn ereilen würde, und das war schließlich der Grund, warum er Jairams Haus verlassen und in jene andere Welt zurückkehren musste, die er in Pagotes kennen gelernt hatte, die Welt von Lals Schule und den ausgelaugten Gummistempeln und verstaubten Büchern von F. Z. Ghany.

Er war tiefnachts erwacht, in größter Not. Die Latrine lag weit vom Haus entfernt, und der Weg durch die Dunkelheit machte ihm Angst. Kaum weniger Angst hatte er davor, durch das knarzende Holzhaus zu tappen, Schlösser zu öffnen, Riegel zurückzuschieben und dabei womöglich Jairam aufzuwecken, der es mit seinem Schlaf sehr genau nahm und oft sogar dann zu toben begann, wenn er zu einem Zeitpunkt geweckt wurde, den er selbst festgesetzt hatte. Mr. Biswas beschloss, lieber in seinem Zimmer zu bleiben und sich mit einem seiner Taschentücher zu behelfen. Davon besaß er Dutzende, alle aus der Baumwolle, die er bei den Zeremonien mit Jairam geschenkt bekommen hatte. Und als es Zeit wurde, das Taschentuch fortzuschaffen, schlich er sich hinaus und huschte auf Zehenspitzen über ächzende Dielen durch die offene Tür auf die eingeglaste Hinterveranda. Dort entriegelte er vorsichtig das Klappfenster, das mit Scharnieren am oberen Rahmen befestigt war, und indem er es mit der Linken aufstemmte, schleuderte er mit der Rechten das Taschentuch, so weit er nur konnte. Aber seine Arme waren kurz, das Fenster schwer, sein Bewegungsspielraum beschränkt, und er hörte das Tuch ganz in der Nähe fallen.

Ohne den Riegel wieder vorzuschieben, hastete er zurück in sein Bett, wo er noch lange wach lag und den Ruf der Natur immer wieder von neuem zu verspüren meinte. Er glaubte gerade erst eingeschlafen zu sein, als jemand ihn rüttelte.

Es war Soanie.

An der Tür stand mit grimmigem Gesicht Jairam. »Du bist kein Brahmane«, sagte er. »Ich habe dich in mein Haus aufgenommen, ich habe dir alles nur Mögliche Gute getan. Ich fordere keinerlei Dank. Aber du setzt alles daran, mich zu vernichten. Geh und sieh, was du angerichtet hast.«

Das Taschentuch war auf Jairams geliebtem Oleander gelandet. Nie wieder würden die Oleanderblüten sich für die Puja verwenden lassen.

»Aus dir wird nie ein Pandit«, sagte Jairam. »Ich habe erst kürzlich mit Sitaram gesprochen, der dein Horoskop gestellt hat. Du hast deinen Vater getötet. Nun, mich wirst du nicht vernichten. Sitaram hat mich eigens davor gewarnt, dich Bäumen zu nahe kommen zu lassen. Pack deine Sachen.«

Die Nachbarn, die alles mit angehört hatten, kamen aus ihren Häusern und sahen zu, wie Mr. Biswas im Dhoti, sein Bündel über der Schulter, durchs Dorf davonging.

Bipti war nicht in Willkommenslaune, als Mr. Biswas, nach einer Reise zu Fuß und auf Karren, in Pagotes ankam. Er war müde, hungrig und verschwitzt. Er hatte sich vorgestellt, sie würde ihn freudig empfangen, Jairam verfluchen und nie wieder zulassen, dass er zu fremden Leuten geschickt würde. Doch sobald er den Hof vor der kleinen Hütte betrat, begriff er, wie verfehlt diese

Annahme war. Sie sah so bedrückt und abgestumpft aus, wie sie da mit einer von Ajodhas armen Verwandten in der rußschwarzen offenen Küche saß und Mais mahlte – es überraschte ihn nicht weiter, dass sie bei seinem Anblick keine Freude zeigte, sondern nur Bestürzung.

Sie küssten sich flüchtig, und Bipti begann ihn auszufragen. Ihr Ton erschien ihm barsch, ihre Fragen empfand er als Angriffe. Seine Antworten waren mürrisch, abwehrend, böse. Wut überkam sie, und sie schrie ihn an. Sie nannte ihn undankbar; alle ihre Kinder seien undankbar, schrie sie, und wüssten nicht zu würdigen, welche Mühen der Rest der Welt um ihretwillen auf sich nahm. Dann verrauchte ihr Zorn, und sie wurde so verständnisvoll und mütterlich, wie er es anfangs erhofft hatte. Doch jetzt machte es ihn nicht mehr froh. Sie goss ihm Wasser ein, damit er sich die Hände waschen konnte, ließ ihn auf einer niedrigen Bank Platz nehmen, gab ihm zu essen – was ihr gar nicht zustand, denn dies war das Gemeinschaftsessen für die Hütte, zu dem sie nichts beigetragen hatte als ihre Mithilfe beim Kochen – und umsorgte ihn in jeder Weise. Aber seinen Missmut konnte sie nicht überwinden.

Damals begriff er nicht, wie absurd und rührend sie sich verhielt, indem sie ihn in einer Hütte willkommen hieß, die ihr nicht gehörte, ihm Essen gab, das nicht das ihre war. Aber die Erinnerung blieb, und fast dreißig Jahre später schrieb er für einen kleinen Literaturzirkel in Port of Spain ein schlichtes, reimloses Gedicht über dieses Wiedersehen, das er der Gruppe vortrug. Die Enttäuschung, seine Misslaunigkeit, all das Unerfreuliche wurde ausgeblendet und die Szene ins Allegorische überhöht: die Reise, das Willkommen, die Labung, die Geborgenheit.

Nach dem Essen erfuhr er, dass Biptis Verstimmung noch einen anderen Grund hatte. Dehuti war mit Taras Laufburschen durchgebrannt und hatte Tara damit nicht nur Undank bewiesen und Schande über sie gebracht, denn der Laufbursche ist der Niedrigste der Niedrigen, sondern sie auch zweier bewährter Dienstboten auf einen Schlag beraubt.

»Wo es doch Taras Idee war, dass du Pandit wirst«, sagte Bipti. »Ich weiß nicht, wie wir ihr das beibringen sollen.«

»Erzählst du mir mehr von Dehuti?«, bat er.

Viel konnte Bipti nicht berichten. Niemand hatte Dehuti besucht; Tara hatte gelobt, ihren Namen nie wieder zu erwähnen. Bipti sprach, als treffe sie selbst alle Schuld an Dehutis Fehlverhalten, und obwohl sie erklärte, nie wieder etwas mit Dehuti zu tun haben zu wollen, redete sie doch so, als ob sie Dehuti nicht nur vor Taras Zorn in Schutz nehmen müsse, sondern auch vor dem Zorn von Mr. Biswas.

Dabei empfand er weder Zorn noch Scham. Ihm hatte bei seiner Frage das kleine Mädchen vor Augen gestanden, das sein Gesicht weinend in den schmutzigen Kleidern des totgeglaubten Bruders vergrub.

Bipti seufzte. »Ach, was wird Tara jetzt sagen. Am besten, du gehst selber zu ihr.«

Und Tara war nicht böse. Ihrem Eid getreu erwähnte sie Dehuti mit keiner Silbe. Ajodha, dem Jairam nur Andeutungen über Mr. Biswas' Vergehen gemacht hatte, lachte sein hohes, kurzatmiges Lachen und versuchte aus Mr. Biswas herauszukitzeln, was genau geschehen war. Mr. Biswas' Verlegenheit erheiterte Ajodha und Tara in solchem Maße, dass schließlich auch er lachen musste; und so begann er auf der gemütlichen Hinterveranda von Taras Haus – einem Lehmhaus, das jedoch auf richtigen Stützpfeilern stand, ein sauber gedecktes Strohdach und mit Holzsimsen abgeschlossene Trennwände hatte und vollhing mit den bunten Bildnissen von Hindu-Gottheiten –, die Sache mit den Bananen zu beichten, verschämt zunächst, aber als er merkte, dass Tara ihn mitleidig ansah, wurde ihm das Ausmaß seiner Kränkung erst bewusst, und er brach in Tränen aus, und Tara drückte ihn an ihren

Busen und trocknete ihm die Wangen. Und so spielte sich die Szene, die ihm bei der Ankunft vorgeschwebt hatte, doch noch ab, aber statt mit seiner Mutter mit Tara.

Ajodha hatte einen Autobus gekauft und eine Werkstatt eröffnet, und in dieser Werkstatt arbeitete Alec – der nun keine roten Mieder mehr trug oder blaues Wasser abschlug, sondern stattdessen geheimnisvolle ölige Tätigkeiten verrichtete. Öl verfleckte seine haarigen Beine, Öl färbte seine weißen Leinenschuhe schwarz, Öl schwärzte seine Hände bis übers Handgelenk hinauf, Öl machte seine kurze Arbeitshose schwarz und steif. Und doch beherrschte er (sehr zur Bewunderung von Mr. Biswas) die Kunst, eine Zigarette zwischen öligen Fingern und öligen Lippen zu halten, ohne dass sie schmutzig wurde. Seine Lippen und die kleinen lustigen Augen waren unverändert zum Lachen bereit, aber die Wangen in seinem kleinen, breiten Gesicht fielen schon ein wenig ein, und es hing eine beständige Aura zerstreuter Verruchtheit um ihn.

Mr. Biswas wurde nicht zu Alec in die Werkstatt geschickt. Tara steckte ihn in die Rumschänke. Die Schänke war Ajodhas erstes Unternehmen gewesen; sie hatte die finanzielle Grundlage für einige seiner anschließenden Glücksgriffe geschaffen. Doch über Ajodhas wachsendem Erfolg hatte sie mehr und mehr an Bedeutung verloren, und nun betrieb sie sein Bruder Bhandat, über den unschöne Gerüchte im Umlauf waren: Er trank, hieß es, schlug seine Frau und hielt sich eine Geliebte, die einer anderen Rasse angehörte.

Bipti, die nicht gefragt worden war, konnte Tara gar nicht genug danken. Und Mr. Biswas war hochbeglückt über die Aussicht, Geld zu verdienen. Viel würde es nicht sein. Er würde mit in der Schänke wohnen und von Bhandats Frau verköstigt werden; gelegentlich sollte er ein paar neue Kleider bekommen, und als Monatslohn waren zwei Dollar vereinbart.

Die Rumschänke war ein langgestrecktes, hohes Gebäude von simpler Bauart, mit niedrigen Betonmauern und einem steilen Wellblechdach. Unter einer Schwingtür hindurch sah man nur den nassen Boden der Schänke und die Füße der Trinker, was der Stätte in diesem Land der weit offenen Türen den Stempel des Lasters aufdrückte. Der Sichtschutz war nötig, denn viele, die zu der Tür hineingingen, taten dies mit dem Ziel, sich um den Verstand zu trinken. Zu jeder Tageszeit sah man zusammengesunkene Gestalten auf dem nassen Boden liegen – Männer, die älter wirkten, als sie waren, manchmal auch Frauen –, sah Leute schlaff in den Ecken hocken und weinen, ihr Jammer unbemerkt im lärmenden Gedränge der noch Aufrechtstehenden, die ihren Rum in einem Zug herunterstürzten, ein Gesicht schnitten, hastig Wasser hinterherkippten und noch mehr Rum bestellten. Auf Flüche, Prahlereien, Drohungen folgten Schlägereien, zerbrochene Flaschen, Polizei; und immerzu wanderten die Kupfermünzen und das Silbergeld und die Scheine in die schmierige Schublade unter dem Regal.

Und Abend für Abend, wenn die Schänke geleert und die Schläfer an die Luft gesetzt waren, wenn die Scherben von Flaschen und Gläsern aufgekehrt waren und der Boden abgespritzt (dessen Gestank sich auch mit noch so viel Wasser nicht wegwaschen ließ) – Abend für Abend wurde die Schublade herausgezogen und die Petromax-Gaslampe, die an einem langen Draht von der Decke schwang, von ihrem Haken genommen und neben die Schublade auf den Tresen gestellt. Dann wurden Münzen und Scheine säuberlich aufgeschichtet, und Bhandat verzeichnete die Einnahmen des Tages auf einem steifen braunen Blatt Papier, das auf einer Seite glatt und auf der anderen rau war. Bhandat schrieb auf der glatten Seite, mit einem weichen Bleistift, der leicht verwischte. Dichte Dunkelheit lagerte in den Ecken; es roch durchdringend nach schmutzigen Dielen und schalem Rum, und Bhandat rechnete murmelnd, übertönt von der Petromax-Lampe, deren Zischen, im abendlichen Lärmen kaum hörbar, in der jetzigen Stille zu einem Brausen anschwoll.

Bhandats Stimme hatte eine nörgelnde Schärfe, selbst wenn er leise sprach. Er war klein von Wuchs, mit der gleichen Hakennase, dem gleichen mageren Gesicht wie Ajodha, nur dass dieses Gesicht bei Bhandat niemals huldvoll dreinblickte; es wirkte immerzu gequält und mürrisch, und am allermürrischsten am Ende des Abends. Er bekam eine Glatze, und die Krümmung seiner Stirn entsprach genau der seiner Nase. Seine schmale Oberlippe war stark geschwungen und hatte zwei ausgeprägte, symmetrische Ausbeulungen, die wie geschwollen auf die Unterlippe drückten und sie fast vollständig verdeckten. Während Bhandat rechnete, studierte Mr. Biswas diese Beulen.

Bhandat gab Mr. Biswas klar zu verstehen, dass er ihn als Taras Spion betrachtete und ihm misstraute. Und es dauerte nicht lange, bis Mr. Biswas merkte, dass Bhandat Geld abzweigte und dass seine fieberhaften nächtlichen Berechnungen einzig dazu dienten, Taras allwöchentliche Kontrollen zu unterlaufen. Nicht dass ihn das überraschte oder störte. Nur waren ihm Bhandats Methoden etwas peinlich.

»Wenn einer schon drei, vier Gläser hatte und noch eins will«, sagte Bhandat, »schenk's ihm nicht voll.«

Mr. Biswas stellte keine Fragen.

Bhandat wandte den Blick ab und erklärte: »Ist gesünder für die Leute.«

Mr. Biswas lernte bald zu erkennen, wann Bhandat fand, dass er nun genug Gäste geprellt hatte, um das Geld für ein Glas einzustecken. Bhandat sah dem Gast, der als Letztes gezahlt hatte, starr ins Gesicht, redete ein paar Sekunden lang irgendwelchen Unsinn und fing dann an, die Münze hochzuwerfen und wieder aufzufangen. Wann immer Mr. Biswas ein Geldstück durch die Luft wirbeln sah, wusste er, dass es über kurz oder lang in Bhandats Tasche landen würde.

Hinterher zeigte sich Bhandat den Kunden gegenüber jedesmal ungeheuer aufgeräumt und Mr. Biswas gegenüber argwöhnisch und gereizt. »Du«, sagte er dann zu Mr. Biswas. »Was zum Teufel glotzt du so?« Und manchmal sagte er zu den Leuten vor dem Tresen: »Guckt ihn euch an. Immer am Grinsen, was? Denkt, er wär schlauer als irgendwer sonst. Guckt ihn euch an.«

»Ja«, sagten die Trinker dann. »Ein ganz Schlauer ist das. Behalt den lieber im Auge, Bhandat.«

So wurde Mr. Biswas für die Trinker der »Schlaue«, der »Schlaumeier«, den sie alle aufzogen.

Er rächte sich, indem er in den Rum spuckte, wenn er ihn in die Flaschen abfüllte, was er jeden Morgen in aller Frühe tat. Der Rum war immer der gleiche, unterschiedlich waren nur die Preise und die Etikette: »Indian Maiden«, »The White Cock«, »Parakeet«. Jede Marke hatte ihre Anhängerschaft, und für Mr. Biswas stellte dieser Etikettenschwindel eine zusätzliche kleine Rache dar, die ihm eine gelinde, aber dauerhafte Genugtuung verschaffte.

Der Abfüllraum befand sich in den Wirtschaftsgebäuden der Schänke, die ein Geviert um den ungepflasterten Hof bildeten. Bhandat bewohnte mit seiner Familie und Mr. Biswas zwei Zimmer. Bei trockenem Wetter kochte Bhandats Frau auf den Stufen vor einem der Zimmer; bei Regen kochte sie in einem Wellblechverschlag, den Bhandat in einer nüchternen und verantwortungsbewussten Phase im Hof gebaut hatte. Die übrigen Räume wurden als Lager genutzt oder waren an andere Familien vermietet. Das Zimmer, in dem Mr. Biswas schlief, war fensterlos und immerfort dunkel. Seine Kleider hingen an einem Nagel an der Wand, seine Bücher stapelten sich auf einem Fleckchen am Boden; er schlief mit Bhandats beiden Söhnen auf einer harten, übelriechenden Matte aus Kokosfasern, die auf dem Boden ausgerollt war. Morgens wurde die Matte dann zusammengerollt, wobei jedesmal ein Häufchen grober Faserspreu auf dem Boden zurückblieb, und im Nebenraum unter Bhandats Himmelbett geschoben. War das geschehen, schien es Mr. Biswas, dass er seinen Anspruch auf das Zimmer für den Rest des Tages verwirkt hatte.

Sonntags und dienstagnachmittags, wenn die Schänke Ruhetag hatte, wusste er nicht, wohin mit sich. Manchmal besuchte er seine Mutter in ihrer Lehmhütte. Er gab ihr jeden Monat einen Dollar, aber sie weckte in ihm immer das gleiche Gefühl hilfloser Beklommenheit, und so hielt er sich lieber an Alec. Doch oft war Alec nirgends zu finden, weshalb Mr. Biswas meist bei Tara landete. Das Bücherregal auf Taras Hinterveranda hatte sich unverhofft mit den zwanzig mächtigen schwarzen Bänden der *Großen Enzyklopädie des Wissens* gefüllt. Ajodha hatte die Bücher von einem amerikanischen Handlungsreisenden aufgeschwatzt bekommen; bevor er auch nur eine Anzahlung hatte leisten können, waren die Bände schon geliefert und sodann anscheinend vergessen worden. Der Handlungsreisende ließ sich nie wieder blicken, es kam keine Rechnung, und Ajodha verkündete fröhlich, die Firma sei offenbar bankrott gegangen. Er hatte keinerlei Ehrgeiz, die Bücher zu lesen, aber sie waren ein Schnäppchen, und dass nun Mr. Biswas ihre Nützlichkeit unter Beweis stellte, indem er Woche um Woche in ihnen las, machte Ajodhas Glück vollkommen.

Schon bald liefen Mr. Biswas' Sonntage immer nach dem gleichen Muster ab. Am späten Vormittag ging er zu Tara, las Ajodha sämtliche »Du und dein Körper«-Kolumnen vor, die im Lauf der Woche ausgeschnitten worden waren, kassierte seinen Penny, wurde zum Mittagessen eingeladen und durfte dann nach Belieben die *Große Enzyklopädie des Wissens* erkunden. Er lernte die Volkssagen verschiedenster Länder kennen; er erfuhr (und vergaß sehr schnell wieder), wie Schokolade, Streichhölzer, Schiffe, Knöpfe und viele andere Dinge hergestellt wurden; er las Artikel, die mit Hilfe von hübschen, aber wenig erhellenden Illustrationen Fragen beantworteten wie: Warum kühlt Eis? Warum brennt Feuer? Warum süßt Zucker?

»Sag Bhandats Jungen ruhig, sie können auch drin lesen«, meinte Ajodha froh.

Aber Bhandats Jungen hatten andere Interessen. Sie lernten gerade das Rauchen, sie quollen über von haarsträubenden und wenig glaubhaften Offenbarungen über Sex, und nachts ergingen sie sich wispernd in den wildesten sexuellen Phantasien. Mr. Biswas versuchte tapfer mitzuhalten, traf aber nie den richtigen Ton. Seine Beiträge waren entweder so brav oder so unbedarft, dass die anderen ihn auslachten, oder aber so widerwärtig, dass sie damit drohten, ihn zu verpetzen. Wochenlang quälten sie ihn mit einer seiner unappetitlichen Geschichten, bis er sie in seiner Verzweiflung dazu aufforderte, ihn eben in Gottes Namen zu verraten – woraufhin die Drohungen zu seinem Erstaunen sofort verstummten. Und als er Bhandats älteren Sohn eines Nachts fragte, wo er all seine Kenntnisse über Sex herhabe, antwortete dieser: »Ich hab ja wohl eine Mutter.«

Bhandat ließ sich an den Wochenenden nur noch selten in der Schänke blicken. Seine Söhne sprachen ungeschminkt von seiner Geliebten, anfangs aufgeregt und nicht ohne Stolz, später, als es immer öfter zum Streit zwischen Bhandat und seiner Frau kam, voller Furcht. Es gab bestürzende, demütigende Momente, in denen Bhandat die Art von Obszönitäten, die seine Söhne nachts mit beiläufiger Flüsterstimme äußerten, laut herausbrüllte. Das Schweigen von Bhandats Frau wirkte in diesen Momenten umso schrecklicher. Gelegentlich flogen auch Gegenstände durch die Luft, dann fingen die Jungen und Mr. Biswas zu heulen und zu schreien an, und Bhandats Frau kam herein, sehr gefasst, und versuchte sie zu beruhigen. Sie wollten, dass sie bei ihnen blieb, aber sie ging immer zu Bhandat ins Nebenzimmer zurück.

In der Schänke warf Bhandat von Tag zu Tag mehr Münzen

hoch, und wenn Tara am Freitagabend die Bücher prüfte, ging es fast nie ohne eine Szene ab.

Eines Wochenendes hatte Mr. Biswas die beiden Zimmer plötzlich für sich. In einem anderen Teil der Insel war ein Verwandter von Ajodha gestorben. Bhandat und seine Familie fuhren mit Ajodha und Tara zur Beerdigung. Die leeren Räume, sonst immer so bedrängend, boten nun plötzlich Aussicht auf uneingeschränkte Freiheit und Lasterhaftigkeit; nur fiel Mr. Biswas nichts Lasterhaftes ein, das ihn lockte. Er rauchte, aber ein großes Vergnügen war das nicht. Und nach und nach verlor die Leere ihren Reiz. Alec hatte in der Werkstatt gekündigt oder war hinausgeworfen worden; er war nicht in Pagotes. Taras Haus war verschlossen, und in der Lehmhütte mochte Mr. Biswas nicht vorbeischauen. Doch das drängende Bewusstsein seiner Freiheit blieb. Er lief ziellos herum, die Main Road entlang, durch Nebenstraßen, die er noch nie gegangen war. Er hielt Busse an und fuhr ein Stück mit. Er kaufte sich an den Imbissbuden wahllos Limonaden und trockenes Gebäck. Der Nachmittag schleppte sich dahin. Männer in Wochenendkleidung versammelten sich nach getaner Arbeit an Straßenecken, vor Geschäften, um Kokosnusskarren. Erschöpfung überkam ihn, und er begann das Ende des Tages herbeizusehnen, das ihn erlösen würde von seiner Freiheit. Er kehrte in die leeren Räume zurück, müde, unglücklich, aber dabei immer noch aufgewühlt, immer noch nicht zum Schlafen bereit.

Er erwachte davon, dass Bhandat über seiner Matratze stand. Bhandats Lider über den roten Augen waren geschwollen, wie immer, wenn er getrunken hatte. Mr. Biswas hatte niemanden vor dem Abend zurückerwartet; ein ganzer Tag Freiheit war verloren.

»Los jetzt. Tu nicht so. Wo hast du es gelassen?« Die Beulen an Bhandats Oberlippe bebten vor Zorn.

»Wo hab ich was gelassen?«

»Natürlich. Der Schlaukopf. Er weiß von nichts.« Und Bhandat zerrte Mr. Biswas von der Matratze hoch, packte ihn hinten am Hosenbund und stellte ihn auf seine Zehen. Mit diesem Griff, dem Polizeigriff, wie sie in Lals Schule dazu gesagt hätten, führte Bhandat Mr. Biswas nach nebenan. Außer ihnen war niemand da; Bhandats Frau und Kinder waren noch bei der Beerdigung. Über einer Stuhllehne hingen ein Hemd und eine sorgsam gefaltete Hose. Auf dem Stuhl selbst lagen Münzen, Schlüssel und ein paar zerknüllte Dollarscheine.

»Gestern Abend hatte ich noch sechsundzwanzig Dollar in Scheinen. Heute früh sind nur mehr fünfundzwanzig da. Also?«

»Ich hab nichts gemacht. Ich hab nicht mal gemerkt, wie du heimgekommen bist. Ich hab die ganze Zeit geschlafen.«

»Geschlafen, ja. Geschlafen wie eine Schlange. Beide Augen offen. Große Augen und eine lange Zunge. Eine Zunge, die alles an Tara und Ajodha weitertratscht. Denkst du, das nützt dir was? Denkst du, da kriegst du eine Belohnung für?« Diese letzten Worte schrie er, und dabei zog er den Ledergürtel aus den Hosenschlaufen. »Denkst du das? Erzähl denen lieber mal, dass du meinen Dollar gestohlen hast!« Und er hob den Arm und ließ den Gürtel auf Mr. Biswas' Kopf niedersausen. Sooft die Schnalle auf Knochen traf, ertönte ein knackendes Geräusch.

Plötzlich heulte Mr. Biswas laut auf. »Au! Aua! Mein Auge! Mein Auge!«

Bhandat hielt inne.

An Mr. Biswas' Backenknochen war die Haut aufgeplatzt, und das Blut lief ihm unterm Auge entlang.

»Raus hier, du mieser kleiner Verräter! Raus hier, bevor ich dir das Fell abziehe!« Die Beulen an Bhandats Lippen fingen wieder an zu beben; der Arm, den er hochschwang, zitterte.

Die Sonne war noch nicht aufgegangen, und der grasüberwucherte Weg lag still da, als Mr. Biswas Bipti herausklopfte.

»Mohun! Was ist passiert?«

»Ich bin hingefallen. Jetzt frag nicht so viel!«

»Sag es mir. Was ist los?«

»Was musst du mich andauernd zu fremden Leuten schicken!«

»Wer hat dich geschlagen?« Sie legte den Finger unter die Wunde an seinem Backenknochen, und er zuckte zurück.

»Bhandat?« Sie knöpfte sein Hemd auf und sah die Striemen auf seinem Rücken. »War er das? Hat er dich so zugerichtet?«

Sie führte ihn in ihr Zimmer, wo er sich bäuchlings aufs Bett legen musste, und zum ersten Mal seit seiner Säuglingszeit rieb sie ihn mit Öl ein. Dann brachte sie ihm heiße Milch mit Rohrzucker.

»Ich geh nicht zu ihm zurück«, sagte Mr. Biswas.

Statt ihn zu trösten, wie er es erwartet hatte, fing Bipti zu diskutieren an. »Wo willst du dann hingehen?«, fragte sie.

Wut packte ihn. »Was hast du schon jemals für mich getan? Du bist ja bloß eine Bettlerin.«

Er hatte sie verletzen wollen, aber sie war nicht verletzt.

»Das ist mein Schicksal. Ich habe kein Glück mit meinen Kindern gehabt. Und mit dir, Mohun, habe ich am allerwenigsten Glück gehabt. Sitaram hatte mit allen seinen Prophezeiungen Recht.«

»Du und die anderen, ständig redet ihr von diesem Sitaram. Was hat er denn prophezeit?«

»Dass aus dir ein Prasser und Lügner wird. Und ein Lüstling.«

»Ach ja. Ein Prasser mit zwei Dollar im Monat! Ganze zwei Dollar! Zweihundert Cent! Schwer wie Blei, wenn du die in einen Sack steckst. Und was ist ein Lüstling?«

»Jemand, der ein liederliches Leben führt. Mit Frauen. Aber dafür bist du noch zu klein.«

»Bhandats Kinder sind viel liederlicher als ich. Mit ihrer Mutter!«

»Mohun!« Und dann: »Ach, was wird nur Tara sagen?«

»Schon wieder! Was kümmert es dich, was Tara sagt? Ich will nicht, dass du zu Tara läufst. Ich will nichts von Tara haben. Und Ajodha kann mir auch gestohlen bleiben mit seinem verdammten Körper. Sollen doch Bhandats Söhne ihm vorlesen! Ich hab's satt!«

Aber Bipti lief doch zu Tara, und Tara, frisch von ihren Beerdigungspflichten und den Kämpfen mit dem Beerdigungsphotographen zurückgekehrt, kam gleich am Nachmittag, noch in Trauerkleidern und all ihrem Schmuck, zu ihnen in die Hütte.

»Armer Mohun«, sagte Tara. »Er hat keine Scham, dieser Bhandat.«

»Ich wette, er hat das Geld selber gestohlen«, sagte Mr. Biswas. »Genug Übung darin hat er ja. Er stiehlt andauernd. Ich merk's immer schon vorher. Weil er die Münze dann nämlich hochwirft.«

»Mohun!«, sagte Bipti.

»Der ist der Lüstling und Prasser und Lügner. Nicht ich.«

»Mohun!«

»Ich weiß alles über die andere Frau. Und seine Söhne auch. Sie geben damit an. Er zankt sich mit seiner Frau und schlägt sie. Ich geh nicht zurück in seine Schänke, und wenn er mich auf Knien anfleht.«

»Da besteht bei Bhandat keine große Gefahr«, meinte Tara. »Aber es tut ihm Leid. Der Dollar war doch da. Er war ganz unten in seiner Hosentasche, Bhandat hatte ihn übersehen.«

»Wahrscheinlich, weil er besoffen war.« Dann schmerzte die Demütigung plötzlich wieder von neuem, und er fing zu weinen an. »Da siehst du's, Ma. Ich habe keinen Vater, der mich beschützt, und die Leute können mich herumstoßen, wie sie wollen.«

Tara verlegte sich aufs Schmeicheln.

Mr. Biswas, der es genoss, arm zu sein und umschmeichelt zu werden, antwortete dennoch böse: »Dehuti hatte völlig Recht, dass sie dir weggelaufen ist. Ich wette, du hast sie schlecht behandelt.«

Indem er Dehutis Namen aussprach, war er zu weit gegangen. Tara erstarrte und verließ ohne ein weiteres Wort die Hütte, mit wehenden Röcken und laut klirrenden Silberreifen.

Bipti rannte ihr in den Hof nach. »Du darfst es ihm nicht krumm nehmen, Tara. Er ist noch ein Kind.«

»Ich nehm es nicht krumm, Bipti.«

»Ach, Mohun«, sagte Bipti, als sie ins Zimmer zurückkam, »du bringst uns noch alle an den Bettelstab. Du wirst sehen, ich werde mein Leben im Armenhaus beschließen.«

»Ich find schon Arbeit. Und irgendwann krieg ich auch mein eigenes Haus. Ich hab die Nase voll von allem hier.« Er schwenkte seinen schmerzenden Arm im Kreis zwischen den Lehmwänden und dem niedrigen, rußigen Dachstroh.

Am Montagmorgen zog er los, um Arbeit zu finden. Wie fand man Arbeit? Indem man suchte, nahm er an. Er ging die Main Road auf und ab und suchte.

Er kam an einem Schneider vorbei und stellte sich vor, wie er selbst Khakistoff zuschnitt, Säume heftete, die Nähmaschine in Gang setzte. Er kam an einem Barbier vorbei und stellte sich vor, wie er selbst ein Rasiermesser abzog, worauf seine Gedanken sogleich abschweiften, um ausgeklügelte Schutzvorrichtungen für seinen linken Daumen zu ersinnen. Aber der Schneider, ein dicker Mann, der mürrisch in einem schmuddeligen Laden saß und nähte, missfiel ihm, und was Barbiere anging, so hatte er die, die ihm die Haare schnitten, nie leiden können – wobei er auch daran dachte, mit welchem Abscheu Pandit Jairam vernehmen würde, dass sein ehemaliger Schüler sich aufs Barbieren verlegt hatte, diese verachtenswerteste aller Tätigkeiten. Er lief weiter.

Es lockte ihn nicht, in irgendeines der Geschäfte, die er sah, hineinzugehen und nach Arbeit zu fragen. Also erschwerte er die

Bedingungen für sich. Er nahm sich zum Beispiel vor, eine bestimmte Strecke in zwanzig Schritten zurückzulegen; misslang ihm dies, deutete er das als schlechtes Vorzeichen. Einen Moment lang fühlte er sich auf aberwitzige Weise von einem Bestattungsunternehmen angezogen, einer simplen Wellblechhütte, die keinerlei Zugeständnisse an die Trauer machte. Ein Geruch nach frischem Holz, Fischleim und Möbelpolitur umhing sie, und die Särge standen auf dem Boden zwischen Sägemehl, Holzspänen und unbearbeiteten Brettern. Billigsärge aus rohem Holz lehnten in einer Reihe an einer Wand, kostspielige, polierte Särge warteten in Regalen, um eine Werkbank standen ein paar halbfertige Särge, und Sargteile lagen über den ganzen Raum verteilt; in einer Ecke erhob sich ein wackliger Stapel billiger Miniatursärge für Säuglinge. Mr. Biswas hatte schon viele Säuglingsbegräbnisse gesehen; am lebhaftesten erinnerte er sich an eines, bei dem der Sarg unter dem Arm eines Mannes klemmte, der langsam auf einem Fahrrad dahinfuhr. »Da sollte ich arbeiten«, dachte er, »und Bhandat begraben helfen.« Er kam an Gemischtwarenhandlungen vorbei – seltsames Wort, Gemischtwaren –, windschiefen kleinen Verschlägen, die überquollen von Tuchrollen, bunten, auf Pappstücke geklemmten Haarspangen, Schachteln voller Nähgarn, Hemden auf Kleiderbügeln, Pfannen, Tellern, nagelneuen Petroleumlampen, Hämmern, Sägen, Wäscheklammern und was nicht allem; es wirkte, als hätte eine schäumende Flut die Türen eingedrückt und ihr Strandgut auf Tischen und Boden abgelagert. Die Inhaber hockten in ihren Läden, kaum sichtbar im Dämmer, von Gemischtwaren eingekeilt. Ihre Verkäufer standen derweil draußen, Bleistifte hinterm Ohr oder auch in der Hand, um damit auf ihre Rechnungsblöcke zu klopfen, unter deren oberstem Blatt das düsterfarbige Kohlepapier hervorspitzte. Aus den Lebensmittelgeschäften roch es feucht nach Öl, Zucker und gesalzenem Fisch. Um die Gemüsestände roch es ebenfalls feucht, aber dabei frisch und erdig. Die Ladenbesitzersfrauen und -kinder standen ölig und selbstbewusst hinter ihren Tresen. Die Frauen hinter den Gemüseständen waren entweder alt und korrekt, mit dünnen, grämlichen Gesichtern, oder sie waren jung und drall, mit herausforderndem, streitlustigem Blick und einem oder zwei großäugigen Kindern, die sich hinter den violetten, erdverkrusteten Süßkartoffeln herumdrückten, während noch weiter hinten ein Baby in einem Kondensmilchkarton schlief. Und immerzu rumpelten Eselskarren, Pferdewagen und Ochsengespanne schwankend den holprigen Fahrweg entlang und mahlten mit ihren schweren eisenbeschlagenen Rädern knirschend durch Kies und Sand. Lange knotenbeschwerte Peitschenschnüre zischten und schnalzten durch die Luft und stachelten die Tiere zu kurzlebigem Eifer auf. Die älteren Kutscher lenkten im Sitzen; die jungen standen aufrecht auf ihren Karren und trieben ihre Tiere wie auch ihre Konkurrenten mit Rufen und Pfiffen an; ein halbes Dutzend Wettrennen waren immer im Gange.

Mr. Biswas kehrte in die Lehmhütte zurück, nicht mehr ganz so entschlossen. »Ich werde überhaupt nie mehr arbeiten«, verkündete er Bipti.

»Komm, versöhn dich wieder mit Tara.«

»Ich will Tara nicht sehen. Ich bring mich um.«

»Das wär auch das Beste für dich. Und für mich.«

»Gut. *Gut.* Ich brauche nichts zu essen.« Und wütend stürmte er zur Hütte hinaus.

Der Zorn spornte ihn an, und er nahm sich vor, zu laufen, bis er nicht mehr konnte. An der Main Road schlug er diesmal die andere Richtung ein, vorbei an der Kanzlei von F. Z. Ghany, die schäbiger war als früher, aber nach wie vor existent, geschlossen heute, weil nicht Markttag war; vorbei an derselben Anordnung von Läden, so schien ihm, denselben Besitzern, denselben Waren, denselben Verkäufern; und alles erfüllte ihn mit derselben Depression.

Am späten Nachmittag, als er schon einige Meilen von Pagotes entfernt war, trat ein schlanker junger Mann mit glänzenden Augen und einem dichten, glänzenden Schnauzbart auf ihn zu und tippte ihm auf die Schulter. Mr. Biswas wurde verlegen, als er Ramchand erkannte, Taras pflichtvergessenen Laufburschen, der jetzt Dehutis Mann war. Er hatte ihn ab und zu bei Tara gesehen, aber nie mit ihm gesprochen.

Ramchand, alles andere als verlegen, benahm sich, als seien er und Mr. Biswas seit Jahren gute Bekannte. Er stellte so schnell hintereinander so viele Fragen, dass Mr. Biswas nur Zeit zum Nicken blieb. »Wie geht's, wie steht's? Wie schön, dich zu sehen. Und deine Mutter? Geht's ihr gut? Das ist recht. Und die Schänke? Komischer Zufall. Du kennst doch Parakeet und Indian Maiden und White Cock? Den Rum dafür mache jetzt ich. Es ist alles derselbe, weißt du?«

»Ja, ich weiß.«

»Für Tara arbeiten, das bringt doch nichts. Wie gesagt, ich bin jetzt in dieser Rumfabrik, und rate mal, wie viel ich da verdiene! Komm, rate.«

»Zehn Dollar.«

»Zwölf. Plus jedes Jahr Weihnachtsgeld. Und Rum zum Einkaufspreis sowieso. Nicht schlecht, was?«

Mr. Biswas war beeindruckt.

»Dehuti erzählt andauernd von dir. Einmal dachten alle, du wärst ertrunken, weißt du noch?« Und als hätte dieses Wissen auch noch den letzten Rest Fremdheit zwischen ihnen beseitigt, fügte Ramchand hinzu: »Komm doch einfach mit und sag Dehuti guten Tag. Gerade gestern Abend hat sie wieder von dir geredet.« Er hielt inne. »Und vielleicht magst du auch ein bisschen was essen?«

Mr. Biswas bemerkte das Stocken. Es brachte ihm zu Bewusstsein, dass Ramchand aus einer niedrigen Kaste stammte, und obgleich dies eine abwegige Regung war – hier auf der Main Road, mit einem Mann vor Augen, der zwölf Dollar im Monat plus

Weihnachtsgeld und sonstige Vergünstigungen bekam –, schmeichelte es Mr. Biswas doch, dass Ramchand in ihm jemanden sah, der hofiert und versöhnt sein wollte. Er willigte ein, mit zu Dehuti zu kommen. Ramchand, hocherfreut, plauderte weiter und zeigte sich dabei auch über andere Familienmitglieder bestens informiert. Er klärte Mr. Biswas darüber auf, dass es um Ajodhas Finanzen nicht so gut stand, wie man meinen konnte, und dass Tara zu viele Leute vor den Kopf stieß. Tara mochte sich geschworen haben, Ramchands Namen nie mehr zu erwähnen – sein Ehrgeiz schien zu sein, den ihren so oft wie möglich zu erwähnen.

Mr. Biswas hatte die Ehrerbietung, mit der man ihm bei Taras Zeremonien und auf seinen Runden mit Pandit Jairam begegnet war, nie in Frage gestellt. Aber er hatte sie auch nie ernst genommen; er hatte sie als Regel in einem Spiel betrachtet, das nicht allzu oft gespielt wurde. Als er nun zu Ramchand kam, erschien ihm alles mehr denn je wie ein Spiel. Nichts an dem Häuschen verriet niederen Stand. Die Lehmmauern waren frisch geweißt und mit blauen, grünen und roten Handabdrücken verziert (Mr. Biswas erkannte Ramchands breite Handfläche und seine Stumpenfinger); das Dachstroh war neu und sauber, der Lehmboden hoch und schön fest; Kalenderbilder schmückten die Wände, und auf der Veranda gab es eine Garderobe. Es war in jeder Weise weniger deprimierend als die verfallende, vernachlässigte Hütte an dem grasüberwucherten Weg fern der Straße.

Doch Dehuti sah nicht aus, als hätte die Ehe ihr Freude gebracht. Sie fühlte sich sichtlich ertappt inmitten ihrer häuslichen Schätze und versuchte so zu tun, als gingen sie sie nichts an. Als Ramchand die Vorzüge des Häuschens hervorzuheben begann, schmatzte sie abschätzig mit den Lippen, und er verstummte. Mr. Biswas fiel es schwer zu glauben, dass Dehuti je über ihn sprach, wie Ramchand behauptete. Sie sagte fast nichts, schaute kaum in seine Richtung. Ausdruckslos holte sie aus dem Innern der Hütte ein hässliches schlafendes Baby und zeigte es ihm, ließ dabei aber durchblicken, dass sie es nicht etwa geholt hatte, um es zu zeigen. Sie sah sorgengeplagt und verdrossen aus, gänzlich unberührt vom übersprudelnden Eifer ihres Mannes. Und doch tat sie auf ihre bedächtige Weise, was sie konnte, um Mr. Biswas gebührend zu empfangen. Er ahnte, dass sie Angst vor einer Zurückweisung hatte, Angst vor dem, was er daheim berichten würde, und das schürte sein Unbehagen.

Hübsch war Dehuti nie gewesen, aber jetzt war sie unleugbar hässlich. Ihre schmalen Augen blickten verschlafen, die Pupillen waren glanzlos, das Weiße trüb. Die Wangen, rot von Pickeln, hingen schlaff und dick zu beiden Seiten des Mundes herab. Ihre Unterlippe stand vor, wie vom Gewicht der Backen herausgedrückt. Sie saß auf einem Bänkchen, die hintere Bahn ihres langen Rocks zwischen Waden und Schenkel eingeklemmt, die vorderen Bahnen über die Knie gebreitet. Mr. Biswas war verblüfft, wie fraulich sie wirkte. Es lag an ihrer Art zu sitzen, mit gespreizten Knien und doch so züchtig bedeckt; das war eine Haltung, die er nur mit erwachsenen Frauen verband. Er versuchte, in der Frau das Mädchen von früher wiederzufinden. Aber während er sie beobachtete, wie sie grundlos an Ramchand herumnörgelte, der nach ihren Anweisungen Feuer machte und den Reis aufsetzte, spürte Mr. Biswas ganz deutlich, dass dieser neue Anblick Dehutis das alte Bild ausgelöscht hatte. Das war ein Verlust; es steigerte die Beklommenheit, die sich seiner gleich beim Eintreten bemächtigt hatte.

Ramchand kam aus der Küche und ließ sich auf dem Lehmboden nieder, die Entspanntheit in Person. Er streckte ein kurzbehostes Bein von sich und legte die Hände um das hochgezogene Knie des anderen. Die Wellen in seinem dichten Haar glänzten von Öl. Er lächelte Mr. Biswas an, lächelte das Baby an, lächelte Dehuti an. Er forderte Mr. Biswas auf, die Schrift auf den Kalenderblättern und den Sonntagsschulbildern an den Wänden vorzulesen, und lauschte voller Wonne, als Mr. Biswas der Bitte nachkam.

»Aus dir wird mal ein großer Mann«, verkündete er. »Ein großer Mann. So jung schon so gut lesen können. Ich hab manchmal zugehört, wie du Ajodha diese Zeitungssachen vorgelesen hast. Ich hab in meinem Leben keinen gesünderen Mann gesehen. Aber wart's ab, irgendwann wird er noch todkrank. Er legt's ja richtig drauf an. Er tut mir offen gestanden Leid. Alle diese Reichen tun mir Leid.« Wie sich herausstellte, taten Ramchand auch sonst sehr viele Menschen Leid. »Wenn du zum Beispiel Pratap nimmst. Der gräbt sich sein eignes Grab mit diesen Eseln, die er ständig kauft, weiß der Teufel, warum. Die letzten zwei sind verreckt. Weißt du das schon?« Mr. Biswas wusste es noch nicht, und Ramchand berichtete von dem blutigen Ende der Esel, von denen sich der eine auf einer Bambusstange aufgespießt hatte. Er erwähnte auch Prasad und dessen Suche nach einer Frau; mit nachsichtiger Belustigung sprach er von Bhandat und seiner Geliebten. Sein Ton wurde immer jovialer; es konnte keinen Zweifel geben, dass er seine eigenen Umstände als ideal ansah und entzückt war von seinem Glück. »Da muss natürlich noch was passieren«, sagte er und zeigte auf die Wände. »Wir holen uns noch ein paar mehr von diesen Sonntagsschulbildern. Jesus und Maria. Stimmt's, Dehuti?« Und mit einem vergnügten Lachen schnippte er das Streichholz, auf dem er herumgekaut hatte, in Richtung des Babys.

Dehuti schloss gereizt die Augen, blies die pickligen Wangen noch ein bisschen mehr auf und wandte das Gesicht ab. Das Streichholz landete harmlos auf dem Baby.

»Und am Bauen sind wir auch noch«, sagte Ramchand. »Komm mit.«

Diesmal kam kein Schmatzen von Dehuti. Sie gingen auf die Rückseite des Häuschens, und Mr. Biswas sah, dass hier noch ein weiterer Raum im Entstehen war. Die Äste, die als Pfosten dienen sollten, waren bereits eingeschlagen; die dünneren Äste für die Dachsparren lagen schon darauf, und zwischen den Pfosten spannte sich Bambusgeflecht; die Erde für den Boden war aufgehäuft, aber noch nicht festgestampft.

»Neues Zimmer«, sagte Ramchand. »Wenn es fertig ist, kannst du kommen und bei uns wohnen.«

Mr. Biswas' Niedergeschlagenheit nahm noch zu.

Er bekam das ganze kleine Häuschen gezeigt, wobei Ramchand ihn auf sämtliche von ihm verfertigten Verschönerungen hinwies: die in die Lehmwände eingebauten Regale, die Tische, die Stühle. Wieder auf der Veranda, deutete er auf die Garderobe. Sie hatte acht Haken, die symmetrisch um einen rautenförmigen Spiegel angebracht waren. »Das ist das Einzige hier, was ich nicht selbst gemacht hab. Dehuti hatte sich die in den Kopf gesetzt.« Und er ließ sich wieder auf den Boden fallen und warf das Lehmbällchen, das er zwischen den Fingern geknetet hatte, nach dem Baby.

Dehuti schloss die Augen und schürzte die Lippen. »Ich? Ich wollte so was nie. Musst du rumlaufen und allen Leuten weismachen, ich hätte solche neumodischen Flausen im Kopf?«

Er lachte unbehaglich und kratzte sich das nackte Bein; seine Nägel hinterließen weiße Spuren.

»Ich hab nicht mal einen Hut, den ich aufhängen könnte«, sagte Dehuti. »Und dass ich hässlich bin, weiß ich auch ohne Spiegel.«

Ramchand kratzte sich und zwinkerte Mr. Biswas zu.

»Hässlich? Hässlich?«

Dehuti sagte: »*Ich* steh nicht stundenlang vor dem Spiegel und kämme mich. Für so was ist *mein* Haar nicht schön und lockig genug.«

Ramchand ließ sich das Kompliment mit einem Lächeln gefallen.

Dann setzten sie sich auf der Veranda im schwarz-gelben Flackerschein der Petroleumlampe auf niedrigen Bänken zum Essen. Doch obwohl er hungrig war, und obwohl er wusste, wie viel Dehuti und auch Ramchand an ihm lag, merkte Mr. Biswas, dass sein Magen zu drücken und zu schmerzen begann, und er brachte nichts hinunter. Dieses Glück, an dem er keinen Anteil hatte, bekam ihm nicht. Und sein Unwohlsein nahm zu, als er sah, wie Ramchands sprunghafte Begeisterung der Unsicherheit wich. Dehutis mürrischer Ausdruck blieb unverändert; auf genau diese Art von Zurückweisung hatte sie sich eingestellt.

Wenig später brach er auf. Er versprach, sie bald wieder zu besuchen, und wusste doch, dass er es nicht tun würde, dass das Band zwischen Dehuti und ihm, ohnehin nie allzu stark, zerrissen und auch sie ihm fremd geworden war. Der Wunsch, Arbeit zu finden, hatte ihn verlassen. Im Grunde hatte er wohl von Anfang an gewusst, dass er letztlich bei Tara Hilfe suchen würde. Sie mochte ihn; Ajodha mochte ihn. Vielleicht konnte er sich ja entschuldigen, und sie gaben ihm Arbeit in der Werkstatt.

Dann tauchte Alec wieder in Pagotes auf, und es fand sich keine Spur von Wagenschmiere mehr an ihm. Hände, Arme und Gesicht waren jetzt mit bunten Farbspritzern gesprenkelt und gestreift, wie auch die lange Khakihose und das weiße Hemd, an dem jeder Fleck von einem Ölrand eingefasst war. Als Mr. Biswas seiner am Ende einer langen Woche der Untätigkeit und Ungewissheit ansichtig wurde, balancierte Alec mit einem kleinen Farbtopf in der einen und einem kleinen Pinsel in der anderen Hand auf einer Leiter vor einem Café in der Main Road und malte an einem Schild. CAFÉ KOLIB, stand da bereits.

Mr. Biswas war schwer beeindruckt.

»Hübsch, was?« Alec stieg von der Leiter, zog ein großes, farbbekleckstes Taschentuch aus seiner hinteren Hosentasche und wischte sich die Hände ab. »Schattieren muss ich sie noch. Zweifarbig. Waagrecht grün, senkrecht blau.«

»Das macht doch alles kaputt, Mann.«

Alec spuckte eine Zigarette aus, die bis zu seinen Lippen heruntergebrannt und ausgeglüht war. »Wird wie ein kleiner Karneval aussehen, wenn's fertig ist. Aber so will er's nun mal.« Mit einer verächtlichen Kopfbewegung wies er auf den Inhaber des Café Kolibri, der die Ellbogen auf dem Ladentisch aufstützte und argwöhnisch zu ihnen herausschaute. Die Regale hinter ihm standen zur Hälfte voller Sprudelflaschen. Fliegen umsummten ihn, angelockt vom Schweiß seines Nackens und sonstiger Körperflächen, die das Unterhemd freiließ; Fliegen mit anderen Geschmacksvorlieben krabbelten auf dem Hagelzucker herum, mit dem die Kringel in seiner Auslage bestreut waren.

Mr. Biswas setzte Alec sein Problem auseinander, und sie redeten ein Weilchen. Dann gingen sie in das winzige Café, und Alec kaufte zwei Flaschen Sprudel.

»Das ist mein Gehilfe«, sagte er zu dem Inhaber.

Der Inhaber betrachtete Mr. Biswas. »Wieso ist er so klein?«

»Junge Firma«, sagte Alec. »Junge Menschen brauchen Chancen.«

»Kann er Kolibris malen?«

»Er will lauter Kolibris auf dem Schild«, erklärte Alec Mr. Biswas. »Die auf den Buchstaben rumturnen.«

»Wie beim Kiskadee drüben«, sagte der Inhaber. »Siehst du das Schild, was die haben?« Mit einer verstohlenen Geste zeigte er auf den Imbiss auf der gegenüberliegenden Straßenseite, und ja, Mr. Biswas sah das Schild. Die Lettern waren in drei verschiedenen Farben ausgemalt und in drei weiteren schattiert. Kiskadee-Vögel thronten auf den K's, plusterten sich auf dem S, turnten am D herum; auf dem Doppel-E schnäbelte ein Kiskadee-Pärchen miteinander.

Mr. Biswas konnte nicht zeichnen.

Alec sagte: »Klar kann er Kolibris malen, wenn Sie partout welche wollen. Aber sieht das nicht bisschen nachgemacht aus?«

»Und bisschen altmodisch?«, sagte Mr. Biswas.

»Gut, dass du das sagst, Mann«, sagte Alec. »Hab ich ihm auch schon zu erklären versucht. Viel moderner, wenn viel Schrift drauf ist. Die Geschäfte in Port of Spain haben Schilder, wo überhaupt nur Wörter draufstehen. Sag ihm das.«

»Was für Wörter?«, fragte der Inhaber.

»Fruchtsäfte, Kuchen und Eis«, sagte Mr. Biswas.

Der Inhaber schüttelte den Kopf.

»Warnung vor dem Hunde«, schlug Alec vor.

»Ich hab keinen Hund.«

»Täglich frisches Obst«, fuhr Alec fort. »Plakate ankleben verboten.«

Der Inhaber schüttelte den Kopf.

»Betreten auf eigene Gefahr. Besucher aus Übersee willkommen. Wenn Sie Hilfe brauchen, bitte fragen Sie. Unsere Verkäufer beraten Sie gerne.«

Der Inhaber verfiel ins Grübeln.

»Keine Stellen frei«, sagte Alec. »Treten Sie ein und sehen Sie sich um.«

Der Inhaber wurde lebhaft. »Genau! Und dann kriegt man sie nicht mehr raus!«

»Herumlungern verboten«, sagte Mr. Biswas.

»Bei Strafe verboten«, sagte der Inhaber.

»Herumlungern bei Strafe verboten. Ein gutes Schild«, sagte Alec. »Dieser Mann malt Ihnen das wie der Blitz.«

So also wurde Mr. Biswas Plakatmaler und fragte sich, wieso er nicht schon früher darauf gekommen war, von seiner Gabe Gebrauch zu machen. Mit Alecs Hilfe machte er sich an das Schild für das Café, und zu seiner Freude und Verblüffung gelang es ihm zur Zufriedenheit des Inhabers. Er war es gewöhnt, die Buchstaben mit dem Stift vorzumalen, und sorgte sich ein wenig, ob er einen in Farbe getunkten Pinsel wohl sicher genug würde führen können. Aber er stellte fest, dass der Pinsel, wenn er auch zunächst auf höchst beunruhigende Weise nachgab, noch auf den leisesten Druck reagierte; die Striche gerieten sauberer, die Schwünge runder. »Dreh den Pinsel einfach nur langsam zwischen den Fingern, wenn du an die Kurve kommst«, riet Alec, und von da an schreckten ihn die Kurven weniger. Nach HERUMLUNGERN BEI STRAFE VERBOTEN malte er zusammen mit Alec immer mehr Schilder; sein Strich wurde souveräner, seine Linien kühner, sein Gespür für die Buchstaben feiner. Das R und das S waren für ihn die schönsten unter den lateinischen Buchstaben; kein Buchstabe brachte, ohne seine Schönheit zu verlieren, eine solche Vielfalt an Stimmungen zum Ausdruck wie das R; und was konnte sich mit dem Rhythmus und Schwung eines S messen? Mit dem Pinsel ließen sich große Buchstaben leichter malen als kleine, und tiefe Befriedigung erfüllte ihn, nachdem er und Alec einen langen Bretterzaun mit Reklame für Pluko, das Wundermittel für jedes Haar, und Anchor-Zigaretten bedeckt hatten. Die Zigarettenpackung hatte ihnen einiges Kopfzerbrechen bereitet; sie hätten sie lieber zugeklappt gemalt, aber die Firma wollte sie offen, womit sie Mr. Biswas und Alec dazu verurteilte, nicht nur die Packung zu zeichnen, sondern auch zerknittertes Staniolpapier und acht Zigaretten, alle mit der Aufschrift ANCHOR bedruckt und alle unterschiedlich weit aus der Schachtel ragend.

Nach einer Weile ließ er sich wieder bei Tara blicken. Sie trug ihm nichts nach, aber zu seiner Enttäuschung wurde er nicht mehr benötigt, um Ajodha »Du und dein Körper« vorzulesen. Einer von Bhandats Söhnen versah diese Aufgabe nun. Zweierlei hatte sich in der Rumschänke zugetragen: Bhandats Frau war im Kindbett gestorben, und Bhandat hatte seine Söhne im Stich gelassen und war zu seiner Geliebten nach Port of Spain gezogen. Um die Jungen kümmerte sich jetzt Tara, die Bhandats Namen der Liste derer hinzugefügt hatte, die nie wieder über ihre Lippen kommen sollten. Über Jahre hinweg wusste niemand, wo und wie Bhandat lebte, obgleich Gerüchte kursierten, laut denen er in einem heruntergekommenen Viertel in der Innenstadt hauste, umgeben von streitsüchtigem, verrufenem Gesindel aller Art.

Also tauschten Bhandats Söhne die Enge und den Schmutz der Rumschänke gegen die Annehmlichkeiten von Taras Haus. Es war eine Erfahrung, die Mr. Biswas selbst oft gemacht hatte, und es wunderte ihn nicht, dass die Jungen sich schon bald so gut eingelebt hatten, dass sie Bhandat vergaßen und kaum jemand sich mehr vorstellen konnte, dass seine Söhne je anderswo zu Hause gewesen waren.

Mr. Biswas blieb beim Schildermalen. Die Arbeit machte Spaß, aber es war kein Verlass auf sie. Alec zog von Distrikt zu Distrikt, manchmal mit Auftrag, manchmal ohne, und ihre Partnerschaft blieb sporadisch. Es gab viele Wochen, in denen Mr. Biswas arbeitslos war und nichts anderes zu tun hatte als zu lesen, Buchstaben zu entwerfen und sich im Zeichnen zu üben. Flaschen gelangen ihm schon bald ganz gut, und in Vorbereitung auf Weihnachten zeichnete er einen Weihnachtsmann nach dem anderen, bis er sich ein stark vereinfachtes Modell in Rot, Rosa, Weiß und Schwarz erarbeitet hatte. Wenn die Aufträge kamen, kamen sie alle auf einmal. Im September waren die meisten Ladenbesitzer entschlossen, den Unsinn mit der Weihnachtsdekoration in diesem Jahr nicht mitzumachen. Im Dezember hatten sie es sich dann doch anders überlegt, und Mr. Biswas musste bis tief in die Nacht Weihnachtsmänner, Stechpalmen, rote Beeren und schneebemützte Buchstaben malen, die in der gleißenden Sonne, kaum dass sie fertig waren, Blasen zu werfen begannen. Gelegentlich gab es eine plötzliche Schwemme von neuen Schildern, und in einem Distrikt wimmelte es zwei Wochen lang von Schildermalern, denn kein Ladenbesitzer mochte einen Mann beauftragen, den schon sein Konkurrent beschäftigt hatte. Dabei musste jedes Schild das des Nachbarn übertrumpfen, weshalb die Main Road streckenweise von Plakaten leuchtete, die so kunstvoll waren, dass kein Mensch sie lesen konnte. Schlichtheit war nur bei den Wahlplakaten der Straßenbaukommission geboten. Mr. Biswas malte Dutzende davon, die meisten auf Stoffbahnen, die er daheim in der Hütte an der Lehmwand der Veranda aufspannte. Die Farbe sickerte durch den Stoff, und die Wand bedeckte sich mit einem verschwommenen Gewirr widersprüchlicher Botschaften in allen Farben.

Um den verstiegenen Schriftwünschen seiner Ladenbesitzer entsprechen zu können, durchforstete er ausländische Zeitschriften. Von den Buchstaben verlagerte sich sein Interesse bald auf die Geschichten selbst, und während der langen Wochen der Untätigkeit las er alles, was er an den Ständen in Pagotes an Romanen finden konnte. Er las die Romane von Hall Caine und Marie Corelli. Sie eröffneten ihm berauschende neue Welten. Vor allem Schilderungen von Landschaften und von Wetter hatten es ihm angetan. Sein eigenes Land, auf dessen eintöniges Grün tagaus, tagein die Sonne niederbrannte, schien ihm im Vergleich hoffnungslos unromantisch: mit Westerngeschichten konnte er nichts anfangen.

In der Lehmhütte leben zu müssen ging ihm immer mehr gegen den Strich, und obwohl sein Einkommen trotz Weihnachten, Wahlen und den Rivalitäten der Ladenbesitzer gering und unzuverlässig war, hätte er einen Umzug gerne riskiert. Aber Bipti, die so oft vom Umziehen gesprochen hatte, sagte nun, sie wohne schon so lange hier und wolle ihren Lebensabend nicht unter Fremden verbringen. »Ich zieh weg von hier, du heiratest, und was wird dann aus mir?«

»Ich heirate sowieso nicht.« Das war eine häufige Drohung, denn Bipti verkündete neuerdings gern, dass jetzt nur noch Mr. Biswas sich verheiraten müsse, dann sei ihr Lebenswerk vollendet. Pratap und Prasad waren inzwischen beide verheiratet, Pratap mit einer großen, schönen Frau, die alle achtzehn Monate ein Kind bekam, Prasad mit einer Frau von bestürzender Hässlichkeit, die barmherzigerweise unfruchtbar war.

»So darfst du nicht reden«, sagte Bipti. Sie konnte ihn immer noch wütend machen, indem sie alles, was er sagte, ernst nahm.

»Was erwartest du denn? Dass ich eine Frau mit hierher bringe?« Er stampfte in dem vollgestellten Zimmer herum, in dem es jetzt immerfort nach Farbe und Öl und Terpentin roch, und trat mit den Füßen gegen seine verstaubten und vergilbten Zeitschriften- und Bücherstapel auf dem Boden.

Die meiste Zeit saß er in der Hütte und las Samuel Smiles. Er hatte eines seiner Bücher gekauft, weil er es für einen Roman gehalten hatte, und war süchtig geworden. Samuel Smiles war so romantisch und so befriedigend, wie ein Romancier nur sein konnte, und Mr. Biswas sah in vielen seiner Helden sich selbst: Er war jung, er war arm, und er fand, dass er zu kämpfen hatte. Aber irgendwann kam jedes Mal der Punkt, an dem die Ähnlichkeit endete. Smiles' Helden verschrieben sich ehrgeizigen Zielen und lebten in Ländern, wo solche Ziele verfolgt werden konnten und einen Sinn hatten. Mr. Biswas besaß keinerlei Ehrgeiz, und was konnte er in diesem heißen Land schon tun, außer einen Laden aufmachen oder einen Autobus kaufen? Was konnte er erfinden? Er bemühte sich redlich. Er kaufte naturwissenschaftlich-technische Nachschlagewerke und las sie; nichts geschah, außer dass er süchtig nach naturwissenschaftlich-technischen Nachschlagewerken wurde. Er kaufte die sieben teuren Bände von *Hawkins' Handbuch der Elektrotechnik*, bastelte einfache Kompasse, Türöffner und Klingelknöpfe und lernte, wie man Ankerwicklungen herstellt. Zu mehr reichte es nicht. Die Experimente wurden zu komplex für ihn, und er wusste nicht, wo er auf Trinidad das Zubehör auftreiben sollte, das Hawkins so selbstverständlich voraussetzte. Sein Technikinteresse erlosch, und er begnügte sich damit, von den Smiles'schen Helden in ihrem Zauberland zu lesen.

Und doch kamen immer wieder Momente, in denen er sich einzureden vermochte, auch er lebe in einer Welt, in der es Romantik gab. Wenn er etwa einen Eilauftrag zu erledigen hatte und bis tief in die Nacht im Schein einer Gaslampe arbeitete, dann konnten die Erregung und das Licht die Hütte verwandeln und ihn vergessen machen, dass bald der nüchterne Morgen heraufziehen und sein Schild über einem rumpeligen kleinen Kramladen aufgehängt werden würde, dessen Tür sich auf die heiße staubige Straße öffnete.

Dann waren da seine Tage als Schaffner in einem von Ajodhas Bussen, der auf einer Strecke ohne feste Haltestellen mit anderen Bussen um die Fahrgäste wetteiferte. Das sausende Vorwärtsdrängen, die lärmende Rivalität beflügelten ihn, und er brachte sich unnötig in Gefahr, indem er sich weit über das Trittbrett hinauslehnte, um den Leuten auf der Straße entgegenzusingen: »Tunapuna, Naparima, Sangre Grande, Guayaguayare, Chacachacare, Mahatma Gandhi und zurück« – eine Phantasieroute aus lauter klingenden Namen, die alle vier Ecken der Insel einbezog und mit Chacachacare auch noch einen Ort überm Meer.

Und da waren die Tage, an denen der umtriebige Alec, beiläufige Verruchtheit im Blick, in Pagotes auftauchte, herrliche Freuden versprach und Mr. Biswas in gewisse Häuser mitnahm, die diesen erst entsetzten, dann faszinierten und schließlich nur noch belustigten. Mit Bhandats Jungen zog er ebenfalls los, aber für die beiden, so schien es, bestand der Hauptreiz solcher Unternehmungen in dem Bewusstsein der eigenen Lasterhaftigkeit.

Und auch noch andere erregende Momente gab es jetzt, Momente, die nichts mit Zeitschriften oder Büchern zu tun hatten, nichts mit jenen gewissen Häusern: der flüchtige Anblick eines Gesichts, das Aufblitzen eines Lächelns oder Lachens. Doch er wusste schon zu viel, als dass ein Mädchen für ihn noch ein Geschöpf von schmerzhaftem Liebreiz gewesen wäre; er war über das Stadium hinaus, in dem er nur staunen konnte, dass einem Wesen, das so zart und so hold war, die Aufmerksamkeiten derber, hässlicher Männer willkommen sein sollten, und nur wenige vermochten ihn noch zu fesseln. Irgendetwas stieß ihn letztlich immer ab, ein Tonfall, die Beschaffenheit der Haut, eine allzu sinnlich geschwungene Lippe – eine solche Lippe war in einem Traum, nach dem er sich besudelt gefühlt hatte, einmal auf groteske und obszöne Weise angeschwollen. Liebe, das war etwas, an das er nur voll Befangenheit denken konnte; schon das Wort nahm er kaum in den Mund, und wenn, dann so spöttisch wie Alec und Bhandats Söhne. Doch insgeheim glaubte er daran.

Alec, der die Signale missdeutete, sagte: »Mach dir nicht so viele Gedanken. So was kommt, wenn du am wenigsten damit rechnest.«

Aber er machte sich unablässig Gedanken. Er lebte nicht mehr einfach dahin. Er hatte begonnen zu warten, nicht nur auf die Liebe, sondern darauf, dass die Welt ihm endlich von ihrer Süße und Romantik zu kosten gab. Für diesen Tag sparte er sich all seine Freude am Leben auf. Und in dieser Stimmung kam er ins Hanuman-Haus in Arwacas und sah Shama.

3. Die Tulsis

Zwischen den baufälligen Holz- und Wellblechgebäuden an der High Street in Arwacas ragte das Hanuman-Haus empor wie eine fremdartige weiße Festung. Die Betonmauern wirkten so dick, wie sie waren, und wenn die schmalen Türen des Tulsi-Ladens unten im Erdgeschoss geschlossen waren, sah das Haus wuchtig aus, uneinnehmbar und blind. Die Seitenmauern hatten gar keine Fenster; die Fenster in den beiden oberen Stockwerken waren bloße Scharten in der Fassade. Die Balustrade, die das flache Dach einfasste, war mit einer Betonstatue des gütigen Affengottes Hanuman gekrönt. Vom Boden aus waren seine weißgetünchten Züge kaum zu erkennen und allenfalls ein wenig unheimlich, denn auf den Vorsprüngen hatte sich Staub abgelagert, und der Eindruck war der eines von unten beleuchteten Gesichts.

In der Hindu-Gemeinschaft galten die Tulsis als sehr fromm, sehr konservativ und sehr begütert. Bei anderen Teilen der Bevölkerung, in denen man von der Familie nichts wusste, hatte man zumindest von ihrem Stammvater gehört, Pandit Tulsi. Er war unter den Allerersten gewesen, die bei einem Autounfall ums Leben gekommen waren, und es gab ein respektloses und äußerst beliebtes Lied über ihn. Viele Außenstehende hielten ihn deshalb für eine bloße Sagengestalt. Unter den Hindus waren auch noch andere Gerüchte über ihn im Umlauf, teils romantischer, teils skurriler Natur. Sein Vermögen auf Trinidad hatte er nicht als Arbeiter gemacht, und es blieb ein Rätsel, warum er als Arbeiter ausgewandert war. Manche der Auswanderer stammten aus Verbrecherclans und waren vor dem Arm des Gesetzes geflohen. Andere wiederum waren geflohen, weil ihre Familien in die Aufstände verwickelt gewesen waren. Pandit Tulsi ließ sich keiner der beiden Gruppen zurechnen. Seiner Familie in Indien ging es gut – es trafen regelmäßig Briefe ein –, und man wusste, dass er in der Heimat besseren Kreisen angehört hatte als die meisten anderen Inder auf Trinidad, die fast alle – wie Raghu, wie Ajodha – den Kontakt zu ihren Familien verloren hatten und auch nicht gewusst hätten, in welcher Provinz sie nach ihnen hätten suchen sollen. Das Ansehen, das Pandit Tulsi in seiner Heimatgemeinschaft genossen hatte, war ihm nach Trinidad gefolgt und nun, da er tot war, auf seine Familie übergegangen. Über diese Familie war ansonsten sehr wenig bekannt; Fremde durften das Haus nur zu bestimmten religiösen Anlässen betreten.

Mr. Biswas kam ins Hanuman-Haus, um den Tulsi-Laden auszumalen – nach einem langwierigen Vorgespräch mit einem großen, schnurrbärtigen, einschüchternden Mann namens Seth, dem Schwager von Mrs. Tulsi. Seth hatte Mr. Biswas' Preis gedrückt und darauf hingewiesen, dass Mr. Biswas den Auftrag nur bekam, weil er Inder war; er hatte ihn noch ein bisschen mehr gedrückt und bemerkt, Mr. Biswas könne von Glück sagen, dass er Hindu war; er hatte ihn ein weiteres Mal gedrückt und ihn wissen lassen, dass sie seine Dienste sowieso nicht benötigten und ihm nur deshalb Arbeit gaben, weil er Brahmane war.

Der Laden war eine Enttäuschung. Die Fassade, die solche Weitläufigkeit verhieß, verbarg einen Innenraum, der trapezförmig angelegt und nicht besonders tief war. Fenster gab es keine; das einzige Licht kam von den beiden schmalen Türen auf der Vorderseite und der einzelnen Tür auf der Rückseite, die auf einen überdachten Hof hinausführte. Die Wände, die von unterschiedlicher Dicke waren, wölbten sich bald vor, bald wichen sie zurück, so dass sie eine Unzahl leerer, spinnwebverhangener, höchst lästiger Ecken bildeten. Lästig waren auch die dicken, hässlichen Säulen, deren Anzahl Mr. Biswas entsetzte, da er sich unter anderem verpflichtet hatte, jede einzelne davon zu bemalen.

Er begann seine Verschönerungsarbeiten oben an der Rückwand mit dem riesigen, etwas unmotivierten Bild eines Harlekins, der unangebracht fröhlich und schalkhaft wirkte in dem schmucklosen Laden, in dem die Ware mehr aufbewahrt als ausgestellt wurde und die Verkäufer streng und muffig waren.

Diese Verkäufer, so erfuhr er zu seiner Überraschung, gehörten allesamt zur Familie. Das bedeutete, dass er seine Blicke nicht so frei wie sonst über die unverheirateten Mädchen schweifen lassen konnte. Also musterte er sie möglichst unauffällig während seiner Arbeit und kam zu dem Schluss, dass die Hübscheste ein Mädchen von etwa sechzehn war, das von den anderen Shama gerufen wurde. Sie war mittelgroß, schlank, aber wohlgerundet, mit zarten Gesichtszügen, und obwohl ihm ihre Stimme missfiel, war er doch bezaubert von ihrem Lächeln. So bezaubert, dass es ihn nach einigen Tagen sehr danach verlangte, das Verwerfliche und vielleicht sogar Gefährliche zu wagen und sie anzusprechen. Die Gegenwart ihrer Schwestern und Schwäger schreckte ihn ab, und erst recht die unvorhersagbaren und bedrohlichen Stippvisiten von Seth, der mehr wie ein Plantagenverwalter als wie der Geschäftsführer eines Ladens gekleidet war. Dennoch starrte er sie immer unverblümter an. Wenn sie ihn dabei ertappte, sah er weg, beschäftigte sich angelegentlich mit seinen Pinseln und spitzte die Lippen, als würde er leise vor sich hin pfeifen. In Wahrheit konnte er nicht pfeifen; er beschränkte sich darauf, die Luft beinahe geräuschlos durch den lüsternen Spalt zwischen den oberen Schneidezähnen auszustoßen.

Nachdem sie seine Blicke ein paarmal erwidert hatte, meinte er, eine erste Verbindung hergestellt zu haben, und als er in Pagotes Alec traf, der jetzt wieder in Ajodhas Werkstatt arbeitete, als Mechaniker, Schildermaler und Busdekorateur, sagte Mr. Biswas: »Ich hab ein Mädchen in Arwacas.«

Alec gratulierte ihm. »Ich hab's doch gesagt, so was kommt, wenn man am wenigsten damit rechnet. Völlig überflüssig, diese Kopfzerbrecherei!«

Und einige Tage darauf sagte Bhandats älterer Sohn: »Was hört man von dir, Mohun? Du hast endlich ein Mädchen gefunden?« Er sagte es gönnerhaft; es war allgemein bekannt, dass er mit einer Frau von einer anderen Rasse liiert war und auch schon ein Kind mit ihr hatte; sowohl das Kind als auch dessen Unehelichkeit erfüllten ihn mit Stolz.

Die Nachricht von dem Mädchen in Arwacas machte in Pagotes die Runde, und Mr. Biswas sonnte sich in ihrem Glanz, bis Bhandats jüngerer Sohn, ein herablassender Junge mit Überbiss, sagte: »Weißt du was, ich könnte wetten, du lügst.«

Als Mr. Biswas tags darauf wieder zum Hanuman-Haus aufbrach, trug er in seiner Tasche einen Zettel, den er Shama zustecken wollte. Sie war den ganzen Morgen beschäftigt, aber kurz vor der Mittagszeit, während derer der Laden geschlossen hatte, trat eine Flaute ein, und sie stand allein hinter ihrem Verkaufstisch. Er stieg die Leiter hinunter und pfiff dabei auf seine Art. Er stapelte seine Farbbüchsen, völlig überflüssigerweise, erst so und dann so. Dann ging er durch den Laden, stirnrunzelnd, vertieft, und suchte nach Farbbüchsen, die es nicht gab. Als er an Shamas Tisch vorbeikam, schob er den Zettel, ohne sie anzublicken, unter einen Stoffballen. Der Zettel war zerknittert und ein bisschen schmutzig und sah nach nichts aus. Aber sie bemerkte ihn. Sie schaute weg und lächelte. Es war kein komplizenhaftes oder erfreutes Lächeln; es war ein Lächeln, das Mr. Biswas zu verstehen gab, dass er sich zum Narren gemacht hatte. Er kam sich unsagbar dumm vor und überlegte, ob er den Zettel nicht wieder an sich nehmen und sich Shama schleunigst aus dem Kopf schlagen sollte.

Während er noch zögerte, trat eine dicke Negerin an Shamas Tisch und verlangte fleischfarbene Nylonstrümpfe, die im ländlichen Trinidad groß in Mode waren.

Shama, immer noch lächelnd, holte einen Karton aus dem Regal und hielt ein Paar schwarze Baumwollstrümpfe hoch.

»Hhhh!« Die Frau schnappte nach Luft, dass es durch den ganzen Laden zu hören war. »Willst du mich für dumm verkaufen?« Sie fing zu schimpfen an. »Was seid ihr nur alle für ein eingebildetes Pack!« Sie riss Schachteln und Stoffballen vom Tisch und warf sie auf den Boden, und sooft ein Gegenstand aufschlug, wiederholte sie: »Pack!« Einer der Tulsi-Schwiegersöhne kam herbeigelaufen, um sie zu beschwichtigen. Sie stieß ihn weg. »Wo ist die Chefin?«, rief sie und begann laut »Mai! Mai!« zu schreien, als litte sie furchtbare Schmerzen.

Shama lächelte nicht mehr. Angst stand ihr ins Gesicht geschrieben, und es drängte Mr. Biswas nicht, sie zu trösten. Sie sah jetzt so kindlich aus, dass er sich seines Briefchens nur umso mehr schämte. Der Stoffballen, der es verdeckt hatte, war zu Boden geschleudert worden, und der Zettel lag offen da, eingeklemmt unter der Kante des Messingzollstocks, der auf dem Ladentisch festgeschraubt war.

Er machte einen Schritt darauf zu, doch die um sich schlagenden dicken Arme der Frau zwangen ihn zum Zurückweichen.

Dann plötzlich trat Stille ein. Die Arme der Frau sanken herab. Durch die Hintertür rechts neben dem Ladentisch trat Mrs. Tulsi. Sie war so schwer mit Schmuck behängt wie Tara, nicht so lebhaft wie diese, aber dafür majestätischer; ihr Gesicht, wiewohl nicht dicklich, war schlaff, als würde es wenig eingesetzt.

Mr. Biswas zog sich zu seinen Büchsen und Pinseln zurück.

»Jawohl, Ma'am, *Sie* wollte ich sprechen.« Die Frau bekam kaum Luft vor lauter Zorn. »*Sie* wollte ich sprechen. Ich will, dass Sie dieses Kind durchhauen, Ma'am. Ich will, dass Sie dieses freche, eingebildete Gör windelweich hauen.«

»In Ordnung, Miss. In Ordnung.« Mrs. Tulsi presste mehrmals die schmalen Lippen zusammen. »Sagen Sie mir, was passiert ist.« Sie sprach ein langsames, präzises Englisch, das Mr. Biswas erstaunte und mit banger Ahnung erfüllte. Sie stand jetzt hinter dem Ladentisch, und ihre Finger, die wie das Gesicht eher faltig als gefurcht waren, strichen an dem Messingstab entlang. Während sie zuhörte, drückte sie von Zeit zu Zeit den Zipfel ihres Schleiers an die sich regenden Lippen.

Mr. Biswas, der nun eifrig seine Pinsel säuberte, trockenrieb und Seife in die Borsten schmierte, damit sie geschmeidig blieben, hätte schwören mögen, dass sie nur mit halbem Ohr lauschte, dass ihr Blick auf das Briefchen gefallen war: *Ich liebe dich und möchte mit dir reden.*

Mrs. Tulsi beschimpfte Shama auf Hindi, so obszön, dass Mr. Biswas ganz bestürzt war. Die Frau schaute schon etwas sanfter drein. Mrs. Tulsi versprach, die Sache nicht auf sich beruhen zu lassen, und gab der Frau ein Paar fleischfarbene Strümpfe gratis. Die Frau begann ihre Geschichte wieder von vorn. Mrs. Tulsi, zu keinen weiteren Zugeständnissen bereit, wiederholte, dass sie die Strümpfe gratis bekäme. Die Frau erzählte in aller Ruhe zu Ende. Dann ging sie langsam aus dem Laden, murmelnd und unter betontem Schwenken ihrer breiten Hüften.

Der Zettel befand sich in Mrs. Tulsis Hand. Sie hielt ihn knapp über dem Ladentisch, weit weg von ihren Augen, und tupfte sich beim Lesen die Lippen mit dem Schleier.

»Shama, das war sehr unverschämt von dir.«

»Ich hab's nicht so gemeint, Mai«, sagte Shama und brach in Tränen aus wie ein kleines Mädchen, das die Rute bekommen soll.

Mr. Biswas' Ernüchterung war komplett.

Mrs. Tulsi, den Schleier ans Kinn gedrückt, nickte zerstreut, ohne den Blick von dem Zettel zu heben.

Mr. Biswas schlich aus dem Laden. Er ging in Mrs. Seeungs

großes Café in der High Street und bestellte ein Sardinenbrötchen und eine Flasche Sprudel. Die Sardinen waren trocken, die Zwiebel beleidigte seinen Gaumen, und die Brotrinde war so kantig, dass sie ihm in die Lippe schnitt. Sein einziger Trost war der Gedanke, dass er das Briefchen nicht unterschrieben hatte und leugnen konnte, dass es von ihm war.

Er kehrte mit dem Entschluss in den Laden zurück, so zu tun, als wäre nichts gewesen, und Shama nie mehr anzuschauen. Sorgfältig richtete er seine Pinsel her und machte sich an die Arbeit. Mit Erleichterung stellte er fest, dass niemand ihn beachtete, und mit noch größerer Erleichterung, dass Shama an diesem Nachmittag nicht im Laden war. Frohen Herzens zeichnete er auf dem unebenen weißen Putz der Säule einen Hund vor. Unter den Hund zog er waagrechte Linien, auf die er SCHNÄPPCHEN! SCHNÄPPCHEN! schrieb. Er malte den Hund rot aus, das erste SCHNÄPPCHEN! schwarz und das zweite blau. Dann kletterte er ein, zwei Sprossen tiefer und listete auf weiteren Linien ein paar der Schnäppchen auf, die es im Tulsi-Laden zu machen gab. Die Buchstaben dazu »schnitt« er aus, indem er ein Stück Säule rot anmalte und die Lettern auf dem weißen Putz freiließ. Am oberen und unteren Rand des roten Streifens ließ er kleine weiße Kreise frei; diese spaltete er mit einem roten Strich, so dass man denken konnte, ein gewaltiges rotes Schild sei an die Säule geschraubt worden – ein Trick, den er Alec abgeschaut hatte. Die Arbeit nahm ihn den Nachmittag über völlig gefangen. Shama ließ sich nicht im Laden blicken, und minutenlang vergaß er die Vorfälle des Morgens ganz.

Kurz vor Ladenschluss um vier Uhr, als Mr. Biswas mit der Arbeit aufhörte, kam Seth, in einem Aufzug, als hätte er den Tag auf dem Feld verbracht. Er trug schlammbespritzte Schnürstiefel und einen fleckigen Tropenhelm; in der Tasche seines verschwitzten Khakihemdes steckten ein schwarzes Notizbuch und eine elfenbeinerne Zigarettenspitze. Er trat zu Mr. Biswas und sagte in barschem Befehlston: »Die Chefin will dich sprechen, bevor du gehst!«

Der Ton missfiel Mr. Biswas, und dass Seth englisch mit ihm gesprochen hatte, machte ihm Sorgen. Ohne eine Erwiderung stieg er von der Leiter und wusch unter tonlosem Pfeifen seine Pinsel aus, während Seth neben ihm stehen blieb. Die beiden Vordertüren wurden verschlossen und verriegelt, und der Laden bekam etwas Dunkles, Warmes, Beschütztes.

Mr. Biswas folgte Seth durch den Hinterausgang in den feuchten, düsteren Hof, den er nie zuvor betreten hatte. Von hier aus wirkte der Laden noch kleiner; als er sich umdrehte, sah er, dass die Tür von zwei lebensgroßen geschnitzten, grotesk bemalten Hanuman-Statuen flankiert war. Auf der anderen Seite des Hofes erhob sich ein großes, altes, graues Holzhaus – das alte Tulsi-Haus, nahm er an. Es war viel größer, als der Laden ahnen ließ, zumal es von der Straße aus fast vollständig durch das hohe Betonhaus verdeckt wurde, mit dem es durch eine ungestrichene, neu aussehende Holzbrücke verbunden war, die den Hof überdachte.

Eine kurze Stiege mit rissigen Zementstufen führte hinauf zur Vorhalle des Holzhauses. Sie war leer. Seth sagte, er müsse sich waschen gehen, und ließ Mr. Biswas stehen. Die Halle war weitläufig und roch nach Rauch und altem Holz. Das Hellgrün ihrer Wände war verblasst und angeschmutzt, und die Balken offenbarten die Verheerungen der Termiten, die morsches Holz wie neu aussehen lassen. Dann musste Mr. Biswas sich abermals wundern. Durch eine Tür am anderen Ende des Raumes erblickte er die Küche. Und die Küche hatte Lehmwände. Sie war niedriger als die Halle und anscheinend ganz und gar lichtlos. Die Tür klaffte schwarz; Ruß hatte die Wand ringsum und die Decke gleich darüber verfärbt, so dass Schwärze die Küche auszufüllen schien wie eine greifbare Substanz.

Das beherrschende Möbel in der Halle war ein langer Tisch aus rohem Pechkiefernholz, grob gemasert und schartig. In einer Ecke hing eine Hängematte aus aneinandergenähten Zuckersäcken. In einer anderen standen eine alte Nähmaschine, ein Kinderstuhl und eine riesige schwarze Zwiebackdose. Über den Raum verteilt waren eine Anzahl zusammengewürfelter Stühle, Hocker und Bänke, von denen eine – niedrig, aus einem massiven Block Zypressenholz geschnitzt und mit primitiven Verzierungen bedeckt – durch ihr Safrangelb noch verriet, dass sie von einer Hochzeitsfeier stammte. Ein paar elegantere Möbelstücke – eine Kommode, ein Sekretär, ein Klavier, das mit so vielen Papierstapeln, Körben und anderen Dingen beladen war, dass mit Sicherheit nie jemand darauf spielte – verstellten den Treppenabsatz. Auf der anderen Seite der Halle befand sich ein Erker von seltsamer Bauart. Es sah aus, als sei eine gewaltige Schublade aus der Wand gezogen worden; der dunkle, staubige Hohlraum, der dadurch entstand, war mit allen möglichen Gegenständen vollgestopft, die Mr. Biswas nicht recht erkennen konnte.

Dann ertönte von der Treppe her ein Knarzen, und über silberbereiften Knöcheln wippte ein langer weißer Rock samt Petticoat. Mrs. Tulsi erschien. Ihre Bewegungen waren schleppend; Mr. Biswas sah ihrem Gesicht an, dass sie den Nachmittag im Bett verbracht hatte. Ohne ihn zu beachten, setzte sie sich auf eine Bank und stützte die schmuckbeschwerten Arme auf dem Tisch auf, ermattet schon jetzt. Die eine ihrer glatten beringten Hände hielt sein Briefchen.

»Hast du das geschrieben?«

Er sah so verdutzt drein, wie er nur konnte. Er starrte mit großen Augen auf den Zettel und streckte die Hand danach aus. Mrs. Tulsi zog ihn weg und hielt ihn hoch.

»Das da? Das habe ich nicht geschrieben. Warum sollte ich das schreiben?«

»Ich dachte nur. Jemand hat gesehen, wie du es hingelegt hast.«

Die Stille draußen fand ein jähes Ende. Das hohe Tor in dem Wellblechzaun schlug mehrmals hintereinander, und durch den Hof klang das Füßetrappeln und Schwatzen der aus der Schule heimkommenden Kinder. Sie gingen seitlich am Haus vorbei, über die Veranda, die unter dem Erker entlangführte. Ein Kind weinte, ein anderes erklärte, warum; eine Frau schrie, sie sollten Ruhe geben. Aus der Küche drang Klappern. Mit einem Schlag war das Haus bevölkert und voller Leben.

Seth erschien wieder in der Halle, gewaschen, ohne den Tropenhelm jetzt; seine Stiefel klackten laut über den Boden. Sein feuchtes grau gesträhntes Haar war flachgekämmt. Er setzte sich Mrs. Tulsi gegenüber an den Tisch und steckte eine Zigarette in seine Zigarettenspitze.

»Was?«, sagte Mr. Biswas. »Jemand will gesehen haben, wie *ich* das hingelegt habe?«

Seth lachte. »Kein Grund, sich zu schämen.« Er lachte mit den Mundwinkeln, die Zigarettenspitze fest zwischen die Lippen geklemmt.

Mr. Biswas war verwirrt. Er hätte es eher verstanden, wenn sie nicht weiter daran gerührt und ihm einfach das Haus verboten hätten.

»Ich glaube, ich kenne deine Familie«, sagte Seth.

Draußen auf der Veranda und in der Küche wurde unterdessen beständig gewerkelt. Eine Frau kam aus der schwarzen Türöffnung, in den Händen einen Messingteller und eine Emailletasse mit blauem Rand. Sie stellte beides vor Mrs. Tulsi hin und eilte ohne ein Wort, ohne einen Blick nach rechts oder links in die Schwärze zurück. In der Tasse war Tee mit Milch, auf dem Teller ein *roti*-Fladen und Currybohnen. Eine andere Frau trug mit ähnlich demütigem Gebaren das Essen für Seth auf. Mr. Biswas erkannte sie beide als Shamas Schwestern; ihre Kleidung und ihr Auftreten zeigten, dass sie verheiratet waren.

Mrs. Tulsi fuhr mit einem Stück Brot unter ihre Bohnen wie mit einer Gabel und sagte zu Seth: »Soll er auch was kriegen?«

»Möchtest du was essen?« Seth fragte es, als fände er die Vorstellung, Mr. Biswas könne etwas zu essen wollen, belustigend.

Mr. Biswas schüttelte den Kopf; was er sah, reizte ihn nicht.

»Hol dir einen Stuhl und setz dich«, sagte Mrs. Tulsi und rief dann, fast ohne die Stimme zu heben: »C, bring diesem Menschen eine Tasse Tee.«

»Ich kenne deine Familie«, wiederholte Seth. »Wer ist dein Vater gleich noch?«

Mr. Biswas wich der Frage aus. »Ich bin der Neffe von Ajodha. Pagotes.«

»Natürlich.« Mit geübtem Griff schnippte Seth seine Zigarette aus ihrer Halterung auf den Boden und trat sie mit dem Stiefel aus, während seine Nüstern und sein Mund sich überkreuzende Rauchströme ausstießen. »Ajodha kenne ich. Hab ihm ein Stück Land verkauft. Dhankus Land«, sagte er, an Mrs. Tulsi gewandt.

»Ach ja.« Mrs. Tulsi fuhr fort zu essen, die ringgepanzerte Hand hoch über den Teller erhoben.

C entpuppte sich als die Frau, die Mrs. Tulsi bedient hatte. Sie ähnelte Shama, nur dass sie kleiner und untersetzter war und gröbere Gesichtszüge hatte. Ihr Schleier war sittsam in die Stirn herabgezogen, aber als sie Mr. Biswas seinen Tee hinstellte, bedachte sie ihn mit einem unverhüllt abschätzigen Blick. Er versuchte auf gleiche Weise zurückzuschauen, war aber zu langsam; sie hatte sich schon abgewendet und ging davon, rasch und leicht auf ihren nackten Sohlen. Er führte die hochwandige Tasse an die Lippen und nahm einen langen, schlürfenden Schluck, die Augen auf sein Spiegelbild im Tee gesenkt, wobei er sich fragte, welcher Art Seths Stellung in der Familie war.

Dann hörte er noch jemanden in die Halle kommen und setzte die Tasse ab. Der Neuankömmling war ein großer, schlanker

Mann, lächelnd und weiß gekleidet. Sein Gesicht war sonnenverbrannt, seine Hände rau. Atemlos, unterbrochen von viel Seufzen, Lachen und Schlucken erstattete er Seth über verschiedene Tiere Bericht. Er schien zeigen zu wollen, wie müde er war und wie gut er alles gemacht hatte. Seth wirkte zufrieden. C kam wieder aus der Küche und folgte dem Mann die Treppe hinauf; offenbar war er ihr Ehemann.

Mr. Biswas trank noch einen Schluck Tee, betrachtete sein Spiegelbild und überlegte, ob die Paare wohl Zimmer für sich hatten; er überlegte auch, wo die Kinder schlafen mochten, die er draußen auf der Veranda hörte, wo sie lärmten und kreischten und sich (nur von den Müttern?) Klapse einfingen, die Kinder, deren Gesichter durch die Küchentür zu ihm hereinspähten, bevor beringte Hände sie wegzerrten.

»Und du hast das Kind richtig gern, ja?«

Es dauerte ein Weilchen, bis Mr. Biswas, im Schutz seiner Tasse, Mrs. Tulsis Frage auf sich bezog, und noch ein Weilchen länger, bis er verstand, wer mit dem Kind gemeint war.

Es wäre ihm unhöflich vorgekommen, zu verneinen. »Ja«, sagte er, »ich hab das Kind gern.«

Mrs. Tulsi kaute, ohne etwas zu erwidern.

Seth sagte: »Ich kenne Ajodha. Soll ich mit ihm sprechen?«

Mr. Biswas vernahm es ratlos, ungläubig, entgeistert. »Aber ... das Kind«, sagte er verzweifelt. »Was ist mit dem Kind?«

»Was soll mit ihr sein?«, fragte Seth. »Sie ist ein gutes Kind. Sogar ein bisschen lesen und schreiben kann sie.«

»Ein bisschen lesen und schreiben ...«, wiederholte Mr. Biswas in einem Versuch, Zeit zu gewinnen.

Seth, kauend, mit dem Brotfladen in der Rechten behende Bohnen aufschaufelnd, machte eine abwinkende Gebärde mit der Linken. »Nur ein kleines bisschen. Vielleicht so viel. Keine Sorge. In zwei, drei Jahren hat sie's vergessen.« Und er lachte auf. Er trug ein Gebiss, das beim Kauen in einem fort klackte.

»Das Kind …«, sagte Mr. Biswas.

Mrs. Tulsi fixierte ihn.

»Ich meine«, sagte Mr. Biswas, »weiß das Kind …?«

»Nichts weiß sie«, sagte Seth begütigend.

»Ich meine«, setzte Mr. Biswas wieder an, »mag das Kind mich denn?«

Mrs. Tulsi sah ihn an, als verstünde sie kein Wort. Sie kaute bedächtig weiter, lautstark und feucht, und dabei hielt sie mit der freien Hand Mr. Biswas' Briefchen hoch und sagte: »Was ist los? Magst du das Kind nicht?«

»Doch«, sagte Mr. Biswas hilflos. »Ich mag das Kind.«

»Das ist dic Hauptsache«, sagte Seth. »Wir wollen dich schließlich zu nichts drängen. Drängen wir dich?«

Mr. Biswas blieb stumm.

Wieder lachte Seth auf, kurz und wegwerfend. Er schwappte sich Tee in dem Mund, ohne die Tasse bis ganz an die Lippen zu führen, und nach jedem Schwappen kaute und klackte er. »Sag schon, Junge. Drängen wir dich?«

»Nein«, sagte Mr. Biswas, »Sie drängen mich nicht.«

»Na also. Was guckst du dann so verschreckt?«

Mrs. Tulsi lächelte Mr. Biswas zu. »Der arme Junge ist schüchtern. *Ich* weiß doch Bescheid.«

»Ich bin *nicht* schüchtern und *nicht* verschreckt«, widersprach Mr. Biswas, und die Schärfe in seiner Stimme bestürzte ihn so, dass er leise hinzusetzte: »Es ist nur, dass – na ja, es ist einfach so, dass ich nicht genug Geld habe, um ans Heiraten zu denken.«

Mrs. Tulsi wurde so streng, wie er sie am Vormittag im Laden erlebt hatte. »Warum schreibst du dann so etwas?« Sie schwenkte das Briefchen.

»Ach! Mach dir deswegen keine Sorgen«, sagte Seth. »Kein Geld! Ajodhas Familie und kein Geld!«

Mr. Biswas erschienen Erklärungen zwecklos.

Mrs. Tulsi beruhigte sich. »Wenn unser Vater lange nach Geld gefragt hätte, dann hätte er überhaupt nie heiraten können.«

Seth nickte feierlich.

Mr. Biswas überlegte verwirrt, von wessen Vater sie sprach. Einen Augenblick dachte er, Seth und sie seien vielleicht Geschwister, doch dann wurde ihm klar, dass die Worte eine größere, beängstigendere Tragweite hatten.

Kindergesichter und Frauengesichter lugten aus der Küchentür.

Die Welt war zu klein, die Tulsi-Sippe zu groß. Es gab kein Entkommen für ihn.

Wie oft während der folgenden Jahre – im Hanuman-Haus, in dem Haus in Shorthills, dem Haus in Port of Spain, wo sie nur ein einziges Zimmer hatten und er Bett an Bett mit einigen der Kinder schlafen musste, während Shama, die Späßemacherin, die Feilbieterin schwarzer Baumwollstrümpfe, mit den anderen Kindern unter dem Haus schlief –, wie oft in all diesen Jahren sollte Mr. Biswas seine Schwäche, seine Sprachlosigkeit an jenem Abend bereuen! Wie oft sollte er versuchen, die Ereignisse nachträglich gewichtiger erscheinen zu lassen, als sie gewesen waren, durchdachter und weniger absurd.

Doch es sollte noch absurder kommen. Als das Hanuman-Haus hinter ihm lag und er heimradelte nach Pagotes, war er in Hochstimmung! In der großen, verstaubten Halle mit ihrer rußigen Küche am hinteren Ende, dem überladenen Treppenabsatz auf der einen Seite und dem dunklen, spinnwebverhangenen Erker auf der anderen hatte er sich von Mrs. Tulsi und Seth und all den Frauen und Kindern der Tulsis überwältigt und eingeschüchtert gefühlt; sie waren zu fremd und zu stark; er hatte nur danach getrachtet, dem Haus zu entfliehen. Aber die Hochstimmung, die sich nun seiner bemächtigte, rührte nicht von seiner Erleichterung her. Er hatte das Gefühl, dass große Dinge geschehen waren. Er hatte das Gefühl, endlich jemand zu sein.

Sein Weg führte ihn die County Road und die Eastern Main Road entlang. Beide Straßen waren über weite Strecken von Häusern gesäumt, ambitionierten Projekten, unvollendet und ohne Anstrich: Skelette zum Teil, deren Balkenwerk grau und schimmlig emporragte, während die Bauherren in einem oder zwei notdürftig abgedichteten Zimmern hausten. Durch halbfertige, aus Spanbrettern, Blech und Sackleinen zusammengestückelte Trennwände konnte man die Kleidung ganzer Familien hängen sehen, an Wäscheleinen, die sich durch die bewohnten Räume spannten wie die Wimpel eines Schiffs; Betten gab es keine, nur Tisch und Stuhl, wenn es hochkam, und haufenweise Kisten. Zweimal täglich strampelte er an diesen Häusern vorbei, aber an diesem Abend sah er sie wie zum ersten Mal. Gegen ein derartiges Scheitern, wie es auch ihm am Morgen noch geblüht hatte, war er nun mit einem Mal gefeit.

Und als ihn Alec am selben Abend auf seine freundlich-spöttische Art fragte: »Was macht dein Mädchen, Mann?«, antwortete Mr. Biswas fröhlich: »Hab gerade mit der Mutter geredet.«

Alec traute seinen Ohren nicht. »Mit der Mutter? Was zum Teufel machst du für Sachen?«

Das Entsetzen holte Mr. Biswas wieder ein, aber er sagte: »Keine Angst. Ich bin ja nicht auf den Kopf gefallen. Gute Familie, weißt du. Geld. Jede Menge Land. Mit Schildermalen ist jetzt Schluss für mich.«

Alec wirkte nicht sonderlich beruhigt. »Und wie hast du das so schnell hingekriegt?«

»Ach, weißt du, ich hab halt dieses Mädchen gesehen. Ich hab dieses Mädchen gesehen, und sie hat mich angeguckt und ich hab sie angeguckt, und ich hab ihr ein bisschen schöngetan, wie man's so macht, und ich hab gesehen, dass sie mich auch leiden mag. Na ja, und da bin ich eben hingegangen und hab mit der Mutter geredet. Reiche Leute, weißt du. Riesenhaus.«

Doch er war sehr in Sorge, und ein Gutteil des Abends grübelte er darüber nach, ob er je wieder zum Hanuman-Haus zurückgehen konnte. Nach einer Weile kam es ihm vor, als sei er es gewesen, der gehandelt hatte; und dass er töricht gehandelt hatte, das mochte er nicht glauben. Immerhin war das Mädchen ja hübsch. Und eine ansehnliche Mitgift würde sie auch erhalten. Dem entgegen standen nur seine Furcht und ein Bedauern, das er niemandem hätte erklären können: Der Romantik musste er nun ein für allemal entsagen, denn Romantik hatte im Hanuman-Haus keinen Platz.

Am Morgen erschien ihm alles so normal, dass sowohl Furcht als auch Bedauern unwirklich wurden und er keinen Grund sah, warum er sich anders verhalten sollte als sonst.

Er fuhr zum Tulsi-Laden und bemalte eine Säule.

Mittags wurde er in die Halle eingeladen, wo man ihm Linsen, Spinat und einen Berg Reis auf einem Messingteller vorsetzte. Der Pechkieferntisch war mit Essen bekleckert, um das die Fliegen summten. Es schmeckte ihm nicht, und es widerstrebte ihm, von Messing zu essen. Mrs. Tulsi, die selber nichts aß, saß neben ihm, starrte ihm auf den Teller, wedelte mit einer Hand die Fliegen von seinem Essen und redete.

Nach einer Weile lenkte sie seine Aufmerksamkeit auf eine gerahmte Photographie an der Wand unter dem Erker. Die Photographie, die an den Rändern und auch sonst vielerorts unscharf war, zeigte einen schnurrbärtigen Mann mit Turban, Jacke und Dhoti, Gebetskette um den Hals, Kastenzeichen auf der Stirn und einem Regenschirm in der linken Armbeuge. Es war Pandit Tulsi.

»Zwischen uns gab es nie Streit«, sagte Mrs. Tulsi. »Angenommen, ich wollte nach Port of Spain fahren und er nicht. Meinst du, deswegen hätten wir uns gestritten? O nein. Wir haben uns hingesetzt und darüber geredet, und dann hat er gesagt: ›Gut, fahren wir.‹ Oder ich habe gesagt: ›Gut, bleiben wir hier.‹ So war das zwischen uns, weißt du.«

Sie klang fast ein wenig weinerlich, und Mr. Biswas versuchte möglichst feierlich zu kauen. Er verlangsamte sein Tempo und überlegte, ob er nicht ganz mit dem Kauen aufhören sollte, aber sooft er aufhörte zu essen, hörte Mrs. Tulsi auf zu reden.

»Dieses Haus hier«, sagte Mrs. Tulsi, indem sie sich die Nase putzte, mit dem Schleier an ihren Augen herumtupfte und matt die Hand schwenkte, »dieses Haus hat er mit seinen eigenen Händen gebaut. Die Mauern sind nicht aus Beton, weißt du. Hättest du das gedacht?«

Mr. Biswas aß weiter.

»Du hast sie für Beton gehalten, stimmt's?«

»Ja, ich hab sie für Beton gehalten.«

»Jeder hält sie für Beton. Aber sie irren sich alle. Diese Wände sind in Wirklichkeit aus Lehmziegeln. Aus Lehmziegeln«, wiederholte sie, während sie auf Mr. Biswas' Teller starrte und wartete, dass er etwas erwiderte.

»Aus Lehmziegeln!«, sagte er. »Das hätte ich nie gedacht.«

»Aus Lehmziegeln. Und er hat jeden einzelnen davon selbst gebrannt. Gleich hier. In Ceylon.«

»Ceylon?«

»So nennen wir den Garten hinterm Haus. Den hast du wohl noch nicht gesehen. Ein schönes Stück Land. Überall blühende Bäume. Er liebte alles, was blüht, weißt du. Und die Ziegelei und all das steht auch noch. Ja, es gibt eine Menge hier, wovon die Leute keine Ahnung haben. Ceylon. Du fängst besser schon einmal an, dir die Namen zu merken.« Sie lachte, und Mr. Biswas durchfuhr ein kleiner Stich der Angst. »Und dann«, fuhr sie fort, »war er eines Tages nach Port of Spain unterwegs, um für uns alle die Überfahrt nach Indien zu buchen. Nur für einen Besuch, weißt du. Und dieses Auto kam und fuhr ihn tot. Tot«, wiederholte sie und wartete.

Mr. Biswas schluckte eilig hinunter und sagte: »Das muss ein Schlag gewesen sein.«

»Und was für ein Schlag. Erst eine Tochter verheiratet. Zwei Söhne, die eine Ausbildung brauchten. Was für ein Schlag. Und Geld hatten wir ja keins.«

Das hörte Mr. Biswas zum ersten Mal. Er verbarg seine Bestürzung, indem er auf seinen Messingteller hinabstarrte und heftig kaute.

»Und Seth meint, und das sehe ich genauso, dass man in einem Haus, wo der Vater tot ist, kein großes Aufhebens um die Hochzeit machen sollte. Du weißt schon« – sie vollführte mit ihren schmuckstarrenden Armen eine schwerfällige Tänzerinnengebärde, die sie ungemein zu erheitern schien –, »Trommeln und Tanzen und große Mitgift. Von so etwas halten wir nichts. Das überlassen wir den Leuten, die es nötig haben zu protzen. Du kennst ja die Sorte. Bei jeder Gelegenheit aufgedonnert bis zum Gehtnichtmehr. Aber schau dir an, aus welchen Löchern sie gekrochen kommen. Du weißt schon, diese Häuser an der County Road. Halbfertig. Keine Möbel. Nein, da sind wir anders. Dieser Hochzeitspomp, so was passt vielleicht zu altmodischen Leuten wie mir damals. Aber doch nicht zu euch. Oder findest du, es spielt eine Rolle, wie jemand heiratet?«

»Nein, eigentlich nicht.«

»Du erinnerst mich ein bisschen an *ihn*.«

Er folgte ihrem Blick zu den vielen anderen Photographien an der Wand, auf denen Pandit Tulsi zu sehen war. Eine zeigte ihn umrahmt von zwei Topfpalmen vor dem Sonnenuntergang eines Photoateliers. Auf einem anderen Bild stand er als ferne, kaum erkennbare Gestalt unter den Arkaden des Hanuman-Hauses, im Vordergrund die High Street, leer bis auf eine löchrige Tonne, die näher an der Kamera stand und deshalb gestochen scharf war. (Wie hatten sie die Straße nur so leer bekommen, fragte sich Mr. Biswas. Vielleicht war es ein Sonntagmorgen gewesen, oder sie hatten den Pöbel mit Seilabsperrungen am Weitergehen gehindert.) Auch ein Bild von ihm hinter der Balustrade gab es. Auf jedem trug er den Regenschirm.

»Er hätte dich gemocht«, sagte Mrs. Tulsi. »Er wäre stolz gewesen, dich zum Schwiegersohn zu bekommen. Er hätte keinen Gedanken an Dinge wie deinen Beruf oder dein Geld verschwendet. Für ihn hat immer nur die Abkunft gezählt. Und deine Abkunft ist untadelig, das sehe ich auf einen Blick. Eine schlichte kleine Zeremonie auf dem Standesamt, mehr braucht ihr beide nicht.«

Ehe Mr. Biswas sich's versah, hatte er ja gesagt.

Im Hanuman-Haus war ihm alles einfach und vernünftig vorgekommen. Draußen dann war er wie gelähmt. Er hatte keine Zeit gehabt, über die Probleme nachzudenken, die seine Heirat mit sich bringen würde. Jetzt erschienen sie ihm überwältigend. Was würde aus seiner Mutter werden? Wo würde er wohnen? Er hatte kein Geld und keine Arbeit – denn das Schildermalen mochte für einen Jungen taugen, der noch bei der Mutter lebte: ein seriöser Beruf für einen verheirateten Mann war es nicht. Für ein eigenes Haus brauchte er erst eine Arbeit. Er brauchte Zeit, viel Zeit, aber die Tulsis ließen ihm gar keine, obwohl sie doch über seine Umstände Bescheid wussten. Er nahm an, dass sie vorhatten, ihm mehr als eine Mitgift zu geben; dass sie ihm zu Arbeit oder einem Haus verhelfen würden, wenn nicht zu beidem. Er hätte das mit Seth und Mrs. Tulsi gern näher besprochen, doch an sie kam er, seit das Aufgebot bestellt war, nicht mehr heran.

In Pagotes konnte er mit niemandem reden, denn die blanke Scham hatte ihn davon abgehalten, Tara, Bipti oder Alec seine Heiratspläne zu gestehen. Im Hanuman-Haus, in dem Gewimmel von Töchtern, Schwiegersöhnen und Kindern, fühlte er sich zunehmend verloren, unwichtig, ja verängstigt. Niemand kümmerte sich groß um ihn. Bei der mittäglichen Abfütterung mochte er schon einmal einbezogen werden, aber es fehlte die Ehefrau, die ihm ihre besondere Aufmerksamkeit erwies, all die kleinen Dienste, die er Shamas Schwestern ihren Männern erweisen sah: das prompte Vollfüllen des Tellers, die Erkundigungen, die formelle Rücksichtnahme. Shama war fast nie da, und wenn doch, übersah sie ihn geflissentlich.

Auf die Idee, einen Rückzieher zu machen, kam er gar nicht erst. Ihm schien, dass er sich in jeder gesetzlichen und moralischen Hinsicht verpflichtet hatte. Und eines Morgens sagte er Bipti, er habe einen Auswärtsauftrag und werde ein Weilchen fortbleiben, packte ein paar Kleider ein und zog ins Hanuman-Haus. Es war nur eine halbe Lüge; er konnte nicht glauben, dass die Geschehnisse, die ihn erwarteten, auch nur im Geringsten real waren und Macht hatten, ihn in irgendeiner Weise zu verändern. Die Tage verliefen so unspektakulär; was sollte ihm da Außergewöhnliches widerfahren? Und bald, da war er ganz sicher, würde er in die Lehmhütte heimkehren, unverändert. Als Garantie für diese Heimkehr ließ er den Großteil seiner Kleidung und sämtliche Bücher in der Hütte zurück; nicht zuletzt als Garantie dafür belog er Bipti.

Nach einer kurzen Zeremonie im Standesamt – so unecht wie ein Kinderspiel, mit Papierblumen in ungleichen Vasen auf einem strohfarbenen, sehr offiziell anmutenden Amtsschreibtisch – bekamen Mr. Biswas und Shama einen Teil eines langgestreckten Raumes im obersten Stock des Holzhauses zugewiesen.

Und nun war er auf der Hut. Nun hegte er Fluchtgedanken. Um sich ein Hintertürchen offen zu halten, so dachte er, war es wichtig, den letzten Schritt zu vermeiden. Er umarmte Shama nicht, ja er berührte sie nicht einmal. Er hätte ohnehin nicht gewusst, wie er es angehen sollte – bei einer Frau, die noch nie ein Wort mit ihm gesprochen hatte und die er nach wie vor mit dem spöttischen Lächeln im Gesicht vor sich sah, mit dem sie ihn an jenem Vormittag im Laden bedacht hatte. Um nicht in Versuchung zu geraten, blickte er sie nicht an und war erleichtert, als sie den Raum verließ. Für den Rest des Tages blieb er wie ein Gefangener in seiner Zelle und lauschte auf die Geräusche, die aus dem Haus zu ihm hereindrangen.

Weder an diesem Tag noch an einem der folgenden erwähnte irgendjemand ihm gegenüber Mitgift, Haus oder Arbeit; und ihm dämmerte, dass deshalb nichts besprochen worden war, weil es für Mrs. Tulsi und Seth nichts zu besprechen gab. Der Haushalt der Tulsis war einfach strukturiert. Mrs. Tulsi hatte nur eine Dienerin, eine Schwarze, die von Seth und Mrs. Tulsi Blackie genannt wurde und von allen anderen Miss Blackie. Miss Blackies Pflichten waren unbestimmter Natur. Die Töchter und ihre Kinder fegten und wuschen und kochten und bedienten im Laden. Die Ehemänner, beaufsichtigt von Seth, bestellten das Land der Tulsis, versorgten die Tiere der Tulsis und bedienten im Laden. Im Gegenzug erhielten sie Kost und Logis und ein wenig Geld; ihre Kinder wurden betreut, und die Menschheit begegnete ihnen mit Respekt, weil sie zum Tulsi-Clan gehörten. Ihre Namen gerieten in Vergessenheit; sie wurden zu Tulsis. Es gab auch Töchter, die in der Tulsi'schen Heiratslotterie Männer mit Geld und einem Platz in der Gesellschaft gezogen hatten; diese Töchter lebten bei den Familien ihrer Männer, wie der Hindu-Brauch es vorschrieb, und hatten mit dem Tulsi-Haushalt nichts mehr zu tun.

Bis dahin hatte Mr. Biswas sich als besonderer Günstling der Tulsis gewähnt. Als er nach und nach mitbekam, wie die Familie ihre Töchter verschacherte, wunderte er sich eher, dass Seth und Mrs. Tulsi sich zwei Tage hintereinander so ins Zeug gelegt hatten, um ihm eine Heirat schmackhaft zu machen. Sie hatten Shama einzig deshalb an ihn verheiratet, weil er aus der richtigen Kaste stammte; aus dem gleichen Grund hatten sie die Tochter, die C genannt wurde, an einen analphabetischen Kokosnussverkäufer verheiratet.

Mr. Biswas besaß weder Geld noch einen Platz in der Gesellschaft. Man erwartete von ihm, dass er ein Tulsi wurde.

Sogleich rebellierte er.

Er malte den Laden fertig aus, als wüsste er nicht, was von ihm erwartet wurde, und entschied, dass es nun Zeit war zu fliehen, ob mit Shama oder ohne. So wie es aussah, eher ohne sie. Sie sprachen nach wie vor nicht miteinander, und seiner Devise der Vorsicht folgend, hatte er sich ihr auch im Langen Zimmer nicht zu nähern versucht. Er war überzeugt, dass sie bis ins Mark eine Tulsi war. Und er war froh um seine Vorsicht, als sie anfing, mitten in der Halle im Kreis von Schwestern, Schwägern, Neffen und Nichten in Schluchzen auszubrechen und zu verkünden, Mr. Biswas, der doch noch keine vierzehn Tage verheiratet war, tue bereits jetzt alles in seiner Macht Stehende, um ihr das Herz zu brechen und in der Familie Unfrieden zu stiften.

Schäumend vor Wut packte Mr. Biswas seine Pinsel und Kleider zusammen.

»Ja, nimm deine Kleider und verschwinde«, sagte Shama. »Bist ja auch mit nichts als einer billigen Khakihose und einem schmutzigen alten Hemd hergekommen!«

Er verließ das Hanuman-Haus und radelte zurück nach Pagotes.

Er fühlte sich unverändert, unverheiratet. Gut, er hatte einen tüchtigen Schrecken abbekommen, aber insgesamt hatte er sich gar nicht schlecht geschlagen, und nun war er frei.

Doch in Pagotes musste er feststellen, dass seine Heirat kein Geheimnis mehr war. Bipti empfing ihn mit Freudentränen. Sie habe immer gewusst, dass er sie nicht enttäuschen würde, verkündete sie. Sie habe es nie laut sagen wollen, aber sie habe es von Anfang an im Gefühl gehabt, dass er in eine gute Familie einheiraten würde. Nun könne sie in Frieden sterben. Und sollte sie doch noch ein Weilchen leben, dann hätte sie etwas, das ihr die letzten Tage versüßte. Mr. Biswas solle sich ja keine Vorwürfe wegen seiner Geheimniskrämerei machen, er solle keinen Gedanken an sie verschwenden und einfach sein Leben leben.

Und trotz seines Einspruchs zog sie gleich am nächsten Tag ihre besten Kleider an und ging nach Arwacas. Bei ihrer Rückkehr war sie völlig überwältigt von der Liebenswürdigkeit Mrs. Tulsis, der Bescheidenheit Shamas und der Pracht im Hanuman-Haus.

Sie schilderte ihm ein Haus, das er kaum kannte. Sie sprach von einem Salon mit zwei hohen, thronartigen Mahagonisesseln, Topfpalmen und Farnen in riesigen Messingschalen, die auf Tischchen mit marmornen Tischplatten standen, frommen Gemälden und einer Vielzahl von Hindu-Skulpturen. Sie sprach von einem Gebetsraum einen Stock höher, der mit seinen schlanken Säulen einem Tempel glich: niedrig, kühl, weiß und leer bis auf den Schrein in der Mitte.

Sie hatte nur die Obergeschosse des Beton- oder vielmehr des Ziegelgebäudes zu sehen bekommen. Er verriet ihr nicht, dass zu diesem Teil des Hauses neben Besuchern nur Mrs. Tulsi, Seth und die beiden halbwüchsigen Söhne von Mrs. Tulsi Zutritt hatten. Und er hielt es für klüger, nichts von dem alten Holzhaus zu erzählen, das in der Familie »die alte Baracke« hieß.

Zwei Tage lang verkroch er sich in der Lehmhütte, um nicht am Ende Alec oder Bhandats Söhnen zu begegnen. Am dritten Tag verlangte ihn nach größerem Trost, als Bipti ihn zu spenden vermochte, und so ging er am Abend zu Tara. Er betrat das Grundstück durch die Seitenpforte. Aus dem Kuhstall drangen vertraute frühabendliche Geräusche, das geruhsame Stampfen und Rascheln von Kühen im frischen Stroh ihrer Verschläge. Die hintere Veranda vor Taras Küche war in warmen Lichtschein getaucht. Er hörte das stetige Gemurmel einer vorlesenden Stimme.

Ajodha wiegte sich mit zurückgelegtem Kopf in seinem Schaukelstuhl, die Stirn gefurcht, die Augen geschlossen, die Lider zuckend vor Seelenpein, während Bhandats jüngerer Sohn ihm »Du und dein Körper« vorlas.

Sobald er Mr. Biswas sah, hörte Bhandats Junge zu lesen auf. Belustigung glitzerte in seinem Blick, und sein prognathisches Lächeln war voller Häme.

Ajodha schlug die Augen auf und stieß einen boshaften kleinen Juchzer aus. »Ein verheirateter Mann!«, rief er auf Englisch. »Ein verheirateter Mann!«

Mr. Biswas griente verlegen.

»Tara, Tara«, rief Ajodha. »Komm und schau dir deinen verheirateten Neffen an!«

Würdevoll kam sie aus der Küche, umarmte Mr. Biswas und weinte so lange, dass er sich, trauernd und mit einem stechenden Bewusstsein von Verlust, allen Ernstes verheiratet zu fühlen begann, unwiderruflich verändert. Sie knotete den Zipfel ihres Schleiers auf und holte einen Zwanzig-Dollar-Schein hervor. Er wies ihn erst zurück und nahm ihn dann.

»Ein verheirateter Mann!«, rief Ajodha erneut.

Tara führte Mr. Biswas in die Küche und gab ihm zu essen. Und während draußen auf der Veranda Bhandats Junge mit dem Vorlesen fortfuhr und die Motten beharrlich gegen den Glassturz der Petroleumlampe anflogen, redeten Mr. Biswas und sie. Unzufriedenheit und Enttäuschung machten sich in ihrer Stimme und ihren Zügen bemerkbar, und das ermutigte ihn zu einigen bitteren Andeutungen über die Tulsis.

»Und was für eine Mitgift haben sie dir gegeben?«, fragte sie.

»Mitgift? So was ist denen zu rückständig. Keinen Penny hab ich bekommen.«

»Standesamt?«

Er biss in einen eingelegten Mangoschnitz und nickte.

»Auch so eine neumodische Sitte«, sagte Tara. »Und wie alle neumodischen Sitten sehr wirtschaftlich.«

»Sie haben mich nicht mal fürs Schildermalen bezahlt.«

»Hast du es angesprochen?«

»Ja«, log er. »Aber du kennst diese Leute nicht.« Es schien ihm zu beschämend, den Aufbau des Tulsischen Haushalts zu erklären und zu gestehen, dass seine Schilder vermutlich als sein Beitrag zum Wohlergehen der Familie gewertet wurden.

»Das regle ich schon«, sagte Tara.

Ihm sank der Mut. Er hatte von ihr zu hören gehofft, dass er frei war, dass er nicht zurückzugehen brauchte, dass er die Tulsis und Shama aus seinem Gedächtnis löschen konnte.

Und es machte ihn auch nicht froher, als sie von ihrem Besuch im Hanuman-Haus zurückkam und ihm, wie sie anscheinend fand, gute Nachricht brachte: Es sei nicht geplant, dass er auf Dauer im Hanuman-Haus wohnen blieb; die Tulsis wollten, dass er so bald wie möglich einen Laden in einem Dorf namens The Chase übernahm.

Er war verheiratet. Nichts als der Tod konnte daran noch etwas ändern.

»Sie haben gesagt, sie wollten dir nur helfen«, sagte Tara. »Sie haben gesagt, du wolltest keine Mitgift und keine große Hochzeit und sie wollten dir nichts aufdrängen, weil es eine Liebesheirat war.« Vorwurf klang aus ihrer Stimme.

»Liebesheirat!«, rief Ajodha. »Hörst du das, Rabidat?« Er boxte Bhandats jüngeren Sohn in den Bauch. »Liebesheirat!«

Rabidat lächelte sein verächtliches Lächeln.

Mr. Biswas stierte ihn böse und anklagend an. Er machte Rabidat mehr als sonst irgendjemanden für seine Heirat verantwortlich und hätte am liebsten gesagt, dass nur Rabidats Spott ihn dazu getrieben hatte, Shama dieses Briefchen zuzustecken. Stattdessen sagte er, ohne Ajodhas Gluckser und Kiekser zu beachten: »Liebesheirat? Was denn für eine Liebesheirat? Das ist gelogen.«

Und Tara erwiderte in einem enttäuschten, müden Ton: »Sie

haben mir einen Liebesbrief gezeigt.« Sie gebrauchte das englische Wort; es klang ungut.

Wieder juchzte Ajodha. »Liebesbrief! Mohun!«

Bhandats Sohn lächelte wie zuvor.

Ihre Stimmung schien auf Tara überzugreifen. »Mrs. Tulsi dachte, du willst mit dem Schildermalen weitermachen, und das Hanuman-Haus ist so ein guter Standort dafür.« Nun lächelte auch sie. »Es ist alles wieder eingerenkt, Junge. Du kannst zu deiner Frau zurückgehen.«

Die Betonung, die sie auf das »zu deiner Frau« legte, verletzte Mr. Biswas.

»Da hast du dich so richtig reingeritten«, fügte sie dann etwas teilnahmsvoller hinzu. »Dabei hatte ich so schöne Pläne für dich.«

»Das hätte ich eher wissen müssen«, sagte er ohne Ironie.

»Los, lauf, hol dir deine Frau zurück«, sagte Ajodha.

Er ging nicht darauf ein, sondern fragte Tara auf Englisch: »Wie findest du sie?« Hindi wäre ihm zu zärtlich und intim erschienen.

Tara zuckte die Achseln zum Zeichen, dass es auf ihre Meinung nicht ankam, und das schmerzte Mr. Biswas, denn es unterstrich seine Einsamkeit: Ein Interesse Taras an Shama hätte alles ein wenig erträglicher gemacht. Er beschloss, sich ähnlich unbeteiligt zu geben. Leichthin, mit einem Lächeln zu Ajodha hinüber, sagte er zu Tara: »Da werden die mir wohl ganz schön die Hölle heiß machen, was?«

Sein Tonfall verärgerte sie. »Was ist los mit dir? Kuschst du auch schon, wie die ganzen anderen Männer bei denen im Haus?«

»Kuschen? Ich? Nie im Leben!«

Dennoch vergingen einige Tage, ehe er sich zum Aufbruch überwinden konnte. Er wusste nicht, welche Rechte er hatte, er glaubte nicht an den Laden in The Chase, und seine Zukunftsvorstellungen waren verschwommen. Allerdings bezweifelte er, dass er in die Lehmhütte zurückkehren würde, und als er diesmal packte, packte er alles, derweil Biptis Freudentränen flossen. Als er an den unfertigen, offen daliegenden Häusern der County Road vorbeiradelte, fragte er sich, wie viele Nächte er wohl hinter der undurchdringlichen Fassade des Hanuman-Hauses verbringen würde.

»Was?«, fragte Shama auf Englisch. »So schnell zurück? Alle Krebse in Pagotes schon gefangen?«

Das Krebsefangen galt trotz seiner Abenteuerlichkeit und seiner Gefahren als die niederste aller niederen Tätigkeiten.

»Ich dachte, ich komm lieber her und helf euch ein paar fangen«, gab Mr. Biswas zurück, was das Gekicher in der Halle zum Verstummen brachte.

Kein weiterer Kommentar fiel. Er hatte sich darauf eingestellt, mit Schweigen und vielsagenden Blicken empfangen zu werden, feindselig, womöglich sogar ein wenig furchtsam. Die Blicke erntete er; der Lärm ging ungebrochen weiter; die Furcht war natürlich nur eine vermessene Hoffnung gewesen, und was die Feindseligkeit anging, war er sich nicht ganz sicher. Das Interesse, auf das seine Rückkehr stieß, war kurzfristig und oberflächlich. Niemand erwähnte seine Abwesenheit oder seine Rückkunft, nicht Seth, nicht Mrs. Tulsi, die ihn beide so wenig beachteten wie vor seinem Auszug. Auch über die Besuche von Bipti und Tara hörte er nichts. Das Haus war zu voll, zu geschäftig; solche Ereignisse waren nicht von Bedeutung, weil er selbst dem Haus so wenig bedeutete. Sein Status dort war nun festgelegt. Er war schwierig und unloyal und nicht vertrauenswürdig. Er war schwach und darum verachtenswert.

Er hatte nicht erwartet, dass The Chase und der Laden noch einmal erwähnt werden würden. Und sie wurden nicht erwähnt. Er bezweifelte, dass es überhaupt einen Laden gab. Er malte weiterhin Schilder und mied das Haus, wo es nur ging. Aber in

Arwacas kannte ihn niemand, und die Aufträge waren rar. Die Zeit wurde ihm lang, bis er einen ähnlich unterbeschäftigten Mann namens Misir kennenlernte, den Arwacas-Korrespondenten des *Trinidad Sentinel*. Ihre Themen waren die Arbeit, der Hinduismus, Indien und ihre jeweiligen Familien.

Jeden Nachmittag musste sich Mr. Biswas erneut einen Ruck geben, bevor er das Hanuman-Haus betrat, dabei brauchte er, wenn er das hohe Seitentor einmal aufgestoßen hatte, gar nicht lang, um über den Hof und durch die Halle zu eilen und weiter die Treppe hinauf, die Galerie entlang und durch das Bücherzimmer bis in seinen Teil des Langen Zimmers. Dort angekommen, legte er sich auf sein Bett und las, auf den Ellbogen gestützt, nur in Unterhose und Hemd. Seine Unterhosen, die Bipti ihm aus alten Mehlsäcken genäht hatte, waren verhängnisvoll. Allem Waschen zum Trotz leuchteten auf ihnen Buchstaben, ja ganze Wörter unverdrossen; dazu reichten sie ihm bis zum Knie und ließen ihn kleiner wirken, als er war. Nicht lange, und die Kinder wussten bestens über diese Hosen Bescheid, aber Mr. Biswas, durch das Gelächter und die Kommentare in der Halle ebenso unbeirrt wie durch Shamas Bitten, trug sie hartnäckig weiter zur Schau.

Es war unmöglich, irgendetwas vor den Kindern verborgen zu halten. Kaum wurde es dunkel, wurden im Bücherzimmer und die ganze Galerie entlang die ersten Schlafstätten für sie hergerichtet. Je weiter der Abend fortschritt, desto mehr Betten wurden aufgeschlagen, bis das alte Obergeschoss schier überquoll von Schläfern; sogar in dem brückenähnlichen Durchgang, der das Obergeschoss mit dem Ziegelhaus verband, schlummerten sie. Jenseits des Durchgangs – das »Neue Zimmer« genannt – lagen die Abgeschiedenheit und Weite des Salons, der Bipti so beeindruckt hatte. Doch selbst wenn dieser Teil des Hauses nicht Seth, Mrs. Tulsi und Mrs. Tulsis beiden Söhnen vorbehalten gewesen wäre, hätte es Mr. Biswas dort nicht hingezogen.

Der Raum mit seinen wuchtigen Messingvasen und Marmortischen hatte nichts Anheimelndes. Er bot keinerlei Sitzgelegenheit außer den beiden Sesseln, die Bipti wie Throne erschienen waren. Und er wurde vollends bedrückend durch die vielen hässlichen, klobigen Statuen von Hindu-Gottheiten, die Pandit Tulsi von seinen Indienreisen mitgebracht hatte. »Auf die muss er im Götterladen Rabatt gekriegt haben«, sagte Mr. Biswas später zu Shama. Ein Stockwerk höher wartete die noch größere Abgeschiedenheit des Gebetsraums, vom Salon aus über eine Treppe zu erreichen, die so steil war wie ein Fallreep (als Glaubensprüfung oder vielleicht auch einfach deshalb, weil Pandit Tulsi wie die meisten Bauherren der Insel während des Bauens improvisiert hatte). Aber im Gebetsraum gab es überhaupt keine Möbel, der Boden war natürlich heilig, und Mr. Biswas fand den Geruch nach Weihrauch und Sandelholz unerträglich.

So blieb er also im Langen Zimmer, umlagert von Schläfern. Sein Raumanteil war kurz und schmal; das Lange Zimmer, ursprünglich eine Veranda, war ummauert und in Schlafräume unterteilt worden. Er ließ sich von Shama das Essen heraufbringen und aß in der Hocke, die linke Hand zwischen Wade und mehlsackbehostem Schenkel eingeklemmt. Bei diesen Gelegenheiten war Shama nicht dieselbe Shama, die er unten in der Halle sah, ein Tulsi durch und durch, seine ihm von der Familie zugewiesene Gegenspielerin. Auf manch subtile Art, hauptsächlich jedoch durch ihr Schweigen, ließ sie merken, dass Mr. Biswas, so grotesk er auch sein mochte, ihr gehörte und dass sie aus dem, was das Schicksal ihr zubestimmt hatte, das Beste machen musste. Sehr freundlich gingen sie dabei immer noch nicht miteinander um. Sie sprachen englisch. Shama erkundigte sich selten nach seiner Arbeit, und er hütete sich, Dinge preiszugeben, die später gegen ihn verwendet werden konnten, wobei die Scham allein ausgereicht hätte, ihn verschweigen zu lassen, wie viel er verdiente.

Und diese Mahlzeiten waren für Mr. Biswas die Zeiten seiner Rache an den Tulsis.

»Na, wie geht's den kleinen Göttern heute?«, fragte er dann.

Er meinte Shamas Brüder. Der ältere besuchte das römisch-katholische Gymnasium in Port of Spain und kam jedes Wochenende nach Hause; der jüngere wurde für den Eintritt ins Gymnasium gedrillt. Im Hanuman-Haus hielt man den Trubel des alten Obergeschosses von ihnen fern. Sie lernten im Salon und schliefen in einem der Zimmer, die vom Salon abgingen; diese Räume waren klein und nicht sehr hell, aber dickwandig, und ihre Düsterkeit ließ sie nur umso luxuriöser und heimeliger wirken. Beide Brüder vollzogen oft im Gebetsraum die Puja. Trotz ihrer Jugend durften sie an den Beratungen von Seth und Mrs. Tulsi teilnehmen, und ihre Ansichten wurden von Schwestern und Schwägern respektvoll zitiert. Zur Förderung ihrer Gelehrsamkeit wurde das beste Essen automatisch für sie reserviert, und sie bekamen gesonderte, hirnstärkende Speisen vorgesetzt, bevorzugt Fisch. Wenn die Brüder sich in der Öffentlichkeit zeigten, waren ihre Gesichter ernst, manchmal sogar finster. Gelegentlich bedienten sie auch im Laden, dann saßen sie in der Nähe der Geldschatulle, ihre Schulbücher aufgeschlagen vor sich.

»Sag schon, was machen die Götter?«

Shama gab keine Antwort.

»Und was macht der Oberboss so?« Das war Seth.

Shama antwortete nicht.

»Und die Königinwitwe?« Das war Mrs. Tulsi. »Die alte Henne? Die alte Kuh?«

»Hat dich etwa wer *gebeten*, in die Familie einzuheiraten?«

»Familie? Familie? Diesen verdammten Geflügelhof nennst du Familie?«

Und Mr. Biswas nahm seinen Messingkrug und trat damit an das Klappfenster, wo er laut gurgelte und sich dabei in wüsten

Beschimpfungen gegen die Familie erging, wohl wissend, dass das Gurgeln seine Worte verzerrte. Dann spuckte er das Wasser gehässig in den Hof hinunter.

»Pass auf! Da unten ist die Küche.«

»Ich weiß. Ich hoffe ja, irgendwann spuck ich auf einen von deinen Verwandten.«

»Sei froh, dass keiner sich die Mühe macht, auf deine zu spucken.«

In einem Haus voller Menschen zu wohnen und nur mit einer einzigen Person zu reden setzte Mr. Biswas zu, und nach ein paar Wochen beschloss er, sich nach Verbündeten umzutun. Die Beziehungen im Hanuman-Haus waren komplex, und bislang konnte er nur einige wenige davon einschätzen, aber er hatte festgestellt, dass Freundschaft zwischen zwei Schwestern auch Freundschaft zwischen ihren Männern mit sich brachte und umgekehrt. Befreundete Schwestern tauschten Geschichten über die Leiden ihrer Männer aus, wobei die Namen der Krankheiten und Arzneien dafür sorgten, dass solche Unterhaltungen auf Englisch abliefen.

»Rückenschmerzen hat er gerade wieder.«

»Gib ihm Hirschhornsalz. Rückenschmerzen hat meiner auch gehabt. Dodds Nierendragees hat er versucht und die von Beechams, und Carters Kleine Leberpillen und hundert andere kleine Pillen noch dazu. Aber das Hirschhornsalz hat ihn kuriert.«

»Hirschhornsalz mag er nicht. Lieber Sloans Liniment und Kanadisches Heilöl.«

»Ja, *meiner* mag Sloans Liniment nicht.«

Befreundete Schwestern besiegelten ihr Einvernehmen, indem sie an den Kindern der jeweils anderen herummäkelten und ihnen mitunter sogar Prügel verabreichten. Wenn sich dann das geprügelte Kind, über die Freundschaft der Frauen nicht im Bild, bei seiner Mutter beklagte, antwortete diese: »Geschieht dir ganz recht. Ich bin froh, dass deine Tante dich hart anfasst. *Die* treibt dir die Flausen aus.« Und die Mutter des verhauenen Kindes wartete nun ihrerseits auf eine Gelegenheit, bei den Kindern der anderen durchzugreifen.

Shama vertrug sich besonders gut mit C, darum beschloss Mr. Biswas, sich Cs Mann zu nähern, dem ehemaligen Kokosnussverkäufer, der Govind hieß. Govind war groß, gut gebaut und hübsch, wenn auch auf eine unbemerkenswerte, konventionelle Art. Es schien Mr. Biswas nicht recht, dass ein Mensch, der so schmuck anzusehen war, Kokosnussverkäufer gewesen sein sollte und jetzt Feldarbeit tat. Und es quälte Mr. Biswas, ihn zu beobachten, wie er Seth Bericht erstattete. Govinds hübsches Gesicht offenbarte dann Schwächen aller Art. Seine Augen wurden klein und glänzend und unstet; er stammelte und schluckte und stieß kurze, nervöse Lacher aus. Und wenn er sich hinterher erleichtert an dem langen Pechkieferntisch niedersetzte, ging erneut eine Veränderung mit ihm vor. Schnaubend und seufzend, unter lautem, atemlosem Reden, fiel er über sein Essen her, selbst bei dieser Tätigkeit darum bemüht, Begeisterung an den Tag zu legen, zu beweisen, dass die harte Arbeit ihm einen Bärenhunger beschert hatte, wo doch Essen an sich ihm gar nicht wichtig war.

Mr. Biswas sah in Govind einen Leidensgenossen, aber einen, der klein beigegeben und seine Würde verloren hatte. Dabei vergaß er allerdings seinen eigenen Ruf als Hanswurst und Unruhestifter und musste feststellen, dass Govind seinen Annäherungsversuchen argwöhnisch begegnete. Ein paar Abende gab es, an denen es ihm gelang, Govind vors Haus zu locken. Wenn er dann unter der Arkade saß, nervös mit den langen Beinen baumelte, lächelte, durch die Zähne pfiff und mit seinen gerillten, erdverkrusteten Fingernägeln in ihnen herumbohrte, machte Govind keinen sehr entspannten Eindruck. Sie hatten wenige Gesprächsthemen. Frauen schieden selbstverständlich aus, und auf

Debatten über Indien und den Hinduismus hatte Govind keine Lust. Also blieben nur die Tulsis. Mr. Biswas fragte, wie es sich denn so für Seth arbeite. Govind sagte, es sei in Ordnung. Er fragte, was Govind von Mrs. Tulsi hielt. Sie war in Ordnung. Ihre beiden Söhne waren in Ordnung. Alle waren in Ordnung. Mr. Biswas brachte das Gespräch auf den Beruf. Govind zeigte etwas mehr Interesse.

»Du solltest mit diesem Schildermalen aufhören«, sagte er eines Abends, und Mr. Biswas war überrascht und auch ein wenig verärgert, dass ausgerechnet Govind ihm Ratschläge erteilen wollte, noch dazu so entschieden.

»Auf der Plantage suchen sie gute Aufseher«, sagte Govind.

»Das Schildermalen soll ich aufgeben? Und meine Unabhängigkeit? Nein, Mann. Mein Motto ist: Paddle dein eigenes Boot.« Und Mr. Biswas begann das Gedicht aus *Bells Lehrbuch der Vortragskunst* zu zitieren.

Govind lauschte geduldig. »Na ja, kann schon sein, dass Schildermalen ganz in Ordnung ist«, sagte er. »Ist nur kein Beruf. Macht dich nicht reich.«

»Was ist mit dir? Wie viel zahlen sie dir?«

»Genug.«

»Das sagst du. Aber diese Leute sind Blutsauger, Mann. Bevor ich für die arbeite, fang ich doch lieber Krebse oder verkaufe Kokosnüsse.«

Bei der Erwähnung seines früheren Broterwerbs lachte Govind nervös auf und baumelte noch heftiger mit den Beinen.

»Die kleinen Götter siehst du nicht auf dem Acker, das wette ich.«

»Kleine Götter?«

Mr. Biswas erklärte es ihm. Er erklärte ihm viele Dinge. Govind lächelte, schmatzte mit den Lippen, lachte von Zeit zu Zeit und sagte nichts.

Eines Spätnachmittags brachte Shama Mr. Biswas sein Essen herauf und sagte: »Onkel will dich sprechen.« Onkel, das war Seth.

»Onkel will mich sprechen? Na, dann geh runter und sag Onkel, wenn er mich sprechen will, kann er gern raufkommen.«

Shama wurde ernst. »Was tust und redest du immer? Du bringst alle gegen dich auf. Dir macht das nichts. Aber was ist mit mir? Du kannst nicht für mich sorgen, und alle, die mir helfen wollen, vergraulst du. Für dich ist das schön und gut, wenn du sagst, du packst und ziehst aus. Aber das ist nur Gerede, und das weißt du. Was gehört dir schon!«

»Nichts gehört mir. Gar nichts. Aber ich geh nicht runter zu Onkel. Ich tanz nicht nach seiner Pfeife wie alle anderen in diesem Haus.«

»Dann geh hin und sag es ihm selber. Du redest wie ein Mann, also geh runter und benimm dich auch wie einer.«

»Ich denk gar nicht dran.«

Shama weinte, und schließlich stieg Mr. Biswas doch in seine Hose. Als er die Treppe hinunterlief, begann ihm der Mut zu schwinden, und er musste sich ins Gedächtnis rufen, dass er ein freier Mann war und das Haus verlassen konnte, wann immer es ihm passte. In der Halle hörte er sich zu seiner Beschämung sagen: »Ja, Onkel?«

Seth steckte sich eine Zigarette in seine lange Elfenbeinspitze, ein Accessoire, das Mr. Biswas inzwischen nicht mehr gesucht vorkam. Er sah es nicht mehr als Gegensatz zu Seths derben Plantagenkleidern und dem stoppligen, unrasierten, schnurrbärtigen Gesicht; es war zum festen Bestandteil seiner Erscheinung geworden. Bei aller Konzentration auf die behutsamen Bewegungen von Seths dicken, narbigen Fingern spürte Mr. Biswas doch, wie voll die Halle war. Aber niemand erhob die Stimme; das Flüstern, die Essgeräusche, das gedämpfte, scheinbar weit entfernte Schlürfen und Scharren vereinten sich zu einem Eindruck von Stille.

»Mohun«, sagte Seth schließlich auf Englisch, »wie lange wohnst du schon hier?«

»Zwei Monate, Onkel.« Und er konnte nicht umhin zu bemerken, wie sehr sein Ton dem Govinds ähnelte.

Mrs. Tulsi war da; sie saß auf einer Bank an dem langen Tisch. Und entgegen der Gewohnheit waren auch die beiden Götter da, muffig dreinschauende Knaben, die nebeneinander in der Hängematte aus Zuckersäcken saßen, die Füße auf den Boden gestellt. Schwestern servierten ihren Männern am anderen Ende des Tisches ihr Essen; weitere Schwestern und ihre Kinder drängten sich am schwarzen Durchgang zur Küche.

»Und – schmeckt's dir bei uns?«

In Seths Gegenwart kam Mr. Biswas sich klein vor. Alles an Seth war einschüchternd: seine ruhige Art, das glatte graue Haar, die elfenbeinerne Zigarettenspitze, die harten, muskelgeschwellten Unterarme, über die er sich, nachdem er seinen Satz beendet hatte, mit beiden Händen strich und dann zuschaute, wie die Härchen sich wieder ausrichteten.

»Ob es mir schmeckt?« Mr. Biswas dachte an die miserablen Mahlzeiten, seinen rebellierenden Magen, all die ungestillten Gelüste. »Ja. Es schmeckt mir.«

»Du weißt, wem du das ganze Essen verdankst, das du hier isst?«

Mr. Biswas blieb die Antwort schuldig.

Seth lachte, nahm die Zigarettenspitze aus dem Mund und hustete tief aus der Brust heraus. »Schaut ihn euch an! Wenn einer heiratet, sollte er eigentlich nicht erwarten, dass andere für ihn sorgen. Ja, eigentlich sollte *er* für seine *Frau* sorgen. Als ich geheiratet habe – meinst du, da hätte ich von Mai gewollt, dass sie mich durchfüttert?«

Mrs. Tulsi fuhr mit ihren reifgeschmückten Armen auf dem Pechkieferntisch hin und her und schüttelte den Kopf.

Die Götter machten ernste Gesichter.

»Und trotzdem höre ich, dass du unzufrieden bist.«

»Ich hab nie zu irgendwem gesagt, dass ich unzufrieden bin.«

»Ich bin der Oberboss, hm? Und Mai ist die alte Schachtel und die alte Henne. Und diese Jungen sind die beiden Götter, hm?«

Jetzt blickten die Götter finster.

Mr. Biswas sah von Seth weg (ein Dutzend oder mehr Gesichter wandten sich hastig ab) und entdeckte unter den Essern am anderen Tischende Govind, der sich auf seine übliche lächelnde Art vollspachtelte, scheinbar unbekümmert um das Verhör, während C, gebeugt und verschleiert, pflichtgetreu hinter ihm stand.

»Also?« Erstmalig war Seths Stimme Ungeduld anzumerken, und zum Zeichen seines Missvergnügens wechselte er zu Hindi über. »Das nenn ich Dankbarkeit! Du kommst hier an, ein Habenichts, ein Fremder. Wir nehmen dich auf, wir geben dir eine unserer Töchter, wir füttern dich durch, wir geben dir einen Platz zum Schlafen. Du weigerst dich, im Laden zu helfen, du weigerst dich, auf der Plantage zu helfen. Wie du meinst. Aber dann hergehen und uns beleidigen!«

So hatte Mr. Biswas das noch gar nicht gesehen. Er sagte: »Es tut mir Leid.«

Mrs. Tulsi sagte: »Wie kann einem etwas Leid tun, was man *denkt*?«

Seth deutete auf die Esser am Ende des Tisches. »Und mit was für Namen beschimpfst du die alle, hm?« Die Esser blickten nicht auf, sondern aßen nur umso konzentrierter.

Mr. Biswas blieb stumm.

»Ach, für die hast du gar keine Schimpfnamen? Die hast du nur für mich und Mai und die beiden Jungen?«

»Es tut mir Leid.«

Mrs. Tulsi sagte: »Wie kann einem etwas Leid –«

Seth unterbrach sie. »Ja, wir suchen jemand, der auf der Plantage mithilft. Ist eine schöne Sache, wenn so was in der Familie bleiben kann. Und was sagst du? Du willst dein eigenes Boot paddeln. Schaut ihn euch an!«, sagte Seth zur Halle gewandt. »Biswas der Paddler.«

Die Kinder grinsten; die Schwestern zogen die Schleier tiefer herab; ihre Männer aßen mit gefurchten Stirnen; die Götter in ihrer Hängematte schaukelten sehr langsam, die Füße auf dem Boden, und blickten grollend zum Treppenabsatz hinauf.

»Alte Familientradition, hm?«, sagte Seth. »Dein Vater soll ja ein großer Taucher gewesen sein. Aber wo hat dein Paddeln dich bis jetzt hingebracht?«

Mr. Biswas sagte: »Es ist ja bloß, dass ich nichts von Plantagenarbeit verstehe.«

»Oho! Du kannst zufällig lesen und schreiben, und da willst du dir die Hände nicht schmutzig machen, wie? Schau meine Hände an.« Er zeigte Fingernägel vor, die gerillt und verkrümmt und erstaunlich kurz waren. Seine behaarten Handrücken waren zerkratzt und verfärbt, die Innenflächen hornig, an einigen Stellen glatt gewetzt, aufgeraut an anderen. »Meinst du, ich kann nicht lesen und schreiben? Ich kann besser lesen und schreiben als die alle zusammen.« Seine Handbewegung schloss die Schwestern, Ehemänner und Kinder ein, während er die andere Hand in Richtung der Götter in ihrer Hängematte hochhielt zum Zeichen, dass sie ausgenommen waren. Belustigung glitzerte jetzt in seinen Augen, und er zog die Mundwinkel rechts und links der Zigarettenspitze hoch, um zu lachen. »Und die beiden Jungen hier, Mohun? Die Götter?«

Der jüngere Gott legte die Stirn in Falten, öffnete die Augen so weit, dass sie jeden Ausdruck verloren, und versuchte, den kleinen, dicklippigen Mund schmal zu machen.

»Denkst du, die könnten nicht auch lesen und schreiben?«

»Schau sie dir im Laden an«, sagte Mrs. Tulsi. »Schau sie an, wie sie lesen *und* verkaufen. Lesen und essen *und* verkaufen. Lesen und essen *und* Geld zählen. Die haben keine Angst, sich die Hände schmutzig zu machen.«

Nicht mit Geld, parierte Mr. Biswas im Geiste.

Der jüngere Gott stieg aus der Hängematte und sagte: »Ist doch seine Sache, wenn er nicht auf der Plantage arbeiten will. Das geschieht dir recht, Ma. Du suchst dir deine Schwiegersöhne aus, und sie behandeln dich so, wie du's verdienst.«

»Setz dich hin, Owad«, sagte Mrs. Tulsi. Sie wandte sich an Seth: »Der Junge braust so leicht auf.«

»Ich kann's ihm nicht verdenken«, sagte Seth. »Diese Paddler legen ab, paddeln ihr eigenes Boot – so ist das doch, wie, Biswas? – und kaum wird es brenzlig, kommen sie hier wieder an. Seth ist nur dazu da, dass die Leute ihn beschimpfen – gerade die Leute, denen er zu helfen versucht. Mir macht das nichts aus. Aber ich kann's dem Jungen nicht verdenken, wenn es *ihm* was ausmacht.«

Der jüngere Gott furchte seine Stirn noch heftiger. »Nur weil mein Vater tot ist, darf dieser Schmarotzer meine Mutter noch lang keine Henne nennen. Ich will, dass Biswas sich bei Ma entschuldigt.«

»Entschuldigt, pah«, sagte Mrs. Tulsi. »Als ob das etwas ändern würde. Wie soll einem denn etwas Leid tun, was man *empfindet*!«

Bei manchen schwachen Menschen, denen ihre Schwäche quälend bewusst ist, kann dieses Bewusstsein einen jähen, ungerichteten Mechanismus auslösen, der sie vor der endgültigen Demütigung bewahrt. Mr. Biswas, dem seine Lästerungen bis dahin als Akte schwärzesten Undanks erschienen waren, verlor nun abrupt die Beherrschung.

»Rutscht mir doch alle den Buckel runter!«, schrie er. »Ich entschuldige mich bei überhaupt keinem von euch!«

Verblüffung, ja Beunruhigung malte sich auf ihren Gesichtern, das registrierte er einen lichten Moment lang, bevor er sich umdrehte und die Treppe hinauf in das Lange Zimmer stürmte, wo er mit übertriebener Energie zu packen begann.

»Du scherst dich nicht drum, was du anderen Leuten antust, wie?«

In der Tür stand Shama, barfuß, den Schleier tief in die Stirn gezogen. Sie sah genauso verängstigt aus wie an jenem Vormittag im Laden.

»Familie! Familie!«, sagte Mr. Biswas und stopfte Kleider und Bücher – *Selbst ist der Mann, Bells Lehrbuch der Vortragskunst*, die sieben Bände von *Hawkins' Handbuch der Elektrotechnik* – in einen Pappkarton, in dessen Klappen sich die kreisrunden Deckel von Kondensmilchdosen abgedrückt hatten. »Ich bleib hier keine Minute mehr! So wie dieser verdammte kleine Rotzlöffel mit mir geredet hat! Redet er vielleicht mit allen Schwägern so?«

So energisch, wie er packte, war er sehr bald fertig. Doch sein Zorn begann bereits zu verrauchen, und er sagte sich, dass er sich lächerlich machen würde, wenn er das Haus so bald schon zum zweiten Mal verließ – nur frisch verheiratete Mädchen taten so etwas. Er hoffte, Shama würde etwas sagen, das seine Wut aufs Neue anfachte. Sie blieb stumm.

»Bevor ich gehe«, sagte er, indem er die Kondensmilchkiste auspackte und wieder neu packte, »bevor ich gehe, sag doch euerm Oberboss, euerm alten Leitochsen einen schönen Gruß von mir, und er schuldet mir noch Geld für die ganzen Schilder, die ich im Laden gemalt hab.«

»Sag's ihm doch selber!« Shama war jetzt zornig und den Tränen nahe.

Er versuchte sich vorzustellen, wie er von Seth Geld forderte. Er konnte es nicht. »Du und ihr alle«, sagte er, »provoziert mich nicht! Meinst du, ich red noch mit dem? Du kennst ihn doch, seit du klein warst. Er ist wie ein zweiter Vater für dich. Du gehst und sagst es ihm.«

»Und wenn er dann deine Schulden bei dir eintreibt?«

»Er kann dich gern zurückhaben.«

»Du schuldest ihm mehr als er dir.«

»Er schuldet mir mehr als ich ihm.«

Und sie begannen sich zu zanken, was nicht nur den Rest seiner Wut abtötete, sondern ihn sogar in beste Laune versetzte, auch wenn er sich nicht ganz sicher war, wie es nun weitergehen sollte.

Ehe er noch zu einem Schluss gelangen konnte, kamen C und Padma, Seths Frau, ohne anzuklopfen ins Zimmer. C weinte. Padma beschwor Mr. Biswas, um der Eintracht und des guten Namens der Familie willen, doch bitte keine übereilten Entscheidungen zu treffen.

Er tat sehr beleidigt, kehrte Padma und C den Rücken und marschierte mit schweren Schritten im Zimmer auf und ab.

Mit Shama ging, kaum dass die Frauen erschienen waren, eine Veränderung vor. Sie hörte auf zu schimpfen und zu bitten und nahm eine Märtyrermiene an. Wie erstarrt saß sie auf ihrem Bänkchen, Daumen unterm Kinn, Ellbogen auf dem Knie, und öffnete die Augen weiter und immer weiter, bis sie so groß und leer waren wie eben noch die des jüngeren Gottes unten in der Halle.

»Geh nicht, Bruder«, schluchzte C. »Deine Schwester fleht dich an.« Sie versuchte seine Knöchel zu umklammern.

Verwirrt machte er einen Satz nach hinten.

C, immer noch schluchzend, bemerkte seine Verwirrung und wurde deutlicher: »Chinta fleht dich an.« Sie benutzte ihren Namen, um der Tiefe ihrer Verzweiflung und der Innigkeit ihrer Bitte Ausdruck zu verleihen, und stimmte ein Wehgeheul an.

Dass sie zu ihm heraufkam, um ihn zu versöhnen, war ein mehr oder minder klares Eingeständnis, dass es ihr Mann Govind gewesen war, der Seth Mr. Biswas' Lästerungen hinterbracht hatte; es hieß auch, dass sie den Sieg für Govind beanspruchte. Wenn Schwäger sich stritten, das wusste Mr. Biswas, hatte die Frau des Siegers den besiegten Ehemann zu besänftigen, während die Frau des Verlierers keinen Zorn zeigen durfte, sondern geschickt andeuten musste, dass an ihrem Unglück beide Männer gleichermaßen schuld waren. Auf Chintas Eintritt hin gab nun Shama die Verlierersfrau, und ihr Debut in dieser heiklen Rolle konnte sich sehen lassen.

Die Demütigung war so indirekt, dass jeder Einwand dagegen zwecklos war. Bis zu diesem Zeitpunkt hatte Mr. Biswas nicht geglaubt, Feinde zu haben. Er hatte die anderen schlicht für gleichgültig gehalten. Aber nun hatte sich ein Feind, der Feind, zu erkennen gegeben. Und er beschloss, nicht davonzulaufen.

Und der Entschluss, einmal gefasst, gab ihm das Gefühl, bereits gewonnen zu haben. Und als der Gewinner betrachtete er Chinta und Padma mit Sanftmut. Chinta schluchzte vor sich hin und tupfte sich mit dem Schleier die Augen. Er sagte gütig zu ihr: »Warum lässt dein Mann sich nicht gleich bei der *Gazette* anstellen, hm? Er ist der geborene Klatschreporter.« Dies blieb ohne Wirkung auf den Tränenstrom aus Chintas hellen Augen. Shama saß gemartert und regungslos da, die Augen geweitet, die Knie gespreizt, den Rock über die Knie gebreitet. »Und was für Spielchen spielst *du* hier?« Sie beachtete ihn nicht. Padma behielt ihre Haltung müder Würde bei. Zu ihr sagte er nichts. Sie sah Mrs. Tulsi ähnlich, nur dass sie dicker und ältlicher war. Ihre gelbliche, ungesunde Haut war fettig, und sie fächelte sich beständig Luft zu, als quälte sie eine innere Glut. Seit ihrer ersten Bitte hatte sie Mr. Biswas nicht mehr angeblickt und auch nicht mehr das Wort an ihn gerichtet. Sie weinte weder, noch wirkte sie bedrückter als sonst. Sie war zu oft in derartigen Missionen unterwegs gewesen, um sich noch mit demselben Eifer hineinzustürzen wie Chinta, denn es gab keinen Mann im Haus, mit dem Seth sich nicht irgendwann angelegt hätte. Padma beschränkte sich darauf, zu kommen, ihre Bitte vorzutragen, dazusitzen und unwohl auszusehen. Sie äußerte niemals, weder in der Halle noch sonst irgendwo, Zustimmung zu Seths Benehmen oder Kritik am Benehmen der Männer ihrer Nichten; das verschaffte ihr allseits Respekt und machte sie zu einer guten Friedensstifterin.

Streng und ungeduldig sagte Mr. Biswas: »Schon gut, schon gut. Wischt eure Tränen ab. Ich geh nicht.«

Chinta stieß einen kurzen lauten Schluchzer aus, und ihre Tränen versiegten.

»Es darf mich eben keiner provozieren!«

Mit einem Seufzer stand Padma auf, schwerfällig und ungesund; und ohne ein weiteres Wort verließen sie und Chinta den Raum.

Von Shama fiel die Starre ab. Ihre Augen verengten sich ein wenig, ihre Finger sanken von ihrem Kinn herab. Lautlos fing sie zu weinen an, ihr Körper verlor seine Anspannung und erschlaffte auf eine Weise, die Mr. Biswas ebenso faszinierte wie erbitterte. Ihre Arme schienen plötzlich viel runder geworden; ihre Schultern, ebenfalls runder, sackten nach vorn; ihr Rücken wölbte sich; in ihre Augen trat eine immer größere Weichheit, bis sie von Tränen schwammen; ihre Handgelenke lagen auf ihren Knien wie gebrochen; ihre Hände hingen herunter; ihre langen Finger baumelten leblos, als wäre jedes Glied einzeln gebrochen.

»Tulsi-Blut!«, sagte Mr. Biswas. »Ich sag nur: Tulsi-Blut!«

Nach der Enttäuschung mit Govind begann Mr. Biswas Tugenden in bislang missachteten Schwägern zu entdecken. Da war Hari, ein großer, bleicher, stiller Mann, der viel Zeit an dem langen Tisch verbrachte, wo er sich phlegmatisch, aber effizient durch Berge von Reis aß, bewacht von seiner schwangeren Frau. Noch mehr Zeit verbrachte er in der Latrine, weshalb er allseits gefürchtet wurde. »Sie sollten eine Warnglocke läuten, wenn Hari sich auf den Weg macht«, sagte Mr. Biswas zu Shama, »so wie die Glocke, wenn das Wasser abgestellt wird.« Hari genoss im Hanuman-Haus einen unbestrittenen Ruf als Kranker; seine Frau sprach mit Kummer und Stolz von den beängstigenden Diagnosen diverser Ärzte. Kein Mann konnte ungeeigneter für die Arbeit auf der Plantage scheinen; es war schwer vorstellbar, dass diese dünne, sanfte Stimme Tagelöhner herumkommandierte, die Faulen antrieb und die Streitsüchtigen niederbrüllte. Eigentlich war er ein Pandit, der Ausbildung wie auch seiner Neigung nach, und am glücklichsten wirkte er, wenn er die Plantagenkleider mit dem Dhoti vertauscht hatte und oben auf der Galerie saß, vor sich ein riesiges, unhandliches Buch auf Hindi, das auf einem vornehmen, schnitzereiverzierten Lesepult aus Kaschmir ruhte. Wenn gerade keiner der Götter zur Hand war, vollzog er die Puja, und ab und an hielt er auch Zeremonien für enge Freunde ab. Er verärgerte niemanden und erfreute niemanden. Er lebte ausschließlich seinen Krankheiten, seinem Essen und seinen religiösen Schriften.

Die Pflichten auf der Plantage, die Lesestunden auf der Galerie und die Besuche der Latrine füllten Haris Tag so sehr aus, dass er nur ansprechbar war, wenn er am langen Tisch saß. Doch auch dann waren die Gespräche mühsam. Hari hatte es sich zur Regel gemacht, jeden Bissen vierzig Mal zu kauen, und war ein geräuschvoller und angelegentlicher Esser.

Eines Abends setzte sich Mr. Biswas neben Hari – was ihm einen kurzen, grüblerischen Blick von Hari eintrug und einen längeren, besorgten von Haris Frau – und wartete, bis er sich durch den Inhalt seines Mundes gehäckselt und gemahlen und gequatscht hatte. Dann fragte er hastig: »Was hältst du von den Ariern?«

Er meinte die reformistischen Hindu-Missionare, die aus Indien kamen und predigten, dass die Kaste keine Rolle spielte, dass die Hindus Konvertiten aufnehmen sollten, dass Götzenbilder abgeschafft gehörten und Frauen ein Anrecht auf Bildung hatten – kurz, die gegen all die Doktrinen predigten, die den orthodoxen Tulsis heilig waren.

»Was hältst du von den Ariern?«, fragte Mr. Biswas also.

»Den Ariern?«, wiederholte Hari und schob sich den nächsten Bissen in den Mund. Sein Ton ließ keinen Zweifel daran, dass er die Frage für frivol erachtete und den Sprecher für einen Schalk.

Ein gequälter Ausdruck trat auf das Gesicht von Haris Frau.

»Ja.« Mr. Biswas versuchte verzweifelt, die Pause auszufüllen. »Den Ariern.«

»Nicht viel.« Hari biss in eine Paprikaschote und entblößte dabei scharfe kleine weiße Zähne, Rattenzähne, die Wunder nahmen bei einem so großen, trägen Mann. »Wie ich höre«, fuhr er dann fort, und in seiner Stimme schwang eine winzige Andeutung von Belustigung und Tadel mit, »befasst du dich recht gründlich mit ihnen.«

Mr. Biswas war fast schon zum Ariertum bekehrt.

Misir, der müßige Journalist, war es gewesen, der ihm nahe gelegt hatte, zu dem Vortrag von Pankaj Rai zu gehen. »Das ist keiner von diesen ungebildeten Panditen hier in Trinidad«, sagte Misir. »Pankaj hat nicht nur den B. A., sondern auch noch einen Abschluss in Jura. Der Mann ist der geborene Redner. Ein Purist, Mann.« Mr. Biswas hatte es verschmäht zu fragen, was ein Purist war, aber das Wort, von Misir so ehrfürchtig ausgesprochen, verfehlte nicht seine Wirkung auf ihn; es schien ihm nicht nur Lauterkeit und Erlesenheit zu verheißen, sondern auch Eleganz und Lebensart.

Und noch einen zusätzlichen Anreiz hatte er: Das Treffen sollte im Haus der Naths stattfinden. Die Naths besaßen Ländereien und eine Seifenfabrik und waren die größten Rivalen der Tulsis in Arwacas. Zwischen den Naths und den Tulsis aller Altersstufen herrschte eine Feindschaft, die so festgefügt und unhinterfragt war wie die Feindschaft zwischen Hindus und Moslems. Diese Feindschaft war noch erbitterter geworden, seit die Naths ein Haus in dem neuen Stil erbaut hatten, der in Port of Spain Mode war.

Ein Purist, dachte Mr. Biswas, als er Pankaj Rai erblickte. Der Mann ist tatsächlich ein Purist. Er trug einen eleganten indischen Mantel, lang, schwarz, eng anliegend, und als er Mr. Biswas mit Handschlag begrüßte, erlag dieser auf der Stelle seinem Charme, nicht ohne gleichzeitig befriedigt zu bemerken, dass Pankaj Rai ebenso kurz geraten war wie er selbst und eine ebenso hässliche Nase hatte. Er hatte außerdem ungewöhnlich schwere, hängende Augenlider, die ihm, je nachdem, einen komischen oder unheimlichen, gütigen oder hochnäsigen Ausdruck verleihen konnten. Sie mussten sich nur einen Millimeter herabsenken, und aus einem Lächeln wurde ein schwaches, aber umso vernichtenderes Hohngrinsen. Das erwies sich als besonders wirkungsvoll, als er die Gebräuche der orthodoxen Hindus lächerlich zu machen begann. Er sprach schnörkellos und so bedächtig, als wolle er seine Sätze vorab kosten, wie sich das für einen Puristen gehörte; und für Mr. Biswas war es eine Offenbarung, dass sich Worte und Wendungen, die für sich genommen ganz alltäglich waren, zu Sätzen von solcher Ausgewogenheit und Schönheit zusammenfügen ließen. Er stellte fest, dass Pankaj Rai ihm in jeder Hinsicht aus der Seele sprach: Nach Tausenden von Jahren der Religionsausübung waren Götzenbilder eine Beleidigung für die menschlichen Intelligenz und für Gott; die Abkunft war unwesentlich; die Kaste eines Menschen sollte einzig und allein durch seine Taten bestimmt sein.

Nach seinem Vortrag verteilte Pankaj Rai Exemplare seines Buches *Reform – Der einzige Weg*, und Mr. Biswas ließ sich sein Exemplar von ihm signieren. Pankaj Rai tat mehr als das. Er schrieb Mr. Biswas' Namen dazu und bezeichnete ihn als seinen »lieben Freund«. Unter diese Widmung schrieb Mr. Biswas:

»Mohun Biswas überreicht von seinem lieben Freund Pankaj Rai, B. A., LL. B.«

Er zeigte das Buch mitsamt Inschriften Shama, als er ins Hanuman-Haus zurückkam.

»Mach nur weiter so«, sagte Shama.

»Erzähl mal – was hast du gegen ihn? Du und deine Familie, ihr tut immer so vornehm. Aber meinst du, Pankaj sieht euch auch so? Ich frag mich ja, wo Pankaj den Leitochsen hinstecken würde. Ha! Zu den Kühen. Seth der Kuhhirte. Nein. Kuhhirte ist ein anständiger Beruf.« Seine eigenen Tage als Kuhhirte waren ihm eingefallen. »Sagen wir Gerber. Tote Tiere häuten, das passt doch. Genau, das ist es. Der Leitochse gehört in die Gerberkaste. Und jetzt die beiden Götter. Wo, meinst du, würde Pankaj die hinstecken?«

»Genau da, wo du deine Brüder hinstecken würdest.«

»Straßenfeger? Kleine Wäscherjungen? Barbiere? Ja, kleine Barbiere. Ein Blick auf sie, und Pankaj würde merken, dass er dringend einen Haarschnitt braucht. Und jetzt deine Mutter.« Er hielt inne. »Sha-ma! Dass mir das jetzt erst kommt! Pankaj würde sagen, dass deine Mutter sowieso keine Hindu ist. Ich meine, überleg doch. Verheiratet ihre Lieblingstochter auf dem Standesamt. Schickt die beiden kleinen Barbiere auf die katholische Schule. Pankaj müsste deine Mutter nur von ferne sehen, und schon würde er sich bekreuzigen. Eine Katholin, das ist sie.«

»Willst du nicht endlich den Mund halten?« Shama versuchte, belustigt zu klingen, aber er merkte deutlich, dass sie böse wurde.

»Eine Katholin. Eine richtige alte Katholenvettel. Meinst du, auf so was fällt Pankaj rein? Dabei bringt er der Alten ja auch noch frohe Botschaft. Hindus sollen Konvertiten aufnehmen, sagt er, und sie wie ihresgleichen behandeln, und um einer hohen Kaste anzugehören, muss man nicht in eine hohe Kaste hineingeboren sein. Endlich ein Hoffnungsschimmer! Und was passiert? Deine Mutter macht den Mann schlecht, wo sie ihm doch eigentlich auf Knien danken sollte. Die Füße küssen sollte sie ihm. Dankbarkeit, jaja.«

»Ich hoffe bloß, dein Pankaj Rai kommt und hilft dir aus der Klemme, in die du dich früher oder später reinreden wirst. Mach nur weiter so.«

»Shama!«

»Gib einfach mal Ruhe und leg dich schlafen, ja?«

»Shama, Shama, wir haben ein neues Problem. Meinst du, ein guter Hindu würde ein katholisches Mädchen heiraten, wenn er wirklich so ein guter Hindu wäre? Langsam glaub ich, eure Familie besteht nur aus hergelaufenem Gesindel.«

»Du musst's ja wissen. Du hast schließlich in sie eingeheiratet.«

»Eingeheiratet! Ha! Meinst du, das macht mich froh? Seh ich aus, als ob ich froh wäre?«

»Warum sollst du froh aussehen? Unglücklich aussehen sollst du. Zum ersten Mal kriegst du drei Mahlzeiten am Tag. Da kommt dein Magen nicht mehr hinterher.«

»Damit, das Zeug loszuwerden, meinst du wohl. Ich schluck hier doch hauptsächlich Natronpulver.«

Er stemmte den Fuß gegen die Tapete und malte mit dem großen Zeh Kreise um eine der verblassten Lotosblüten.

Mit Hari hoffte er die Arier auf weniger leichtfertige Weise zu erörtern. Ihm schwebte vor, dass Hari wie Pandit Jairam und viele andere Pandite die Gelegenheit zum Disputieren begrüßen müsste. Aber Hari auf seinem Platz am langen Tisch blieb abweisend, seine Frau schaute entgeistert, und Mr. Biswas überließ ihn seinen Kauübungen.

Als Hari sich umgezogen hatte und auf der Galerie auf seine freudlose Art über einem heiligen Buch summte, holte Mr. Biswas, aufgestachelt und fest entschlossen, ihm irgendeine Reaktion zu entlocken, sein Exemplar von *Reform – Der einzige Weg* herbei und zeigte es ihm, nicht ohne ihn auf die Widmung aufmerksam zu machen. Hari warf einen flüchtigen Blick darauf und sagte: »Mm.«

Nach diesem Misserfolg verzichtete Mr. Biswas lieber darauf, die Hoffnungsbotschaft auch den anderen Schwägern zu verkünden, die weniger intelligent und dafür aufbrausender waren.

Etwa eine Woche später begegnete Seth Mr. Biswas in der Halle und fragte lachend: »Was macht dein *lieber* Freund Pankaj Rai?«

»Warum fragst du mich?« Mr. Biswas sprach im Hanuman-Haus fast immer englisch, selbst wenn er auf Hindi angesprochen wurde; das hatte er sich zum Prinzip gemacht. »Warum fragst du nicht Hari, den Sterngucker?«

»Du weißt, dass Rai fast im Gefängnis gelandet wäre?«

»Was manche Leute für ein Zeug reden.« Aber Mr. Biswas war bestürzt, so etwas über den Puristen zu hören.

»Diese Arier erzählen ja so allerhand über Frauen«, sagte Seth. »Und weißt du warum? Sie wollen sie nur erhöhen, um sie dann flachzulegen. Wusstest du, dass Rai versucht hat, sich an Naths Schwiegertochter ranzumachen? Da haben sie ihm gesagt, er soll aus ihrem Haus verschwinden. Aber mit ihm zusammen sind noch alle möglichen anderen Dinge verschwunden.«

»Aber der Mann hat einen B. A.!«

»Und den Jura-Abschluss, ich weiß. Ich würde einen Arier nicht mit meiner Urgroßmutter allein lassen.«

»Reine Trickserei, so was. Der Mann ist ein lieber Freund. Ein Purist. Pankaj würde so was nie machen. Du hast ihn nicht reden gehört, deshalb.«

»Naths Schwiegertochter schon. Und es hat ihr nicht gefallen.«

»Klatsch, alles gemeiner Klatsch. Eine von diesen Klatschgeschichten, wie ihr fortschrittsfeindlichen Sanatanisten sie andauernd ausgrabt.«

»Wenn du mich fragst«, sagte Seth, »gehören jedem Einzelnen von diesen Ariern die Eier abgeschnitten. Haben sie dich schon bekehrt?«

»Das geht nur mich was an.«

»Sie sollen eine Menge kreolische Konvertiten haben. Brüder für dich, Mohun!«

Auf der Galerie saß Hari mit Dhoti, Weste und Gebetskette und las.

»Na, Pandit?«, sagte Mr. Biswas.

Hari sah Mr. Biswas erstaunt an und versenkte sich wieder in sein Buch.

Mr. Biswas ging durch die Buntglastür ins Bücherzimmer. Hier war eine ganze Wand den religiösen Schriften vorbehalten, durch die sich Hari eine nach der anderen hindurchackerte. Kaum eine dieser Schriften war gebunden. Die meisten waren einfach Stöße großer, loser, braunrandiger Blätter, die weniger bedruckt als beschmutzt wirkten. Jedes Blatt trug Abdrücke von der Seite davor und danach; die Tinte hatte sich rotbraun verfärbt, und jeder Buchstabe hatte seinen eigenen kleinen Ölrand.

Mr. Biswas drehte sich um und pirschte zurück zur Galerie. Er schob den Kopf hinter einer leuchtend blauen Glasscheibe hervor und flüsterte laut: »Na, Mr. Gott?«

Hari summte und hörte ihn nicht.

»Ich hab einen neuen Namen für einen von deinen Schwägern«, eröffnete er Shama am selben Abend, als er auf seiner Decke lag, den rechten Fuß aufs linke Knie gestützt, und sich ein abgesplittertes Stück Nagel vom großen Zeh zupfte. »Der verstopfte Heilige.«

»Hari?«, sagte sie und biss sich auf die Zunge, als sie merkte, dass sie begonnen hatte, sein Spiel mitzuspielen.

Er versetzte seiner schlaffen gelblichen Wade einen Klaps und bohrte einen Finger hinein. Das Fleisch gab nach wie ein Schwamm.

Sie zog seine Hand weg. »Nicht! Ich kann das nicht sehen. Du solltest dich schämen, so ein junger Mann und schon so schwabblig.«

»Das kommt von dem vielen schlechten Essen, das ich hier kriege.« Er behielt ihre Hand in seiner. »Genau genommen habe ich sogar eine ganze Menge Namen für ihn. Der Heilige Geist. Wie gefällt dir das?«

»Mann!«

»Und die beiden Götter? Ist dir schon mal aufgefallen, dass sie wie zwei Affen aussehen? Damit hast du den Affengott aus Beton draußen vor dem Haus und die beiden lebendigen im Haus drin. Affenhaus, das wär ein viel besserer Name. Affe, Ochse, Kuh, Henne – ist doch eh schon ein Zoo.«

»Und was bist dann du? Der kläffende kleine Welpe?«

»Des Menschen bester Freund.« Er schwang die Beine hoch, und seine dünnen, schlaffen Waden wabbelten. Er stupste sie an, so dass sie weiterschaukelten.

»Du sollst aufhören!«

Shamas Kopf ruhte jetzt auf seinem weichen Arm, und sie lagen nebeneinander.

Da mit seinen Schwägern nichts anzufangen war, musste Mr. Biswas mit der Gesellschaft der Arier bei den Naths vorlieb nehmen. Pankaj Rai war nicht mehr unter ihnen, und es mochte auch niemand von ihm sprechen. Seinen Platz hatte ein Mann eingenommen, der sich als Shivlochan, B. A. (Professor) vorstellte. Er war kein Purist. Er sprach ein hochtrabendes Hindi und fast kein Englisch und ließ sich beständig von Misir dreinreden. Misir legte großen Wert auf Diskussionen und Entschließungen, und unter seiner Führung einigten sie sich darauf, dass Bildung wichtig war, dass Kinderehen abgeschafft gehörten und dass junge Menschen das Recht haben sollten, sich ihre Ehepartner selbst auszusuchen.

Misir, der unter der Wahl seiner Eltern zu leiden gehabt hatte, sagte: »Im gegenwärtigen System verkaufen sie einem die Katze im Sack und sonst gar nichts.«

(Mr. Biswas liebte Misirs Redewendungen. »Das ist das Einzige, was eure Familie je für euch getan hat«, sagte er am selben Abend zu Shama. »Euch ganze Bagage verschachert wie Katzen im Sack.«

»Denkst du, ich weiß nicht, wo du das alles herhast?«, sagte Shama. »Mach nur weiter so.«)

»Ich hab die Katze im Sack gekriegt«, sagte Misir, »und das hab ich jetzt davon. Wie steht's mit dir, Mohun? Hast du's besser mit deiner Katze im Sack?«

»Genau genommen«, musste Mr. Biswas einräumen, »war's bei mir nicht die Katze im Sack. Ich hab das Mädchen vorher gesehen.«

»Die haben dich das Kind vorher ansehen lassen?« Misirs orthodoxe Instinkte, soweit noch vorhanden, begehrten spürbar auf.

»Ach, sie war eben da, weißt du, im Laden, sie hat Tuch und Strümpfe und Bänder verkauft, und ich hab sie gesehen, und dann ...«

»Chaos der Gefühle, wie?«

»Na ja, nicht so richtig. Es ist eben irgendwie passiert.«

»Das wusste ich nicht«, sagte Misir. »Tja, wie man sich bettet ... Trotzdem, wir können doch wohl sagen, dass wir gegen diese frühen Katze-im-Sack-Ehen sind.«

»Das können wir sagen«, bestätigte Mr. Biswas.

»So, wie vermitteln wir unsere Vorstellungen nun den Massen?«, fragte Misir, und Mr. Biswas fiel auf, dass Misirs Redeweise immer mehr der Pankaj Rais ähnelte. »Ich schlage vor, durch Überzeugungsarbeit.«

»Friedliche Überzeugungsarbeit«, sagte Shivlochan.

»Friedliche Überzeugungsarbeit. Fangen wir an wie Mohammed. Fangen wir klein an. Bei unseren eigenen Familien. Unseren eigenen Frauen. Und von da aus weiter. Ich will, dass jeder von uns heute Abend mit dem festen Vorsatz heimgeht, die Botschaft an seine Nächsten weiterzugeben. Und ich verspreche euch, meine Freunde, in Kürze wird Arwacas eine Hochburg des Ariertums sein.«

»Moment mal«, sagte Mr. Biswas. »Nicht so schnell. Bei unseren Familien sollen wir anfangen? Ihr kennt meine Familie nicht. Können wir die nicht vielleicht auslassen?«

»Hört ihn euch an«, sagte Misir. »Du willst dreihundert Millionen Hindus bekehren und kneifst vor einer rückständigen kleinen Familie von Hinterwäldlern?«

»Ich sag's dir, Mann. Du kennst meine Familie nicht.«

»Na gut«, sagte Misir, nicht mehr ganz so obenauf. »Also, angenommen, das mit der friedlichen Überzeugungsarbeit funktioniert nicht. Nur mal angenommen. Was schlagt ihr dann vor, meine Freunde? Mit welchen Mitteln erzielen wir dann die Umkehr, die wir so inbrünstig herbeisehnen?« Die letzten beiden Sätze stammten aus einer von Pankaj Rais Reden.

»Durch das Schwert«, sagte Mr. Biswas. »Einzige Möglichkeit. Bekehrung durch das Schwert.«

»So sehe ich das auch«, sagte Misir.

»Einen Augenblick, meine Herren.« Shivlochan, B. A. (Professor) erhob sich. »Das bedeutet eine Abkehr vom Grundsatz der Gewaltlosigkeit. Ist Ihnen das klar?«

»Abkehr für kurze Zeit«, sagte Misir ungeduldig. »Ganz kurze Zeit.«

Shivlochan setzte sich wieder.

»Dann denke ich, wir können eine Resolution dahingehend verabschieden, dass auf friedliche Überzeugungsarbeit die militante Bekehrung folgen soll. Stimmt's?«

»Stimmt«, sagte Mr. Biswas.

»Das klingt mir nach einem hübschen kleinen Artikel«, sagte Misir. »Ich geb ihn gleich dem *Sentinel* durch.«

Am nächsten Tag erschien auf der Provinzseite des *Sentinel* ein Bericht von etwa fünf Zentimetern Länge über die Tätigkeit der Arier-Vereinigung Arwacas, kurz AVA. Mr. Biswas' Name wurde darin genannt, desgleichen seine Adresse.

Er ließ ein Exemplar der Zeitung aufgeschlagen und an der entsprechenden Stelle markiert auf dem langen Tisch in der Halle liegen. Und als am Abend – er las gerade *Reform – Der einzige Weg* – Shama heraufkam und sagte, Seth wolle ihn sprechen, erhob Mr. Biswas keine Einwände. Tonlos vor sich hin pfeifend, zog er seine Hose an und trabte hinunter, um sich dem Familientribunal zu stellen.

»So, jetzt steht dein Name also schon in der Zeitung«, sagte Seth.

Mr. Biswas zuckte die Achseln.

Die Götter schaukelten langsam und ernst in der Hängematte.

»Was führst du im Schild? Willst du Schande über die ganze Familie bringen? Diese Jungen hier versuchen, in der katholischen Schule ihren Weg zu machen. Denkst du, so etwas hilft ihnen dabei?«

Die Götter sahen verletzt drein.

»Neidisch«, sagte Mr. Biswas. »Ihr seid doch alle nur neidisch.«

»Worum sollte irgendjemand dich beneiden?«, fragte Mrs. Tulsi.

Der ältere Gott sprang schluchzend aus der Hängematte. »Ich bleib nicht hier sitzen und lasse mich von allen und jedem in diesem Haus beleidigen. Das ist nur deine Schuld, Ma. Er ist dein Schwiegersohn. Du holst sie her und lässt sie alles Essen wegessen, für das mein Vater bezahlt hat, nur dass sie dann auch noch deine Söhne beleidigen!«

Das war ein herber Vorwurf, und Mrs. Tulsi zog den Knaben in ihre Arme und trocknete seine Tränen mit ihrem Schleier.

»Ganz ruhig, mein Sohn«, sagte Seth. »Noch bin ich da und passe auf euch auf.« Er wandte sich Mr. Biswas zu. »Also«, sagte er auf Englisch. »Da siehst du, was du anrichtest. Du willst Zwietracht säen in dieser Familie. Du willst uns alle hinter Gitter bringen. Wir füttern dich durch, aber du willst mich und Mai hinter Gitter bringen. Du willst, dass diese beiden vaterlosen Jungen ohne Ausbildung durchs Leben gehen müssen. Nur zu. Dieses Haus ist ja eh schon die reinste Republik.«

Die Schwestern und Schwäger erstarrten in Posen mürrischem Büßertums. Seths grundlose Bemerkung über die Republik war auf sie alle gemünzt und besagte nichts anderes, als dass Mr. Biswas' Verhalten auch die übrigen Schwäger in Misskredit brachte.

»So«, fuhr Seth fort. »Du möchtest also, dass Mädchen eine Ausbildung bekommen und sich ihre Männer selber suchen. Wie deine Schwester, hm?«

Die Schwestern und ihre Männer entspannten sich.

Mr. Biswas sagte: »Meine Schwester ist besser als ihr alle zusammen, und besser da steht sie auch. Und außerdem ist es bei ihr viel sauberer als hier.«

Seth stützte den Ellbogen auf den Tisch und rauchte betrübt, den Blick auf seine Halbstiefel gesenkt. »Die Stunde des Bösen«, sagte er leise auf Hindi. »Die Stunde des Bösen ist angebrochen. Schwester, wir haben eine Schlange an unserem Busen genährt. Es ist meine Schuld. Ich trage die volle Verantwortung.«

»*Ich* dräng mich nicht danach, hierzubleiben, dass ihr's wisst«, sagte Mr. Biswas. »Ich glaube auch an die alten Werte. Ihr zwingt mir eure Tochter auf, ihr versprecht mir dies, ihr versprecht das. Und was hab ich bis jetzt bekommen? Gebt mir, was ihr mir versprochen habt, und ihr seid mich los.«

»Du willst also, dass Mädchen lesen und schreiben lernen und Affären haben? Du willst, dass sie in kurzen Röcken durch die Gegend laufen?«

»Ich hab kein Wort über kurze Röcke gesagt. Ich rede von den Versprechungen, die ihr mir gemacht habt.«

»Kurze Röcke. Und Liebesbriefe. Liebesbriefe! Weißt du noch den Liebesbrief, den du Shama geschrieben hast?«

Shama kicherte. Die Schwestern und ihre Männer, erleichtert nun, kicherten ebenfalls. Mrs. Tulsi stieß ein kurzes, schnaubendes Lachen aus. Nur die Götter schauten grimmig wie zuvor; aber Mrs. Tulsi, die den älteren immer noch umschlungen hielt, schmeichelte ihm ein kleines Lächeln ab.

Der Schlagabtausch endete also mit einer Schlappe. Mr. Biswas freilich ließ sich dadurch nicht die Laune verderben, im Gegenteil, er war euphorisch. Für ihn gab es keinen Zweifel, dass er aus seinem Feldzug gegen die Tulsis – denn als solchen sah er ihn – siegreich hervorgehen würde.

Unerwartete Schützenhilfe erhielt er durch die Arier-Vereinigung.

Die Vereinigung weckte die Aufmerksamkeit von Mrs. Weir, die mit dem Besitzer einer kleinen Zuckerrohrplantage verheiratet war. Sie bezahlte ihre Arbeiter schlecht, erfreute sich aber dennoch ihrer Achtung, weil sie so interessiert an religiösen Belangen und so besorgt um das Seelenheil ihrer Leute war. Die meisten ihrer Arbeiter waren Hindus, und für den Hinduismus interessierte sich Mrs. Weir besonders. Letzten Endes, so hieß es, plane sie eine Bekehrung von Hindus im großen Stil, doch Misir leugnete das. Er behauptete, er habe vielmehr *sie* so gut wie bekehrt. Und wirklich erschien sie zu einem der Arier-Treffen. Und sie lud ein paar von den Ariern zu sich zum Tee ein. Mr. Biswas, Misir, Shivlochan und zwei andere gingen hin. Misir redete. Mrs. Weir hörte zu und widersprach kein einziges Mal. Misir gab ihr Bücher und Pamphlete. Mrs. Weir sagte, sie freue sich schon darauf, sie zu lesen. Als sie aufbrachen, beschenkte Mrs. Weir jeden von ihnen mit den *Selbstbetrachtungen* des Marc

Aurel, den *Unterredungen* des Epiktet und einer Reihe anderer Bändchen.

Tagelang war man im Hanuman-Haus daraufhin der Propaganda einer wenig bekannten christlichen Sekte ausgesetzt. Mrs. Weirs Büchlein tauchten auf dem langen Tisch auf, im Tulsi-Laden, in der Küche, den Schlafräumen. Ein religiöses Bild fand sich innen an die Latrinentür genagelt. Als eine Broschüre auf dem Schrein im Gebetsraum entdeckt wurde, zitierte Seth Mr. Biswas herbei und sagte: »Als Nächstes fängst du noch an, den Kindern Kirchenlieder beizubringen. Dass jemand auch nur auf die Idee kommen konnte, einen Pandit aus dir zu machen!«

Mr. Biswas sagte: »Na ja, seit ich hier bin, kriege ich immer mehr das Gefühl, wer ein guter Hindu sein will, muss zuallererst guter Katholik werden.«

Der ältere Gott, der einen Angriff witterte, stand schon einmal aus der Hängematte auf, bereit, in Tränen auszubrechen.

»Schaut ihn an«, sagte Mr. Biswas. »Der kleine Kreuzritter. Wenn er die Hand unters Hemd steckt, kommt ein Kruzifix heraus.«

Der ältere Gott trug in der Tat ein Kruzifix. Darin sah man im Hanuman-Haus einen exotischen und begehrenwerten Talisman. Der ältere Gott trug etliche Talismane, und es schien allen nur recht und billig, dass jemand so Wertvolles nach Kräften beschützt sein sollte. Am Sonntag vor der Prüfungswoche badete Mrs. Tulsi ihn jedes Mal in Wasser, das Hari geweiht hatte; seine Fußsohlen wurden in Lavendelwasser eingeweicht; er bekam ein Glas Guinness Stout verabreicht, und Ehrfurcht umwitterte ihn, wenn er das Haus verließ, beladen mit Kruzifix, Gebetskette, der heiligen Schnur, einem geheimnisvollen Duftkissen, einer Vielzahl absonderlicher Armringe, geweihten Münzen und einer Limone in jeder Hosentasche.

»Und ihr nennt euch Hindus?«, sagte Mr. Biswas.

Shama versuchte ihn zum Schweigen zu bringen.

Der jüngere Gott sprang aus der Hängematte und stampfte mit dem Fuß auf. »Ich werd nicht in der Hängematte sitzen und zuhören, wie mein Bruder beleidigt wird, Ma. *Dir* ist es ja scheint's egal.«

»Was?«, sagte Mr. Biswas. »Ich und jemand beleidigen? In der katholischen Schule lassen sie ihn die Augen zu- und den Mund aufmachen und das Ave Maria beten. Was ist damit?«

»Mann!«, jammerte Shama.

Der ältere Gott weinte.

»*Dir* ist es ja scheint's egal, Ma«, wiederholte der jüngere Gott.

»Biswas!«, sagte Seth. »Willst du eine Abreibung haben?«

Shama packte Mr. Biswas am Hemd, und er wehrte sich, als würde er von einem Faustkampf weggezerrt, in dem er die Oberhand gewann und den er unbedingt fortsetzen wollte. Aber Seths Drohung war ihm nicht entgangen, und so ließ er sich allmählich doch die Stufen hinaufdrängen.

Auf halbem Weg hörten sie Seth nach seiner Frau rufen: »Padma! Komm schnell und hilf deiner Schwester. Sie fällt in Ohnmacht.«

Jemand kam die Stufen heraufgespurtet. Es war Chinta. Sie sah durch Mr. Biswas hindurch und sagte anklagend zu Shama: »Mai ist ohnmächtig!«

Shama starrte Mr. Biswas durchdringend an.

»Ohnmächtig, so?«, sagte Mr. Biswas.

Chinta erwiderte nichts. Sie eilte hinüber in das Betonhaus, um Mrs. Tulsis Schlafzimmer herzurichten, das Rosenzimmer.

Sobald Shama Mr. Biswas glücklich in ihr Zimmer bugsiert hatte, ließ sie ihn stehen, und er hörte sie im Laufschritt das Bücherzimmer durchqueren und die Treppe hinunterhasten.

Mrs. Tulsi fiel häufig in Ohnmacht. Sooft das geschah, trat augenblicklich ein hochkomplexes Ritual in Kraft. Eine Tochter wurde vorausgeschickt, um das Rosenzimmer fertig zu machen, während die übrigen Töchter die Kranke unter der Oberaufsicht von Padma, Seths Frau, dorthin schafften. Wenn Padma, was nicht selten der Fall war, selbst kränkelte, fiel diese Aufgabe Sushila zu. Sushila hatte eine Sonderstellung in der Familie inne. Sie war eine verwitwete Tochter, deren einziges Kind gestorben war. Ihr Leid trug ihr Respekt ein, doch obgleich sie sehr mächtig tat, war ihr Status ungewiss; bald erschien er so hoch wie der von Mrs. Tulsi, dann wieder niedriger als der Miss Blackies. Nur während Mrs. Tulsis Unpässlichkeiten stand Sushilas Autorität außer Frage.

Nach einem Ohnmachtsanfall fächelte eine Tochter der Mutter im Rosenzimmer Luft zu; zwei massierten ihr die glatten, glänzenden und erstaunlich straffen Beine; eine verrieb Pimentöl in ihrem gelösten Haar und massierte ihr die Stirn. Die übrigen Töchter standen bereit, um weitere Anweisungen von Padma oder Sushila auszuführen. Oft waren auch die Götter anwesend und schauten mit bösen Gesichtern zu. War das Pimentöl verrieben und der Massage Genüge getan, drehte sich Mrs. Tulsi auf den Bauch und bat den jüngeren Gott, auf ihr auf und ab zu gehen, von den Fußsohlen bis hinauf zu den Schultern. Dafür war in der Vergangenheit der ältere Gott zuständig gewesen, doch der war nun zu schwer.

Die Schwiegersöhne blieben unterdessen im Holzhaus zurück, allein mit den Kindern, die, auch ohne dass jemand sie dazu anhielt, wussten, dass sie still zu sein hatten. Sämtliche Tätigkeiten kamen zum Erliegen; Totenstille kehrte im Haus ein. Die Schuld an Mrs. Tulsis Ohnmacht trug unweigerlich einer der Schwiegersöhne. Ihn umlagerte nun feindseliges Schweigen. Riskierte er eine verbindliche Bemerkung, ziehen ihn sogleich viele rügende Blicke der Leichtfertigkeit. Schmollte er in einer Ecke oder verdrückte er sich in sein Zimmer, wurde er für seine Rohheit und seinen Undank gegeißelt. Nein, sein Platz war in der Halle, wo er mit allen Mitteln seiner Zerknirschung und Sorge Ausdruck zu verleihen hatte. Er musste eifrig lauschen, ob sich aus dem Rosenzimmer endlich Schritte näherten; er musste geschäftige, gekränkte Schwestern ansprechen und sich, ungeachtet wiederholter Abfuhren, flüsternd nach Mrs. Tulsis Zustand erkundigen. Am nächsten Morgen kam er dann herunter, verlegen und beschämt. Mrs. Tulsi ging es inzwischen besser. Sie strafte ihn mit Nichtachtung. Aber am Abend lag Vergebung in der Luft. An den Missetäter wurde das Wort gerichtet, als wäre nichts geschehen, und er antwortete froh und dankbar.

Mr. Biswas ging nicht in die Halle. Er blieb auf seiner Decke im Langen Zimmer liegen, ein Blatt Papier vor sich, und überlegte sich Themen für die Artikel, die er für den *Neuen Arier* zu schreiben versprochen hatte, eine von Misir geplante neue Zeitschrift. Er konnte sich nicht konzentrieren, und bald war das Papier mit verschiedensten Versionen der Lettern RES bedeckt; diese Buchstabenfolge erschien ihm immer wieder aufs Neue schwierig und reizvoll, seit er einmal ein Schild für ein Restaurant gemalt hatte.

Der Geruch nach Hirschhornsalz füllte das Zimmer.

»Bist du jetzt zufrieden, wo Mai wegen dir in Ohnmacht gefallen ist?«

Es war Shama. Öl glänzte an ihren Händen.

»Welchen Fuß hast du abgekriegt?«, fragte Mr. Biswas. »Bist wohl froh, dass sie dich überhaupt an ihren Fuß lassen? Ich werd nie verstehen, warum ihr Schwestern so um die alte Henne herumscharwenzelt. Hat sie sich je um euch gekümmert? Nein, hergenommen hat sie euch und an die nächstbesten Kokosnussverkäufer und Krebsfänger verschachert. Und trotzdem kommt ihr alle angerannt zum Füßerubbeln und Kopfdrücken und Riechsalzhalten.«

»Wer dich reden hört, würde nie denken, dass du mit deinen Siebensachen grade mal einen mickrigen kleinen Kleiderhaken vollgekriegt hast, wie du hier eingezogen bist.«

Diese Spitze hatte er schon mehrmals gehört. Er ignorierte sie.

Am nächsten Morgen ging er hinunter in die Halle und rief munter: »Morgen, Morgen. Morgen allerseits.« Keine Antwort. Er sagte: »Shama, Shama. Essen, Mädchen. Essen.« Sie brachte ihm eine große Tasse Tee. Das Frühstück bestand aus Tee und Zwieback. Den Zwieback fischte man sich aus einer riesigen schwarzen Dose, die dem Zwiebackhersteller zurückgegeben werden musste – fast schon mehr eine Tonne, die größte Größe, wie sonst nur Cafébesitzer sie bezogen. Während er den Arm in die Tonne senkte, Stroh zur Seite schob, nach Zwieback grub (eine angenehme Betätigung, denn das Stroh und der Zwieback zusammen hatten einen Geruch, der fast besser war als der Zwieback selbst), während er solcherart beschäftigt war, kam Mrs. Tulsi in die Halle, schwerfällig und matt und beinahe so alt aussehend wie Padma. Ihr Schleier hing ihr tief in die Stirn, und hin und wieder drückte sie sich ein mit Kölnisch Wasser getränktes Tüchlein an die Nase. Ohne ihre Zähne wirkte sie gebrechlich und doch bei aller Gebrechlichkeit wie für die Ewigkeit gemacht.

»Und? Wieder besser, Mai?«, fragte Mr. Biswas und stapelte sich ein paar Zwiebäcke auf einen angeschlagenen Emailleteller. Sein Ton war frohgemut.

Die Halle verstummte.

»Ja, mein Sohn«, sagte Mrs. Tulsi. »Es geht mir besser.«

Und nun war es an Mr. Biswas, zu staunen.

(»Ich hab mich in deiner Mutter getäuscht«, erklärte er Shama, bevor er sich an diesem Morgen auf den Weg machte. »Sie ist gar keine alte Henne. Und auch keine alte Kuh.«

»Freut mich, dass du langsam Dankbarkeit lernst«, sagte Shama.

»Sie ist eine Füchsin. Eine alte Füchsin. Wie nennt man die richtig? Du weißt schon – wie in Macdougalls Grammatik. Abt und Äbtissin. Rehbock und Ricke. Hirsch und Hindin. Fuchs und … was?«

»Das werd ich dir grad sagen.«

»Ich krieg's schon raus. Bis dahin merk dir den neuen Namen schon mal. Sie ist die alte Füchsin.«)

Er zog sich auf den Treppenabsatz zurück, zu dem fleckigen, ramponierten, unbenutzten und nutzlosen Klavier, wo er sich immer weiter durch den zerrissenen Sitz seines Korbsessels rutschen ließ, seinen Tee schlürfte und Stücke von seinem Zwieback abbrach, um sie in den Tee zu werfen. Er schaute ihnen zu, wie sie aufquollen, und rettete sie in letzter Sekunde mit dem Löffel vor dem Versinken. Dann schob er sich den Löffel flink in den Mund, ehe der durchweichte, überlappende Zwieback über den Rand herabstürzen konnte. Rings um ihn waren Kinder auf die gleiche Weise beschäftigt.

Der jüngere Gott kam die Treppe herunter. Er hatte soeben die Morgenpuja vollzogen. Mit seinem kleinen Lendentuch, der kleinen Weste, der Gebetskette und seinen Miniatur-Kastenzeichen auf der Stirn sah er aus wie ein Spielzeugpandit. Auf dem Messingteller, den er vor sich her trug, brannte ein Kampferwürfel. Von dem Kampfer war den Bildnissen im Gebetsraum Weihrauch zugefächelt worden; nun musste sämtlichen Familienmitgliedern davon dargeboten werden.

Der Gott trat als erstes vor Mrs. Tulsi hin. Sie steckte ihr Taschentüchlein in den Ausschnitt, fuhr mit den Fingerspitzen durch die Kampferflamme und führte sie an die Stirn. »Rama, Rama«, sagte sie. Dann fügte sie hinzu: »Geh jetzt zu deinem Bruder Mohun.«

Wieder senkte sich Schweigen über die Halle. Und wieder musste Mr. Biswas staunen.

Sushila, die noch nicht so recht von der Befehlsgewalt lassen mochte, die sie am Abend zuvor im Krankenzimmer innegehabt hatte, sagte: »Ja, Owad. Geh zu deinem Bruder Mohun.«

Der Gott zögerte. Er furchte die Stirn. Dann schmatzte er laut durch die Zähne, stampfte zum Treppenabsatz hinauf und streckte die duftende Kampferflamme Mr. Biswas hin. Mr. Biswas rettete einen Zwiebackbrocken aus der Emailletasse. Er fuhr mit dem Mund unter den Löffel, fing das abfallende Stück auf, kaute hörbar und sagte: »Nimm das ruhig wieder weg. Du weißt doch, dass ich von diesem Götzendienst nichts halte.«

Der Gott, eben noch erzürnt, war so perplex, dass er sich um ein Haar aufs Bitten und Schmeicheln verlegt hätte, bevor ihm das volle Ausmaß dieser Ungeheuerlichkeit aufging. Stocksteif blieb er stehen, während der brennende Kampfer vor ihm auf dem Teller dahinschmolz.

Es war still in der Halle.

Mrs. Tulsi sagte kein Wort. Ohne noch an ihre Hinfälligkeit und Ermattung zu denken, stand sie auf und schritt langsam die Treppe hinauf.

»Mann!«, rief Shama.

Ihr Ruf weckte den Gott aus seiner Erstarrung. Er stieg in die Halle hinunter, Zornestränen in den Augen, und sagte: »*Ich* wär nie mit irgendwas zu ihm hingegangen. *Ich* nicht! *Ich* weiß, wie viel Respekt der vor anderen Leuten hat!«

»Pst«, sagte Sushila. »Nicht mit dem Teller in der Hand.«

»Mann!«, wiederholte Shama. »Was hast du jetzt wieder angerichtet?«

Mr. Biswas leerte seine Tasse, kratzte den restlichen Zwiebackmatsch mit dem Löffel heraus, verspeiste ihn und stand auf. »Ich?«, sagte er. »Ich hab gar nichts angerichtet. Ich glaub nicht an diesen Götzendienst, das ist alles.«

»M-m-m-m. *Mm*!« Miss Blackie gab eine Art Schnurren von sich. Sie war gekränkt. Sie war katholisch und ging jeden Morgen zur Messe, wohnte aber seit Jahren tagtäglich den hinduistischen Ritualen bei und erachtete sie darum für ebenso unantastbar wie ihre eigenen.

»Götzenbilder sind bloße Hilfskonstruktionen. Sie haben mit wahrer Anbetung nichts zu tun«, verkündete Mr. Biswas der Halle – ein Zitat von Pankaj Rai. »Sie sind der Krückstock einer spirituell rückständigen Gesellschaft. Seht euch den kleinen Jungen da unten an. Meint ihr, er kapiert irgendwas von dem, was er da in der Früh tut?«

Der Gott stampfte mit dem Fuß und sagte mit schriller Stimme: »Jedenfalls mehr als du, du – du *Christ*!«

Miss Blackie, tief beleidigt nun, schnurrte lauter.

Sushila sagte zu dem Gott: »Du darfst nie die Beherrschung verlieren, wenn du die Puja abhältst, Owad. Das gehört sich nicht.«

»Aber dass er mich und Ma und alle anderen schlecht macht, das gehört sich!«

»Lass den Strick nur schön locker bei ihm. Bald legt er ihn sich um den Hals.«

Im Langen Zimmer packte Mr. Biswas seine Malsachen zusammen und sang dabei ein ums andere Mal:

Im Schnee und im Gewehe,
Im Weh und im Geschnee-e.

Text und Melodie fußten im allerweitesten Sinne auf *»Roamin' in the Gloamin'«*, womit der Chor an Lals Schule früher bisweilen wichtige Besucher von der kanadischen Mission erfreut hatte.

Doch kaum hatte er das Hanuman-Haus durch das Seitentor verlassen, war es mit Mr. Biswas' Frohlocken vorbei; Schwermut befiel ihn und hielt den ganzen Tag an. Er arbeitete schlecht. Er musste einen Wellblechzaun mit einer Reklame bemalen. Mit den Buchstaben tat er sich auf der gewellten Oberfläche schwer genug; die dazugehörige Kuh und das Gatter trieben ihn schier zum Wahnsinn. Seine Kuh sah steif aus, deformiert und gramvoll, und machte die Fröhlichkeit des restlichen Plakates zunichte.

Er war erschöpft und gereizt, als er ins Hanuman-Haus zurückkehrte. Die schmerzlichen und aggressiven Blicke, die er in der Halle erntete, erinnerten ihn an seinen morgendlichen Triumph. All seine Freude darüber war verflogen; sein Leben ekelte ihn nur noch an. Sein Feldzug gegen die Tulsis, den er mit solcher Lust geführt hatte, erschien ihm nun sinnlos und erniedrigend. Angenommen, dachte Mr. Biswas oben im Langen Zimmer, angenommen, ich könnte mich mit einem Fingerschnippen von hier wegzaubern, was würde dann von mir bleiben? Ein paar Kleider, ein paar Bücher. Das Geschrei und Gepolter in der Halle würde weitergehen; dann würde die Puja abgehalten, und am Morgen würde der Laden seine Türen öffnen.

Er hatte in etlichen Häusern gelebt. Und wie leicht war es, sich diese Häuser ohne ihn zu denken. Wenn Pandit Jairam in diesem Moment nicht einen seiner Besuche machte, saß er zu Hause beim Essen und freute sich auf einen Abend mit seinen Büchern. Und im Türrahmen stand Soanie und sperrte das Licht aus, bereit, auf den kleinsten Wink von ihm zu springen. Auf Taras Hinterveranda schaukelte Ajodha behaglich in seinem Schaukelstuhl und lauschte mit geschlossenen Augen, während Rabidat ihm »Du und dein Körper« vorlas – in leicht verdrehter Haltung, um den Rum- und Tabakgeruch in seinem Atem zu verbergen. Tara scheuchte unterdessen den Stalljungen herum (es war Melkzeit), oder den Laufburschen oder das Dienstmädchen oder wer weiß wen. An keinem dieser Orte vermisste man ihn, denn an keinem dieser Orte war er mehr als ein Gast gewesen, eine Störung im täglichen Ablauf. Dachte wenigstens Bipti in der Lehmhütte an ihn? Aber sie war ja selbst ein hoffnungsloser Fall. Und jene andere, noch fernere Hütte aus Lehm und Gras in den Sümpfen war mittlerweile wahrscheinlich längst abgerissen und untergepflügt. Dahinter gähnte die Leere. Von ihm würde gar nichts bleiben.

Er hörte Schritte, und Shama trat ins Zimmer, in der Hand einen Messingteller mit Reis, Currykartoffeln, Linsen und Kokos-Chutney.

»Ich will diese verdammten Messingnäpfe nicht, wie oft soll ich dir das noch sagen?«

Sie stellte den Teller auf den Boden.

Er ging um ihn herum. »Gesundheitspflege hat dir in der Schule auch keiner beigebracht, wie? Reis, Kartoffeln. Stärke und noch mal Stärke.« Er klopfte sich auf den Bauch. »Willst du, dass ich platze?« Seine Niedergeschlagenheit hatte sich bei Shamas Anblick in Wut verwandelt, aber er sprach in scherzhaftem Ton.

»Ich mein ja immer«, sagte Shama, »dass nur der sich beschweren sollte, der sein Essen auch selber bezahlt.«

Er trat ans Fenster, wusch sich die Hände, gurgelte und spuckte aus.

Von unten schrie eine Stimme: »He, da oben. Pass gefälligst auf!«

»Ich wusste es, ich wusste es«, jammerte Shama und lief zum Fenster. »Ich wusste, dass das irgendwann passieren würde. Du hast auf jemand gespuckt.«

Interessiert schaute er hinaus. »Wer ist es? Die alte Füchsin oder einer von den Göttern?«

»Du hast auf Owad gespuckt.«

Sie hörten sein Geschimpfe.

Mr. Biswas nahm noch einen Schluck und gurgelte. Dann lehnte er sich mit geblähten Backen so weit aus dem Fenster, wie er nur konnte.

»Denkst du, ich seh dich nicht?«, rief der Gott. »Ich seh genau, was du machst, Mr. Biswas. Aber ich rühr mich nicht weg hier, und wenn du noch mal spuckst, sage ich's Ma.«

»Nur zu, du kleiner Bastard«, murmelte Mr. Biswas und spuckte.

»Mann!«

»O Gott!«, jaulte der Gott.

»Glück gehabt, kleines Äffchen«, sagte Mr. Biswas. Er hatte danebengetroffen.

»Mann!«, schrie Shama und zerrte ihn vom Fenster weg.

Mit langsamen Schritten umrundete er den Messingteller.

»Geh ruhig«, sagte Shama. »Geh, bis du müde bist. Aber warte, bis du dein Essen selber bezahlst, bevor du an dem herumnörgelst, was andere Leute dir geben.«

»Von wem sollst du mir das denn ausrichten? Von deiner Mutter?« Er schob den Unterkiefer vor, aber sehr gefährlich sah er in seinen langen Mehlsackunterhosen trotzdem nicht aus.

»Von niemand. Das hab ich mir selber ausgedacht.«

»Ach, du hast es dir selber ausgedacht!«

Und er riss den Messingteller an sich, so ungestüm, dass ein Häufchen Reis über den Rand fiel, und eilte damit zum Fenster. Raus mit dem Drecksding! Aber die Heftigkeit der Bewegung besänftigte ihn schon, und am Fenster kam ihm ein anderer Gedanke: Wenn er den Teller rausschmiss, erschlug er am Ende jemanden! Er verharrte mitten im Schwung und hielt den Teller stattdessen nur schräg. Das Essen rutschte wie von selbst herunter, nur einige wenige Reiskörner klebten noch an den Schmierspuren der Linsen und ein paar öligen, blasigen Resten Currysoße.

»O Gott! Oo – Go-ott!«

Es begann als leises Wimmern und wuchs sich in Blitzesschnelle zu einem anhaltenden Heulen aus, das mitfühlende Quietscher bei den Säuglingen überall im Haus auslöste. Dann brach das Geheul jäh ab, und Sekunden später – viel später, schien es Mr. Biswas – erklang ein tiefes, heiseres, sich entfernendes Schniefen. »Das sag ich Ma«, schluchzte der Gott. »Ma, komm und schau, was dein Schwiegersohn mit mir gemacht hat. Er hat mir sein ganzes dreckiges Essen drübergeschüttet.« Dann ein sirenenartiges Atemholen, und wieder ging das Geheul los.

Shama hatte ihre Märtyrerhaltung eingenommen.

Tumult erhob sich unten. Mehrere Stimmen versuchten einander zu überschreien, Babys plärrten, dazu ertönte allerhand ergänzendes Geheul und Geschnatter, und in der Halle rumorte es.

Gleich darauf erzitterte die Treppe, die Glasscheiben in den Türen klirrten, schwere Schritte polterten durch das Bücherzimmer, und in Mr. Biswas' Kammer stürmte Govind.

»Das warst du!«, schrie Govind keuchend, sein hübsches Gesicht ganz verzerrt. »Du warst das, der Owad angespuckt hat!«

Mr. Biswas bekam es mit der Angst.

Er hörte noch mehr Schritte auf der Treppe. Das Geheul kam näher.

»Angespuckt?«, sagte Mr. Biswas. »Ich hab niemand angespuckt. Ich hab bloß aus dem Fenster gegurgelt und ein bisschen ungenießbares Essen rausgekippt.«

Shama stieß einen Schrei aus.

Govind stürzte sich auf Mr. Biswas.

Mr. Biswas, verdattert, zu Tode erschrocken, schrie nicht und wehrte sich nicht, sondern ließ sich einfach verhauen. Er steckte viele und heftige Hiebe aufs Kinn ein, und bei jedem Hieb wiederholte Govind: »Du warst das!« Wie von weitem war sich Mr. Biswas der in den Raum drängenden Frauen bewusst – kreischende, wimmernde Weiber, die sich auf Govind und ihn warfen. In aller Schärfe dagegen hörte er das Schluchzen des Gottes, direkt an seinem Ohr, wie er meinte: ein trockenes, kontrolliertes, rasselndes Geräusch. Dann verstummte es schlagartig. »Genau!«, sagte der Gott. »Er war's. Das hat er schon längst verdient!« Und bei jedem einzelnen von Govinds Püffen und Tritten grunzte der Gott, als teilte er selbst sie aus. Die

Frauen lagen auf Mr. Biswas und Govind. Ihre Haare und Schleier hatten sich gelöst; ein Schleier kitzelte Mr. Biswas an der Nase.

»Haltet ihn!«, schrie Chinta. »Haltet ihn, sonst schlägt er Biswas tot. Er wird zum wilden Tier, wenn ihn die Wut packt.« Sie begann kurze, schrille Jammerlaute auszustoßen. »Haltet ihn, haltet ihn. Oder wollt ihr, dass er am Galgen endet? Wollt ihr, dass ich zur Witwe werde?«

Trotz der Hiebe in seine eingefallene Brust, der Püffe in seinen weichen, vorgewölbten Bauch stellte Mr. Biswas zu seiner Überraschung fest, dass sein Kopf ganz klar blieb. Was heult dieses Weibsbild so? dachte er. Gut, sie wird Witwe, aber was ist mit mir? Er versuchte, Govind in den Schwitzkasten zu nehmen, aber mehr als ein Tippen auf seinen Rücken wurde nicht daraus. Govind schien es gar nicht zu bemerken. Alles andere hätte Mr. Biswas auch gewundert. Am liebsten hätte er Govind gekratzt und gezwickt, sagte sich jedoch, dass das unmännlich wäre.

»Schlag ihn tot!«, schrie der Gott. »Schlag ihn tot, Onkel Govind!«

»Owad, Owad«, sagte Chinta. »Wie kannst du so etwas sagen?« Sie zog den Gott an sich und drückte seinen Kopf an ihren Busen. »Du auch? Wollt ihr mich mit aller Gewalt zur Witwe machen?«

Der Gott duldete die Umarmung, verrenkte dabei jedoch den Hals, um dem Kampf zuschauen und weiter rufen zu können: »Schlag ihn tot, Onkel Govind. Schlag ihn tot!«

Die Frauen konnten wenig gegen Govind ausrichten. Sie hinderten ihn lediglich daran, gar zu weit auszuholen, aber seine kurzen Schläge waren nicht weniger kraftvoll. Mr. Biswas spürte jeden einzelnen. Nur den Schmerz spürte er nicht mehr.

»Schlag ihn tot, Onkel Govind!«

Ja, feuer ihn nur auch noch an, dachte Mr. Biswas.

Nachbarn riefen von draußen.

»Was ist los, Mai? Mai! Mrs. Tulsi! Mr. Seth! Was ist los?«

Ihre dringlichen, verängstigten Stimmen schreckten Mr. Biswas auf. Mit einem Mal hörte er sich brüllen: »O Gott! Ich sterbe. Ich sterbe. Er bringt mich um.«

Vor seiner Todesangst verstummte das Haus.

Govinds Arme sanken herab. Der Gott schwieg, und Mr. Biswas hatte eine flüchtige Vision von schwarzen Polizisten, Gerichtsgebäuden, Galgen, Gräbern, Särgen.

Die Frauen ließen von Govind und Mr. Biswas ab, und Govind, schwer atmend, ließ von Mr. Biswas ab.

Wie ich Leute hasse, die so laut atmen, dachte Mr. Biswas. Und wie dieser Govind roch! Nicht nach Schweiß, sondern nach Öl und Talg, ein Geruch, den Mr. Biswas auf die Pickel in Govinds Gesicht zurückführte. Wie unangenehm es sein musste, mit solch einem Mann verheiratet zu sein!

»Hat er ihn totgeschlagen?«, fragte Chinta. Sie hatte sich beruhigt; aus ihrer Stimme klangen Stolz und echte Besorgnis. »Sprich, Bruder. Sprich. Sprich zu deiner Schwester. Mach doch einer, dass er was sagt!«

Nun da Govind nicht mehr auf ihm lag, war Mr. Biswas' größte Sorge, ob er auch züchtig bedeckt war. Wenn nur mit seiner Unterhose nichts passiert war. Er schob eine Hand nach unten, um sich zu vergewissern.

»Ihm fehlt nichts«, sagte Sushila.

Jemand beugte sich über ihn. An dem Geruch nach Öl, Erkältungsbalsam, Knoblauch und rohem Gemüse erkannte er Padma. »Fehlt dir etwas?«, fragte sie und schüttelte ihn.

Er drehte sich auf die Seite, mit dem Gesicht zur Wand.

»Dem fehlt nichts«, sagte Govind und fügte auf Englisch hinzu: »Gott sei Dank, dass ihr gekommen seid, Mann, sonst müsst ich noch an den Galgen wegen dem.«

Chinta ließ ein Schluchzen hören.

Shama saß unverändert als Märtyrerin auf ihrem Bänkchen, den Rock über die Knie gebreitet, eine Hand unters Kinn geschoben, die starr blickenden Augen von Tränen verschleiert.

»Auf mich spucken, jaja«, sagte der Gott. »Versuch's nur. Warum spuckst du jetzt nicht? Kommst hier an und lachst über unsere heiligen Bräuche. Lachst über mich, wenn ich die Puja halte. *Ich* weiß, was es mir bringt, die Puja zu halten, hörst du?«

»Es ist alles gut, mein Sohn«, sagte Govind. »Niemand darf dich und Mai beleidigen, solange ich in der Nähe bin.«

»Lass ihn in Ruhe, Govind«, sagte Padma. »Lass ihn in Ruhe, Owad.«

Der Zwischenfall war vorüber. Das Zimmer leerte sich.

Shama und Mr. Biswas, allein nun, verharrten wie zuvor, sie zur Tür hinausstarrend, er in Betrachtung der Lotosblüten an der blassgrünen Wand.

Sie hörten, wie die Halle sich wieder mit Leben füllte. Der Tisch wurde – verspätet – mit ungewöhnlich viel Verve fürs Abendessen gedeckt. Babys wurden getröstet, mit Singen, Klatschen, leisem Lachen und Babysprache. Kinder wurden ungemein wohlgemut ausgeschimpft. Sie alle dort unten einte für den Augenblick ein neues Band, und Mr. Biswas begriff, dass dieses Band er war.

»Kauf mir eine Dose roten Lachs!«, befahl er Shama, ohne sich von der Wand wegzudrehen. »Und Hopfenbrot.«

Sie hatte ein Kitzeln im Hals. Sie hustete und versuchte das Schluckgeräusch mit einem Seufzer zu tarnen.

Das verdross ihn noch mehr. In seiner schlackernden Unterhose stand er auf und sah sie an. Sie starrte immer noch durch die offene Tür ins Bücherzimmer. Sein Gesicht fühlte sich schwer an. Er legte sich die Hand an die Backe und schob das Kinn hin und her. Sein Kiefer gehorchte nicht recht.

Shamas geweitete Augen liefen über, Tränen rannen ihr über die Wangen.

»Was denn? Hat dich auch wer zusammengeschlagen?«

Sie schüttelte die Tränen weg, ohne die Hand vom Kinn zu nehmen.

»Hol mir eine Büchse Lachs. Kanadischen. Und Brot und Chilisoße dazu.«

»Was ist? Hast du ein Gelüst? Kriegst du ein Baby?«

Es juckte ihn, sie zu schlagen. Aber das hätte nach dem Vorgefallenen nur lächerlich gewirkt.

»Kriegst du ein Baby?«, wiederholte Shama. Sie stand auf, schüttelte ihren Rock aus und strich ihn glatt. Und dann sagte sie, mit erhobener Stimme, als seien ihre Worte für die Leute unten bestimmt: »Hol's dir doch selber. Mich kommandierst du nicht rum, hast du gehört?« Sie schnäuzte sich, wischte sich über die Nase und ging hinaus.

Er war allein. Er trat gegen eine Lotosblüte an der Wand. Der Krach erschreckte ihn, sein Zeh tat ihm weh, und den nächsten Fußtritt versetzte er seinem Stapel Bücher. Sie purzelten durch die Gegend, und er staunte über die Geduld und Klaglosigkeit unbeseelter Gegenstände. Der Knick im Deckel von *Bells Lehrbuch der Vortragskunst* war wie eine stumm und anklagend empfangene Wunde. Er bückte sich, um die Bücher aufzuheben, entschied dann aber, dass ihm das als Zeichen der Selbstverachtung ausgelegt werden konnte. Besser, sie blieben so liegen, dass Shama sie sah und vielleicht sogar neu aufstapelte. Er fuhr sich über das Gesicht. Es fühlte sich gedunsen und tot an. Wenn er hinunterschielte, schob sich seine anschwellende Backe ins Bild. Sein Kiefer schmerzte. Überall machten sich nun Schmerzen bemerkbar. Seltsam, dass die Hiebe zuvor so wenig Wirkung gezeigt hatten. Der Schreck war ein guter Dämpfer. Vielleicht verhielt es sich in der Tierwelt ja genauso. Das Leben im Dschungel wurde erträglich dadurch; Gott selbst hatte es so eingerichtet. Er ging zu dem billigen Spiegel neben dem Fenster. Er hatte sich darin noch nie ordentlich sehen können. Eine blödsinnige Stelle für einen Spiegel; er hatte gute Lust, ihn einfach von der Wand zu reißen. Stattdessen bog er sich ein Stück zur Seite und spähte über die Schulter auf sein Spiegelbild. Sein Gesicht hatte sich dick angefühlt; er hatte nicht gedacht, dass es derart grotesk aussah. Dennoch musste er hinaus, musste erst einmal aus dem Haus, den Lachs und das Brot und die Chilisoße besorgen – Gift für seinen Magen, doch der würde sich erst später dafür rächen. Er stieg in seine Hose, und das Klicken der Gürtelschnalle klang so präzise, so maskulin, dass er es eilig zum Schweigen brachte. Er zog sein Hemd an und öffnete den zweiten Knopf, so dass seine Hühnerbrust hervorsah. Zumindest seine Schultern waren ganz vorzeigbar. Er hätte sich gewünscht, mehr für seinen Körper tun zu können. Aber wie sollte er das anstellen, bei dem minderwertigen Fraß aus dieser tristen Küche? Lachs gab es hier nur an Karfreitag: zweifellos der Einfluss der orthodox-römisch-katholisch-hinduistischen Mrs. Tulsi. Er zog sich den Hut tief in die Stirn und dachte, in der Dunkelheit mochte sein Gesicht vielleicht gerade noch angehen.

Draußen auf der Treppe nahm das Stimmengewirr babylonische Ausmaße an. Er wartete auf dem Treppenabsatz das Verstummen ab, das Wiederaufleben.

Es kam, wie er befürchtet hatte.

Shama würdigte ihn keines Blickes. Von all den fröhlichen Schwestern war sie die Fröhlichste.

Padma sagte: »Ich glaube, Mohun ist hungrig, Shama.«

Govind schaute nicht auf. Er lächelte, ins Leere, wie es schien, und schaufelte auf seine ungestüme, vernehmliche Art sein Essen in sich hinein, dass ihm Reis und Currysoße über die haarige Hand troffen und bis zum Handgelenk hinunterliefen. Gleich, das wusste Mr. Biswas, würde er diese Hand mit flinker, rauer Zunge sauber lecken.

Mr. Biswas kehrte der gesamten Halle den Rücken und verkündete: »Auf den Fraß in diesem Haus kann ich verzichten.«

»Hinterhertragen wird ihn dir bestimmt keiner, hörst du?«, sagte Shama.

Er bog die Hutkrempe über sein Auge herab und ging in den Hof hinunter, den nur das Licht aus der Halle erhellte. Der Gott fragte: »War das ein Spion, der grade hier durchgeschlichen ist?«

Mr. Biswas hörte sie lachen.

Unter der Dachtraufe eines Fahrradgeschäfts auf der anderen Seite der High Street tauchte eine Fackel mit dickem, schwammigem Docht einen Austernstand in einen gelblich-rauchigen Schein. Austern türmten sich zu einem glänzenden Haufen, Facetten von Grau und Schwarz und Gelb, die das Licht widerspiegelten. Zwei Flaschen mit Stopfen aus gedrehtem braunem Papier standen mit roter Chilisoße bereit.

Mr. Biswas verschob den Lachs auf später, überquerte die Straße und fragte den Mann: »Was kosten die Austern?«

»Zwei für einen Cent.«

»Dann fang an.«

Der Mann, beschwingt zu froher Geschäftigkeit, rief etwas. Aus der Dunkelheit kam eine Frau herbeigerannt. »Beeil dich!«, sagte der Mann. »Hilf mir beim Aufmachen.« Sie stellten einen Eimer Wasser auf den Karren, wuschen die Austern, öffneten sie mit kurzen, stumpfen Messern und wuschen sie nochmals. Mr. Biswas goss Chilisoße in die Schale, schluckte, streckte die Hand nach der nächsten aus. Die Chilisoße brannte auf seinen Lippen.

Der Austernmann schwatzte wie betrunken daher, in einem Mischmasch aus Hindi und Englisch. »Mein Sohn, das ist vielleicht einer. Ich hab das Gefühl, mit dem stimmt irgendwas nicht. Stellt der neulich plötzlich eine Blechbüchse auf den Zaun und kommt ins Haus gelaufen. ›Die Flinte, Pa‹, sagt er. ›Schnell, gib mir die Flinte.‹ Ich geb ihm die Flinte. Er rennt zum Fenster und schießt. Die Blechbüchse fällt runter. ›Pa‹, sagt er, ›schau, ich hab die Arbeit erschossen. Ich hab den Ehrgeiz erschossen. Sie sind tot.‹« Der Fackelschein verlieh den Zügen des Austernmannes eine gesteigerte Dramatik, füllte die Höhlungen mit Schatten aus, ließ seine Schläfen schimmern, konturierte Augenbrauen, Nase und Wangenknochen mit einem Lichtsaum. Auf einmal warf der Mann sein Messer hin und brachte einen Stock hinter dem Karren zum Vorschein. Er fuchtelte mit dem Stock vor Mr. Biswas herum. »Die sollen nur kommen!«, sagte er. »Jeder, der's wagt!«

Die Frau merkte nichts. Sie öffnete immer mehr Austern – hielt sie in ihrer rissigen, roten Handfläche, stemmte die hässlichen Schalen auf, löste die lebenden Austern von der blanken, frisch entblößten Innenseite der Muschel.

»Jeder, der's wagt«, wiederholte der Mann. »Immer ran mit ihm!«

»Das reicht«, sagte Mr. Biswas.

Die Frau zog die Hand aus dem Eimer und legte eine triefende Auster auf den Haufen zurück.

Der Mann legte den Stock beiseite. »Das reicht?« Er sah betrübt aus, alles Unheimliche fiel von ihm ab. Er begann die leeren Schalen zu zählen.

Die Frau verschwand in die Dunkelheit.

»Sechsundzwanzig«, sagte der Mann. »Dreizehn Cent.«

Mr. Biswas bezahlte. Der frische, rohe Austerngeruch war ihm plötzlich zuwider. Sein Magen war schwer und voll, aber ungesättigt. Seine Lippen fühlten sich blasig an von der Chilisoße. Dann meldete sich der Schmerz.

Dennoch ging er weiter zu Mrs. Seeungs Café. Der hohe, höhlenartige Raum war nur schwach erhellt. Fliegen schliefen überall, und auch Mr. Seeung hinter dem Tresen schlief halb; sein Igelkopf war tief auf eine chinesische Zeitung hinabgesunken.

Mr. Biswas kaufte eine Büchse Lachs und zwei Laib Brot. Das Brot sah alt aus und roch auch so. Er wusste, dass ihm in seinem jetzigen Zustand von Brot nur übel werden würde, aber es bereitete ihm Genugtuung, sich über ein Tabu der Tulsis hinwegzusetzen, indem er Brot aus dem Laden aß, eine Gewohnheit, die bei ihnen als minder und unrein galt, als etwas, das nur die Neger taten. Vor dem Lachs ekelte ihm; er schmeckte nach Dose, fand er, aber er fühlte sich verpflichtet, ihn aufzuessen. Und je mehr er aß, desto mehr plagte sein Magen ihn. Heimliches Essen tat ihm niemals gut.

Und doch sollte sich diese vermeintliche Schmach als sein Sieg entpuppen.

Am nächsten Morgen bestellte Seth ihn zu sich und sagte auf Englisch: »Da komm ich gestern abend aus Carapichaima zurück und will nichts als mein Essen und mein Bett, und was muss ich hören? Du hast versucht, Owad zu verprügeln! Ich glaube nicht, dass wir dich noch länger hier dulden können. Du willst dein eigenes Boot paddeln. Gut, dann paddle. Und wenn du dir nasse Füße holst, bild dir nicht ein, du könntest wieder bei mir oder Mai angelaufen kommen, hörst du? Das hier war eine fröhliche, friedliche Familie, bevor du aufgetaucht bist. Also verschwinde lieber, ehe du noch mehr Unheil anrichtest und *ich* dir die Leviten lese.«

Und so übersiedelte Mr. Biswas nach The Chase, in den Laden. Shama war bei ihrem Auszug schwanger.

4. The Chase

The Chase war eine langgestreckte Ansiedlung verstreuter Lehmhütten im Herzen des Zuckerrohrgebiets. Nur wenige Besucher kamen hierher. Die Menschen, die in The Chase lebten, arbeiteten auf den Plantagen und beim Straßenbau. Die Welt hinter den Zuckerrohrfeldern lag in weiter Ferne; die einzige Verbindung dorthin waren die Karren und Fahrräder der Dorfbewohner, die Lieferwagen und Laster der Großhändler und gelegentlich ein privater Autobus, der sich weder an Fahrpläne noch an festgelegte Routen hielt.

Für Mr. Biswas war es wie eine Rückkehr in das Dorf seiner Kindheit. Nur dass es drum herum keine Dunkelheit und keine Geheimnisse mehr gab. Er wusste, was hinter den Zuckerrohrfeldern lag und wohin die Straßen führten: zu Dörfern, die genauso aussahen wie The Chase, zu heruntergekommenen Städtchen, in denen vielleicht ein Laden oder ein Café mit einem seiner Schilder dekoriert war.

Selten nur unternahmen die Dorfbewohner die umständliche Reise in eines dieser Städtchen, um Haushaltswaren einzukaufen, eine Anzeige bei der Polizei zu erstatten oder vor Gericht zu erscheinen, denn The Chase konnte weder ein Haushaltswarengeschäft noch einen Polizeiposten unterhalten, nicht einmal eine Schule. Die wichtigsten öffentlichen Gebäude waren die beiden Rumschänken. Kleine Kaufläden gab es dagegen mehr als genug, darunter den von Mr. Biswas.

Mr. Biswas' Laden war ein Kabuff mit rostigem Wellblechdach.

Der abgetretene Zementboden, kaum höher als die Erde, war mit grobem Kies durchsetzt und schmutzverkrustet. An den schiefen, unebenen Wänden blätterte der rissige Putz ab, und dahinter kamen Lehm, Schilf und Bambuslatten zum Vorschein. Die Wände waren leicht zu erschüttern, aber das Schilf und der Bambus verliehen ihnen erstaunliche Elastizität, und auch wenn Mr. Biswas während der nächsten sechs Jahre jedes Mal einen Schrecken bekam, wenn sich jemand dagegenlehnte oder Zucker- oder Mehlsäcke dagegenwarf, stürzten sie doch niemals ein und gaben nicht weiter nach als am Tag seines Einzugs.

Hinter dem Laden befanden sich zwei Räume mit unverputzten Lehmwänden und einem Dach aus alten, groben Strohmatten, das auf einer Seite über eine offene Veranda reichte. Der Fußboden aus gestampfter Erde war zu Krümeln zerfallen, und während der heißen Stunden des Tages nahmen die Hühner aus der Nachbarschaft hier ihre Staubbäder.

Als Küche diente ein baufälliger Verschlag im Hof mit krummen Ästen als Eckpfeilern, einem aus Wellblechresten zusammengestoppelten Dach und Wänden, für die alles Mögliche hatte herhalten müssen: Blechstücke, Bambusmatten und Reste alter Planen, Bretter von Kisten aus dem Laden. In einer Wand war Platz für ein Fenster ausgespart, aber was als Rechteck gedacht gewesen war, war eher zu einem Rhombus geraten. Das Fenster selbst, grob eingepasste Stücke unterschiedlicher Hölzer, zusammengehalten durch zwei von groben, rostigen, krumm geklopften Nägeln gespaltene Querlatten, war rechteckig und füllte die rautenförmige Öffnung nicht aus. Obwohl die Küche klein war und das Gelände rundherum frei, war es immer dunkel darin. Tagsüber ließen das Fenster, nachts Fackelschein oder die Herdflamme ahnen, dass die Wände pechschwarz waren, pelzig von Ruß, als hätte sich dort eine neue Spinnenart eingenistet, mit Netzen, die so schwarz und haarig waren wie ihre Beine. Überall roch es nach Holzrauch.

Aber Platz war vorhanden. Platz nach hinten hinaus, bis zu einer Einfriedung, die im Gestrüpp hoher Büsche versteckt war, verwildertes Land, das die Dorfbewohner und später auch Mr. Biswas »die Wildnis« nannten. Auch neben dem Haus lag verlassenes Land, ein ehemals bestelltes Feld, heute nur noch Weideplatz für diejenigen unter den Dorfkühen, die Geschmack an Unkraut und messerscharfem Gras, Nesseln und anderen wildwuchernden Gewächsen fanden.

Die Tulsis hatten dieses wertlose Grundstück auf Seths Rat hin erworben. Er war Mitglied einer lokalen Straßenbaukommission und hatte einen – wie sich zeigte, unzutreffenden – Hinweis erhalten, demzufolge genau dort, wo Mr. Biswas' Laden stand, eine Autostraße durchgebaut werden sollte.

Mr. Biswas zog ohne große Umstände aus dem Hanuman-Haus aus. Er hatte wenig mitzunehmen: seine Kleider, ein paar Bücher und Zeitschriften, seine Malsachen. Shama besaß weit mehr. Sie hatte viele Kleider, und unmittelbar vor ihrem Auszug schenkte ihr Mrs. Tulsi noch mehrere Ballen Stoff, direkt aus den Regalen des Tulsi-Ladens. Und Shama hatte auch daran gedacht, Töpfe und Pfannen und Tassen und Teller zu besorgen, und obwohl man ihnen die Sachen zum Selbstkostenpreis überlassen hatte, musste Mr. Biswas besorgt feststellen, dass seine Ersparnisse, die Einkünfte aus der Schildermalerei während seiner Zeit im Hanuman-Haus, schon vor dem Umzug dahinschmolzen.

Ihr Hab und Gut füllte kaum einen Eselskarren, und ihre Ankunft in The Chase wurde von einer wartenden Menge mitleidig und nicht ohne Feindseligkeit zur Kenntnis genommen. Die Feindseligkeit kam von konkurrierenden Ladenbesitzern. Und Mr. Biswas, der schwankend auf einem von Shamas Bündeln thronte, das Scheppern der preisreduzierten, aber keineswegs preiswerten Pfannen im Ohr, konnte nicht übersehen, dass auch Shama feindselig war. Während der ganzen Fahrt hatte sie ihre

Märtyrerhaltung beibehalten und durch die Latten des Karrens schweigend auf die Straße gestarrt, auf dem Schoß eine Schachtel, die ein japanisches Kaffeeservice mit einem schnörkelreichen, exotischen Muster enthielt – Kommissionsware, die ihnen Seth, nachdem sie im Tulsi-Laden drei Jahre nicht verkauft worden war, nachträglich zur Hochzeit geschenkt hatte. Mr. Biswas musste außerdem feststellen, dass The Chase recht gut ohne seinen Laden auszukommen schien, der, wie er wusste, seit vielen Monaten geschlossen war.

»Wenn man's richtig anfängt, ist so was 'ne Goldgrube«, bemerkte er zu dem Fuhrmann. Der Fuhrmann nickte unverbindlich, wobei er weder auf Mr. Biswas noch auf die Zuschauer, sondern stur auf seinen Esel blickte und mit der Peitsche einen sanften Schlag nach dem Auge des Tieres führte.

Und Shama seufzte, das Seufzen, das Mr. Biswas zu verstehen geben sollte, dass sie ihn dumm, langweilig und peinlich fand.

Der Wagen hielt an.

»Brrr!«, riefen ein paar Jungen.

Sogleich wurde Mr. Biswas sehr geschäftig und half dem Fuhrmann mit strenger, nachdenklicher und – wie er hoffte – gefährlicher Miene beim Abladen. Durch die hinteren Räume, wo es in der Wärme des Nachmittags nach braunem Rohrzucker und ranzigem Kokosöl roch, trugen sie Kisten und Bündel herein. Die weißen Lichtstrahlen, die durch die Bretter der Eingangstür fielen, kamen aus einer hellen, offenen Welt; drinnen klang jede Bewegung verstohlen.

Auf dem Tresen ausgebreitet, nahm ihre Habe nicht viel Platz ein.

»Ist nur die erste Ladung«, sagte Mr. Biswas zu dem Fuhrmann. »Da kommt noch ein ganzer Berg nach.«

Der Fuhrmann sagte nichts.

»Ach ja.« Mr. Biswas fiel ein, dass der Fuhrmann bezahlt werden musste. Schon wieder Geld.

Der Mann nahm den schmutzigen blauen Dollarschein und ging hinaus.

»Der hat seine letzte Fuhre für mich gemacht«, sagte Mr. Biswas. »Da kann er Gift drauf nehmen.«

Schweigen senkte sich über den geschlossenen, stickigen Raum.

»Wenn man's richtig anfängt, ist das eine Goldgrube«, wiederholte Mr. Biswas.

Als seine Augen sich an die Dunkelheit gewöhnt hatten, sah er sich um. Auf dem obersten Regal standen ein paar Konservendosen, offenbar noch aus den Beständen seines Vorgängers. Mr. Biswas begann, Vermutungen über den Mann anzustellen. Die Dosen zeugten von Ehrgeiz und Verzweiflung: Ihre verblassten Etikette waren von Ratten angenagt und voller Fliegendreck, bei einigen fehlte das Etikett ganz.

Draußen brüllte der Fuhrmann auf seinen Esel ein, während er den Karren auf der schmalen Straße wendete; Dorfbewohner gaben kluge Ratschläge, Jungen stießen aufmunternde Rufe aus, mehrmals knallte eine Peitsche, Hufe trappelten ungleichmäßig und unbeholfen; dann das Klirren des Geschirrs, ein Peitschenschlag, ein Zuruf, und der Karren ratterte davon, angefeuert von den Dorfjungen.

Shama fing an zu weinen. Doch diesmal weinte sie nicht stumm, ließ die Tränen nicht aus ausdruckslosen Augen rinnen. Diesmal schluchzte sie wie ein Kind, über die Schachtel mit dem japanischen Kaffeeservice auf dem Tresen gebeugt. »Du hast das so gewollt. Du wolltest dein eigenes Boot paddeln. In meinem ganzen Leben hab ich mich nicht so geschämt wie heute. Die Leute stehen da und lachen. Mit *dem* Plunder willst du dein eigenes Boot paddeln.« Und sie bedeckte mit einer Hand die Augen und schwenkte die andere über die Bündel auf dem Tresen.

Er wollte sie trösten. Aber er brauchte selber Trost. Was für ein gottverlassener Laden! Und wie furchterregend! So hatte er sich seinen Einstand im eigenen Geschäft nicht vorgestellt. Es war später Nachmittag, das Hanuman-Haus summte jetzt vor Betriebsamkeit, warm und lärmend. Hier hatte er Angst davor, die Stille zu stören, Angst, die Ladentür aufzustoßen und ins Tageslicht hinauszutreten.

Und am Ende tröstete Shama ihn. Denn sie hörte schon bald zu weinen auf, schnäuzte sich gründlich und entschlossen und begann zu fegen, aufzustellen, einzuräumen. Und er tappte hinter ihr her, sah ihr zu, bot seine Hilfe an, war froh, wenn sie ihm etwas auftrug, und noch froher, wenn sie ihn dafür tadelte, dass er es nicht richtig machte.

Zwei Möbelstücke hatte sein Vorgänger den Tulsis bei seinem planlosen Aufbruch zurückgelassen; diese gingen nun in Mr. Biswas' Besitz über. In einem der hinteren Räume stand ein großes eisernes Himmelbett ohne Himmel, dessen schwarzer Emaillelack schartig und glanzlos war.

»Da, riech«, sagte Shama und hielt Mr. Biswas eine der Bettlatten unter die Nase. Der säuerlich beißende Geruch nach Wanzen. Shama übergoss die Latten mit Kerosin. Es würde die Wanzen nicht umbringen, sagte sie. Aber für den Augenblick würden sie Ruhe geben.

In den folgenden Jahren sollte der Geruch nach Kerosin und Wanzen Mr. Biswas ein vertrauter Begleiter werden, besonders an den Samstagvormittagen. Die Latten wechselten, die Matratze wechselte, aber die Wanzen blieben und folgten dem Himmelbett auf all seinen Wegen, von The Chase nach Green Vale und Port of Spain bis in das Haus in Shorthills und schließlich in das Haus in der Sikkim Street, wo es eines der beiden Schlafzimmer im Obergeschoss nahezu allein ausfüllte.

Das andere Möbelstück, das sie mit dem Laden übernahmen, war ein Küchentisch, klein, niedrig und so sauber gearbeitet, dass er nicht in der Küche im Hof stand, sondern in einem der Schlafzimmer. Auf diesem Tisch schichtete Shama nach vielem

Abstauben und Wischen und Scheuern ihre Kleider und Stoffballen auf; den Karton mit dem japanischen Kaffeeservice stellte sie auf den Lehmboden darunter. Mr. Biswas fand das Service und Shamas Besorgnis darum nicht mehr lächerlich. Seine Dankbarkeit ihr gegenüber förderte in ihm liebevolle Gefühle für ihr Kaffeeservice zutage. Er war auf eine solche Veränderung in seinem Innern nicht gefasst gewesen – doch auch Shamas Veränderung erstaunte ihn. Bis zuletzt hatte sie sich dagegen gesträubt, das Hanuman-Haus zu verlassen, aber jetzt hätte man meinen können, sie würde jeden Tag ein heruntergekommenes Haus beziehen. Ihre Bewegungen waren selbstsicher, ausgreifend und unnötig laut. Sie erfüllten den Laden und das Haus; sie verscheuchten Stille und Einsamkeit.

Und noch ein Wunder: Sie fabrizierte in der Küche hinten im Hof ein Abendessen. Für ihn war es mehr als ein Essen. Es war die erste Mahlzeit, die in einem Haus gekocht worden war, das ihm gehörte. Er war beschämt, und froh darüber, dass Shama keine große Angelegenheit daraus machte. Aber als sie ihm das Essen am Tisch im Schlafzimmer servierte, beim Licht einer nagelneuen Petroleumlampe zum Selbstkostenpreis aus dem Tulsi-Laden, seufzte sie nicht oder blickte angeödet oder ungeduldig, wie sie es in dem lotosgeschmückten Langen Zimmer im Hanuman-Haus immer getan hatte.

Innerhalb weniger Wochen wurde das Haus sauberer und bewohnbar. Die Atmosphäre des Verfalls, des Brachliegens wurde, wenn schon nicht ganz verscheucht, so doch auf ein erträgliches Maß eingedämmt. Den Wänden im Laden war nicht beizukommen, der Öl- und Zuckergeruch hielt jeglichem Waschen und Schrubben stand; die untersten Regale und zwei Bretter auf dem Zementfußboden hinter dem Tresen blieben schwarz von getrocknetem Fett und rau von dem Staub, der an dem Fett kleben blieb. Sie tränkten alles in Desinfektionsmittel, bis sie an den Dünsten beinahe erstickten. Aber mit der Zeit legte sich ihr Eifer. Bald dachten sie nicht mehr an ihre Vorgänger, und der Schmutz, der sich immer vertrauter anfühlte, wurde zu ihrem eigenen und deshalb zumutbar. In der Küche führten sie lieber nur kleinere Schönheitsreparaturen durch. »Die lässt nur Gottes Gnade aufrecht stehen«, sagte Mr. Biswas. »Wer da ein Brett rauszieht, dem kracht die ganze Bude auf den Kopf.« Der Lehmboden in den Schlafzimmern und auf der Veranda wurde ausgebessert, ein wenig höher gepackt und so lange gestampft, bis er eine glatte, graue, staublose Fläche bildete. Das japanische Kaffeeservice wurde aus seinem Karton geholt und auf dem Tisch ausgestellt, wo es äußerst gefährdet schien; aber Shama sagte, es solle nur so lange dort bleiben, bis ein besserer Platz gefunden war.

Und genau dieses Gefühl hatte Mr. Biswas, was das ganze Unternehmen anbelangte: Alles daran war vorübergehend, nicht recht wirklich, so dass es auf Einzelheiten nicht so sehr ankam. Es war ein Gefühl, das ihn gleich an jenem ersten Nachmittag befiel und ihn nicht wieder loslassen sollte, bis er aus The Chase fortzog: dass das richtige Leben bald beginnen würde, anderswo. The Chase war ein Intermezzo, ein Vorlauf.

In der Zwischenzeit wurde ein Kaufmann aus ihm. Das Verkaufen war ihm immer als eine so leichte Art des Broterwerbs erschienen, dass er sich oft gefragt hatte, warum überhaupt jemand etwas anderes machte. Wenn in Pagotes Markt war, kaufte man sich beispielsweise einen Sack Mehl, schnürte ihn auf, setzte sich mit einer Schaufel und einer Waage daneben, und die Leute in ihrer Einfalt kamen, kauften einem Mehl ab und füllten einem die Taschen mit Geld. Die Sache sah so einfach aus, dass Mr. Biswas überzeugt war, dass es bei ihm nicht funktionieren konnte. Aber nachdem er die Regale mit Waren bestückt hatte – was ihn den Rest seiner Ersparnisse kostete – und seine Tür aufschloss, stellte er fest, dass tatsächlich Leute kamen und kauften und ihm richtiges Geld gaben. In den ersten Tagen hatte er nach jedem Geschäft das Gefühl, die Kunden über den Tisch gezogen zu haben, und er konnte seinen Triumph nur mit Mühe verbergen.

Er dachte an die Dosen auf dem obersten Regal – er war noch nicht dazu gekommen, sie herunterzunehmen – und war über seinen Erfolg ebenso verwundert wie entzückt. Und am Ende des ersten Monats hatte er den ungeheuren Gewinn von siebenunddreißig Dollar zu verzeichnen. Von Buchhaltung verstand er nichts, und erst Shama musste ihm vorschlagen, die auf Kredit abgegebenen Waren auf Zetteln aus braunem Einwickelpapier zu notieren. Shama schlug ihm außerdem vor, diese Zettel auf einen Nagel zu spießen. Sie bastelte ihm sogar einen solchen Zettelspieß. Und Shama führte auch die Bücher für ihn und hielt alles in ihrer runden, langsamen Missionsschülerinnen-Schönschrift auf einem Presse-Stenoblock fest (so jedenfalls stand es auf dem Deckblatt).

Im Lauf der Wochen kam ihnen das Alleinsein nicht mehr so merkwürdig vor. Aber ihr neues Miteinander war immer noch ungewohnt, und obwohl sie nicht stritten, blieben ihre Gespräche unpersönlich und förmlich. Und Mr. Biswas machte das Alleinsein verlegen, weil es etwas so Intimes hatte, besonders wenn Shama ihm das Essen servierte. Die Atmosphäre des Bedientwerdens, der Ergebenheit schmeichelte ihm, aber gleichzeitig war sie ihm nicht ganz geheuer. Sie strengte ihn an, und fast war er froh, als es plötzlich ein Ende damit hatte.

Eines Abends sagte Shama: »Wir müssen eine Hausweihe abhalten. Hari muss uns den Laden und das Haus segnen, und wir müssen Mai und Onkel und alle dazu einladen.«

Er fiel aus allen Wolken und geriet sofort in Wut. »Für wen hältst du mich?«, fragte er auf Englisch. »Für den Maharadscha von Barackenstadt? Hari kommen lassen, dass er das Haus segnet! *Dieses Haus!* Schau dich doch um!« Er zeigte in Richtung Küche und hieb mit der flachen Hand gegen die Ladenwand. »Ist es dir so noch nicht schlimm genug? Aber nein, jetzt will sie hier noch ihre ganze Sippschaft durchfüttern!«

Und nun tat Shama etwas, das er seit Wochen nicht mehr gehört hatte: Sie seufzte – ihr altes überdrüssiges Shama-Seufzen. Und sie sagte nichts.

In den darauf folgenden Tagen lernte er etwas Neues kennen: eine schmollende Frau. Schon das Wort »schmollen« war ihm nur aus ausländischen Büchern oder Zeitschriften geläufig. Er hatte sich immer darüber gewundert. Er lebte in einer Gesellschaft der prügelnden Ehemänner und verstand nicht, wie es Frauen erlaubt sein konnte, zu schmollen, oder wie sie mit ihrem Schmollen irgendetwas bewirken wollten. Die Ausnahmen unter den Frauen sah er wohl, zum Beispiel Mrs. Tulsi oder Tara, die niemand schlagen durfte. Doch die meisten Frauen, die er kannte, waren wie Sushila, die verwitwete Tulsi-Tochter. Sie erzählte voller Stolz von den vielen Malen, die ihr früh verstorbener Mann sie verprügelt hatte. Sie sah darin einen unverzichtbaren Beitrag zu ihrer Erziehung und führte den Verfall der hinduistischen Gemeinschaft auf Trinidad gern auf eine neue Klasse von feigen, weichlichen, nicht-prügelnden Ehemännern zurück.

Dieser Klasse gehörte Mr. Biswas an. Und deshalb schmollte Shama, und sie konnte es so gut, dass er augenblicklich erkannte, was sie da tat. Es versetzte ihn in Erstaunen, dass sie, jung wie sie war, eine neue Kunst auf Anhieb so trefflich beherrschte. Aber er hätte gewarnt sein müssen. Sie hatte nie einen Haushalt geführt und sich in The Chase doch sogleich als erfahrene Hausfrau gebärdet. Und dann war da ihre Schwangerschaft. Sie ging so selbstverständlich damit um, als hätte sie bereits viele Kinder geboren; sie sprach nie davon, aß kein besonderes Essen, traf keine besonderen Vorkehrungen und verhielt sich überhaupt so normal, dass er ihren Zustand manchmal vergaß.

Shama schmollte also. Hauptsächlich mittels Trübsinn und beharrlichem Schweigen, aber auch sehr vernehmlich, mit einer treffsicheren, wohlkalkulierten Effizienz. Sie ignorierte Mr. Biswas nicht etwa. Sie ließ ihn merken, dass sie sich seiner Gegenwart bewusst war und daran verzweifelte. Nachts, neben ihm im Bett, aber ohne ihn zu berühren, seufzte sie laut und putzte sich immer dann die Nase, wenn er gerade einschlafen wollte. Sie wälzte sich schwerleibig und ungeduldig von einer Seite auf die andere.

Zwei Tage lang tat er so, als merkte er nichts.

Am dritten Tag fragte er: »Hast du irgendwas?«

Sie antwortete nicht – saß neben ihm am Tisch, seufzte, sah ihm beim Essen zu.

Er wiederholte die Frage.

Sie sagte: »Von Dankbarkeit hast du noch nie was gehört, oder?«, stand auf und ging hinaus.

Er aß mit vermindertem Appetit weiter.

In der Nacht schnäuzte sich Shama wiederholt die Nase und wälzte sich hin und her.

Mr. Biswas nahm sich vor, es durchzustehen.

Dann wurde es ruhig.

Mr. Biswas glaubte schon an seinen Sieg.

Dann schniefte Shama, ganz leise, als schäme sie sich, dass der Laut ihr entwichen war.

Mr. Biswas lag mäuschenstill und lauschte seinen eigenen Atemzügen. Sie klangen gleichmäßig und unnatürlich. Er öffnete die Augen und blickte hinauf zum Strohdach. Er konnte die Balken ausmachen und die senkrecht herabhängenden Strohhalme, die ihm in die Augen zu fallen drohten.

Shama stöhnte und schnäuzte sich geräuschvoll, einmal, zweimal, dreimal. Dann kletterte sie aus dem eisernen Himmelbett, dass es klapperte. Sie ging, plötzlich still und energisch, aus dem Zimmer. Die Latrine war ganz hinten im Hof.

Als sie nach ein paar Minuten zurückkam, musste er sich seine Niederlage eingestehen. »Was zum Teufel ist los?«, fragte er. »Kannst du nicht schlafen?«

»Ich hab geschlafen wie tot«, sagte sie.

Am nächsten Morgen sagte er: »Also gut, geh hin, sag der Königinwitwe und dem Oberboss und Hari und den Göttern und allen anderen Bescheid und lass den Laden segnen.«

Shama wollte alles ganz besonders gut machen. Drei Arbeiter arbeiteten drei Tage lang, um im Hof ein großes Zelt aufzustellen. Ein einfaches Zelt mit Bambusstangen und einem Dach aus Koskoswedeln, aber der Bambus musste aus dem Nachbardorf geholt werden, und den Arbeitern musste – nach viel unverständlichem Geraunze über Tarife und Lohngesetze – eine Zulage dafür gezahlt werden, dass sie auf Kokospalmen geklettert waren, um Palmwedel herunterzuholen. Unmengen an Essen wurden eingekauft, und die Schwestern trafen schon drei Tage vor der Haussegnungszeremonie in The Chase ein, um bei der Zubereitung zu helfen. Mit ihrer Ankunft verstummten Mr. Biswas' Proteste. Er tröstete sich mit dem Gedanken, dass nicht alle Tulsis kommen würden.

Sie kamen alle, bis auf Seth, Miss Blackie und die beiden Götter.

»Owad und Shekhar lernen«, sagte Mrs. Tulsi auf Englisch, womit sie nichts weiter meinte, als dass die Götter in der Schule waren.

Sie ging mit ausdruckslosem Gesicht durch den Hof, stieß Türen auf, nahm alles in Augenschein.

Hari, der heilige Mann, der an diesem Tag Pandit sein durfte, war noch genau so, wie Mr. Biswas ihn in Erinnerung hatte, still und schlaff und blass. Der Filzhut saß zart auf seinem Kopf. Er begrüßte Mr. Biswas ohne Groll, ohne Freude, ohne Interesse. Dann ging er in das für ihn reservierte Schlafzimmer, um das

Pandit-Gewand anzulegen, das er in einem kleinen Pappkoffer mitgebracht hatte. Er kam als Pandit wieder heraus und wurde von allen mit neuem Respekt behandelt.

Kinder – von den meisten wusste Mr. Biswas nicht, wem sie gehörten – liefen überall herum, die Mädchen in steifen Satinkleidern, mit großen kunstseidenen Schleifen im langen dunklen Haar, die Jungen in Männerhosen und bunten Hemden. Und Babys gab es – Babys, die auf dem Arm ihrer Mütter schliefen, die auf Decken und Säcken im Zelt schliefen, in allen Ecken des Ladens, Babys, die brüllten, Babys, die energisch im Hof auf und ab getragen wurden, Babys, die krabbelten und heulten oder ganz einfach still waren, Babys, die alles taten, was Babys so tun.

Govind nickte Mr. Biswas zu, ohne etwas zu sagen, ging ins Zelt und setzte sich zu den Schwägern, mit denen er laut redete und lachte.

Chinta und Padma erkundigten sich halbherzig nach Mr. Biswas' Befinden. Padma fragte, weil sie als Seths Stellvertreterin dazu verpflichtet war, Chinta fragte, weil Padma gefragt hatte. Die beiden Frauen steckten häufig zusammen, und Mr. Biswas vermutete, dass Govind und Seth ein ähnlich inniges Verhältnis pflegten.

Außerdem schien es, als dürfte sich Sushila, die kinderlose Witwe, wieder einmal einer Periode der Macht erfreuen. Sie hatte sich Mrs. Tulsi angeschlossen, und die beiden spazierten zusammen herum, spähend und stochernd und auf Hindi miteinander tuschelnd.

Mr. Biswas kam sich im eigenen Hof wie ein Fremder vor. Aber war es überhaupt sein Hof? Mrs. Tulsi und Sushila schienen anders darüber zu denken. Und die Dorfbewohner ebenfalls. Für sie war es immer der Tulsi-Laden gewesen, auch nachdem er ein Schild gemalt und über die Tür gehängt hatte:

»Bonne Esperance« – Lebensmittel
Inhaber: M. Biswas
Waren zu städtischen Preisen

Das eine Schlafzimmer war für Hari reserviert, das andere für Mrs. Tulsi, und der Laden wimmelte von Babys. Nirgends ein Platz, an den Mr. Biswas sich zurückziehen konnte. Er stand vor dem Laden, strich sich den Bauch unter seinem Hemd und probte in Gedanken den Streit, den er hinterher mit Shama anfangen würde.

Aus dem Laden ertönten Füßegetrappel und eine Reihe von Schreien.

Dann war Sushilas Stimme zu hören, in unmissverständlichem Befehlston: »Raus hier! Spielt draußen! Seht ihr nicht, dass ihr die Babys aufweckt? Was habt ihr großen Kinder bloß immer im Dunkeln zu suchen?«

Sämtliche Schwestern hielten ständig nach ersten Anzeichen sexueller Umtriebe unter den Kindern Ausschau, und seien sie noch so banal oder verschleiert.

Mr. Biswas wusste, was für ein ungedeihliches Gezanke jetzt folgen würde. Darauf konnte er verzichten, also schlenderte er vom Laden weg zur Grenze des Grundstücks. Unter ein paar Büschen hockte eine Gruppe Kinder beim Vater-Mutter-Kind-Spiel.

»Du bist Mai«, sagte ein Mädchen zu einem anderen. Und zu einem Jungen: »Und du bist Seth.«

Mr. Biswas zog sich zurück. Aber das Mädchen – zu wessen Wurf gehörte es? – hatte ihn bemerkt und sagte, lauter als das übliche Vater-Mutter-Kind-Getuschel und mit unüberhörbarer Boshaftigkeit: »Und wer soll Mohun sein? Am besten du, Bhoj. Du hast lange weiße Unterhosen an. Und ein großer Kämpfer bist du auch.«

Das kindliche Gelächter erfüllte Mr. Biswas mit Mordgedanken, aber noch im Davoneilen verspürte er den Wunsch, sich anzusehen, was Bhoj für einer war.

In den letzten drei Tagen, seit der Ankunft ihrer Schwestern, war Shama wieder eine Tulsi geworden, eine Fremde. Jetzt war sie nicht anzusprechen. Gleich würde die Zeremonie im Zelt beginnen, und sie saß mit gesenktem Haupt vor Hari und lauschte seinen Instruktionen. Ihr Haar war noch nass vom rituellen Bad, und sie war von Kopf bis Fuß in Weiß gekleidet. Sie sah aus, als wartete sie darauf, geopfert zu werden, und Mr. Biswas meinte an der Neigung ihres Rückens ablesen zu können, wie sehr sie es genoss. Ihr Status war, wie Haris, nur vorübergehend, aber für die Dauer der Zeremonie überragte er alles.

Mr. Biswas wollte der Zeremonie nicht beiwohnen. Dazu hätte er sich zu seinen Schwägern ins Zelt setzen müssen, und er war sicher, Shamas demütiger und frohlockender Rücken würde ihn früher oder später in Wut versetzen. Außerdem hoffte er, Teile der Tulsi-Meute am Plündern hindern zu können, wenn er weiter herumspazierte.

In dem Moment fiel ihm der Laden ein.

Er rannte beinahe dorthin. Drinnen war es dunkel, die Eingangstür war geschlossen, und er musste vorsichtig sein. Der Laden roch nach Babys, die überall schliefen: auf dem Tresen, wo Kissen und Schachteln sie vor dem Herunterrollen sicherten, unter dem Tresen, auf den Bodenbrettern hinter dem Tresen. Dann begann sich im Dämmer einer Ecke eine Gruppe von kauernden Kindern abzuzeichnen. Sie waren still und konzentriert. Ebenso still und konzentriert suchte sich Mr. Biswas zwischen den Babys hindurch einen Weg zum Tresen.

Das Grüppchen war damit beschäftigt, Sodawasserflaschen zu zerbrechen und die Glasmurmeln aus dem Hals zu fischen. Um das Geräusch zu dämpfen, wickelten sie die Flaschen in Sackleinen. Das Pfand für jede Flasche betrug acht Cent. Die Gläser mit den Süßigkeiten auf dem untersten Regal standen wild durcheinander. Die Paradiespflaumen waren erheblich dezimiert. Ebenso die Mintips, Pfefferminzbonbons, die so elastisch und dauerhaft wie Gummi waren. Und auch die gesalzenen Dörrpflaumen. Die meisten Deckel saßen schief auf den Gläsern. Mr. Biswas streckte die Hand aus, um einen Deckel festzuschrauben. Er fühlte sich klebrig an. Mr. Biswas ließ ihn fallen. Ein Baby fing an zu weinen, die Kinder in der Ecke hoben die Köpfe, und Mr. Biswas rief: »Macht, dass ihr hier rauskommt, sonst setzt's was!« Gleichzeitig hob er mit der Behändigkeit des geübten Ladenbesitzers die Tresenklappe hoch, stieß, fast mit derselben Bewegung, die kleine Tür auf und stürzte auf die Gruppe in der Ecke zu.

Er zog einen der Jungen am Kragen hoch. Der Junge brüllte, die Mädchen an seiner Seite brüllten, die Babys im Laden brüllten.

Von draußen fragte eine Frau: »Was ist? Was ist passiert?«

Mr. Biswas ließ den Jungen los, der nach draußen rannte, noch lauter schreiend als die Babys.

»Onkel Mohun hat mich gehauen, Ma! Onkel Mohun hat mich gehauen!«

Eine andere Frau, zweifellos die Mutter, sagte: »Er wird schon einen Grund haben.« Ihr Tonfall besagte, dass sie Mr. Biswas das geraten haben wollte. »Wahrscheinlich habt ihr etwas ausgefressen.«

»Ich hab überhaupt nichts gemacht, Ma«, jammerte der Junge auf Englisch.

»Er hat nichts gemacht, Ma.« Das kam von einem der Mädchen. Mr. Biswas kannte sie: ein pummeliges kleines Geschöpf mit großen, herablassend blickenden Augen und wulstigen Hängelippen; sie konnte mit ihrem Körper die phantastischsten Verrenkungen anstellen und gab im Hanuman-Haus manchmal Vorstellungen für die Besucher.

»Lügenpack!«, rief Mr. Biswas. Er lief aus dem Laden, vorbei an einer Frau, die gerade gurrend hereinkam, um eines der brüllenden Babys zu besänftigen. »Nichts gemacht, so? Und wer hat die ganzen Sodaflaschen aufgebrochen?«

Im Zelt leierte Hari unerschütterlich weiter. Shama verharrte vorgebeugt in ihrem weißen Kokon. Die Schwäger saßen, ehrfurchtsvoll schweigend, auf ihren Decken.

Mr. Biswas war so weit bei Verstand, dass er hoffte, keinen der Väter gegen sich aufzubringen.

Padma ging auf ihre langsame Art in den Laden, kam wieder heraus und verkündete richterlich: »Ein *paar* Flaschen sind zerbrochen.«

»Macht acht Cent Pfand pro Flasche«, sagte Mr. Biswas. »Von wegen, nichts gemacht!«

Die Mutter des Jungen, plötzlich in wilder Wut, stürzte zu einem Hibiskus-Strauch, um eine Rute abzureißen. Es war ein zäher Strauch, sie musste die Rute mehrmals hin und her biegen. Abgerissene Blätter segelten zu Boden.

In das Gebrüll des Jungen mischte sich nun echte Angst.

Die Mutter zerschlug zwei Ruten auf seinem Rücken, und dabei schimpfte sie in einem fort auf ihn ein: »*Das* wird dich lehren, die Pfoten von anderer Leute Sachen zu lassen. *Das* wird dich lehren, keine Leute zu ärgern, die nichts für Kinder übrig haben.« Ihr Blick fiel auf die Flecken, die Mr. Biswas' von dem Blechdeckel verklebte Finger auf dem Kragen des Jungen hinterlassen hatten. »Und *das* wird dich lehren, dir nicht von großen Leuten die Kleider dreckig machen zu lassen. Weil *die* sie nämlich nicht waschen müssen. *Du* bist erwachsen. *Du* weißt, was sich gehört. Und was sich *nicht* gehört. *Du* bist kein Kind mehr. Und deswegen wirst *du* bestraft wie ein Erwachsener und musst Schläge aushalten wie ein großer Mann.«

Das war längst keine Tracht Prügel mehr, das war ein Strafritual. Schwestern kamen heraus und sahen zu, brüllende Babys auf den Armen wiegend, und protestierten lasch: »Er kriegt noch einen Schaden, Sumati.« Und: »Übertreib's nicht, Sumati. Er hat seine Schläge weg.«

Sumati schlug weiter und schimpfte weiter auf ihn ein.

Im Zelt psalmodierte Hari. An Shamas Rückenhaltung konnte Mr. Biswas ablesen, dass ihr etwas missfiel.

»Haussegnungsfeier!«, sagte Mr. Biswas.

Die Züchtigung nahm kein Ende.

»Ist doch die reine Angeberei«, sagte Mr. Biswas. Er hatte genügend solcher Züchtigungen mit angesehen, um zu wissen, dass es später bewundernd heißen würde: »Sumati, die greift durch«, und dass die Schwestern zu ihren Kindern sagen würden: »Wollt ihr Prügel haben wie Sumatis Sohn an dem Tag in The Chase?«

Schließlich wurde der Junge, der inzwischen nicht mehr weinte, erlöst. Er suchte Trost bei einer Tante, die ihr Baby beruhigte, den Jungen beruhigte, zu dem Baby sagte: »Komm, gib ihm einen Kuss. Er hat schlimme Prügel von seiner Mama gekriegt«, und dann zu dem Jungen sagte: »Sieh nur, du hast ihn zum Weinen gebracht.« Der wimmernde Junge gab dem heulenden Baby einen Kuss, und langsam klang der Lärm ab.

»Gut!«, sagte Sumati mit Tränen in den Augen. »Gut! Alle zufrieden jetzt, ja? Sind die Sodaflaschen wieder ganz? Verliert jetzt keiner mehr acht Cent pro Flasche?«

»Ich habe von keinem Menschen verlangt, dass er sein Kind schlagen soll«, sagte Mr. Biswas.

»Keiner hat irgendwas verlangt«, sagte Sumati, an niemand Bestimmten gewandt. »Ich sage nur, dass jetzt alle wieder zufrieden sind.«

Sie ging ins Zelt und setzte sich in den für Frauen und Mädchen abgeteilten Bereich. Der Junge setzte sich zwischen die Männer.

Auf der Straße hatten sich inzwischen Dorfbewohner und sogar ein paar Leute von außerhalb versammelt. Nicht die Züchtigung hatte sie herbeigelockt, auch wenn die Kinder des Dorfes sich deshalb ein bisschen früher als sonst eingefunden hatten: Sie kamen wegen des Essens, das nach der Zeremonie verteilt werden würde. Unter den erwartungsfrohen ungeladenen Gästen erkannte Mr. Biswas zwei Ladenbesitzer aus dem Dorf.

Das Essen wurde, unter Sushilas Oberaufsicht, über einer offenen Feuerstelle im Hof gekocht. Schwestern rührten in riesigen schwarzen Kesseln, die für diese Gelegenheit aus dem Hanuman-Haus herbeigeschafft worden waren. Sie schwitzten und sie klagten, aber sie waren glücklich. Obwohl es gar nicht nötig gewesen wäre, waren einige von ihnen die ganze letzte Nacht aufgeblieben, hatten Kartoffeln geschält, Reis gewaschen, Gemüse geputzt, gesungen, Kaffee getrunken. Sie hatten eimerweise Tee und Kaffee gekocht, kübelweise Linsen und sonstiges Gemüse zubereitet, tonnenweise Reis und Chapattis.

Mr. Biswas hatte es aufgegeben, die Kosten zusammenzurechnen. »Morgen bin ich ein armer Mann«, sagte er. Er wanderte die Hibiskushecke entlang, pflückte Blätter ab, kaute darauf herum, spuckte sie wieder aus.

»Einen hübschen kleinen Besitz hast du hier, Mohun.«

Es war Mrs. Tulsi. Sie sah müde aus, nachdem sie auf dem eisernen Himmelbett Mittagsschlaf gehalten hatte. *Besitz* sagte sie, ein Wort mit einem begehrlichen, anmaßenden Beigeschmack; es wäre ihm lieber gewesen, sie hätte von seinem »Laden« oder seinem »Haus« gesprochen.

»Hübsch?«, sagte er, nicht sicher, ob sie es ironisch meinte oder nicht.

»Einen sehr hübschen kleinen Besitz.«

»Im Laden fallen die Wände ein.«

»Die fallen schon nicht ein.«

»Im Schlafzimmer ist das Dach undicht.«

»Es regnet ja nicht die ganze Zeit.«

»Und ich schlafe ja auch nicht die ganze Zeit. Wie wär's mit einer neuen Küche?«

»Die Küche sieht doch ganz ordentlich aus.«

»Und wer isst schon die ganze Zeit, stimmt's? Ein Zimmer mehr wär übrigens auch nicht schlecht.«

»Was ist los mit dir? Willst du gleich ein Hanuman-Haus?«

»Ich will überhaupt kein Hanuman-Haus.«

»Hör zu«, sagte Mrs. Tulsi. Sie waren jetzt auf der Veranda. »Du brauchst kein Extrazimmer. Wenn du hier eine Leine spannst und nachts ein paar leere Zuckersäcke aufhängst, dann hast du dein Extrazimmer.« Er sah sie an. Es war ihr voller Ernst. »Morgens nimmst du sie wieder runter«, fuhr sie fort, »und hast wieder eine Veranda.«

»Zuckersäcke, ja?«

»Sechs oder sieben Stück. Mehr brauchst du nicht.«

Plus einen, um dich darin zu begraben, dachte Mr. Biswas. Er sagte: »Schickst du mir dann vielleicht ein paar?«

»Du hast doch einen Laden«, sagte sie. »Du hast mehr als ich.«

»Keine Sorge. War nur ein Scherz. Schick mir einfach ein Kohlenfass. Man kann ganze Familien in Kohlenfässern unterbringen. Wusstest du das nicht?«

Sie war sprachlos.

»Ich weiß gar nicht, warum überhaupt noch Häuser gebaut werden«, sagte Mr. Biswas. »Wer braucht denn heutzutage noch ein Haus? Ein Kohlenfass reicht doch völlig. Zwei Leute, zwei Kohlenfässer. Und wenn ein Baby kommt, besorgt man sich eins dazu. Bald wird man gar keine Häuser mehr sehen. Nur noch Höfe, in denen fünf oder sechs Kohlenfässer herumstehen, in Zweier- oder Dreierreihen.«

Mrs. Tulsi tupfte sich mit dem Schleier die Lippen, drehte sich um und stieg hinunter in den Hof. Mit matter Stimme rief sie: »Sushila.«

»Dann könntet ihr die Fässer gleich im Hanuman-Haus segnen lassen«, sagte Mr. Biswas. »Und Hari würde sich den weiten Weg hier raus sparen.«

Sushila kam, durchbohrte Mr. Biswas mit einem Blick und bot Mrs. Tulsi den Arm. »Was ist passiert, Mai?«

Im Laden war ein Baby erwacht, und Mrs. Tulsis Antwort ging in dem Geschrei unter.

Sushila führte Mrs. Tulsi zum Zelt.

Mr. Biswas ging ins Schlafzimmer. Das Fenster war zu und das Zimmer dunkel, aber es sickerte genug Licht herein, dass er alles erkennen konnte: seine Kleider an der Wand, das von Mrs. Tulsis Mittagsschlaf zerwühlte Bett. Es grauste ihn ein wenig davor, aber er überwand sich und legte sich hin. Der muffige Geruch des alten Strohs mischte sich mit dem Geruch nach Mrs. Tulsis Medikamenten: Pimentöl, Kerzentalg, Kanadisches Heilöl, Salmiakgeist. Er fühlte sich nicht wie ein kleiner Mann, doch die Kleider, die so trostlos von dem Nagel in der Lehmwand hingen, waren unzweifelhaft die Kleider eines kleinen Mannes, komische, großspurige Kleider.

Er fragte sich, was Samuel Smiles wohl von ihm gehalten hätte.

Aber warum sollte er sich nicht ändern? Fortgehen. Shama verlassen, die Tulsis vergessen, alle vergessen. Nur – wohin sollte er gehen? Und was tun? Was konnte er denn? Außer als Busschaffner arbeiten oder auf den Zuckerplantagen oder beim Straßenbau oder in einem Laden? Hätte Samuel Smiles andere Möglichkeiten gesehen?

Er war in einem Zustand zwischen Wachen und Schlafen, als die Tür klapperte – kein gewöhnliches Klappern, sondern ein sehr gezieltes: Er erkannte Shamas Hand. Er schloss die Augen und stellte sich schlafend. Er hörte, wie der Riegel sich hob und wieder fiel. Sie kam ins Zimmer, mit schweren Schritten selbst auf dem Lehmfußboden, Schritten, die gehört werden wollten. Er spürte, dass sie neben dem Himmelbett stand und auf ihn herabblickte. Sein Körper wurde steif, sein Atem flach.

»Stolz hast du mich heute gemacht«, sagte Shama.

Darauf war er nun überhaupt nicht vorbereitet. Ihre Ergebenheit hier in The Chase war ihm so selbstverständlich geworden, dass er fest damit gerechnet hatte, dass sie auf seiner Seite stehen würde, zumindest wenn sie unter sich waren. Jegliche Weichheit fiel von ihm ab.

Shama seufzte.

Er stand auf. »Und? Schon fertig mit der Segnerei?«

Sie warf ihr langes Haar, das noch feucht und glatt war, in den Nacken, und er sah die Sandelholzzeichen auf ihrer Stirn: so ungewohnt bei einer Frau. Furchterregend heilig und fremd wirkte sie damit.

»Worauf wartest du? Geh raus, weitersegnen!«

Überrascht von seiner Heftigkeit, verließ sie ohne ein Seufzen und ohne ein Wort das Zimmer.

Er hörte, wie sie ihn draußen entschuldigte.

»Er hat Kopfweh.«

Er erkannte den Ton, in dem die Schwestern über die Leiden ihrer Männer berichteten. Shama buhlte bei einer ihrer Schwestern um Vertrautheit, um Zuwendung.

Er hasste Shama dafür und wartete doch sehnsüchtig auf eine Antwort, ein Wort des Mitgefühls mit seinem Leiden, selbst wenn es nur Kopfschmerzen waren.

Aber es sagte nicht einmal jemand: »Gib ihm ein Aspirin.«

Trotzdem freute es ihn, dass Shama es versucht hatte.

Die Haussegnung hatte ein großes Loch in Mr. Biswas' Ersparnisse gerissen, und nach der Zeremonie liefen die Geschäfte im Laden nicht mehr so gut. Einer der Händler, die Mr. Biswas bewirtet hatte, verkaufte seinen Laden. Ein anderer übernahm ihn, und sein Geschäft florierte. So war das mit dem Handel in The Chase.

»Klarer Fall«, sagte Mr. Biswas. »Die Haussegnung. Meinst du, die sind alle nur in den Laden gekommen, weil sie auf das kostenlose Essen aus waren?«

»Du schreibst zu viel an«, sagte Shama. »Du musst sie dazu bringen zu bezahlen.«

»Soll ich hingehen und sie verprügeln?«

Und als sie ihren Presse-Stenoblock hervorholte, sagte er: »Wozu zerbrichst du dir den Kopf mit dieser Rechnerei? Ich kann's dir auch so sagen. Null mal null ist null.«

Sie zählte die Ausgaben für die Haussegnung zusammen und addierte die Außenstände.

»Ich will's nicht wissen«, sagte Mr. Biswas. »Ich will's gar nicht wissen. Vielleicht sollten wir das Haus wieder entsegnen lassen? Meinst du, Hari schafft das?«

Sie hatte eine Theorie. »Die Leute schämen sich. Wegen ihren Schulden. Das war zu Hause in unserem Laden genauso.«

»Soll ich dir sagen, was *ich* glaube? Es ist mein Gesicht. Ich seh nicht wie ein Lebensmittelhändler aus. Ich seh aus wie einer, der Kredit gibt und selber keinen kriegt.« Er nahm einen Spiegel und betrachtete sein Gesicht. »Dieser scheußliche Höcker vorne auf der Nase. Und Augen wie ein Chinese. Komm her, Mädchen, stell dir mal vor, ich meine, stell dir nur mal vor, du würdest mich zum ersten Mal sehen. Guck mich an und versuch es dir vorzustellen.«

Sie sah ihn an.

»Gut. Mach die Augen zu. Und jetzt mach sie wieder auf. Du siehst mich zum ersten Mal. Einfach so. Was würdest du sagen, was ich von Beruf bin?«

Sie konnte es nicht sagen.

Er sagte: »Die ganze verfluchte Wahrheit ist: Ich sehe nach gar nichts aus. Weder nach Lebensmittelhändler noch nach Rechtsanwalt oder Arzt oder Arbeiter oder Verwalter – einfach nach gar nichts.«

Die Samuel-Smiles-Depression kam über ihn.

Shama war ihm ein Rätsel. In dem Mädchen, das im Tulsi-Laden bedient hatte und im Hanuman-Haus treppauf und treppab gejagt war, der vorwitzigen Späßemacherin, hatten sich noch weitere Shamas versteckt, bereits vollentwickelt, so schien es, und nur darauf wartend, freigelassen zu werden: die Ehefrau, die Hausfrau, und jetzt die Mutter. Mr. Biswas gegenüber war sie weiterhin energisch, klagte nicht und schien ihre Schwangerschaft kaum zu bemerken. Aber wenn ihre Schwestern kamen – die keinen Zweifel daran ließen, dass die Schwangerschaft ihre Angelegenheit war, eine Tulsi-Angelegenheit, die mit Mr. Biswas nichts zu tun hatte –, ging eine Veränderung mit ihr vor. Sie klagte auch dann nicht, aber sie verwandelte sich, weniger in eine Leidende als vielmehr in eine Duldende. Sie fächelte sich Luft zu und spuckte häufig aus, was sie nie tat, wenn sie allein war, doch für schwangere Frauen gehörte es sich so. Sie wollte die Schwestern nicht beeindrucken oder Mitleid heischen, sie wollte sie nur nicht enttäuschen, und sich selber auch nicht. Und als ihr die Füße anschwollen, hätte Mr. Biswas am liebsten gesagt: »Na siehst du, jetzt bist du komplett und normal. Alles ist, wie es sein sollte. Du bist genau wie deine Schwestern.« Denn das war es zweifellos, was Shama sich vom Leben erwartete: jedes Stadium zu durchlaufen, jede Funktion auszufüllen, ihren Anteil an all den hergebrachten Gefühlen zu bekommen – Freude über eine Geburt oder eine Hochzeit, Schmerz bei Krankheit und Not, Trauer, wenn jemand starb. Ein vollständiges Leben bestand aus dieser Palette von Gefühlen. Freude und Leid, beides gleichermaßen eingeplant, gehörten zusammen. Für Frauen wie Shama und ihre Schwestern definierte sich Ehrgeiz, falls das Wort überhaupt anwendbar war, über eine Reihe von Negationen: nicht unverheiratet zu sein, nicht kinderlos, keine pflichtvergessene Tochter, Schwester, Ehefrau, Mutter, Witwe.

Heimlich, mit Hilfe der Schwestern, wurden die Babykleider genäht. Ein paar von Mr. Biswas' Mehlsäcken verschwanden, um später als Windeln wieder aufzutauchen. Und dann wurde es für Shama Zeit, ins Hanuman-Haus zu ziehen. Sushila und Chinta kamen sie abholen, und immer noch wurde so getan, als wüsste Mr. Biswas von nichts.

Bald stellte er fest, dass Shama auch für ihn Vorkehrungen getroffen hatte. Seine Kleider waren gewaschen und gestopft, und er war gerührt, wenn auch nicht überrascht, als er auf dem Küchenregal kleine quadratische Zettel aus Einwickelpapier fand, auf denen Shama ihm in ihrer Missionsschülerinnen-Schönschrift, die sich regelmäßig nach zwei, drei Zeilen verschlechterte, Rezepte für die einfachsten Gerichte aufgeschrieben hatte, mit einer Missachtung für Grammatik und Interpunktion, die ihm ans Herz ging. Wie sonderbar auch, Sätze, die er sie immer nur hatte sprechen hören, in dieser Handschrift zu Papier gebracht zu sehen! So schrieb sie in ihrer Anleitung zum Reiskochen, »nur eine klitzekleine Prise Salz hineinwerfen« – er sah es vor sich, wie sie ihre langen Finger zusammenführte – und »nimm den blauen Emailletopf, den ohne Henkel«. Wie oft hatte sie, vor dem Chulha-Herd kauernd, zu ihm gesagt: »Gib mir mal den blauen Topf, den ohne Henkel.«

Während der müßigen Stunden im Laden hatte er angefangen, sich Namen zu überlegen, vorwiegend männliche – eine andere Möglichkeit zog er nicht ernstlich in Betracht. Er notierte sie sich auf Einwickelpapier, ließ sie über die Zunge rollen, probierte sie an Kunden aus.

»Krishnadhar Haripratap Gokulnath Damodar Biswas. Na, wie klingt das? K.H.G.D. Biswas. Oder lieber Krishnadhar Gokulnath Haripratap Damodar Biswas? K.G.H.D.?«

»Da bleibt dem Pandit keine große Auswahl mehr.«

»Meinen Kindern gibt kein Pandit einen Namen.«

Und auf dem hinteren Vorsatzblatt seines Collins Clear-Type Shakespeare, einem Werk von nervtötender Unlesbarkeit, notierte er all diese Namen in großen Buchstaben, als wäre seine

Nachfolge bereits geregelt. Er hätte *Bells Lehrbuch der Vortragskunst* vorgezogen, das immer noch sein Lieblingsbuch war, aber der Tritt, den er ihm im Langen Zimmer im Hanuman-Haus versetzt hatte, hatte es mächtig mitgenommen, die Deckel hingen nur noch an ein paar Fädchen, die Vorsatzseiten waren eingerissen, und man konnte die braune Presspappe sehen. Den Shakespeare hatte er sich nur wegen *Julius Cäsar* zugelegt, aus dem er in Lals Schule Passagen hatte deklamieren müssen. Alle anderen Stücke waren ihm zu schwierig, der Band lag praktisch ungelesen herum, und jetzt taugte er nicht einmal als Familienarchiv. Auf dem Vorsatzblatt verlief die Tinte entsetzlich.

Und das Baby war ein Mädchen. Aber es kam pünktlich zur Welt, ohne Komplikationen, es war gesund, und Shama ging es prächtig. Er hatte nichts anderes von ihr erwartet. Er schloss den Laden ab und radelte zum Hanuman-Haus, wo er feststellen musste, dass seine Tochter bereits einen Namen hatte.

»Das ist Savi«, sagte Shama.

»Savi?«

Sie waren in Mrs. Tulsis Zimmer, dem Rosenzimmer, wo alle ihre Schwestern niedergekommen waren.

»Ein schöner Name«, sagte Shama.

Schöner Name – wo er sich den ganzen Weg von The Chase Namen überlegt und sich für Sarojini Lakshmi Kamala Devi entschieden hatte.

»Seth und Hari haben ihn ausgesucht.«

»Was du nicht sagst.« Er wies mit dem Kinn in Richtung des Babys und fragte auf Englisch: »Und? Gibt's auch eine Geburtsurkunde?«

Auf dem Marmortisch neben dem Bett lag ein Blatt Papier unter einem Messingteller. Sie gab es ihm.

»Gut! Wenigstens etwas! Bei mir wollte ja keiner glauben, dass ich überhaupt geboren war, die Behörden nicht und auch sonst keiner. Die Leute mussten schwören und alle möglichen Papiere unterschreiben.«

»Bei uns haben alle eine Geburtsurkunde«, sagte Shama.

»Klar habt ihr alle eine.« Er warf einen Blick auf die Urkunde. »Savi? Aber da steht doch nirgends Savi. Da steht Basso.«

Sie riss die Augen weit auf. »Psst!«

»Ich lasse mein Kind nicht Basso nennen, von niemand.«

»Psst!«

Er verstand. Basso war der richtige Name des Babys, Savi der Rufname. Mit dem richtigen Namen konnte man einem Menschen Schaden zufügen, während der Rufname keine Bedeutung hatte und nur der Bequemlichkeit diente. Er war erleichtert, dass er seine Tochter nicht Basso nennen musste. Trotzdem, was für ein Name!

»Den hat Hari sich ausgedacht, was? Der Heilige Geist.«

»Und Seth.«

»Natürlich, der Pandit und der Barbar.«

»Was machst du denn jetzt?«

Er kritzelte etwas auf die Geburtsurkunde.

»Schau her.« Oben auf die Urkunde hatte er geschrieben: *Richtiger Rufname: Lakshmi. Unterzeichnet: Mohun Biswas, Vater.* Und darunter das Datum.

Beide spürten sie, dass ein amtliches Dokument, das unangetastet zu bleiben hatte, in Frage gestellt worden war.

Er genoss ihre Bestürzung, und zum ersten Mal seit seiner Ankunft sah er sie richtig an. Ihr langes Haar war offen und breitete sich über das Kopfkissen. Um ihn ansehen zu können, musste sie das Kinn an den Hals drücken.

»Du hast ein Doppelkinn gekriegt«, sagte er. Sie antwortete nicht.

Plötzlich sprang er auf. »Was zum Teufel soll das denn?«

»Was?«

Er zeigte ihr die Urkunde. »Da. Beruf des Vaters: Feldarbeiter.

Feldarbeiter! Ich! Wo kommt bloß die ganze Bosheit in deiner Familie her, Mädchen?«

»Das hab ich gar nicht gesehen.«

»Dieser Mistkerl. Da. Name des Gewährsmanns: R. N. Seth. Beruf: Plantagenverwalter.«

»Ich weiß nicht, warum er das gemacht hat.«

»Wenn du mal wieder einen Gewährsmann brauchst, sag einfach mir Bescheid, ja? Nennt Lakshmi einfach Basso und Savi. He, Lakshmi, ich bin's, dein Vater, Beruf – ja was, Mädchen? Maler?«

»Das klingt ja wie Anstreicher.«

»Schildermaler? Lebensmittelhändler? Bloß nicht!« Er nahm die Urkunde und kritzelte etwas darauf. »Ladenbesitzer«, sagte er und gab ihr die Urkunde.

»Du kannst nicht einfach Besitzer schreiben. Der Laden gehört Mai.«

»Die können auch nicht einfach Feldarbeiter schreiben.«

»Dafür könnten sie dich belangen.«

»Sollen sie's versuchen.«

»Du gehst jetzt besser, Mann.«

Das Baby wurde unruhig.

»Hallo, Lakshmi.«

»Savi.«

»Basso.«

»Psst!«

»Dieser Barbar. Ein Skorpion ist er, wenn du mich fragst. Der alte Skorpion.«

Er verließ den dunklen Raum mit seinem muffigen Arzneigeruch, den Schüsseln und den gestapelten Windeln und trat in den Salon, vor dessen hinterer Wand die beiden hohen Stühle standen wie Throne. Über die Holzbrücke ging er zur Galerie des alten Obergeschosses hinüber, wo normalerweise Hari saß und in einer seiner sperrigen Schriften las, und stieg schüchtern die

Treppe hinunter in die Halle, darauf gefasst, als Vater des jüngsten Babys im Hanuman-Haus mit Hallo begrüßt zu werden. Niemand beachtete ihn. Die Halle war voller Kinder, die missmutig aßen. Unter ihnen entdeckte er das Schlangenmädchen und das Mädchen, das in The Chase das Vater-Mutter-Kind-Spiel geleitet hatte. Es roch nach Schwefel, und er sah, dass die Kinder kein Essen auf ihren Tellern hatten, sondern ein gelbliches Pulver, angerührt mit etwas, das wie Dosenmilch aussah.

»Was ist das denn?«, fragte er.

Das Schlangenmädchen zog ein Gesicht und sagte: »Schwefel mit Dosenmilch.«

»Essen wird auch teuer, was?«

»Gegen die Eck-Zehme«, sagte die Vater-Mutter-Kind-Spielerin.

Sie tauchte den Finger in die Milch, den Schwefel, steckte ihn in den Mund und wiederholte den Vorgang hastig.

Mrs. Tulsi war aus dem schwarzen Kücheneingang getreten.

»Schwefel mit Dosenmilch«, sagte Mr. Biswas.

»Damit es süßer schmeckt«, sagte Mrs. Tulsi. Sie hatte ihm wieder einmal verziehen.

»Süßer!«, flüsterte das Schlangenmädchen laut. »Hahaha!« Ihre Fähigkeiten verliehen ihr Narrenfreiheit.

»Ausgezeichnet gegen Ekzeme.« Mrs. Tulsi setzte sich neben das Schlangenmädchen, nahm ihren Teller und klopfte das Schwefelpulver vom Rand weg, über den das Schlangenmädchen unablässig kleine Prisen auf den Tisch hatte rieseln lassen. »Hast du deine Tochter schon gesehen, Mohun?«

»Lakshmi?«

»Lakshmi?«

»Lakshmi. Meine Tochter. Das ist mein Name für sie.«

»Shama sieht gut aus.« Mrs. Tulsi fegte sich das auf dem Tisch verstreute Schwefelpulver in die Hand und schüttete es über die Dosenmilch, die das Schlangenmädchen bis dahin frei davon gehalten hatte. »Ich habe ihr das Rosenzimmer gegeben. Mein Zimmer.«

Mr. Biswas sagte nichts.

Mrs. Tulsi klopfte auf die Bank. »Komm, Mohun, setz dich zu mir.«

Er setzte sich neben sie.

»Der Herr gibt«, sagte Mrs. Tulsi unvermittelt auf Englisch.

Mr. Biswas verbarg seine Verwunderung hinter einem Kopfnicken. Er kannte Mrs. Tulsis philosophische Anwandlungen. Langsam und in feierlichstem Tonfall traf sie eine Reihe einfacher, unzusammenhängender Feststellungen und erzielte damit eine verblüffend tiefsinnige Wirkung.

»Alles wird gut mit der Zeit«, sagte sie. »Wir müssen vergeben. Wie unser Vater immer gesagt hat« – sie deutete auf die Photographien an der Wand –, »was für dich ist, ist für dich. Und was nicht für dich ist, ist nicht für dich.«

Gegen seinen Willen lauschte Mr. Biswas mit ernster Miene und nickte zustimmend.

Mrs. Tulsi schniefte und drückte sich den Schleier unter die Nase. »Wer hätte vor einem Jahr gedacht, dass du einmal hier sitzen würdest, in dieser Halle, bei diesen Kindern, als mein Schwiegersohn und als ein Vater? Das Leben ist voll solcher Überraschungen. Aber eigentlich sind es keine Überraschungen. Du bist jetzt für ein Menschenleben verantwortlich, Mohun.« Sie fing an zu weinen. Sie legte Mr. Biswas die Hand auf die Schulter, nicht um ihn zu trösten, sondern um bei ihm Trost zu suchen. »Ich habe Shama mein Zimmer gegeben. Das Rosenzimmer. Ich weiß, dass du dich um die Zukunft sorgst. Erzähl mir nichts. Ich weiß es.« Sie tätschelte ihm die Schulter.

Er ließ sich von ihrer Stimmung umgarnen. Er vergaß die Schwefel essenden Kinder und die Dosenmilch und wiegte den Kopf, wie um einzugestehen, dass er ausgiebig und voller Herzensangst über die Zukunft nachgedacht hatte.

Und als sie ihn einmal eingewickelt hatte, zog sie ihre Hand zurück, putzte sich die Nase und trocknete sich die Augen. »Was auch geschieht, dein Leben geht weiter. Was auch geschieht. Bis es dem Herrn gefällt, dich zu holen.« Der letzte Satz war wieder auf Englisch. Er befremdete ihn und brach den Zauber. »Wie er unseren lieben Vater geholt hat. Aber bis es so weit ist, können sie dich nicht töten, egal, wie sie dich hungern lassen oder wie sie dich behandeln.«

Sie, dachte Mr. Biswas, wer sind *sie*?

Seth kam mit seinen schmutzigen Schnürstiefeln in die Halle gestampft. Die Kinder löffelten eifrig ihr Schwefelpulver.

»Na, Mohun«, sagte Seth. »Deine Tochter schon gesehen? Alle Achtung!«

Das Schlangenmädchen kicherte. Mrs. Tulsi lächelte.

Verräterin, dachte Mr. Biswas. Alte hinterlistige Füchsin.

»Ja, jetzt bist du ein Mann geworden, Mohun«, sagte Seth. »Ein Ehemann und Vater. Fang also nicht wieder an, dich wie ein kleiner Junge aufzuführen. Und – ist der Laden schon bankrott?«

»Nur keine Ungeduld«, sagte Mr. Biswas und erhob sich. »Ist doch erst vier Monate her, dass Hari ihn gesegnet hat.«

Das Schlangenmädchen lachte, und zum ersten Mal empfand Mr. Biswas etwas wie Wohlwollen für sie. Ermutigt fügte er hinzu: »Meinst du, wir können ihn fragen, ob er ihn wieder entsegnet?«

Noch mehr Gelächter.

Seth rief nach seiner Frau und dem Essen.

Bei dem Wort Essen hoben die Kinder sehnsüchtig den Blick.

»Ihr kriegt heute keinen Bissen«, sagte Seth. »Das wird euch davon kurieren, im Dreck zu spielen und euch Ekzeme zu holen.«

Mrs. Tulsi war zu Mr. Biswas getreten. Sie wurde wieder feierlich. »Mit der Zeit wird alles gut.« Sie flüsterte, weil Schwestern mit Messingtellern und Schüsseln aus der Küche herbeikamen. »Oder hättest du jemals damit gerechnet, dass dein erstes Kind in einem solchen Haus zur Welt kommt?«

Er schüttelte den Kopf.

»Und vergiss nicht, sie können dich nicht töten.«

Schon wieder dieses »sie«.

»Tja«, sagte Mr. Biswas. »Jetzt sind wir also zu dritt.«

Sie war durch seinen Tonfall gewarnt.

»Schick mir einfach ein Fass«, sagte er laut. »Ein kleines Kohlenfass.«

Er ging zum Seitentor hinaus und schob sein Fahrrad an der Arkade vorbei, unter der sich bereits die allabendlichen Grüppchen alter indischer Auswanderer versammelten, um zu rauchen und zu schwatzen. Er radelte zu Misirs baufälligem kleinem Holzhaus und klopfte an das erleuchtete Fenster.

Misir steckte den Kopf durch die Spitzengardine und sagte: »Du kommst wie gerufen, Mann. Immer herein.«

Misir sagte, er habe Frau und Kinder zur Schwiegermutter verfrachtet. Mr. Biswas vermutete, dass ein Streit oder eine Schwangerschaft der Grund war.

»Hab gearbeitet wie der Teufel ohne sie«, sagte Misir. »Geschichten geschrieben.«

»Für den *Sentinel*?«

»Kurzgeschichten«, sagte Misir, ungeduldig wie immer. »Setz dich hin und hör zu.«

Misirs erste Geschichte handelte von einem Mann, der seit Monaten keine Arbeit hatte und hungern musste. Seine fünf Kinder mussten hungern; seine Frau erwartete schon wieder ein Baby. Es war Dezember, und die Läden waren voll mit Lebensmitteln und Spielzeug. Einen Tag vor Weihnachten fand der Mann endlich Arbeit. Am selben Abend wurde er auf dem Nachhauseweg von einem Auto totgefahren. Es hielt nicht einmal an.

»Wahnsinn«, sagte Mr. Biswas. »Vor allem das mit dem Auto, das weiterfährt.«

Misir lächelte und sagte grimmig: »So ist das Leben. Es ist kein Märchen. Nicht dieser Es-war-einmal-ein-Radscha-Blödsinn. Hör dir die hier an.«

Misirs zweite Geschichte handelte von einem Mann, der seit Monaten keine Arbeit hatte und hungern musste. Um seine große Familie zu ernähren, begann er, seine Habseligkeiten zu verkaufen, bis ihm schließlich nur noch ein Anteilsschein über zwei Schilling für die Lotterie geblieben war. Er wollte ihn nicht verkaufen, aber eines seiner Kinder wurde schwer krank und benötigte Medikamente. Er verkaufte den Anteilsschein für einen Schilling und kaufte die Medizin. Das Kind starb, der verkaufte Schein gewann bei der Lotterie.

»Wahnsinn«, sagte Mr. Biswas. »Und wie ging's weiter?«

»Mit dem Mann? Was fragst du *mich*? Streng deine Phantasie an.«

»Wahnsinn. Absoluter Wahnsinn.«

»Die Leute müssen Bescheid wissen über so was«, sagte Misir. »Über das Leben. Du solltest auch Geschichten schreiben.«

»Ich hab nicht die Zeit, alter Junge. Hab jetzt einen kleinen Besitz in The Chase, weißt du.« Mr. Biswas wartete, aber Misir reagierte nicht. »Und verheiratet bin ich auch. Verantwortung.« Er wartete wieder. »Kleine Tochter.«

»Gott!«, rief Misir voller Abscheu. *»Gott!«*

»Gerade erst geboren.«

Misir schüttelte mitfühlend den Kopf. »Katze im Sack. Katze im Sack. Das kommt davon, wenn man die Katze im Sack kauft.«

Mr. Biswas wechselte das Thema: »Was machen die Arier?«

»Warum fragst du? Das interessiert dich doch gar nicht. Niemand interessiert das. Erzähl den Leuten ein paar Märchen, und sie sind glücklich. Sie wollen den Tatsachen nicht ins Auge sehen. Und dieser Shivlochan ist ein verdammter Idiot. Wusstest du, dass sie Pankaj Rai nach Indien zurückgeschickt haben? Manchmal denk ich an ihn und frag mich, wie's ihm wohl geht da drüben. Läuft wahrscheinlich in Lumpen rum, der arme Kerl, und verhungert in irgendeiner Gosse, weil er keine Arbeit kriegt und nichts. Weißt du, Pankaj würde eine gute Geschichte hergeben.«

»Das wollte ich auch gerade sagen. Der Mann war ein Purist.«

»Ein geborener Purist.«

»Misir, schreibst du noch für den *Sentinel*?«

»Immer noch für einen lausigen Cent pro Zeile. Warum?«

»Mir ist heute was Komisches passiert. Rate mal, was ich gesehen hab? Ein Schwein mit zwei Köpfen.«

»Wo denn?«

»Gleich hier, im Hanuman-Haus. Aus ihrem Stall.«

»Aber Hindus wie die Tulsis halten doch wohl keine Schweine!«

»Hast du eine Ahnung. Es war natürlich tot.«

Bei all seinem Reformertum war Misir sichtlich enttäuscht und bestürzt. »Den Leuten geht's nur noch ums Geld. Aber gut, es ist eine Story. Ich telefonier sie gleich durch.«

Und als er Misir verließ, sagte Mr. Biswas: »Beruf: Feldarbeiter. Ihr werdet euch wundern.«

Drei Wochen noch, bis Shama nach The Chase zurückkehren würde. Er hängte auf der Veranda eine Hängematte für das Baby auf und wartete. Im Laden und in den hinteren Räumen wuchs die Unordnung, und es war kalt, wie in einem verlassenen Lager. Doch sobald Shama mit Lakshmi (»Sie heißt Savi«, beharrte Shama, und dabei blieb es) zurückgekehrt war, wurden die Räume wieder zu dem Ort, an dem er nicht nur lebte, sondern an dem er auch Rechte hatte, ohne sie ständig geltend machen und seinen Wert beweisen zu müssen.

Und sofort begann er, sich über all das zu beschweren, was ihn am meisten freute. Savi schrie, und er redete, als wäre das Kind eine von Shamas Extravaganzen. Das Essen kam zu spät auf den Tisch, und sein Zorn verbrämte die Freude darüber, dass wieder jemand Essen kochte, eigens für ihn. Shama reagierte nicht auf solche Ausbrüche, wie sie es früher getan hatte. Sie war so mürrisch wie er, als sei diese Art des Umgangs der Gefühlsduselei vorzuziehen.

Er sah gern zu, wenn das Baby gebadet wurde. Shama stellte sich so geschickt an, als badete sie seit Jahren Babys. Ihr linker Arm und die Hand stützten den Rücken und den wackligen Kopf, ihre Rechte seifte ein und wusch, und zum Schluss kam die flinke, sanfte Bewegung, mit der sie das Baby aus dem Becken in das Handtuch hob. Er staunte, dass ein Mensch, der mit von der Arbeit zerschundenen Händen aus dem Hanuman-Haus kam, mit eben diesen Händen so viel Zärtlichkeit ausdrücken konnte. Danach wurde Savi mit Kokosöl eingerieben, und ihre Beinchen wurden zum Rhythmus fröhlicher Reime bewegt. So war es auch mit Mr. Biswas und Shama geschehen, als sie Babys waren; dieselben Reime waren hergesagt worden, und vielleicht gab es dieses Ritual schon seit tausend Jahren.

Das Einölen wurde am Abend wiederholt, wenn die Sonne untergegangen war und der Busch rings um sie zu singen begann. Und um diese Stunde kam, rund ein halbes Jahr später, Moti in den Laden und klopfte laut auf den Tresen.

Moti stammte nicht aus dem Dorf. Er war ein kleiner, bekümmert aussehender Mann mit grauen Haaren und schlechten Zähnen. Er lief wie ein abgerissener Angestellter herum. Sein schmutziges Hemd saß korrekt, und an seiner Hose erkannte man gerade noch die Bügelfalten. In der Hemdtasche hatte er einen Füllfederhalter, einen Bleistiftstummel und ein paar schmierige Zettel stecken – Handwerkszeug und Markenzeichen des ländlichen Schriftgelehrten.

Er bat nervös um Schweineschmalz für einen Penny.

Mr. Biswas' hinduistische Instinkte verboten ihm, Schmalz im Angebot zu führen. »Butter hätten wir«, sagte er, da ihm die hohe, übelriechende Dose mit roter, ranziger, zerlaufener Butter einfiel.

Moti schüttelte den Kopf und zog die Hosenklammern ab. »Nein, geben Sie mir für einen Cent Paradiespflaumen.«

Mr. Biswas gab ihm drei Stück auf einem weißen Blatt Papier.

Moti machte keine Anstalten zu gehen. Er steckte sich eine Paradiespflaume in den Mund und sagte: »Ich bin froh, dass Sie kein Schmalz verkaufen. Ich rechne es Ihnen hoch an.« Er hielt inne, schloss die Augen und zerquetschte die Paradiespflaume zwischen den Zähnen. »Es tut gut, einen Mann in Ihrer Position zu sehen, der seine Religion nicht für ein paar Cent verkauft. Inzwischen gibt es ja sogar Hindus, die gepökeltes Rindfleisch verkaufen, wussten Sie das? Nur wegen ein paar Cent extra.«

Mr. Biswas wusste es, und er bedauerte die Skrupel, die ihn daran hinderten, es genauso zu machen.

»Und dann diese andere Geschichte«, sagte Moti, den Mund voll Pflaumenbrei. »Haben Sie das von dem Schwein gehört?«

»Dem Tulsi-Schwein? Das wundert mich kein bisschen.«

»Na ja. Gottlob gibt es ja auch noch andere. Sie, zum Beispiel. Und Seebaran. Kennen Sie Seebaran?«

»Seebaran?«

»Kennt Seebaran nicht! L. S. Seebaran. Der Mann, der praktisch alle Fälle am Amtsgericht vertritt.«

»Ach der«, sagte Mr. Biswas, noch immer im Dunkeln tappend.

»Ein strenggläubiger Hindu. Und einer der besten Anwälte hier, das können Sie mir glauben. Wir sollten stolz auf ihn sein. Der Mann, der vor Ihnen hier war – wie hieß er noch? – egal, Ihr Vorgänger hier hat Seebaran jedenfalls einiges zu verdanken. Er würde heute betteln gehen, wenn Seebaran nicht gewesen wäre.«

Moti steckte sich die zweite Paradiespflaume in den Mund und betrachtete abwesend die spärlich gefüllten Regale. Mr. Biswas folgte Motis Blick, der auf den Konservendosen mit den angefressenen Etiketten ruhen blieb – dem Vermächtnis des Mannes, dem Seebaran geholfen hatte.

»Und jetzt laufen sie alle zu Dookhie, was?«, sagte Moti, vertraulicher jetzt und auf Englisch. Dookhie war der neueste Ladenbesitzer in The Chase. »Eine Schande ist das. Eine Schande, wie sich manche Leute ihr Leben lang auf Pump durchschlagen. Für mich ist das Diebstahl. Mungroo, zum Beispiel. Kennen Sie Mungroo?«

Mr. Biswas kannte ihn gut.

»So einer wie Mungroo gehört hinter Gitter«, erklärte Moti.

»Ganz meine Meinung.«

»Es ist ja nicht so«, sagte Moti besonnen, wobei er die Augen schloss und die zweite Paradiespflaume zerdrückte, »dass er ein armer Mann wäre, der nicht bezahlen kann. Mungroo ist reicher als Sie und ich jemals sein werden.« Das war Mr. Biswas neu.

»Der Mann gehört hinter Gitter«, wiederholte Moti.

Gerade wollte Mr. Biswas sagen, er sei Mungroo nicht auf den Leim gegangen, als Moti fortfuhr: »Wenn er wenigstens die Grobiane unter den Ladenbesitzern bestehlen würde, die Leute, die so sind wie er. Aber bei denen hat er Angst, dass er eins auf die Nase kriegt. Nein, er sucht sich die Netten, die Leute, die ein weiches Herz haben, die nimmt er aus. Mungroo schaut Sie sich an, und wenn Sie ihm nett genug sind, taucht am nächsten Tag seine Frau auf und verlangt für zwei Cent von diesem und für drei Cent von jenem, und dann fällt ihr ein, dass sie ja gar kein Geld dabei hat, und ob Sie sich vielleicht bis zum nächsten Zahltag gedulden können. Und Sie stecken ihr die Sachen in schöne, kräftige Papiertüten und lassen sie glücklich nach Hause gehen und setzen sich hin und warten auf den nächsten Zahltag. Aber am Zahltag hat Mungroo Sie vergessen. Und seine Frau auch.

Haben zuviel mit Hühnerschlachten und Rumkaufen zu tun, die beiden, um noch an Sie zu denken. Aber zwei, drei Tage später, o ja, da erinnert die Frau sich plötzlich wieder an Sie. Sie jammert Ihnen was vor. Will noch mehr anschreiben lassen. Erzählen Sie mir nichts von Mungroo. Ich kenne ihn zu gut. Der gehört hinter Gitter, ich sag's Ihnen. Wenn bloß mal jemand den Mut hätte, ihn da hinzubringen.«

Die Darstellung war verkürzt und überspitzt, aber Mr. Biswas erkannte die Wahrheit darin. Er fühlte sich bloßgestellt und sagte nichts.

»Zeigen Sie mir doch kurz Ihre Bücher«, meinte Moti. »Nur dass ich mal sehe, wie viel Mungroo Ihnen schuldet.«

Mr. Biswas nahm den Zettelspieß von seinem Nagel zwischen den Regalbrettern, über der ausgebleichten Reklame für Cydrax, ein Erfrischungsgetränk, das im Dorf keinen Anklang gefunden hatte. Der Zettelspieß war jetzt ein langer, fedriger, vielfarbiger Pinsel, seine untersten Zettel trocken und eingerollt wie totes Laub.

»*Pappa!*«, sagte Moti und wurde beim Durchblättern immer ernster. Sehr weit kam er nicht, denn um die unteren Zettel lesen zu können, hätte er alle oberen herunternehmen müssen. Er wandte sich von Mr. Biswas ab und blickte nachdenklich hinaus in die Dunkelheit, wo durch die offene Tür das Hinterrad seines altersschwachen Fahrrads zu sehen war. Traurig lutschte er seine Paradiespflaume. »Schade, dass Sie Seebaran nicht kennen. Seebaran regelt so was im Handumdrehen. Hat Ihrem Vorgänger geholfen. Müsste sonst betteln gehen, der Mann. Betteln gehen. Schon verrückt, dass manche dick und fett werden von anderer Leute Geld, und die armen Händler, die anschreiben, haben nicht genug zu essen, laufen in Lumpen herum und müssen zusehen, wie ihre Kinder Hunger leiden und krank werden.«

Mr. Biswas sah sich bereits als Protagonisten einer von Misirs Geschichten und konnte seine Besorgnis kaum noch verhehlen.

»Na gut, mein Lieber.« Moti schob die Hosenklammern wieder über die Fußgelenke. »Ich muss weiter. War nett, mit Ihnen zu plaudern. Ich hoffe, dass bei Ihnen alles in Ordnung kommt.«

»Aber Sie kennen Seebaran«, sagte Mr. Biswas.

»Ja, ich kenne ihn. Aber ich weiß nicht, ob ich einfach hingehen kann und ihn bitten, einem Freund auszuhelfen. Ein vielbeschäftigter Mann, Seebaran. Vertritt fast sämtliche Fälle am Amtsgericht.«

»Vielleicht könnten Sie es ihm trotzdem sagen?«

»Ja«, sagte Moti wenig überzeugt. »Vielleicht. Aber Seebaran ist ein bedeutender Mann. Dem kann man nicht mit ein, zwei kleinen Sachen kommen.«

Mr. Biswas strich mit dem Finger an den aufgespießten Zetteln entlang. »Hier wartet jede Menge Arbeit auf ihn«, sagte er kampfeslustig. »Sagen Sie ihm das.«

»Also gut. Ich sag's ihm.« Moti stieg auf sein Fahrrad. »Aber versprechen kann ich nichts.«

Savi schlief, als Mr. Biswas das Hinterzimmer betrat.

»Jetzt geht es Mungroo und Konsorten an den Kragen«, sagte Mr. Biswas zu Shama. »Ich schicke ihnen Seebaran auf den Hals.«

»Wer ist Seebaran?«

»Wer ist Seebaran! Du weißt nicht, wer Seebaran ist? Der Mann vertritt fast alle Fälle am Amtsgericht.«

»Das hab ich selber gehört. Ich bin ja nicht taub.«

»Warum zum Teufel fragst du dann?«

»Willst du dir nicht erst mal Rat holen, bevor du losrennst und die Leute verklagst?«

»Rat? Bei wem denn? Dem Barbaren und der alten Füchsin? Ich weiß schon, die sind allwissend. Brauchst du mir gar nicht erst zu erzählen. Aber kennen sie sich auch mit dem Gesetz aus?«

»Seth verklagt eine Menge Leute.«

»Und verliert jedes Mal. Das brauchst du mir auch nicht zu erzählen. Jeder in Arwacas weiß Bescheid über Seth und die Leute, die er verklagt. Allwissend, pah!«

»Er hat Doktor studiert, Doktor oder Apotheker.«

»Doktor studiert! Pferdedoktor, wenn du mich fragst. Meinst du, dass so ein Doktor aussieht? Schau dir doch seine Hände an. Fett und klobig. Der kann nicht mal richtig einen Bleistift halten.«

»Aber Chanrouti hat er neulich das Furunkel aufgeschnitten.«

»O ja. Das ist auch so was, was ich dir schon lang mal sagen wollte. Vorbeugend. *Vorbeugend*. Meinen Kindern wird Seth keine Furunkel aufschneiden. Und sein verfluchtes Schwefelpulver mit Dosenmilch essen sie auch nicht.«

Mungroo führte die Stockkämpfertruppe des Dorfes an. Er war ein großer, drahtiger, bärbeißiger Mann mit einem riesigen Henkelschnauzbart, der ihm ein verwegenes Aussehen verlieh und ihm im Dorf erst den Spitznamen Mouche und später Moach eingetragen hatte. Im Stockkampf war er ein Meister. Er verfügte über Reichweite und Geschick, und seine Reaktionsschnelle grenzte an ein Wunder. Er konnte eine Parade so übergangslos in einen Ausfall verwandeln, als wäre es eine einzige Bewegung. Jedes Duell focht er aus, als hätte er jede einzelne Phase im Voraus geplant. Mungroo hatte aus den jungen Männern in The Chase eine Kampfgruppe geformt, die an den Tagen des christlichen Karnevals oder des muslimischen Hosay-Festes mit großem Einsatz die Ehre des Dorfes verteidigte. Unter seiner Leitung übten sie abends unverdrossen bei Fackelschein in seinem Hof. Dann kamen die Dorfjungen und schauten dem Training zu. Und trotz Shamas Missbilligung tat dies auch Mr. Biswas.

Ihm hatte es die Machart der Stöcke ebenso angetan wie das Spiel selbst. In die Rinde eines Poui-Stocks wurden Muster geschnitzt und der Stock sodann über einem Feuer geröstet; schälte man anschließend die verkohlte Rinde ab, kam darunter die in das weiße Holz gebrannte Verzierung zum Vorschein. Es konnte keinen herrlicheren Duft geben als den nach sanft gerösteten Pouis, zart und doch so dauerhaft, dass er von weit her zu kommen schien, aus einer unendlichen Tiefe des Holzes: von der gleichen Zartheit wie der Geruch der Pouis, die Raghu in einem Dorf wie diesem, in einem Hof wie diesem über genau solch einem Feuer geröstet hatte: Empfindungen, nicht Bilder rief er wach: ein Topf über einem Feuer, das eine Lehmwand beschien und die Nacht draußen hielt, ein kühler, neuer, unverbrauchter Morgen, Regen, der dumpf auf Strohdächer fiel, die Wärme darunter: Empfindungen, zart wie der Geruch des Poui selbst, aber schmerzlich flüchtig, zu flüchtig, um sich fassen und zu konkreter Erinnerung verdichten zu lassen.

Waren dann auch die Spitzen geschnitzt, weichte man die Stöcke in mit Kokosöl gefüllten Bambuszylindern ein, um sie kräftiger und elastischer zu machen. Und dann brachte Mungroo die Stöcke zu einem alten Stockkämpfer, wo ihnen den Geist eines toten Spaniers »eingehaucht« wurde. So endete das Ritual in Ehrfurcht, Romantik, Rätselhaftigkeit. Denn wiewohl die Spanier, wie Mr. Biswas wusste, die Insel hundert Jahre zuvor aufgegeben hatten und ihre Nachfahren verschwunden waren, lebte die Erinnerung an ihre Tollkühnheit und ihren Wagemut weiter, bewahrt von Menschen, die von einem anderen Kontinent stammten und nicht einmal wussten, was ein Spanier war – Menschen, die in Hütten aus Lehm und Stroh hausten, in denen es keine Zeit gab und keine Entfernungen, und die ihre Kinder mit dem Namen Alexanders ängstigten, von dessen Größe sie nichts begriffen.

Von Beruf war Mungroo Straßenarbeiter. Lieber sagte er allerdings, er arbeite für die Regierung, und am allerliebsten arbeitete er gar nicht. Er ließ keinen Zweifel daran, dass er der Meinung war, da er die Ehre des Dorfes verteidigte, sei das Dorf ihm den Lebensunterhalt schuldig. Er kassierte Zuschüsse für das Teeröl der Fackeln, für die »Einhauch«-Gebühren, die teuren Trachten, die seine Stockkämpfer an Kampftagen trugen. Anfangs zahlte Mr. Biswas bereitwillig. Dann blieb Mungroo, um sich seiner Kunst widmen zu können, der Straßenbaukolonne wochenlang fern und lebte von dem Kredit, den Mr. Biswas und andere Händler ihm gewährten. Mr. Biswas bewunderte Mungroo. Es wäre ihm unloyal vorgekommen, Mungroo den Kredit zu verweigern, ungehörig, ihn an seine Schulden zu erinnern, und beides war gefährlich. Mungroo wurde immer anspruchsvoller. Mr. Biswas beklagte sich bei anderen Kunden; die wiederum erzählten es Mungroo weiter. Mungroo reagierte nicht mit Gewalt, wie Mr. Biswas befürchtet hatte, sondern mit einer Würde, die Mr. Biswas, so aufgesetzt sie ihm auch erschien, nicht weniger tief traf als Shamas Seufzer und Shamas Schweigen. Mungroo sprach nicht mehr mit Mr. Biswas, und jedes Mal, wenn er am Laden vorbeiging, spuckte er wie nebenbei aus. Mungroos Rechnungen blieben offen, und Mr. Biswas verlor noch ein paar Kunden mehr.

Früher als erwartet kam Moti wieder in den Laden und sagte: »Sie sind ein Glückspilz. Seebaran will Ihnen helfen. Ich hab ihm gesagt, dass Sie ein Freund von mir sind und ein guter Hindu, und wie Sie wissen, ist er selber ein strenger Hindu. Er hilft Ihnen. Obwohl er sehr beschäftigt ist.«

Er zog seine Zettel aus der Hemdtasche, fand den gesuchten und knallte ihn auf den Tresen. Ein malvenfarbener, leicht schiefer Stempel wies L. S. Seebaran als Rechtsanwalt und Notar aus. Darunter waren zwischen gedruckten Sätzen viele gepunktete Linien zu sehen. »Das füllt Seebaran für Sie aus, sobald er Ihre Papiere hat«, sagte Moti, auf Englisch, denn Englisch war die Sprache des Gesetzes.

Sollte besagte Summe, las Mr. Biswas mit wohligem Schaudern, *zuzüglich einem Honorar von einem Dollar und zwanzig Cent ($ 1,20 c) für vorliegenden Brief nicht innerhalb von zehn Tagen beglichen werden, sehen wir uns gezwungen, gerichtliche Schritte gegen Sie einzuleiten.* Darunter war noch eine gepunktete Linie, auf der L. S. Seebaran hochachtungsvoll unterzeichnen würde.

»Starker Tobak, Mann«, sagte Mr. Biswas. »Gerichtliche Schritte, ja? Hätt ich gar nicht gedacht, dass man die Leute so leicht vor Gericht bringen kann.«

Moti gab ein wissendes kleines Knurren von sich.

»Ein Dollar und zwanzig Cent für vorliegenden Brief«, sagte Mr. Biswas. »Und Sie meinen, nicht mal die muss ich bezahlen?«

»Nicht, wenn Seebaran die Sache für Sie austrägt.«

»Ein Dollar und zwanzig Cent. Und dafür muss Seebaran bloß die gepunkteten Linien vollschreiben? Bildung, Mann. Studieren, das wär's.«

»Als Studierter, da bist du dein eigener Herr«, sagte Moti mit leiser Traurigkeit in der Stimme.

»Aber einszwanzig, Mann. Einszwanzig für fünf Minuten schreiben.«

»Sie vergessen, dass Seebaran sich viele Jahre lang durch dicke, schwere Bücher ackern musste, bevor sie ihm erlaubt haben, solche Briefe zu verschicken.«

»Drei Söhne bräuchte man. Dann könnte man einen Doktor werden lassen, einen Zahnarzt und einen Rechtsanwalt.«

»Hübsche kleine Familie. Wenn man die Söhne hat. Und das Geld. *Dafür* gibt Ihnen keiner Kredit.«

Mr. Biswas holte Shamas Buchführung hervor. Moti wollte noch einen Blick auf die Schuldzettel werfen, und beim Durchblättern verdüsterte sein Gesicht sich zusehends. »Da ist ja fast keiner unterschrieben«, sagte er.

Mr. Biswas war lange Zeit der Ansicht gewesen, es sei unhöflich, seine Schuldner dazu aufzufordern. Er sagte: »Aber das waren sie letztes Mal auch nicht.«

Moti lachte nervös. »Keine Sorge. Ich weiß von Fällen, wo Seebaran den Leuten ohne ein einziges Papier oder irgendwas zu ihrem Geld verholfen hat. Aber das macht eine Menge Arbeit. Sie müssen Seebaran zeigen, dass es Ihnen ernst ist.«

Mr. Biswas ging zu der Schublade unter den Regalen. Die Schublade war groß, aber nicht schwer und ließ sich unangenehm leicht herausziehen; das Holz im Innern war schmierig, dabei aber erstaunlich weiß. »Ein Dollar und zwanzig Cent?«, fragte er.

Jemand räusperte sich. Shama.

»Maharajin«, sagte Moti.

Keine Antwort.

Mr. Biswas drehte sich nicht um. »Einszwanzig?«, wiederholte er und klimperte mit den Münzen in der Schublade.

Moti sagte unglücklich: »Sie können einen Mann wie Seebaran nicht mit einszwanzig abspeisen, wenn er Ihren Fall übernehmen soll.«

»Fünf«, sagte Mr. Biswas.

»Fünf wären gut«, sagte Moti, als hätte er auf zehn gehofft.

»Zwei«, sagte Mr. Biswas, ging forschen Schrittes zum Tresen und legte eine rote Banknote darauf.

»Schon gut«, sagte Moti. »Sie müssen es mir nicht vorzählen.«

»Und eins macht drei.« Mr. Biswas legte einen blauen Schein dazu. »Und eins macht vier. Und eins macht fünf.«

»Fünf«, sagte Moti.

»Sagen Sie Seebaran, das ist von mir.«

Moti steckte die Banknoten in seine Seitentasche und Shamas Presse-Stenoblock in die Hüfttasche. Er legte die Hosenklammern an, blickte auf, schickte ein kurzes Lächeln über Mr. Biswas' Schulter und sagte: »Maharajin.« Dann schob er sein klappriges Fahrrad zügig, ohne sich umzuschauen, über den staubigen, aufgesprungenen gelben Lehm des Hofes, auf dem hier und da eine ausgebleichte, platt getretene Anchor-Zigarettenschachtel herumlag. »Also dann«, rief er von der Straße noch einmal, schwang sich aufs Rad und strampelte eilig davon.

»Also dann, Moti!«, rief Mr. Biswas ihm nach.

Er blieb stehen, die Handflächen gegen die Kante des Tresens gestemmt, und blickte hinaus auf die Straße, auf den Mangobaum, die Seitenwand der Hütte auf dem Grundstück schräg gegenüber und die Zuckerrohrfelder, die sich, von vereinzelten Baumgruppen getüpfelt, bis zu den Vorbergen der Central Range erstreckten.

»Also dann!«, wiederholte er. »Hat dich wer in ein Denkmal verwandelt, oder was?«

Shama seufzte.

»Hör mal, ich bin immer noch mein eigener Herr.«

»Und ein Studierter«, sagte sie.

»Hätte ihm zehn Dollar geben sollen.«

»Noch ist ja Zeit. Mach die Schublade leer und lauf ihm nach.«

Nachdem sie seinen Zorn und seine Streitlust geweckt hatte, verließ sie ihren Platz in der Tür, ging ins Hinterzimmer und sang nach allerlei Herumgepolter und Geseufze ein beliebtes Hindulied:

Sachte, sachte,
Brüder und Schwestern,
Tragt sachte seinen toten Leib zum Wasser.

Die Freude vieler Hindus an Tragödien und den Einzelheiten des Todes war ihm fremd, und er hatte Shama oft gebeten, dieses Einäscherungslied nicht zu singen. Jetzt musste er zuhören, wie sie es mit süßer Schwermut bis zum Ende sang. Und als er, mürbe geworden, ins Hinterzimmer ging, trug Shama ihr bestes Satinmieder und einen kunstvoll gearbeiteten Schleier und zog der vollständig angekleideten Savi die Strickschühchen an.

»Hall*oo*!«, sagte er.

Shama band den einen Strickschuh zu und streifte Savi den zweiten über.

»Geht ihr aus?«

Sie band Savi den zweiten Strickschuh zu.

Auf Hindi sagte sie: »Vielleicht hast *du* alle Scham verloren. Aber andere Leute nicht. Vergiss das nicht.«

Er wusste, dass diejenigen der Tulsi-Töchter, die bei ihren Männern lebten, nach Ehekrächen oft im Hanuman-Haus Unterschlupf fanden, wo sie sich ausweinten, Mitleid einheimsten und, sofern sie nicht zu lange blieben, auch Respekt. »Mach nur«, sagte er. »Pack deine Sachen und geh. Im Affenhaus hängen sie dir wahrscheinlich noch einen Verdienstorden um.«

Nachdem sie fort war, stand er in der Ladentür, tätschelte sich den Bauch und sah seine Schuldner von den Feldern zurückkehren. Seine einzige Freude war jetzt der Gedanke an die Überraschung, die diese Leute in ein paar Tagen erleben würden: an die Aufregung, die sich wie ein Lauffeuer durch The Chase verbreiten würde, während er in seinem Laden saß und gar nichts tat.

»Biswas!«, rief Mungroo von der Straße her. »Komm raus, bevor ich reinkomme.«

Es war soweit. Mungroo hielt ein Blatt Papier in der einen Hand und schlug mit der anderen darauf.

»Biswas!«

Leute liefen zusammen. Viele hielten ein Blatt Papier in den Händen.

»Papier«, sagte Mungroo. »Er hat mir ein Papier geschickt. Ich stopf es ihm in den Hals. Biswas!«

Ohne Eile hob Mr. Biswas die Tresenklappe, zog die kleine Tür auf und ging in den vorderen Teil des Ladens. Das Gesetz war auf seiner Seite, er selbst hatte es angerufen, und das gab ihm das Gefühl, vollkommen geschützt zu sein. Er lehnte sich gegen den Türpfosten, spürte die Wand erzittern, unterdrückte die Befürchtung, dass sie einstürzen könnte, und schlug ein Bein vor das andere.

»Biswas! Komm her, damit ich dir den Wisch in den Hals stopfen kann!«

Von der Straße kreischten die Frauen.

»Nur zu«, sagte Mr. Biswas.

»Papier«, sagte Mungroo und betrat den Hof.

»Ich zeig dich an, wenn du mich anrührst.«

Mungroo kam näher.

»Ich zeig dich an, und du kannst den Karneval im Gefängnis verbringen.«

Die Wirkung war schlagend. Es waren keine vier Wochen mehr bis zum Karneval. Mungroo stockte. Seine Anhänger, die sich schon führerlos sahen an den beiden wichtigsten Tagen der Stockkämpfer-Saison, kamen zu Mungroo gelaufen, um ihn zurückzuhalten.

»Ich lasse euch alle als Zeugen vorladen«, sagte Mr. Biswas, ohne den Grund seiner Rettung so recht begriffen zu haben. »Soll er mich anrühren. Dann müsst ihr alle vor Gericht erscheinen, als *meine* Zeugen.« Er glaubte, sie juristisch an der Angel zu haben, weil er sie zuerst verpflichtet hatte. »Meine Frau kann ich nicht nehmen«, fuhr er fort. »Ehefrauen zählen als Zeugen nicht. Aber euch alle hier lasse ich vorladen.«

»Papier. Der Mann hat mir ein Papier geschickt«, murrte Mungroo und ließ sich, ohne das Gesicht zu verlieren, von seinen Anhängern langsam zur Straße zurückschieben.

»Also«, sagte Mr. Biswas. »Einer hat seinen Brief gekriegt. Wurde auch Zeit. Und eins sage ich euch. Glaubt nicht, dass ich mir von irgendwem auf der Nase rumtanzen lasse. Die ersten Briefe sind raus. Und bis ich fertig bin, werden noch so einige ihren Brief kriegen. Und dann müsst ihr nicht bei mir angelaufen kommen. Geht zu Seebaran. Redet mit ihm.«

Als Moti eine Woche später wieder in den Laden kam, war er sachlich. Nach einem kurzen Gruß zog er ein Papier aus der Hemdtasche, breitete es auf dem Tresen aus und begann mit dem Füllfederhalter Namen abzuhaken. »Also, Ratni hat gezahlt«, sagte er. »Dookhni hat gezahlt. Sohun hat gezahlt. Godberdhan hat gezahlt. Rattan hat gezahlt.«

»Wir haben ihnen Angst gemacht, was? Also keine gerichtlichen Schritte gegen sie?«

»Jankie bittet um Aufschub. Pritam auch. Aber die zahlen schon noch, vor allem wenn sie sehen, dass die anderen zahlen.«

»Umso besser«, sagte Mr. Biswas. »Das Geld kommt mir gerade recht.«

Moti faltete das Blatt zusammen.

»Und?«, sagte Mr. Biswas.

Moti steckte das Blatt in die Tasche.

Mr. Biswas tat, als warte er auf nichts Besonderes. »Und Mungroo?«

»Ich bin froh, dass Sie nach ihm fragen. Um ehrlich zu sein, er macht uns ein bisschen Ärger.« Moti zog einen langen Umschlag aus der Hosentasche und gab ihn Mr. Biswas. »Das ist für Sie.«

Es war ein Schreiben auf steifem Papier vom Kronanwalt.

Ungläubig, empört und entsetzt las es Mr. Biswas.

»Und wer ist dieser verfluchte Muslim Mahmoud, der da seinen dreckigen Namen hingestempelt hat? Auch ein Anwalt und Notar, ja? Ich denke, Seebaran vertritt die ganzen Fälle am Amtsgericht.«

»Nein, nein«, wiegelte Moti ab. »Das hier ist Sache fürs Schwurgericht.«

»Schwurgericht. *Schwurgericht!* Das hat Seebaran mir also eingebrockt!«

»Seebaran hat Ihnen gar nichts eingebrockt. Das waren Sie selber. Lesen Sie den Anhang.«

»Du mein Gott! Was soll das denn! Mungroo verklagt mich, ich hätte seine Kreditwürdigkeit zerstört!«

»Er hat nicht ganz Unrecht. Was müssen Sie auch rumlaufen und allen erzählen, dass er Ihnen Geld schuldet! Wie oft habe ich Seebaran seinen Mandanten predigen hören: ›Überlassen Sie alles mir und halten Sie den Mund. Halten Sie den Mund. Halten Sie den Mund und überlassen Sie alles mir.‹ Immer wieder. Aber die Mandanten hören nicht auf ihn. Ich kenne Mandanten, die haben sich um Kopf und Kragen geredet.«

»Kein Wort hat Seebaran zu mir gesagt. Ich hab den Mistkerl doch nie gesehen.«

»Aber jetzt will er Sie sehen.«

»Also noch mal von vorne: Mungroo ist mir Geld schuldig. Ich sage es und ruiniere damit seine Kreditwürdigkeit. Also kann er nicht mehr rumlaufen und Sachen anschreiben lassen und sie dann nicht bezahlen. Also verklagt er mich. Was zum Teufel soll das? Was ist mit den Schuldzetteln?«

»Die waren ja nicht unterschrieben. Ich hatte Sie gewarnt, erinnern Sie sich? Aber Sie wollten nicht hören. Die Mandanten hören alle nicht. Das ist eine ernste Sache, Mann. Seebaran ist außer sich vor Sorge. Das kann ich Ihnen sagen.«

»Ach! Seebaran macht sich Sorgen. Und was ist mit mir?«

»Seebaran glaubt nicht, dass Sie vor Gericht große Chancen hätten. So etwas regelt man besser außergerichtlich, sagt er.«

»Dann soll ich also blechen? Gern! Pfund, Schilling und Pennys, Dollars und Cents. Lassen Sie hören, wer wie viel zu kriegen hat. So regelt Seebaran also seine Fälle am Amtsgericht, hm?«

»Seebaran will Ihnen doch bloß helfen. Gehen Sie zu einem x-beliebigen Kronanwalt, und er knöpft Ihnen hundert Guineen ab, bevor er Ihnen auch nur einen Stuhl anbietet. Niemand hindert Sie.«

Mr. Biswas hörte erst einmal zu. Staunend erfuhr er, dass mehrere einvernehmliche Gespräche zwischen Mungroos Anwalt Mahmoud und Seebaran stattgefunden hatten; die Angelegenheit war also erörtert und so gut wie geregelt worden, ohne dass er überhaupt davon wusste. Wie es schien, war Mungroo bereit, gegen eine Zahlung von hundert Dollar auf eine Klage zu verzichten. Die Honorare beider Anwälte beliefen sich ebenfalls auf hundert Dollar, wobei Seebaran angesichts von Mr. Biswas' Lage erklärt hatte, er würde nur das Geld nehmen, das er von Mr. Biswas' Schuldnern eintreiben konnte.

»Was ist, wenn alle anderen es jetzt machen wie Mungroo?«, fragte Mr. Biswas. »Was ist, wenn jeder Einzelne von denen mich verklagt?«

»Nicht daran denken«, riet Moti. »Davon werden Sie nur krank.«

Sobald er konnte, radelte Mr. Biswas nach Arwacas, um Shama zur Rückkehr zu bewegen. Er erzählte ihr nicht, was passiert war. Und er lieh sich das Geld auch nicht von Mrs. Tulsi oder Seth, sondern von Misir, der sich neben seinen journalistischen, literarischen und religiösen Aktivitäten mit einem Grundkapital von zweihundert Dollar als Geldverleiher niedergelassen hatte.

Mehr als die Hälfte der Zeit, die er noch in The Chase war, verbrachte Mr. Biswas mit der Rückzahlung seiner Schulden.

Alles in allem lebte Mr. Biswas sechs Jahre in The Chase, Jahre, die so komprimiert waren durch Langeweile und Sinnlosigkeit, dass sie sich am Ende mit einem Blick überschauen ließen. Aber er war gealtert. Die Falten, die er herbeigewünscht hatte, um erwachsener auszusehen, waren gekommen; es waren nicht die energischen Falten, auf die er gehofft hatte, die seinem Stirnrunzeln einen gebieterischen Zug verliehen hätten; es waren kraftlose, kleinliche, enttäuschende Falten. Seine Wangen begannen einzufallen, im richtigen Licht standen die Backenknochen leicht vor, und er bekam ein Doppelkinn nur aus Haut, die sich nach unten ziehen ließ, so dass sie herabhing wie der steife Bart einer ägyptischen Büste. An seinen Armen und Beinen wurde die Haut schlaff. Sein Bauch war jetzt ständig aufgebläht, ohne dick zu sein; der Grund waren seine Verdauungsstörungen, denn dieses Leiden wurde er nicht wieder los, und die Fläschchen mit Macleans Original-Magenpulver standen so regelmäßig auf Shamas Einkaufsliste wie Reis und Mehl.

Obwohl er sich nach wie vor zu Höherem berufen glaubte, selbst in dieser einengenden Umgebung, gab er es auf, Samuel Smiles zu lesen. Smiles' Bücher deprimierten ihn zu sehr. Er wandte sich stattdessen der Religion und der Philosophie zu. Er las die Hindus; er las die Bändchen von Marc Aurel und Epiktet, die er von Mrs. Weir bekommen hatte; er verdiente sich die Dankbarkeit und Hochachtung eines Standbesitzers in Arwacas, dem er eine alte, stockfleckige Ausgabe von *Das übersinnliche Leben* abkaufte, und zwischendurch tändelte er ein wenig mit dem Christentum, indem er ein hauptsächlich in Großbuchstaben gedrucktes Werk mit dem Titel *Steh auf und wandle* erstand. Als Junge hatte er gern Beschreibungen von schlechtem Wetter in fernen Ländern gelesen; sie ließen ihn die Hitze und die jähen Regengüsse vergessen, das einzige Wetter, das er kannte. Aber so tröstlich seine philosophischen Schriften waren, hatte er jetzt doch immerzu das Gefühl, dass sie mit seiner Situation im Grunde nichts zu tun hatten. Er musste die Bücher zur Seite legen. Der Laden wartete, die Geldsorgen warteten, die Straße draußen war kurz und führte durch flache, staubiggrüne Felder zu kleinen heißen Ansiedlungen.

Mindestens einmal die Woche dachte er daran, den Laden aufzugeben, Shama und die Kinder zu verlassen und diese Straße zu nehmen.

Religion war die eine Sache. Die andere war das Malen. Er holte seine Pinsel hervor und bedeckte die Innenseite der Ladentür und die Vorderseite des Tresens mit Landschaften. Aber es war nicht der brache Acker neben dem Laden, den er malte, nicht das verwilderte Buschwerk hinter dem Haus, die Hütten und Bäume auf der anderen Straßenseite oder die niedrigen blauen Berge der fernen Central Range. Mr. Biswas malte kühle, klare Waldansichten mit anmutig geneigten Gräsern, kultivierten Bäumen, um die sich freundliche Schlangen ringelten, Fluren mit leuchtend-schönen Blumen, die nichts gemein hatten mit dem modrigen, moskitoverseuchten Dschungel, den er in einer Stunde Fußmarsch erreichen konnte. Er versuchte sich an einem Porträt von Shama. Er setzte sie auf einen prallen Mehlsack – eine Symbolik, die ihm gefiel: »Passt haargenau zu deiner Familie«, sagte er – und hielt sich so lange mit ihrer Kleidung und dem Mehlsack auf, dass sie ihm davonlief, bevor er mit ihrem Gesicht angefangen hatte, und durch nichts zu bewegen war, sich wieder hinzusetzen.

Er las zahllose Romane, vorzugsweise aus der Leihbücherei, und versuchte sogar selbst zu schreiben, angespornt durch eine rätselhafte Geschichte von Misir, die in einer Zeitschrift in Port of Spain erschienen war. (In dieser Geschichte ging es um einen hungernden Mann, der von einem Wohltäter aus seiner Not erlöst wird und ein paar Jahre später zu Reichtum kommt. Eines Tages fährt er am Strand entlang und hört Hilferufe aus dem Meer, und als er seinen früheren Wohltäter erkennt, der da mit den Wellen kämpft, stürzt er sich unverzüglich ins Wasser, schlägt mit dem Kopf gegen einen verborgenen Felsen und ertrinkt. Der Wohltäter wird gerettet.) Aber Mr. Biswas wollten keine Geschichten einfallen, es fehlte ihm an Misirs tragischen Visionen; egal, welcher Stimmung er war, wie qualvoll sein Thema, kaum hatte er sich zum Schreiben hingesetzt, wurde er geschmacklos und kindisch und brachte außer verzerrten, skurrilen Schilderungen von Moti, Mungroo, Seebaran, Seth und Mrs. Tulsi nichts zu Papier.

Und es gab ganze Wochen, in denen er sich irgendwelchen Abartigkeiten hingab. Er ließ sich die Fingernägel zu Krallen wachsen und hielt sie hoch, um Kunden zu erschrecken. Er kratzte und drückte an seinem Gesicht herum, bis Wangen und Stirn sich entzündeten und die Lippenränder wulstig anschwollen. Als seine Haut sich mit lauter kleinen Kratern übersäte, studierte er diese mit Interesse und fand Gefallen an der Perfektion ihrer Formen. Und er betupfte sein Gesicht mit Heilsalben in verschiedenen Farben, stellte sich in die offene Ladentür und grüßte jeden, den er kannte.

Das alles machte er, wenn Shama fort war. Und sie zog immer häufiger ins Hanuman-Haus, auch wenn sie nicht gestritten hatten, und blieb immer länger dort.

Drei Jahre nach Savis Geburt brachte Shama einen Jungen zur Welt. Auch er erhielt keinen der Namen auf dem Vorsatzblatt im Collins Clear-Type Shakespeare. Seth schlug vor, dass sie den Jungen Anand nennen sollten, und Mr. Biswas, der keine neuen Namen parat hatte, stimmte zu. Von da an reiste Anand mit Shama hin und her. Und Savi blieb im Hanuman-Haus. Mrs. Tulsi wollte es so, Shama wollte es so, und Savi wollte es auch. Ihr gefiel es im Hanuman-Haus, weil es dort so lebhaft zuging und so viele Kinder gab; in The Chase war sie unruhig und ungezogen.

»Ma«, sagte Savi eines Tages zu Shama, »warum gibst du mich nicht zu Tante Chinta und nimmst Vidiadhar dafür?«

Vidiadhar war Chintas neuestes Baby, nur wenige Monate älter als Anand. Savis Ansinnen kam nicht von ungefähr: Aufgrund einer Tradition, deren Ursprünge im Dunkeln lagen, war Chinta die Tante, die sämtliche Süßigkeiten verteilte, die dem Haus von Besuchern mitgebracht wurden.

Shama erzählte die Geschichte wie einen Witz und verstand nicht, warum Mr. Biswas wütend wurde.

Einmal in der Woche fuhr er auf seinem Royal-Enfield-Fahrrad zum Hanuman-Haus, um Savi zu besuchen. Oft musste er gar nicht hineingehen, weil Savi ihn schon unter der Arkade erwartete. Bei jedem Besuch schenkte er ihr ein silbernes Sechs-Cent-Stück und stellte besorgte Fragen.

»Wer hat dich geschlagen?«

Savi schüttelte den Kopf.

»Wer hat dich angeschrien?«

»Alle werden angeschrien.«

Sie schien keinen Beschützer zu benötigen.

Eines Samstags trug sie schwere Stiefel mit langen eisernen Bändern an den Seiten und Riemen über den Knien.

»Wer hat dir die angezogen?«

»Granny.« Sie klang wohlgemut. Sie war stolz auf die Stiefel, das Eisen, die Riemen. »Die sind schwer wie Blei.«

»Warum zieht sie dir so was an? Als Strafe?«

»Damit mir gerade Beine wachsen.«

Sie hatte O-Beine. Er hielt das für unabänderlich und hatte sich nie Gedanken darüber gemacht.

»Scheußlich sind die.« Mehr fiel ihm dazu nicht ein. »Du siehst aus wie ein Krüppel.«

Bei dem Wort zog sie die Stirn kraus. »Also, *mir* gefallen sie.« Und dann, als sie ihre sechs Cent nahm: »Jedenfalls stören sie mich nicht.« Und sie breitete die Arme aus, stemmte sie in die Hüften und wandte den Blick ab wie ihre Tanten.

Die Zahl der Tulsis wuchs stetig. Die Töchter, die im Haus wohnten, brachten neue Kinder zur Welt. Einer der außer Haus lebenden Schwiegersöhne starb, und seine Kinder übersiedelten ins Hanuman-Haus, wo ihre schwarz-weiße und lilafarbene Trauerkleidung ihnen Status und Glanz verlieh. Nicht allen gefiel dieser christliche Brauch. Und beinahe postwendend brachte Shama Geschichten über die schlechten Manieren und die ungehörige Ausdrucksweise der Neuankömmlinge mit nach Hause. Es gingen sogar Gerüchte über Diebstahl und unzüchtige Gewohnheiten, und Shama berichtete von allgemeiner Genugtuung, als die Witwe in dem Bemühen, die Gemüter zu besänftigen, ihren verwaisten Kindern drastische Strafen verabfolgte.

Mr. Biswas hörte solche Dinge ungern, und er fand es beschämend, dass Savi von nichts anderem mehr redete als den Trauernden, ihren Missetaten und ihren Bestrafungen.

»Manchmal«, erzählte Savi, »überlässt ihre Mutter die Sache einfach Granny.«

»Hör mal, Savi. Wenn Granny oder sonst jemand dir was tut, dann sagst du mir Bescheid. Lass dich nicht einschüchtern von denen. Ich hol dich auf der Stelle nach Hause. Du musst mir nur Bescheid sagen.«

»Und Granny hat Vimla im Rosenzimmer ans Bett gefesselt und ihr die Augen verbunden und sie überall gekniffen.«

»Großer Gott!«

»Es geschieht Vimla ganz recht. Was die für Ausdrücke aufgeschnappt hat!«

Mr. Biswas hätte gerne gewusst, ob Savi auch schon mit verbundenen Augen gekniffen worden war, aber er traute sich nicht zu fragen.

»Ach, ich mag Granny gern«, sagte Savi. »Ich find sie sehr lustig. Und sie mag mich auch.«

»Ja?«

»Sie nennt mich ihre kleine Paddlerin.«

Er sagte nichts dazu.

An einem anderen Tag sagte Savi: »Granny zwingt mich, Fisch zu essen. Ich hasse Fisch.«

»Dann isst du ihn eben nicht. Wirf ihn weg. Lass dir von denen nicht ihr schlechtes Essen aufdrängen.«

»Das geht nicht. Granny macht die Gräten raus und füttert mich.«

Als er nach The Chase zurückkam, sagte er zu Shama: »Ich will, dass du zu deiner Mutter gehst und ihr verbietest, meiner Tochter ihren Schlangenfraß aufzuzwingen, hörst du?«

Sie wusste davon. »Fisch? Aber Fischgehirne sind gut für den Verstand.«

»Da hat deine Familie wohl ein paar Fischgehirne zu viel gegessen. Und sie sollen Savi nicht die kleine Paddlerin nennen. Niemand gibt meinem Kind Spitznamen.«

»Und was ist mit den Namen, die du anderen Leuten gibst?«

»Sie sollen es einfach bleiben lassen, ja?«

Da er nie aufhörte, ihren Aufenthalt in The Chase als vorübergehend zu empfinden, hatte er keine Verbesserungen vorgenommen. Die Küche blieb windschief und wacklig; er hatte die Veranda nicht abgeteilt, um ein neues Zimmer zu gewinnen, und sich auch nicht die Mühe gemacht, Bäume zu pflanzen, die erst in zwei, drei Jahren Früchte tragen würden.

Umso seltsamer wurde ihm daher zumute, als ihm eines Tages auffiel, wie viele Spuren seiner Anwesenheit Haus und Laden trugen. Fast war es, als hätte vor ihm niemand dort gelebt, und er konnte sich kaum vorstellen, dass nach ihm jemand durch diese Räume gehen und sie kennen lernen würde wie er seinerzeit. Das Seil der Hängematte hatte blanke Vertiefungen in die Balken gescheuert, an denen es befestigt war. Das Seil selbst war nachgedunkelt; da, wo Mr. Biswas' und Shamas Hände es abgewetzt hatten, hatte es Glanzlichter wie die Hubbel auf den unteren Hälften der Lehmwände. Vom Strohdach hingen noch mehr rußige Grannen herunter, in den hinteren Zimmern roch es nach Mr. Biswas' Zigaretten und seinen Farben, die Fensterbänke und die Stützpfosten der Veranda waren sauber gerieben vom vielen Anlehnen. Der Laden war düsterer, schmuddeliger, muffiger geworden, aber auf eine Art, die nicht störte. Der Tisch, den sie mit dem Laden übernommen hatten, war so verwandelt, dass es Mr. Biswas vorkam, als hätte er schon immer ihm gehört. Er hatte versucht, ihn zu lasieren, aber das Holz, einheimisches Zedernholz, war unersättlich und sog eine Schicht Lasur und

Beize nach der anderen in sich auf, bis er es leid geworden war und ihn in einer seiner Waldgrün-Schattierungen gestrichen hatte; Shama hatte ihn nur mit Mühe davon abbringen können, eine Landschaft draufzumalen.

Und nicht weniger seltsam war es, festzustellen, dass diese gering geschätzten Jahre auch eine Zeit der Anschaffungen gewesen waren. Mit einem Eselskarren konnten sie nicht mehr von The Chase wegziehen. Sie hatten sich einen Speiseschrank aus weißem Holz mit Fliegengitter gekauft. Auch der hatte sich nicht lasieren lassen und war mit Farbe überstrichen worden. Ein Fuß war kürzer als die anderen und musste unterlegt werden; inzwischen vermieden sie es ganz automatisch, sich an den Schrank zu lehnen oder ihn sonstwie grob anzufassen. Sie hatten eine Garderobe mit Hutablage angeschafft; nicht etwa, weil sie Hüte besessen hätten, sondern weil alle bis auf die Allerärmsten ein solches Möbelstück ihr Eigen nannten. Als Folge hatte Mr. Biswas sich einen Hut gekauft. Und weil Shama keine Ruhe gegeben hatte, war außerdem eine Frisierkommode angeschafft worden, handgefertigt, in Schellack und mit einem großen Kristallspiegel. Um sie zu schonen, hatten sie sie auf Holzbohlen gestellt, in die dunkelste Ecke des Schlafzimmers, so dass der Spiegel nahezu nutzlos war. Die ersten Kratzer hatten noch Dramen nach sich gezogen. Seitdem waren viele weitere Kratzer hinzugekommen, ein ganzes Stück war herausgebrochen, und Shama polierte sie nicht mehr so oft, aber in dem niedrigen strohgedeckten Zimmer wirkte sie immer noch neu und erstaunlich prachtvoll. Shama, die Schulden nicht schrecken konnten, hatte sich noch einen Kleiderschrank dazu gewünscht, aber Kleiderschränke erinnerten Mr. Biswas an Särge, und so lagerten ihre Kleider weiterhin in den Schubladen der Kommode und in Koffern unter dem Himmelbett oder hingen an Nägeln an der Wand.

So chaotisch ihm das Hanuman-Haus anfangs vorgekommen war, hatte Mr. Biswas doch bald erkannt, dass es dort in Wirklichkeit sehr geordnet zuging, mit festen Rangfolgen bis nach ganz unten – Chinta stand unter Padma, Shama unter Chinta, Savi unter Shama und er selber weit unter Savi. Ehe er selbst Vater wurde, hatte er sich gefragt, wie ein Kind hier überleben sollte. Jetzt sah er, dass die Kinder in dieser Gemeinschaft als Vermögenswerte angesehen wurden, eine Quelle für zukünftigen Reichtum und Einfluss. Seine Angst, man könnte Savi schlecht behandeln, war unsinnig, ebenso wie sein Erstaunen darüber, dass Mrs. Tulsi sich die Mühe machte, Savi von ihrem Widerwillen gegen Fisch zu kurieren.

Aber nicht nur aus diesem Grund änderte sich seine Einstellung gegenüber dem Hanuman-Haus. Das Haus war eine Welt für sich, realer als The Chase und beschützter; was sich vor seinen Toren tat, war fremd, unbedeutend, der Beachtung nicht wert. Solch einen Zufluchtsort brauchte er. Und nach und nach wurde das Haus für ihn, was Taras Haus ihm als Junge gewesen war. Er konnte ins Hanumann-Haus kommen, wann immer er wollte, und dort in der Menge aufgehen, die sich ihm gegenüber eher gleichgültig als feindselig gab. Und so kam er immer öfter, hielt den Mund und versuchte, einen guten Eindruck zu machen. Es fiel ihm nicht leicht, und selbst bei den großen festlichen Ereignissen, wenn alle tatkräftig und froh mit anpackten und sich gegenseitig hochschaukelten mit ihrer Begeisterung, blieb er innerlich auf Distanz.

Die Gleichgültigkeit wandelte sich mit der Zeit, und befriedigt und überrascht stellte er fest, dass er infolge seines früheren Verhaltens – wie das Schlangenmädchen, das inzwischen auf die Ehe vorbereitet wurde – eine gewisse Narrenfreiheit genoss. Zu manchen Gelegenheiten waren spitze Bemerkungen von ihm erwünscht, und fast alles, was er sagte, löste Gelächter aus. Die Götter waren die meiste Zeit fort, und er sah sie selten. Aber wenn er sie sah, freute er sich, denn seine Beziehung zu ihnen hatte sich ebenfalls gewandelt; sie waren die einzigen Menschen, mit denen er sich ernsthaft unterhalten konnte. Jetzt, nachdem sein arischer Bildersturm sich gelegt hatte, diskutierten sie über Religion, und diese Debatten in der Halle gerieten zur Unterhaltung für die ganze Familie. Er unterlag regelmäßig, weil seine Argumente sich als Schelmereien abtun ließen, und damit war allen gedient. Noch höher stieg er im Ansehen, wenn zu wichtigen religiösen Zeremonien Gäste ins Haus kamen. Man war sich schnell darüber einig geworden, dass Mr. Biswas, wie Hari, zu ungeschickt und zu intelligent war, um ihn wie die anderen Schwäger zu niederen Arbeiten einzuteilen. Seine Aufgabe war es nun, mit den Panditen im Salon Streitgespräche zu führen.

Er machte es sich zur Gewohnheit, bereits am Vorabend solcher Zeremonien ins Hanuman-Haus zu gehen und dort zu übernachten. Und dabei wurde ein heimlicher alter Kindertraum wieder wach. Als Junge hatte er Ajodha und Pandit Jairam beneidet. Wie oft hatte er Jairam des Abends baden, einen frischen Dhoti anlegen und es sich zwischen den Kissen auf seiner Veranda mit der Brille auf der Nase und einem Buch bequem machen sehen, während seine Frau in der Küche das Essen kochte! Erwachsensein, hatte er damals geglaubt, hieß so zufrieden zu sein, es so gemütlich zu haben wie Jairam. Und wenn Ajodha sich einen Sessel heranzog und den Kopf in den Nacken legte, dann sah dieser Sessel sofort ungleich komfortabler aus als jeder andere. Und bei aller Hypochondrie, aller Heikelkeit aß Ajodha mit solcher Hingabe, dass Mr. Biswas immer, selbst wenn er mitaß, meinte, von Ajodhas Teller müsse das Essen noch viel besser schmecken. Spätabends, bevor er ins Bett ging, streifte Ajodha sich die Sandalen von den Füßen, zog die Beine auf den Schaukelstuhl, begann langsam zu schaukeln und schlürfte dazu ein Glas heiße Milch, mit geschlossenen Augen und einem leisen

Seufzer nach jedem Schluck, und Mr. Biswas war es vorgekommen, als schwelge Ajodha im größten Luxus. Wenn er erst ein Mann wäre, hatte er gedacht, würde er alle Dinge so genießen können wie Ajodha, und er hatte sich gelobt, sich einen Schaukelstuhl zu kaufen und jeden Abend ein Glas heiße Milch zu trinken. Doch wenn an diesen Abenden das Hanuman-Haus im Lichterglanz erstrahlte, summend vor fröhlicher Betriebsamkeit, und er zwischen den Kissen auf dem gebohnerten Fußboden des Salons sitzen und sich ein Glas heiße Milch bestellen durfte, dann durchströmte ihn kein tiefes Behagen, nein, dann nagte dasselbe Unbehagen an ihm, das er in Taras Haus immer verspürt hatte, wenn er Ajodha »Du und dein Körper« vorgelesen hatte. Damals hatte er gewusst, dass ihn, sobald er durch das Tor hinaustrat, die Bedeutungslosigkeit erwartete, die Rumschänke an der Main Road und die abgelegene Lehmhütte. Jetzt war es der Gedanke an die Dunkelheit des Ladens in The Chase mit seinen Regalen voller unverkäuflicher Konservendosen, den Reklameschildern, die ihren angenehmen Geruch nach frischer Pappe und Druckfarben verloren hatten und jetzt glanzlos und mit Fliegendreck gesprenkelt waren, der fettigen Schublade, die in ihrer Schiene schaukelte und in der so wenig Geld lag. Und der Gedanke, immerzu, an die Zukunft, die beängstigende Zukunft. Die Zukunft, das war nicht der nächste Tag oder die nächste Woche, nicht einmal das nächste Jahr – begreifbare Zeiträume, die nichts Schreckliches an sich hatten. Die Zukunft, die er fürchtete, ließ sich nicht in Begriffen von Zeit fassen. Sie war eine Leere, ein hohler Raum wie der, in den er in seinen Träumen fiel, vorbei am nächsten Tag, der nächsten Woche, dem nächsten Jahr.

Jahre zuvor war er einmal als Schaffner in einem von Ajodhas Bussen gefahren, auf seinem Zickzackkurs zwischen entlegenen, unverhofften Dörfern. Spätnachmittags waren sie über die holprige Landstraße zurückgerast, ein Wettrennen mit der Sonne, denn die Scheinwerfer waren schwach. Die Sonne ging unter, und in der kurzen Dämmerung kamen sie an einer einsamen Hütte vorbei, die ein Stück zurückgesetzt von der Straße auf einer Lichtung stand. Unter dem zerschlissenen Strohdach quoll Rauch hervor; das Abendessen wurde gekocht. Im Dämmerlicht lehnte ein Junge an der Hüttenwand, die Hände hinterm Rücken, und sah auf die Straße hinaus. Er trug nur ein Unterhemd. Ein weiß leuchtendes Unterhemd. Im Nu war der Bus vorbeigefahren, überlaut in der Dunkelheit, durch Busch und ebene Zuckerrohrfelder. Mr. Biswas hätte nicht mehr zu sagen gewusst, wo die Hütte stand, aber das Bild war geblieben: ein Junge, an einer Lehmhütte lehnend, die nichts verloren zu haben schien unter diesem tief hängenden dunklen Himmel, ein Junge, der nicht wusste, wohin die Straße führte, wohin der Bus fuhr.

Und bei den üppigen Mahlen, die die Tulsis bei solchen Gelegenheiten auftragen ließen, zwischen den Panditen und den Kissen und den Statuen im Salon, wurde er oft von einem Gefühl tiefster Verzweiflung befallen. Dann zählte er sich ohne rechte Überzeugung die Segnungen seines Lebens vor und zwang sich, den Augenblick zu genießen wie die anderen auch.

Und je größere Anstrengungen er unternahm, im Hanuman-Haus Gefallen zu erregen, desto unleidlicher wurde er zu Hause bei Shama in The Chase. Nach jedem Besuch zog er über die Tulsis her, und seine Schmähungen waren ohne Witz und Phantasie.

»*Du* musst von Scheinheiligkeit reden«, meinte Shama. »Warum sagst du es ihnen nicht ins Gesicht?«

Er begann zu argwöhnen, dass sie es darauf anlegte, ihn ins Hanuman-Haus zurückzubringen, und fragte sich, ob es nicht auch ihr Tun war, dass er den Aufenthalt in The Chase nur als Übergang sah. Sie hatte ihn nie dazu gedrängt, etwas zu verändern, aber an jeder Neuerung im Hanuman-Haus nahm sie größten Anteil, ob nun die berühmte Ziegelei eingerissen wurde oder die Fenster Markisen bekamen. The Chase war nicht mehr als ein Ort, an dem sie gelegentlich Zeit verbrachte; als ihr Zuhause hatte sie stets nur das Hanuman-Haus bezeichnet. Und es war ihr Zuhause, und Savis und Anands Zuhause; nur seines würde es niemals sein. Wie er jedes Weihnachten wieder merkte.

Die Tulsis feierten Weihnachten im Laden und, nicht weniger gottlos, in ihrem Haus. Es war ein reines Tulsi-Fest. Alle Schwiegersöhne, selbst Seth, wurden aus dem Hanuman-Haus verbannt und zu ihren eigenen Familien geschickt. Sogar Miss Blackie ging zu ihren Leuten.

Für Mr. Biswas war Weihnachten ein Tag der Depression und Langeweile. Er fuhr nach Pagotes, um seine Mutter und Tara und Ajodha zu besuchen, die sich alle weigerten, Weihnachten zu begehen. Seine Mutter weinte so viel und so herzzerreißend, dass er nie wusste, ob sie sich über seinen Besuch freute. Jedes Jahr an Weihnachten sagte sie dieselben Dinge. Er rede wie sein Vater; wenn er etwas sage, müsse sie nur die Augen schließen, und schon stehe sein Vater leibhaftig vor ihr. Von sich selber wusste sie wenig zu berichten. Sie sei glücklich, wo sie war, und wolle keinem ihrer Söhne eine Last sein; sie habe ihr Leben gelebt, jetzt bleibe ihr nichts mehr zu tun, als auf den Tod zu warten. Um Mitleid mit ihr zu verspüren, durfte er ihr nicht ins Gesicht sehen, sondern auf ihr dünn gewordenes Haar. Es war noch schwarz – leider; graues Haar hätte ihn eher in eine liebevolle Stimmung versetzt. Unvermittelt stand sie dann auf und sagte, sie werde ihm jetzt Tee kochen; sie sei arm, und mehr könne sie ihm nicht anbieten. Sie ging hinaus auf die Veranda, und er hörte sie mit jemandem reden. Ihre Stimme klang plötzlich verändert, fest, gar nicht klagend, die Stimme einer energischen, rüstigen Frau. Der Tee war lauwarm, zu wenig Tee, zu viel Milch, mit einem Beigeschmack von Holzrauch. Er müsse ihn ja nicht trinken, sagte sie. Pflichtschuldig legte er den Arm um sie. Die Geste schmerzte ihn jedes Mal, machte ihm seine Nichtswürdigkeit bewusst. Sie reagierte nicht und weinte und redete weiter wie zuvor. Sie sagte, sie würde ihm Tomaten und Kohl und Salat mit nach Hause geben. Wenn sie hinausging, veränderten sich ihre Art und ihre Stimme erneut. Er gab ihr einen Dollar, den er eigentlich nicht entbehren konnte. Sie nahm ihn ohne Anzeichen von Erstaunen und ohne ein Wort des Dankes. Er war jedes Jahr froh, wenn er die Lehmhütte verlassen und zu Tara gehen konnte.

Schließlich verkündete Shama, sie halte es in The Chase nicht mehr aus. Sie wollte, dass sie den Laden aufgaben und zurück ins Hanuman-Haus zogen. Damit waren alle alten Streitigkeiten wieder eröffnet. Nur dass jetzt alles, was sie sagte, kränkende Wahrheit war.

»Wir *tun* hier doch gar nichts«, sagte sie.

»Also gut, Mrs. Samuel Smiles. Da steh ich, in diesem Laden, hinter diesem dreckigen Tresen. Und jetzt sag mir, was ich außerdem noch machen soll. Sag's mir!«

»Das meine ich nicht, das weißt du genau.«

»Soll ich die Feinspinnmaschine und das fliegende Schiffchen bauen, ja? Die Dampfmaschine neu erfinden?«

Die Streitereien endeten regelmäßig mit gegenseitigen Beschimpfungen, und dann sprachen sie tagelang kein Wort miteinander.

Die letzten beiden Jahre in The Chase verbrachten sie in diesem Zustand gegenseitiger Feindseligkeit; Frieden gaben sie nur im Hanuman-Haus.

Shama wurde zum dritten Mal schwanger.

»Noch eins für das Affenhaus«, sagte er und strich ihr mit der Hand über den Bauch.

»Weil du ja gar nichts damit zu tun hast.«

Und obwohl er mit einem Augenzwinkern gesprochen hatte, entwickelte sich ein weiterer heftiger Streit daraus, der sich wieder über das ganze begrenzte Terrain ausbreitete, bis er im Zorn die Beherrschung verlor und sie schlug.

Sie waren beide verblüfft. Shama verstummte mitten im Satz; und noch lange danach klang ihm dieser unvollendete Satz in den Ohren, als wäre er eben erst gesagt worden. Sie war stärker als er. Ihr Schweigen und ihr Verzicht auf Revanche machten seine Demütigung komplett. Sie zog Anand an und ging nach Arwacas.

Es war die Zeit, zu der die Drachen stiegen, und an den Nachmittagen, wenn der Wind von den Bergen im Norden herunterwehte, schossen und schwänzelten im Umkreis von Meilen bunte, lang geschweifte Papierdrachen wie Kaulquappen durch den klaren Himmel über der Ebene. Er hatte gedacht, in zwei, drei Jahren würde er mit Anand Drachen steigen lassen.

Er fand, dass diesmal Shama den ersten Schritt tun musste. Und so ging er monatelang lang nicht ins Hanuman-Haus, auch nicht, um Savi zu besuchen. Erst als seiner Schätzung nach das Baby zur Welt gekommen sein musste, gab er nach, schloss die Ladentür, legte den Riegel vor (woher wusste er, dass es das letzte Mal war?), schob das Royal Enfield aus dem Schlafzimmer und radelte nach Arwacas – ein kleiner Mann, und doch nicht zu übersehen, so kerzengerade saß er auf dem niedrigen Sattel (um den Bauch zu strecken und die Magenschmerzen zu lindern) –, die Hände fest um die Lenkergriffe geschlossen, die Innenseite der Handgelenke nach oben gekehrt. Er radelte langsam und gleichmäßig, die Füße flach auf den Pedalen. Von Zeit zu Zeit neigte er den Kopf, machte den Rücken krumm und gab eine Reihe von kurzen Rülpsern von sich. Das verschaffte ihm etwas Erleichterung.

Er kam bei Dunkelheit in Arwacas an, nicht ohne zusätzliche Ängste ausgestanden zu haben, weil er ohne Licht fuhr, ein Vergehen, das von nicht ausgelasteten Polizisten eifrig verfolgt wurde. Straßenlaternen gab es keine, nur die gelb qualmenden Fackeln an den nächtlichen Verkaufsständen und den trüben Lichtschein, der aus den Fenstern und verhängten Türen der Häuser fiel. Unter der Arkade des Hanuman-Hauses, das grau und stattlich in die Dunkelheit ragte, waren bereits die alten Männer versammelt. Sie saßen auf Säcken am Boden und auf den von Waren frei geräumten Tischen vor dem Tulsi-Laden und sogen an rot aufglühenden Tonpfeifen, deren Rauch nach Ganja und altem Sackleinen roch. Obwohl es nicht kalt war, trugen viele von ihnen Tücher um Kopf und Hals, ein Detail, das sie Mr. Biswas fremd und romantisch erscheinen ließ. Dies war die Tageszeit, für die sie lebten. Sie konnten kein Englisch und interessierten sich nicht für ein Land, in das sie nur für kurze Zeit gekommen waren, um dann länger zu bleiben als geplant. Sie redeten beständig von der Rückkehr nach Indien, aber wenn die Gelegenheit sich bot, machten viele einen Rückzieher, aus Angst vor dem Unbekannten, aus Angst, das vertraute Provisorium aufzugeben. So kamen sie Abend für Abend unter der Arkade des großen, freundlichen Hauses zusammen, rauchten, erzählten sich Geschichten und redeten weiter von Indien.

Mr. Biswas ging durch das hohe Seitentor hinein. Eine einzige Petroleumlampe erleuchtete die Halle. Trotz der späten Stunde saßen die Kinder noch beim Essen, einige an dem langen Tisch, andere auf Bänken und Stühlen in der Halle, zwei in der Hängematte, ein paar auf der Treppe, ein paar auf dem Treppenabsatz und zwei auf dem ungenutzten Klavier. Zwei der untergeordneten Tulsi-Schwestern und Miss Blackie führten die Aufsicht.

Niemand schien sich über sein Erscheinen zu wundern. Dafür war er dankbar. Er blickte sich nach Savi um und konnte sie nicht gleich entdecken. Sie sah ihn zuerst und lächelte, ohne vom Tisch aufzustehen. Er ging zu ihr.

»Ich hab dich lange nicht gesehen«, sagte sie, und er konnte nicht heraushören, ob sie darüber enttäuscht war oder nicht.

»Hast deine sechs Cent vermisst, was?« Er begutachtete das

Essen auf Savis Emailleteller: Currybohnen, gedünstete Tomaten, ein trockener Pfannkuchen. »Wo ist deine Mutter?«

»Sie hat ein neues Baby bekommen. Weißt du das schon?«

Er bemerkte die vaterlosen Kinder. Die anstößigen Trauergewänder hatten sie abgelegt, aber ihre Kleidung stach noch immer heraus. Er kannte diese Kinder nicht gut, und sie betrachteten ihn, einen Vater auf Besuch, mit Neugier.

»Ma sagt, du hast sie gehauen«, sagte Savi.

Die vaterlosen Kinder starrten Mr. Biswas entsetzt und vorwurfsvoll an. Sie hatten alle große Augen: Auch das unterschied sie von den anderen.

Mr. Biswas lachte. »Sie hat nur Spaß gemacht«, sagte er auf Englisch.

»Ma ist oben und reibt Myna ein«, sagte Savi, ebenfalls auf Englisch.

»Myna, was? Wieder mal ein Mädchen?« Er tat gut gelaunt, um die Aufmerksamkeit der beiden Tulsi-Schwestern bemüht. »Als ob's hier nicht schon genug Mädchen gäbe.«

Die Schwestern kicherten. Er drehte sich um und lächelte ihnen zu.

Shama war nicht im Rosenzimmer, sondern in dem hölzernen Durchgang zwischen den beiden Häusern. Eine Schüssel mit seifigem, nach Baby riechenden Wasser stand auf dem Boden, und wie Savi gesagt hatte, rieb Shama Myna ein, genau wie sie es früher mit Savi selbst und mit Anand gemacht hatte (der schlafend auf dem Bett lag und für den Rest seines Lebens ohne Massagen würde auskommen müssen).

Shama sah ihn, richtete ihre Aufmerksamkeit aber weiter auf das Baby, bog ihm Ärmchen und Beinchen hierhin und dorthin und sprach dazu den Reim, an dessen Ende die Gliedmaßen über dem Bauch gebündelt und dann, mit einem Lachen und einem Klaps, losgelassen wurden.

Mr. Biswas schaute zu.

Während sie Myna anzog, fragte Shama ihn: »Hast du schon gegessen?«

Er schüttelte den Kopf. Als hätten sie sich vor einer Stunde zuletzt gesehen. Und nicht nur das. Sie hatte von Essen geredet, und nicht der leiseste Hinweis auf ihre zahllosen Streitereien über dieses Thema hatte in ihrer Stimme mitgeschwungen. Wie oft hatte er sich eine Dose Lachs oder Sardinen aus dem Laden aufgemacht und sich geweigert, ihre Speisen anzurühren, ja sie manchmal sogar weggekippt – phantasielose Speisen, wie er sie vorhin auf Savis Teller gesehen hatte. Es war nicht so, dass die Tulsis nicht kochen konnten. Sie waren nur der Auffassung, schmackhafte Speisen sollten für religiöse Festtage reserviert bleiben und seien zu jeder anderen Zeit profane Maßlosigkeit. Mehr als einmal hatte Mr. Biswas' Verdauung den grausamen Wechsel von karger Alltagskost zu den übermäßig reichhaltigen Gerichten am Tag einer Zeremonie und der Kargheit gleich danach verkraften müssen.

Myna schlief an Shamas Brust ein und wurde neben Anand auf das Bett gelegt. Shama sicherte sie mit einem Kissen, damit sie nicht hinunterrollte, und die Petroleumlampe in der Halterung an der ungestrichenen Wand wurde klein gedreht.

Als Mr. Biswas und Shama über die Galerie gingen, war dort jedes Fleckchen von Kindern bevölkert, die auf Matten saßen und teils lasen, teils Karten oder Dame spielten. Diese Spiele waren erst kürzlich eingeführt worden und wurden mit äußerstem Ernst betrieben; sie galten als eine intellektuelle Übung mit besonderer Eignung für Kinder. Savi, noch zu klein für Bücher, spielte mit einem der großäugigen Kinder Mau-Mau. Alle flüsterten. Shama ging auf Zehenspitzen.

»Mai ist krank«, sagte sie.

Deshalb also das späte Abendessen für die Kinder und die Abwesenheit so vieler Schwestern.

Shama stellte Mr. Biswas in der Halle etwas zu essen hin. Das

Essen im Hanuman-Haus mochte schlecht sein, aber kein unerwarteter Gast musste hungern. Es war alles kalt. Die Pfannkuchen schwitzten, waren außen hart und innen halb roh. Er beklagte sich nicht.

»Fährst du heute noch zurück?«, fragte sie auf Englisch.

Und ihm wurde klar, dass er nicht beabsichtigt hatte, jemals wieder zurückzufahren. Er sagte nichts.

»Dann schläfst du besser hier.«

Auf dem Boden fand sich immer Platz für ein Bett.

Ein paar Schwestern kamen in die Halle. Kartenspiele wurden hervorgeholt; die Schwestern teilten sich in Gruppen auf und setzten sich mit wichtiger Miene zum Spielen. Chinta spielte mit Stil. Sie hantierte mit ihren Karten, ordnete sie ständig neu, blickte ihre Mitspielerinnen ausdruckslos und irritierend an, summte vor sich hin und sagte nichts; bevor sie eine Karte ausspielte, furchte sie die Stirn, zog die Karte ein Stückchen heraus, tippte darauf, einmal, viele Male, warf sie dann plötzlich und mit einem Knall auf den Tisch und sammelte, noch immer stirnrunzelnd, ihren Stich ein. Sie war eine großzügige Gewinnerin und schlechte Verliererin.

Mr. Biswas schaute zu.

Shama richtete ihm oben auf der Galerie, zwischen den Kindern, ein Schlaflager her.

Am nächsten Morgen weckte ihn ein babylonisches Stimmengewirr, und als er in die Halle hinunterkam, machten dort die Schwestern ihre Kinder für die Schule fertig. Es war die einzige Tageszeit, zu der die einzelnen Kinder sich relativ problemlos einer Mutter zuordnen ließen. Mit Erstaunen sah er Shama Schiefertafel, Griffel, Bleistift und Radiergummi in einen Schulranzen packen, gefolgt von einem Schreibheft mit dem Union Jack auf dem Deckel und *Nelsons Westindischem Lesebuch, Stufe I*, herausgegeben von Captain J. O. Cutteridge, Leiter der Schulbehörde von Trinidad und Tobago. Zum Schluss wickelte sie noch eine

Orange in Seidenpapier und steckte auch die in den Ranzen. »Für den Lehrer«, sagte sie zu Savi.

Mr. Biswas hatte nicht gewusst, dass Savi inzwischen ein Schulkind war.

Shama setzte sich auf eine Bank, nahm Savi zwischen die Beine, kämmte ihr das Haar, glättete die Falten ihrer marineblauen Schuluniform und rückte den Panamahut zurecht.

Mutter und Tochter machten das seit vielen Wochen. Und er hatte nichts davon gewusst.

Shama sagte: »Und wenn die Schnürsenkel heute wieder aufgehen – meinst du, du kannst sie dir selber zubinden?« Sie bückte sich und zog Savi die Schnürsenkel auf. »Zeig mir, wie du sie zubindest.«

»Ich kann's aber nicht.«

»Nun mach schon, sonst zieh ich dir die Ohren lang.«

»Wenn ich's doch nicht kann.«

»Komm«, sagte Mr. Biswas, unverfroren väterlich in der betriebsamen Halle. »Ich bind sie dir.«

»Nein«, sagte Shama. »Sie muss lernen, ihre Schnürsenkel selber zu binden. Sonst behalte ich sie daheim und prügle sie, bis sie's kann.«

Das war einer der typischen Hanuman-Haus-Sprüche. In The Chase hätte Shama nicht so geredet.

Bis jetzt war man noch nicht auf sie aufmerksam geworden. Aber als Shama lief, um eine der vielen Hibiskusruten zu holen, die immer in der Halle herumlagen, waren die Schwestern und die Kinder auf einmal nicht mehr so laut und warteten gut gelaunt, wie es weitergehen würde. Mit einer ernsthaften Züchtigung war nicht zu rechnen, da eher Ungeschick zur Bestrafung stand als eine Missetat, und Shama bewegte sich mit einer komischen Ruckartigkeit, als wüsste sie selbst, dass sie nur Darstellerin in einer Farce war und keine Figur von großer Tragik wie Sumati bei der Haussegnung in The Chase.

Mr. Biswas kicherte nervös, den Blick starr auf Savi gerichtet. Savi, den Panamahut noch auf dem Kopf, kauerte sich hin, verhedderte die Schnürbänder miteinander und guckte zu, wie sie wieder auseinander fielen, knüpfte einen Doppelknoten hinein, fest und viel zu weit oben, den sie dann mit Fingernägeln und Zähnen wieder aufzupfen musste. Halb spielte auch sie für das Publikum. Ihre Misserfolge wurden mit wohlwollendem Gelächter quittiert. Selbst bei Shama, die mit der Rute in der Hand neben ihr stand, mischte sich Belustigung in den Bühnenzorn.

»Also gut«, sagte Shama. »Einmal zeig ich's dir noch. Schau her. Und jetzt du.«

Wieder fummelte Savi erfolglos herum. Diesmal gab es weniger Gelächter.

»Du willst mir Schande machen«, sagte Shama. »So ein großes Mädchen, fast sechs Jahre alt, und kannst dir nicht die Schuhe zubinden. Jai, komm mal her.«

Jai war der Sohn einer der unbedeutenderen Schwestern. Seine Mutter, die ein Baby an der Hüfte wiegte, gab ihm einen Schubs.

»Sieh dir Jai an«, sagte Shama. »Seine Mutter muss ihm nicht die Schnürsenkel zubinden. Und er ist ein ganzes Jahr jünger als du.«

»Vierzehn Monate«, sagte Jais Mutter.

»Vierzehn Monate von mir aus«, sagte Shama, und ihr Ärger richtete sich gegen Savi: »Machst du das mit Absicht?«

Savi kauerte immer noch am Boden.

»Worauf wartest du?«, fuhr Shama sie an, so laut und unvermittelt, dass Savi zusammenzuckte und blindlings an den Schnürsenkeln zu zerren begann.

Niemand lachte.

Shama bückte sich und schlug Savi mit dem Hibiskuszweig auf die nackten Beine.

Mr. Biswas schaute zu, das Lächeln auf dem Gesicht festgefroren. Er machte spuckige kleine Geräusche, die Shama zum Aufhören drängen sollten.

Savi weinte.

Sushila, die Witwe, erschien auf dem Treppenabsatz und sagte gebieterisch: »Denkt an Mai!«

Alle dachten an Mai. Kranke brauchten Ruhe. Der Auftritt war vorbei.

Shama, die zu spät versucht hatte, aus der Komödie eine Tragödie zu machen, stampfte in jäher Wut und fast unbeachtet in die Küche davon.

Sumati, in The Chase noch die große Prüglerin, zog Savi an ihren langen Rock. Savi weinte hinein, putzte sich damit die Nase und wischte sich die Augen trocken. Dann band Sumati ihr die Schnürsenkel zu und schickte sie in die Schule.

In The Chase hatte Savi von Shama nur selten Schläge bekommen, und wenn, dann höchstens ein paar Klapse. Im Hanuman-Haus dagegen erzählten die Schwestern noch immer stolz von den Prügeln, die Mrs. Tulsi ihnen verabreicht hatte. Ein paar unvergessliche Züchtigungen wurden regelmäßig wieder beschworen, einschließlich sämtlicher Nebenumstände, die durch ihren Zusammenhang mit dem ungeheuerlichen Ereignis ähnlich schreckliche und legendäre Bedeutung erhielten wie die Einzelheiten eines Mordfalls. Ein wenig wetteiferten die Schwestern sogar, welche denn nun die schlimmsten Prügel bezogen hatte.

Mr. Biswas frühstückte: Zwieback aus der großen schwarzen Dose, rote Butter und Tee, lauwarm, süß und stark. Shama, immer noch aufgebracht, bediente ihn dennoch aufmerksam und korrekt. Während sie ihm beim Essen zusah, wurde ihr Zorn immer defensiver. Bis sie schließlich nur noch ernst war.

»Warst du schon bei Mai?«

Er verstand. Sie gingen ins Rosenzimmer. Sushila öffnete ihnen und verließ sofort den Raum. Eine beschirmte Petroleumlampe brannte mit kleiner Flamme. Das Fenster in der massiven Ziegelwand hatte man geschlossen und die Jalousie heruntergelassen, um das Tageslicht auszusperren; alle Fugen waren mit Tüchern verstopft, damit es nicht zog. Es roch nach Ammoniak, Pimentöl, Rum, Branntwein, Desinfektionsmittel und verschiedenen fiebersenkenden Arzneien. Unter einem weißen Baldachin mit roten Apfelapplikationen lag – kaum zu erkennen – Mrs. Tulsi, eine Kompresse auf der Stirn, die Schläfen mit Kerzentalg gesprenkelt, die Nasenlöcher mit einer weißen Salbe zugeschmiert.

Shama setzte sich in einer dunklen Ecke auf einen Stuhl.

Auf der Marmorplatte des Nachttisches herrschte ein Durcheinander von Flaschen, Töpfchen und Gläsern: kleine blaue Tiegel mit Salben, kleine weiße Tiegel mit Salben, hohe grüne Flaschen mit Pimentöl und gedrungene viereckige Fläschchen mit Augentropfen und Nasentropfen, eine runde Rumflasche, eine flache Branntweinflasche und ein ovales königsblaues Riechsalzfläschchen, eine Flasche Sloans Liniment und ein winziges Döschen Tigerbalsam, dazu eine Mixtur mit rosa Bodensatz und eine andere mit gelblich-braunem Bodensatz, wie schlammiges Wasser, das lange gestanden hat.

Mr. Biswas wollte mit Mrs. Tulsi nicht auf Hindi reden, aber die Worte kamen auf Hindi heraus. »Wie geht es dir, Mai? Ich hab gestern Abend nicht mehr reingeschaut, weil es zu spät war und ich dich nicht stören wollte.« Er hatte nicht die Absicht gehabt, sich zu rechtfertigen.

»Wie geht es *dir*?«, sagte Mrs. Tulsi durch die Nase und mit unerwarteter Sanftheit. »Ich bin eine alte Frau, da ist es nicht wichtig, wie es mir geht.«

Sie langte nach dem Riechsalzfläschchen und schnüffelte daran. Der Stirnwickel rutschte ihr über die Augen. Ihre sanfte Stimme nahm einen leidenden Befehlston an, als sie sagte: »Komm, Shama, massier mir den Kopf!«

Shama gehorchte eilfertig. Sie setzte sich auf die Bettkante, nahm den Stirnwickel ab, löste Mrs. Tulsis Haar, scheitelte es an mehreren Stellen, goss sich Pimentöl in die Hand und träufelte es auf die Scheitel. Dann rieb sie Mrs. Tulsi das Öl in die Kopfhaut. Das vollgesogene Haar quatschte leise. Mrs. Tulsi sah zufrieden aus. Sie schloss die Augen, schmierte sich die weiße Salbe tiefer in die Nasenlöcher und tupfte sich mit dem dünnen Schultertuch die Lippen.

»Hast du deine Tochter schon angeschaut?«

Mr. Biswas lachte.

»Zwei Mädchen«, sagte Mrs. Tulsi. »Das Unglück unserer Familie. Stell dir meine Sorge vor, als unser Vater starb. Vierzehn Töchter zu verheiraten! Und du weißt nicht, in was für ein Leben du deine Töchter entlässt, wenn du sie verheiratest. Sie müssen mit ihrem Schicksal zurechtkommen. Schwiegermütter, Schwägerinnen. Arbeitsscheue Ehemänner. Prügelnde Ehemänner.«

Mr. Biswas sah Shama an. Sie konzentrierte sich auf Mrs. Tulsis Haar. Bei jedem Druck ihrer langen Finger schloss Mrs. Tulsi die Augen, unterbrach den Satz, den sie gerade sprach und stöhnte: »Aah.«

»Damit muss eine Mutter fertig werden«, sagte Mrs. Tulsi. »Mir macht das nichts aus. Ich habe lange genug gelebt, um zu wissen, dass man von keinem etwas erwarten darf. Angenommen, ich gebe dir fünfhundert Dollar. Glaubst du, ich will, dass du jedes Mal dienerst und mir die Füße küsst, wenn du mich siehst? Nein. Ich erwarte, dass du auf mich spuckst. Ich *rechne* damit. Und wenn du das nächste Mal fünfhundert Dollar brauchst und wieder zu mir gelaufen kommst, soll ich dann sagen: ›Letztes Mal hast du auf mich gespuckt, als ich dir fünfhundert Dollar gegeben habe, deshalb bekommst du diesmal keine fünfhundert Dollar von mir?‹ Soll ich das sagen? Nein. Ich *rechne* damit, dass die Leute, die auf mich spucken, wieder zu mir kommen. Ich habe ein weiches Herz. Und wer ein weiches Herz hat, der hat ein weiches Herz. Unser Vater hat immer zu mir gesagt, ›meine Braut‹, so hat er mich genannt bis zu dem Tag, an dem er starb, ›meine Braut‹, hat er gesagt, ›ich kenne niemanden, der ein weicheres Herz hat als du. Gib gut Acht auf dein weiches Herz. Die Menschen nutzen es aus und trampeln darauf herum.‹ Und ich habe gesagt: ›Wer ein weiches Herz hat, der hat ein weiches Herz.‹«

Sie presste die Lider zusammen, bis ihr Tränen über die Wangen liefen. Ihr nasses graues Haar breitete sich über das Kissen. Vor ihm lag eine Frau mit grauem Haar, und er hegte wenig liebevolle Gefühle für sie.

Dann bemerkte er, was ihm in dem Halbdunkel bis dahin entgangen war: dass auch Shama feuchte Wangen hatte. Offenbar hatte sie die ganze Zeit still vor sich hin geweint.

»Mir macht das nichts aus«, sagte Mrs. Tulsi. Sie putzte sich die Nase und verlangte nach Pimentöl. Shama goss sich Öl in die Hand, netzte Mrs. Tulsi damit das Gesicht und drückte die Handfläche auf Mrs. Tulsis Nase. Mrs. Tulsis Gesicht glänzte; sie kniff die Augen zu, damit kein Öl hineinlief, und atmete laut durch den Mund. Shama zog die Hand zurück, und Mrs. Tulsi sagte: »Aber ich weiß nicht, was Seth dazu sagt.«

Wie aufs Stichwort kam Seth herein. Er ignorierte Mr. Biswas und Shama und fragte Mrs. Tulsi nach ihrem Befinden, und sein Tonfall drückte Sorge um Mrs. Tulsi aus und Missfallen über die Leute, die ihre Ruhe störten. Er setzte sich auf die andere Seite des Bettes. Das Bett knarrte, er seufzte, scharrte mit den Füßen, und seine Stiefel trommelten ungeduldig auf den Boden.

»Wir haben uns unterhalten«, sagte Mrs. Tulsi sanft.

Shama schluchzte leise.

Seth schmatzte durch die Zähne. Er machte einen sehr gereizten Eindruck, und auch ihn schien etwas zu plagen, ein Schnupfen vielleicht oder Kopfschmerzen. »Paddeln-daddeln«, sagte er. Seine Stimme war heiser und undeutlich.

»Du darfst dir nichts draus machen«, sagte Mrs. Tulsi.

Seth, die Hand auf dem Oberschenkel, blickte zu Boden.

Und Mr. Biswas sah bestätigt, was er aus Mrs. Tulsis Rede und Shamas Tränen bereits erahnt hatte: Die Szene war arrangiert, es hatten nicht nur Diskussionen stattgefunden, es waren Entscheidungen gefallen. Und Shama, die die Szene arrangiert hatte, weinte, um seine Demütigung zu lindern und einen Teil davon auf sich zu nehmen. Aber ihre Tränen hatten auch etwas Rituelles; sie galten dem Leid, das durch einen Mann über sie gekommen war, den das Schicksal ihr bestimmt hatte.

»Was wird jetzt mit dem Laden?«, fragte Seth auf Englisch.

Er wirkte noch immer gereizt, und bei aller Geschäftsmäßigkeit klang seine Stimme müde.

Mr. Biswas fiel nichts ein. »Schlechte Lage für einen Laden«, sagte er.

»Was heute eine schlechte Lage ist, kann morgen eine gute Lage sein«, sagte Seth. »Mal angenommen, ich lasse hier und dort ein paar Cent fallen, und das Straßenbauamt führt die Straße doch noch da entlang? Na?«

Shamas Schluchzer vermischten sich mit dem Quatschen des Pimentöls in Mrs. Tulsis Haar.

»Hast du Schulden?«

»Na ja, die Leute haben Schulden bei mir, aber sie zahlen nicht.«

»Nicht nach der Sache mit Mungroo. Du musst der einzige Mensch auf ganz Trinidad sein, der über Seebaran und Mahmoud nicht Bescheid gewusst hat.«

Shama weinte ungehemmt.

Unvermittelt verlor Seth das Interesse an Mr. Biswas. Er schmatzte wieder durch die Zähne und starrte auf seine Stiefel.

»Mach dir nichts draus«, sagte Mrs. Tulsi. »Ich weiß, du hast kein weiches Herz. Aber mach dir bitte nichts draus.«

Seth seufzte. »Also, was fangen wir mit dem Laden an?«

Mr. Biswas zuckte die Achseln.

»Heiß abreißen und kassieren?«

Mr. Biswas hätte gemeint, solche Reden seien finanzkräftigeren Kreisen vorbehalten.

Seth verschränkte die mächtigen Arme vor der Brust. »Viel andres bleibt dir nicht übrig.«

»Heiß abreißen«, sagte Mr. Biswas. »Und wie viel bringt mir das?«

»Mehr, als wenn du die Bude stehen lässt. Der Laden gehört Mai. Die Ware dir. Für die Ware müsstest du so um die fünfundsiebzig, hundert Dollar kriegen.«

Das war eine Menge Geld. Mr. Biswas lächelte.

Aber Seth sagte nur: »Und danach? Was dann?«

Mr. Biswas tat so, als würde er nachdenken.

»Bist du immer noch zu stolz, dir die Hände mit Feldarbeit schmutzig zu machen?« Und Seth zeigte seine eigenen Hände vor.

»Weiches Herz«, murmelte Mrs. Tulsi.

»In Green Vale könnte ich einen Aufseher brauchen«, sagte Seth.

Mit einem lauten Aufschluchzen ließ Shama Mrs. Tulsis Kopf los und lief zu Mr. Biswas: »Sag ja! Ich bitte dich! Mann. Sag ja.« Sie machte es ihm leicht anzunehmen. »Er sagt ja!«, rief sie Seth zu. »Er sagt ja!«

Seth wandte sich mit gereiztem Blick ab.

Mrs. Tulsi stöhnte.

Shama, immer noch schluchzend, ging zum Bett zurück und grub Mrs. Tulsi die Finger ins Haar.

Mrs. Tulsi sagte: »Aah.«

»Ich versteh nichts von Landarbeit«, sagte Mr. Biswas in dem Versuch, einen Rest seiner Würde zu retten.

»Nachlaufen werden wir dir nicht«, sagte Seth.

»Du darfst dir nichts draus machen«, sagte Mrs. Tulsi. »Du

weißt, was Owad immer zu mir sagt. Er macht es mir immer zum Vorwurf, wie ich meine Töchter verheirate. Und ich glaube, er hat recht. Aber Owad geht ja auch aufs Gymnasium und liest und lernt den lieben langen Tag. Und ich bin eben altmodisch.« Aus ihrer Stimme klang Stolz auf Owad, Stolz auf ihr Altmodischsein.

Seth erhob sich. Seine Stiefel scharrten über den Boden, das Bett machte Geräusche, und Mrs. Tulsi geriet leicht ins Schwanken. Aber Seths Gereiztheit war verflogen. Er nahm die elfenbeinerne Zigarettenspitze, die aus der zugeknöpften Brusttasche seines Khakihemds hervorlugte, steckte sie in den Mund und pfiff hindurch. »Owad. Erinnerst du dich an Owad, Mohun?« Den Mund zu beiden Seiten der Zigarettenspitze geöffnet, lachte er. »Den Sohn von der alten Henne.«

»Vorbei ist vorbei«, sagte Mrs. Tulsi. »Ein Junge führt sich auf wie ein Junge. Und wenn er ein Mann ist, benimmt er sich wie ein Mann.«

Shama massierte Mrs. Tulsi energisch den Kopf, was Mrs. Tulsis Rede auf eine Serie von Aahs reduzierte. Sie spritzte Mrs. Tulsi Pimentöl ins Haar und ins Gesicht und hielt ihr die Hand vor die Nase und den Mund.

»Das mit dem Heißabreißen«, sagte Mr. Biswas in leichtem Plauderton, »wer übernimmt das? Ich?« Er schlüpfte wieder in die Rolle des geduldeten Spaßmachers.

Zuerst kicherte Shama. Dann Seth. Mrs. Tulsi stieß ein Krächzen aus, und Shama nahm die Hand von Mrs. Tulsis Mund, um ihr das Lachen zu erleichtern.

Mrs. Tulsi begann zu prusten. »Er w-will«, sagte sie auf Englisch, ganz erstickt vor lauter Lachen, »aus der – Pfanne – ins – ins –«

Alle platzten los.

»– Feuer springen!«

Die ausgelassene Stimmung griff um sich.

»Schluss mit Paddeln«, sagte Seth.

»Solln wir jetzt gleich heiß abreißen?«, fragte Mr. Biswas mit ganz schneller, fisteliger Stimme.

»Erst holst du deine Möbel raus«, sagte Seth.

»Meine Kommode!«, rief Shama und legte sich nun selber die Hand vor den Mund, ganz fassungslos darüber, dass sie von Mr. Biswas hatte fortgehen können, ohne das gute Stück mitzunehmen.

»Weißt du«, sagte Seth, »am besten übernimmst das Abfackeln wirklich du.«

»Bloß nicht, Onkel«, warnte Shama. »Setz ihm keine Flöhe ins Ohr.«

»Auf das Kind darfst du nicht hören«, sagte Mr. Biswas. »Sag nur alles mir.«

Seth setzte sich wieder auf das Bett. »Also, pass auf«, begann er, und seine Stimme klang belustigt und gönnerhaft. »Du hattest doch diesen Ärger mit Mungroo. Geh aufs Polizeirevier und setze dein Leben auf Mungroos Kopf.«

»Ich soll Mungroo was auf den Kopf setzen?«

»Erzähl ihnen von dem Streit. Erzähl ihnen, Mungroo hätte gedroht, dich umzubringen. Und wenn dann wirklich was passiert, ist Mungroo der Erste, der dran ist.«

»Ich bin der Erste, der dran ist, meinst du wohl. Nur damit ich es verstehe: Wenn ich tot bin, mausetot, wenn ich wie eine Kakerlake auf dem Rücken liege, alle viere von mir gestreckt, dann soll ich aufs Polizeirevier gehen und sagen: ›Seht ihr, ich hab's ja gesagt.‹«

Mrs. Tulsi, die noch immer über ihren Witz kicherte, den ersten, den sie auf Englisch zustande gebracht hatte, nahm Mr. Biswas' Witzeln zum Vorwand, um erneut in Gelächter auszubrechen.

»Also, du setzt dein Leben auf Mungroos Kopf«, sagte Seth. »Du fährst zurück nach The Chase und verhältst dich ruhig.

Lässt eine Woche vergehen, vielleicht sogar zwei oder drei. Und dann triffst du deine kleinen Vorbereitungen. Shama holt ihre Kommode ab. Am Donnerstag, gegen Mittag, verteilst du Teeröl im ganzen Laden – außer da, wo du schläfst –, und in der Nacht hältst du ein Streichholz dran. Du wartest ein bisschen – aber nicht zu lange –, und dann läufst du raus und schreist Mungroos Namen.«

»Ach«, sagte Mr. Biswas. »Deshalb gehen hier jeden Tag Autos in Flammen auf? Und die ganzen Häuser?«

5. Green Vale

Wenn Mr. Biswas später an Green Vale dachte, dann dachte er an die Bäume. Sie waren hoch und gerade gewachsen, und ihre langen, schlaffen Blätter hingen so dicht, dass die Stämme dahinter versteckt waren und keine Äste zu haben schienen. Die unteren Blätter waren tot, die oberen von einem fahlen Grün. Es wirkte, als seien alle Bäume im selben Moment in voller Blätterpracht vom Brand befallen worden, als würde der Tod sich gleichmäßig von allen Wurzeln aus emporarbeiten. Aber der Tod wurde auf ewig in Schach gehalten. Die zungenförmigen fahlgrünen Blätter verfärbten sich langsam zu leuchtendstem Gelb, wurden dann braun und dünn, wie angesengt, rollten sich nach unten über die anderen toten Blätter und fielen nicht ab. Und neue Blätter wuchsen nach, messerscharf und doch ohne Frische; alt und ohne Glanz kamen sie zur Welt und wurden einfach nur länger, bis auch sie abstarben.

Es schien kaum glaublich, dass sich hinter den Bäumen nach allen Seiten die offene Ebene erstreckte. Green Vale war feucht und schattig und eng. Die Bäume verdunkelten die Straße, und ihre faulenden Blätter verstopften die grasbewachsenen Abflussgräben. Die Baracke war von Bäumen umstellt.

Ein Blick auf die Baracke, und Mr. Biswas wusste, dass es an der Zeit war, sich sein eigenes Haus zu bauen, koste es, was es wolle. In der Baracke hatte jede Familie nur ein Zimmer – zwölf Teile eines einzigen langen Raumes für zwölf Familien. Dieser lange Raum war aus Holz gebaut und stand auf niedrigen Betonpfosten. Die Wandfarbe war weggebröselt und hatte Flecken hinterlassen, wie sie beim Wäschebleichen auf den Steinen zurückbleiben, schwitzende Flecken, die in grauem und grünem und schwarzem Schimmel erblühten. Das Wellblechdach stand auf einer Seite über und bildete eine lange Galerie, die durch grobe Trennwände in zwölf Kochplätze unterteilt und so weit offen war, dass bei Regengüssen zwölf Köchinnen zwölf Kohlenpfannen in zwölf Räume tragen mussten. Die inneren zehn Räume hatten vorn eine Tür und hinten ein Fenster. Die Räume an den Enden hatten vorn eine Tür, hinten ein Fenster und dazu noch ein Seitenfenster. Als Aufseher bekam Mr. Biswas einen der Endräume zugeteilt. Sein Vorgänger hatte das rückwärtige Fenster vernagelt und mit alten Zeitungen überklebt. Die Lage des Fensters ließ sich nur erahnen, weil alle vier Wände von oben bis unten mit Zeitungspapier tapeziert waren. Der Vorgänger war offensichtlich des Lesens kundig gewesen. Keine Seite klebte verkehrt herum, und Mr. Biswas sah sich tagtäglich dem Journalismus seiner Zeit ausgesetzt, dessen Ambitionen und Aufgeregtheiten, konserviert in all den Zeitungen hier, etwas Liebenswert-Verstaubtes bekamen.

In diesen Raum zogen sie mit ihren sämtlichen Möbeln ein: dem Speiseschrank, dem grünen Küchentisch, der Garderobe, dem eisernen Himmelbett, einem Schaukelstuhl, den Mr. Biswas noch während der letzten Tage in The Chase angeschafft hatte, und der Frisierkommode, die während Shamas langer Abwesenheiten im Hanuman-Haus an Shamas Stelle getreten war.

Nur eine kleine Schublade in der Kommode gehörte Mr. Biswas. Die anderen waren fremdes Territorium, und wenn er aus Versehen eine aufzog, kam er sich wie ein Eindringling vor. Erst beim Umzug nach Green Vale entdeckte er, dass die Kommode neben den guten Kleidern von Shama und den Kindern auch ihren Trauschein enthielt, die Geburtsurkunden der Kinder, eine Bibel und Bibelbilder, die Shama in ihrer Missionsschule bekommen und aufbewahrt hatte, nicht wegen ihres religiösen Inhalts, sondern als Erinnerung an ihre eigene frühe Glanzzeit, und ein Päckchen Briefe von einer Brieffreundin in Northumberland, eines der Projekte des Schulrektors. Mr. Biswas sehnte sich nach der weiten Welt; er ließ sich von Romanen dorthin versetzen; nicht im Traum wäre er auf den Gedanken gekommen, dass ausgerechnet Shama mit dieser Welt Kontakt gehabt hatte.

»Du hast nicht vielleicht noch ein paar von den Briefen, die du zurückgeschrieben hast?«

»Die hat der Rektor durchgeschaut und abgeschickt.«

»Da hätt ich zu gern drin gelesen.«

Und so wurde aus Mr. Biswas ein Aufseher oder Verwaltersgehilfe mit einem Gehalt von fünfundzwanzig Dollar im Monat, doppelt so viel, wie die Arbeiter bekamen. Wie er Seth gesagt hatte, verstand er nichts von der Arbeit auf einer Plantage. Sein Leben lang war er von Zuckerrohr umgeben gewesen; er wusste, dass die hohen Felder ihre graublauen, pfeilförmigen Blüten zur selben Zeit trieben, zu der die Ladenschilder rot und grün erblühten, mit Stechpalmen und Beeren und Nikoläusen und schneebedeckten Buchstaben; er hatte Erntedankfeiern miterlebt; aber vom Abbrennen, Jäten, Hacken und Gräbenziehen hatte er keine Ahnung und wusste weder, wann neue Stecklinge gesetzt wurden, noch wann um die frischen Pflänzchen herum Bagasse angehäufelt werden musste. Er bekam seine Anweisungen von Seth, der jeden Samstag nach Green Vale herauskam, um nach dem Rechten zu sehen und die Arbeiter auszuzahlen, ein Ritual, das auf dem Kochplatz vor Mr. Biswas' Zimmer stattfand; dort thronte er an dem grünen Küchentisch, und Mr. Biswas musste neben ihm sitzen und laut vorlesen, wie viele Tagwerk jeder Arbeiter geschafft hatte.

Mr. Biswas wurde nichts von der Bewunderung und dem Respekt zuteil, die sein Vater Raghu den Aufsehern entgegengebracht hatte. Aber er spürte die Ehrfurcht der Arbeiter vor den blauen und grünen Lohntüten, die gezackte Ränder hatten und kleine runde Löcher, damit das Geld atmen konnte, und es machte ihm Spaß, diese Tüten gleichgültig zu behandeln, als wären sie ihm lästig. Manchmal kam ihm dabei der Gedanke, dass sich in eben diesem Moment seine Brüder vielleicht auf anderen Plantagen ähnlich unterwürfig in lange Schlangen einreihten.

Und so durfte er an den Samstagen seine Macht genießen. Doch während der übrigen Tage war es anders. Sicher, er ging jeden Morgen in aller Frühe mit seinem langen Bambusstab los, um das Tagwerk der Arbeiter zu vermessen. Aber die Arbeiter wussten, dass er neu in dem Beruf und nur ihr Aufpasser war, ein Handlanger Seths. Sie konnten ihm auf der Nase herumtanzen, und sie taten es; einen einzigen samstäglichen Rüffel von Seth fürchteten sie mehr als eine Woche kleinmütiger Vorhaltungen von Mr. Biswas. Es war Mr. Biswas zu peinlich, sich bei Seth darüber zu beklagen. Er kaufte sich einen Tropenhelm, der für seinen etwas klein geratenen Kopf zu groß war, und setzte ihn so ungeschickt auf, dass er ihm bis auf die Ohren rutschte. Einige Zeit lang zogen sich daraufhin die Arbeiter, wenn sie Mr. Biswas erblickten, den Hut über die Augen und legten den Kopf in den Nacken, damit sie ihn ansehen konnten. Zwei oder drei ganz Junge, Unverfrorene redeten sogar in dieser Haltung mit ihm. Er dachte, vielleicht sollte er wie Seth auf einem Pferd sitzen, und brachte immer mehr Verständnis für jene berüchtigten Aufseher auf, die hoch zu Ross erschienen und nach links und rechts auf die Arbeiter einpeitschten. Als er dann eines Samstags für Seth wieder den Possenreißer spielte, bestieg er Seths Hengst, wurde nach ein paar Metern abgeworfen und sagte: »Ich wollte nicht dahin, wo er hinwollte.«

»Hü-hott!«, rief ein Arbeiter am Montag einem anderen zu.

»Hoppla!«, erwiderte der.

Mr. Biswas sagte zu Seth: »Ich darf nicht länger Tür an Tür mit diesen Leuten wohnen.«

Seth sagte: »Wir bauen dir ein Haus.«

Aber Seth machte nur Sprüche. Von dem Haus war nie wieder die Rede, und Mr. Biswas blieb in der Baracke. Er fing an, sich über die Verrohtheit der Arbeiter auszulassen, und statt sich – wie er es am Anfang getan hatte – zu fragen, wie sie von drei Dollar die Woche leben sollten, empörte er sich jetzt darüber, dass man ihnen das Geld nachwarf. Er ließ seine Wut an Shama aus.

»Du hast mich da reingeritten. Du und deine Familie. Schau mich an. Seh ich aus wie Seth? Seh ich aus, als ob das eine Arbeit für mich ist?«

Schwitzend kam er jeden Tag vom Feld zurück, staubig, von Mücken und anderen Insekten zerbissen, seine Haut juckend und wund und spröde. Der Schweiß und die Erschöpfung und das Brennen im Gesicht gaben ihm ein Gefühl der Befriedigung. Aber er hasste das Jucken, und der getrocknete Dreck unter seinen Fingernägeln bereitete ihm ähnliche Qualen wie das Kreischen eines Griffels auf einer Schiefertafel oder eines Spatens auf Beton.

Vom Anblick des Hofes vor der Baracke, mit seinem Schlamm, dem Tierkot, dem zittrigen Schleim auf den abgestandenen Pfützen, wurde ihm übel, besonders wenn er Fisch oder Shamas Pfannkuchen essen musste. Er ging dazu über, am grünen Tisch im Zimmer zu essen, hinter der Tür versteckt, mit dem Rücken zum Seitenfenster und peinlich darauf bedacht, nicht zu der schwarzen, pelzigen Unterseite des Wellblechdachs hinaufzuschauen. Beim Essen las er die Zeitungen an der Wand. Der Geruch nach Feuchtigkeit und Ruß, altem Papier und schalem Zigarettenrauch erinnerte ihn an den Geruch der Kiste seines Vaters unter dem Bettgestell aus Ästen, auf dem nackten Lehmboden der Hütte.

Er wusch sich ständig. Es gab kein Bad in der Baracke, aber auf ihrer Rückseite, unter den Rohren, die das Regenwasser vom Dach leiteten, standen Wassertonnen. Man konnte das Wasser noch so schnell verwenden, irgendwelche Larven, nervöse, gallertartige, backenbärtige, auf ihre Weise vollkommene Wesen, schwammen immer schon auf der Oberfläche herum. Mr. Biswas stand in Unterhosen und Holzpantinen auf einem Brett neben einer der Tonnen und schüttete sich mit einem Kalebassen-Schöpflöffel Wasser über den Kopf. Dabei sang er Lieder auf Hindi oder »Im Schnee und im Gewehe«. Hinterher wickelte er sich ein Handtuch um die Hüften, zog die Unterhose aus und spurtete, nur in Handtuch und Holzpantinen, in sein Zimmer. Da das Zimmer keine Seitentür hatte, musste er vorne herum, den Blicken aus allen zwölf Küchen und allen zwölf Zimmern ausgesetzt.

Einmal verlor er das Handtuch.

»Deine Schuld!«, sagte er nach einem schrecklichen Tag auf den Feldern zu Shama. »Du und deine Familie, ihr habt mir das eingebrockt.«

Shama, die ihrerseits einen demütigenden Tag in der Baracke hinter sich hatte, kochte eines ihrer ganz besonders schlechten Essen, zog Anand an, der schon so groß war, dass er sprechen konnte, und ging mit ihm ins Hanuman-Haus.

Am Samstag sagte Seth, nachdem er die Arbeiter ausgezahlt hatte, mit einem Grinsen: »Deine Frau möchte, dass du ihr das rosa Mieder aus der rechten oberen Kommodenschublade heraussuchst, und links unten in der mittleren Schublade müssten die Kniehosen für den Jungen liegen.«

»Frag meine Frau, für welchen Jungen.«

Aber Mr. Biswas erkundete die unbekannten Schubladen.

»Eh ich's vergesse«, sagte Seth, bevor er ging. »Der Laden in The Chase. Also, der ist jetzt abgefackelt.«

Und er zog eine Rolle Dollarnoten aus der Tasche und hielt sie wie ein Zauberkünstler in die Höhe. Note für Note zählte er

Mr. Biswas das Geld in die Hand. Es waren fünfundsiebzig Dollar, die Summe, die er im Rosenzimmer genannt hatte.

Mr. Biswas war beeindruckt und dankbar. Er beschloss, das Geld auf die Seite zu legen und es zu vermehren, bis es genug war, um davon ein Haus zu bauen.

Er hatte gründlich über dieses Haus nachgedacht und wusste genau, was er wollte. Vor allem wollte er ein richtiges Haus, eines aus richtigem Baumaterial. Er wollte keine Wände aus Lehm, keinen Fußboden aus Erde, kein Dach aus Gras mit Ästen als Dachbalken. Er wollte Wände aus Holzbrettern, mit Feder und Nut. Er wollte ein Wellblechdach und hölzerne Zimmerdecken. Eine Steintreppe sollte zu der kleinen Veranda hinaufführen, über die man durch eine Buntglastür in ein kleines Wohnzimmer kam, von dort aus in ein kleines Schlafzimmer, weiter in das nächste kleine Schlafzimmer und zurück auf die kleine Veranda. Sein Haus sollte auf hohen Betonpfeilern stehen, so dass es nicht nur ein Geschoss hatte, sondern zwei, und er wollte sich Möglichkeiten für einen weiteren Ausbau offenhalten. Als Küche sollte ein Schuppen im Hof dienen, ein ordentlicher Schuppen, durch einen überdachten Durchgang mit dem Haus verbunden. Und sein Haus würde einen Anstrich bekommen. Das Dach rot, die Außenwände ockerfarben mit schokoladenbraunen Verblendungen und weißen Fenstern.

Sein Gerede übers Häuserbauen machte Shama ängstlich und ungeduldig und hatte schon für Streit gesorgt. Deshalb behielt er seine Pläne und das Bild in seinem Kopf für sich, und sie lebte weiterhin über längere Zeiträume im Hanuman-Haus. Ihren Schwestern musste sie jetzt nichts mehr erklären. Green Vale, das zum Land der Tulsis gehörte und direkt an Arwacas angrenzte, galt mehr oder weniger als eine Erweiterung des Hanuman-Hauses.

Da er das eiskalte Essen, das Shama manchmal vom Hanuman-Haus herüberschickte, nicht mochte und der Konserven überdrüssig war, lernte Mr. Biswas, sich selbst etwas zu kochen, und weil er mit der Kohlenpfanne nicht zurechtkam, kaufte er sich einen Primuskocher. Am frühen Abend machte er manchmal einen Spaziergang, oder er blieb in seinem Zimmer und las. Es gab auch Tage, an denen er, obwohl er keine Müdigkeit verspürte, zu nichts in der Lage war; dann wollte ihm weder das Essen noch der Tabak schmecken, und er lag einfach nur auf dem Himmelbett herum und las die Zeitungen an der Wand. Bald kannte er eine ganze Reihe der Geschichten auswendig. Und die erste Zeile einer der Geschichten, in atemlosen Großbuchstaben, setzte sich in seinem Gehirn fest: UNGLAUBLICHE SZENEN SPIELTEN SICH AB, ALS GESTERN ... Geistesabwesend sprach er die Worte vor sich hin, allein, vor den Arbeitern, vor Seth. Manchmal fielen sie ihm abends in seinem Zimmer wieder ein, und er wiederholte sie so lange, bis sie ihren Sinn verloren und ihn verwirrten und er sich danach sehnte, sie los zu sein. Er schrieb sie auf Anchor-Zigarettenschachteln und Comet-Streichholzhefte. Und dann, um gegen die ermüdende Leere in seinem Innern anzugehen, gegen dieses Gefühl, als hätte er gallonenweise lauwarmes abgestandenes Wasser getrunken, beschriftete er Pappkartonstreifen mit frommen Sprüchen und klebte sie über die Zeitungen an der Wand. Aus einer Hindi-Zeitschrift schrieb er einen Satz ab, der sich auf einem Pappstreifen über die ganze Wand erstreckte, quer über das mit Papier verklebte Fenster: WER AN MICH GLAUBT, VON DEM LASSE ICH NICHT, UND ER WIRD NICHT VON MIR LASSEN.

Das Zuckerrohr blühte. Die Wege und Straßen zwischen den Feldern waren klare grüne Schluchten. Und die Ladenschilder in Arwacas feierten den Nikolaus und den Schnee. Der Tulsi-Laden hing voll mit Stechpalmenzweigen und roten Beeren aus Pappe, aber Weihnachtsschilder gab es keine; Mr. Biswas' alte Schilder taten es noch. Sie waren ausgebleicht; die Leimfarbe auf den Wänden und Säulen war an vielen Stellen abgeblättert, der Harlekin hatte ein Stück seiner Nase verloren, und oben unter der Decke waren die Buchstaben unleserlich von Ruß und Staub. Savi wusste, dass ihr Vater die Schilder gemalt hatte, und es machte sie stolz. Aber sie verstand nicht, wie sie so fröhlich sein konnten; sie passten nicht zu dem griesgrämigen Mann, den sie in dem finsteren Barackenraum besuchte und der auch sie manchmal besuchen kam. Sie empfand, mit einem Gefühl der Traurigkeit, das stärker wurde, je näher Weihnachten rückte, dass die Schilder zu einer Zeit gemalt worden sein mussten, an die sie keine Erinnerung hatte, einer Zeit, als ihr Vater noch mit ihrer Mutter und allen anderen glücklich im Hanuman-Haus zusammenlebte.

Weihnachten war die einzige Zeit im Jahr, zu der die Fröhlichkeit der Schilder zu ihrem Recht kam. Dann wurde der Tulsi-Laden zu einem verzauberten Ort endloser Freuden und erinnerte durch nichts mehr an das nüchternen Kaufhaus, als das er das restliche Jahr sein Dasein fristete: düster und still, seine Regale vollgestopft mit Stoffballen, von denen säuerliche und zuweilen unangenehme Gerüche ausgingen, seine Tische ein Durcheinander von billigen Scheren, Messern, Löffeln, Türmen aus staubigen, blau geränderten, durch graue Papierfetzen getrennten Emailletellern und Schachteln mit Haarnadeln, Nähnadeln, Stecknadeln und Garn. Jetzt herrschte den ganzen Tag Lärm und geschäftiges Treiben. Im Tulsi-Laden wie in allen anderen Läden und sogar an den Marktständen spielten Grammophone. Mechanische Vögel pfiffen, Puppen quäkten, Spielzeugtrompeten wurden ausprobiert, Kreisel brummten, Autos schossen über Verkaufstische, wurden von Händen eingefangen und ausjaulend in die Luft gehalten. Die Emailleteller und Haarnadeln wurden zur Seite geräumt, und ihren Platz nahmen schwarze Weintrauben in weißen, mit aromatischem Sägemehl gefüllten Kistchen ein, rote Äpfel aus Kanada, deren Duft alle anderen Gerüche überstrahlte, eine Vielzahl von Spielzeugen und Puppen und Spielen in Schachteln, funkelnde Glaswaren, blitzendes Porzellan, alles neu und nach Neuheit duftend; lackierte japanische Tabletts, übereinandergestapelt wie Spielkarten und so elegant anzusehen, dass es traurig stimmte, sich vorzustellen, wie sie eines nach dem anderen verkauft und in braunes Packpapier verschnürt den Laden verlassen würden, um in schäbigen Küchen und maroden Häusern angestoßen und unbeachtet ein glanzloses Ende zu finden. Dazwischen lag stapelweise Bookers Drogerie-Almanach, aus Hochglanzpapier, das seidig den Fingerspitzen schmeichelte und entsprechend vornehm roch: eine Fundgrube an Witzen, Geschichten, Photographien, Rätseln, Wissenstests und Preisausschreiben, bei denen sich sämtliche Tulsi-Kinder Gewinnchancen ausrechneten und dann gar nicht erst teilnahmen, auch wenn sie schon die gepunkteten Linien mit Namen und Adresse ausgefüllt hatten. Und überall die Dekorationen: die Stechpalmenzweige und Beeren aus Papier, die Luftschlangen aus Krepp, die Watte und der Glitzerschnee, der an Fingern und Kleidern kleben blieb, die Laternen, die Luftballons.

Die Schwestern verbargen ihre Aufregung hinter missbilligenden Mienen und Klagen über ihre Erschöpfung, mit denen sie niemanden täuschen konnten. Hin und wieder kam Mrs. Tulsi höchstpersönlich in den Laden, unterhielt sich mit Leuten, die sie kannte, und verkaufte manchmal sogar selbst. Die beiden Götter gingen mit grimmigen Gesichtern umher, hatten ein Auge auf alles, unterschrieben Rechnungen, zählten Geld. Der ältere Gott war diese Weihnachten besonders grimmig, und die Kinder fürchteten sich vor ihm. Er benahm sich neuerdings so seltsam. Noch hatte er sein katholisches Gymnasium nicht verlassen, und trotzdem sah man sich in den wenigen Familien, die in Frage kamen, bereits nach einer Frau für ihn um. Er gab seinem Missfallen durch grundlose Wutanfälle, Tränen und Selbstmorddrohungen Ausdruck. Man legte ihm dies als ganz normale

Schüchternheit aus, und seine Schwestern und Schwäger sahen darin viel Anlass zur Heiterkeit. Aber die Kinder fürchteten sich, wenn er davon sprach, aus dem Haus zu gehen, sich einen Strick und Kerzentalg zu kaufen; sie wussten nicht, was er mit dem Kerzentalg anstellen wollte, und gingen ihm lieber aus dem Weg.

Am letzten Morgen vor Weihnachten erreichte die Aufregung ihren Höhepunkt, aber noch bevor der Nachmittag um war, war sie so weit abgeflaut, dass die Auslagen ihren Zauber verloren hatten; aus Fröhlichkeit war wieder Unordnung geworden, eine Unordnung, der das Profane anzusehen war. Und so war Weihnachten im Laden schon wieder vorüber, bevor es überhaupt begonnen hatte. Und im Laufe des Nachmittags rückten mehr und mehr die Halle und die Küche in den Mittelpunkt; Sumati, die Prüglerin, führte dort die Aufsicht über das Backen, und Shama, von der keine Talente bekannt waren, gehörte zu ihren vielen Helferinnen. Der Duft aus der Küche mutete umso köstlicher an, als das Essen wie immer im Hanuman-Haus bis zum eigentlichen Festtag karg und schlecht war.

Der Tulsi-Laden wurde geschlossen, das Spielzeug der Dunkelheit überlassen, die es in Lagerbestände zurückverwandeln würde, und die Schwäger machten sich auf zu ihren Familien. Als er durch die Nacht nach Green Vale radelte, fiel Mr. Biswas ein, dass er noch keine Geschenke für Savi und Anand besorgt hatte. Aber sie erwarteten auch keine von ihm; sie wussten, dass sie ihre Geschenke am Weihnachtsmorgen im Strumpf finden würden.

Weil die Schwestern zu tun hatten, bekamen die Kinder ein noch dürftigeres Mahl als gewöhnlich vorgesetzt. Dann begann die Jagd nach Strümpfen. Es waren keine aufzutreiben. Die Glücklicheren, meist Mädchen, hatten sich schon Tage zuvor welche beschafft, und die Jungen mussten sich mit Kissenbezügen zufrieden geben. Alle redeten vom Wachbleiben, aber dann fiel beim Kartenspielen ein Kind nach dem anderen aus, in den Schlaf gewiegt von den Liedern der Mütter in der Küche.

Beim Aufwachen befiel Anand einen Moment lang Panik. Sein Kopfkissenbezug, der am Fußende seines Schlaflagers auf dem Boden lag, schien leer. Er musste ihn erst ausschütteln, um zu entdecken, dass er dasselbe bekommen hatte wie alle anderen Jungen: einen Luftballon, einen von denen, die er die letzten Wochen hindurch im Laden gesehen hatte, einen in dunkelblaues Seidenpapier gewickelten Apfel, einen von denen, die in den Kisten im Laden gelegen hatten, und eine Trillerpfeife aus Blech. Savi fand in ihrem Strumpf einen Luftballon, einen Apfel und eine winzig kleine Gummipuppe. Die Geschenke wurden verglichen, und nachdem man festgestellt hatte, dass kein Grund zur Missgunst bestand, aßen die Kinder ihre Äpfel, bliesen die Ballons auf und stimmten mit ihren Pfeifen ein dünnes Gezwitscher an. So manche Pfeife wurde von Spucke oder einem grundlegenden mechanischen Defekt bald zum Schweigen gebracht, und den meisten Jungen waren ihre Ballons schon zerplatzt, bevor es Mrs. Tulsi unten in der Halle ihren Kuss zu verabreichen galt. Die Jungen, die einmal zu verachtenswerten Männern heranwachsen würden, stießen nur einmal kurz in die Pfeife, knabberten ihren Apfel an und bliesen den Ballon kaum richtig auf; darin glichen sie den Mädchen, denen schon jetzt die Vorfreude und das Besitzen sichtlich wichtiger waren als die Dinge selbst. Dann gingen die Kinder – unterschiedlich zufrieden – nach unten, wo Mrs. Tulsi sie an dem langen Pechkieferntisch erwartete. Ihre Mütter warteten ebenfalls, glückliche Nikoläuse. Wenn eines der unzufriedenen Kinder vergaß, Mrs. Tulsi ihren Kuss zu geben, und ungeduldig davonlief, um nach dem Essen Ausschau zu halten, rief seine Mutter es zurück.

Nach dem Frühstück – Tee und Zwieback aus der großen Dose – warteten die Kinder auf das Mittagessen. Noch mehr Trillerpfeifen verstummten, noch mehr Luftballons platzten. Die Mädchen rafften die zerplatzten Ballons der Jungen an sich und bliesen die Fetzen zu bunten Weintrauben auf, die sie an ihren Wangen rieben, dass es klang, als würden schwere Möbelstücke über stumpfe Fußböden geschoben. Das Mittagessen war gut. Und nach dem Mittagessen warteten sie auf die Teezeit: Sumatis Kuchen, einen einheimischen, dubiosen Kirschlikör, von Chinta sparsam zur Verteilung gebracht, und dazu Eiskrem, ebenfalls von Chinta, die, obwohl sie Jahr für Jahr das Gegenteil bewies, in dem Ruf stand, eine begnadete Eisfabrikantin zu sein. Und das war es auch schon. Das Abendessen war schlecht wie gewöhnlich. Weihnachten war vorbei. Und wie jedes Jahr im Hanuman-Haus hatte es einmal wieder aus nichts als Erwartung bestanden.

In der Baracke gab es keine Äpfel und keine Strümpfe, kein Kuchenbacken, kein Eisanrühren, keinerlei Besonderheiten, auf die man sich freuen konnte. Es war vom ersten Moment an ein Tag des maßlosen Essens und Trinkens, und am Ende wurden nicht die Kinder geschlagen, sondern die Ehefrauen. Mr. Biswas besuchte seine Mutter und aß bei Tara zu Abend. Am zweiten Weihnachtstag ging er seine Brüder besuchen, die unbedeutende Frauen aus unbedeutenden Sippen geheiratet und Weihnachten mit ihrer Familie verbracht hatten.

Am nächsten Tag radelte Mr. Biswas von Green Vale nach Arwacas. Als er in die High Street bog, fielen ihm beim Anblick der Läden, die wieder geöffnet hatten und unbekümmert Weihnachtsware zu Schleuderpreisen feilboten, die vergessenen Geschenke ein. Er stieg vom Fahrrad und lehnte es an den Randstein. Er hatte die Hosenklammern noch nicht abgenommen, da näherte sich ihm bereits, zungenschnalzend, ein schwerlidriger Ladenbesitzer. Der Mann spendierte Mr. Biswas eine Zigarette und gab ihm Feuer. Es wurden Worte gewechselt. Und dann verschwand Mr. Biswas, die Hand des Händlers auf seiner Schulter, im Laden. Nur wenige Minuten später kamen Mr. Biswas und der Händler wieder heraus. Beide rauchten und waren erregt.

Ein Junge kam aus dem Laden, kaum zu sehen hinter dem riesigen Puppenhaus, das er vor sich her trug. Das Puppenhaus wurde auf den Lenker von Mr. Biswas' Fahrrad gehoben und, von Mr. Biswas auf der einen und dem Jungen auf der anderen Seite festgehalten, die High Street entlanggerollt.

Alle Zimmer in dem Puppenhaus waren mit zierlichen Möbeln eingerichtet. In der Küche gab es einen Herd, wie Mr. Biswas im richtigen Leben noch keinen gesehen hatte, einen Küchenschrank und ein Spülbecken. Je näher sie dem Hanuman-Haus kamen, desto mehr verflog Mr. Biswas' Beschwingtheit; seine Extravaganz verblüffte ihn erst, dann entsetzte sie ihn. Er hatte mehr als einen Monatslohn ausgegeben. Zurückbringen konnte er das Puppenhaus jetzt nicht mehr; er erntete unaufhörlich Blicke. Und für Anand hatte er nichts gekauft. So war es immer. Wenn er an seine Kinder dachte, dann dachte er vor allem an Savi. Sie gehörte zu den ersten Monaten in The Chase, und er kannte sie. Anand gehörte ganz den Tulsis.

Im Hanuman-Haus wussten sie von dem Puppenhaus, noch ehe es eingetroffen war. Die Halle war zum Bersten gefüllt mit Schwestern und ihren Kindern. Mrs. Tulsi saß an dem Pechkieferntisch und tupfte sich mit dem Schleier die Lippen.

Die Kinder stießen Rufe aus, als das Puppenhaus abgesetzt wurde, und in der darauf folgenden Stille trat Savi vor und stellte sich besitzergreifend daneben.

»Na, was sagt ihr?«, fragte Mr. Biswas in die Halle. Er sprach mit seiner schnellen Fistelstimme.

Die Schwestern schwiegen.

Dann begann Seths Frau Padma, sonst so wortkarg und bedrückt und leidend, eine lange und verwickelte Geschichte zu erzählen, die Mr. Biswas nicht glauben mochte, die Geschichte eines sagenhaften Puppenhauses, das einer von Seths Brüdern für die Tochter von jemandem gebaut hatte, ein Mädchen von außergewöhnlicher Schönheit, das kurz darauf gestorben war.

Während Padma erzählte, versammelten sich die Kinder, Jungen wie Mädchen, um das Puppenhaus. Mr. Biswas sah es mit Sorge, aber er durfte erleichtert feststellen, dass die Kinder Savis Besitzrechte anerkannten und zuerst fragten, bevor sie Türen öffneten und Betten berührten. Noch während sie das Haus erkundete, tat Savi schon so, als sei sie mit allem längst vertraut.

»Was hast du den anderen mitgebracht?«

Das war Mrs. Tulsi.

»Hatte keinen Platz mehr«, sagte Mr. Biswas fröhlich.

»Wenn ich gebe, gebe ich allen«, sagte Mrs. Tulsi. »Ich bin arm, aber ich gebe allen. Natürlich kann ich nicht mit dem Weihnachtsmann konkurrieren.«

Ihre Stimme klang ruhig, und er hätte gelächelt wie über eine witzige Bemerkung, aber als er sie ansah, war ihr Gesicht starr vor Zorn.

»Vidiadhar und Shivadhar!«, rief Chinta. »Kommt sofort hierher. Lasst die Finger von Sachen, die euch nicht gehören.«

Wie auf Kommando stürzten sich alle Schwestern auf ihre Kinder und drohten denen schreckliche Strafen an, die die Finger nicht von Sachen ließen, die ihnen nicht gehörten.

»Ich zieh dir das Fell über die Ohren.«

»Ich brech dir sämtliche Knochen im Leib.«

Und Sumati, die Prüglerin, sagte: »Ich mach dich zum Krüppel!«

»Savi, geh und bring es weg«, flüsterte Shama. »Bring es nach oben.«

Mrs. Tulsi erhob sich, tupfte sich die Lippen. »Shama«, sagte sie, »bist du wohl so gütig und gibst mir kurz Bescheid, bevor ihr in euer Herrenhaus übersiedelt?« Und sie schleppte sich die Treppe hinauf, diensteifrig gefolgt von Sushila, der Witwe, die über das Krankenzimmer gebot.

Die gekränkten Schwestern rückten zusammen, und Shama

stand allein da, die Augen aufgerissen vor Entsetzen. Sie starrte Mr. Biswas anklagend an.

»Also«, sagte er forsch. »Dann geh ich wohl mal heim in meine Baracke.«

Er forderte Savi und Anand auf, ihn hinaus unter die Arkade zu begleiten. Savi kam bereitwillig mit. Anand war wie immer verlegen. Mr. Biswas konnte sich des Gefühls nicht erwehren, dass der Junge, verglichen mit Savi, eine Enttäuschung war. Er war klein für sein Alter, schmal und kränklich, mit einem großen Kopf; er sah schutzbedürftig aus, aber Mr. Biswas gegenüber war er scheu und wortkarg und wollte immer nur von ihm fort. Als Mr. Biswas jetzt den Arm um ihn legte, schniefte Anand, rieb das schmutzige Gesicht an Mr. Biswas' Hose und versuchte sich zu befreien.

»Du musst Anand auch damit spielen lassen«, sagte Mr. Biswas.

»Aber er ist ein Junge.«

»Nicht traurig sein.« Mr. Biswas tätschelte Anand den knochigen Rücken. »Das nächste Mal kriegst du was.«

»Ich will ein Auto«, sagte Anand zu Mr. Biswas' Hose. »Ein großes.«

Mr. Biswas wusste, was für ein Auto er meinte. »Gut«, sagte er. »Dann besorg ich dir ein Auto.«

Sofort riss Anand sich los, galoppierte auf einem imaginären Pferd, eine imaginäre Peitsche schwingend, durch das Tor zurück in den Hof und rief: »Ich krieg ein Auto! Ich krieg ein Auto!«

Mr. Biswas kaufte das Auto, nicht wie versprochen das große, das Anand sich gewünscht hatte, sondern ein kleines zum Aufziehen, und nachdem die Arbeiter am Samstag ihren Lohn bekommen hatten, brachte er es nach Arwacas. Seine Ankunft wurde von der Arkade aus bemerkt, und als er das Seitentor aufstieß, konnte er hören, wie die Kinder die Nachricht ehrfürchtig und erwartungsvoll von einem zum anderen weitergaben: »Savi, dein Papa kommt dich besuchen.«

Sie stand weinend im Eingang zur Halle. Als er sie in den Arm nahm, brach sie in lautes Schluchzen aus.

Die Kinder waren still. Unaufhörlich knarrten Treppenstufen, und aus der schwarzen Küche am hinteren Ende der Halle hörte er vielfaches Füßescharren und Getuschel.

»Was ist passiert?«, fragte er.

Sie unterdrückte das Schluchzen. »Sie haben es kaputtgemacht.«

»Wo?«, schrie er. »Zeig's mir!«

Seine Wut erschreckte sie so, dass sie das Weinen vergaß. Sie ging die Stufen herunter, und er folgte ihr über die Veranda am Ende der Halle in den Hof, vorbei an einem halb gefüllten Waschkessel, in dem ein tiefblauer Himmel sich spiegelte, und einem schwarzen, vernieteten Wasserbecken, in dem auf dem Markt gekaufte Fische schwammen, bis ihr Stündlein gekommen war.

Und dann sah er es, unter den nahezu kahlen Zweigen des Mandelbaums, der im Nachbargarten wuchs, achtlos gegen einen staubigen, windschiefen, aus Blech und Holz und Wellblech zusammengezimmerten Zaun gekippt. Eine zerbrochene Tür, ein zerschlagenes Fenster, eine eingedrückte Wand, vielleicht sogar eine eingestürzte Decke – damit hatte er gerechnet. Aber nicht mit so etwas. Das Puppenhaus existierte nicht mehr. Vor ihm lag ein Haufen Feuerholz. Keines der Teile war mehr ganz. Die zierlichen Scharniere waren freigelegt und nutzlos. Unter der zerrissenen Haut aus Farbe, immer noch bunt, immer noch Mauerwerk vortäuschend, glänzte nackt und roh das zertrümmerte, zersplitterte Holz.

»O Gott!«

Der Anblick des zerstörten Puppenhauses und das Schweigen ihres Vaters ließen Savi erneut in Tränen ausbrechen.

»Ma hat es zerhackt.«

Er rannte zurück zum Haus, schrammte mit der Schulter gegen eine Mauerkante, so fest, dass er sich Hemd und Haut aufriss.

Die Schwestern hatte Treppe und Küche geräumt und bevölkerten jetzt die Halle.

»Shama!«, brüllte er. »Shama!«

Savi stieg langsam die Stufen vom Hof herauf. Die Schwestern wandten den Blick von Mr. Biswas zu ihr, und sie blieb in der Tür stehen, den Blick auf ihre Füße gesenkt.

»Shama!«

Er hörte eine Schwester flüstern: »Geh Tante Shama holen. Rasch.«

Zwischen Kindern und Schwestern bemerkte er Anand.

»Komm her, Junge!«

Anand sah die Schwestern an. Sie kamen ihm nicht zu Hilfe. Er blieb, wo er war.

»Anand, ich hab dich gerufen! Komm her, aber dalli!«

»Geh, Junge«, sagte Sumati. »Sonst kriegst du noch Schläge.«

Während Anand noch zögerte, erschien Shama. Sie kam durch die Küchentür, den Schleier in die Stirn gezogen. Diese ungewohnte Geste der Unterwürfigkeit fiel ihm auf. Sie sah ängstlich und doch entschlossen aus.

»Du Miststück!«

Totenstille.

Schwestern scheuchten ihre Kinder die Stufen hinauf und in die Küche.

Savi blieb bei der Tür, hinter Mr. Biswas.

»Nenn mich, wie du willst«, sagte Shama.

»Hast du das Puppenhaus kaputtgemacht?«

Ihre Augen weiteten sich vor Angst und Schuld und Scham. »Ja«, sagte sie übertrieben ruhig. Dann, beiläufig: »Ja, ich hab's kaputtgemacht.«

»Warum?« Seine Stimme gehorchte ihm nicht mehr.

Sie gab keine Antwort.

Er fand, dass sie verloren wirkte. »Sag schon!«, schrie er. »Um es *denen* da recht zu machen?«

Chinta stand auf, strich sich den langen Rock glatt und begann, die Treppe hinaufzusteigen. »Ich gehe lieber, bevor ich hier was höre, das ich nicht hören will und auf das ich antworten müsste.«

»Um es mir recht zu machen, sonst niemand.« Shamas Stimme klang jetzt fester; er konnte sehen, wie die Parteinahme der Schwestern ihr den Rücken stärkte.

»Willst du wissen, was ich von dir und deiner Familie halte?«

Zwei weitere Schwestern gingen die Treppe hinauf.

»Halt von uns doch, was du willst.«

Und auf einmal war seine Wut verflogen. Sein Geschrei klang ihm noch in den Ohren, und er war verwirrt, beschämt und müde. Er wusste nicht, was er sagen sollte.

Shama bemerkte die Veränderung und wartete ab, gelassen nun.

»Geh Savi anziehen.« Er sprach leise.

Sie rührte sich nicht.

»Du sollst Savi anziehen gehen!«

Sein Brüllen erschreckte Savi, und sie fing an zu weinen. Sie zitterte, und als er sie berührte, schien sie ihm zerbrechlich.

Shama machte endlich Miene zu gehorchen.

Savi riss sich los. »Ich lass mich von niemand anziehen.«

»Geh und pack ihre Sachen.«

»Du nimmst sie mit?«

Jetzt war es an ihm zu schweigen.

Die Kinder, die in die Küche gescheucht worden waren, steckten ihre Gesichter zur Tür herein.

Shama ging durch die Halle zur Treppe, und die Schwestern, die auf den unteren Stufen saßen, bogen die Knie zur Seite, um sie durchzulassen.

Augenblicklich entspannten sich alle.

Sumati rief, Belustigung in der Stimme: »Anand, willst du auch mit deinem Vater gehen?«

Anand zog den Kopf in die Küche zurück.

Die Halle erwachte zu neuem Leben. Kinder kamen wieder hereingestromert, Schwestern eilten zwischen Küche und Halle hin und her, um das Abendessen aufzutragen. Chinta kehrte zurück, stimmte ein fröhliches Lied an, und andere Schwestern fielen ein.

Das Drama war vorbei, und Shamas erneuter Auftritt mit Bändern, Kamm und einem kleinen Pappkoffer fand weit weniger Aufmerksamkeit als ihr Abgang.

Sie streckte Mr. Biswas am langen Arm den Koffer hin und sagte: »Sie ist deine Tochter. Du weißt, was gut für sie ist. Du hast sie ernährt und gekleidet. Du weißt –«

Er presste die Lippen zusammen, schob das Kinn vor.

Chinta unterbrach ihren Gesang, um zu sagen: »Na, Savi? Ab nach Hause, Mädchen?«

»Zieh ihr Schuhe an«, sagte Shama.

Aber dazu hätte man Savi die Füße waschen müssen, und das hätte eine Verzögerung bedeutet, also stieß er Shama beiseite, als sie Savi das Haar kämmen wollte, und ging mit Savi hinaus. Sie waren schon in der High Street, als ihm Anand einfiel.

Der Markttag war zu Ende, und die Straße war übersät mit zerbrochenen Kisten, Papierfetzen, Stroh, faulendem Gemüse, Tierexkrementen und Pfützen, obwohl es nicht geregnet hatte. Beim Schein von Fackeln bauten die Händler mit ihren Frauen und ihren müden Kindern die Stände ab und beluden Karren.

Mr. Biswas band den Koffer auf dem Gepäckträger seines Fahrrads fest, und er und Savi gingen schweigend bis zum Ende der High Street.

Als das rote und ockerfarbene Polizeirevier außer Sichtweite war, setzte er Savi auf die Stange seines Fahrrads, nahm einen kurzen Anlauf und schwang sich, ungeschickt und etwas aufgeregt, in den Sattel. Das Rad fuhr Schlangenlinien; Savi klammerte sich an seinen linken Arm, und das machte das Gleichgewicht noch prekärer. Nicht lange jedoch, und sie hatten Arwacas hinter sich gelassen, und zu beiden Seiten der Straße erstreckte sich nur schweigendes Zuckerrohr. Es war stockfinster. Das Fahrrad hatte keine Lampe, und sie konnten kaum ein paar Meter weit sehen. Savi zitterte.

»Brauchst keine Angst haben.«

Vor ihnen blitzte ein Licht auf. Eine raue Männerstimme sagte barsch: »Na, wo wollt ihr denn hin?«

Es war ein schwarzer Polizist. Mr. Biswas bremste mit den Handbremsen. Das Fahrrad neigte sich nach links, und Savi fiel herunter.

Der Polizist begutachtete das Fahrrad. »Keine Zulassung, was? Keine Zulassung. Kein Licht. Und zu zweit unterwegs. Da kommt eine hübsche kleine Anzeige zusammen.« Er machte eine Pause, wartete auf einen Bestechungsversuch. »Na gut. Name und Adresse.« Er schrieb in sein Buch. »Also dann. Sie erhalten eine Vorladung.«

Und so legten sie den Rest des Weges nach Green Vale zu Fuß zurück, durch die Dunkelheit und dann unter den toten Bäumen hindurch zur Baracke.

Sie verbrachten eine elende Woche. Mr. Biswas verließ die Baracke frühmorgens und kehrte am späten Nachmittag zurück. Während dieser ganzen Zeit war Savi allein. Eine alte Frau, die in einem der Barackenräume bei ihrem Sohn, seiner Frau und fünf Kindern zu Besuch war, hatte Mitleid mit ihr und brachte ihr mittags etwas zu essen. Savi rührte nichts davon an; das Misstrauen gegen fremder Leute Essen war stärker als der Hunger. Sie trug den Teller ins Zimmer, leerte ihn auf ein Stück Zeitung, wusch ihn ab, brachte ihn der alten Frau zurück, dankte ihr und wartete auf Mr. Biswas. Wenn er kam, wartete sie auf die Nacht; wenn es Nacht war, wartete sie auf den Morgen.

Zu ihrer Unterhaltung las er ihr aus seinen Romanen vor, erläuterte ihr Marc Aurel und Epiktet, ließ sie die Zitate auswendig lernen, die an den Wänden hingen, hieß sie still sitzen, während er sich vergeblich mühte, sie zu zeichnen. Sie war niedergeschlagen und gehorsam. Und sie fürchtete sich. Manchmal, besonders wenn sie unter den Bäumen spazieren gingen, schien er sie plötzlich vergessen zu haben, und sie hörte ihn vor sich hin murmeln, bittere, monotone Streitgespräche mit unsichtbaren Personen. Er fühlte sich »gefangen«, in einem »Loch«. Immer wieder hörte sie ihn das Wort »gefangen« sagen. »Das macht ihr mit mir, du und deine Familie. Ihr haltet mich in diesem Loch gefangen.« Sie sah seinen wütend verzerrten Mund; sie hörte ihn fluchen und Drohungen ausstoßen. Und wenn sie in die Baracke zurückkehrten, musste sie ihm Macleans Original-Magenpulver anrühren.

Beide warteten sehnsüchtig auf den Samstagnachmittag, wenn Seth kommen und Savi ins Hanuman-Haus zurückholen würde. Es gab einen guten Grund, warum sie nicht länger bleiben konnte: Am Montag fing die Schule wieder an.

Am Samstag kam Seth. Er war nicht allein. Er hatte Shama, Anand und Myna mitgebracht. Savi rannte auf die Straße hinaus, um sie zu begrüßen. Mr. Biswas tat, als bemerke er sie nicht, und Seth schmunzelte über ihn wie über ein bockiges Kind. Über Streit zwischen Seth und seiner Frau war nichts bekannt, und es war Seths Politik, sich niemals in die Streitigkeiten zwischen den Schwestern und ihren Ehemännern zu mischen. Aber Mr. Biswas wusste, dass Seth – trotz des Schmunzelns – als Shamas Beschützer gekommen war.

Flugs trug er den grünen Tisch in den Hof hinaus und stellte ihn ein Stück weit vom Zimmer entfernt auf, so dass die Schlange der Arbeiter ihn von Shama abschirmte. Während er neben

Seth saß, Tagwerke und Löhne ausrief und in das Lohnbuch eintrug, hörte er Savi aufgeregt auf Shama und Anand einreden. Er hörte Shamas girrende Antworten. Es dauerte nicht lang, und sie war sich der Zuneigung der Kinder so sicher, dass sie schon wieder mit ihnen schimpfte. Dennoch: welch ein Unterschied zwischen ihrer Stimme hier und ihrer Stimme im Hanuman-Haus!

Aber selbst wenn er Shamas Doppelzüngigkeit in Rechnung stellte, fühlte er sich doch von Savi verraten.

Die Arbeiter waren ausbezahlt. Seth sagte, er wolle noch kurz die Felder inspizieren; Mr. Biswas brauche nicht mit ihm zu kommen.

Shama saß in der Küche. Sie hielt Myna auf dem Schoß, spielte mit ihr, redete Babysprache. Savi und Anand sahen ihr zu. Als Mr. Biswas an ihnen vorbeiging, schaute Shama kurz auf, redete aber weiter mit Myna.

Savi und Anand blickten ängstlich zu ihm hoch.

Mr. Biswas ging ins Zimmer und setzte sich in den Schaukelstuhl.

Shama sagte laut: »Anand, geh und frag deinen Vater, ob er eine Tasse Tee will.«

Anand kam, schüchtern und gramvoll, und nuschelte die Botschaft.

Mr. Biswas antwortete nicht. Er betrachtete Anands großen Kopf und die dünnen Ärmchen. Am Ellbogen war die Haut schlaff und violett vernarbt von Ekzemen. Ob sie ihn auch mit Schwefelpulver und Dosenmilch fütterten?

Anand wartete kurz, dann ging er wieder hinaus.

Mr. Biswas schaukelte. Die Bodenbretter waren breit und rau. Eines hatte sich herausgewölbt und war gebrochen; immer wenn die Kufen es nach unten drückten, knarrte und knackte es.

Savi brachte Myna herein und legte sie, ohne Mr. Biswas anzusehen, behutsam auf das Bett.

Shama fachte die Kohlenpfanne an.

Das Geräusch weckte in Savi die Zündlerin; eilig lief sie hinaus und sagte: »Dein Kleid wird ja ganz rußig, Ma. Lass mich das machen.«

Also. Das Puppenhaus hatten sie alle vergessen. Er zog die Füße zu sich auf den Stuhl, legte den Kopf zurück, schloss die Augen und schaukelte. Das Brett antwortete.

»Anand, bring das deinem Vater.«

Er hörte Anand herankommen, öffnete aber nicht die Augen. Er dachte darüber nach, ob er die Tasse nehmen und Shama den Tee auf das überreich bestickte Kleid oder in das lächelnde, unsichere Gesicht schütten sollte.

Er schlug die Augen auf, nahm Anand die Tasse aus der Hand und trank einen kleinen Schluck.

Als Seth zurückkam, schmunzelte er wohlwollend in die Runde und setzte sich auf die Stufen. Shama servierte ihm eine großen Becher Tee, den er mit drei gluckernden Schlucken leerte, seufzend und schnaubend. Er nahm den Hut ab und strich sich über das feuchte Haar. Dann fing er plötzlich an zu lachen. »Was hört man da von dir, Mohun? Du hast eine Anzeige gekriegt?«

»Anzeige? Ach, die *Anzeige*! Nicht der Rede wert. Pipifax …«

»Du bist mir vielleicht ein Paddler. Hast du schon die Vorladung?«

»Ich warte drauf.«

»Und du, Savi? Hast du schon deine Vorladung?«

Savi kicherte, als hätte es den Schrecken der finsteren Straße, der aufblitzenden Taschenlampe des Polizisten nie gegeben.

»Keine Angst.« Seth erhob sich. »Die wollen doch nur wissen, ob eure Dollarscheine anders aussehen als ihre. Ich regle das schon. Hat doch niemand was davon, wenn das groß vor Gericht kommt.«

Und weg war er.

Mr. Biswas schloss die Augen, schaukelte über das knarrende Brett, und die Kinder wurden wieder unruhig.

Er blieb in dem Stuhl sitzen, bis es dunkel war und Zeit fürs Abendessen. In vielen Barackenzimmern wurden die Petroleumlampen angezündet. Am anderen Ende fluchte ein Betrunkener.

Savi und Anand setzen sich zum Essen auf die Stufen. Während er selbst an dem grünen Tisch aß, taute Mr. Biswas etwas auf, und Shamas Stimmung wurde entsprechend düsterer. Gegen Ende der Mahlzeit machte er sogar erste Späße. Er hockte sich auf den Stuhl, die linke Hand zwischen Wade und Schenkel geklemmt, und fragte scherzhaft: »Und? Warum bist du nicht im Affenhaus geblieben?«

Sie antwortete nicht.

Nachdem er sich die Hände gewaschen und zum Seitenfenster hinausgegurgelt hatte, setzte sich Shama zum Essen auf die Stufen. Er beobachtete sie.

»Heulst du jetzt, oder was?«

Langsam liefen die Tränen ihr aus den großen Augen.

»Sind wir fuchsig, hm?«

Eine Träne lief hurtig ihre Wange hinunter und blieb zitternd an der Oberlippe hängen.

»Mann, das muss doch kitzeln!«

Sie hörte auf zu kauen, obwohl sie den Mund noch halb voll hatte.

»Sag bloß, dir schmeckt's nicht.«

Mehr zu sich selbst sagte sie: »Wenn die Kinder nicht wären ...«

»Ja? Was wäre dann?«

Mit geräuschvoller und verdrießlicher Langsamkeit begann sie wieder zu kauen.

In einer Ecke rollten Savi und Anand Säcke und Laken aus, um sich darauf schlafen zu legen.

»Du kommst an«, sagte Shama. »Kommst einfach an, guckst nicht nach links und nicht nach rechts, kommst einfach an und beschimpfst mich ...«

Es war der Anfang einer Entschuldigung. Er redete nicht dazwischen.

»Du weißt nicht, was ich durchgemacht habe. Das ganze Gerede, Tag und Nacht. Tuschel-tuschel hier. Tuschel-tuschel da. Ständig Chintas Bemerkungen. Die Kinder haben Schläge gekriegt, wenn sie mit Savi geredet haben. Mit mir hat sowieso keiner geredet. Sie haben mich alle behandelt, als hätte ich ihren Vater umgebracht.« Sie brach ab, weinte. »Was hätte ich denn machen sollen? Ich hab das Puppenhaus zerhackt, und alle waren zufrieden. Und dann kommst du daher. Kommst angestürmt, guckst nicht nach links, guckst nicht nach rechts …«

»Der Reiterangriff von Balaklava, oder wie? Glaubst du, Chinta zerhackt ein Puppenhaus, das Govind kauft? Nicht dass Govind eins kaufen würde. Von was lebt dein sauberer Schwager eigentlich? Von Dreck? Glaubst du, Chinta zerhackt ein Puppenhaus, das Govind gekauft hat?«

Sie weinte in ihren Teller.

Später weinte sie in den Abwasch, wobei sie den Tränenfluss mehrmals unterbrach, erst um sich zu schnäuzen, dann um leise traurige Lieder anzustimmen, und schließlich, um sich zu erkundigen, wie Savi sich die Woche über benommen hatte.

Er berichtete, dass Savi das Essen der alten Frau weggeworfen hatte. Das freute Shama, und sie erzählte weitere Geschichten, die Savis Verständigkeit bewiesen. Savi, die unruhig wach lag und sich nur schlafend stellte, lauschte erleichtert. Noch einmal erzählte Shama die Geschichte, wie Mrs. Tulsi Savis Widerwillen gegen Fisch gebrochen hatte. Sie erzählte auch von Anand, der so zart besaitet war, dass ihm von Zwieback der Mund blutete.

Mr. Biswas, inzwischen ebenso sanfter Stimmung wie sie, verkniff sich die Bemerkung, dass er es für ein Symptom von Unterernährung hielt. Stattdessen fing er von seinem Haus an, und Shama hörte ihm ohne Begeisterung, aber auch ohne Widerworte zu.

»Und wenn das Haus erst mal fertig ist, kriegst du deine goldene Brosche, Mädchen!«

»Den Tag möcht ich erleben.«

Sie waren am Samstag gekommen. Und Savi musste am Montag wieder zur Schule.

»Bleib hier«, sagte Mr. Biswas. »Am ersten Tag bringen sie dir eh nichts bei.«

»Woher willst du das wissen?«, fragte Savi. »Bist du vielleicht zur Schule gegangen?«

»Ja, Miss. Ich bin zur Schule gegangen. Du bist nicht die Einzige, die zur Schule geht, weißt du?«

»Wenn ich hier bleibe, muss ich dem Lehrer eine Entschuldigung bringen.«

»Die schreib ich dir im Handumdrehen. Lieber Lehrer, meine Tochter Savi kann in der ersten Woche leider nicht am Unterricht teilnehmen, weil sie bei ihrer Großmutter war und an akuter Unterernährung leidet.«

Am Sonntagabend brachte Shama Savi und Anand zurück nach Arwacas. Sie zog wieder ins Hanuman-Haus. Und für den Rest des Schuljahres kam sie und ging wieder, und er fühlte sich weiter allein, allein mit den Bäumen, den Zeitungen an der Wand, den religiösen Zitaten, seinen Büchern.

Eines tröstete ihn. Er hatte Savi für sich gefordert.

Zu Ostern erfuhr er, dass Shama zum vierten Mal schwanger war.

Ein Kind für sich gefordert, ein Kind noch feindselig, eines fremd. Und nun ein viertes.

Gefangen!

Die Zukunft, die er gefürchtet hatte, war angebrochen. Er stürzte ins Leere, und das Entsetzen, das er nur aus Träumen kannte, war bei ihm, wenn er nachts wach lag und das Schnarchen und Knarren und das gelegentliche Schreien der Babys in den anderen Zimmern hörte. Die Erleichterung, die der Morgen ihm brachte, verflüchtigte sich unaufhaltsam. Essen und Tabak wollten nicht mehr schmecken. Er war immer müde, und immer ruhelos. Oft fuhr er ins Hanuman-Haus und wollte, kaum dass er dort war, wieder fort. Manchmal radelte er nach Arwacas, ohne das Haus zu betreten – überlegte es sich in der High Street anders, kehrte um und strampelte nach Green Vale zurück. Wenn er nachts die Tür hinter sich schloss, fühlte er sich wie in einem Kerker.

Er redete mit sich selbst, schrie, machte bei allem so viel Krach wie möglich.

Keine Antwort. Keine Veränderung. *Unglaubliche Szenen spielten sich ab, als gestern* … Die Zeitungen blieben so munter, die Zitate so gemessen wie eh und je. *Von dem lasse ich nicht, und er wird nicht von mir lassen.* Aber nun hatte alles, was ihn umgab, Bäume, Möbel, selbst die Buchstaben, die er mit Pinsel und Tusche gemalt hatte, etwas Wachsames, Erwartungsvolles.

Eines Samstags kündigte Seth an, dass es nach der Ernte Veränderungen auf der Plantage geben würde. Rund zwanzig Morgen, die seit vielen Jahren an Arbeiter verpachtet waren, sollten wieder übernommen werden. Seth und Mr. Biswas gingen von Hütte zu Hütte, um die Nachricht zu überbringen. Sobald Seth die Hütte eines Arbeiters betrat, verließ ihn sein energisches Auftreten. Er sah müde aus und klang müde; er akzeptierte eine Tasse Tee und trank sie lustlos, dann redete er, als handle es sich um eine Bagatelle, eine Last nur für ihn, als nehme man das Land den Arbeitern nur zu ihrem eigenen Besten weg. Die Arbeiter hörten artig zu und fragten Seth und Mr. Biswas, ob sie noch Tee wollten. Seth sagte prompt ja und lobte den Tee. Er spielte mit den mageren, großäugigen Kindern, brachte sie zum Lachen und gab ihnen Kupfermünzen, damit sie sich Süßigkeiten kaufen konnten. Ihre Eltern protestierten, dass er sie verwöhne.

Hinterher sagte Seth zu Mr. Biswas: »Diesem Gesindel ist

nicht zu trauen. Die machen unter Garantie noch Ärger. Pass gut auf.«

Die Arbeiter sagten zu Mr. Biswas kein Wort über das Land, und während der Ernte blieb alles ruhig.

Als das Land kahl war, sagte Seth: »Die werden die Wurzeln ausgraben. Leg ihnen das Handwerk.«

Bald darauf musste Mr. Biswas berichten, dass einige Wurzeln ausgegraben worden waren.

Seth sagte: »Sieht so aus, als müsste ich einen oder zwei von ihnen auspeitschen lassen.«

»Bloß nicht! Du fährst jeden Abend zurück nach Arwacas, du kannst ruhig schlafen. Ich muss hier bleiben.«

Schließlich kamen sie überein, einen Wachmann anzuheuern, und das Land wurde ohne weiteren Ärger für die neue Ernte bestellt.

»Meinst du, das ist die Sache wert?«, fragte Mr. Biswas. »Das Geld für einen Wachmann und all das?«

»In einem Jahr oder so ist der Ärger vorbei«, sagte Seth. »Die Leute gewöhnen sich an alles.«

Und zunächst sah es so aus, als sollte Seth Recht behalten. Obwohl die enteigneten Arbeiter Mr. Biswas täglich zu Gesicht bekamen, begnügten sie sich damit, ihm durch andere Arbeiter Mitteilungen zukommen zu lassen.

»Dookinan sagt, er weiß, dass Sie ein gutes Herz haben und ihm nichts Schlechtes wollen. Fünf Kinder, wissen Sie?«

»Was kann ich dafür«, sagte Mr. Biswas. »Es ist nicht mein Land. Ich mach meine Arbeit und werde dafür bezahlt.«

Die Fügsamkeit der Arbeiter, anfangs noch von Hoffnung genährt, verwandelte sich in Resignation. Und aus Resignation wurde Feindseligkeit, nicht gegen Seth, den sie fürchteten, sondern gegen Mr. Biswas. Sie verspotteten ihn nicht mehr, aber es lächelte ihm auch keiner mehr zu, und abseits der Felder behandelten sie ihn wie Luft.

Jeden Abend verriegelte er die Tür. Sobald er selber still war, spürte er die Stille um sich herum und musste etwas tun, um sie zu zerstören, um der Wachsamkeit des Zimmers und der Dinge um ihn etwas entgegenzusetzen.

Eines Abends, als er heftig über das knarrende Bodenbrett schaukelte, dachte er plötzlich an die Macht der Kufen, zu zerbrechen und zu zermalmen und Schmerzen zuzufügen, an Händen und Zehen und empfindlicheren Teilen seines Körpers. Gequält sprang er auf, legte die Hände über den Unterleib, sog zischend Luft durch die Zähne, lauschte dem Stuhl, der, noch schaukelnd, am Rand des gewölbten Bodenbretts entlangschabte. Der Stuhl wurde still. Er wandte den Blick ab. An der Wand sah er einen Nagel, der ihm das Auge ausstechen konnte. Das Fenster konnte einklemmen und verstümmeln. Genau wie die Tür. Jedes Bein des grünen Tisches konnte zerdrücken und zerquetschen. Wie die Laufrollen der Kommode. Und die Schubladen. Er legte sich bäuchlings aufs Bett, damit er nichts mehr sehen musste, und um die Formen der Dinge aus seinem Kopf zu verscheuchen, konzentrierte er sich auf die Formen von Buchstaben, dachte sich zahllose Entwürfe für den Buchstaben R aus, bis er schließlich doch einschlief, die Hände schützend über die empfindlichsten Körperpartien gebreitet: wie sehr hätte er sich Hände gewünscht, mit denen er sich ganz hätte zudecken können! Am nächsten Morgen fühlte er sich besser; er hatte seine Angst vergessen.

Es hatte viele Veränderungen im Hanuman-Haus gegeben, aber obwohl er zwei- bis dreimal die Woche dort war, nahm er die Veränderungen wie aus der Ferne wahr und fühlte sich in keiner Weise davon betroffen. Die Ehe hatte eine Welle von Kindern, darunter das Schlangenmädchen, aus dem Haus gespült. Auch den älteren Gott hatte die Ehe eingeholt, dabei hatte es eine Zeit lang so ausgesehen, als sollte er davonkommen. Die Suche unter den geeigneten Familien hatte nicht ein einziges Mädchen zu Tage gefördert, das schön und gebildet und reich genug gewesen wäre, um Mrs. Tulsi oder ihre Töchter zufrieden zu stellen, die ungeachtet der abenteuerlichen Eile ihrer eigenen, nur auf Kastenzugehörigkeit basierenden Eheschließungen der Meinung waren, bei der Auswahl einer Braut für ihren Bruder habe größte Sorgfalt zu walten. Danach konzentrierte man die Suche für kurze Zeit auf gebildete, schöne, reiche Mädchen aus angesehenen Familien, die zum Christentum konvertiert und wieder abgefallen waren. Schließlich kam man überein, dass jedes gebildete, schöne und reiche indische Mädchen taugte, vorausgesetzt, sie war frei vom Makel des Islam. Die Ölfamilien, egal welchen Hintergrunds, waren eine Nummer zu groß. Also sah man sich unter den Familien aus der Limonaden- oder Eisbranche um, den Transport-Familien, den Kino-Familien, den Tankstellen-Familien. Bis man zu guter Letzt in einer presbyterianisch angehauchten Familie mit einer Tankstelle, zwei Lastwagen, einem Kino und etwas Grundbesitz fündig wurde. Jede Seite sah sich als die überlegene, aber da keine etwas von der Gönnerhaftigkeit der anderen merkte, verliefen die Verhandlungen zügig und glatt, die Ehe wurde auf dem Standesamt geschlossen, und der ältere Gott brachte seine Braut entgegen hinduistischem Brauch und den Gepflogenheiten der Tulsis nicht mit nach Hause, sondern ging, ohne länger von Selbstmord zu reden, für immer fort aus dem Hanuman-Haus, um sich um die Lastwagen, das Kino, das Land und die Tankstelle seiner neuen Familie zu kümmern.

Und noch jemand ging nach ihm fort. Mrs. Tulsi zog nach Port of Spain, weil sie nicht wollte, dass der jüngere Gott allein in der Stadt lebte, und es niemand anderem zutraute, für ihn zu sorgen. Sie kaufte nicht ein Haus, sondern drei: eines, um darin zu leben, zwei andere, um sie zu vermieten. Jeden Sonntagabend fuhr sie mit dem Gott nach Port of Spain, und jeden Freitagnachmittag kehrte sie mit ihm zurück.

Während ihrer Abwesenheit verloren die anerkannten Rangordnungen und Prioritäten im Hanuman-Haus an Bedeutung. Sushila, die Witwe, hatte gar nichts mehr zu melden. Viele Schwestern griffen nach der Macht, und die Folge waren eine Reihe von Querelen. Gekränkte Schwestern kümmerten sich demonstrativ um ihre eigenen Familien, kochten sogar ein, zwei Tage nur für sich. Allein Seths Frau Padma genoss nach wie vor Respekt, doch sie zeigte wenig Neigung, Autorität geltend zu machen. Seth mochte von allen Gehorsam fordern; Harmonie konnte er nicht erzwingen. Die stellte sich erst an den Wochenenden wieder her, wenn Mrs. Tulsi und der jüngere Gott zurückkehrten.

Und kurz vor den Schulferien waren alle Zänkereien vergessen. Das Haus wurde geschrubbt und gereinigt, das Messing poliert und der Hof gefegt, als gelte es, durchreisende Hoheiten zu beherbergen, und die Schwäger wetteiferten darin, kleine Geschenke für den Gott herbeizuschaffen: eine Julie-Mango, ein Büschel Bananen, eine besonders große Avocadofrucht mit violetter Schale.

Mr. Biswas brachte nichts mit. Shama hielt es ihm vor.

»Und was ist mit meinem Sohn?«, sagte Mr. Biswas. »Einer von vielen, was? Wer kümmert sich um ihn? Lernt er etwa nicht?«

Denn Anand war mitten im Schuljahr in die Missionsschule gesteckt worden. Er fand es grässlich dort. Er ließ seine Schuhe mit Wasser voll laufen, bekam Prügel und wurde mit nassen Schuhen zur Schule geschickt. Er warf die Fibel von Captain Cutteridge weg und behauptete, sie sei ihm gestohlen worden; er bekam Prügel und eine neue Fibel.

»Anand ist ein Feigling«, sagte Savi zu Mr. Biswas. »Er hat immer noch Angst vor der Schule. Und weißt du, was Tante Chinta gestern zu ihm gesagt hat? ›Wenn du nicht aufpasst, wird aus dir ein Grasschneider wie dein Vater‹.«

»Grasschneider! Hör zu, Savi. Das nächste Mal, wenn deine Tante Chinta das Maul aufreißt« – er hielt inne, dachte an seine Sprache –, »das nächste Mal, wenn Tante Chinta ihren Mund aufmacht …«

Savi lächelte.

»… fragst du sie, ob sie Marc Aurel und Epiktet gelesen hat.«

Beide Namen waren Savi nur zu bekannt.

»Pinkepinke«, murmelte Mr. Biswas.

»Pinkepinke?«

»Pinkepinke. Geld zählen. Die einzige Art, wie die Familie deiner Mutter sich die dicken kleinen Finger schmutzig macht. Hör zu, das nächste Mal, wenn Chinta oder sonst irgendjemand mich einen Grasschneider schimpft, dann sagt du, besser ein Grasschneider als ein Krebsfänger. Verstanden? Besser ein Grasschneider als ein Krebsfänger.«

Und er eröffnete den Feldzug höchstpersönlich. Er hatte in dem schwarzen Wasserbecken im Hof ein paar große unbeholfene Krebse mit blauschwarzem Rückenpanzer herumkrabbeln sehen. »Wahnsinn!«, sagte er in der Halle. »Das sind ja Riesenkrebse da draußen im Becken. Wo kommen die her?«

»Die hat Govind für Mai und Owad gekauft«, sagte Chinta stolz.

»Gekauft?«, sagte Mr. Biswas. »Gefangen, meinst du wohl.«

Als er das nächste Mal ins Hanuman-Haus kam, stellte er fest, dass Savi seine Botschaften ausgerichtet hatte.

Chinta baute sich gleich vor ihm auf und sagte in dem burschikosen Ton, in dem sie sprach, wenn Mrs. Tulsi fort war: »Schwager, dass du es weißt: Es hat hier keine Krebsfänger gegeben, bis du in dieses Haus gekommen bist.«

»Hä? Keine was?«

»Krebsfänger.«

»Krebsfänger? Wie, Krebsfänger? Habt ihr nicht genug hier?«

»*Quark* Aurel!«, sagte Chinta und verschwand in der Küche.

»Shama, Schwester, ich will mich nicht in deine Erziehung einmischen, aber du machst deine Kinder vor der Zeit zu Frauen und Männern.«

Mr. Biswas zwinkerte Savi zu.

Gleich darauf kam Chinta zurück in die Halle. Offensichtlich hatte sie noch etwas auf dem Herzen. Mit ernster Miene schob sie unnötig Stühle und Bänke hin und her und rückte die Photographien von Pandit Tulsi und einen riesengroßen chinesischen Kalender zurecht, auf dem vor einem Hintergrund aus veredelten Bäumen und Wasserfällen eine Frau von hintergründiger Schönheit zu sehen war. »Savi«, sagte sie schließlich, und ihre Stimme klang freundlich, »du hast doch die erste Klasse schon hinter dir und kennst die Gedichte aus dem Buch von Captain Cutteridge. Dein Vater wird sie kaum kennen, denn dazu hätte er die erste Klasse schaffen müssen.«

Mr. Biswas hatte nicht mit Captain Cutteridges Fibel, sondern mit dem Königlichen Lesebuch lesen gelernt. Trotzdem sagte er: »Die erste Klasse. Hab ich übersprungen. Bin von der Vorschule direkt in die zweite gekommen.«

»Das hab ich mir gedacht, Schwager. Aber du, Savi, du kennst doch das Gedicht, das ich meine. Das über den Suizid. Die kleinen Schweine. Kennst du es?«

»*Ich* kenn das Gedicht! *Ich* kenn das Gedicht!«, rief ein Junge aus. Es war Jai, der Fachmann im Schnürsenkelbinden, vierzehn Monate jünger als Savi. Er hatte sich zu einem kleinen Exhibitionisten entwickelt. Er lief in die Mitte der Halle, legte die Hände auf den Rücken und sagte: »Die drei kleinen Schweinchen. Von Sir Alfred Scott-Gatty.«

Es war eine dicke alte Sau,
die drei kleine Ferkel gebar.
»Oink-oink«, so machte die Alte froh,
»quiek-quiek« die Ferkelschar.

»Meine lieben Brüder«, der Frätzchen eins sprach,
»liebe Schweinchen, nehmt's mir nicht krumm,
doch ab heute wird nur noch ›oink-oink‹ gesagt.
›Quiek-quiek‹, das ist kindisch und dumm!«

Während Jai deklamierte, nickte Chinta im Takt dazu mit dem Kopf und blickte lächelnd auf Savi.

»Und nach einer Zeit«, fuhr Jai fort …

Und nach einer Zeit, da starben die drei,
ein Suizid ganz unik:
Sie rieben sich auf an dem »Oink-oink-oink«,
wo doch völlig gereicht hätte: »Quiek!«

»Und die Moral von dem kleinen Lied«, sagte Chinta, die die letzten Zeilen mit Jai im Chor gesprochen hatte, und drohte Savi mit dem Finger, »die Moral liegt auf der Hand.«

»Sui-zid?«, sagte Mr. Biswas. »Hört sich an wie der Name von einem Krebsfänger.«

Chinta stampfte auf wie nach einer Niederlage beim Kartenspielen und verschwand den Tränen nahe in der Küche.

»Shama, Schwester«, hörte Mr. Biswas sie mit brechender Stimme sagen, »sag deinem Mann, er soll aufhören, mich zu provozieren. Sonst muss ich *ihm*« – Govind, ihrem Mann – »Bescheid sagen, und du weißt, wie der letzte Streit ausgegangen ist, den *er* mit deinem Mann hatte.«

»Schon gut, Chinta, Schwester, ich sag's ihm.«

Und Shama kam heraus und sagte verdrossen: »Mann, hör auf, C zu ärgern. Du weißt doch, dass sie keinen Spaß versteht.«

»Spaß? Was heißt hier Spaß? Krebse fangen ist kein Spaß.«

Ein paar Tage später bekam Chinta ihre Rache.

Mr. Biswas kam ins Hanuman-Haus, als das Abendessen schon vorbei war und die Kinder in Dreier- oder Vierergrüppchen in der

Halle herumsaßen und lasen oder so taten, als ob. Es gehörte zu den Sparmaßnahmen des Hauses, dass sich möglichst viele Kinder eine Fibel teilten, und die Kinder unterhielten sich, statt zu lesen, mit der Hand vor dem Mund, damit niemand es merkte, und unter regelmäßigem Umblättern. Als Mr. Biswas hereinkam, blickten sie ihm belustigt und erwartungsvoll entgegen.

Chinta lächelte. »Du kommst deinen Sohn besuchen, Schwager?«

Durch das Rascheln vieler Seiten war unterdrücktes Gekicher zu hören.

Savi erhob sich aus einer der Gruppen und kam zu Mr. Biswas. Sie sah unglücklich aus. »Anand ist oben.« Und auf der Treppe flüsterte sie: »Er muss knien.«

Chinta stimmte unten in der Halle ein Lied an.

»Knien? Wozu das?«

»Er hat sich in der Schule die Hosen vollgemacht, und sie haben ihn nach Hause geschickt.«

Durch das Bücherzimmer gingen sie in das Lange Zimmer, in dem er und Shama nach der Hochzeit gewohnt hatten. Die Lotos-Dekorationen waren so verblichen wie damals; das Klappfenster, zu dem er hinausgegurgelt hatte, wurde mit einem abgebrochenen Besenstiel offen gehalten.

Anand kniete in einer Ecke, das Gesicht zur Wand.

»Er kniet schon seit heute Nachmittag«, sagte Savi.

Mr. Biswas glaubte nicht so recht daran. Sie hatten Anand allein gelassen, und er kniete aufrecht, ohne ein Anzeichen von Ermüdung, als hätte er gerade erst angefangen.

»Du kannst aufstehen«, sagte Mr. Biswas.

Anands gereizte, streitlustige Antwort überraschte ihn. »Ich soll knien, haben sie gesagt, also knie ich.«

Zum ersten Mal erlebte er Anand wütend. Er blickte hinunter auf den Jungen, auf die Schulterblätter unter dem dünnen Baumwollhemd, den schmalen Nacken, den großen Kopf, die dünnen, von Ekzemen übersäten Beine in den kurzen, schlackernden Hosen, die pechschwarzen Fußsohlen (Schuhe durften nur außerhalb des Hauses getragen werden) und die langen Zehen.

»Er hatte zu viel Angst«, sagte Savi.

»Wovor?«

»Zu fragen, ob er mal raus darf. Und als er dann draußen war, hat er sich nicht aufs Klo getraut.«

»Es ist widerlich und stinkt«, platzte Anand heraus, erhob sich in die Hocke und drehte sich zu ihnen um.

»Es ist wirklich widerlich«, sagte Savi. »Und dann – na ja …«

Anand fing an zu weinen.

»Dann ist er zurück in die Klasse gegangen, und der Lehrer hat ihn heimgeschickt.«

Anand blickte zu Boden, schniefte, fuhr mit dem Finger die Ritzen zwischen den Bodenbrettern entlang.

»Ja, und weil die Schule dann sowieso aus war, sind sie alle hinter Anand hergelaufen und haben ihn ausgelacht.«

»Und daheim hat Ma mich verhauen«, sagte Anand, nicht jammernd, sondern zornig. »*Ma* hat mich *verhauen*. Sie hat mich *verhauen*.« In der Wiederholung büßten die Worte ihren Zorn ein und heischten nur noch Mitleid.

Mr. Biswas gab wieder den Possenreißer. Er erzählte von seinem Missgeschick bei Pandit Jairam, karikierte sich selbst und zog Anands Scham ins Lächerliche.

Anand blickte nicht hoch, lächelte nicht. Aber die Tränen waren versiegt. Er sagte: »Ich geh da nicht mehr hin.«

»Willst du mit mir kommen?«

Anand antwortete nicht.

Sie gingen alle in die Halle hinunter.

Mr. Biswas sagte zu Shama: »Lass den Jungen nie wieder knien, verstanden?«

Sushila, die Witwe, sagte: »Als wir klein waren, hat Mai uns für so etwas auf einer Raspel knien lassen.«

»Ja, aber meine Kinder sollen nicht so werden wie ihr, verstehst du?«

Sushila, kinderlos, gattenlos und jetzt auch noch ohne den Schutz Mrs. Tulsis, fegte die Treppe hinauf und klagte dabei vernehmlich, dass man ihre Lage ausnutze.

»Nimmst du deinen Sohn mit zu dir, Schwager?«, fragte Chinta.

Shama, der Mr. Biswas' gute Laune nicht entgangen war, sagte streng: »Anand geht nirgendwo mit hin. Er bleibt hier und geht in die Schule.«

»Warum?«, fragte Chinta. »Unser Schwager kann ihn doch unterrichten. Das Abc wird er ja noch können.«

»A wie Aasgeier, B wie Beutelratte, C wie Chinta«, sagte Mr. Biswas.

Anand folgte Mr. Biswas nach draußen und schien ihn nicht gehen lassen zu wollen. Er sagte nichts – blieb einfach neben dem Fahrrad stehen und rieb ein bisschen daran herum. Seine Schüchternheit ärgerte Mr. Biswas, aber wieder rührten ihn die Zerbrechlichkeit des Jungen und die sorgfältig abgetragenen »Hauskleider«, die Anand, wie alle anderen Kinder, anziehen musste, sobald er aus der Schule kam. Anands verwaschene Khakishorts hatten abenteuerliche Flicken, Schlitze ohne Taschen dahinter und eine klaffend leere Uhrentasche. Das Hemd war gestopft und ausgefranst, die Kragenecken zerkaut; an den krummen Nähten, dem ungleichmäßigen Schnitt und der läppischen Dekoration auf den Taschen konnte Mr. Biswas sehen, dass Shama das Hemd genäht hatte.

Er fragte: »Willst du mit mir kommen?«

Anand lächelte nur, schaute zu Boden und drehte mit dem großen Zeh das Pedal.

Es wurde schon dunkel. Mr. Biswas hatte kein Licht (noch jede Fahrradlampe oder Luftpumpe, die er gekauft hatte, war prompt gestohlen worden), und mit einer brennenden Kerze in einer offenen Papiertüte in der Hand zu fahren, wie andere Radler das taten – weniger um den Weg auszuleuchten als vielmehr, um die Polizisten zu beschwichtigen –, war ihm noch nie geglückt.

Er radelte die High Street entlang. An dem Laden, dessen Schild verkündete, dass Red-Rose-Tee guter Tee war, schaute er sich um. Anand stand noch immer unter der Arkade, neben einer der dicken weißen Säulen mit lotosförmigem Sockel – in der gleichen Haltung und mit dem gleichen Blick wie jener andere Junge, den Mr. Biswas damals in der Dämmerung vor der niedrigen Hütte gesehen hatte.

Es war dunkel, als er nach Green Vale kam. Unter den Bäumen herrschte Nacht. Die Geräusche, die aus der Baracke drangen, waren scharf abgegrenzt und bestimmt: Gesprächsfetzen, das Brutzeln von Fett, ein Zuruf, Kinderweinen – Geräusche, in den sternenklaren Himmel emporgeworfen von diesem Fleckchen Erde, diesem Nirgendwo, einem winzigen Punkt auf der Landkarte einer Insel, die nur ein winziger Punkt auf der Weltkarte war. Die toten Bäume umschlossen die Baracke wie eine schwarze Wand.

Er verriegelte die Tür.

Noch in derselben Woche beschloss er, nicht länger zu warten. Wenn er jetzt nicht anfing, sein Haus zu bauen, würde er es nie tun. Dann würden seine Kinder im Hanuman-Haus bleiben und er in seinem Barackenzimmer, und der Sturz in die Leere wäre durch nichts aufzuhalten. Jeden Abend erfüllte seine Untätigkeit ihn mit neuer Panik, jeden Morgen bekräftigte er sich aufs Neue seine Entschlossenheit, und am Samstag redete er mit Seth wegen einem Bauplatz.

»Land verpachten?«, sagte Seth. »Dir? Das Land ist doch da, Mann! Such dir ein Stück aus und bau dir ein Haus drauf. Pachten!«

Der Bauplatz, den Mr. Biswas im Auge hatte, lag etwa zweihundert Meter von der Baracke entfernt, von ihr getrennt durch die Bäume und eine flache feuchte Senke, durch die nach Regenfällen schlammiges Wasser lief. Die Bäume versperrten auch die Sicht auf die Straße. Aber wenn er sich das Plätzchen als Bauplatz für sein Haus vorstellte, verloren die Bäume ihr unfreundliches Aussehen, und er nannte sie bei sich gern einen »Hag«, ein Wort, das er aus den Wordsworth-Gedichten im Königlichen Lesebuch kannte.

Am Sonntagmorgen, nachdem er Kakao, Brot aus dem Laden und rote Butter zu sich genommen hatte, suchte er den Bauunternehmer auf. Der Bauunternehmer wohnte in einem verfallenen Holzhaus in einer kleinen Negersiedlung unweit von Arwacas. Ein dilettantisches Schild gleich hinter dem Abwassergraben wies George Maclean als Zimmermann und Möbeltischler aus, eine Information, die unter den vielen Zusatzinformationen, die in kleinen, krakeligen Buchstaben über das Brett verteilt standen, beinahe verloren ging, denn Maclean war auch Hufschmied und Anstreicher, fertigte Blechtassen an und lötete, verkaufte frische Eier und vermietete einen Ziegenbock zum Decken, alles zu scharf kalkulierten Preisen.

»Morgen!«, rief Mr. Biswas.

Aus dem Schuppen im harten, gelben Hof kam eine Negerin, eine große, mit Getreidekörnern gefüllte Kalebasse in der Hand. Ihr hautenges Baumwollkleid bedeckte den voluminösen Körper nur unzureichend, und das krause Haar war in Lockenwickler und Schleifchen aus Zeitungspapier gedreht.

»Der Zimmermann zu Hause?«, fragte Mr. Biswas.

Die Frau rief: »Georgie!« Für eine so dicke Frau hatte sie ein erstaunlich dünnes Stimmchen.

In der Halbtür an der Seite des Wohnhauses erschien Mr. Maclean. Er sah Mr. Biswas misstrauisch an.

Die Frau ging zum hinteren Ende des Hofes, wo sie Körner

ausstreute und mit gackernden Lauten das Federvieh zur Fütterung herbeilockte.

Mr. Biswas wusste nicht, wie er anfangen sollte. Er konnte nicht einfach sagen: »Ich will ein Haus bauen.« Noch fehlte es ihm am nötigen Geld, und er wollte Mr. Maclean nicht täuschen oder sich seinen Zorn zuziehen. Schüchtern sagte er: »Ich hätte da eine Angelegenheit, über die ich gern mit Ihnen reden würde.«

Mr. Maclean stieß die untere Türhälfte auf und trat auf die Zementstufen heraus. Er war mittleren Alters, groß und hager, und wirkte so emsig und zerfahren wie sein Schild. Sein Beruf war ein trauriger. Die Gegend war voll von Arbeiten, die er nicht hatte zu Ende führen dürfen: nackten, verwitternden Rohbauten, Häusern, die mit Beton und Bauholz begonnen und mit Lehm und Ästen fertig gestellt worden waren. Spuren seiner Behelfstätigkeiten fanden sich überall im Hof. In einem offenen Schuppen stand zwischen Hobelspänen ein halbfertiges Wagenrad. Hier und dort sah Mr. Biswas Ziegendreck herumliegen.

»Was für eine Angelegenheit?«, fragte Mr. Maclean. Er langte nach oben und zog ein Fenster auf. Es klapperte und glitzerte: Die ganze Innenseite hing voller Blechtassen an Schnüren.

»Wegen einem Haus.«

»Ach. Reparaturen?«

»Nicht direkt. Es ist noch nicht gebaut. Um ganz ehrlich zu sein …«

»Georgie!«, schrie Mrs. Maclean. »Schau dir an, was der verfluchte Mungo wieder angerichtet hat.«

Mr. Maclean ging zur Rückseite des Hauses. Mr. Biswas hörte ihn etwas murmeln. »Verdammtes Mistvieh«, sagte er, als er zurückkam, und klopfte sich die Hose mit einem Zweig ab. »So, ich soll Ihnen also ein Haus bauen?«

Mr. Biswas fasste seine skeptische Art als Sarkasmus auf und sagte rechtfertigend: »Nicht direkt eine Villa.«

»Gott sei Dank. Viel zu viele Leute wollen sich heutzutage eine Villa hinstellen. Haben Sie sich die County Road mal näher angeschaut?« Er hielt inne. »Ein Haus auf Pfeilern?«

Mr. Biswas nickte. »Auf Pfeilern. Klein. Aber solide. Ich brauch nicht viel, um glücklich zu sein«, redete er schnell weiter, weil Mr. Maclean ihn verunsicherte. »Warum sollte einer so tun, als ob er mehr Geld hätte, als er hat?«

»Sicher«, sagte Mr. Maclean und schnipste mit seinem Zweig etwas Hühnerdreck in den dicken Staub unter dem Fußboden seines Hauses. Dann zeichnete er zwei gleich große, aneinandergrenzende Quadrate auf den Boden. »Sie wollen zwei Schlafzimmer.«

»Und ein Wohnzimmer.«

Mr. Maclean fügte ein drittes Quadrat von gleicher Größe hinzu. Daneben zeichnete er ein halbes Quadrat und sagte: »Und eine Veranda.«

»Genau. Bloß nichts Großspuriges. Klein und solide.«

»Mit einer Tür vom vorderen Schlafzimmer zur Veranda. Einer Holztür. Und noch einer Tür zum Wohnzimmer. Mit bunten Scheiben.«

»Ja, ja.«

»Die Veranda kriegt auf einer Seite eine Holzwand. Und vorne eine schicke Brüstung. Und eine schöne Steintreppe mit Geländer zur Haustür rauf.«

»Ja, ja.«

»Für das vordere Schlafzimmer stellen Sie sich wahrscheinlich Glasfenster vor, weiß lackiert, wenn das Geld reicht. Für die hinteren Fenster tun es auch Bretter. Und auf der Rückseite reicht Ihnen eine einfache Holztreppe ohne Geländer. Die Küche zimmern Sie sich im Hof selber zusammen.«

»Genau.«

»Ein hübsches kleines Häuschen. So was wünschen sich viele. Kostet Sie zweihundertfünfzig bis dreihundert Dollar. Die

Lohnkosten, wissen Sie ...« Er schaute Mr. Biswas an und wischte mit einem nackten Fuß langsam über die Zeichnung auf dem Boden. »Tja, ich weiß nicht. Hab zur Zeit eine Menge um die Ohren.« Er deutete auf das halbfertige Rad in dem Schuppen.

Eine Henne kündigte mit lautem Gackern ein Ei an.

»Georgie! Das war die Leghorn.«

Unter den Hühnern erhob sich ein mörderisches Kreischen und Flügelschlagen.

»Glück gehabt«, sagte Mr. Maclean. »Die wär sonst in den Topf gewandert.«

»Ist ja nicht nötig, dass wir gleich das ganze Ding hinstellen«, sagte Mr. Biswas. »Rom wurde auch nicht an einem Tag erbaut, wissen Sie?«

»Heißt es. Aber Rom wurde gebaut. Na gut, sobald ich etwas Luft habe, komm ich zu Ihnen rüber, und wir sehen uns den Bauplatz an. Sie haben doch einen Bauplatz?«

»Natürlich. Klar hab ich einen Bauplatz.«

»Gut, in ungefähr zwei bis drei Tagen.«

Er kam früh am selben Nachmittag, mit Hut, Schuhen und einem gebügelten Hemd, und sie nahmen den Bauplatz in Augenschein.

»Ein richtiger kleiner Hag«, sagte Mr. Biswas.

»Hanglage!«, sagte Mr. Maclean verwundert und beinahe erfreut. »Da braucht's hohe Pfosten.«

»Hohe auf einer Seite, niedrige auf der anderen. Könnte fast ein Stil sein. Und dann hab ich an einen kleinen Weg gedacht, zur Straße hinunter. Stufen. Im Boden. Und Garten auf beiden Seiten. Rosen. Ixora. Oleander. Bougainvilleen und Weihnachtssterne. Und ein paar Kreppmyrten. Und eine hübsche kleine Bambusbrücke rüber zur Straße.«

»Klingt gut.«

»Noch was. Wegen dem Haus. Betonpfeiler wären schön. Aber kein nackter Beton. Das sieht nicht aus. Verputzt und schön glatt.«

»Ich weiß, was Sie meinen. Wenn Sie mir, na ... sagen wir hundertfünfzig Dollar geben könnten, für den Anfang?«

Mr. Biswas zögerte.

»Nicht dass Sie glauben, ich will mich in Ihre Privatangelegenheiten mischen. Nur damit ich weiß, wie viel Sie sofort ausgeben wollen.«

Mr. Biswas ließ Mr. Maclean stehen und stapfte zwischen die Sträucher, das Unkraut und die Nesseln auf dem feuchten Bauplatz. »So ungefähr hundert«, sagte er. »Aber am Monatsende könnte ich noch was drauflegen.«

»Einhundert.«

»In Ordnung?«

»In Ordnung. Für den Anfang.«

Sie gingen durch das Gestrüpp und über den mit Blättern verstopften Abflussgraben zu der schmalen Schotterstraße.

»Und dann bauen wir jeden Monat ein bisschen weiter«, sagte Mr. Biswas. »Stück für Stück.«

»Ja, Stück für Stück.« Mr. Maclean schien nicht begeistert, aber auch nicht mehr so zurückhaltend wie zuvor; er klang sogar ermutigend. »Ich muss ein paar Arbeitskräfte auftreiben. Verdammt schwer zu finden heutzutage, gute Arbeitskräfte.« Er sprach das Wort genüsslich aus.

Auch Mr. Biswas fand an dem Wort Gefallen. »Ja, besorgen Sie Arbeitskräfte«, sagte er und behielt sein Erstaunen darüber, dass es Menschen gab, die für ihren Lebensunterhalt auf Mr. Maclean angewiesen waren, für sich.

»Aber Sie sollten sich schnell noch ein paar Cent beschaffen«, sagte Mr. Maclean, schon beinahe freundlich jetzt. »Sonst wird das nichts mit den Betonpfeilern.«

»Doch, Betonpfeiler müssen sein.«

»Oder Sie haben am Ende nur lauter Pfeiler mit nichts oben drauf.«

Sie gingen weiter.

»Lauter Kohlenfässer«, sagte Mr. Biswas.

Mr. Maclean schwieg taktvoll.

»Schick mir ein Kohlenfass. Jawohl, du altes Luder. Einfach ein Kohlenfass.«

Er beschloss, sich das Geld bei Ajodha zu leihen. Seth oder Mrs. Tulsi mochte er nicht fragen. Und Misir konnte er nicht fragen; ihre Beziehung war abgekühlt, seit er sich Geld von ihm geliehen hatte, um Mungroo, Seebaran und Mahmoud auszuzahlen. Doch zu Ajodha zu gehen widerstrebte ihm kaum weniger. Er verließ den Barackenhof, und noch bevor er die Hauptstraße erreicht hatte, erschien es ihm weit klüger, die Angelegenheit bis zum nächsten Sonntag ruhen zu lassen. Er kehrte zurück in sein Zimmer und legte die Hosenklammern an; er dachte, er könnte den Nachmittag stattdessen im Hanuman-Haus verbringen. Aber es war so klar, was ihn dort erwartete, dass er die Klammern wieder abstreifte. Letzten Endes trieb ihn das Zimmer hinaus. Er nahm einen Bus, dann noch einen, und war am späten Nachmittag in Pagotes.

Er betrat Taras Grundstück durch das große Seitentor aus ungestrichenem Wellblech und ging den Kiesweg hinunter zur Garage und dem Kuhstall. In diesem Teil des Gartens schien sich nichts verändert zu haben, seit er ihn zum ersten Mal gesehen hatte. Der Pflaumenbaum machte einen so trostlosen Eindruck wie eh und je; er trug Jahr für Jahr Früchte, aber seine grauen Zweige waren fast nackt und sahen steif und brüchig aus. Mr. Biswas spekulierte nicht mehr darüber, was mit dem Berg von Altmetall passieren würde, und seinen Kindertraum, in dem eine der rostigen Autokarosserien eines Tages wiederbelebt würde und losfuhr, hatte er längst ausgeträumt. Der Misthaufen wurde bald größer, bald kleiner, aber er blieb, wo er war. Denn trotz der Kosten und Mühen, trotz seiner immer weiter expandierenden Geschäfte hielt Ajodha noch zwei, drei Kühe im Hof. Sie waren seine Lieblinge, und den Großteil seiner freien Zeit verbrachte er im Kuhstall, den zu verschönern er nicht müde wurde.

Aus dem Stall drang das Zischen des Milchstrahls im Eimer und leises Stimmengemurmel. Es war Sonntag; Ajodha konnte eigentlich nur im Kuhstall sein. Mr. Biswas ging gar nicht erst nachsehen. Er eilte nach hinten zur Veranda, weil er zuerst mit Tara sprechen wollte, und möglichst allein.

Sie war allein, bis auf das Dienstmädchen. Sie begrüßte ihn so herzlich, dass er sich seiner Mission sogleich schämte.

Aus seinem Vorsatz, schnell zur Sache zu kommen, wurde nichts, denn als er sich nach ihrem Befinden erkundigte, antwortete sie in aller Ausführlichkeit, und statt sie um Geld zu bitten, musste er ihr sein Mitgefühl ausdrücken. Sie sah wirklich nicht gut aus. Sie atmete schwer und bewegte sich nur mit Mühe; ihr Körper war in die Breite gegangen und schlaff geworden, ihr Haar wurde schütter, und die Augen hatten allen Glanz verloren.

Das Mädchen brachte ihm eine Tasse Tee, und Tara folgte ihr hinaus in die Küche.

Das oberste Brett des Bücherregals war noch vollgestellt mit den zerfledderten Bänden der *Großen Enzyklopädie des Wissens*, für die Ajodha nichts bezahlt hatte. In den unteren Fächern stapelten sich Zeitschriften, Kataloge von Motorenherstellern und illustrierte, dreisprachige Programmhefte indischer Filme. Die religiösen Bilder an den Wänden gingen völlig unter zwischen Kalendern englischer und amerikanischer Autofirmen und dem riesigen gerahmten Porträt einer indischen Schauspielerin.

Tara kam zurück auf die Veranda und lud ihn ein, zum Abendessen zu bleiben. Darauf hatte er gehofft, denn abgesehen von allem anderen schmeckte ihm ihr Essen. Sie setzte sich in Ajodhas Schaukelstuhl und fragte nach den Kindern. Er erzählte ihr von dem Kind, das unterwegs war. Sie erkundigte sich nach den Tulsis, und er antwortete so knapp wie möglich. Er wusste, dass es zwischen den Familien, so wenig sie miteinander zu tun hatten, Animositäten gab. Für die Tulsis, die jeden Tag die Puja verrichteten und alle Hindufeste begingen, war Ajodha ein Abtrünniger, der nur dem Mammon, seiner eigenen Bequemlichkeit und dem Fortschritt lebte. Ajodha und Tara wiederum fanden die Tulsis schlicht verkommen und hatten nie einen Zweifel daran gelassen, dass sie Mr. Biswas' Einheirat in die Familie für ein Unglück hielten. Mr. Biswas war es doppelt unangenehm, mit Tara über die Tulsis zu reden, da er ihr, bei aller Rücksicht auf seine Kinder, in allem eigentlich nur beipflichten konnte, schon gar hier, in ihrem sauberen, gemütlichen, so herrlich leeren Haus, während er auf eine Mahlzeit wartete, die ihm jetzt schon das Wasser im Munde zusammenlaufen ließ.

Der Stallbursche kam aus dem Stall, rief nach dem Mädchen in der Küche und reichte ihr den Melkeimer durch das Fenster. Dann spülte er sich unter dem Steigrohr im Hof die Gummistiefel ab, zog sie aus und wusch sich Füße und Hände und das Gesicht.

Mr. Biswas empfand immer größere Unlust, mit Tara über den Grund seines Besuchs zu reden.

Und dann war es zu spät. Rabidat, Bhandats jüngerer Sohn, kam herein, und Tara und Mr. Biswas verstummten. Fragte man Tara und Ajodha, dann war Rabidat noch Junggeselle, dabei wusste alle Welt, dass er ebenso wie sein Bruder Jagdat mit einer nicht-indischen Frau zusammenlebte und mehrere Kinder mit ihr hatte – wie viele genau, war strittig. Er trug Sandalen und kurze Khakishorts; das schoßlose, bis unten aufgeknöpfte Hemd hing heraus, und die Ärmel hatte er bis fast unter die Achseln aufgekrempelt. Wenn er seine vorstehenden Zähne schon nicht verstecken konnte, so schien es, wollte er auch alles andere von sich vorführen. Er hatte einen bildschönen Körper, wohlproportioniert und kräftig, aber nicht zu muskulös. Er grüßte Mr. Biswas kaum, Tara ignorierte er völlig. Als er sich breitbeinig in einen Sessel lümmelte, bildeten sich um seine Taille zwei dünne Hautfalten, was an ihm beinahe schon einer Verunstaltung gleichkam. Er schmatzte mit den Lippen, nahm eine Filmbroschüre aus dem Bücherregal und blätterte darin, laut atmend, die kleinen Augen wachsam, das zahnige Feixen noch ausgeprägter. Dann warf er die Broschüre zurück auf das Regal und sagte: »Na, Mohun, wie geht's, wie steht's?« Worauf er, ohne eine Antwort abzuwarten, in die Küche rief: »Hunger, Mädchen!« und den Mund zuklappte.

»Ah! Der verheiratete Mann!«

Das war Ajodha, direkt aus dem Kuhstall.

Rabidat setzte sich gerade hin.

Bevor Mr. Biswas antworten konnte, hatte Ajodha schon aufgehört zu lächeln und sprach Rabidat auf Probleme mit einem der Lastwagen an.

Rabidad rutschte auf seinem Sessel herum, schmatzend, ohne aufzusehen.

Ajodha sprach laut und in gereiztem Ton.

Rabidat antwortete umständlich, beleidigt, patzig. Es wirkte, als versuchte er sich auf die Innenseite der Unterlippe zu beißen: Seine Stimme, so tief sie war, klang nuschlig.

Unvermittelt verlor Ajodha das Interesse an dem Lastwagen und lächelte Mr. Biswas verschmitzt an.

Tara räumte den Schaukelstuhl, und Ajodha setzte sich hinein, fächelte sich Luft zu und öffnete einen Hemdknopf, so dass seine grau behaarte Brust hervorschaute.

»Na, wie viele Kinder hat unser verheirateter Mann inzwischen? Sieben, acht, ein Dutzend?«

Rabidat lächelte unsicher, stand auf und ging in die Küche.

Mr. Biswas beschloss, tapfer zu sein und nicht lange zu fakkeln. »Gestern Abend«, sagte er, »kommt plötzlich so ein Panikmacher an und behauptet, es wäre was mit meiner Mutter. Na ja, und wo ich nun schon hier war, dachte ich, ich schau mal bei euch rein.«

Das Dienstmädchen brachte Ajodha ein Glas Milch. Er nahm es ehrfürchtig entgegen und hielt es in der Hand, als könnte es beim geringsten Druck zerspringen. »Bring Mohun auch eins«, sagte er. »Weißt du, Mohun, ein Glas Milch ist wie eine Mahlzeit für sich, besonders so frische wie die hier.«

Die Milch wurde gebracht und getrunken. Mr. Biswas war froh über die Unterbrechung. Die absurde Geschichte, die er sich gerade ausgedacht hatte, klang nicht sehr überzeugend, und er hoffte, dass niemand darauf zurückkommen würde.

»Und was ist mit deiner Mutter?«, fragte Tara. »Ich hab gar nichts gehört.«

»Ach, das. Nein, ihr fehlt nichts. Wie gesagt, es war nur so ein Panikmacher.«

Ajodha schaukelte langsam. »Was macht die Arbeit, Mohun? Irgendwie kann ich mir nicht so recht vorstellen, dass Feldarbeit das Richtige für dich ist. Oder, Tara?«

»Ja«, sagte Mr. Biswas forsch, »genau darüber wollte ich mit euch reden. Jetzt, wo ich eine feste Stelle habe …«

Ajodha sagte: »Mohun, du siehst gar nicht gut aus. Was, Tara? Guck dir sein Gesicht an. Und, hehe« – ein Kichern, dann fuhr er auf Englisch fort: »Schau her, er kriegt einen Wanst.« Er stach Mr. Biswas den langen spitzen Zeigefinger in den Bauch, und als Mr. Biswas zurückzuckte, stieß er ein kläffendes kleines Lachen aus. »Wie Haferschleim«, sagte er. »Weich wie Haferschleim. Wie bei einer Frau. Dass ihr jungen Leute heutzutage alle einen Bauch kriegt.« Er zwinkerte Mr. Biswas zu, legte den Kopf in den Nacken und sagte laut: »Sogar Rabidat hat einen Bauch.«

Tara gab ein kurzes, hustendes Lachen von sich.

Rabidat kam aus der Küche, kauend, und murmelte mit vollem Mund etwas Unverständliches.

Ajodha zog eine Grimasse. »Trag dein Gesicht zurück in die Küche. Du machst mich krank, wenn du mit vollem Mund redest.«

Rabidat schluckte hastig herunter. »Bauch?«, sagte er, die Unterlippe zwischen den Zähnen. »Ich einen Bauch?« Er schob sich das Hemd von den Schultern und hielt die Luft an, um seine Bauchmuskeln schärfer hervortreten zu lassen. Über dem feixenden Mund funkelten die kleinen Augen.

Ajodha grinste. »Schon gut, Rabidat. Iss weiter. Ich zieh dich bloß auf.« Die Vorführung hatte ihm gefallen; er war auf Rabidats Körper so stolz wie auf seinen eigenen. »Gute Ernährung«, sagte er zu Mr. Biswas. »Und viel Training.« Er straffte die Schultern, streckte den Bauch heraus und ergriff Mr. Biswas' weiche Hand mit starken langen Fingern. »Fühl mal. Na los, fühl mal.« Mr. Biswas machte keine Anstalten. Ajodha zog einen von Mr. Biswas' Fingern zu sich her und drückte ihn an seinen Bauch, so fest, dass er ihn verbog. Mr. Biswas versuchte ihn Ajodha zu entwinden. »Da«, sagte Ajodha. »Hart wie Stahl. Du schläfst wahrscheinlich auch noch mit Kopfkissen, wie?«

Mr. Biswas, der den schmerzenden Finger verstohlen am Nachbarfinger rieb, nickte.

»Ich schlaf immer ohne. Kopfkissen sind nicht im Sinne der Natur. Du musst deine Kinder von klein auf richtig erziehen, Mohun. Keine Kopfkissen. Au weia! *Vier* Kinder!« Und mit einem neuerlichen kläffenden kleinen Lachen sprang Ajodha von seinem Stuhl auf, trat an die halbhohe Verandamauer und rief unwirsch etwas nach draußen. Er hatte gehört, dass der Stallbursche sich für den Feierabend fertig machte, und wollte ihm nur rasch eine gute Nacht wünschen; er redete mit seinen Bediensteten immer in diesem Ton. Der Stallbursche antwortete, und Ajodha kehrte zurück zu seinem Stuhl. »Verheirateter Mann!«

»Also, wie gesagt«, setzte Mr. Biswas erneut an, »das ist eine feste Stelle, die ich da habe. Und ich fange gerade an, ein kleines Haus zu bauen.«

»Oh, das ist gut, Mohun«, sagte Tara. »Sehr gut.«

»Dass du es jemals im Hanuman-Haus ausgehalten hast«, sagte Ajodha. »Wie viele Leute wohnen in dem Kasten?«

»Ungefähr zweihundert«, sagte Mr. Biswas, und sie lachten alle. »Na ja, jedenfalls soll es ein solides Haus werden ...«

»Weißt du, was du machen solltest, Mohun?«, sagte Ajodha. »Du solltest Sanatogen nehmen. Nicht bloß eine Flasche. Mach die ganze Kur. Du hast nur was davon, wenn du die ganze Kur machst.«

Tara nickte.

Rabidat kam aus der Küche herein. »Was hör ich da von einem Haus, Mohun? Du baust ein Haus? Wo hast du das Geld her?«

»Er hat was gespart«, sagte Ajodha ungeduldig. »Nicht so wie du. Du wirst eines Tages in einem Erdloch leben müssen, Rabidat. Ich weiß nicht, was du mit deinem Geld machst.« Anders als auf diese indirekte Art wurde auf Rabidats Lebenswandel nicht angespielt.

»Hör mal, du!«, sagte Rabidat. »Ich bin nicht mit einem Vermögen auf die Welt gekommen. Und ich bin nicht ausgekocht genug, um eins zu machen. Mein Vater auch nicht.« Das war eine Provokation, denn jede Erwähnung seines Vaters war, wie jede Erwähnung von Mr. Biswas' Schwester, streng verboten.

Ajodha blickte finster und schaukelte heftig.

Und Mr. Biswas begriff, dass der rechte Zeitpunkt für sein Ansuchen endgültig verpasst war.

Dies war nicht der Blick, mit dem Ajodha so schnell bei der Hand war, der sorgenvolle, missmutige Blick, der nichts zu bedeuten hatte, auch wenn er seine Dienstboten mit Angst erfüllte. Aus diesem Blick sprach nackte Wut.

Rabidat achtete nicht auf Ajodha. Er lächelte Mr. Biswas an. »Ein Haus aus Lehm?«

»Nein, Mann. Betonpfeiler. Wohnzimmer, zwei Schlafzimmer. Verzinktes Blechdach und alles.«

Aber Rabidat hörte gar nicht hin.

»Tara!«, sagte Ajodha. »Sag, wo wäre er heute, wenn ich ihn nicht aus der Gosse gezogen hätte? Was meinst du« – er erhob sich so flink, dass der Schaukelstuhl nach hinten schoss, ging zu Rabidat und fasste ihm an den Bizeps –, »hätte er den, wenn ich ihn nicht mit Essen vollgestopft hätte?«

»Fass mich nicht an!«, schrie Rabidat.

Mr. Biswas zuckte zusammen. Ajodha riss seine Hand böse zurück.

»Fass mich nicht an!« Tränen schossen Rabidat in die kleinen Augen. Er kniff sie zu, wie in starkem Schmerz, hob den Fuß und stampfte mit ganzer Kraft auf. »Du hast mich nicht gemacht. Wenn du Kinder anfassen willst, dann mach dir deine eigenen. Was soll ich mit dem Essen tun, das du mir gegeben hast? Sag?«

Tara stand auf und tätschelte Rabidat den Rücken. »Schon gut, schon gut, Rabidat. Es wird Zeit fürs Kino.« Zu Rabidats Aufgaben gehörte es, zweimal am Tag zum Filmtheater zu gehen und die Einnahmen zu zählen.

Schwer atmend, beinahe grunzend, die Worte zu unverständlichen Lauten zerkauend, stieg er die zwei Stufen hinauf, die von der hinteren Veranda in den Hauptteil des Hauses führten.

Ajodha zog den Schaukelstuhl zu sich heran, setzte sich hinein und begann heftig zu schaukeln.

Tara lächelte Mr. Biswas zu. »Ich weiß nicht, was ich mit den beiden machen soll, Mohun.«

»Dankbarkeit!«, sagte Ajodha.

»Erzähl uns von deinem Haus, Mohun«, sagte Tara.

»Du holst sie aus einer Baracke, und das ist der Dank.«

»Das Haus?«, sagte Mr. Biswas. »Ach, da gibt's nicht viel zu erzählen. Ein kleines Häuschen. Eigentlich baue ich es für die Kinder.«

»Wir wollen unser Haus umbauen«, sagte Tara. »Aber der Ärger! Kaum nimmst du etwas in Angriff, kommen sie dir mit tausend Formularen und Genehmigungen. Als wir dieses Haus gebaut haben, war das noch nicht so. Aber solche Sorgen hast du wohl nicht.«

»Nein«, sagte Mr. Biswas. »Solche Sorgen bestimmt nicht.«

Mit den leichten, präzisen Bewegungen, auf die er sich so viel einbildete, sprang Ajodha aus seinem Stuhl und ging durch die Halbtür in den Hof.

»Die beiden«, sagte Tara. »Ununterbrochen am Streiten. Aber sie meinen es nicht so. Morgen sind sie wieder wie Vater und Sohn.«

Sie hörten Ajodha im Kuhstall auf den abwesenden Stallburschen fluchen.

Jagdat, Rabidats älterer Bruder, kam herein. »Na, Tante«, sagte er, munter wie immer, »ist deinem Mann eine Laus über die Leber gelaufen?« Er kicherte.

Jagdad machte auf Mr. Biswas stets den Eindruck, als käme er gerade von einer Beerdigung. Nicht nur wegen seiner aufgekratzten Art, auch wegen seiner Kleidung, an der sich seit Jahren nichts geändert hatte: schwarze Schuhe, schwarze Socken, dunkelblaue Kammgarnhosen mit schwarzem Ledergürtel, ein weißes Hemd mit zurückgeschlagenen Manschetten, dazu eine grellbunte Krawatte – als hätte er sich, frisch von einem Begräbnis zurückgekehrt, das Jackett ausgezogen, die Manschetten geöffnet, die schwarze Krawatte ausgetauscht und versuchte auch sonst mit allen Mitteln, sich für den düsteren Nachmittag schadlos zu halten. Er hatte kleine Augen wie Rabidat, nur lebhafter, und sein Gesicht war breiter; er lachte häufiger, wobei er Kaninchenzähne entblößte. Mit seiner behaarten, beringten Hand schlug er Mr. Biswas fest auf den Rücken und sagte: »Der alte Mohun, Mann!«

»Der alte Jagdat«, sagte Mr. Biswas.

»Mohun baut ein Haus«, sagte Tara.

»Ah, will er uns zur Einweihungsfeier einladen? Wir kriegen dich nur noch an Weihnachten zu sehen, Mann. Hast du das restliche Jahr keinen Hunger? Oder hast du zu viel mit Geldverdienen zu tun?« Und Jagdat grölte vor Lachen.

Ajodha kam aus dem Kuhstall zurück, und er und Mr. Biswas und Jagdat aßen auf der Veranda. Tara aß allein in der Küche. Ajodha war schweigsam und missmutig. Jagdat wurde stiller. Das Essen war gut, aber Mr. Biswas aß ohne Appetit.

Er hatte gehofft, nach dem Essen mit Tara allein sprechen zu können. Aber Ajodha blieb schaukelnd auf der Veranda sitzen, und nach einer Weile schien es Mr. Biswas Zeit zu gehen. In der Küche war das Mädchen mit dem Abwasch fertig, und die Stille des Abends ließ es später erscheinen, als es war.

Tara wollte ihm etwas Obst für die Kinder mitgeben.

»Vitamin C«, sagte Ajodha in seinem unwirschen Tonfall. »Gib ihm viel Vitamin C, Tara.«

Gehorsam füllte sie einen Beutel mit Orangen.

Dann ging Ajodha ins Haus.

Kaum war er weg, steckte Tara noch ein paar Avocados in den Beutel, große mit violetter Schale, wie sie im Hanuman-Haus für Mrs. Tulsi und den Gott reserviert waren. »Sie sind fast reif«, sagte sie. »Sie werden den Kindern schmecken.«

Er wollte ihr nicht erklären, wo die Kinder lebten und wo er lebte. Aber er war froh, dass er sie nicht um Geld gebeten hatte.

»Tut mir Leid, dass dein Onkel so schlechter Laune war«, sagte sie. »Aber das hat nichts zu bedeuten. Die Jungen sind gerade etwas schwierig. Ständig wollen sie Geld von ihm, da kann man es ihm nicht verdenken, dass ihm manchmal der Kragen platzt. Außerdem verbreiten sie alle möglichen Geschichten über ihn. Er sagt nichts. Aber er weiß es.«

Mr. Biswas ging sich von Ajodha verabschieden. Sein Zimmer war dunkel, die Tür stand offen, und Ajodha lag vollständig bekleidet auf seinem kopfkissenlosen Bett. Mr. Biswas klopfte zaghaft, erhielt jedoch keine Antwort. Auf den Simsen an den Wänden stapelten sich Papiere. Es standen nur vier Möbelstücke im Raum: das Bett, ein Stuhl, eine niedrige Kommode und ein schwarzer Eisenschrank, dessen Oberfläche ebenfalls mit Papieren und Zeitschriften bedeckt war. Mr. Biswas wollte schon wieder gehen, als Ajodha leise sagte: »Ich schlafe nicht, Mohun. Aber neuerdings lege ich mich nach dem Essen etwas hin. Sei nicht böse, wenn ich nicht rede und liegen bleibe.«

Auf dem Weg zur Main Road, wo der Bus fuhr, rief jemand Mr. Biswas' Namen. Es war Jagdat. Er legte Mr. Biswas die Hand auf die Schulter und bot ihm verschwörerisch eine Zigarette an. Ajodha hatte das Rauchen verboten, deshalb war für Jagdat eine Zigarette noch immer etwas Aufregendes.

Jagdat sagte aufgeräumt: »Du bist gekommen, um aus dem Alten was rauszuquetschen, stimmt's?«

»Was? Ich? Ich wollte die beiden besuchen, sonst gar nichts.«

»Da hat der Alte mir aber was anderes erzählt.«

Jagdat wartete, dann gab er Mr. Biswas einen Klaps auf den Rücken.

»Aber ich hab doch gar nichts gesagt.«

»Der alte Mohun. Wollte es auf die diplomatische Tour probieren, was? Der alte Taktiker.«

»Ich hab überhaupt nichts probiert.«

»Nein, nein. Du musst nicht denken, dass ich es dir krumm nehme. Was meinst du, was ich den ganzen Tag tu? Aber der Alte ist ein Fuchs. Der riecht den Braten schon, bevor du selber auch nur auf die Idee kommst. Na ja, was soll's. Und? Willst du trotzdem ein Haus für deine Kinder bauen?«

»Baust du eins für deine?«

Mit einem Schlag war Jagdats gute Laune verflogen. Er blieb stehen, drehte sich halb um, als wollte er zurückgehen, und sagte wütend und mit erhobener Stimme: »Sie erzählen also Geschichten über mich? Dir? *O Gott!*« – schreiend jetzt –, »ich kehr um und schlag ihnen die falschen Zähne aus. Hörst du? *Mohun!*«

Der Hang zum Melodramatischen schien in der Familie verbreitet. Mr. Biswas sagte: »Sie haben mir gar nichts erzählt. Aber ich kenn dich schließlich von klein auf. Und wenn du noch der alte Jagdat bist, dann hast du genug uneheliche Kinder, um eine kleine Schule aufzumachen.«

Jagdat, immer noch drauf und dran davonzustürmen, entspannte sich wieder. Sie gingen weiter.

»Nur vier oder fünf«, sagte Jagdat.

»Was nun – vier oder fünf?«

»Na ja, vier.« Jagdat hatte jetzt viel von seinem Schwung verloren, und als er nach einer guten Weile weiterredete, klang seine Stimme elegisch. »Junge, letzte Woche hab ich meinen Vater besucht. Der Mann lebt in der Henry Street auf nacktem Zement. In einer Bruchbude voller Kreolen. Und, und« – seine Stimme wurde erneut lauter – »das Dreckschwein« – jetzt brüllte er wieder – »das verdammte Dreckschwein rührt nicht einen Finger, um ihm zu helfen.«

In erleuchteten Fenstern wurden Vorhänge zur Seite gezogen. Mr. Biswas zupfte Jagdat am Ärmel.

Jagdat senkte die Stimme zu melancholischer Frömmigkeit. »Erinnerst du dich an den alten Mann, Mohun?«

Mr. Biswas erinnerte sich bestens an Bhandat.

»Er hat ein ganz kleines Gesicht bekommen«, sagte Jagdat. Er kniff die kleinen Augen halb zu, legte die Finger einer Hand zusammen und hob sie so behutsam wie ein Pandit bei einer religiösen Zeremonie. »O ja«, fuhr er fort, »mit Vitamin A und Vitamin B ist Ajodha großzügig. Aber wenn du wirklich Hilfe brauchst, geh besser nicht zu ihm. Einmal hat er einen Gartenarbeiter eingestellt, so einen zerlumpten Alten, mager und krank und halb verhungert. Ein Inder wie du und ich. Dreißig Cent am Tag. *Dreißig* Cent! Aber was bleibt dem armen Kerl übrig? Er schuftet in der prallen Sonne. Jätet und hackt. So gegen drei, die Sonne brennt wie wahnsinnig, der Schweiß läuft ihm runter, und er kann kaum noch stehen vor Rückenschmerzen, fragt er, ob er eine Tasse Tee haben kann. Gut, er kriegt eine Tasse Tee. Aber als der Tag vorbei ist, ziehen sie ihm sechs Cent vom Lohn ab.«

»Meinst du, sie schicken mir eine Rechnung für das Abendessen?«, fragte Mr. Biswas.

»Lach du nur. Aber so gehen sie mit armen Leuten um. Mein einziger Trost ist, dass Gott sich nicht bestechen lässt. Gott ist gut, Junge.«

Sie waren in der Main Street, nicht weit von der Schänke, in der Mr. Biswas unter Bhandat gearbeitet hatte. Wie man auf einem großen Schild lesen konnte, gehörte sie jetzt einem Chinesen.

Der Moment war gekommen, sich von Jagdat zu verabschieden. Aber Mr. Biswas widerstrebte es, sich von ihm zu trennen, allein zu sein, in den Bus zu steigen und durch die Nacht nach Green Vale zurückzufahren.

Jagdat sagte: »Der Große ist echt blitzgescheit, weißt du.«

Es dauerte ein paar Sekunden, bis Mr. Biswas begriff, dass er von einem seiner berühmten unehelichen Kinder sprach. Er bemerkte die ängstliche Erwartung in Jagdats breitem Gesicht, den hellen, nervösen kleinen Augen.

»Na, welch ein Glück«, sagte Mr. Biswas. »Vielleicht kann er dir ›Du und dein Körper‹ vorlesen.«

Jagdat lachte. »Immer noch der alte Mohun.«

Er musste Jagdat nicht fragen, wohin er unterwegs war. Er ging zu seiner Familie. Auch er hatte also ein geteiltes Leben.

»Sie arbeitet in einem Büro«, sagte Jagdat, nun wieder ängstlich.

Mr. Biswas war beeindruckt.

»Spanierin«, sagte Jagdat.

Spanierin war ein Euphemismus für eine rothäutige Negerin, das wusste Mr. Biswas. »Die sind mir zu heiß, Mann.«

»Aber treu«, sagte Jagdat.

Auf der Heimfahrt in dem klapprigen, schwach beleuchteten Bus, vorbei an schweigenden Feldern und Häusern, die entweder licht- und leblos waren oder traulich und hell, dachte Mr. Biswas auf seiner ruckelnden hölzernen Sitzbank nicht mehr an die Mission des Nachmittags, sondern an die vor ihm liegende Nacht.

Früh am nächsten Morgen erschien Mr. Maclean in der Baracke und sagte, er habe andere eilige Arbeit aufgeschoben und sei bereit, Mr. Biswas' Haus in Angriff zu nehmen. Er trug schäbige, aber ehrbare Arbeitskleidung. Das gebügelte Hemd war mit beinahe stutzerhafter Ordentlichkeit gestopft, die Khakihosen waren sauber und scharf gebügelt, auch wenn der Stoff alt war und die Bügelfalte nicht lange halten würde.

»Haben Sie sich überlegt, mit wie viel Sie einsteigen wollen?«

»Hundert«, sagte Mr. Biswas. »Am Monatsende mehr. Keine Betonpfeiler.«

»Ist auch nur eine Mode. Sie werden sehen, ich mach Ihnen Pfeiler aus Holz, die ein Leben lang halten. Sie werden keinen Unterschied merken.«

»Hauptsache solide.«

»Sauber und solide«, sagte Mr. Maclean. »Na, dann kümmer ich mich mal um das Material und die Arbeitskräfte.«

Das Material kam am Nachmittag. Die Holzpfeiler sahen grob aus; sie waren nicht ganz rund, nicht ganz gerade. Aber Mr. Biswas war begeistert von den neuen Balken und den neuen Nägeln, die in mehrere Schichten Zeitungspapier gewickelt waren. Er nahm ein paar Händevoll Nägel heraus und ließ sie wieder hineinfallen. Ein schönes Geräusch. »Wusste ich gar nicht, dass Nägel so schwer sind«, sagte er.

Mr. Macleans Werkzeugkasten trug seine Initialen auf dem Deckel und sah aus wie ein großer Koffer aus Holz. Er enthielt eine Säge mit einem alten Griff und einem scharfen, gefetteten Blatt, eine Reihe von Stemmeisen und Bohrern, eine Wasserwaage und ein Anschlaglineal, einen Hobel, einen Hammer aus Eisen und einen Holzhammer, Keile mit glänzenden, ausgezackten Köpfen, ein Knäuel alte, stockfleckige Schnur, ein Stück Kreide. Mr. Macleans Werkzeug war wie seine Kleidung: alt, aber gepflegt. Er zimmerte aus dem Bauholz eine grobe Werkbank zusammen; jedes einzelne Stück, versicherte er Mr. Biswas, würde letztlich Verwendung für das Haus finden und weitgehend unbeschadet bleiben. Deshalb habe er die Nägel auch nicht ganz hineingeschlagen, antwortete er auf eine weitere Frage von Mr. Biswas.

Auch die Arbeitskräfte kamen. Sie bestanden aus einem einzelnen Arbeiter namens Edgar, einem muskelbepackten reinblütigen Neger in kurzen, mit Flicken übersäten Khakihosen und einem Unterhemd, das braun war vor Schmutz und gespickt mit Löchern, die sein kraftvoller Oberkörper zu Ellipsen dehnte. Edgar rodete den Bauplatz mit der Machete und verwandelte ihn in fettes, sattes Grün.

Als Mr. Biswas von den Feldern zurückkehrte, fand er einen gerodeten Bauplatz vor, auf den ein weißer Grundriss des Hauses gekreidet war. Die Löcher für die Pfeiler waren markiert, und Edgar hatte mit dem Graben begonnen. Gleich daneben hatte Mr. Maclean einen Rahmen gezimmert, der von Steinen in der Waage gehalten wurde und auf wunderbare Weise mit dem Entwurf übereinstimmte, den er in seinem Hof in den Staub gezeichnet hatte.

»Veranda, Wohnzimmer, Schlafzimmer, Schlafzimmer«, sagte Mr. Biswas und hüpfte über die Holme. »Veranda, Schlafzimmer, Schlafzimmer, Wohnzimmer.«

In der Luft lag der Geruch nach Sägemehl. Tiefrot und blassgelb hatte es sich überall über das Gras gelegt und war von Edgars nackten Füßen und Mr. Macleans alten, glanzlosen Arbeitsstiefeln in die feuchte, schwere Erde gestampft worden.

Mr. Maclean klärte Mr. Biswas über die Schwierigkeiten der Arbeitskräftebeschaffung auf.

»Eigentlich wollte ich ja Sam«, sagte er. »Aber der ist ein bisschen sprunghaft und wurstig. Edgar dagegen – Edgar arbeitet für zwei. Das einzige Problem ist, man darf ihn keinen Moment aus den Augen lassen. Sehen Sie nur.«

Edgar stand bis zu den Knien in einem Loch, aus dem er wie ein Wilder schwarze Erde herausschaufelte.

»Wenn man ihm nicht sagt, dass er aufhören soll, schaufelt er sich bis Australien durch«, sagte Mr. Maclean. »Na, Chef, wie wär's mit ein bisschen was, um die Arbeit zu befeuchten?« Er machte die Geste des Trinkens. Früher hatte er nur auf die Fertigstellung einer Arbeit getrunken, heute sah er zu, dass er so schnell wie möglich einen Schluck bekam.

Mr. Biswas nickte, und Mr. Maclean rief: »Edgar!«

Edgar grub weiter.

Mr. Maclean tippte sich an die Stirn. »Sehen Sie, was ich meine?« Er steckte zwei Finger in den Mund und pfiff.

Edgar blickte auf und sprang aus seinem Loch. Mr. Maclean schickte ihn in die Schänke, ein Fläschchen Rum besorgen. Edgar lief zu seinen Sachen, ergriff einen staubigen, verbeulten und abgeschnittenen Filzhut, drückte ihn sich auf den Kopf und rannte los. Nach ein paar Minuten kam er zurück, immer noch im Laufschritt, in der einen Hand eine Flasche, mit der anderen seinen Hut festhaltend.

Mr. Maclean öffnete die Flasche, sagte: »Auf Sie und auf das Haus, Chef«, und trank. Er reichte die Flasche weiter, und Edgar sagte: »Auf Sie und auf das Haus, Herr Chef«, und trank, ohne vorher über die Flaschenöffnung zu wischen.

Mr. Maclean brauchte viel Platz zum Arbeiten. Am nächsten

Tag zimmerte er einen zweiten Rahmen und stellte ihn neben dem Rahmen für den Fußboden ab. Der neue Rahmen war für die Rückwand, und Mr. Biswas erkannte die Hintertür und das hintere Fenster. Edgar, der mit seinen Löchern fertig war, stellte drei der Eckpfeiler auf und stabilisierte sie mit Steinen aus einem Haufen, den das Straßenbauamt in einiger Entfernung hatte liegen lassen.

Eine Sache gab Mr. Biswas zu denken. Das Material hatte knapp fünfundachtzig Dollar gekostet, da blieben Mr. Maclean und Edgar ganze fünfzehn Dollar als Lohn für eine Arbeit, die, wie Mr. Maclean gesagt hatte, acht bis zehn Tage dauern würde. Aber sie waren beide bester Laune, auch wenn Mr. Maclean sich – flüsternd – über die hohen Lohnkosten beklagte.

Am Nachmittag, als Mr. Maclean und Edgar schon gegangen waren, kam Shama.

»Was hör ich da von Seth?«

Er zeigte ihr die Holzrahmen auf dem Boden, die drei aufrechten Pfeiler, die Erdhaufen.

»Da ist von deinem Geld wohl nicht mehr viel übrig?«

»Kein einziger Cent«, sagte Mr. Biswas. »Veranda, Wohnzimmer, Schlafzimmer, Schlafzimmer.«

Ihre Schwangerschaft machte sich langsam bemerkbar. Sie keuchte, fächelte sich Luft zu. »Du hast gut reden. Aber was ist mit mir und den Kindern?«

»Was soll mit ihnen sein? Sollen sie sich schämen, weil ihr Vater ein Haus baut?«

»Weil ihr Vater sich mit Leuten messen will, die zehnmal so viel haben wie er.«

Er wusste genau, warum sie so aufgebracht war. Er konnte sich das Geflüster im Affenhaus vorstellen, tuschel-tuschel hier, tuschel-tuschel dort. Er sagte: »Ich weiß schon, dass du bis an dein Lebensende in dem großen Kohlenfass namens Hanuman-Haus hocken willst. Aber versuch nicht, meine Kinder dazubehalten.«

»Wo willst du das Geld zum Fertigbauen hernehmen?«

»Da zerbrich du dir nicht den Kopf drüber. Wenn du ihn dir ein bisschen mehr und ein bisschen eher zerbrochen hättest, dann hätten wir vielleicht schon ein Haus.«

»Du gehst einfach hin und wirfst dein Geld weg. Du willst mit aller Gewalt an den Bettelstab.«

»Himmel noch mal! Was du immer für Sachen ausbuddelst!«

»Wer buddelt denn hier? Sperr die Augen auf.« Sie zeigte auf Edgars Erdhügel. »Du bist doch der Maulwurf.«

Er stieß ein kleines verärgertes Lachen aus.

Eine Weile schwiegen sie. Dann sagte Shama: »Und nicht mal einen Pandit hast du geholt, bevor du den ersten Pfeiler gesetzt hast.«

»Mir reicht's noch von dem vielen Glück nach der Ladensegnung. Schon vergessen?«

»Ich setz keinen Fuß in dein Haus, bevor du es nicht von Hari segnen lässt.«

»Wenn Hari es segnet, dann würd's mich nicht wundern, wenn überhaupt niemand einen Fuß in das Haus setzen kann.«

Aber die Holzrahmen und die Pfeiler konnte sie nicht mehr aus der Welt schaffen, und so gab er schließlich nach. Sie kehrte mit einer eiligen Botschaft für Hari zurück ins Hanuman-Haus, und am nächsten Morgen sagte Mr. Biswas zu Mr. Maclean, er müsse warten, bis Hari seines Amtes gewaltet hatte.

Hari kam zeitig, weder interessiert noch missbilligend, nur abwesend und verstopft wie immer. Er trug normale Kleidung; seine Pandit-Ausrüstung steckte in einem kleinen Pappkoffer. Er nahm in einem der Fässer hinter der Baracke ein Bad, legte in Mr. Biswas' Zimmer den Dhoti an und ging mit einem Messingkrug, ein paar Mangoblättern und anderen Utensilien zum Bauplatz hinüber.

Mr. Maclean hatte Edgar das vierte Loch sauber ausheben lassen. Mit seiner dünnen Stimme wimmerte Hari die Gebete herunter. Wimmernd sprenkelte er Wasser in das Loch, warf ein Mangoblatt, einen Penny und ein paar weitere, in ein zweites Mangoblatt gewickelte Dinge hinterher. Während der ganzen Zeremonie stand Mr. Maclean ehrfürchtig dabei, den Hut in der Hand.

Dann ging Hari zurück in die Baracke, schlüpfte in Hose und Hemd, und weg war er.

Mr. Maclean blickte verwundert. »Das war alles?«, fragte er. »Nichts ausgeteilt, was zu essen und so, wie's die Inder sonst immer machen?«

»Erst wenn das Haus fertig ist«, sagte Mr. Biswas.

Mr. Maclean gelang es, seine Enttäuschung zu verbergen. »Natürlich. Hatte ich ganz vergessen.«

Edgar rammte einen Pfeiler in das geweihte Loch.

Mr. Biswas sagte zu Mr. Maclean: »Schade um den guten Penny, wenn Sie mich fragen.«

Gegen Ende der Woche nahm das Haus sichtlich Gestalt an. Der Rahmen für den Boden war gelegt, die Wandrahmen aufgestellt, das Dach gewann Konturen. Am Montag wurde aus Mr. Macleans zerlegter Werkbank die Hintertreppe gebaut.

Dann sagte Mr. Maclean: »Wenn neues Material da ist, kommen wir wieder.«

Jeden Tag ging Mr. Biswas zum Bauplatz, um das Skelett des Hauses in Augenschein zu nehmen. Die hölzernen Pfeiler waren nicht so schlecht, wie er befürchtet hatte. Aus der Ferne wirkten sie gerade und zylindrisch, ein Kontrast zu den Ecken und Kanten des übrigen Balkenwerks, beinahe ein Stil, wie Mr. Biswas fand.

Jetzt mussten Bodenbretter her; er wollte Pechkiefer, aber nicht die fünf Zoll breiten Bretter – die waren ihm zu gewöhnlich –, sondern zweieinhalb Zoll breite, wie man sie manchmal als Zimmerdecken sah. Und Bretter für die Wände brauchte er, breite Bretter mit Nut und Feder. Dazu Wellblech für das Dach, neue verzinkte Bleche mit blauen, in das Silber gestanzten Dreiecken, die fast ein bisschen wie edle Steinplatten aussahen.

Am Ende des Monats legte er fünfzehn seiner fünfundzwanzig Dollar für das Haus beiseite. Das war verschwenderisch, denn damit blieben ihm nur noch zehn.

Am Ende des zweiten Monats konnte er nur acht Dollar dazulegen.

Dann machte Seth ihm ein Angebot.

»Die Chefin hat in Ceylon noch Zinkblech liegen«, sagte er. »Von der alten Ziegelei.«

Die Ziegelbrennerei war noch während Mr. Biswas' Zeit in The Chase abgerissen worden.

»Fünf Dollar«, sagte Seth. »Komisch, dass mir das nicht eher eingefallen ist.«

Mr. Biswas fuhr zum Hanuman-Haus.

»Was macht das Haus, Schwager?«, fragte Chinta.

»Was fragst du? Hari hat es gesegnet, und du weißt, was passiert, wenn Hari etwas segnet.«

Anand und Savi begleiteten Mr. Biswas hinters Haus, wo alles knirschte von der Spreu aus der neuen Reismühle nebenan. Die Bleche lagen wie ein abgegriffenes Kartenspiel vor dem Zaun gestapelt. Sie hatten ganz verschiedene Formen, waren schief und verzogen und ziemlich verrostet, die Ecken zu gefährlichen Haken gekrümmt, die Wellen an manchen Stellen platt gedrückt, und überall ragten böse Nagellöcher, an denen man sich schneiden konnte.

Anand sagte: »Die nimmst du aber nicht, Pa, oder?«

»Mit denen sieht unser Haus wie ein Schuppen aus«, sagte Savi.

»Ein Haus braucht ein Dach«, sagte Seth. »Und wenn du im Trockenen sitzt, rennst du nicht raus und guckst nach, was dich vor dem Regen schützt. Ich geb sie dir für drei Dollar.«

Mr. Biswas dachte an den Preis für neues Wellblech, an das ungeschützte Balkenwerk seines Hauses. »Na gut«, sagte er. »Schick sie rüber.«

Anand, der seit seinem Unglück in der Schule immer selbstbewusster geworden war, sagte: »Na gut! Kauf sie und leg sie auf dein altes Haus. Mir doch egal, wie es aussieht.«

»Noch so ein kleiner Paddler«, sagte Seth.

Aber Mr. Biswas ging es wie Anand. Auch ihm war es jetzt egal, wie das Haus aussah.

Als er nach Green Vale zurückkam, traf er dort Mr. Maclean.

Sie wurden beide verlegen.

»Hatte in Swampland zu tun«, sagte Mr. Maclean. »Da bin ich hier durchgekommen und dachte, ich schau mal eben vorbei.«

»Ich wollte auch schon zu Ihnen kommen«, sagte Mr. Biswas. »Aber Sie wissen ja, wie das ist. Ich hab ungefähr achtzehn Dollar. Nein, fünfzehn. War gerade in Arwacas und hab Wellblech für das Dach gekauft.«

»Keine Minute zu früh, Chef. Sonst wäre das ganze Geld, das Sie schon investiert haben, beim Teufel.«

»Ist allerdings kein neues Wellblech. Ich meine, nicht nigelnagelneu.«

»Das Gute an Wellblech ist, dass man es immer wieder hinkriegt. So ein bisschen Farbe wirkt Wunder.«

»An ein paar Stellen sind Löcher drin. Winzigkleine Löcher.«

»Die sind schnell dicht gemacht. Mit Mastixzement. Kostet nicht die Welt, Chef.«

Mr. Biswas bemerkte die Veränderung in Mr. Macleans Tonfall.

»Chef, ich weiß schon, Sie wollen Bodenbretter aus Pechkiefer. Pechkiefer ist schön, find ich auch. Ist was fürs Auge und riecht gut und lässt sich leicht sauber halten. Bloß, das Zeug fängt verdammt schnell zu brennen an. Verdammt schnell.«

»Das hab ich auch schon gedacht«, sagte Mr. Biswas. »Für die Puja haben wir auch immer Pechkiefer genommen.« Um die Opfergaben in einer raschen, würzigen Flamme zu verbrennen.

»Chef, ich hätte ein paar Zedernbretter an der Hand. Ein Mann in Swampland hat mir einen ganzen Stoß für sieben Dollar angeboten. Sieben Dollar für hundertfünfzig Quadratfuß Zedernholz. Ein gutes Angebot.«

Mr. Biswas zögerte. Von allen Hölzern sagte ihm Zeder am wenigsten zu. Die Maserung war hübsch, aber das Holz hatte einen penetranten, säuerlichen Geruch, und es war so weich, dass man es mit dem Fingernagel einkerben und Splitter mit den Zähnen herausbeißen konnte. Damit es hielt, brauchte man dicke Bretter, und dicke Bretter sahen klobig aus.

»Ich weiß schon, Chef, es sind nur rohe Planken. Aber Sie kennen mich. Wenn ich mit dem Hobeln fertig bin, sind die spiegelglatt, und wenn ich sie erst mal zusammengefügt habe, kriegen Sie keine Bibelseite mehr dazwischen.«

»Sieben Dollar. Bleiben nur acht für Sie.« Ein schmaler Lohn für das Verlegen des Fußbodens und das Decken des Dachs, fand Mr. Biswas.

Aber Mr. Maclean war beleidigt. »Meine Arbeitskraft«, sagte er.

Das Wellblech kam am Wochenende auf einem Lastwagen, der auch Anand, Savi und Shama mitbrachte.

Anand sagte: »Tante Sushila hat die Männer angebrüllt, wie sie das Blech aufgeladen haben.«

»Damit sie's feste draufkrachen lassen, stimmt's?«, sagte Mr. Biswas. »Hat sie ihnen das gesagt? Weil noch nicht genug Dellen drin sind? Erzähl's mir ruhig.«

»Nein, sie hat geschimpft, dass sie nicht schnell genug arbeiten.«

Mr. Biswas inspizierte die abgeladenen Bleche, suchte nach Dellen und Knicken, die er Sushilas Bösartigkeit anlasten konnte. Jedes Mal, wenn er einen Riss im Rost entdeckte, stoppte er die Arbeiter.

»Schaut euch das an. Wer von euch war das? Ich bin stinksauer. Ich sage Mr. Seth, er soll euch den Lohn kürzen.« Den Ausdruck »Lohn kürzen«, der so offiziell und beunruhigend klang, hatte er von Jagdat gelernt.

Im Gras aufgestapelt, ließen die Bleche den Bauplatz wie ein Abbruchgelände erscheinen. Keine zwei Wellen passten ineinander; schief und kipplig ragte der Stoß in die Höhe.

Mr. Maclean sagte: »Ich könnte sie mit dem Hammer gradeklopfen. So, und wie machen wir das jetzt mit den Balken, Chef?«

Die hatte Mr. Biswas ganz vergessen.

»Also, Chef, man muss das ja so sehen: Von draußen sieht man die Balken nicht. Nur von drinnen. Und da kann man sie immer noch mit einer Decke verkleiden. Deshalb halte ich es für besser, und es kostet Sie keinen Penny, wenn Sie Baumäste nehmen. Ordentlich zugeschnitten sind das erstklassige Dachbalken.«

Als Mr. Maclean sich an die Arbeit machte, war er allein. Mr. Biswas bekam Edgar nie wieder zu Gesicht, und er fragte auch nicht nach ihm.

Mr. Maclean ging zu einem verlassenen Grundstück, brachte von dort Äste mit und schnitt sie zu Balken zurecht. Wo immer ein Balken auf dem Hauptrahmen auflag, kerbte er eine Aussparung hinein und nagelte ihn fest. Sie sahen stabil aus. Als Querstreben nahm er dünnere Äste, Zweige, die krumm und widerspenstig waren. Sie machten keinen sehr haltbaren Eindruck und erinnerten Mr. Biswas an die Dächer von Lehmhütten.

Dann wurden die Wellbleche festgenagelt. Das schartige Blech ließ sich schlecht handhaben, und unter Mr. Macleans Gewicht und der Wucht der Hammerschläge erzitterte der ganze Dachstuhl. Rost rieselte auf das Gras und den Rahmen herunter. Nachdem Mr. Maclean sein Werkzeug in dem hölzernen Koffer verstaut hatte und nach Hause gegangen war, hatte Mr. Biswas seine Freude daran, unter einem Dach zu stehen, im Schatten, wo man tags zuvor und noch am Morgen unter freiem Himmel gestanden hatte.

Als die Bleche verlegt waren – sie hatten für alle Räume bis auf die Veranda ausgereicht –, sah das Haus nicht mehr ganz so trostlos und unbegonnen aus. Mr. Maclean hatte Recht behalten: Die Bleche verdeckten den Dachstuhl aus Ästen. Aber jedes Loch im Dach glitzerte wie ein Stern.

Mr. Maclean sagte: »Ich weiß, ich hab von Mastixzement gesprochen. Aber das war, bevor ich die Bleche gesehen hab. Mastixzement würde Sie bei denen so teuer kommen wie fünf bis sechs nagelneue Bleche.«

»Und jetzt? Soll ich in meinem neuen Haus sitzen und nass werden?«

»Wo ein Wille ist, ist auch ein Weg, wie es immer heißt. Pech. Schon mal daran gedacht? Viele Leute verwenden Pech.«

Das Pech holten sie sich kostenlos, von einem vernachlässigten Stück Landstraße, wo der Teer in dicken Brocken herumlag, ohne Kiesel dazwischen. Mr. Maclean steckte Steinchen in die Löcher im Dach und versiegelte sie mit Pech. Auch Zwischenräume und die Nahtstellen zwischen den Blechen dichtete er mit Pech ab. Es war eine langwierige, mühselige Arbeit, und als er fertig war, hatte das Dach ein seltsames schwarzes Muster aus vielen groben Linien, teils gerade, teils winklig ausgezackt – missgebildete, blasige, klumpige Linien aus Pech über dem Rostrot und Rostbraun und Safrangelb und Grau und Silber der alten Bleche.

Doch der Plan ging auf. Wenn es regnete, und es regnete jetzt jeden Nachmittag, blieb es unter dem Dach trocken. Das Federvieh aus dem Barackenhof und den anderen Häusern suchte darunter Schutz und blieb und scharrte die Erde zu Staub.

Die Zedernbretter für den Fußboden kamen, grob und borstig,

und sättigten die Baustelle mit ihrem Geruch. Als Mr. Maclean sie abhobelte, schien die Maserung kräftiger zu werden. Er fügte sie so sauber zusammen wie versprochen, vernagelte sie mit kopflosen Stiften und füllte die Löcher mit einem Gemisch aus Wachs und Sägemehl, das beim Trocknen hart wurde und von Holz kaum zu unterscheiden war. Das ganze hintere Schlafzimmer und ein Teil des Wohnzimmers waren ausgelegt, so dass man, wenn auch mit Vorsicht, bis ins Schlafzimmer durchgehen konnte.

Dann sagte Mr. Maclean: »Wenn Sie mehr Material haben, melden Sie sich.«

Er hatte vierzehn Tage lang für acht Dollar gearbeitet.

Vielleicht hat er für das Zedernholz keine sieben Dollar bezahlt, dachte Mr. Biswas. Vielleicht nur fünf oder sechs.

Das Haus wurde zum Spielplatz für die Kinder aus der Baracke. Sie kletterten und sprangen, viele stürzten gefährlich, aber da sie Barackenkinder waren, taten sie sich nicht viel. Sie trieben Nägel in die hölzernen Pfeiler und den Zedernholzboden, sie verbogen Nägel ohne Sinn und Zweck, sie klopften sie platt, um sich Messer daraus zu machen. Sie hinterließen kleine, schlammige Fußabdrücke auf dem Fußboden und den Querhölzern des Rahmens; der Schlamm trocknete, und der Fußboden bedeckte sich mit Staub. Die Kinder vertrieben die Hühner, und Mr. Biswas versuchte, die Kinder zu vertreiben.

»Ihr dreckigen kleinen Mistviecher! Wenn ich einen von euch erwische, schneide ich ihm den Fuß ab!«

Je höher das Zuckerrohr wuchs, desto verdrießlicher wurden die enteigneten Arbeiter, und Mr. Biswas erhielt als wohlwollende Warnungen getarnte Drohungen.

Seth, der ihm oft von der Hinterlist und Gefährlichkeit der Arbeiter gesprochen hatte, sagte jetzt nur: »Lass dich von denen bloß nicht einschüchtern.«

Aber Mr. Biswas wusste, wie viel in den indischen Distrikten gemordet wurde, perfekt geplante Morde, von denen nur wenige vor Gericht kamen. Er wusste von den Fehden zwischen Dörfern und zwischen Familien, die von denselben Arbeitern, die als Lohnempfänger solch unterwürfige, blasse Gestalten waren, mit Mut und Raffinesse und Loyalität ausgefochten wurden.

Er traf Vorsichtsmaßnahmen. Er schlief mit einer Machete und einem der Poui-Stöcke seines Vaters neben dem Bett. Und von Mrs. Seeung, der chinesischen Cafébesitzerin in Arwacas, bekam er einen kleinen Hund, ein braun-weißes Fellbündel von unbestimmter Rasse. In der ersten Nacht in der Baracke jaulte das Hündchen, weil es draußen bleiben musste, kratzte an der Tür, purzelte die Treppe hinunter und winselte so lange, bis er es hereinholte. Als Mr. Biswas am nächsten Morgen erwachte, lag das Hündchen neben ihm im Bett, ganz still, die Augen weit geöffnet. Bei Mr. Biswas' erster Regung, einer Geste der Überraschung, sprang es auf den Boden hinunter.

Er nannte es Tarzan, um es auf seine Aufgaben vorzubereiten. Aber Tarzan erwies sich als freundliches und neugieriges Wesen, ein Schrecken allenfalls für das Federvieh. »Wegen deinem Hund legen die Hennen keine Eier mehr«, beklagten sich die Hühnerhalter, und das schien nicht aus der Luft gegriffen, denn oft steckte Tarzan der Flaum noch in den Lefzen, und regelmäßig brachte er erbeutete Federn mit ins Zimmer. Eines Tages fraß Tarzan ein Ei und fand sogleich Geschmack daran. Die Hühner legten ihre Eier im Gebüsch, an Plätzen, die nur sie zu kennen glaubten. Bald wusste Tarzan über diese Plätze so gut Bescheid wie die Hühnerhalter, und nicht selten war sein Maul gelb und verklebt, wenn er in die Baracke zurückkam. Die Hühnerhalter nahmen Rache. Eines Nachmittags war Tarzans Schnauze über und über mit Hühnerdreck verschmiert, und diese ungekannte, hartnäckige Unbill verstörte Tarzan schwer.

Die Plakate in Mr. Biswas' Zimmer mehrten sich. Er malte sie jetzt sorgfältiger, mit schwarzer und roter Tusche und Stiften in verschiedenen Farben. Freie Räume füllte er mit komplexen Verzierungen, und seine Buchstaben wurden immer ausgefeilter und schnörkeliger.

In der Hoffnung, dass Romanelesen helfen könnte, kaufte er sich eine Reihe billiger Buchclub-Ausgaben. Die Deckel waren dunkelviolett, mit goldenen Buchstaben und Verzierungen. Am Bücherstand in Arwacas hatte er sie schön gefunden, doch in seinem Zimmer mochte er sie kaum in die Hand nehmen. Die Goldauflage klebte an den Fingern, und die Einbände erinnerten ihn an Sargtücher und an die Pferde der Bestattungsunternehmer, die man Tag für Tag in die Farben des Todes hüllte.

Die Sonne schien, der Regen fiel. Das Dach blieb dicht. Aber der Teer begann zu schmelzen und schlaff herabzuhängen: eine Legion schlanker schwarzer, immer länger werdender Schlangen. Manche fielen herunter, ringelten sich im Fallen und starben.

Eines späten Abends, als er die Petroleumlampe gelöscht hatte und bereits im Bett lag, hörte er Schritte vor seinem Zimmer.

Er lag still und lauschte. Dann sprang er aus dem Bett, packte seinen Stock, und nachdem er damit laut gegen den Speiseschrank, auf den Tisch und gegen Shamas Frisierkommode geschlagen hatte, stellte er sich hinter die Tür und stieß mit einem Ruck die obere Hälfte auf, so dass sein Körper durch die untere Hälfte geschützt blieb.

Es war nichts zu sehen außer der Nacht, dem stillen, farblosen Barackenhof, den toten Bäumen vor dem mondhellen Himmel. Zwei Zimmer weiter brannte Licht; jemand war spät noch unterwegs, oder ein Kind war krank.

Dann stand Tarzan auf der Treppe, machte schlabbernde, glückliche Geräusche und wedelte so heftig mit dem Schwanz, dass die ganze untere Türhälfte wummerte.

Mr. Biswas ließ ihn herein und streichelte ihn. Sein Fell war feucht.

Tarzan, hochbeglückt über so viel Aufmerksamkeit, steckte Mr. Biswas die Schnauze ins Gesicht.

»Ei!«

Eine Sekunde lang zögerte Tarzan. Als sich keine Gefahr abzeichnete, wedelte er doppelt so schnell mit dem Schwanz, wild mit den Hinterbeinen trappelnd.

Mr. Biswas nahm ihn auf den Arm.

Von nun an schlief er nur noch bei brennender Petroleumlampe.

Er begann zu fürchten, dass man ihm sein Haus anstecken könnte. Jeden Abend legte er sich mit dieser neuen Besorgnis schlafen; jeden Morgen öffnete er gleich nach dem Aufstehen das Seitenfenster und hielt Ausschau nach Anzeichen der Zerstörung hinter den Bäumen; tagsüber auf den Feldern ließ die Angst ihn nicht los. Aber das Haus stand jedesmal unverändert: das bunt schillernde Dach, die Rahmen, die Pfeiler, die hölzerne Treppe.

Als Shama kam, erzählte er ihr von seinen Ängsten.

Sie sagte: »Die Mühe macht sich doch keiner.«

Und er bedauerte, überhaupt davon angefangen zu haben, denn als Seth kam, sagte er: »Du hast also Angst, dass sie es abfackeln, was? Keine Sorge. Die haben andres zu tun.«

Mr. Maclean kam zweimal und ging wieder.

Und jeden Tag fiel der Regen, brannte die Sonne, und das Haus wurde grauer, das Sägemehl verlor seine Frische und seinen Duft und wurde zu Erde, die Teerschlangen hingen aus dem Dach, wurden länger, und es starben noch viele von ihnen, und Mr. Biswas schuf immer kunstvollere Trostbotschaften für seine Wände, seine Hand ruhig und unbeirrt, seine Gedanken im Aufruhr.

Aber eines Abends kam eine große Ruhe über ihn, und er fasste einen Entschluss. Er hatte die Umstände seines Lebens viel zu lange als vorübergehend betrachtet; von nun an wollte er jeden Zeitabschnitt, und mochte er noch so kurz sein, als kostbar ansehen. Er wollte die Zeit nicht mehr gering schätzen. Keine Handlung sollte mehr automatisch zur nächsten führen, jede Handlung gehörte zu seinem Leben und war unwiderruflich, deshalb musste jede Handlung mit Bedacht ausgeführt werden: das Öffnen einer Streichholzschachtel, das Anreißen des Streichholzes. Langsam, hochkonzentriert, als wären seine Gliedmaßen ihm fremd, wusch er sich, kochte sich sein Essen, verzehrte es, erledigte den Abwasch und setzte sich dann in den Schaukelstuhl, um dort den Abend zu verbringen – nein, zu nutzen, zu genießen, zu erleben. Sein Haus war ohne Belang. Nur auf diesen Abend, in diesem Zimmer, kam es an.

Und seine Zuversicht war so groß, dass er etwas tat, was er seit Wochen nicht getan hatte. Er nahm die Buchclub-Ausgabe des *Glöckner von Notre-Dame* herunter. Er strich mit der Hand über den Einband, schlug das Buch energisch auf, knickte ihm an mehreren Stellen den Rücken und brach ihn an einer Stelle ganz, zog die Füße auf den Stuhl, kauerte sich behaglich zusammen, schnalzte mit den Lippen, was er sonst nie machte, und begann zu lesen.

Sein Kopf war klar. Außer Victor Hugo hatte er alles beiseite geschoben. Er schlug eine Lichtung in das Dickicht: Das war das Bild, das er sich von seinem Geist machte, denn sein Geist war inzwischen weitgehend getrennt von seinem übrigen Ich.

Das Bild veränderte sich. Es war kein Wald mehr, sondern eine sich blähende schwarze Wolke. Wenn er nicht aufpasste, würde sie ihm in den Kopf fließen. Er spürte bereits, wie sie ihm gegen den Schädel drückte. Er traute sich nicht aufzublicken.

Sicher lag es nur an dem Flackern der Petroleumlampe, die direkt vor ihm auf dem Tisch stand.

Er duckte sich noch ein wenig tiefer auf seinem Stuhl zusammen und schnalzte wieder mit den Lippen.

Dann bekam er so große Angst, dass er fast aufschrie.

Warum hatte er Angst? Vor wem? Vor Esmeralda? Quasimodo? Der Ziege? Der Menge?

Menschen. Er hörte sie nebenan und überall in der Baracke. Keine Straße ohne Menschen, kein Haus. Sie waren in den Zeitungen an der Wand, auf den Photographien, in den simplen Zeichnungen der Werbeanzeigen. Sie steckten in dem Buch, das er in der Hand hielt. Sie steckten in allen Büchern. Er versuchte sich Landschaften ohne Menschen auszumalen: Sand und Sand und noch mals Sand, ohne die »Wasen«, von denen Lal gesprochen hatte; weite weiße Plateaus mit nur ihm allein, geschützt, als Fleck in der Mitte.

Hatte er vor wirklichen Menschen Angst?

Er musste es ausprobieren. Aber warum? Er hatte sein ganzes Leben unter Menschen verbracht, ohne auch nur einen Gedanken daran, dass er vor ihnen Angst haben müsste. Vor dem Tresen in der Rumschänke hatten Menschen gestanden, er war zur Schule gegangen, er war an Markttagen durch überfüllte Hauptstraßen gegangen.

Warum jetzt? Warum so plötzlich?

Seine ganze Vergangenheit mutete ihn als ein Wunder an Ruhe und Mut an.

Seine Finger waren staubig von der Goldfarbe auf dem sargtuchartigen Einband des Buches. Während er sie betrachtete, wucherte die Lichtung wieder zu, und die schwarze Wolke blähte sich. Wie schwer! Wie dunkel!

Er stellte die Füße auf den Boden und saß still da, starrte in die Lampe, ohne etwas zu sehen. Die Dunkelheit füllte ihm den Kopf. Bis hierher war sein ganzes Leben gut gewesen. Und er hatte es nicht gemerkt. Er hatte es sich alles mit seiner Sorge, seiner Angst verdorben. Angst um ein verrottendes Haus, Angst vor den Drohungen ungebildeter Arbeiter.

Er würde nie mehr unter Menschen gehen können.

Er ergab sich der Dunkelheit.

Als er sich endlich ermannte, ging er zur Tür und stieß die obere Hälfte auf. Er sah niemanden. Die Baracke schlief. Er musste bis zum Morgen warten, um herauszufinden, ob er wirklich Angst hatte.

Am Morgen war sein Kopf eine volle Minute wunderbar klar. Er erinnerte sich, dass ihm am Abend etwas zugesetzt, ihn bis zur Erschöpfung gequält hatte. Und dann, noch im Bett, fiel es ihm ein, und die Angst war wieder da. Er stand auf. Das Bettlaken war völlig zerwühlt. An manchen Stellen schaute die Matratze hervor, und er konnte die muffigen alten Kokosfasern riechen. Tastend und bedächtig wie seine Handgriffe am Vorabend kamen die Gedanken, und er kleidete jeden von ihnen in einen vollständigen Satz. Er dachte: »Das Bett ist zerwühlt. Also habe ich schlecht geschlafen. Ich muss mich die ganze Nacht über gefürchtet haben. Also ist die Angst noch da.«

Draußen, hinter dem geschlossenen Fenster, dessen Ritzen das Licht brachen und zu staubdurchsetzten Strahlen auffächerten, war die Welt. Draußen waren die Menschen.

Er sagte sich ein paar von den Trostsprüchen vor, die an den Wänden hingen. Dann wiederholte er sie ganz langsam, um sie so tief wie möglich zu empfinden, Silbe für Silbe, mit geschlossenen Augen. Dann tat er so, als würde er sich die Worte mit dem Zeigefinger auf die Stirn schreiben.

Dann betete er.

Aber selbst beim Beten bedrängten ihn Bilder von Menschen, und seine Gebete waren entstellt.

Er zog sich an und öffnete die obere Türhälfte.

Tarzan wartete schon.

»Du freust dich, mich zu sehen«, dachte er. »Du bist ein Tier und denkst, weil ich einen Kopf und Hände habe und noch so aussehe wie gestern, bin ich ein Mensch. Ich mache dir was vor. Ich bin nicht ganz.«

Tarzan wedelte mit dem Schwanz.

Er öffnete die untere Türhälfte.

Menschen!

Angst packte ihn, durchfuhr ihn wie ein Schmerz.

Tarzan, eiverschmiert und mit glänzenden Augen, sprang an ihm hoch.

Voll Trauer streichelte er ihn. »Wie viel Freude hatte ich daran gestern und vorgestern noch. Als ich noch ganz war.«

Schon jetzt waren der letzte Tag, die letzte Nacht so weit weg wie die Kindheit. Und in seine Angst mischte sich die Trauer um ein glückliches Leben, das er nie gehabt und jetzt verloren hatte.

Er machte sich an seine morgendlichen Verrichtungen. Und zu Beginn jeder Verrichtung vergaß er seinen Schmerz: Sekundenbruchteile der Freiheit, genossen erst, nachdem sie verstrichen waren. Als er zum Beispiel wie jeden Morgen einen Hibiskuszweig abbrach, um sich mit dem zerdrückten Ende die Zähne zu putzen, schielte er automatisch zu den Bäumen hinüber, um zu sehen, ob sein Haus die Nacht überlebt hatte. Dann fiel ihm ein, wie unwichtig das Haus geworden war.

Tapfer allen Gefahren trotzend, stieg er aus den Kleidern, um sich an der Wassertonne zu waschen.

Die Arbeiter waren schon auf. Er hörte ihre Morgengeräusche: das Husten und Spucken, das Anfachen der Kohlenpfannen, das Zischen der Bratpfannen, die knappen, munteren Morgengespräche. Gestern noch unerhebliche, unscheinbare Menschen, wurde nun jeder einzelne zu einem Prüfstein.

Er schaute sie an und prüfte sich.

Angst.

Die Sonne ging auf, beschien den Tau auf dem Gras, das Dach, die Bäume: eine kühle Sonne, eine angenehme Tageszeit.

Mit den Menschen war es dasselbe wie mit den Verrichtungen. Er traf jemanden und begann zu sprechen, als wäre es gestern. Dann kam das Fragen, und die unvermeidliche Antwort: wieder eine Beziehung, ein Stück Gegenwart zerstört.

Der Tag, der für diese eine Minute, während er noch im Bett lag, wie ein normaler, glücklicher Tag begonnen hatte, endete in einem verzehrenden Strudel der Fragen. Er sah, stellte sich Fragen, bekam Angst. Stellte sich noch mehr Fragen. Das alles im Bruchteil einer Sekunde.

Am Nachmittag bemerkte er einen kleinen Fortschritt. Er hatte keine Angst vor Kindern. Sie machten ihn nur traurig. So viel Schönes und Gutes, das für ihn auf ewig verloren war, hatten sie noch vor sich.

Er ging in sein Zimmer, legte sich auf das Bett und zwang sich, um das viele verlorene Glück zu weinen.

Er konnte nichts tun. Das Fragen ging weiter, unaufhörlich. Ein Photo nach dem anderen, eine Zeichnung nach der anderen, eine Geschichte nach der anderen. Er versuchte, nicht auf die Zeitungen an der Wand zu schauen, aber immer wieder musste er sich überprüfen, immer wieder fürchtete er sich, und dann wurde er aufs Neue unsicher.

Schließlich jedoch trieb ihn die Sinnlosigkeit des Auf-dem-Bett-Liegens dazu, aufzustehen und einen weiteren dieser Entschlüsse zu fassen, wie er sie schon den ganzen Tag fasste – sich nicht zu kümmern, sich ganz normal zu benehmen – kleine Entschlüsse, kleine Gesten des Trotzes, die bald vergessen waren.

Er beschloß, zum Hanuman-Haus zu radeln.

Der Anblick jedes Mannes, jeder Frau, und sei es nur von weitem, versetzte ihm einen Stich der Panik. Aber daran war er nun gewöhnt; es war Teil seines Schmerzes am Leben geworden. Doch während er dahinradelte, bekam dieser Schmerz eine neue Tiefe. Jedes Ding, das er vierundzwanzig Stunden lang nicht gesehen hatte, wurde zum Bestandteil seiner heilen, glücklichen Vergangenheit. Alles, was er jetzt sah, war beschmutzt von seiner Angst, jedes Feld, jedes Haus, jeder Baum, jede Biegung der Straße, jeder Buckel, jede Senke. Er musste die Welt nur ansehen, um Schritt für Schritt seine Gegenwart und seine Vergangenheit zu zerstören.

Und es gab ein paar Dinge, die er nicht befleckt wissen wollte. Es war schlimm genug, dass er Tarzan täuschte. Anand und Savi wollte er nicht täuschen. Er machte kehrt und fuhr zurück nach Green Vale, vorbei an den Feldern, deren Schrecken ihm bereits vertraut war.

Ihm kam der Gedanke, wenn er nur alle Handlungen des Vorabends so weit wie möglich wiederholte, könnte sich das, was ihn befallen hatte, eventuell wieder austreiben lassen. Und so wusch er sich, kochte und aß mit demselben Bedacht wie am Tag zuvor, setzte sich dann hin und schlug den *Glöckner von Notre-Dame* auf.

Aber die Lektüre weckte nur die Erinnerung an die vergangene Nacht, die Entdeckung der Angst, und ließ Goldstaub auf seinen Händen zurück.

Mit jedem Morgen wurde die Periode der Klarheit kürzer. Das Bettlaken, das er sich jedes Mal genau ansah, zeugte stets von einer qualvollen Nacht. Die Phasen der Ruhe zwischen dem Beginn einer gewohnten Verrichtung und der Selbstbefragung verkürzten sich mehr und mehr. Die Unbefangenheit, mit der er vertrauten Personen begegnete, schwand immer schneller. Bis es schließlich keinerlei Klarheit mehr gab und jede Handlung nutzlos und ohne Bedeutung war.

Doch es war immer noch besser, draußen unter richtigen Menschen zu sein als in seinem Zimmer, allein mit den Zeitungen und seinen Phantasien. Und obwohl er weiterhin Trost in Visionen von verlassenen Sand- und Schneewüsten suchte, war seine Angst an den Sonntagnachmittagen, wenn Felder und Straßen menschenleer und still waren, am größten.

Fortwährend suchte er nach einem Anzeichen, dass die Krankheit, die ihn ohne Vorwarnung befallen hatte, still und heimlich wieder verschwunden war. Die Inspektion des Bettlakens war eine Sache. Die andere war der Blick auf die Fingernägel. Sie waren immer abgekaut, aber manchmal entdeckte er an einem von ihnen einen schmalen weißen Rand, und obwohl keiner dieser Ränder von Dauer war, nahm er ihre Existenz als Zeichen für die nahende Erlösung.

Eines Abends brach er sich beim Nägelbeißen ein Stück Zahn heraus. Er nahm es aus dem Mund und legte es sich auf die Hand. Es war gelb, sehr tot und sehr belanglos, als Teil eines Zahns kaum zu erkennen. Wäre es auf den Boden gefallen, hätte er es nicht wiedergefunden: ein Teil von ihm, der nicht nachwachsen würde. Zuerst wollte er es aufbewahren. Dann ging er zum Fenster und warf es hinaus.

Am Samstag, als sie vor dem unvollendeten Haus standen, sagte Seth: »Was ist los mit dir, Mohun? Du bist so grau wie der hier.« Und er legte seine mächtige Hand auf einen der grauen Stützpfeiler.

Mr. Maclean kam vorbei. Ein Bekannter hatte ihm Holz zum Sonderpreis angeboten. Es würde für die Wände eines Zimmers reichen.

Sie gingen zum Haus. Mr. Maclean sah den Teer, der vom Dach herunterhing, sagte aber nichts. Die Bodenbretter des hinteren Schlafzimmers zogen sich bereits zusammen, zeigten Risse, wölbten sich. Mr. Maclean sagte: »Angeblich war das Holz ja abgelagert. Aber mit Zedernholz ist das so eine Sache. Es lagert nie ganz ab.«

Das neue Holz wurde gekauft. Es war Zeder.

»Ohne Nut und Feder«, sagte Mr. Maclean.

Mr. Biswas sagte nichts.

Mr. Maclean verstand ihn. Diese Apathie hatte schon manchen seiner Bauherren überkommen.

Das hintere Schlafzimmer wurde verschalt. Die Tür zu dem

Wohnzimmer mit dem halben Fußboden wurde gebaut und eingehängt. Die Tür zu dem nicht existierenden vorderen Schlafzimmer wurde gebaut und in den Rahmen genagelt. »Damit nichts passiert«, sagte Mr. Maclean, »falls Sie gleich einziehen wollen.« Mr. Biswas hatte sich Türen mit richtigen Türblättern gewünscht; er bekam Zedernbretter, auf zwei Querbalken genagelt. Das Fenster wurde auf gleiche Weise zusammengezimmert und eingehängt; die neuen schwarzen Riegel schimmerten auf dem neuen Holz.

»Es macht sich«, sagte Mr. Maclean.

In Mr. Biswas überlastetem, erschöpftem Gehirn formte sich ein Gedanke: »Hari hat es gesegnet. Shama hat ihn zum Segnen geholt. Sie haben das Wellblech gegeben, und sie haben es gesegnet.«

Träume drängten sich in seinen Schlaf. Er war im Tulsi-Laden. Überall waren Menschen. Zwei dicke schwarze Schnüre verfolgten ihn. Als er nach Green Vale radelte, zogen die Schnüre sich in die Länge. Die eine wurde schneeweiß, die andere dicker und dicker und schwarz-violett und ungeheuer lang. Es war eine gummiartige schwarze Schlange; ein grinsendes Gesicht wuchs ihr; sie fand die Jagd lustig und ließ dies die weiße Schnur wissen, die jetzt auch eine Schlange war.

Als er am Haus vorbeikam und die schwarzen Schlangen vom Dach hängen sah, berührte er den Eckpfeiler und sagte: »Hari hat es gesegnet.« Er dachte wieder an den Koffer, die gewinselten Gebete, das Sprenkeln mit dem Mangoblatt, das Hineinwerfen des Pennys. »Hari hat es gesegnet.«

Er war auf einem Hügel, einem nackten grün-braunen Hügel. Es war heiß, aber ein kühler Wind blies ihm ins Haar. Am Fuß des Hügels war eine Frau. Sie weinte, sie wollte, dass er ihr half. Er konnte ihren Schmerz spüren, doch er wollte nicht gesehen werden. Was konnte er schon für sie tun? Und die Frau – Shama, Anand, Savi, seine Mutter – kam weiter den Hügel hinauf. Er hörte ihr Schluchzen und wollte ihr zurufen, dass sie weggehen sollte.

Tarzan jaulte vor der Tür.

Er hatte eine verletzte Pfote.

»Das hast du nun von deinen Eiern.«

Dann fielen ihm die enteigneten Arbeiter ein.

Ein paar Nächte später wurde er von Gebell und Rufen geweckt.

»Aufseher! Aufseher!«

Er öffnete die obere Türhälfte.

»Sie haben Dookinans Land angesteckt«, sagte der Wachmann.

Mr. Biswas zog sich an und lief hinüber, die aufgeregten Arbeiter hinter ihm her.

Es war keine große Gefahr und kein großer Schaden. Dookinans Parzelle war klein und von den anderen Feldern durch einen Weg und einen Graben getrennt. Mr. Biswas ordnete an, das Zuckerrohr an den Rändern der angrenzenden Felder abzuschneiden, und die Arbeiter, wenngleich enttäuscht von dem Feuer, das aus der Ferne mehr versprochen hatte, machten sich eifrig ans Werk. Der Feuerschein beleuchtete ihre Körper und hielt die Kälte fern.

Die hohen gelbroten Flammen schrumpften, die Bagasse glomm rot und schwarz und brach prasselnd zusammen, legte das Herz des Feuers frei, kühlte rasch ab zu Schwarz und Grau. Glühende Flocken stiegen auf, funkelten rötlich, wurden schwärzlich und kleiner. Das Rohr schwelte an den Wurzeln wie Holzkohle; an manchen Stellen sah es aus, als hätte die Erde selbst Feuer gefangen. Die Arbeiter schlugen mit Stöcken auf die Wurzeln und die Bagasse ein, Asche schwebte empor, der graue Qualm färbte sich weiß, wurde dünner.

Erst jetzt, da die Gefahr gebannt war, fiel Mr. Biswas auf, dass ihn seit über einer Stunde keine Fragen mehr quälten.

Und schon waren die Fragen, war die Angst wieder da.

Die Arbeiter kehrten zur Baracke zurück, eine kurze Zeit war ihr Gemurmel noch zu hören, dann war er allein.

Aber die Stunde hatte eines bewiesen. Es ging bergauf mit ihm.

Das war die erste von vielen Enttäuschungen. Bald bedeuteten diese Perioden der Freiheit ihm nichts mehr, und er hoffte auch nicht mehr darauf, eines Morgens aufzuwachen und sich wieder ganz zu fühlen.

Zu Beginn der Weihnachtsferien, als das Zuckerrohr wieder in Blüte stand und die Läden in Arwacas ihre Weihnachtsschilder aushängten, ließ Shama durch Seth ausrichten, sie werde die Kinder für ein paar Tage nach Green Vale bringen.

Mr. Biswas fürchtete sich sehr vor ihnen. Am Tag ihrer Ankunft begann er, auf einen Unfall zu hoffen, der sie am Kommen hindern würde. Aber er wusste, es würde kein Unfall passieren. Es sei denn, er nahm die Sache in die eigene Hand. Er beschloss, mit Savi und Anand und mit sich selbst Schluss zu machen, aber so, dass die Kinder nicht mitbekamen, wer sie getötet hatte. Den ganzen Vormittag beherrschten ihn Phantasien, wie er Anand und Savi zerstückelte, vergiftete, erdrosselte, verbrannte, und so war seine Beziehung zu ihnen schon zerstört, bevor sie angekommen waren. Myna und Shama waren ihm gleichgültig; sie wollte er nicht töten.

Dann kamen sie. Mit einem Schlag wurden seine Pläne gegenstandslos und absurd. Er verspürte nur Resignation und eine große Müdigkeit. Und es begann die Täuschung, der besondere Schmerz, den er hatte vermeiden wollen. Noch während er es zuließ, dass Anand und Savi ihn berührten und ihn küssten, zog er seine Beziehung zu ihnen in Zweifel, suchte nach der Angst, fragte sich, ob sie die Täuschung bemerkt hatten und wussten, was in seinem Kopf vorging.

Vor Shama fürchtete er sich nicht, er beneidete sie nur um ihre gedankenlose Selbstgewissheit. Und noch im selben Moment packte ihn Hass auf sie. Ihre Schwangerschaft war grotesk; er verabscheute ihre Art, sich hinzusetzen, er horchte genau auf die Geräusche, die sie beim Essen machte, er hasste es, wie sie über den Kindern gluckte, er hasste es, wie sie schnaufte und sich Luft zufächelte und ihre Schwangerschaft ausschwitzte; die Rüschen und Stickereien und anderen Verzierungen an ihren Kleidern widerten ihn an.

Shama, Savi und Myna schliefen auf Bettzeug auf dem Fußboden. Anand schlief bei Mr. Biswas im Himmelbett. Um ihn ja nicht berühren zu müssen, errichtete Mr. Biswas einen Wall aus Kissen zwischen dem Jungen und sich.

Seine Müdigkeit wurde stärker. Am nächsten Tag, Sonntag, kam er kaum noch aus dem Bett. Wenn er bisher gemeint hatte, es im Zimmer nicht auszuhalten, wollte er es jetzt nicht mehr verlassen. Er sei krank, sagte er, und es fiel ihm leicht, die Symptome einer Malaria zu simulieren.

Als Seth kam, sagte Mr. Biswas zu ihm: »Muss der Schüttelfrost sein.«

Nach einer Woche war die Müdigkeit immer noch da. Er saß im Bett, baute Drachen und Spielzeugautos für Anand und bastelte aus Streichholzschachteln ein Schubladenschränkchen für Savi. Je länger er in seinem Zimmer blieb, desto weniger Lust hatte er, es zu verlassen. Er bekam Verstopfung. Aber ab und an musste er doch hinaus; dann sprintete er zurück, nervös, und entspannte sich erst im Bett wieder.

Er ließ Shama keinen Moment aus den Augen, beobachtete sie mit Misstrauen, Hass und Ekel. Er sprach sie nie direkt an, immer nur über eines der Kinder, und es dauerte eine Weile, bis Shama das auffiel.

Als er eines Morgens im Bett lag, kam sie und drückte ihm erst ihre Handfläche und dann den Handrücken auf die Stirn. Die

Geste kränkte ihn, schmeichelte ihm, machte ihn unsicher. Sie hatte Gemüse geschnitten, der Geruch an ihren Fingern ekelte ihn an.

»Kein Fieber«, sagte sie.

Sie knöpfte ihm das Hemd auf und legte ihm ihre Hand, groß und dunkel und fremd, auf die blasse weiche Brust.

Er hätte fast laut geschrien.

Er sagte: »Nein, immer noch nicht fett genug. Musst mich noch ein bisschen weitermästen. Hier, warum fühlst du mir nicht die Knöchelchen?«

Sie zog ihre Hand zurück: »Hast du's am Kopf, Mann?«

»Hast du's am Kopf, Mann?«, äffte er sie nach. »Am Kopf, im Kopf, was weißt du schon!« Mit einem Mal war er außer sich vor Wut; noch nie war sie ihm so zuwider gewesen. Aber er wollte, dass sie blieb. Teils in der Hoffnung, dass sie es ernst nehmen würde, teils auch nur, um sie zu belustigen und zu verwirren, sagte er mit seiner schnellen Fistelstimme: »Und ob ich was im Kopf hab. Wolken. Viele kleine schwarze Wolken.«

»Was redest du da?«

»Komisch. Immer, wenn man die Leute beleidigt oder ihnen reinen Wein einschenkt, tun sie erst mal, als ob sie nicht richtig gehört hätten.«

»Das hab ich davon, dass ich mich in Sachen mische, die mich nichts angehen. Ich weiß gar nicht, warum ich hergekommen bin. Wenn die Kinder nicht wären ...«

»Also schickt ihr Hari mit seinem schwarzen Köfferchen, was? Ihr haltet mich für einen Volltrottel, oder?«

»Schwarzes Köfferchen?«

»Siehst du? Immer erst mal nicht richtig hinhören.«

»Ich hab keine Zeit, hier herumzustehen und mir dein Geschwätz anzuhören. Schade, dass du kein richtiges Fieber hast. Dann würdest du wenigstens Ruhe geben.«

Der Streit begann ihm Spaß zu machen. »Ich weiß schon,

dass du mir Fieber an den Hals wünschst. Ihr hättet mich ja alle am liebsten tot. Da kann sie dann heulen, die alte Füchsin, und die kleinen Götter lachen sich eins, und du flennst – aufgetakelt bis dort hinaus. Das wär doch mal was. Das hättet ihr doch gern, oder?«

»Aufgetakelt? Ich? Von dem, was ich von dir kriege?«

Schlagartig wurde Mr. Biswas kalt vor Angst.

Seth und das Land und das Wellblech, Hari und das schwarze Köfferchen, die Segnung, und jetzt, seit Shama hier war, diese Müdigkeit.

Er war am Sterben.

Sie töteten ihn. Er würde dieses Zimmer nicht mehr verlassen und sterben.

Shama war draußen bei der Kochstelle und gurrte dem Baby in der Hängematte etwas vor.

»Verschwinde!«

Sie hob den Kopf.

Er sprang aus dem Bett und packte den Spazierstock. Ihn fror am ganzen Körper. Sein Herz schlug schnell und schmerzhaft.

Shama trat in die Tür.

»Verschwinde! Komm bloß nicht hier rein! Rühr mich nicht an!«

Myna weinte.

»Mann«, sagte Shama.

»Komm nicht in dieses Zimmer! Keinen Fuß setzt du noch in dieses Zimmer!« Er fuchtelte mit dem Stock. Er ging zum Fenster und begann, ohne sie aus den Augen zu lassen, immer weiter mit dem Stock fuchtelnd, den Riegel zurückzuschieben. »Rühr mich nicht an!«, brüllte er, und Schluchzen mischte sich in seine Worte.

Die Tür war durch sie blockiert.

Aber es gab ja noch das Fenster. Er versetzte ihm einen Stoß. Zitternd schwang es auf. Licht fiel in das Zimmer, frische Luft mischte sich mit dem muffigen Geruch nach alten Brettern und

Zeitungen – er hatte ganz vergessen, wie muffig sie rochen. Hinter dem ebenen Barackenhof sah er die Bäume, die die Straße säumten und sein Haus den Blicken entzogen.

Shama kam auf ihn zu.

Er begann zu schreien und zu weinen. Er versuchte sich auf die Fensterbank zu stemmen, über die Schulter zu Shama zurückschauend, der Stock keine wirksame Waffe mehr, weil er keine Hand frei hatte.

»Was machst du denn?«, fragte sie auf Hindi. »Pass auf, du tust dir weh.«

Er bemerkte Tarzan, Savi und Anand draußen unter dem Fenster. Tarzan wedelte mit dem Schwanz und sprang bellend an der Hauswand hoch.

Shama kam näher.

Er saß jetzt auf der Fensterbank.

»Gott!«, schrie er und riss den Kopf in den Nacken. »Verschwinde!«

Sie war so nah, dass sie ihn berühren konnte.

Er trat nach ihr.

Sie schrie auf vor Schmerz.

Zu spät machte er sich klar, dass er ihr in den Bauch getreten hatte.

Als sie Shama schreien hörten, liefen die Frauen aus der Baracke herbei und halfen ihr aus dem Zimmer.

Savi und Anand kamen ums Haus herum zum Kochplatz gelaufen. Tarzan sprang verwirrt zwischen ihnen, den Frauen und Mr. Biswas herum.

»Pack deine Sachen und geh nach Hause«, sagte Dookhnee, eine der Frauen aus der Baracke. Sie wurde selbst geschlagen und hatte oft miterlebt, wie Frauen von ihren Männern verprügelt wurden; so etwas machte alle Frauen zu Schwestern.

Savi betrat ängstlich das Zimmer und begann, ohne ihren Vater anzusehen, Sachen in einen Koffer zu packen.

Mr. Biswas schaute wild und schrie: »Nimm deine Kinder und verschwinde!«

Shama im Kreis der Frauen rief: »Anand, rasch, pack deine Sachen.«

Mr. Biswas sprang von der Fensterbank.

»Nein!«, sagte er. »Anand geht nicht mit dir. Nimm deine Mädchen und verschwinde.« Er wusste nicht, warum er das gesagt hatte. Von seinen Kindern kannte er nur Savi, und jetzt hatte er ihr ohne Not wehgetan, und dabei wusste er nicht einmal, ob er Anand bei sich behalten wollte. Womöglich hatte er es nur gesagt, weil Shama seinen Namen ausgesprochen hatte.

»Anand«, sagte Shama, »geh deine Sachen packen.«

Dookhnee sagte: »Ja, geh und pack deine Sachen.«

Und mehrere Frauen sagten: »Nun geh schon, Junge.«

»Er geht nicht mit dir in dieses Haus«, sagte Mr. Biswas.

Anand blieb, wo er war, bei der Kochstelle, streichelte Tarzan, schaute nicht zu Mr. Biswas und nicht zu den Frauen.

Savi kam mit Koffer und Schuhen aus dem Zimmer. Sie klopfte sich den Staub von den Füßen, schlüpfte in einen Schuh.

Shama, die erst jetzt zu weinen begann, sagte auf Hindi: »Savi, wie oft hab ich dir gesagt, du sollst dir die Füße waschen, bevor du deine Schuhe anziehst.«

»Ist gut, Ma, dann geh ich sie mir waschen.«

»Lass es diesmal«, sagte Dookhnee.

Die Frauen sagten: »Ja, lass es diesmal.«

Savi schlüpfte in den zweiten Schuh.

»Anand, kommst du mit, oder willst du bei deinem Vater bleiben?«, fragte Shama.

Mr. Biswas, den Stock in der Hand, schaute Anand an.

Anand streichelte immer noch Tarzan, der jetzt die Augen halb geschlossen hatte und die Nase in die Höhe reckte.

Mr. Biswas lief zu dem grünen Tisch und ruckelte und zerrte die Schublade auf. Er nahm die lange Schachtel mit den Farbstiften für seine Plakate und hielt sie Anand hin. Er schüttelte die Schachtel. Die Stifte klapperten.

Savi sagte: »Komm endlich, Anand. Hol deine Sachen.«

Ohne mit dem Streicheln aufzuhören, sagte Anand: »Ich bleibe bei Pa.« Seine Stimme war leise und mürrisch.

»Anand!«, sagte Savi.

»Lass ihn«, sagte Shama, jetzt wieder gefasst. »Er ist ein Mann und muss wissen, was er tut.«

»Junge«, sagte Dookhnee. »Deine Mutter.«

Anand sagte nichts.

Shama stand auf, und der Kreis der Frauen um sie herum öffnete sich. Sie nahm Myna, Savi nahm den Koffer; so gingen sie den schlammigen, mit spärlichem, zähem Gras bewachsenen Weg vor zur Straße, während vor ihnen Hennen und Küken auseinander stoben. Tarzan lief erst ihnen nach, dann den Hühnern. Als eine erboste Henne nach ihm pickte, schaute er sich nach Shama, Savi und Myna um. Sie waren verschwunden. Er trottete zurück zur Baracke und zu Anand.

Mr. Biswas öffnete die Schachtel und zeigte Anand die angespitzten Buntstifte. »Nimm. Sie gehören dir. Du kannst damit tun, was du willst.«

Anand schüttelte den Kopf.

»Willst du sie nicht?«

Tarzan, zwischen Anands Beinen, reckte den Kopf, um sich streicheln zu lassen, und schloss genüsslich die Augen.

»Was willst du dann?«

Anand schüttelte den Kopf. Tarzan auch.

»Warum bist du geblieben?«

Anand blickte entnervt.

»Sag.«

»Weil ...« Das Wort kam dünn, explosiv, mit Zorn auf sich und seinen Vater geladen. »Weil sie dich allein lassen wollten.«

Viel mehr sprachen sie für den Rest des Tages nicht.

Sein Instinkt hatte ihn nicht getrogen. Kaum war Shama fort, fiel die Müdigkeit von ihm ab. Er wurde wieder rastlos, begrüßte beinahe den vertrauten, bangen Aufruhr in seinem Kopf. Er ging wieder aufs Feld. Am ersten Tag nahm er Anand mit. Anand, schmutzig, sonnenverbrannt, von Juckreiz geplagt, die Haut vom scharfen Gras zerschnitten, weigerte sich, ein zweites Mal mitzukommen, und blieb stattdessen mit Tarzan bei der Baracke.

Mr. Biswas bastelte noch mehr Spielsachen für Anand. Ein runder Blechdeckel, lose auf einen Stock genagelt, rollte wie ein Rad, wenn man ihn schob, und beglückte Anand sehr. Abends malten sie Phantasiebilder: schneebedeckte Berge und Tannenbäume, rote Segelschiffe auf blauer See unter wolkenlosem Himmel, Straßen, die sich durch gepflegte Wälder zu fernen grünen Bergen schlängelten. Sie redeten auch miteinander.

»Wer ist dein Vater?«

»Du.«

»Falsch. Ich bin nicht dein Vater. Gott ist dein Vater.«

»Ach. Und wer bist du?«

»Ich bin nur irgendjemand. Niemand. Einfach ein Mann, den du kennst.«

Er brachte Anand das Farbenmischen bei. Er zeigte ihm, wie aus Rot und Gelb Orange wird und aus Blau und Gelb Grün.

»Oh. Deshalb werden die Blätter gelb.«

»Nein, das nicht.«

»Ja, aber wenn ich ein Blatt nehme und es wasche und wasche und wasche, wird es dann gelb oder blau?«

»Weder noch. Das Blatt ist von Gott. Verstehst du?«

»Nein.«

»Dein Problem ist, dass du keinen richtigen Glauben hast. Es gab mal einen Mann, der war wie du. Der wollte sich lustig machen über einen Mann wie mich. Als der Mann, der wie ich war, im Schlaf lag, warf der andere Mann ihm eine Orange in den Schoß und dachte: ›Ich wette, der alte Trottel wacht auf und sagt, Gott hat die Orange fallen lassen.‹ Der Mann erwachte und begann, die Orange zu schälen. Da kam der erste Mann und sagte: ›Ich nehme an, du hast die Orange von Gott bekommen.‹ ›Ja‹, sagte der andere Mann. ›Und wenn ich dir nun sage, dass du sie nicht von Gott bekommen hast? Sondern von mir?‹ ›Na ja‹, sagte der andere Mann. ›Ich habe im Schlaf um eine Orange gebetet.‹«

Anand war beeindruckt.

»Schau her«, sagte Mr. Biswas. »Siehst du diese Streichholzschachtel? Ich halte sie in der Hand, siehst du? Hoppla! Sie ist heruntergefallen. Warum?«

»Weil du sie fallen lassen hast. Darum.«

»Unsinn. Wegen der Schwerkraft ist sie runtergefallen. Wegen dem Gesetz der Schwerkraft. Was kriegt ihr Kinder heutzutage eigentlich noch beigebracht?«

Er erzählte Anand von zwei Männern namens Kopernikus und Galilei. Er fand es aufregend, der Erste zu sein, von dem Anand hörte, dass die Erde rund ist und sich um die Sonne dreht.

»Denk an Galilei. Steh immer zu deinem Wort.«

Es freute ihn, dass Anand Interesse zeigte. Es war die Woche vor Weihnachten, und er dachte mit Sorge an Seths Besuch.

Zu Anand sagte er: »Samstag bauen wir uns einen Kompass.«

Und am Samstag sagte Seth: »Warum kommst du nicht nach Hause, kleiner Anand? Komm nach Hause und häng deinen Strumpf auf. Was willst du hier bei deinem Vater?«

»Er ist nicht mein Vater. Du glaubst nur, dass er mein Vater ist.«

Für theologische Spitzfindigkeiten war Seth nicht der Mann. »Sie machen Eiskrem und backen Kuchen, Junge.«

Mr. Biswas sagte: »Denk an Galilei.«

Anand blieb.

Mit Hilfe seiner Taschenlampenbatterien magnetisierte Mr. Biswas eine Nähnadel und klebte sie auf eine kleine Pappscheibe; diese setzte er auf ein Papierhütchen, das er über einen Stecknadelkopf stülpte.

»Wo das Öhr hinzeigt, ist Norden.«

Sie spielten so lange damit, bis die Nadel ihre Magnetkraft verloren hatte.

Manchmal sagte Mr. Biswas, er habe Schüttelfrost. Dann saß er da, dick eingewickelt und zitternd, und Anand musste mit ihm Hymnen auf Hindi anstimmen. In diesen Stunden ließ sich Anand, auch wenn keiner von ihnen es aussprach, von den Ängsten seines Vaters anstecken und wiederholte die Worte wie Zauberformeln. Das Zimmer in der Baracke mit seinen dunklen Ecken, Tür und Fenster verriegelt, wurde zu einer Höhle, in der überall Gefahren lauerten, und Anand sehnte den Morgen herbei.

Aber es gab auch Belohnungen.

»Heute«, sagte Mr. Biswas, »nehmen wir etwas durch, das Zentrifugalkraft heißt. Geh den Eimer holen, der draußen steht, und mach ihn voll Wasser.«

Anand brachte das Wasser.

»Bisschen eng hier drin«, sagte Mr. Biswas.

»Gehn wir eben raus.«

Mr. Biswas hörte gar nicht hin. »Mit genügend Schwung …« Er schwang den Eimer.

Wasser spritzte auf das Bett, an die Wände, auf den Boden.

»Der Eimer ist zu schwer. Hol einen von den kleinen blauen Töpfen aus der Küche. Füll da Wasser rein.«

Beim zweiten Mal klappte es.

Mit den Taschenlampenbatterien, einem Stück Blech und einem Nagel – einem rostigen neuen Nagel aus dem Zeitungspapierpaket, das Mr. Maclean an dem Nachmittag mitgebracht hatte, als Edgar den Bauplatz für das Haus rodete – bastelten sie einen elektrischen Summer.

Es gab viele Gründe, warum Mr. Biswas aus der Baracke in das fertige Zimmer seines Hauses umzog. Es war eine positive Handlung und eine selbstbewusste, trotzige Geste; außerdem hörte er ständig und mit wachsendem Unbehagen Leute um die Baracke herumschleichen. Und er hegte die Hoffnung, das Leben in einem neuen Haus, in einem neuen Jahr, könnte ihn in einen neuen Geisteszustand versetzen. Allein wäre er nicht umgezogen, denn er fürchtete die Einsamkeit noch mehr als die Menschen. Aber Anand reichte ihm als Gesellschaft.

Eine trächtige Katze hatte von dem leeren staubigen Zimmer Besitz ergriffen. Tarzan jagte sie hinaus.

Sie kehrten und putzten das Zimmer. Sie versuchten, die Teerschlangen vom Boden zu kratzen, aber der Teer, der auf dem Zinkblech im Handumdrehen schmolz, blieb auf den Zedernholzbrettern hart. Das Zimmer war kleiner als das Barackenzimmer; mit dem Bett, Shamas Frisierkommode, dem grünen Tisch, dem Speiseschrank und dem Schaukelstuhl war es beinahe vollgestellt. »Da heißt's aufpassen«, sagte Mr. Biswas. »Nicht zu wild rumschaukeln.« Andere Unbequemlichkeiten kamen hinzu. Es gab keine Küche, darum mussten sie sich das Essen draußen unter dem Zimmer auf Kisten kochen; ihnen beiden wurde schlecht. Das Dach hatte keine Regenrinne, darum mussten sie sich ihr Wasser aus den Tonnen bei der Baracke holen. Sie mussten auch die Barackenlatrine benutzen.

Und jeden Tag waren die dünnen schwarzen Schlangen ein Stück länger geworden.

Die Unfertigkeit des Hauses bedrückte Mr. Biswas nicht. Er sah die Balken, das alte Wellblech, die grauen Pfosten, die Spalten zwischen Wand- und Bodenbrettern, die vernagelte und verriegelte Tür zum nicht existierenden Schlafzimmer. All das hatte ihn unglücklich gemacht, das wohl, aber in einer längst vergangenen Zeit, die er sich kaum noch vorstellen konnte.

Die Schlangen erschienen immer häufiger in seinen Träumen.

Er begann, lebendige Wesen in ihnen zu sehen, und überlegte, wie es sich wohl anfühlen würde, wenn eine herunterfiel und sich auf seiner Haut ringelte.

Die Fragen und die Angst blieben. Sie hatte er nicht in der Baracke zurückgelassen.

Die Bäume konnten so vieles verbergen.

Und eines Nachts wachte Anand davon auf, dass Mr. Biswas schreiend aus dem Bett sprang und an seinem Unterhemd herumzerrte, als hätte ein Trupp roter Ameisen ihn attackiert.

Eine Schlange war auf ihn heruntergefallen. Eine dünne, gar nicht lange. Sie blickten zur Decke und sahen die Mutterschlange, bereit, weitere Kinder abzuwerfen.

Mit Stangen und Besenstielen versuchten sie, die Schlangen herunterzuschlagen. Der Teer schaukelte nur unter ihren Hieben. Mit den Händen bekamen sie nur kleine Schlangen zu fassen, und die schwangere Mutter blieb oben.

Er nahm ein Kakaomesser und verbrachte einen ganzen Abend damit, Schlangen herunterzuschneiden. Keine leichte Arbeit. Unter der Kruste, oben an den Wurzeln, war der Teer weich, aber zäh wie Gummi. Mr. Biswas säbelte kräftig, und der Rost vom Dach rieselte ihm ins Gesicht.

Am nächsten Nachmittag waren die Schlangen schon wieder nachgewachsen.

Er redete sich auf einen erneuten Malariaanfall hinaus. In das Laken aus Mehlsäcken gewickelt, schaukelte er in seinem Stuhl. Tarzan bekam den Schwanz eingequetscht, schoss jaulend in die Höhe und lief aus dem Zimmer.

»Sag *Rama Rama Sita Rama*, dann geschieht dir nichts«, sagte Mr. Biswas.

Anand wiederholte die Worte schneller und immer schneller.

»Du lässt mich doch nicht allein, oder?«

Anand antwortete nicht.

Das war zu einer von Mr. Biswas' Ängsten geworden. Und

wenn er sich nur genügend darauf konzentrierte – eine Fähigkeit, die sein Zustand ihm erlaubte –, dann wurde dies die bedrückendste Angst von allen: dass Anand ihn verlassen könnte und er allein zurückblieb.

Eines Nachmittags rollte Anand seinen Blechdeckel durch den Hof, als zwei Männer zum Haus kamen und wissen wollten, ob er hier wohnte. Dann fragten sie ihn nach dem Aufseher.

»Der ist auf dem Feld«, sagte Anand. »Aber er kommt gleich wieder.«

Unter den Bäumen war die Straße kühl. Dort hockten die Männer sich hin. Sie summten, sie unterhielten sich, sie warfen Kieselsteine. Sie kauten auf Grashalmen, sie spuckten aus. Anand beobachtete sie.

Einer der Männer rief: »Junge, komm mal her.« Er war dick und hatte gelbe Haut, einen schwarzen Schnauzbart und helle Augen.

Der andere Mann, der jünger war, sagte: »Wir graben nach Schätzen.«

Das klang gut. Anand ging zur Straße. Den Blechdeckel trieb er vor sich her.

»Na los. Grab«, sagte der jüngere Mann.

Der dicke Mann schrie »Hurra!« und zog ein Centstück aus dem Schotter.

Anand ging dorthin, wo der Dicke saß, und begann zu scharren.

Der jüngere Mann rief: »Aha!«, und las einen Penny aus dem Kies auf.

Anand lief zu ihm. Dann rief wieder der Dicke; er hatte noch einen Cent gefunden.

Anand lief zwischen den Männern hin und her.

»Ich finde nichts«, sagte er.

»Hier«, sagte der jüngere Mann. »Grab hier.«

Anand scharrte in der Erde und fand einen Penny. »Darf ich den behalten?«

»Er gehört dir«, sagte der jüngere Mann. »Du hast ihn gefunden.«

Das Spiel ging eine Weile so weiter. Anand fand noch zwei Cent.

Der Dicke schien das Interesse zu verlieren. »Der Aufseher lässt sich Zeit«, sagte er. »Wo ist dein Vater, Junge?«

Anand deutete hinauf zum Himmel und freute sich, als der Dicke verwirrt schaute und fragte: »Dein Vater ist aber doch der Aufseher, oder?«

»Ja, alle glauben, er ist mein Vater. Dabei ist er gar nicht mein Vater. Er ist nur ein Mann, den ich kenne.«

Die Männer sahen sich an. Der Dicke nahm eine Hand voll Kies und holte aus, wie um damit nach Anand zu werfen. »Hau ab«, sagte er. »Na los, zieh Leine.«

»Das ist nicht eure Straße«, sagte Anand. »Die ist öffentlich.«

»Du bist wohl ein ganz Schlauer. Was glaubst du eigentlich, mit wem du redest?« Der Dicke erhob sich. »Wenn du so schlau bist, gib mir mein Geld zurück.«

»Such dir selber welches. Das hier gehört mir.« Anand wandte sich an den Jüngeren. »Du hast gesehen, wie ich es gefunden hab.«

»Lass den Jungen in Ruh«, sagte der jüngere Mann.

»Ich lass mir doch nicht von einem Rotzbengel ans Bein pinkeln, der mir meinen letzten Cent geklaut hat«, sagte der Dicke. »Dir zeig ich's.« Er schnappte sich Anand.

»Wenn du mich haust, sag ich's meinem Vater.«

Der Dicke zögerte.

»Lass ihn, Dinnoo«, sagte der Jüngere. »Da, der Aufseher kommt.«

Anand riss sich los und lief zu Mr. Biswas. »Der dicke Mann wollte mir mein Geld klauen.«

»'n Abend, Boss«, sagte der Dicke.

»Verschwindet. Was fällt euch ein, meinen Sohn anzurühren?«

»Ihren Sohn, Boss?«

»Er wollte mir mein Geld klauen«, sagte Anand.

»Doch nur im Spiel«, sagte der Dicke.

»Verschwindet!«, sagte Mr. Biswas. »Hier gibt's keine Arbeit!«

»Aber Mr. Seth wollte Ihnen extra Bescheid sagen, Boss«, sagte der jüngere Mann.

»Hat er aber nicht.«

»Aber Mr. Seth sagt –«, setzte der Dicke an.

»Lass sie, Dinnoo«, sagte der Jüngere. »Wie der Vater, so der Sohn.«

»Muss im Blut liegen«, murrte der Dicke.

»Pass auf, was du sagst!«, drohte Mr. Biswas.

»Pah!« Mit einem verächtlichen Zungenschnalzen trat der Mann den Rückzug an.

Anand zeigte Mr. Biswas die Kupfermünzen, die er gefunden hatte.

»Die ganze Straße war voller Geld«, berichtete er. »Sie haben Silber gefunden. Aber ich nicht.«

Mr. Biswas lag wach im Bett, als Anand aufstand. Anand stand immer als Erster auf. Mr. Biswas hörte ihn über die schwingenden Bodenbretter des unfertigen Wohnzimmers tappen und auf die Treppe hinaustreten – ein festeres Geräusch. Dann wurde es still, und kurz darauf hörte er Anand durchs Wohnzimmer zurückkommen.

Anand blieb an der Tür stehen. Mit ausdruckslosem Gesicht. »Pa.« Seine Stimme klang tonlos. Sein Mund stand halb offen und zitterte.

Mr. Biswas stieß die Decke beiseite und ging zu ihm.

Anand schüttelte die Hand des Vaters ab und zeigte zur anderen Seite des Wohnzimmers.

Mr. Biswas ging nachsehen.

Auf der untersten Treppenstufe lag Tarzan, tot. Der Kadaver war achtlos hingeworfen worden, das Hinterteil auf der Treppe, die Schnauze auf der Erde. Das braun-weiße Fell war schmutzig, mit schwarzrotem Blut verklebt, über und über mit Fliegen bedeckt. Der Schwanz stand in die Höhe, von der zweituntersten Stufe hochgedrückt, seine Zotteln gekräuselt im leichten Morgenwind, als gehörte er zu einem lebendigen Hund. Der Hals war durchschnitten, der Bauch aufgeschlitzt, Fliegen krabbelten an den Lefzen und um die Augen herum, die barmherzigerweise geschlossen waren.

Mr. Biswas merkte, dass Anand neben ihm stand.

»Komm. Geh rein. Ich kümmere mich um Tarzan.«

Er schob Anand ins Schlafzimmer. Anand ging leicht, sehr leicht, als reichte der Druck von Mr. Biswas' Fingerspitzen schon aus. Mr. Biswas strich ihm übers Haar. Wütend schüttelte Anand die Hand ab. Durch seinen verkrampften, zerbrechlichen Körper lief ein Zittern; beide Hände ins Hemd gekrallt, machte er ein paar schnelle kleine Trippelschritte.

Mr. Biswas registrierte erst nach ein paar Sekunden, dass Anand zum Schreien Luft geholt hatte. Er konnte nichts tun als abwarten, den Blick auf das verzerrte Gesicht geheftet, den aufgerissenen Mund, die zusammengekniffenen Augen. Und dann kam es, ein grauenhaftes pfeifendes Kreischen, das anhielt und kein Ende nehmen wollte, bis es in gurgelnden, würgenden Lauten erstickte.

»Ich bleib nicht hier! Ich will weg hier!«

»Also gut«, sagte Mr. Biswas, als Anand schniefend und mit rot geränderten Augen auf dem Bett saß, »ich bring dich ins Hanuman-Haus. Morgen.« Es war eine Bitte um Aufschub. Die Angst pulsierte so heftig in ihm, dass er den Hund völlig vergessen hatte; er wusste als Einziges, dass er nicht allein bleiben wollte. Das hatte er gelernt: die unmittelbare Bedrängnis zu vergessen. Sich durch nichts von dem tieferen Schmerz ablenken zu lassen.

Auch Anand hatte den Hund vergessen. Er hörte den bittenden Ton und spürte die eigene Macht. Er trat gegen die Seite des zerwühlten Bettes und stampfte auf den Boden. »Nein! Nein! Ich will jetzt weg.«

»Also gut. Heute Nachmittag bring ich dich hin.«

Mr. Biswas begrub Tarzan im Hof, wo er den von dem tatkräftigen Edgar aufgeworfenen, mittlerweile mit spärlicher Vegetation bewachsenen Erdhügeln einen weiteren hinzufügte. Tarzans Hügel wirkte nackt, aber bald würde auch ihn Unkraut überwuchern, und wie Edgars Hügel würde er Teil der Landschaft sein.

Der frühe Morgenwind legte sich. Dunst zog auf. Die Hitze nahm stetig zu, und am frühen Nachmittag blieb der entlastende Regenschauer aus. Der Dunst wurde dichter, die Wolken verfärbten sich von Weiß zu Silber, dann zu Grau, dann zu Schwarz und türmten sich mächtig am Himmel auf: ein Aquarell in Schwarz und Grau.

Es wurde dunkel.

Mr. Biswas kam eilig vom Feld zurück und sagte: »Das wird heute nichts mehr mit Arwacas. Der Guss kann jeden Moment losgehen.«

Anand war es recht. Finsternis um vier Uhr nachmittags, das war ein romantisches, denkwürdiges Ereignis.

Sie kochten sich unten in der provisorischen Küche aus Kisten ein Essen. Dann gingen sie hinauf, um auf den Wolkenbruch zu warten.

Lange dauerte es nicht. Erste Tropfen schlugen hart auf das Dach, ein langsamer Trommelwirbel. Der Wind frischte auf, die Tropfen fielen schräg. Jeder Tropfen, der die Pfosten traf, dehnte sich aus, formte sich zu einer Speerspitze. Die Tropfen, die in den Staub im Schutze des Daches fielen, rollten sich zu dunklen Schmutzbällen auf, ordentlich und kugelrund.

Sie zündeten die Petroleumlampe an. Motten kamen angeschwirrt. Fliegen, von der Dunkelheit getäuscht, hatten sich bereits für die Nacht niedergelassen; dicht an dicht bevölkerten sie die Teerstreifen.

Mr. Biswas sagte: »Wenn du ins Hanuman-Haus gehst, musst du mir die Buntstifte wiedergeben.«

Der Wind wehte in Böen, krümmte den Fall des Regens.

»Aber du hast sie mir doch geschenkt.«

»Ah! Aber du wolltest sie nicht. Schon vergessen? Und jetzt will ich sie wiederhaben.«

»Dann nimm sie eben. Ich will sie eh nicht.«

»Schon gut, schon gut. War nur ein Scherz. Ich nehm sie dir nicht weg.«

»Ich will sie nicht haben.«

»Nimm sie ruhig mit.«

»Nein.«

Anand ging aus dem halbfertigen Wohnzimmer.

Der richtige Regen kündigte sich Sekunden vorher durch sein Rauschen an: ein Rauschen von Wind, von Wind in den Bäumen, von Wassermassen, die über weiter entfernten Bäumen niedergingen. Dann ein sanftes Prasseln auf dem Dach, sogleich verschluckt von einem anhaltenden und stetigen Hämmern, das so laut war, dass Anand, hätte Mr. Biswas etwas gesagt, ihn nicht hätte hören können.

Mr. Macleans Dach war an manchen Stellen undicht, aber das ließ den Schutz nur umso behaglicher erscheinen. Wasser lief in gleichmäßigen Strömen aus den Wellen des Daches und hüllte das Haus ein. Wasser floss den Hang draußen vor dem Dach herunter; die Staubbällchen waren längst weggespült. Wasser grub sich verschlungene Kanäle, suchte sich gluckernd seinen Weg hinunter zur Straße und in die Bodensenke vor der Baracke. Und immerzu rauschte der Regen dröhnend auf das Blechdach nieder.

Blitze beleuchteten für lange Sekunden eine glänzende, chaotische Welt. Von Tarzans Grab sprudelte ein sauberes kleines Rinnsal frischen Schlamms. Glitzernd platschten Regentropfen auf den durchweichten Boden. Dann krachte der Donner, knirschend und nah. Anand stellte sich eine gigantische Dampfwalze vor, die durch den Himmel brach. Die Blitze waren aufregend, aber sie waren ihm auch unheimlich. Sie und der Donner trieben ihn zurück ins Schlafzimmer.

Er überraschte Mr. Biswas dabei, wie er sich mit dem Finger etwas an den Kopf schrieb. Schnell tat Mr. Biswas so, als hätte er nur mit seinen Haaren gespielt. Die Flamme der Petroleumlampe, wiewohl durch einen Glaszylinder geschützt, flackerte. Schatten huschten durch das Zimmer; die Schatten der Schlangen ringelten sich in immer neuen Mustern über das bebende Dach.

Anand, offiziell noch böse auf seinen Vater, setzte sich am Fußende des Bettes auf den Boden und schlang die Arme um die Knie. Das Tosen auf dem Dach, das Hämmern des Regens auf Bäume und Erde ließen ihn frösteln. Neben ihm schlug etwas auf. Es war eine geflügelte Ameise, ihre Flügel eingeklappt und nur noch Ballast am wurmähnlichen Körper. Diese Kreaturen kamen nur bei schwerem Regen heraus, und die wenigsten überlebten ihn. Einmal abgestürzt, kamen sie nicht wieder hoch. Anand setzte einen Finger auf den gebrochenen Flügel. Die Ameise wand sich, der Flügel löste sich vom Körper, und die Ameise, plötzlich emsig, plötzlich scheinbar wieder heil, eilte in die Dunkelheit davon.

Mit einem Mal war der erste Zyklus schweren Regens zu Ende. Es nieselte noch, und der Wind blies, warf die Tröpfchen wie Flugsand gegen das Dach und die Hauswand. Man hörte das Wasser vom Dach auf die Erde pladdern, hörte es gurgelnd in neuen Kanälen davonfließen. Der Regen war durch die Spalten zwischen den Wandbrettern gesickert. An den Rändern war der Fußboden nass.

Rama Rama Sita Rama. Rama Rama Sita Rama.

Mr. Biswas lag auf dem Bett, die Beine übergeschlagen, die Lippen in schneller Bewegung. Der Ausdruck auf seinem Gesicht wirkte mehr erbittert als gequält.

Anand las daraus eine Bitte um Mitleid und kümmerte sich nicht darum. Er legte den Kopf auf die über den Knien gekreuzten Arme und schaukelte auf dem Fußboden.

Ein neuer Regenzyklus begann. Anand fiel eine geflügelte Ameise auf den Arm. Hastig wischte er sie fort; der Arm schien zu brennen, wo sie ihn berührt hatte. Dann sah er, dass das Zimmer voll war von diesen Ameisen, die sich der letzten Minuten ihres kurzen Lebens erfreuten. Ihre kleinen Flügel, von zu großen Körpern überfordert, wurden schnell nutzlos, und ohne Flügel waren sie ungeschützt. Immer mehr fielen herunter. Ihre Feinde hatten sie bereits entdeckt. An der Wand, außerhalb des Scheins der Petroleumlampe, sah Anand eine Kolonne schwarzer Ameisen. Dies waren nicht die wild wuselnden Ameisen, feine, leichtsinnige Geschöpfe, die die geringste Aufregung in alle Winde zerstreute. Dies waren die bissigen Ameisen, kleiner, kompakter, hübscher, purpurschwarz mit stumpfem Glanz, die sich langsam, in strenger Formation bewegten, feierlich und würdevoll wie Totengräber. Wieder erhellte ein Blitz den Raum, und Anand sah, dass die Ameisenkolonne sich diagonal über zwei Wände erstreckte: ein großer Umweg, aber sie hatten ihre Gründe.

»Hörst du sie?«

Anand, in die Betrachtung der Ameisen vertieft, den Mund in die Gänsehaut auf seinen Armen gepresst, antwortete nicht.

»Junge!«

Die Angst in der Stimme, ihre Wind und Regen übertönende Dringlichkeit schreckten Anand auf. Er sprang auf die Füße.

»Hörst du sie nicht?«

Anand lauschte, versuchte das Tosen draußen in seine Bestandteile zu zerlegen: Regen, Wind, das Strömen des Wassers, die Bäume, das Prasseln auf Wänden und Dach. Stimmen, undeutliches Gemurmel, lauter und leiser werdend.

»Hörst du sie?«

Alles Mögliche konnte wie Stimmen klingen: das Glucksen des Wassers, gegeneinander reibende Äste. Anand stieß die Tür ein Stück auf und spähte durch die Sparren des Wohnzimmers hinaus. Auf dem Boden floss glänzendes schwarzes Wasser. Unter dem fußbodenlosen zweiten Schlafzimmer, wo das Gelände höher und nicht so nass war, kauerten zwei Männer vor einem rauchenden Feuer aus Zweigen. Zwei große herzförmige Kolokasienblätter lagen neben den Männern. Sie mussten sie als Regenschirme benutzt haben, als der Wolkenbruch sie überrascht hatte. Die Männer starrten ins Feuer. Einer rauchte eine Zigarette. In dem schwachen Feuerschein, der Stille der Szene inmitten des Aufruhrs, hatte dieser Akt des Rauchens, so konzentriert und gelassen, etwas von einem uralten Ritual.

»Siehst du sie?«

Anand schloss die Tür.

Die geflügelten Ameisen auf dem Fußboden hatten ein neues Leben bekommen. Plötzlich besaßen sie Hunderte von schwarzen Gliedmaßen. Sie wurden von den bissigen Ameisen fortgeschafft. Sie wanden und krümmten sich, ohne der gemessenen Feierlichkeit der Träger Abbruch zu tun. Auch körperlose Flügel wurden davongetragen.

Blitze wischten Schatten und Farben aus.

Die Härchen auf Anands Armen und Beinen standen aufrecht. Ihm kribbelte die Haut.

»Siehst du sie?«

Anand dachte, dass es vielleicht die Männer vom Vortag waren. Aber er war sich nicht sicher.

»Bring mir die Machete.«

Anand lehnte die Machete an die Wand neben dem Kopfende des Bettes. An der Wand lief das Wasser herunter.

»Und du nimmst den Gehstock.«

Anand hätte gern geschlafen. Aber er wollte sich nicht zu seinem Vater ins Bett legen. Und weil überall, wo der Boden nicht nass war, Ameisen herumkrabbelten, konnte er sich auch kein eigenes Bett machen.

»Rama Rama Sita Rama, Rama Rama Sita Rama.«

»Rama Rama Sita Rama«, wiederholte Anand.

Dann vergaß Mr. Biswas seinen Sohn und fing an zu fluchen. Er verfluchte Ajodha, Pandit Jairam, Mrs. Tulsi, Shama, Seth.

»Sag *Rama Rama*, Junge.«

»Rama Rama Sita Rama.«

Der Regen ließ nach.

Als Anand nach draußen schaute, waren die Männer unter dem Haus mitsamt ihren Kolokasienblättern verschwunden; nur das Feuer qualmte noch matt vor sich hin.

»Siehst du sie?«

Der Regen kehrte zurück. Es blitzte und blitzte, Donner krachte und rollte.

Die Ameisenprozession riss nicht ab. Anand fing an, mit dem Stock auf sie einzuschlagen. Sooft er einen der Trupps, die sich mit den lebenden geflügelten Ameisen abschleppten, zermalmte, teilte sich der Zug geordnet und ohne Hast, formierte sich neu, nahm mit, was von einem zerschmetterten Körper noch mitzunehmen war, trug seine Toten fort. Immer wieder ließ Anand seinen Stock niedersausen. Dann schoss ihm ein stechender Schmerz den Arm hinauf. Auf seiner Hand entdeckte er eine Ameise, den Körper hoch aufgerichtet, die Zangen in seine Haut vergraben. Und als er den Stock genauer betrachtete, sah er, daß überall an ihm bissige Ameisen emporwimmelten. Plötzlich hatte er schreckliche Angst vor ihnen, vor ihrem Zorn, ihrer Rachsucht, ihrer Vielzahl. Er schleuderte das Ding von sich. Es landete in einer Pfütze.

Das Dach hob und senkte sich, knirschte und rappelte. Das Haus erzitterte.

»*Rama Rama Sita Rama*«, sagte Anand.

»O Gott! Sie kommen!«

»Sie sind *weg*!«, rief Anand wütend.

Mr. Biswas murmelte Gesänge auf Hindi und Englisch, brach mittendrin ab, fluchte, wälzte sich auf dem Bett hin und her, noch immer denselben erbitterten Ausdruck im Gesicht.

Die Flamme der Petroleumlampe flackerte, wurde kleiner, tauchte das Zimmer sekundenlang in Schwärze und leuchtete dann wieder auf.

Ein Rütteln auf dem Dach, ein Knarzen, ein längeres knirschendes Geräusch, und Anand wusste, dass der Wind eine der Wellblechplatten losgerissen hatte. Eine weitere saß locker. Sie schlug und klapperte unaufhörlich. Anand wartete auf das Aufschlagen des fortgewehten Stückes.

Es blieb aus.

Blitze, Donner, der Regen auf Dach und Wänden; die lose Blechplatte; der Wind, der sich gegen das Haus stemmte, innehielt, weiterstemmte.

Dann ein Tosen, das alles andere übertönte. Das Fenster flog auf, die Lampe erlosch, Regen fegte herein, ein Blitz erhellte das Zimmer und die Welt davor, und nach dem Blitz versank alles in schwarzer Leere.

Anand begann zu schreien.

Er wartete, dass sein Vater etwas sagte, das Fenster schloss, die Lampe anzündete.

Aber Mr. Biswas lag vor sich hin murmelnd auf dem Bett, und der Regen und der Wind fegten mit verschwenderischer Kraft durch das Zimmer und drückten die Tür zu dem wandlosen, fußbodenlosen Wohnzimmer von Mr. Biswas' Haus auf.

Anand schrie und schrie.

Regen und Wind erstickten seine Stimme, stießen die Lampe um, ließen den Schaukelstuhl schaukeln und schlittern und den Speiseschrank gegen die Wand scheppern, löschten alle Gerüche aus. Zwischendurch zeigte Blitzeflackern – ein Stahlblau, das in grellem Weiß zerbarst – die Ameisen, die sich, immer wieder aus der Bahn gebracht, immer wieder neu formierten.

Dann sah Anand ein schwankendes Licht in der Dunkelheit. Es war ein Mann, vornübergebeugt gegen den Regen, in der einen Hand eine Sturmlampe, in der anderen eine Machete. Das brennende Flämmchen erschien wie ein Wunder.

Es war Ramkhilawan aus der Baracke. Er hatte sich einen Jutesack wie ein Cape um Kopf und Schultern gelegt. Seine Füße waren nackt, die Hosen bis unters Knie aufgerollt. Vor der Sturmlampe glitzerte der Regen in Streifen, und als der Mann die rutschigen Stufen erklomm, wurden seine schlammigen Fußabdrücke sogleich weggewaschen.

»Ach, mein armes kleines Kälbchen!«, rief er. »Ach, mein armes kleines Kalb!«

Er zog die Wohnzimmertür zu. Die Lampe beleuchtete ein nasses Chaos. Er mühte sich mit dem Fenster. Kaum hatte er es ein Stückchen von der Wand weggezerrt, gegen die der Wind es presste, stieß eine Bö es ihm auch schon entgegen, und Ramkhilawan machte einen Satz nach hinten. Er schälte sich den triefenden Jutesack von Kopf und Schultern; das Hemd klebte ihm auf der Haut.

Die Petroleumlampe war nicht zerbrochen. Es war sogar noch ein Rest Petroleum darin. Der Zylinder hatte einen Sprung, war aber sonst heil geblieben. Ramkhilawan holte eine feuchte Streichholzschachtel aus der Hosentasche hervor und hielt ein angezündetes Streichholz an den Docht. Der voll Wasser gesogene Docht spuckte; das Streichholz brannte ab; der Docht fing Feuer.

6. Ein Aufbruch

Es musste Nachricht zum Hanuman-Haus gesandt werden. Für Unheil und Melodramatik waren die Arbeiter immer zu haben, deshalb mangelte es nicht an Freiwilligen. Noch am selben Abend eilte ein Bote durch Regen und Sturm und Donner nach Arwacas und schilderte den Schicksalsschlag in dramatischen Worten.

Mrs. Tulsi und der jüngere Gott waren in Port of Spain. Shama war im Rosenzimmer, seit zwei Tagen in der Obhut der Hebamme.

Die Schwestern und ihre Männer hielten Kriegsrat.

»Ich dachte immer schon, dass er verrückt ist«, sagte Chinta.

Sushila, die kinderlose Witwe, verkündete mit ihrer Krankenzimmer-Autorität: »Um Mohun mache ich mir keine Sorgen, aber um die Kinder.«

»Was meint ihr, was er für eine Krankheit hat?«, fragte Seths Frau Padma.

Die prügelfreudige Sumati meinte: »Der Bote hat nur gesagt, dass er sehr krank ist.«

»Und dass es sein Haus praktisch weggeblasen hat«, ergänzte die Mutter von Jai.

Einige lächelten.

»Ich korrigiere dich ja nicht gerne, Sumati, Schwester«, sagte Chinta. »Aber der Bote hat gesagt, dass er nicht richtig im Kopf ist.«

Seth sagte: »Na, dann müssen wir den Paddler wohl nach Hause holen.«

Die Männer machten sich fertig, um nach Green Vale zu fahren; sie waren genauso aufgeregt wie der Bote.

Beeindruckt und verwundert schauten die Kinder zu, wie die Schwestern geschäftig umherliefen. Sushila, die im Blauen Zimmer wohnte, wenn der Gott nicht im Hause war, räumte alle ihre persönlichen, weiblichen Dinge heraus; sie verbrachte viel Zeit damit, die Geheimnisse der Frauen vor den Männern zu verbergen. Außerdem verbrannte sie bestimmte übelriechende Kräuter, um das Haus zu reinigen und zu schützen.

»Savi«, sagten die Kinder, »deinem Papa ist was passiert.«

Und sie steckten Nadeln in die Dochte der Lampen, um Unglück und Tod fernzuhalten.

Auf der Galerie und in den oberen Schlafzimmern wurden früher als gewöhnlich die Betten gemacht und die Lampen heruntergedreht, und das Rauschen des Regens sang die Kinder in den Schlaf. Unten saßen die Schwestern schweigend um den langen Tisch, die Schleier fest um Kopf und Schultern gezogen. Sie spielten Karten oder lasen in der Zeitung. Chinta las das *Ramajana*; sie setzte sich immer neue und ehrgeizigere Ziele, und jetzt wollte sie die erste Frau in der Familie sein, die das Epos von Anfang bis Ende kannte. Von den Kartenspielerinnen kam gelegentlich ein Kichern. Manchmal wurde Chinta gerufen, damit sie einen Blick auf das Blatt einer der Schwestern warf, und wenn die Versuchung zu groß war, blieb sie am Tisch, wortlos, und spielte das Blatt aus – tippte, die Stirn sachkundig in Falten gelegt, jede Karte vor dem Ausspielen kurz auf, und den entscheidenden Trumpf warf sie, wie nur sie es konnte, mit einem Knall auf den Tisch, um sich dann, immer noch ohne ein Wort, wieder dem *Ramajana* zuzuwenden. Die Hebamme, eine magere, sphinxhafte Alte aus Madras, kam in die Halle und hockte sich schweigend in eine Ecke, rauchend, mit wachem Blick. In der Küche köchelte Kaffee; das Aroma füllte die Halle.

Als die Männer triefnass zurückkehrten – Govind mit Mr. Biswas in den Armen, während Anand übermüdet und weinerlich neben ihnen hertrottete –, war man erleichtert und auch ein bisschen enttäuscht. Mr. Biswas war nicht wild und nicht gewalttätig, weder hielt er Reden, noch tat er so, als lenkte er ein Auto oder pflückte Kakao – die zwei Dinge, die man gemeinhin von Verrückten erwartete. Er sah nur zutiefst abgekämpft und erschöpft aus.

Govind und Mr. Biswas hatten seit ihrem Streit nicht miteinander geredet. Indem er Mr. Biswas nun auf seinen Armen trug, hatte Govind sich auf die Seite der Autorität gestellt und sich ihre Macht angeeignet: die Macht zu retten und zu helfen, wenn Not am Mann war, die unpersönliche Macht des Verzeihens.

Chinta sah es und kümmerte sich sogleich fürsorglich um Anand, trocknete ihm das Haar, zog ihm die nassen Kleider aus und gab ihm Sachen von Vidiadhar, holte ihm zu essen und ging mit ihm nach oben, um ihm einen Platz unter den schlafenden Jungen zu suchen.

Mr. Biswas wurde derweil ins Blaue Zimmer gebracht und in trockene Kleider gesteckt, woraufhin man ihm vorsichtig eine Tasse heiße gesüßte Milch mit Muskat, Branntwein und ein paar Klümpchen roter Butter darin offerierte. Er zerstreute letzte Befürchtungen, als er die Tasse nahm, ohne etwas zu verschütten, und behutsam trank.

Er war froh um die Wärme und die Sicherheit des Zimmers. Feste Wände dämpften die Geräusche des Regens, Wellblech und Teer waren hinter einer Decke aus zweieinhalb Zoll dicken Pechkieferbrettern verborgen, an der Jalousie des Fensters, das in eine tiefe Laibung eingelassen war, rüttelten weder Wind noch Regen.

Er wusste, er war im Hanuman-Haus, aber was mit ihm passiert war und was ihn erwartete, vermochte er nicht einzuschätzen. Immerzu war ihm, als fände er sich in einer ganz neuen Situation wieder. Diese Situation stand auf irgendeine Weise mit den Erinnerungen in Verbindung, die ihm Schnappschüssen gleich durchs Gedächtnis zuckten, Erinnerungen an andere Geschehnisse, die sich über eine unüberschaubare Zeitspanne hinweg ereignet haben mussten. Der Regen auf dem nassen Bett, die Fahrt im Automobil, das Erscheinen Ramkhilawans, der tote Hund, die murmelnden Männer draußen, der Donner und die Blitze, Seth und Govind und die anderen, die so plötzlich ins Zimmer drängten, und nun dies: der warme, beschützte Raum im gelben Lichtschein einer ruhig brennenden Lampe; die trockenen Kleider. Wenn er sich jetzt konzentrierte, gewannen alle Dinge Festigkeit und Beständigkeit. Der Marmortisch mit der Porzellantasse, der Untertasse, dem Löffel – keine andere Anordnung dieser Gegenstände erschien ihm denkbar. Er wusste, dass diese Ordnung bedroht war; er hatte ein Gefühl der Erwartung und des Unbehagens.

Er lag so still wie nur möglich. Bald war er eingeschlafen. In den letzten Momenten der Klarheit empfand er das gedämpfte, gleichmäßige Rauschen des Regens als tröstlich.

Am nächsten Morgen regnete es noch immer, ein stetiger Regen, doch der Wind hatte nachgelassen. Es war dunkel, aber es blitzte und donnerte nicht mehr. Die Abflussgräben um das Haus herum waren randvoll und verschlammt. In der High Street liefen die Kanäle über, und die Straße stand unter Wasser. Die Kinder konnten nicht zur Schule gehen. Es herrschte Aufregung unter ihnen, nicht nur aufgrund des Wetters und des unverhofften Ferientags, sondern auch des nächtlichen Zwischenfalls wegen. Manche erinnerten sich, kurz aufgewacht zu sein; jetzt war Anand bei ihnen, und sein Vater lag im Blauen Zimmer. Ein paar Mädchen behaupteten, über alles genauestens im Bilde zu sein. Es war wie am Morgen nach einer Geburt im Rosenzimmer: Die Geheimnisse wurden so gut gehütet, alles ging so still und leise vor sich, dass kaum eines der jüngeren Kinder etwas mitbekam, ehe man es ihm erzählte.

»Savi«, sagten die Kinder, »dein Papa ist hier. Im Blauen Zimmer.«

Aber sie wollte nicht ins Blaue Zimmer gehen und auch nicht ins Rosenzimmer.

Draußen planschten nackte Kinder kreischend auf der überschwemmten Straße und in den überfluteten Gräben, ließen Papierschiffchen und Holzschiffchen, sogar Stöcke um die Wette schwimmen.

Am Vormittag wurde es heller, der Himmel klarte auf, es nieselte nur noch, dann hörte es ganz auf zu regnen. Die Wolken verzogen sich, der Himmel war plötzlich von einem blendenden Blau, und auf dem Wasser bildeten sich Schatten. Die Kanäle, deren Gurgeln sich im erwachenden Alltagslärm verlor, schwollen schnell ab und ließen Zweige und Unrat auf den Straßen zurück. Vor den Zäunen der Hinterhöfe türmten sich Flutmarken aus Schutt und Kieseln, die aussahen wie gewaschen und gesiebt; Steine waren freigespült von Erde, abgerissene grüne Blätter halb im Schlick vergraben. Straßen und Dächer trockneten dampfend, trockene Flächen breiteten sich rasch aus, wie Tinte auf Löschpapier. Und bald waren Straßen und Höfe trocken, mit Ausnahme der Mulden, in denen Wasser zusammengelaufen war. Die Hitze fraß an ihren Rändern, bis auch die Mulden den blauen Himmel nicht mehr spiegelten. Und die Welt war wieder trocken, bis auf den Schlamm im Schatten der Bäume.

Man brachte Shama die Neuigkeit bei. Sie sagte, sie sollten die Möbel aus Green Vale ins Hanuman-Haus holen.

Der Arzt kam, ein Inder katholischen Glaubens, der jedoch bei den Tulsis wegen seiner Umgangsformen und seiner umfangreichen Besitztümer in hohem Ansehen stand. Er wies Gerüchte, laut denen Mr. Biswas für unzurechnungsfähig erklärt gehörte, von der Hand und sagte, Mr. Biswas leide an den Nerven und einem gewissen Vitaminmangel. Er verschrieb ihm Sanatogen, ein eisenhaltiges Tonikum mit Namen Ferrol, das den Körper aufbauen sollte, und Ovomaltine. Außerdem sagte er, Mr. Biswas brauche Ruhe, und sobald er wieder bei Kräften sei, solle er nach Port of Spain fahren und einen Spezialisten aufsuchen.

Kaum war der Doktor zur Tür hinaus, kam der Wunderheiler, ein erfolgloser Mann mit protzigem Turban und kleinlautem Auftreten; sein Honorar war niedrig. Er reinigte das Blaue Zimmer und errichtete unsichtbare Barrieren gegen böse Geister. Er empfahl, Aloe in die Türen und Fenster zu hängen, und behauptete, die Familie hätte wissen müssen, dass in der Tür zur Halle zu allen Zeiten eine schwarze Puppe zu pendeln habe, um die bösen Geister abzulenken: Vorbeugen sei besser als heilen. Dann fragte er, ob er nicht auch eine kleine Mixtur zubereiten dürfe.

Das Angebot wurde zurückgewiesen. »Ovomaltine, Ferrol, Sanatogen«, sagte Seth. »Noch deine Mixtur dazu, und Mohun verwandelt sich selber in eine kleine Kapsel.«

Aber sie hängten die Aloe auf, ein natürliches Laxativum, das nichts kostete und darum immer in großen Mengen im Haus vorrätig war. Auch die schwarze Puppe wurde aufgehängt, ein Exemplar aus einem kleinen verstaubten Restposten im Tulsi-Laden, englische Ware, die bei den Menschen von Arwacas keinen Anklang gefunden hatte.

Noch am selben Nachmittag brachte ein Lastwagen das Mobiliar aus Green Vale. Alles war feucht und verfärbt. Die Politur auf Shamas Frisierkommode war weiß angelaufen. Die Matratze war durchnässt und muffig, die aufgequollenen Kokosfasern hatten den Bezug fleckig gemacht. Die Stoffeinbände von Mr. Biswas' Büchern fühlten sich schmierig an; am Beschnitt war Farbe heruntergelaufen, und die Seiten selbst wellten sich und klebten zusammen.

Die Metallteile des Himmelbetts lagerte man in dem Teil des Langen Zimmers ein, in dem Shama und Mr. Biswas früher gewohnt hatten; Holzbretter und Matratze wurden zum Trocknen in die Sonne gestellt. Der Speiseschrank kam in die Halle, nahe dem Eingang zur Küche, wo er vor der rußiggrünen Wand beinahe wie neu wirkte. Noch immer war in seinen Fächern das japanische Kaffeeservice zu bewundern (mit dem Kopf einer Japanerin auf dem Boden einer jeden Tasse und einem erhabenen Feuer speienden Drachen an der Seitenwand): Shamas Hochzeitsgeschenk von Seth, nie benutzt, immer nur gespült. Auch der grüne Tisch fand einen Platz in der Halle, aber er fiel kaum auf in dem Durcheinander zusammengewürfelter Möbelstücke. Der Schaukelstuhl wurde nach oben auf die Veranda gebracht.

Es tat Savi weh, die Möbel so achtlos verstreut zu sehen, und voller Zorn musste sie miterleben, wie der Schaukelstuhl fast augenblicklich missbraucht wurde. Zuerst stellten die Kinder sich auf die Kufen aus Rohr und schaukelten wie wild. Daraus entwickelte sich ein Spiel: vier oder fünf Kinder kletterten auf den Stuhl und schaukelten, vier oder fünf andere versuchten, sie herunterzuzerren. Sie kämpften um den Stuhl und warfen ihn dabei um: das war der Höhepunkt des Spiels. Savi wusste, dass sie sich lächerlich machen würde, wenn sie protestierte, also ging sie in das Rosenzimmer mit seinen Wasserschüsseln, seinen seltsamen Krügen und Gläsern und Düften, und beklagte sich bei Shama.

Shama – immer liebevoll zu ihren Kindern, wenn sie mit ihnen allein war, und jetzt, so kurz vor der Niederkunft, ganz besonders – strich Savi übers Haar und sagte, sie solle sich nichts draus machen, das sei selbstsüchtig von ihr, und wenn sie sich bei jemandem beschwere, würde das unweigerlich zu Streit führen. Mr. Biswas sei krank, sagte Shama, und sie selber sei auch krank; Savi solle sich so benehmen, dass sie niemanden erzürnte.

»Und wo haben sie die Kommode hingestellt?«, wollte Shama wissen.

»Ins Lange Zimmer.«

Das schien Shama zu freuen.

Sie hatten auch ein paar von Mr. Biswas' aufwendigsten Plakaten aus Green Vale mitgebracht. Alle fanden sie schön, auch wenn ihre Botschaften – aus der Hand eines Mannes, den man immer für einen Atheisten gehalten hatte – Staunen hervorriefen. Man hängte die Plakate in der Halle und im Bücherzimmer auf, und als die Kinder fragten: »Savi, hat die Schilder wirklich dein Papa gemalt?«, tat es nicht mehr ganz so weh, die Möbel verstreut zu sehen.

Die Kinder sagten: »Savi, dann bleibt ihr jetzt also für immer hier?«

Mr. Biswas, der in dem ständig verdunkelten Zimmer neben Shamas Zimmer lag, schlief und lag wach und schlief wieder ein. Die Dunkelheit, die Stille, die Weltabgeschiedenheit hüllten ihn ein und trösteten ihn. In einer weit zurückliegenden Zeit hatte er große Qualen erlitten. Er hatte dagegen angekämpft. Jetzt hatte er sich ergeben, und die Kapitulation gab ihm Frieden. Als die Männer gekommen waren, um ihn zu holen, hatte er seinen Abscheu und seine Angst beherrscht. Und er war froh darüber. Die Kapitulation hatte die Welt der feuchten, zeitungbeklebten Wände, der heißen Sonne und des peitschenden Regens ausgelöscht und ihm dies hier gebracht: dieses weltferne Zimmer, dieses Nirgendwo. Während die Stunden dahingingen, gelang es ihm zunehmend, einzelne Stücke des Geschehenen zusammenzusetzen, und es kam ihm wie ein Wunder vor, dass er ein solches Grauen überlebt hatte. Immer häufiger geschah es, dass er die Angst und die Selbstzweifel für eine Weile vergaß; manchmal war er, selbst wenn er sich bemühte, eine ganze Minute oder länger nicht in der Lage, sich wieder vollständig in den Geisteszustand zu versetzen, den er durchlebt hatte. Es blieb ein Unbehagen, nicht real oder gegenwärtig jedoch, eher wie eine dunkle, eisige Erinnerung an etwas Entsetzliches.

Noch mehr Boten waren ausgesandt worden, und es kamen

Besucher. Pratap und Prasad, durch die Größe des Hauses und das Bewusstsein ihrer eigenen Stellung eingeschüchtert, glaubten nett zu allen Kindern sein zu müssen. Anfangs teilten sie an jedes Kind einen Penny aus, aber sie hatten die Anzahl unterschätzt und mussten sich zum Schluss auf halbe Pennys beschränken. Sie berichteten Mr. Biswas in allen Einzelheiten, womit sie gerade beschäftigt gewesen waren, als die Botschaft kam; wie es schien, hätten beide sie um ein Haar verpasst; allerdings hatten beide in der Sturmnacht eine Vorahnung gehabt, dass mit Mr. Biswas etwas nicht stimme, und dies auch zu ihren Frauen gesagt; sie baten Mr. Biswas inständig, es sich von ihren Frauen bestätigen zu lassen. Mr. Biswas hörte zu, mit einem Gefühl, als wäre er weit weg. Er fragte nach ihren Familien. Pratap und Prasad sahen darin pure Höflichkeit und befanden, obwohl es nicht viel anderes zu bereden gab, ihre Familien keiner ernsthaften Erörterung für wert. Und nachdem sie ihre Hüte aus allen erdenklichen Blickwinkeln betrachtet, die Hutbänder sorgfältig entstaubt und hin und wieder ein paar andächtige Laute von sich gegeben hatten, erhoben sie sich seufzend, um zu gehen.

Ramchand, Mr. Biswas' Schwager, war weniger zurückhaltend. Er hatte sich eine städtische Großschnäuzigkeit zugelegt, die gut zu seiner Dienstkleidung passte. Schon vor Jahren hatte er das Land und die Rumfabrik verlassen und war jetzt Wärter in der Irrenanstalt von Port of Spain.

»Glaub nicht, dass ich mich vor dir fürchte«, sagte er zu Mr. Biswas. »Ich bin das gewohnt. Das ist mein täglich Brot.«

Er erzählte von sich, seiner Karriere, der Irrenanstalt.

»Hast du hier kein Grammophon?«, fragte er.

»Ein Grammophon?«

»Musik«, sagt Ramchand. »Wir spielen ihnen den ganzen Tag Musik vor.«

Er erzählte von den Vergünstigungen durch seine Arbeit, als

hätte man die Irrenanstalt einzig und allein zu seinem Vorteil eingerichtet.

»Wenn du zum Beispiel die Kantine nimmst. Da ist alles fünf, sechs Cent billiger wie draußen. Weil sie nämlich keinen Profit damit machen wollen, verstehst du? Wenn du mal was brauchst, sag's einfach.«

»Sanatogen?«

»Muss ich gucken. Hör mal, warum gehst du nicht weg aus diesem Nest und kommst nach Port of Spain? Was sucht ein Mann wie du in dieser rückständigen Gegend? Kein Wunder, dass dir hier so was passiert. Komm für eine Weile zu uns. Dehuti redet ständig von dir, weißt du?«

Mr. Biswas versprach, darüber nachzudenken.

Ramchand trampelte durch das Haus, und als er in die Halle kam, rief er Sushila, die er zum ersten Mal sah, zu: »Alles in Ordnung, Maharajin?«

»Dem steht die Chamar-Kaste mitten ins Gesicht geschrieben«, bemerkte Sushila.

»Ein Schwein kannst du noch so oft waschen«, sagte Chinta, »es wird doch keine Kuh draus.«

An diesem Abend kam Seth ins Blaue Zimmer.

»Na, Mohun. Wie fühlst du dich?«

»Ganz gut, glaube ich.« Mr. Biswas sprach fast schon wieder mit seiner launigen Fistelstimme.

»Hast du vor, nach Green Vale zurückzugehen?«

Und Mr. Biswas ertappte sich dabei, dass er kasperte wie in alten Zeiten. Mit einem Ausdruck gespielten Entsetzens sagte er: »Wer? Ich?«

»Ich bin froh, dass du so denkst. Um die Wahrheit zu sagen, du kannst gar nicht zurück.«

»Schau mich an. Ich heul schon.«

»Rate, was passiert ist.«

»Das ganze Zuckerrohr ist abgebrannt.«

»Falsch. Nur dein Haus.«

»Abgebrannt? Du meinst, heißer Abriss?«

»Nein, nein. Nichts heißer Abriss. Nur in allen Ehren abgebrannt. Leute aus Green Vale. Heimtückisch wie der Teufel, dieses Pack.«

Seth sah, dass Mr. Biswas weinte, und schaute weg. Aber er deutete die Tränen falsch.

Eine ungeheure Erleichterung war über Mr. Biswas gekommen. Die Sorge, die Furcht, die Pein, die ihm im Kopf gesummt und ihm die Glieder gelähmt hatten, fielen mit einem Mal von ihm ab. Er konnte es spüren, es war eine körperliche Empfindung, sie schwächte ihn und machte ihn sehr müde. Und er empfand unendliche Dankbarkeit Seth gegenüber. Er wollte ihn umarmen, ihm ewige Freundschaft schwören, irgendein Gelübde ablegen.

»Das heißt«, sagte er schließlich, »sie haben es angezündet, nach all dem Regen?« Er brach in Schluchzen aus.

Noch in derselben Nacht brachte Shama ihr viertes Kind zur Welt, wieder ein Mädchen.

Mr. Biswas' Bücher hatte man im Bücherzimmer zu den anderen ins Regal gestellt. Irgendwo mittendrin stand auch der Collins Clear-Type Shakespeare. Die neue Geburt wurde auf dem Vorsatzblatt nicht vermerkt.

Das dünne, kurzatmige, eintönige Geschrei des Babys war außerhalb des Rosenzimmers kaum zu hören. Die Hebamme hockte nicht mehr rauchend in der Halle herum. Sie hatte zu tun. Sie wusch und säuberte, sie überwachte und befahl. Nach neun Tagen zahlte man ihr den Lohn aus und entließ sie. Die Schwestern sagten zu Anand und Savi: »Ihr habt ein neues Schwesterchen. Noch jemand, mit dem ihr euch den Besitz eures Vaters teilen müsst.« Und zu Anand sagten sie: »Glück gehabt. Noch bist du der einzige Junge. Aber warte nur. Eines Tages kriegst du einen Bruder, und der schneidet dir die Nase ab.«

Mr. Biswas schluckte seine Sanatogen-Mixtur, nahm esslöffelweise Ferrol und trank abends seine Ovomaltine. Eines Tages fielen ihm seine Fingernägel ein. Er sah nach, und sie waren heil, nicht zerbissen. Die Perioden der Dunkelheit, die Panikanfälle gab es noch, aber er wusste jetzt, dass sie nicht real waren, und weil er das wusste, wurde er mit ihnen fertig. Er blieb im Blauen Zimmer und fühlte sich geborgen dort, völlig zufrieden, einfach ein Teil des Hanuman-Hauses zu sein, eines Organismus, in dem Leben war, eine Stärke, eine Macht zu trösten, unabhängig von den Individuen, aus denen er sich zusammensetzte.

»Savi, was trinkst du da?«

»Ovomaltine.«

»Anand, was trinkst du da?«

»Ovomaltine.«

»Schmeckt das gut?«

»Sehr gut.«

»Ma, Savi und Anand trinken Ovomaltine. Hat ihr Papa ihnen gegeben.«

»Hör zu, Junge, *dein* Vater ist kein Millionär, der dir Ovomaltine zu trinken geben kann.«

Und am nächsten Tag:

»Jai, was trinkst du da?«

»Ovomaltine, wie ihr.«

»Trinkst du auch Ovomaltine, Vidiadhar?«

»Nein. *Wir* trinken Milo. *Wir* mögen Milo lieber.«

Mr. Biswas kam aus dem Blauen Zimmer in den Salon mit den thronartigen Stühlen und den Statuen. Er fühlte sich sicher und sogar ein bisschen abenteuerlustig. Er ging durch zum Holzhaus. Auf der Galerie saß Hari und las. Instinktiv trat Mr. Biswas einen

Schritt zurück. Dann fiel ihm ein, dass dazu kein Grund bestand. Die beiden Männer sahen sich an und sahen wieder weg.

An die halbhohe Wand gelehnt, mit dem Rücken zu Hari, dachte Mr. Biswas über Haris Stellung in der Familie nach. Jede freie Minute verbrachte Hari lesend. Er machte niemals Gebrauch von dem, was er gelesen hatte; Streitgespräche gleich welcher Art waren ihm ein Gräuel. Niemand vermochte seine Kenntnisse des Sanskrit zu überprüfen, man musste ihm seine Gelehrtheit abkaufen oder nicht. Dennoch genoss er Ansehen, innerhalb wie außerhalb der Familie. Wie hatte Hari diese Stellung erlangt?, fragte sich Mr. Biswas. Wo hatte er angefangen?

Was würde wohl passieren, wenn er, Mr. Biswas, plötzlich im Dhoti in die Halle marschiert käme, mit Gebetskette und der heiligen Schnur geschmückt? Wenn er sich wieder einen Scheitelknoten wachsen lassen würde wie damals bei Pandit Jairam? Konnte das Hanuman-Haus zwei kranke Gelehrte verkraften? Nicht dass er sich auf Dauer als heiligen Mann hätte sehen können. Früher oder später würde man ihn garantiert dabei erwischen, wie er im Dhoti, mit Scheitelknoten, heiliger Schnur und Kastenzeichen *Manxman* oder *Das Atom* las.

Diese Gedankenspielereien mündeten in einer Bestandsaufnahme seiner Situation. Er war Vater von vier Kindern und stand doch nicht viel anders da als mit siebzehn, vor seiner Heirat, seiner Bekanntschaft mit den Tulsis. Er hatte keinen Beruf, kein regelmäßiges Einkommen. Die Stellung in Green Vale war verloren, er konnte nicht ewig im Blauen Zimmer ausruhen; bald würde er eine Entscheidung treffen müssen. Aber er fürchtete sich nicht. Die ununterbrochene Seelenqual und Verzweiflung der Tage in Green Vale hatten ihm eine Erfahrung im Unglücklichsein verschafft, an der sich jetzt alles messen lassen musste. Er war besser dran als die meisten Menschen. Seine Kinder würden keinen Hunger leiden müssen; sie würden immer ein Dach über dem Kopf und etwas zum Anziehen haben. Es spielte keine Rolle, ob er in Green Vale war oder in Arwacas, ob er lebendig war oder tot.

Seine Ersparnisse schmolzen dahin: Ovomaltine, Ferrol, Sanatogen, das Geld für den Arzt, die Hebamme, den Wunderheiler. Und es standen keine Einkünfte mehr in Aussicht.

Eines Abends sagte Seth: »Diese Dose Ovomaltine könnte deine letzte sein, wenn du dich nicht endlich für irgendwas entscheidest.«

Entscheiden. Was sollte er entscheiden?

Es gab Platz für ihn im Hanuman-Haus, wenn er bleiben wollte. Und wenn er ging, würde ihn keiner vermissen. Er erhob keinen Anspruch auf seine Kinder, sie mieden ihn, und wenn sie ihm begegneten, wurden sie verlegen.

Aber erst als Seth sagte: »Mai und Owad kommen am Wochenende nach Hause« – was bedeutete, dass sie das Blaue Zimmer für Owad herrichten würden –, erst da fühlte sich Mr. Biswas zum Handeln getrieben, denn er wollte nicht in einen anderen Teil des Hauses umziehen, und er wollte Mrs. Tulsi und den Gott nicht sehen.

Der kleine braune Pappkoffer, im Tausch gegen viele Päckchen Anchor-Zigaretten erworben und auf beiden Seiten mit seinem Monogramm dekoriert, reichte aus für das, was er mitzunehmen plante. Er erinnerte sich noch an Shamas Spott: »Als du hier eingezogen bist, hast du mit deinen Kleidern gerade mal einen Nagel vollgekriegt.« Viel mehr Kleider hatte er auch jetzt nicht, und alle waren sie schmutzig und verknittert. Den Tropenhelm mochte er nicht mitnehmen; er hatte ihn immer schon albern gefunden, und außerdem gehörte er zur Baracke. Die Bücher konnte er sich nachschicken lassen. Aber er packte seine Pinsel ein. Sie hatten jeden seiner Umzüge mitgemacht; der Talg auf den Borsten bei einem oder zweien war eingetrocknet, rissig geworden und zu Pulver zerfallen.

Er wollte gleich am Morgen aufbrechen, um so viel Zeit wie

möglich zu haben, bevor es dunkel wurde. Die verknitterten Kleider saßen lose, als er sie anzog, die Hose schlackerte; er war dünner geworden. Er musste an den Morgen denken, als ihm im Angesicht von zwölf Barackenzimmern das Handtuch von den Hüften gerutscht war.

Als Savi ihm Kakao, Zwieback und Butter brachte, sagte er zu ihr: »Ich gehe fort.«

Sie schien weder erstaunt noch enttäuscht zu sein und fragte auch nicht, wohin er wollte.

Er wollte in die Welt hinaus, um zu sehen, ob sie ihn das Fürchten lehren konnte. Die Vergangenheit war eine Fälschung, eine Abfolge trügerischer Zufälle. Das wirkliche Leben mit seiner ganz eigenen Süße lag vor ihm; er stand erst am Anfang.

Er dachte daran, zu Shama und dem Baby zu gehen. Alle seine Sinne sträubten sich. Sobald er die Kinder zur Schule aufbrechen hörte, stieg er die Treppe hinunter. Man sah ihn, aber keiner rief nach ihm; der Koffer war nicht sehr groß.

Auf der High Street herrschte schon Betrieb. Der Markt hatte angefangen: stechende Gerüche nach Fleisch und Fisch, ein stetiges, dumpfes Dröhnen und Summen, belebt von Schreien und Glockengeklingel. Die Kurzwarenhändler kamen angefahren, auf Pferdewagen, Esels- und Ochsenkarren: emsige Männer, die kleine Schachteln mit ihrem Sortiment an Kämmen, Haarnadeln und Bürsten vor den großen Läden aufbauten, in denen es genau dasselbe zu kaufen gab.

Die Angstanfälle blieben aus. Er spürte die Knoten noch im Bauch, aber so schwach, dass sie ihn nicht kümmern mussten. Die Welt stand ihm wieder offen. Er betrachtete die Fingernägel an seiner Linken: noch heil. Er prüfte sie an der Handfläche; sie waren fest und scharf.

Er ging an dem Schild vorbei, das verkündete, dass Red-Rose-Tee guter Tee war, an der Rumschänke mit der riesigen Markise, an der katholischen Kirche und dem Gerichtsgebäude, am Polizeirevier, schmuck in Rot und Ocker gestrichen, Rasen und Hecken getrimmt, die Zufahrt gesäumt von gekalkten Steinblöcken und Palmen, deren bis auf halbe Höhe gekalkte Stämme aussahen wie die Beine von Pratap und Prasad, wenn sie als Jungen vom Büffelteich heimgekehrt waren.

Zweiter Teil

1. »Unglaubliche Szenen«

Nach Port of Spain, der Stadt, in der er mit einer kurzen Unterbrechung den Rest seines Lebens verbringen und in der er fünfzehn Jahre später in der Sikkim Street sterben sollte, kam Mr. Biswas durch einen Zufall. Als er das Hanuman-Haus und seine Frau und seine vier Kinder verließ, von denen er das letzte noch nicht einmal gesehen hatte, war es seine vordringliche Sorge, einen Platz für die Nacht zu finden. Es war noch früh am Morgen. Direkt über der High Street ging die Sonne in einem strahlenden Dunst auf, vor dem sich alle Menschen in goldenen Konturen abzeichneten, an so lange Schatten geheftet, dass ihre Bewegungen unkoordiniert und hölzern wirkten. Die Gebäude zu beiden Seiten lagen in feuchtem Halbdunkel.

An der Kreuzung vorne hatte Mr. Biswas sich immer noch nicht entschieden, wo er eigentlich hinwollte. Der meiste Verkehr war in Richtung Norden unterwegs: mit Planen bedeckte Lastwagen, Taxis, Busse. Wenn sie an Mr. Biswas vorbeikamen, verlangsamten die Busse ihr Tempo, und die Schaffner, die draußen auf den Trittbrettern hingen, forderten ihn zum Einsteigen auf. Im Norden waren Ajodha und Tara und seine Mutter. Im Süden seine Brüder. Keiner von ihnen konnte sich weigern, ihn aufzunehmen. Zu keinem von ihnen zog es ihn – er sah zu lebhaft vor sich, wie es dort sein würde. Dann fiel ihm ein, dass auch Port of Spain, wo sein Schwager Ramchand wohnte, im Norden lag. Er überlegte noch, ob Ramchands Einladung wohl ehrlich gemeint war, als ein Autobus, bei dem die halbe Motorhaube fehlte und der Kühler aus offenem Verschluss dampfte, mit kreischenden Bremsen und unter lautem Knirschen seiner Blech- und Holzkarosserie keinen halben Meter vor ihm zum Stehen kam und der Schaffner, ein junger Mann, fast noch ein Junge, sich herunterbeugte und Mr. Biswas den Pappkoffer entriss, wobei er mit gebieterischer Ungeduld rief: »Port of Spain, Mann. Port of Spain.«

Als Schaffner in Ajodhas Bussen hatte Mr. Biswas vielen Reisenden die Koffer entrissen, und er wusste, ein Schaffner brauchte eine gewisse Angriffslust, um eventuellen Ärger im Keim zu ersticken. Aber jetzt, so plötzlich getrennt von seinem Koffer, ließ er sich von der Ungeduld des Schaffners einschüchtern und nickte. »Rauf mit Ihnen, Mann«, sagte der Schaffner, und Mr. Biswas kletterte in das Gefährt, während der Schaffner den Koffer verstaute.

Jedes Mal, wenn der Bus anhielt, um einen Fahrgast freizulassen oder den nächsten zu kapern, überlegte Mr. Biswas, ob es wohl schon zu spät war, auszusteigen und nach Süden zu reisen. Aber die Entscheidung war gefallen, und er hatte nicht die Kraft, sie rückgängig zu machen; außerdem wäre er nur mit Hilfe des Schaffners an seinen Koffer gekommen. Er richtete den Blick auf ein Haus, das klein und hübsch wie ein Puppenhaus an den fernen Hängen der Northern Range stand, und während der Bus nach Norden fuhr, sann er darüber nach, warum das Haus nicht größer wurde, und fragte sich, wie ein Kind es getan hätte, ob der Bus irgendwann zu diesem Haus kommen würde.

Es war Erntezeit. Auf den Zuckerrohrfeldern waren Schnitter und Lader bei der Arbeit, knietief in der Bagasse. Auf den Wegen zwischen den Feldern zogen schlammgesprenkelte grauschwarze Büffel schwerfällig die Karren mit ihrer hohen, stoppeligen Ladung. Doch bald veränderte sich die Landschaft, und die Luft war nicht mehr so schwül. Reisfelder lösten die Zuckerrohrfelder ab, das morastige Braun ihres Wassers überlagert von makellosem Himmelsblau; es gab mehr Bäume, und anstelle der Lehmhütten sah man jetzt Holzhäuser, klein und alt, aber fertig gebaut und gestrichen, mit Jalousien vor den Fenstern und hölzernem, oftmals zerbrochenem Gitterwerk entlang der Dachtraufe, über Türen und Fenstern und um farnüberwucherte Veranden. Die Ebene blieb zurück, die Berge rückten näher, aber das Puppenhaus war noch so klein wie zuvor, und als der Bus auf die Eastern Main Road bog, verlor Mr. Biswas es aus den Augen. Entlang der Straße liefen viele Drähte, die ihr ein wichtiges Aussehen verliehen; der Bus fuhr durch dichter werdenden Verkehr und zunehmenden Lärm nach Westen, an einer gedrängt stehenden, roten und ockerfarbenen Siedlung nach der anderen vorbei, bis rechts die Berge gleich am Straßenrand aufstiegen und von links der Duft nach Sumpf und Meer herüberwehte, und gleich darauf sah man auch schon das Wasser, glatt und grau und diesig, und sie waren in Port of Spain, wo der fade Salzdunst des Meeres sich mit den stechend süßen Kakao- und Zuckergerüchen aus den Lagerhäusern vermischte.

Er hatte sich vor dem Augenblick der Ankunft gefürchtet und gewünscht, der Bus würde weiterfahren und nie mehr anhalten, aber als er an der Endstation neben dem Bahnhof ausstieg, fiel seine Unsicherheit von ihm ab, und er fühlte sich frei und erregt. Eine solche Freiheit hatte er bis zu diesem Tag erst einmal empfunden, damals, als nach dem Tod von Ajodhas Verwandtem die Rumschänke zugemacht hatte und alle weggefahren waren. Er trank eine Kokosnuss von einem Karren am Marine Square. Welch ein Luxus, mitten am Vormittag! Er ging auf bevölkerten Gehsteigen neben dem langsam und ohne Unterlass dahinfließenden Verkehr einher, staunte über Größe und Zahl der Läden und Cafés und Restaurants, über die Straßenbahnen, die Qualität der Reklametafeln, die riesigen Kinos, deren Türen nach den Vergnügungen des Vorabends (den er dumpf in Arwacas verbracht hatte) geschlossen waren, aber deren Plakate, noch nass vom Kleister, für den Nachmittag und den Abend schon neue Kurzweil verhießen. Er nahm die Stadt als Ganzes wahr – nicht einzelne Menschen, nicht den Mann hinter dem Schreibtisch oder dem Tresen, hinter dem Schubkarren oder dem Lenkrad eines Autobusses; er sah nur die Betriebsamkeit, spürte nur die Verlockung für die Sinne, die Erregung, die in allem mitschwang, versteckt und doch so greifbar.

Erst gegen vier, als Läden und Büros schlossen und die Kinos öffneten, dachte er daran, sich auf die Suche nach der Adresse zu machen, die Ramchand ihm gegeben hatte. Sie war im Woodbrook-Viertel, und Mr. Biswas, dem der Name wie Musik klang, starrte enttäuscht auf ein unabgezäuntes Grundstück mit zwei alten, ungestrichenen Holzhäusern und vielen behelfsmäßigen Schuppen. Es war zu spät umzukehren, sich neu zu entscheiden, eine weitere Fahrt auf sich zu nehmen; und nachdem ihm eine Negerin, die in einem der Verschläge eine Kohlenpfanne anfachte, den Weg gewiesen hatte, ging er an Bleichsteinen, einem mit schlammiger Brühe gefüllten Rinnstein, einem fast trockenen Rinnstein und einer niedrigen Wäscheleine vorbei nach hinten, wo Dehuti ihrerseits über eine Kohlenpfanne gebückt stand, in einem Schuppen, dessen eine Wand der Wellblechzaun neben dem Abwassergraben war.

Zu seiner Enttäuschung kam ihre Betroffenheit, als er ihnen nach den ersten Begrüßungsrufen enthüllte, dass er eine Weile zu bleiben gedachte. Doch kaum hatte er verkündet, dass er Shama verlassen hatte, war die Herzlichkeit wieder da, und in ihre Fürsorge mischte sich nicht nur Aufregung, sondern auch die Genugtuung darüber, dass er in einem Augenblick der Not zu ihnen gekommen war.

»Du bleibst hier und ruhst dich aus, so lange du willst«, sagte Ramchand. »Sieh mal, ein Grammophon. Du bleibst einfach hier und hörst Musik.«

Dehuti legte sogar die Verdrießlichkeit ab, die Mr. Biswas

sonst von ihr kannte, eine Verdrießlichkeit, die ohnehin nichts mehr zu bedeuten hatte, da sie kein Selbstschutz mehr war, sondern nur noch eine Gewohnheit, die Beziehungen vereinfachte.

Bald darauf kam Dehutis jüngerer Sohn aus der Schule, und Dehuti sagte streng: »Hol die Bücher raus und lass hören, was du heute gelernt hast.«

Der Junge zögerte keine Sekunde. Er zog Captain Cutteridges Lesebuch Stufe IV aus seinem Ranzen und las einen Bericht über eine Flucht aus einem deutschen Kriegsgefangenenlager im Jahre 1917 vor.

Mr. Biswas beglückwünschte den Jungen, Dehuti und Ramchand.

»Er ist ein richtiger kleiner Vorleser«, sagte Ramchand.

»Und was bedeutet ›markiert‹?«, fragte Dehuti, immer noch streng.

»Gekennzeichnet«, sagte der Junge.

»Ich hab das in seinem Alter noch nicht gewusst«, sagte Mr. Biswas zu Ramchand.

»Und jetzt hol dein Übungsheft raus und zeig mir, was ihr heute in Mathematik gemacht habt.«

Der Junge holte das Heft heraus und gab es ihr, und Dehuti sagte: »Sieht ja ganz ordentlich aus. Aber ich versteh nichts von Mathematik. Zeig es mal deinem Onkel.«

Mr. Biswas verstand auch nichts von Mathematik, aber er sah die anerkennenden roten Häkchen und beglückwünschte den Jungen, Dehuti und Ramchand noch einmal.

»Ist schon eine verrückte Sache mit der Bildung«, sagte Ramchand. »Jedes Kind kapiert das Zeug. Und hinterher machen sie plötzlich so ein Geschiss drum.«

Dehuti und Ramchand lebten in zwei Räumen. Den einen teilte sich Mr. Biswas mit dem Jungen. Und obwohl das ungestrichene Haus mit dem rostigen Dach und den verwitterten, gesprungenen Brettern von außen wie eine Bruchbude aussah, klebte an den Innenwänden noch etwas Farbe, und die Zimmer waren sauber und ordentlich. Die Möbel, einschließlich der Garderobe mit ihrem rautenförmigen Kristallspiegel, waren auf Hochglanz poliert. Und das Stück Hof zwischen dem Küchenverschlag und dem hinteren Zimmer war überdacht und zum Teil von Wänden umschlossen, so dass man nicht auf den offenen Hof angewiesen war und für sich sein konnte.

Dafür drang in der Nacht heiseres intimes Geflüster durch die Wände und erinnerte Mr. Biswas daran, dass er jetzt in einer Stadt mit vielen Menschen lebte. Alle anderen Mieter waren Neger. Mr. Biswas hatte noch nie so eng mit Menschen dieser Rasse zusammengewohnt, und ihre Nähe trug das ihre bei zu dem fremden, abenteuerlichen Gefühl, in der großen Stadt zu sein. Sie sprachen anders, kleideten sich anders und hatten andere Sitten als die Neger auf dem Land. Ihre Speisen rochen seltsam fleischig, und ihr Leben schien viel weniger strukturiert. Die Frauen regierten die Männer. Um die Kinder scherte sich keiner groß, sie bekamen zu essen, wann gerade jemand daran dachte, die Bestrafungen waren häufig und brutal, und ihnen fehlte das rituelle Moment der Prügelstrafen im Hanuman-Haus. Aber die Kinder waren gut gewachsen, entstellt nur durch die hervorstehenden Bauchnabel, die sich nicht übersehen ließen, denn im Gegensatz zu den Landkindern, die Hemdchen trugen und ihre Hinterteile zeigten, trugen die Stadtkinder Hosen und zeigten ihre nackten Oberkörper. Und anders als die schüchternen Landkinder waren die Kinder in der Stadt halb Bettler, halb Schläger.

Die Ordnung der Stadt faszinierte Mr. Biswas: die Straßenlaternen, die alle gleichzeitig ansprangen, die Straßen, die mitten in der Nacht gefegt wurden, die Abfälle, die früh am Morgen mit Müllkarren abgeholt wurden; die verstohlenen, makabren Geräusche der Männer, die nachts die Klärgruben leerten, die Zeitungsjungen, die eigentlich Männer waren; der Brotwagen, die

Milch, die nicht von Kühen kam, sondern aus Rumflaschen mit braunen Papierstopfen. Mr. Biswas war beeindruckt, wenn Dehuti und Ramchand von Straßen und Läden redeten, als gehörten sie ihnen, mit der Gelassenheit von Leuten, die sich in dieser verwirrenden Stadt zurechtfanden. Selbst Ramchands allmorgendlicher Aufbruch zur Arbeit hatte etwas Wissendes, Kühnes und Beneidenswertes.

Und Mr. Biswas gegenüber kehrte Ramchand erst recht den bewanderten Stadtmenschen heraus. Er zeigte Mr. Biswas den Botanischen Garten und den Felsengarten und das Regierungsgebäude. Sie stiegen auf den Chancellor Hill und schauten auf die Schiffe im Hafen hinunter – ein zutiefst romantischer Augenblick für Mr. Biswas. Zwar sah er das Meer nicht zum ersten Mal, aber dass Port of Spain tatsächlich ein Hafen war, den Frachtschiffe aus aller Herren Länder anliefen, hatte er nicht gewusst.

Mr. Biswas hatte seinen Spaß an Ramchands städtischem Gehabe, und es machte ihm nichts aus, dass Ramchand ihn gönnerhaft behandelte. Das hatte Ramchand in jeder Lebenslage fertig gebracht, selbst schon als Taras durchgebrannter Laufbursche. Geächtet von der Gemeinschaft, in die er hineingeboren worden war, hatte er ihre Sanktionen ins Leere laufen lassen. Er war einfach fortgegangen. Er hatte sich eine polternde Herzlichkeit zugelegt, die fremd wirken konnte und ihm nicht immer leicht fiel. Meistens sprach er englisch, aber mit einem bäuerlich-indischen Akzent, der seine Versuche, mit dem ständig sich wandelnden Slang Port of Spains Schritt zu halten, absurd erscheinen ließ. Und Mr. Biswas litt, wenn Ramchand sich – was manchmal vorkam – eine Abfuhr holte, wenn er zum Beispiel, um Mr. Biswas zu imponieren, im Umgang mit den Negern in seinem Hof die Leutseligkeit übertrieb und sie ihm mit kühler Verwunderung begegneten.

Nach vierzehn Tagen sagte Ramchand: »Mach dir keine Sorgen wegen einer Arbeit. Du leidest an Gehirnerschöpfung und brauchst noch jede Menge Ruhe.«

Er sagte das ganz ohne Ironie, doch Mr. Biswas, der praktisch kein Geld mehr hatte, bekam die Last seiner Freiheit allmählich zu spüren. Es machte ihm keinen Spaß mehr, in der Stadt herumzuspazieren. Er wollte dazugehören, einer von denen sein, die morgens an den schwarz-gelben Bushaltestellen standen, einer von denen, die er hinter den Fenstern der Büros sah und die ihren Feierabend und ihr Wochenende brauchten, um Kraft zu tanken. Er dachte daran, wieder mit seiner Schildermalerei anzufangen. Aber wie sollte er es angehen? Sich einfach mit einem Schild vor das Haus setzen und warten?

Ramchand sagte: »Warum bewirbst du dich nicht um eine Stelle im Irrenhaus? Die zahlen ordentlich, du kriegst einen Dienstanzug, und die Kantine ist eins a. Und alles da ist fünf oder sechs Cent billiger. Frag Dehuti.«

»Ja«, sagte sie. »Alles viel billiger.«

Mr. Biswas stellte sich vor, wie er in seinem Dienstanzug einsam durch lange, mit heulenden Irren bevölkerte Säle wandelte.

»Ja, warum eigentlich nicht?«, sagte er. »Immer noch besser als nichts.«

Ramchand wirkte ein wenig gekränkt. Er deutete Schwierigkeiten an – sprach von seinem Einfluss und seinen Beziehungen, äußerte jedoch Zweifel, ob es einen guten Eindruck machen würde, wenn er sich ihrer bediente. »Das ist das Einzige, was mich zurückhält«, sagte er. »Der *Eindruck*.«

Dann wurde Mr. Biswas eines Tages von den Angstanfällen überrascht. Sie waren schwach und unregelmäßig, aber beharrlich, und Mr. Biswas riskierte einen Blick auf seine Hände. Die Fingernägel waren restlos abgekaut.

Die Zeit der Freiheit war vorbei.

Und als letzten Akt dieser Freiheit, beschloss er, würde er den

Spezialisten aufsuchen, den der Arzt in Arwacas ihm empfohlen hatte. Die Praxis des Spezialisten lag am nördlichen Ende der St. Vincent Street, nicht weit vom Savannah-Park. Haus und Grundstück strahlten vor Gepflegtheit. Die Zaunpfähle waren frisch gestrichen, das Messingschild glänzte, der Rasen war gemäht, in den Blumenbeeten lagen die Erdkrumen in Reih und Glied, und auf der Zufahrt reflektierte blütenreiner hellgrauer Kies das Sonnenlicht.

Er überquerte eine Veranda mit weißen Mauern und kam in einen hohen weißen Raum. An einem Schreibtisch, auf dem Kalender, Agenda, Tintenfässer, Karteikästen und Lampe ihren festen Platz hatten, saß eine chinesische Empfangsschwester in steifer weißer Tracht. In der Ecke summte ein Ventilator. Eine Reihe von Leuten hatten es sich in niedrigen, luxuriösen Sesseln bequem gemacht, wo sie in Zeitschriften blätterten oder sich flüsternd unterhielten. Niemand sah krank aus, nicht ein einziger Verband war zu sehen, nirgends ein eingeöltes Gesicht; es roch weder nach Pimentöl noch nach Ammoniak. Mrs. Tulsis Rosenzimmer schien einer anderen Welt anzugehören, und man mochte kaum glauben, dass in derselben Stadt Ramchand und Dehuti in zwei Zimmern eines baufälligen Hauses wohnten. Mr. Biswas bekam das Gefühl, unter Vorspiegelung falscher Tatsachen hergekommen zu sein: Im Grunde fehlte ihm nichts.

»Haben Sie einen Termin?« Die Empfangsschwester sprach in dem hohen, näselnden Stakkato der Chinesen mit ihm, und Mr. Biswas meinte aus ihrem Ton Feindseligkeit herauszuspüren.

Fischgesicht, kommentierte er im Geiste.

Die Empfangsschwester zuckte zusammen.

Erschrocken machte sich Mr. Biswas klar, dass er das Wort geflüstert hatte; er hatte seine Gewohnheit aus Green Vale, Gedanken laut auszusprechen, noch nicht abgelegt. »Einen Termin?«, sagte er. »Einen Brief habe ich.« Er zog das kleine braune Kuvert hervor, das der Doktor in Arwacas ihm gegeben hatte. Es war zerknittert, schmutzig, mit fusslig abgeriebenen Kanten und Eselsohren.

Die Empfangsschwester schlitzte das Kuvert routiniert mit einem Schildpattöffner auf. Während sie den Brief las, fühlte Mr. Biswas sich bloßgestellt und kam sich mehr denn je wie ein Betrüger vor. Sein Fauxpas war ihm peinlich. Er beschloss, vorsichtiger zu sein. Er biss die Zähne zusammen und versuchte sich vorzustellen, dass man das Wort »Fischgesicht«, wenn man es geflüstert hörte, womöglich auch ganz anders verstehen konnte, vielleicht sogar als Kompliment.

Fischgesicht.

Die Empfangsschwester blickte auf.

Mr. Biswas lächelte.

»Soll ich Ihnen einen Termin geben, oder wollen Sie warten?« Die Empfangsschwester war kühl.

Mr. Biswas entschied sich fürs Warten. Er setzte sich auf ein Sofa und sank sogleich ein, lehnte sich zurück und versank noch tiefer, die Knie in die Höhe gereckt. Er wusste nicht, wo er hinschauen sollte. Um sich eine Zeitschrift zu nehmen, war es zu spät. Er zählte die Menschen im Raum. Acht. Er würde lange warten müssen. Vermutlich hatten sie alle Termine und waren krank, wie es sich gehörte.

Ein kleiner Mann kam lärmend hereingehumpelt, redete laut mit der Empfangsschwester, kam zum Sofa herübergestampft, ließ sich hineinplumpsen, schwer atmend, und streckte ein kurzes gerades Bein von sich.

Dem fehlte wenigstens etwas. Mr. Biswas spähte auf das Bein und fragte sich, wie der Mann je wieder aufstehen wollte.

Die Tür zum Behandlungszimmer öffnete sich, man konnte eine Männerstimme hören, eine Frau kam heraus und jemand anderes ging hinein.

Ein Soldat der Legion lag in Algier im Sterben …

Mr. Biswas spürte den Blick des Fußkranken auf sich.

Er dachte an Geld. Er hatte drei Dollar. Ein Landarzt verlangte einen Dollar, aber in diesen Räumen war Krankheit zweifellos kostspieliger.

Der Fußkranke atmete schwer.

Geld war ein zu beunruhigender Gegenstand der Betrachtung, *Bells Lehrbuch der Vortragskunst* ein zu gefährlicher. Also ließ er die Gedanken schweifen und landete bei *Tom Sawyer* und *Huckleberry Finn*, die er bei Ramchand gelesen hatte. Er musste lächeln, als ihm Huckleberry Finns Hosen einfielen, die »an ihm hingen wie ein Sack mit nichts darin«, und der Nigger Jim mit seinen Geistern und seinen Geschichten.

Er kicherte.

Als er aufsah, ertappte er die Empfangsschwester und den Fußkranken bei einem Blickwechsel. Er wäre aufgestanden und gegangen, aber er klemmte zu tief in seinem Sitz; der Versuch, sich hochzuhieven, hätte nur Unruhe verursacht und die Aufmerksamkeit auf ihn gelenkt. Er wurde sich seiner Kleidung bewusst: die verwaschenen Khakihosen mit den ausgefransten Aufschlägen, das verwaschene blaue Hemd mit den unelegant umgekrempelten Manschetten (keine Hemdengröße passte ihm richtig: entweder waren die Kragen zu eng oder die Ärmel zu lang), der kleine braune Hut, der in dem Einschnitt zwischen Bauch und Oberschenkeln ruhte. Und er hatte nur drei Dollar in der Tasche.

Eigentlich bin ich nämlich gar nicht krank, wissen Sie?

Der Fußkranke räusperte sich laut, sehr laut für einen kleinen Mann, und drehte sein steifes Bein hin und her.

Mr. Biswas sah ihm dabei zu.

Und dann stemmte er sich plötzlich aus dem Sofa hoch, wobei er den kleinen Mann mächtig durchschüttelte, und steuerte auf die Empfangsschwester zu. Er konzentrierte sich auf sein Englisch, als er sagte: »Ich habe es mir anders überlegt. Ich fühle mich bereits viel besser. Vielen Dank.« Er stülpte sich den Hut auf den Kopf und ging zur Tür.

»Und Ihr Brief?«, fragte die Empfangsschwester, die vor Schreck in ihren Trinidad-Akzent zurückfiel.

»Den dürfen Sie behalten«, sagte Mr. Biswas. »Heften Sie ihn ab. Verbrennen Sie ihn. Verkaufen Sie ihn.«

Er ging über die geflieste Veranda, durchquerte den schwarzen Nachmittagsschatten auf der Einfahrt und trat in die Sonne hinaus. Während er über den blendenden Kies zügig zur St. Vincent Street hinunterging, bemerkte er ein Beet mit Durst leidenden Zinnien. Der Wind, der vom Savannah-Park herüberwehte, war eine Wohltat. Seine Gedanken hatten sich heißgelaufen. Und jetzt sah er, dass die Stadt aus einzelnen Menschen bestand, und jeder von ihnen hatte seinen Platz in ihr. Die großen Häuser rings um den Park ragten weiß und nackt und still in die Hitze auf.

Im War Memorial Park setzte er sich auf eine Bank unter einem Baum und betrachtete die Statue eines kampfesmutigen Soldaten. Die Schatten, schwarz und scharf umrissen, luden zu Ruhe und Müßiggang ein. Sein Magen schmerzte.

Mit seiner Freiheit war es vorbei, und sie war nicht echt gewesen. Die Vergangenheit konnte man nicht ignorieren; sie ließ sich nicht fälschen, er trug sie in sich. Wenn es einen Platz für ihn gab, dann einen, der schon ausgehöhlt war von der Zeit, von allem, was er durchgemacht hatte, und sei es noch so unvollkommen, behelfsmäßig und vorgetäuscht gewesen.

Die Magenschmerzen kamen ihm gerade recht. Er hatte monatelang keine gehabt, und er nahm sie als ein Zeichen, dass sein Geist wieder gesund, die Welt wiederhergestellt war; sie waren ein Beweis dafür, wie weit er sich entfernt hatte vom Abgrund der vergangenen Monate, und eine Mahnung an die Qualen, an denen von nun an alles gemessen werden musste.

Nur ungern, denn es war angenehm, einfach dazusitzen und sich den Wind um Gesicht und Hals und in den Hemdausschnitt wehen zu lassen, verließ er den Park und ging nach Süden weiter. Die ruhigen, unnahbaren Wohnhäuser blieben hinter ihm zurück, die Gehsteige wurden schmaler und höher und belebter, Läden und Cafés und Busse umgaben ihn, Autos, Straßenbahnen und Radfahrer, Hupen und Klingeln und Rufen. Er überquerte die Park Street und ging in Richtung Meer weiter. In der Ferne, über den Dächern am Ende der Straße, sah er die Mastspitzen der Schaluppen und Schoner, die am St.-Vincent-Pier lagen.

Am Gerichtsgebäude vorbei kam er zum Red House, einem Koloss aus rotem Sandstein. Ein Teil des asphaltierten Vorhofs war mit weißen Linien abgeteilt und beschriftet: RESERVIERT FÜR RICHTER. Er stieg die Haupttreppe hinauf und fand sich unter einer hohen Kuppel wieder. Er sah viele grüne Aushangtafeln und einen Springbrunnen, der abgestellt war. Das Becken des Brunnens war nass, und es lag voll mit Blättern und leeren Zigarettenschachteln.

Unter der Kuppel herrschte lebhaftes Treiben: Boten in Khakiuniform und Angestellte in gebügelten Hosen, die braune oder grüne Aktenordner durch die Gegend trugen, und dazu der stete Strom von Passanten zwischen St. Vincent Street und Woodford Square, wo rund um den Musikpavillon und auf den Parkbänken die berufsmäßigen Bettler lagerten, so selbstgewiss in ihrem Auftreten, dass sie sich zum Betteln zu gut waren und den ganzen Tag nur liebevoll an den Lumpen herumnähten, die sie trugen wie eine Uniform, dicke, zottige, farbenprächtige Gewänder, ein kleiner Flicken am anderen. Selbst diese Bettler hatten etwas Arriviertes. Der Woodford Square, kühl im Baumschatten und reizvoll mit Licht gesprenkelt, gehörte ihnen, hier kochten und aßen und schliefen sie, nur gelegentlich von politischen Kundgebungen gestört. Sie behelligten niemanden, und da sie alle in ausgezeichneter körperlicher Verfassung waren und es von dem einen oder anderen sogar hieß, er sei Millionär, blieben sie ihrerseits unbehelligt.

An den grünen Tafeln, die auch dazu dienten, die Büros zu beiden Seiten voneinander abzuschirmen, hingen amtliche Bekanntmachungen aus. Mr. Biswas las gerade in ihnen, als er jemanden rufen hörte. Er drehte sich um und sah einen älteren, korrekt gekleideten Neger mit einer Brille winken, an der ein Bügel fehlte.

»Brauchen Sie eine Bescheinigung?« Die Lippen des Mannes schnappten zwischen den einzelnen Worten grimmig zu.

»Bescheinigung?«

»Geburt, Ehe, Tod.« Der Mann setzte sich die versehrte Brille auf die Nasenspitze, zog ein Stück Papier aus seiner mit Zetteln und Stiften vollgestopften Hemdtasche und ließ den Bleistift ungeduldig darüber kreisen.

»Nein, ich brauche keine Bescheinigung.«

Der Bleistift stand still. »Ich versteh das nicht.« Der Mann steckte Papier und Stift weg, setzte sich auf eine lange, glänzende Bank, nahm die Brille ab, schob sich das verkratzte weiße Ende des verbliebenen Bügels in den Mund und schüttelte die Beine aus. »Kein Mensch braucht mehr eine Bescheinigung. Wenn Sie mich fragen, laufen heutzutage viel zu viele Aktenschnüffler rum, die Ihnen Bescheinigungen beschaffen wollen. Wie ich 1919 auf dieser Bank gesessen hab, war ich der Allereinzigste hier. Heutzutage« – er reckte das Kinn in Richtung Brunnen – »schimpft sich jeder hergelaufene Dummkopf Urkundenforscher.« Wieder vollführten seine Lippen wilde Schnappbewegungen. »Und Sie wollen wirklich keine Bescheinigung? Man weiß nie, wofür so ein Wisch gut sein kann. Ich besorge für viele Inder Bescheinigungen, müssen Sie wissen. Ehrlich gesagt, besorge ich Bescheinigungen am liebsten für Inder. Ich könnte Ihnen noch heute Nachmittag eine beschaffen. Ich kenne einen der Angestellten da drinnen.« Er deutete auf das Büro in seinem Rücken, und Mr. Biswas sah einen hohen, polierten braunen Tresen und blassgrüne Wände, die an einem strahlenden Nachmittag wie diesem von elektrischem Licht beleuchtet wurden.

»Eine Plackerei ist das«, sagte der Neger. »Weihnachten und Ostern kann ich vergessen. Da will kein Mensch Bescheinigungen. Aber der Kerl da drinnen muss jeden Tag seine zwanzig Zigaretten kriegen, ob ich zehn Bescheinigungen ranschaffe oder zwei oder gar keine.«

Mr. Biswas bereitete seinen Rückzug vor.

»Also, wenn Sie irgendwen kennen, der eine Bescheinigung braucht, Geburt, Tod, Ehe, Ehe in extremis, schicken Sie ihn her. Ich bin jeden Morgen hier. Punkt acht. Pastor heiß ich.«

Mr. Biswas verließ Pastor, überwältigt von dem Gedanken, dass bei der Behörde hinter der grünen Anschlagtafel über jede Geburt, jeden Todesfall Buch geführt wurde. Und ihn hätten sie fast übersehen! Er stieg die Treppe hinab zur St. Vincent Street und ging nach Süden weiter, auf die Masten zu. Selbst Pastor, und wenn er noch so viel jammerte, hatte seinen Platz gefunden. Was mochte ihn dazu bewogen haben, sich an einem Tag des Jahres 1919 vor das Hauptstandesamt zu setzen und auf Analphabeten zu warten, die Bescheinigungen brauchten?

Das Grübeln hatte ihn wieder in eine Stimmung versetzt, wie er sie aus Green Vale kannte, als die Zeitungen an den Wänden ihm unerträglich geworden waren. Jetzt begriff er, dass die Beklommenheit, die ihn beim Anblick eines jeden Menschen auf der Straße befiel, nicht von der Angst herrührte, sondern von Kummer, Neid, Verzweiflung.

Er war in Gedanken noch bei den Zeitungen an den Wänden seines Barackenzimmers, als er auf einmal vor den Redaktionshäusern der Tageszeitungen stand, des *Guardian*, der *Gazette*, des *Mirror*, des *Sentinel*, die sich auf diesem Abschnitt der St. Vincent Street gegenüberlagen. Maschinen ratterten wie ferne Züge, aus offenen Fenstern wehte der warme Geruch nach Öl, Druckerschwärze und Papier. Der *Sentinel* war die Zeitung, für die Misir, der Arier, für einen Cent pro Zeile aus der Provinz berichtete. Mr. Biswas fielen all die Geschichten wieder ein, die sich ihm von den Barackenwänden eingeprägt hatten.

Unglaubliche Szenen spielten sich ab, als gestern Nachmittag … Passanten blieben stehen und beobachteten fassungslos, wie …

Er bog in eine Seitengasse, stieß rechter Hand eine Tür auf, dann noch eine. Der Maschinenlärm wurde lauter. Ein wichtigtuerischer, ungeduldiger Lärm, aber er ließ sich davon nicht einschüchtern. Zu dem Mann hinter dem hohen, vergitterten Empfangsschalter sagte er: »Ich möchte den Herausgeber sprechen.«

Unglaubliche Szenen spielten sich gestern in der St. Vincent Street ab, als Mohun Biswas, 31, …

»Haben Sie einen Termin?«

… einen Portier tätlich angriff.

»Nein«, sagte Mr. Biswas gereizt.

In einem Interview mit unserem Reporter … In einem Interview mit unserem Sonderkorrespondenten sagte Mr. Biswas am späten Abend …

»Der Herausgeber hat zu tun. Sie wenden sich besser an Mr. Woodward.«

»Sagen Sie Ihrem Herausgeber, dass ich den ganzen Weg vom Land hergekommen bin, um ihn zu sprechen.«

Unglaubliche Szenen spielten sich gestern in der St. Vincent Street ab, als Biswas, 31, arbeitslos, ohne festen Wohnsitz, einen Portier in der Redaktion des TRINIDAD SENTINEL tätlich angriff. Menschen suchten Schutz unter ihren Schreibtischen, als Biswas, Vater von vier Kindern, mit kugelspeienden Waffen in das Gebäude eindrang, den Herausgeber und vier Reporter erschoss und das Gebäude anschließend in Brand steckte. Passanten liefen zusammen und starrten entgeistert auf die Feuersbrunst, die ein kräftiger Wind anfachte. Mehrere Tonnen Papier wurden ein Raub der Flammen, das Gebäude selbst brannte bis auf die Grundmauern nieder. In einem Exklusivinterview mit unserem Sonderkorrespondenten sagte Mr. Biswas am späten Abend …

»Kommen Sie mit«, sagte der Portier, stieg von seinem Podest herunter und führte Mr. Biswas in einen großen Raum, der den ungeduldigen Lärm der Schreibmaschinen und Rotationspressen Lügen zu strafen schien. Hier standen viele Schreibmaschinen tatenlos herum, und viele Schreibtische waren unbesetzt. Vor einem grünen Wasserspender in der Ecke hatten sich ein paar hemdsärmelige Männer versammelt; Grüppchen von zwei oder drei Männern hockten auf Schreibtischkanten; ein Mann stupste mit der Fußspitze einen kreiselnden Drehstuhl an. An einer Wand zog sich eine Reihe kleiner, mit Milchglasscheiben abgeteilter Bürokabinen entlang, und der Portier klopfte an eine der Türen, stieß sie auf, ließ Mr. Biswas eintreten und zog die Tür hinter ihm wieder zu.

Ein kleiner dicker Mann, rosig und fettglänzend von der Hitze, erhob sich andeutungsweise hinter einem mit Papieren übersäten Schreibtisch. Mit Lettern besetzte Bleiplatten dienten als Briefbeschwerer. Mr. Biswas' Herz schlug höher, als er die Druckfahne eines Artikels mit Überschrift und Auszeichnungen erkannte. Es war ein Einblick in eine geheime Welt; so isoliert auf dem großen weißen Blatt kam dem Artikel eine Bedeutung zu, von der morgen früh keiner seiner Leser etwas ahnen würde. Mr. Biswas wurde immer aufgeregter. Und der Mann, der da vor ihm saß, gefiel ihm.

»Und?«, fragte der Herausgeber und setzte sich wieder. »Was haben Sie für eine Story?«

»Ich habe keine Story. Ich suche Arbeit.«

Beinahe triumphierend nahm Mr. Biswas zur Kenntnis, dass er den Herausgeber verlegen gemacht hatte, und er bedauerte ihn, dass er nicht entschlusskräftig genug war, ihn an die Luft zu setzen. Der Herausgeber, noch eine Spur rosiger, senkte den Blick auf die Fahne. Er sah unglücklich aus in der Hitze und schien zu schmelzen – die Backen flossen in den Hals, der Hals quoll über den Hemdkragen, die runden Schultern sackten herab, der

Bauch hing über den Hosenbund, und alles an ihm war feucht. »Ja, ja«, sagte er. »Haben Sie schon mal für eine Zeitung gearbeitet?«

Mr. Biswas dachte an die Artikel, die er zu schreiben versprochen, aber nicht geschrieben hatte, für Misirs Zeitung, die nie erschienen war. »Ein-, zweimal«, sagte er.

Der Herausgeber schaute Hilfe suchend zur Tür. »Was nun? Einmal? Oder zweimal?«

»Ich habe viel gelesen«, sagte Mr. Biswas, um das gefährliche Terrain zu verlassen.

Der Herausgeber spielte mit einer Bleiplatte.

»Hall Caine, Marie Corelli, Jakob Böhme, Mark Twain. Hall Caine, Mark Twain«, wiederholte Mr. Biswas. »Samuel Smiles.«

Der Herausgeber hob den Blick.

»Mark Aurel.«

Der Herausgeber lächelte.

»Epiktet.«

Der Herausgeber lächelte immer noch, und Mr. Biswas lächelte zurück, um den Herausgeber wissen zu lassen, dass er wusste, wie absurd sich das anhörte.

»Und alle diese Leute lesen Sie einfach so aus Spaß, ja?«

Mr. Biswas erkannte den grausamen Hintersinn der Frage, aber es war ihm egal. »Nein«, sagte er. »Um mir Mut zu machen.«

Die frohe Erregung war dahin.

Es entstand eine Pause. Der Herausgeber blickte auf seine Druckfahne. Mr. Biswas sah hinter dem Milchglas im Redaktionsraum Gestalten vorbeigehen. Der Lärm wurde ihm wieder bewusst: die Autos auf der Straße, das gleichmäßige Rattern der Druckerpressen, das unregelmäßige Klappern der Schreibmaschinen, gelegentliches Gelächter.

»Wie alt sind Sie?«

»Einunddreißig.«

»Sie kommen vom Land, sind einunddreißig, haben noch keine Zeile geschrieben und wollen Journalist werden. Was sind Sie von Beruf?«

Mr. Biswas dachte an den Plantagenaufseher, wollte ihn zum Verwalter befördern, verwarf den Gedanken, verwarf den Lebensmittelhändler, den Arbeitslosen. Er sagte: »Schildermaler.«

Der Herausgeber erhob sich. »Ich glaube, ich hab was für Sie.«

Er führte Mr. Biswas aus dem Büro, durch die Nachrichtenredaktion (die Gruppe um den Wasserspender hatte sich aufgelöst), vorbei an einem Gerät, das maschinenbeschriebene Bogen Papier entrollte, in einen teilweise leer geräumten Raum, in dem Zimmerleute bei der Arbeit waren, durch weitere Räume und dann in den Hof hinaus. Am Ende der Zufahrt konnte Mr. Biswas die Straße sehen, von der er ein paar Minuten zuvor abgebogen war.

Der Herausgeber ging, mit dem Finger zeigend, durch den Hof. »Hier und hier«, sagte er. »Und hier.«

Mr. Biswas bekam Pinsel und Farbe in die Hand gedrückt, und den Rest des Nachmittags verbrachte er damit, Schilder zu malen. Durchfahrt verboten, Zutritt Unbefugten nicht gestattet, Achtung Lieferwagen, Arbeitsuchende unerwünscht.

Um ihn herum klapperten und summten die Maschinen, die Zimmerleute schlugen auf den Köpfen der Nägel den Rhythmus dazu.

Unglaubliche Szenen spielten sich ab, als gestern …

»Pah!«, rief er zornig aus.

Unglaubliche Szenen spielten sich ab, als Mohun Biswas, 31, Schildermaler, sich gestern im Redaktionsgebäude des TRINIDAD SENTINEL ans Werk machte. Passanten blieben stehen und schauten entgeistert zu, wie Biswas, Vater von vier Kindern, die Wände mit obszönen Sprüchen bedeckte. Frauen schlugen kreischend die Hände vors Gesicht und fielen in Ohnmacht. Auf der St. Vincent Street brach der Verkehr zusammen, und erst die Polizei unter Leitung von Hauptkommissar Grieves konnte die Ordnung wiederherstellen. In einem Interview mit unserem Sonderkorrespondenten sagte Biswas gestern Abend …

»Wusste nicht mal, wer Mark Aurel ist, diese Arschgeige von einem Krebsfänger!«

… in einem Interview sagte Biswas gestern Abend … sagte Mr. Biswas: »Der Durchschnittsbürger kann sich unter ›Zutritt Unbefugten nicht gestattet‹ nichts vorstellen.«

»Wie, immer noch hier?«

Es war der Herausgeber. Er war nicht mehr so rosig, nicht mehr so fettglänzend, und seine Kleider waren trocken. Er rauchte eine kurze, dicke Zigarre, die seine Figur wiederholte und betonte.

Der Hof lag im Schatten, das Tageslicht schwand. Die Maschinen ratterten selbstbewusster, eine Vielfalt voneinander abgesetzter Geräusche; der Rhythmus der Zimmerleute war verstummt. Der Verkehr auf der Straße hatte nachgelassen, einzelne Schritte hallten; von weit her waren ein vorbeifahrendes Auto, das Schrillen einer Fahrradklingel zu hören.

»Die sind gut«, sagte der Herausgeber. »Die sind sogar ausgezeichnet.«

Da staunst du, was, du kleiner Fettsack? »Die Buchstaben hab ich aus einer Zeitschrift.« Denkst wohl, du bist hier der Einzige, der was zu lachen hat.

»Ihre Gill Sans Roman ist zum Verlieben«, sagte der Herausgeber. »Ich verstehe gar nicht, weshalb Sie Ihren Beruf aufgeben wollen.«

»Bringt zu wenig ein.«

»Hier gibt's auch nicht viel mehr.«

Mr. Biswas deutete auf ein Schild. »Halten Sie sich deshalb die Leute mit aller Gewalt vom Hals?«

»Oh. Arbeitsuchende unerwünscht.«

»Ein hübsches kleines Schild«, sagte Mr. Biswas.

Der Herausgeber lächelte, dann brach er in lautes Lachen aus. Und Mr. Biswas, wieder einmal der Clown, lachte mit.

»Das ist auf Zimmerleute und Bauarbeiter gemünzt«, sagte

der Herausgeber. »Sie können morgen früh anfangen, wenn es Ihnen ernst ist. Wir geben Ihnen einen Monat Probezeit. Aber ohne Bezahlung.«

Eine zufällige Begegnung hatte einen Schildermaler aus ihm gemacht. Das Schildermalen hatte ihn ins Hanuman-Haus und zu den Tulsis gebracht. Und jetzt hatte es ihm eine Stelle beim *Sentinel* verschafft. Und weder für die Schilder im Tulsi-Laden noch für die beim *Sentinel* hatte er Geld bekommen.

Er machte sich mit Begeisterung an die Arbeit. Durch seine Lektüre hatte er sich einen etwas ungewöhnlichen Wortschatz zugelegt, aber Mr. Burnett, der Herausgeber, war geduldig. Er gab Mr. Biswas Londoner Zeitungen zu lesen, und Mr. Biswas studierte den Stil der Artikel, bis er mit vorzeigbaren Nachahmungen aufwarten konnte. Schon bald hatte er ein Gefühl für die Form und das schockierende Potential einer Story entwickelt. Und er reicherte es mit Eigenem an. Es war Teil seines unverhofften Glücks, dass er beim *Sentinel* gelandet war und nicht beim *Guardian* oder der *Gazette*. Denn der Schalk, der ihm im Nacken saß, sobald er den Stift auf das Papier setzte, und die Phantasie, die er bis dahin in Kabbeleien mit Shama und Schimpftiraden gegen die Tulsis verpulvert hatte, waren genau nach Mr. Burnetts Geschmack.

»Sollen sie ihren Nachrichtenhunger ruhig mit den anderen Blättern stillen«, sagte er. »Was sie ja ohnehin tun. Wenn wir neue Leser gewinnen wollen, müssen wir die Leute schockieren. Sie in Wut bringen. Ihnen Angst machen. Liefern Sie mir einen echten Schocker, und Sie haben den Job.«

Am nächsten Tag lieferte Mr. Biswas eine Story ab.

Mr. Burnett fragte: »Die haben Sie sich ausgedacht?«

Mr. Biswas nickte.

»Schade.«

Die Story trug die Überschrift:

VIER KINDER BEI HÜTTENINFERNO GEGRILLT
Mutter muss hilflos zuschauen

»Der letzte Absatz hat mir gefallen«, sagte Mr. Burnett.

Dort hieß es: »Schaulustige strömen in das trauernde Dorf, dessen Namen preiszugeben wir uns noch nicht für befugt halten. ›In Zeiten wie diesen‹, sagte mir gestern Abend ein alter Mann, ›wollen wir unseren Frieden haben.‹«

Mr. Biswas ließ das Märchenerzählen und blieb am Ball. Und Mr. Burnett stand ihm mit gutem Rat zur Seite.

»Sie sollten ein bisschen sparsamer mit den unglaublichen Szenen umgehen, die sich bei Ihnen überall abspielen. Und wie wär's, wenn Sie Ihre Passanten zur Abwechslung mal ganz normale Menschen sein lassen? ›Beträchtlich‹ ist ein großes Wort und bedeutet nichts anderes als ›viel‹, und schon das ist ein überflüssiges Wort. Und noch etwas, ›verschiedene‹ hat zwölf Buchstaben. ›Einige‹ hat nur halb so viele und bedeutet seltsamerweise genau dasselbe. Ihr Beitrag über die Wahl zum wonnigsten Baby hat mir gefallen. Sie haben mich zum Lachen gebracht. Aber das Gruseln haben Sie mich noch nicht gelehrt.«

»Ist heute was Lustiges im Irrenhaus passiert?«, wollte Mr. Biswas am Abend von Ramchand wissen.

Ramchand wirkte verärgert.

Und Mr. Biswas ließ die Idee einer Enthüllungsstory über das Irrenhaus wieder fallen.

Am nächsten Morgen schaute er auf dem Weg zum *Sentinel* in einem Polizeirevier vorbei. Von dort aus ging er zum Leichenschauhaus, dann zu den Pferdestallungen der Stadtverwaltung. Im *Sentinel* angekommen, setzte er sich hinter einen freien Schreibtisch – seinen eigenen hatte er noch nicht – und schrieb mit Bleistift:

Letzte Woche wurde im Prinzenhaus unter der Schirmherrschaft des *Sentinel* das ›Wonnigste Baby‹ gekürt. Und gestern Nacht wurde auf der Müllkippe in Cocorite eine männliche Säuglingsleiche gefunden, sauber in braunes Packpapier verschnürt.

Ich habe das Baby gesehen und fühle mich in der Lage zu sagen, dass es bei unserer Wahl zum wonnigsten Baby mit Sicherheit keinen Preis gewonnen hat.

Experten der Polizei sind sich noch im Unklaren darüber, ob das Kind eigens zur Müllkippe hinausgebracht wurde oder ganz normal mit der Müllabfuhr dorthin gelangte.

Hezekiah James, 43, arbeitslos, der das tote Baby entdeckte, sagte mir …

»Sehr gut«, sagte Mr. Burnett. »Aber ziemlich dick aufgetragen. Warum nicht ›ich kann‹ statt ›ich fühle mich in der Lage‹?«

»Das hab ich aus dem *Daily Express*.«

»Gut. Lassen wir das. Aber versprechen Sie mir, sich mal eine Woche lang nicht in der Lage zu fühlen, etwas zu tun oder zu sagen. Ich weiß, es wird schwer. Aber versuchen Sie es. Was für eine Sorte Baby?«

»Sorte?«

»Schwarz, weiß, grün?«

»Weiß. Na ja, als ich es gesehen habe, eher bläulich. Aber ich dachte, wir kennen keine Rassen, außer der chinesischen.«

»Jetzt hör sich einer das an. Glauben Sie im Ernst, wenn ich auf der Müllkippe in Banbury über ein schwarzes Baby stolpere, dann lasse ich die Farbe weg?«

Am nächsten Tag lauteten die Schlagzeilen:

WEISSES BABY AUF MÜLLKIPPE GEFUNDEN
In braunes Packpapier gewickelt
War bei der Wahl zum wonnigsten Baby leer ausgegangen

»Und noch etwas«, sagte Mr. Burnett. »Lassen Sie eine Weile die Finger von Babys.«

Es war dringliche Arbeit: Die Zeitung musste jeden Abend gedruckt werden, und am frühen Morgen musste sie in jedem Teil der Insel angekommen sein. Das war nicht die scheinbare Dringlichkeit des Schildermalens vor Weihnachten oder der Aufsicht über Zuckerrohrfelder. Und auch ein Dutzend Jahre später empfand Mr. Biswas noch den gleichen Kitzel wie in diesen ersten Tagen, wenn er das, was er am Vortag geschrieben hatte, gedruckt in seinem Freiexemplar nachlesen konnte.

»So richtig schockiert haben Sie mich immer noch nicht«, sagte Mr. Burnett.

Dabei wollte Mr. Biswas nichts sehnlicher. Aber es sah nicht aus, als sollte es ihm jemals gelingen, denn in der vierten Woche machte man ihn zum Schifffahrtsreporter, als Ersatz für einen Mann, dem im Hafen eine Kranladung Mehl aus großer Höhe auf den Kopf gefallen war. Es war die Touristensaison, und der Hafen lag voll von Schiffen aus Amerika und Europa. Mr. Biswas ging an Bord deutscher Dampfer, bekam vorzügliche Feuerzeuge geschenkt, sah Photos von Adolf Hitler und ließ sich durch die Hitler-Grüße verwirren.

Aufregung!

Schon nach wenigen Stunden liefen die Dampfer mit ihrer Fracht von sonnengedörrten, an ihrer Tropenkleidung erkennbaren Touristen wieder aus. Aber sie waren aus Städten mit berühmten Namen gekommen. Und in der Redaktion des *Sentinel* füllten Neuigkeiten aus diesen Städten eine Papierrolle nach der anderen. Draußen brannte die Sonne auf die mit Pferdeäpfeln übersäten Straßen nieder, auf die übervölkerten Slums, auf das Dach, unter dem Mr. Biswas mit Ramchand und Dehuti wohnte, während dahinter die weiten Zuckerrohrebenen warteten, die versunkenen Reisfelder, die monotone Arbeit seiner Brüder, die kurzen Straßen von einer eintönigen Siedlung zur nächsten, das Anwesen der Tulsis, die alten Männer, die sich Abend für Abend unter den Arkaden des Hanuman-Hauses versammelten und keine Reise mehr machen würden. Doch in den Mauern der Redaktion war jeder Teil der Welt zum Greifen nah.

Er ging an Bord amerikanischer Schiffe, die auf der südamerikanischen Touristenroute unterwegs waren, führte Interviews mit Geschäftsleuten, tat sich schwer mit dem amerikanischen Akzent, besichtigte die Kombüsen und war fassungslos darüber, was für Unmengen bester Lebensmittel einfach weggeworfen wurden. Er schrieb Passagierlisten ab, erhielt von einem Schiffskoch das Angebot, sich einem Schmugglerring anzuschließen, der mit Blitzlichtern für Photokameras handelte, lehnte ab und konnte nicht einmal eine Story darüber schreiben, weil er damit seinen verstorbenen Vorgänger belastet hätte.

Er führte ein Interview mit einem englischen Romancier, einem Mann etwa in seinem Alter, aber jung und strahlend vor Erfolg. Mr. Biswas war beeindruckt. Der Name des Autors war ihm und den Lesern des *Sentinel* unbekannt, aber Mr. Biswas hatte bisher jeden Schriftsteller für tot gehalten und die Entstehung von Büchern nicht nur mit fernen Ländern, sondern auch mit fernen Zeitaltern verbunden. Die Schlagzeile schon vor Augen – BERÜHMTER ROMANAUTOR NENNT PORT OF SPAIN DRITTVERRUCHTESTE STADT DER WELT –, fütterte er den Mann mit suggestiven Fragen. Aber der Schriftsteller vermutete hinter Mr. Biswas' Fragen unheilvolle politische Motive und machte bedächtige Aussagen über die viel gerühmte Schönheit der Insel und seinen Wunsch, möglichst viel von ihr zu sehen zu bekommen.

Wen soll man mit so was das Gruseln lehren?, dachte Mr. Biswas.

(Jahre später fiel ihm das Reisebuch in die Hände, das der Schriftsteller über die Region geschrieben hatte. Sich selbst fand er dort als »inkompetenten, verbitterten und fanatischen jungen

Reporter« porträtiert, der des Schriftstellers »zurückhaltende Antworten angewidert in umständlicher Langschrift« mitnotiert habe.)

Dann lief ein Schiff unterwegs von Brasilien den Hafen an.

Keine vierundzwanzig Stunden später war Mr. Biswas berüchtigt, der *Sentinel*, von allen Seiten geschmäht, erhöhte augenblicklich seine Auflage, und Mr. Burnett frohlockte.

Er sagte: »Es ist mir eiskalt den Rücken runtergelaufen.«

Die Story, der Leitartikel auf Seite drei, lautete:

DADDY KOMMT IM SARG NACH HAUSE
Letzte Reise eines US-Forschers
TIEFGEKÜHLT
von M. Biswas

Unter dem roten Dach eines hübschen kleinen Häuschens irgendwo in Amerika löchern vier Kinder ihre Mutter Tag für Tag mit derselben Frage: »Mummy, wann kommt Daddy endlich heim?«

Vor nicht ganz einem Jahr war Daddy – George Elmer Edman, der gefeierte Weltenbummler und Entdecker – von zu Hause aufgebrochen, um den Amazonas zu erforschen.

Nun, liebe Kinder, ich habe eine Überraschung für euch.

Daddy ist auf dem Heimweg.

Gestern hat er auf Trinidad Zwischenstation gemacht. In einem Sarg.

Mr. Biswas wurde mit einem Gehalt von fünfzehn Dollar für den halben Monat in den Mitarbeiterstab des *Sentinel* übernommen.

»Als Erstes kaufen Sie sich mal was Anständiges zum Anziehen«, sagte Mr. Burnett. »Ich lasse meinen besten Reporter doch nicht in einem solchen Aufzug herumlaufen.«

Ramchand war es, der den Boden für eine Versöhnung zwischen Mr. Biswas und den Tulsis bereitete, oder vielmehr, der Mr. Biswas klar machte (denn die Tulsis verschwendeten keinen Gedanken an die Sache), dass er zu seiner Familie zurückkehren konnte, ohne dabei das Gesicht zu verlieren. Ramchand hatte leichtes Spiel. Mr. Biswas' Name stand jetzt fast täglich im *Sentinel*, und es sah so aus, als wäre er plötzlich berühmt und reich geworden. Da auch Mr. Biswas der Meinung war, dass nicht mehr viel daran fehlte, war er recht gnädig gestimmt.

Zu dieser Zeit reiste er als Scarlet Pimpernel auf der Insel herum und wartete darauf, dass ihn jemand ansprach und sagte: »Sie sind der Scarlet Pimpernel, und ich fordere den Preis des *Sentinel* ein.« Jeden Tag war sein Photo im *Sentinel*, zusammen mit einem Bericht über die Erlebnisse vom Vortag und der Route für den Tag selbst. Das Photo war eine halbe Spalte breit und ließ keinen Platz mehr für die Ohren; in dem unzulänglichen Versuch, drohend auszusehen, runzelte er die Stirn, hielt den Mund halb geöffnet und blickte aus den Augenwinkeln, die im Schatten der tief in die Stirn gezogenen Hutkrempe lagen, in die Kamera. Der Scarlet Pimpernel eignete sich nicht als Zugpferd. Das Photo verbarg zu viel, und er war so gut angezogen, dass sich kaum ein einfacher Mensch traute, sich mit einem derart langen und korrekt formulierten Satz an ihn zu wenden. Tagelang blieb er auf seinen Preisen sitzen, und die Berichte des Scarlet Pimpernel wurden immer aberwitziger. Mr. Biswas besuchte seinen Bruder Prasad, und am nächsten Morgen erfuhren die Leser des *Sentinel*, dass in einem entlegenen Dorf ein Bauer auf den Scarlet Pimpernel zugelaufen sei und gesagt habe: »Du bist der Scarlet Pimpernel, und ich fordere den Preis des *Sentinel* ein.« Und anschließend habe der Bauer noch hinzugefügt, er lese täglich den *Sentinel*, weil keine andere Zeitung die Nachrichten so vollständig, unterhaltsam und ausgewogen präsentiere.

Dann besuchte Mr. Biswas seinen ältesten Bruder Pratap. Und

dort erwartete ihn eine Überraschung. Seine Mutter lebte seit ein paar Wochen bei Pratap. Mr. Biswas hielt Bipti schon seit langem für nutzlos, deprimierend und stur, und er fragte sich, wie Pratap es fertig gebracht hatte, überhaupt mit ihr zu reden, geschweige denn, sie dazu zu bewegen, die Lehmhütte in Pagotes zu verlassen. Aber sie war zu ihm gekommen, und sie hatte sich verändert. Sie war rüstig und wach, ein lebhaftes, wichtiges Mitglied in Prataps Haushalt. Mr. Biswas empfand es als Vorwurf, und es bedrückte ihn. Sein Glück war zu plötzlich gekommen, er hatte noch keinen festen Stand in der Welt. Als er sich am späten Abend in der Redaktion des *Sentinel* an den Schreibtisch setzte – seinen eigenen, mit seinem Handtuch in der untersten Schublade –, schrieb er, ohne zu wissen, woher die Erinnerungen kamen:

SCARLET PIMPERNEL VERBRINGT
NACHT AUF BAUM
Die Qualen einer sechsstündigen Wache

Quak! Quak!

Überall um mich herum quakten die Frösche. Nichts als Gequake und das Prasseln des Regens auf den Bäumen in der schwarzen Nacht.

Ich war klatschnass. Mein Motorrad hatte am Ende der Welt seinen Geist aufgegeben. Es war Mitternacht, ich war allein.

Es folgte die Schilderung einer schlaflosen Nacht in Gesellschaft von Schlangen und Fledermäusen, in der zwei Autos einfach weiterfuhren, ohne die Hilferufe des Scarlet Pimpernel zu hören, und in der erst der frühe Morgen Rettung brachte, als Bauern den Scarlet Pimpernel erkannten und den Preis von ihm forderten.

Nicht lange danach fuhr Mr. Biswas nach Arwacas. Er traf am Vormittag ein, aber erst nach vier, als er sicher sein konnte, dass der Laden geschlossen, die Kinder aus der Schule zurück und die Schwestern in der Halle und in der Küche sein würden, ging er ins Hanuman-Haus. Großartiger hätte er sich seine Rückkehr nicht wünschen können. Schon als er die Treppe vom Hof hinaufstieg, begrüßten ihn großes Hallo, Getrappel und Gelächter.

»Du bist der Scarlet Pimpernel, und ich fordere den Preis des *Sentinel* ein!«

Er ging herum und ließ die Dollar-Gutscheine des *Sentinel* in hingestreckte Hände fallen.

»Schicken Sie ihn zusammen mit dem Coupon aus dem *Sentinel* ein, und Sie haben übermorgen Ihr Geld.«

Savi und Anand nahmen ihn sofort in Beschlag.

Shama kam aus der schwarzen Küche und sagte: »Anand, pass auf, dass du deinem Vater den Anzug nicht schmutzig machst.«

Es war, als wäre er nie fort gewesen. Weder Shama noch die Kinder, noch die Halle trugen irgendwelche Zeichen seiner Abwesenheit.

Shama staubte eine Bank am Tisch ab und fragte, ob er schon gegessen habe. Er antwortete nicht, aber er setzte sich auf den abgestaubten Platz. Die Kinder bombardierten ihn mit Fragen und machten es ihm leicht, nicht auf Shama zu achten, die das Essen aus der Küche hereinbrachte.

»Onkel Mohun, Onkel Mohun. Hast du wirklich eine ganze Nacht auf dem Baum gesessen?«

»Was glaubst du, Jai?«

»Ma sagt, das hast du dir ausgedacht. Und ich weiß nicht, wie du auf einen Baum raufgeklettert sein willst.«

»Hast du eine Ahnung, wie oft ich runtergefallen bin.«

Es war nicht so schlimm, wie er geglaubt hatte, wieder in dieser rußigen grünen Halle mit dem schubladenartigen Erker, dem langen Pechkieferntisch, dem Sammelsurium an Möbelstücken, den Photographien von Pandit Tulsi und dem Speiseschrank mit dem japanischen Kaffeeservice zu sitzen.

»Onkel Mohun, ist der Mann wirklich mit der Machete auf dich losgegangen, als du seiner Frau den Gutschein geben wolltest?«

»Ja.«

»Und warum hast du ihm nicht auch einen gegeben?«

»Schluss jetzt. Ihr mit euren siebengescheiten Fragen.«

Er aß, wusch sich die Hände und gurgelte. Shama ermahnte ihn, auf seine Krawatte und sein Jackett Acht zu geben: als wären die Sachen nicht neu für sie, als erstreckten sich ihre ehefraulichen Rechte auch auf Kleidungsstücke, die sie nicht von Anfang an gekannt hatte.

Er ging nach oben, vorbei an dem kaputten Klavier auf dem Treppenabsatz. Auf der Galerie saßen Hari, der heilige Mann, und seine Frau. Sie grüßten ihn kaum. Sein neuer Ruhm und der neue Anzug schien die beiden nicht zu berühren. Hari in seinen Pandit-Kleidern sah gelbsüchtig und krank aus wie immer; in den feierlichen Ernst seiner Frau mischten sich Sorge und Ermüdung. Schon oft hatte Mr. Biswas sie in solch stillen, häuslichen Augenblicken überrascht, der Welt rings um sie entrückt.

Er fühlte sich wie ein Eindringling und ging eilig an der Tür mit den bunten Glasscheiben vorbei in das Bücherzimmer, in dem es dumpf nach altem Papier und wurmstichigem Holz roch. Seine Bücher waren noch da, vom Wasserschaden gezeichnet: die Deckel ausgebleicht, die Seiten gewellt und stockfleckig. Anand kam ins Zimmer. Das Haar auf seinem großen Kopf war lang, er trug seine »Hauskleidung«. Mr. Biswas drückte Anand an sein Bein, und Anand rieb sich dagegen. Er fragte Anand nach der Schule und erhielt verlegene, unverständliche Antworten. Sie hatten sich nicht viel zu sagen.

»Wann haben sie meinen Namen zum ersten Mal in der Zeitung entdeckt?«, wollte Mr. Biswas wissen.

Anand lächelte, hob einen Fuß vom Boden, murmelte etwas.

»Wer hat ihn zuerst gesehen?«

Anand schüttelte den Kopf.

»Und was haben sie gesagt? Nicht die Kinder, die Großen.«

»Nichts.«

»Nichts? Und was war mit dem Photo? Das jeden Tag in der Zeitung war. Was haben sie dazu gesagt?«

»Nichts.«

»Gar nichts?«

»Tante Chinta hat gesagt, dass du wie ein Gauner aussiehst.«

»Wer ist das hübsche Baby? Sag, wer ist das hübsche Baby?«

Es war Shama, die hereingekommen war und mit dem Baby auf dem Arm durch das Zimmer ging.

Mr. Biswas hatte sein viertes Kind noch nie gesehen. Und jetzt schämte er sich hinzuschauen.

Shama kam näher, ohne den Blick zu heben. »Was ist das für ein Mann?«, sagte sie zu dem Baby. »*Kennst* du diesen Mann?«

Mr. Biswas antwortete nicht. Er fühlte sich erdrückt, abgestoßen von dem Bild der Mutter mit dem Kind, von der ganzen verstohlenen Familienszene hier in dem Zimmer über der Halle: Vater, Mutter, Kinder.

»Und wer ist das?« Shama hatte das Baby zu Anand gebracht. »Das ist dein Bruder.« Anand kitzelte es am Kinn.

»Ja, das ist dein Bruder. Oh, ist sie nicht ein *hübsches* Baby?«

Ihm fiel auf, dass Shama ein bisschen molliger geworden war.

Er gab nach. Er tat einen Schritt auf Shama zu, und sofort streckte sie ihm das Baby entgegen.

»Sie heißt Kamla«, sagte Shama auf Hindi und schaute immer noch das Baby an.

»Schöner Name«, sagte er auf Englisch. »Von wem hat sie den?«

»Vom Pandit.«

»Eine Geburtsurkunde hat sie ja wahrscheinlich auch.«

»Aber du warst doch hier, als sie geboren ...« Shama hielt inne, als hätte sie gefährliches Terrain betreten.

Mr. Biswas nahm das Baby.

Nach einem Augenblick sagte Shama: »Gib sie mir wieder. Du machst dir noch den Anzug schmutzig.«

Die Aussöhnung war bald vollzogen, zu Bedingungen, die Mr. Biswas wie ein Sieg erschienen. Es wurde ein Treffen mit Mrs. Tulsi in Port of Spain für ihn arrangiert. Mrs. Tulsi tat so, als hätte er Shama und das Hanuman-Haus nie verlassen; war er nicht nach Port of Spain gekommen, um einen Arzt aufzusuchen? Mr. Biswas bestätigte es ihr. Sie war froh, dass es ihm besser ging; Pandit Tulsi habe immer gesagt, eine gute Gesundheit sei mehr wert als jedes Vermögen. Sie fragte nicht nach seiner Arbeit, aber sie sagte, sie habe schon immer große Erwartungen in Mr. Biswas gesetzt, deshalb sei sie auch so schnell einverstanden gewesen, als er an dem Nachmittag damals um Shamas Hand angehalten hatte.

Mrs. Tulsi schlug vor, dass Mr. Biswas mit seiner Familie nach Port of Spain ziehen sollte, um dort bei ihr und ihrem Sohn zu leben. Es sei denn, Mr. Biswas dachte daran, sich selbst ein Haus zu kaufen; sie sei nur eine Mutter und habe nicht über Shamas Schicksal zu bestimmen. Aber wenn sie kommen würden, könnten sie über das Haus verfügen, mit Ausnahme der Räume, die sie und Owad benutzten. Dafür müssten sie eine Miete von acht Dollar monatlich zahlen, Shama würde kochen, die ganze Hausarbeit machen und die Mieten von Mrs. Tulsis beiden anderen Häusern einsammeln: eine heikle Aufgabe, die man besser keinem Fremden anvertraute, und sie sei zu alt, um es selber zu tun.

Ein fabelhaftes Angebot: ein ganzes Haus. Es war der Höhepunkt seiner gegenwärtigen Glückssträhne, mit der es nun, er spürte es, bald zu Ende gehen musste. Um nicht sofort einzuwilligen und um seine Nervosität zu überspielen, schwadronierte er über die Schwierigkeiten des Mieten-Eintreibens. Mrs. Tulsi erzählte von Pandit Tulsi, und er hörte ihr mit ernster Anteilnahme zu.

Sie saßen auf der vorderen Veranda. Farne hingen in Körben von der Dachtraufe, dämpften das Licht, kühlten die Luft. Mr. Biswas lehnte sich in seinem Ruhesessel zurück. Diese plötzliche Beförderung vom Besucher zum Bewohner eines soliden, fertig gebauten, gestrichenen und rundherum eleganten Hauses mit planen, lückenlosen Fußböden, lotrechten Betonwänden, getäfelten, mit Schlössern versehenen Türen, einem vollständigen Dach und Zimmerdecken, die im Wohnzimmer lackiert waren und in den anderen Räumen getüncht – das war eine so neue Erfahrung, dass er sie noch gar nicht recht genießen konnte. Details in der Verarbeitung, die ihm eben noch keinen Blick wert gewesen waren, betrachtete er jetzt, eines nach dem anderen, wie etwas nie Gesehenes. Nichts musste hinzugefügt werden, nichts war provisorisch; nirgends gab es verborgene Lehmwände oder Äste, und für nichts waren Kniffe vonnöten: Alles funktionierte so, wie es funktionieren sollte.

Das Haus stand auf hohen Pfeilern und war eines der neuesten und eindrucksvollsten in der ganzen Straße. Das Viertel war erst kürzlich saniert worden und wandelte sich schnell, auch wenn in jeder Straße noch ein paar halsstarrige arme Leute in hölzernen Hütten ohne Zaun wohnten, Überbleibseln aus der Zeit, als das Viertel zum Zuckerdistrikt gehörte. Die Straßen waren schnurgerade, jedes Grundstück maß einhundert auf fünfzig Fuß, und mitten durch jedes Karree lief ein Kanalisationsstrang, fast so breit wie eine Straße, der die hinteren Zäune trennte. Es gab also Platz genug: Platz unter dem Fußboden des Hauses, Platz nach hinten, Platz zu beiden Seiten und Platz für einen Vorgarten.

Hätte sein Glück vollkommener sein können?

Ramchand und Dehuti waren hocherfreut. Das Lagerleben, das Mr. Biswas' Anwesenheit ihnen aufgezwungen hatte, begann ihnen – so nett es am Anfang gewesen war – langsam lästig zu werden. Und sie waren froh, Mr. Biswas versorgt zu wissen. Sie fühlten sich dafür ebenso verantwortlich wie für die Aussöhnung. Ein unerwarteter Nebeneffekt der Verhandlungen war, dass Dehuti sich an das Hanuman-Haus anschloss und auf einmal zu den Dutzenden von Frauen gehörte, die zu Mr. Biswas' Erstaunen stets bereit waren, Tage vor jedem großen Ereignis Mann und Kinder sich selbst zu überlassen und ins Hanuman-Haus zu kommen, um dort ohne Bezahlung zu kochen und zu putzen und zu bedienen. Dehuti arbeitete hart und wurde jedes Mal eingeladen. Oft begleitete sie die Tulsi-Schwestern auch zu anderen Festlichkeiten, und auf Hochzeiten sang sie die traurigen Lieder, die man für sie nicht gesungen hatte. Schon bald dachte niemand mehr daran, dass sie Mr. Biswas' Schwester war, auch Mr. Biswas selbst nicht, der in ihr einfach eine der Frauen im Tross der Tulsis sah.

Wieder einmal wechselte das Mobiliar den Ort. Und was das Barackenzimmer verstopft hatte, machte in dem Haus in Port of Spain wenig Eindruck. Das Himmelbett und Shamas Frisierkommode kamen in eines der Schlafzimmer, der Speiseschrank mit dem Kaffeeservice blieb zusammen mit dem grünen Tisch auf der hinteren Veranda. Nur die Garderobe und der Schaukelstuhl erhielten Ehrenplätze auf der vorderen Veranda; sie wurden jeden Morgen hinausgeräumt und jeden Abend wieder hereingeholt, um sie vor Dieben zu schützen. Ansonsten blieb das Haus auf die Weise eingerichtet, die Mrs. Tulsi für großstädtisch erachtete. Im Wohnzimmer standen vier Wiener Stühle mit Sitzen aus Korbgeflecht steif um einen dreibeinigen Marmortisch herum, auf dem eine fransengeschmückte weiße Häkeldecke einem Topffarn als Unterlage diente. Im Esszimmer stand ein steril aussehender Waschtisch mit Schüssel und Wasserkrug. Mrs. Tulsi hatte keine von den Statuen aus dem Hanuman-Haus mitgebracht, dafür aber viele der Messingschalen, die, mit Topfpflanzen gefüllt, die Veranda zierten und abends hereingeholt wurden.

Anand und Savi konnten nur schwer überredet werden, das Hanuman-Haus zu verlassen. Sie blieben noch ein paar Wochen dort, nachdem Shama mit Myna und Kamla ausgezogen war. Dann kam Savi eines Sonntagabends zusammen mit Mrs. Tulsi und dem Gott auf Besuch. Sie sah die Straßenlaternen und die Lichter der Schiffe im Hafen, Mrs. Tulsi ging mit ihr in den Botanischen Garten, sie sah die Teiche und die grasigen Hänge des versunkenen Felsengartens, sie hörte die Kapelle spielen, und sie blieb. Anand dagegen ließ sich durch nichts locken, bis der jüngere Gott sagte: »In Port of Spain gibt es jetzt eine neue Limonade. Sie heißt Coca-Cola. Was Besseres kriegst du auf der ganzen Welt nicht. Wenn du mit nach Port of Spain kommst, sag ich deinem Vater, dass er dir Coca-Cola und richtiges Eis kaufen soll. In Pappbechern. Richtiges Eis. Kein hausgemachtes.«

Für die Kinder im Hanuman-Haus war das Etikett »hausgemacht« keine Empfehlung. Hausgemachtes Eis war die geschmacklose gefrorene Masse (offiziell Kokoseis), die Chinta als Nachtisch zum Weihnachtsessen fabrizierte. Sie benutzte einen alten, rostigen Eisschrank, der manchmal »Aussetzer« hatte, wie sie das nannte, und um den Gefriervorgang zu beschleunigen, warf sie Eisbrocken in die Mixtur. Vom Eisschrank tröpfelte Rost auf die Eiskrem und durchsickerte sie in Wellenlinien wie Schokolade.

Allein diese Verheißung von richtiger Eiskrem und Coca-Cola war es, die Anand nach Port of Spain brachte.

Und an einem Sonntagnachmittag, als die Schatten sich unter die Dachtraufen der Häuser zurückgezogen hatten und die Stadt hart und grell und leer in der Sonne lag, als alle Türen geschlossen waren und die Schaufenster nichts als die Schaufenster der Läden gegenüber spiegelten, zeigte Mr. Biswas Anand Port of

Spain. Sie gingen verwegen mitten auf leeren Fahrstraßen, sie hörten ihre Schritte auf dem Pflaster: So ließ sich die Stadt erkunden; so hatte sie nichts Bedrohliches. Sie gingen von Café zu Café, aber eines wie das andere warb mit hausgemachter Eiskrem und hausgemachten Kuchen, und Anand schüttelte den Kopf. Bis sie endlich eines fanden, mit dem er einverstanden war. Auf einem hohen roten Barhocker – schon das eine Offenbarung und ein Luxus – saß Anand an der Theke, und das Eis kam. In einem reifbedeckten Pappbecher, der sich kalt anfühlte. Mit einem Löffel aus Holz. Den Deckel musste man hochziehen und abschlecken, von der Eiskrem, hellrosa mit roten Sprenkeln, stieg Dampf auf: So führte eine Vorfreude zur nächsten.

»Schmeckt gar nicht wie Eis«, sagte Anand. Er leckte den Becher aus, der so perfekt gemacht war, dass er ihn am liebsten mitgenommen hätte.

Er schlürfte die Coca-Cola und sagte: »Schmeckt wie Pferdepisse.« Das hatte er einen seiner Vettern über ein Getränk im Hanuman-Haus sagen hören.

»Anand!«, mahnte Mr. Biswas und lächelte dem Mann hinter dem Tresen zu. »So darfst du hier nicht reden. Du bist jetzt in Port of Spain.«

Das Haus blickte nach Osten, und so waren die Erinnerungen an diese ersten vier Jahre in Port of Spain fast alles Morgenerinnerungen. Sein Freiexemplar der Zeitung, noch warm, die Druckerschwärze noch feucht, lag auf der steinernen Treppe, über die das Sonnenlicht hinabkroch. Bäume und Dächer waren mit Tau bedeckt, die leere Straße, frisch gefegt und abgespritzt, lag in kühlem Schatten, in den Rinnsteinen, deren grüne Böden kratzige Streifen von den harten Besen der Straßenfeger hatten, lief klares Wasser, und er holte das Royal Enfield unter dem Haus hervor und radelte in der noch kühlen Sonne durch die Straßen der erwachenden Stadt. Dann die Mittagsstille, wenn er sich auszog für ein kurzes Schläfchen, das offene Fenster in seinem Zimmer ein blaues Rechteck über der reglosen Gardine. Am Nachmittag die Treppe im Schatten, Tee auf der hinteren Veranda. Danach vielleicht ein Interview in einem Hotel; die ungeduldigen Rotationsmaschinen im *Sentinel*. Die Verheißung des Abends, die Erwartungsfreude des Morgens.

An Wochenenden und Feiertagen, wenn Mrs. Tulsi und Owad fort waren, konnte Mr. Biswas bisweilen vergessen, dass es ihr Haus war. Und auch ihre Anwesenheit war keine große Belastung. In Port of Spain fiel Mrs. Tulsi nie in Ohnmacht, sie stopfte sich weder Kerzentalg noch Wick Vaporub in die Nase und trug auch keine mit Pimentöl getränkten Stirnwickel mehr. Den Kindern gegenüber war sie weder abweisend noch besitzergreifend, und im Umgang mit Mr. Biswas verloren sich ihre Vorsicht und Förmlichkeit in dem Maße, in dem sein Verhältnis zu Owad enger wurde. Owad wusste Mr. Biswas' Arbeit zu würdigen, und Mr. Biswas, dem seine Rolle als geistreichen Irrer schmeichelte, gewann Hochachtung vor dem jungen Mann, der so dicke Bücher in fremden Sprachen las. Sie freundeten sich an, gingen zusammen ins Kino und an den Strand, und Mr. Biswas zeigte Owad die Abschriften von unveröffentlichten Gerichtsprotokollen, in denen es um Vergewaltigungen und das Betreiben von Bordellen ging.

Mr. Biswas fand an der gluckenhaften Fürsorge, die Mrs. Tulsi ihrem jüngeren Sohn zukommen ließ, nichts Lächerliches und auch nichts Verwerfliches mehr. Mrs. Tulsi betrachtete Dörrpflaumen, ebenso wie das Hirn von Fischen, als ein Elixier für Menschen, die mit dem Kopf arbeiteten, deshalb bekam Owad jeden Tag Dörrpflaumen verabreicht. Seine Milch wurde in der Molkerei in der Phillip Street bestellt und kam in ordentlichen Milchflaschen mit silberner Kappe ins Haus – nicht wie die Milch, die Shama sechs Türen weiter holte, von einem Mann, der, ohne sich um die Ambitionen des Viertels zu scheren, auf seinem Grundstück Kühe hielt und die Milch in Rumflaschen lieferte, die er mit braunem Packpapier zustopfte.

Obwohl Mr. Biswas im Beisein von Owad und Mrs. Tulsi immer eine Spur abschätzig mit seinen Kindern umging, hielt er doch die Augen offen und lernte dazu, was den eigenen Haushalt und besonders Anand betraf. Bald, so hoffte er, würde auch Anand in den Kreis derer aufsteigen, die Dörrpflaumen essen und Milch aus der Molkerei trinken durften.

Sobald der Haushalt eingerichtet war, machte Mr. Biswas sich daran, seine Tyrannis zu errichten.

»Savi!«

Keine Antwort.

»Savi! Savi! Oh, Savi, du da draußen! Warum antwortest du mir nicht?«

»Ich komme ja.«

»Das reicht nicht. Du sollst kommen *und* mir antworten.«

»In Ordnung.«

»In Ordnung was?«

»In Ordnung, Pa.«

»Gut. Da auf dem Tisch liegen Zigaretten, Streichhölzer und ein Notizbuch vom *Sentinel*. Die bringst du mir.«

»Mein Gott! Und deshalb rufst du mich her?«

»Ja. Deshalb. Noch so eine freche Bemerkung, und du liest mir einen Text zum Mitstenographieren vor.«

Savi rannte aus dem Zimmer.

»Anand! Anand!«

»Ja, Pa.«

»Das ist besser. Wir üben jetzt ein bisschen. Setz dich zu mir und lies mir diese Rede vor.«

Anand griff nach *Bells Lehrbuch der Vortragskunst* und ratterte unwirsch einen Text von Macaulay herunter.

»Viel zu schnell.«

»Ich denke, du stenographierst.«

»Fängst du jetzt auch schon an! Da sieht man, was aus euch Kindern wird, wenn ihr die ganze Zeit im Hanuman-Haus seid. So, und jetzt vergleichst du, während ich vorlese.«

»O *Gott!*« Anand, der den Rest des Tages schon verloren sah, stampfte mit dem Fuß auf.

Aber die Vergleicherei ging weiter.

»Anand«, sagte Mr. Biswas schließlich, »das ist keine Strafe. Ich bitte dich darum, weil ich deine Hilfe brauche.«

Er hatte zu seinem Erstaunen die Entdeckung gemacht, dass dieser Satz Anand beschwichtigte, also sagte er ihn als Trost am Schluss jeder Sitzung.

Es stand bald fest, dass er einen Großteil seiner Arbeit im Bett verrichtete, von wo aus er ständig nach Papier rief und verlangte, dass man ihm Bleistifte anspitzte, Streichhölzer und Zigaretten brachte, Aschenbecher ausleerte, Bücher holte und Bücher für ihn wegtrug. Und es stand fest, dass er viel Schlaf brauchte. Er bekam schreckliche Wutanfälle, wenn man ihn weckte, selbst wenn er vorher angeordnet hatte, geweckt zu werden.

»Savi«, sagte Shama, »geh deinen Vater wecken.«

»Anand soll gehen.«

»Nein, ihr geht beide.«

Als Shama sich über seine »Schikanen« zu beklagen begann – ein Wort, das ihm eine seltsame Befriedigung verschaffte –, sagte er: »Das sind keine Schikanen. Das sind erzieherische Maßnahmen.«

Mrs. Tulsi, die sein Tun – wenn auch leicht verwundert – billigte, erzählte Geschichten von der strengen Erziehung, die Pandit Tulsi seinen Kindern hatte angedeihen lassen.

Und kaum war Mrs. Tulsi wieder fort, erhob Shama Ansprüche. Sie konnte nicht in Ohnmacht fallen wie Mrs. Tulsi, aber sie klagte über Mattigkeit und ließ sich gerne von ihren Kindern bedienen. Sie rief Savi und Anand zu sich, damit sie auf ihr auf und ab gingen, und sagte auf Hindi und mit so viel Inbrunst, dass es ihnen als Entschädigung ausreichte: »Gott wird euch segnen.« Und schon bald zählte es zu Savis und Anands Pflichten, auch auf Mr. Biswas auf und ab zu gehen, allerdings ohne eine solche Entschädigung.

Auch Shama blieb von den erzieherischen Maßnahmen nicht verschont. Sie musste sämtliche Artikel archivieren, die Mr. Biswas geschrieben hatte. Mr. Biswas beschwerte sich, dass sie dabei unrationell vorging. Er gab ihr seine ungeöffnete Lohntüte, und wenn sie sagte, das Geld reiche nicht, warf er ihr Unfähigkeit vor. Also begann Shama mit der mühevollen, nutzlosen Arbeit des Buchführens. Abend für Abend setzte sie sich an den grünen Tisch auf der hinteren Veranda und schrieb jeden einzelnen Penny auf, den sie am Tag ausgegeben hatte, füllte bedächtig beide Spalten auf jeder Seite eines aufgequollenen, fettbespritzten *Sentinel*-Notizbuchs mit ihrer Missionsschülerinnen-Schönschrift.

»Deine tägliche kleine Puja, was?«, sagte Mr. Biswas.

»Nein«, sagte sie. »Eher der Ersatz für eine Gehaltserhöhung.«

Mr. Biswas wollte nie einen Blick auf Shamas Buchhaltung werfen, aber sie machte weiter, teils als Vorwurf gegen Mr. Biswas, teils weil sie Gefallen daran gefunden hatte. Mr. Burnett mochte seine Meriten haben, aber von großzügiger Bezahlung hielt er nicht viel, und solange er den *Sentinel* herausgab, bekam Mr. Biswas nie mehr als fünfzig Dollar im Monat, eine Summe, die so schnell wieder verschwand, wie sie gekommen war. Das Einsammeln der Mieten komplizierte Shamas Buchführung. Sie gab die Mietgelder für den Haushalt aus und musste sie dann von ihrem Haushaltsgeld zurückzahlen. Die Zahlen stimmten nur selten überein. Und jedes zweite Wochenende nahmen Shamas Rechnereien fieberhafte Züge an; dann sah man sie auf der hinteren Veranda über dem *Sentinel*-Notizbuch, dem Mietbuch, dem Quittungsbuch brüten, auf Zetteln unzählige kleine Summen addieren und subtrahieren und gelegentlich Vermerke machen. Diese Vermerke konnten absonderlich klingen. Sie schrieb, wie sie redete, und einmal stieß Mr. Biswas auf einen Zettel, auf dem stand: »Alte Kreolin auf Nr. 42 rückt die sechs Dollar nicht raus.«

»Ich sag's ja immer, ihr Tulsis seid ein Haufen Finanzgenies«, sagte er.

Worauf sie erwiderte: »Ich war immer die Beste im Rechnen, bitte sehr!«

Und wenn Savi und Anand sie baten, ihnen bei den Rechenaufgaben zu helfen, bekamen sie zu hören: »Geht zu eurem Vater. Der war das Mathematikgenie.«

»Eher als du jedenfalls«, sagte er. »Savi, wie viel ist null mal zwei?«

»Zwei.«

»Eine wahre Tochter ihrer Mutter. Anand?«

»Eins.«

»Was ist bloß los heutzutage? Warum bringen sie euch nicht mehr bei, was sie uns beigebracht haben?«

An allen Schulbüchern hatte er etwas auszusetzen.

»Lesebuch von Captain Cutteridge! Nun hört euch das an. Seite fünfundsechzig, Lektion Neunzehn: Unsere vierbeinigen Freunde.« Er las in geziertem Tonfall: »›Was würden wir tun, wenn wir unsere vierbeinigen Freunde nicht hätten? Die Kuh und die Ziege geben uns Milch, und wenn wir sie schlachten, können wir ihr Fleisch essen.‹ Hört ihr die Stimme der Barbaren? Und weiter: ›Viele Mädchen und Jungen müssen morgens ihre Ziege festbinden, bevor sie in die Schule gehen, und nachmittags helfen sie beim Melken.‹ Anand, hast du heute Morgen deine Ziege festgebunden? Halt dich ran. Bald ist Zeit zum Melken. Mit so einem Quatsch stopfen sie den Kindern heutzutage die Köpfe voll. Als kleiner Junge hab ich das Königliche Lesebuch und Blackies Tropenfibel gelesen. Nesfields Grammatik!«, rief er aus. »Ich hatte Macdougalls.« Und er schickte Anand, ihm den Macdougalls zu holen, eine typographische Antiquität, deren verbeulte Buchdeckel von blauem Klebeband zusammengehalten wurden.

Von Zeit zu Zeit ließ er sich ihre Hefte zeigen, brachte sein Entsetzen zum Ausdruck und spielte sich für ein paar Tage als ihr Lehrer auf. Er kurierte Anand von seinem Hang zum Schnörkelmalen, stutzte seine Cs und Js und Ss auf ein erträgliches Ausmaß zurecht. Bei Savi war alle Liebesmüh vergebens. Er war ein unerbittlicher, schnell aufbrausender Lehrer, und bei einem Besuch im Hanuman-Haus erzählte Shama ihren Schwestern voller Stolz: »Die Kinder fürchten sich vor ihm.«

Und dann, teils um sonntags seinen Frieden zu haben, aber auch, weil die Kombination des Wortes »Sonntag« mit dem Wort »Schule« so schön puritanisch und spielverderberisch klang, schickte er Savi und Anand in die Sonntagsschule. Sie waren begeistert. Es gab Kuchen und Limonade, und sie lernten Kirchenlieder mit eingängigen Melodien.

Zu Hause sang Anand: »*Ich weiß, mein Jesus lässt mich nicht.*«

Mrs. Tulsi entrüstete sich. »Und woher weißt du das so genau?«

»*Weil es die Bibel uns verspricht*«, antwortete Anand mit der nächsten Zeile des Liedes.

Für Mrs. Tulsi war es der Beweis, dass Mr. Biswas ohne Provokation wieder mit seinem Religionskrieg angefangen hatte.

»Deine Mutter, die Katholenkatze«, sagte er zu Shama. »Und ich dachte, so ein schönes christliches Lied erinnert sie an ihre glückliche Kindheit als Katholenkätzchen.«

Aber die Sonntagsschule hatte ein Ende. Als Ersatz, und auch als Gegengewicht zu Captain Cutteridge, begann Mr. Biswas seinen Kindern Romane vorzulesen. Anand sprach darauf an, Savi dagegen war wieder eine Enttäuschung.

»Wie soll dieses Kind jemals Dörrpflaumen essen und Milch aus der Molkerei trinken?«, sagte er. »Wenn sie so weitermacht, wird sie sich bestenfalls mit Haushaltsbüchern herumschlagen dürfen, wie ihre Mutter.«

Shama ließ sich durch Mr. Biswas' Beleidigungen nicht beirren und schrieb weiter ihre Listen, kämpfte alle vierzehn Tage ihren Kampf mit den Mietgeldern und drohte mit Räumung. Unbemerkt von ihrer Familie, und eigentlich auch unbemerkt von ihr selbst, war Shama zu einer Schreckensgestalt für Mrs. Tulsis Mieter geworden. Um die Mieten einzutreiben, musste sie oft mit Räumung drohen, vor allem der »alten Kreolin auf Nr. 42«. Mit großer Belustigung las Mr. Biswas die strengen, regelhaften Verfügungen in Shamas Kinderschrift und sagte: »Wem willst du damit Angst einjagen?«

Shama ging diesen abenteuerlichen Geschäften ohne jedes Gefühl für ihre Abenteuerlichkeit nach. Sie traute sich nicht, die Räumungsanordnungen persönlich zu übermitteln. Also schlich sie spät nachts, wenn der Mieter mit großer Wahrscheinlichkeit im Bett lag, mit einem Topf Leim aus dem Haus und kleisterte dem Mieter die Nachricht so auf beide Türflügel, dass er sie am nächsten Morgen, wenn er die Tür aufstieß, unweigerlich in zwei Teile riss und nicht behaupten konnte, er hätte sie nicht bekommen.

Mr. Biswas lernte Kurzschrift, wenn auch eine sehr persönliche Version. Er las alle Bücher über Journalismus, deren er habhaft werden konnte, und ließ sich in seiner Begeisterung dazu hinreißen, ein teures amerikanisches Werk mit dem Titel *Zeitungsmanagement* zu bestellen, das sich als ein Appell an Zeitungsherausgeber erwies, Geld in teure Maschinen zu investieren. Er entdeckte die umfangreiche Literatur für Menschen mit schriftstellerischen Ambitionen und verfiel ihr unverzüglich; immer wieder las er nach, wie man Manuskripte präsentiert, und ließ sich davor warnen, die vielbeschäftigten Chefredakteure der großen Londoner und New Yorker Zeitungen mit Anrufen zu behelligen. Er besorgte sich das Buch *So schreibe ich eine Kurzgeschichte* von Cecil Hunt und *Wie schreibe ich ein Buch?* vom selben Autor.

Da ungefähr zu dieser Zeit sein Gehalt erhöht wurde, kaufte er sich, taub für Shamas flehentliche Einwände, eine gebrauchte Schreibmaschine auf Raten. Und weil die Maschine sich ja bezahlt machen musste, beschloss er, Artikel für englische und amerikanische Monatszeitschriften zu schreiben. Aber ihm wollten keine Themen einfallen. Die Bücher, die er gelesen hatte, halfen ihm nicht weiter. Dann entdeckte er eine Anzeige der Idealen Schule des Journalismus in der Edgware Road in London und füllte den Coupon für eine kostenlose Broschüre aus. Die Broschüre kam zwei Monaten später. Bedruckte Blätter in verschiedenen Farben fielen heraus: unterzeichnete Referenzen aus allen Teilen der Welt. Die Ideale Schule, versprach die Broschüre, lehrte nicht nur, sondern half auch beim Vermarkten, und Mr. Biswas wurde ans Herz gelegt, zu erwägen, ob es nicht eine lohnende Investition für ihn sein könnte, zusätzlich einen Kurs im Kurzgeschichtenschreiben zu belegen. Der Leiter der Idealen Schule (dem fleckigen Photo nach ein großväterlicher Mann mit Brille) habe das Geheimnis hinter allen Plots dieser Welt entdeckt, eine Entdeckung, die vom Britischen Museum in London und der Bodleiana in Oxford anerkannt worden sei. Mr. Biswas war beeindruckt, aber es fehlte ihm an Geld. Schon als er die Gehaltserhöhung für drei weitere Monate in die beiden ersten Journalismus-Lektionen investiert hatte, war es zum Streit mit Shama gekommen. Nach einiger Zeit traf die erste Lektion ein.

»Selbst Menschen, deren Schreibtalent außer Frage steht, klagen darüber, dass sie kein Thema finden. Dabei gibt es nichts Einfacheres. Sie sitzen an Ihrem Schreibtisch« – Mr. Biswas lag im Bett, während er dies las – »und schauen aus dem Fenster. Halt. Schon in diesem Fenster steckt ein Artikel. Verschiedene Fenstertypen, die Geschichte des Fensters, berühmte Fenster der Weltgeschichte, Häuser ohne Fenster. Auch die Geschichte des Glases ist ein faszinierendes Thema. Schon jetzt haben Sie Stoff für zwei Artikel. Ihr Blick wandert zum Fenster hinaus in den Himmel. Das Wetter ist ein allseits beliebtes Gesprächsthema, und nichts spricht dagegen, es zum Thema eines Artikels zu machen. Die Nachfrage nach solchem Material ist immens. Deshalb möchte ich Sie jetzt bitten, als erste Übung vier ansprechende Artikel über die Jahreszeiten zu schreiben. Sie dürfen dazu beliebig viele der folgenden Stichworte verwenden:

Sommer. Überfüllte Züge zum Meer, das Klirren der Eiswürfel im Glas, der Fisch, der auf den Block des Fischhändlers klatscht …

»Der Fisch, der auf den Block des Fischhändlers klatscht«, sagte Mr. Biswas. »Die einzigen Fische, die ich zu sehen kriege, kommen hier jeden Morgen im Korb auf dem Kopf der alten Fischverkäuferin vorbei.«

»… von Jalousien verdunkelte Zimmer, Bälle, die auf dem Dorfanger gegen das Holz der Schläger knallen, die Schatten, die kaum merklich länger werden …«

Mr. Biswas schrieb den Artikel über den Sommer, und mit Hilfe der Stichworte schrieb er auch die Artikel über den Frühling, den Winter und den Herbst.

»Es ist wieder Herbst geworden. ›Du Zeit voll Dunst und mildem Früchtefall‹, wie es der berühmte Dichter John Keats so treffend ausgedrückt hat. Das Holz für den Winter ist gehackt. Der Mais ist geerntet, und bald werden wir ihn uns schmecken lassen, vor einem prasselnden Feuer im tiefen Winter, geröstet oder am Kolben gegart …«

Er erhielt ein Glückwunschschreiben von der Idealen Schule, in dem man ihm mitteilte, dass die Artikel unverzüglich an englische und amerikanische Presseorgane weitergereicht würden. Unterdessen solle er sich der zweiten Lektion zuwenden und

Artikel über die Guy-Fawkes-Nacht, dörflichen Aberglauben, den Zauber von Ortsnamen (»Ihr Pfarrer wird sich als Quell mannigfaltiger Informationen erweisen«) und Gesichter im Dorfkrug schreiben.

Er war mit seinem Latein am Ende. Für diese Übungen waren keine Stichworte vorgegeben, und er schrieb nichts. Zu Shama sagte er kein Wort. Bald darauf kam ein schwerer Umschlag aus England. Er enthielt seine Artikel über die Jahreszeiten, die er ordentlich auf *Sentinel*-Papier abgetippt hatte, in dem von der Idealen Schule vorgeschriebenen Format. Es war ein gedrucktes Schreiben beigefügt.

»Mit großem Bedauern teilen wir Ihnen mit, dass Ihre Artikel ohne Erfolg dem *Evening Standard*, den *Evening News*, *The Times*, *The Tatler*, *London Opinion*, *Geographical Magazine*, *The Field* und *Country Life* vorgelegt wurden. Zwei Redakteure haben sich mit höchstem Lob über die Arbeiten geäußert, mussten sie jedoch aus Platzgründen leider ablehnen. Unserer Ansicht nach sollten Arbeiten dieser Qualität nicht der Vergessenheit anheimfallen. Warum versuchen Sie es nicht bei Ihrer Lokalzeitung? Es könnte ohne weiteres der Auftakt zu einer regelmäßigen Naturkolumne sein. Redakteure sind ständig auf der Suche nach neuen Ideen, neuem Material, neuen Autoren. Lassen Sie uns unbedingt wissen, wie es weitergeht. Wir von der Idealen Schule freuen uns über jeden Erfolg unserer Schüler. Und bis dahin sollten Sie mit Ihren Übungen fortfahren.«

»Mit Ihren Übungen fortfahren!«, sagte Mr. Biswas. Dankend verzichtete er auf Guy Fawkes und die Gesichter im Dorfkrug und ignorierte die Ermahnungen aus der Edgware Road, die während der nächsten zwei Jahre in regelmäßigen Abständen bei ihm eintrafen.

Die Schreibmaschine stand untätig herum.

»Sich bezahlt machen«, sagte Shama. »Kein Wunder, dass sie auch mal Ruhe braucht.«

Aber bald zog es ihn wieder an die Maschine; und oft setzte er sich, während Shama schweren Schrittes über die Veranda und durch die Küche stampfte, an den grünen Tisch, spannte ein Blatt *Sentinel*-Papier ein, tippte seinen Namen und die Adresse oben rechts in die Ecke, wie von der Idealen Schule und seinen Büchern empfohlen, und schrieb:

FLUCHT
von M. Biswas

Im Alter von dreiunddreißig Jahren, als er bereits Vater von vier Kindern war …

Häufig kam er über diesen Satz nicht hinaus. Manchmal schrieb er bis zum Ende der Seite weiter, oder er tippte, was selten geschah, in rasender Geschwindigkeit Seite auf Seite herunter. Manchmal hatte sein Held einen Hindi-Namen, dann war er klein und unattraktiv und arm, umgeben von Hässlichkeit, die Mr. Biswas in allen bitteren Einzelheiten ausmalte. Oder sein Held hatte einen westlichen Namen, dann war er gesichtslos, aber groß und breitschultrig und Reporter von Beruf, und die Welt, in der er sich bewegte, holte sich Mr. Biswas aus seinen Büchern und den Filmen, die er gesehen hatte. Keine dieser Geschichten wurde fertig geschrieben, und alle hatten sie dasselbe Thema. Der Held, um seine Jugend betrogen, gefangen in der Ehe und mit einer Familie am Hals, lernt ein junges Mädchen kennen. Sie ist schlank, beinahe mager, und trägt weiße Kleider. Sie ist frisch, zart, ungeküsst, und sie kann keine Kinder gebären. Keine der Geschichten gedieh über das Kennenlernen hinaus.

Manchmal diente ihm ein unbekanntes Mädchen aus der Anzeigenabteilung des *Sentinel* als Inspiration. Oft blieb sie eine Unbekannte. Und wenn er doch den Mund aufmachte, musste das Mädchen seine Einladung – zum Essen, ins Kino, an den Strand – nur annehmen, und schon war die Leidenschaft erloschen, er nahm die Einladung zurück und ging dem Mädchen fortan aus dem Weg. Nicht lange, und er genoss einen entsprechenden Ruf unter den Mädchen in der Anzeigenabteilung, die – ohne dass er es geahnt hätte, denn er bewahrte es als großes, peinliches Geheimnis – allesamt wussten, dass Mohun Biswas im Alter von dreiunddreißig Jahren schon Vater von vier Kindern war.

Aber daheim an der Schreibmaschine schrieb er weiter von seinen unberührten unfruchtbaren Heldinnen. Er begann diese Geschichten mit Freude, und wenn er fertig war, fühlte er sich unbefriedigt und besudelt. Dann ging er in sein Zimmer, rief nach Anand, nannte den Entgeisterten »Shompo« und »Gomp« und versuchte mit ihm zu spielen wie mit einem Baby.

Da er nicht mehr daran dachte, dass er Shama als Schikane und erzieherische Maßnahme befohlen hatte, seine sämtlichen Papiere zu archivieren, lebte er in der Illusion, dass diese Geschichten zu Hause ein ebensolches Geheimnis waren wie seine Ehe und die vier Kinder in der Redaktion. Und als er Shama eines Freitags über ihren Haushaltsbüchern grübeln sah und wie üblich seinen Spott über sie ausschüttete, sagte sie: »Lass mich in Ruhe, Mr. John Lubbard.«

Das war einer der Namen seines dreiunddreißigjährigen Helden.

»Geh mit Sybil ins Kino.«

Der Name stammte aus einer anderen Geschichte. Er hatte ihn aus einem Roman von Warwick Deeping.

»Lass Ratni ihren Frieden.«

Ratni war der Hindi-Name, den er in einer seiner Geschichten einer Mutter von vier Kindern gegeben hatte. Ratni ging mit schweren Schritten, »als wäre sie ständig schwanger«, ihre Arme füllten die Ärmel des Oberteils, als wollten sie sie zum Platzen bringen; seufzend und schnaufend saß sie über ihren Haushaltsbüchern, dem Einzigen, was sie las oder schrieb.

Mit Schrecken und mit Scham erinnerte sich Mr. Biswas an seine Schilderungen der kleinen, zarten Brüste seiner kinderlosen Heldinnen.

Shama schnalzte vernehmlich mit der Zunge.

Wenn sie gelacht hätte, hätte er zugeschlagen. Aber sie sah ihn nicht an, sah nur in ihre Bücher.

Er lief in sein Zimmer, zog sich aus, holte sich selbst seine Zigaretten und Streichhölzer, nahm den Mark Aurel und den Epiktet vom Regal und legte sich aufs Bett.

Nicht viel später – er hatte gerade den Speiseschrank und den grünen Tisch mit gelbem Lack angestrichen – gab er einem Impuls nach und lackierte auch die Schreibmaschinenabdeckung und Teile der Schreibmaschine selbst.

Für lange Zeit, bis Savi und Anand darauf tippen lernten, blieb die Schreibmaschine unbenutzt.

Dennoch schlug er jedes Mal, wenn er seine Maschine in der Redaktion gereinigt oder das Farbband gewechselt hatte und ein paar Probezeilen schreiben wollte, denselben Satz in die Tasten: *Im Alter von dreiunddreißig Jahren, als er bereits Vater von vier Kindern war …*

Ganz und gar daran gewöhnt, das Haus als sein Eigentum zu betrachten, und erfüllt von seinem neuen Selbstbewusstsein, legte er einen Garten an. An der Seite des Hauses pflanzte er Rosenbüsche, und vorn grub er einen Teich und setzte Seerosen ein, die sich wunderbar schnell ausbreiteten. Er tätigte weitere Anschaffungen, deren imposanteste ein Bücherschrank mit integriertem Schreibtisch war, so mächtig und massiv, dass drei Männer ihn an seinen Platz in Mr. Biswas' Schlafzimmer wuchten mussten, wo er stehen blieb, bis sie alle von Port of Spain nach Shorthills zogen. Im Bücherschrank nisteten Mäuse, beschützt und ernährt von den Bergen von Papier, die dort lagerten: Zeitungen (Mr. Biswas bestand darauf, dass jede Zeitung einen Monat lang aufbewahrt wurde, und wenn eine bestimmte Ausgabe nicht zu finden war, gab es Ärger), sämtliche maschinengeschriebenen Briefe, die Mr. Biswas jemals erhalten hatte (vom *Sentinel*, von der Idealen Schule und von Leuten, die sich für öffentliche Aufmerksamkeit bedanken wollten oder noch darauf hofften), die zurückgewiesenen Artikel über die Jahreszeiten, die unvollendeten Fluchtgeschichten (auf die er zunächst nur schamhafte Blicke warf, aber als er sie später noch einmal las, bedauerte er, sich nicht ernsthafter mit dem Schreiben von Kurzgeschichten befasst zu haben).

Von Shama bestärkt, achtete er mehr und mehr auf sein Äußeres. Sie war nach wie vor beeindruckt von der Eleganz und Seriosität seines Seidenanzugs mit der Krawatte, und wenn sie ihm etwas Neues kaufte, ein Hemd, Manschettenknöpfe, eine Krawattennadel, sagte er jedes Mal: »Bald kriegst du deine goldene Brosche, Mädchen. Bald.« Manchmal machte er beim Anziehen eine Bestandsaufnahme all der Dinge, die er am Leib trug, und dann überlegte er verwundert, dass er jetzt hundertfünfzig Dollar wert war. Saß er erst auf seinem Fahrrad, war er fast hundertachtzig wert. Und so fuhr er zu seiner Arbeit als Reporter und dem seltsamen Status, der damit einherging: empfangen und sogar hofiert von den Großen im Lande, von ihnen bewirtet wie alle anderen, ja manchmal besser, und letzten Endes doch nicht akzeptiert.

»Ein Wahnsinn, was heute passiert ist«, erzählte er Shama. »Als wir aus dem Regierungspalast kommen, fragt mich seine Exzellenz: ›Welches ist Ihr Auto?‹ Ich weiß nicht. Die englischen Reporter müssen ein Schweinegeld verdienen.«

Aber auf Shama wirkte es. Sie fing an, im Hanuman-Haus Namen fallen zu lassen, und Seths Frau Padma machte eine entfernte und höchst verzwickte familiäre Verbindung zwischen

Seth und dem Mann ausfindig, der den Prinzen von Wales bei seinem Besuch auf Trinidad gefahren hatte.

Für sich selbst gab Shama wenig aus. Erste Qualität konnte sie sich nicht leisten, und da sie wie alle Tulsi-Schwestern für minderwertige Kleidung und zweitklassigen Schmuck nur Verachtung hegte, kaufte sie sich gar nichts und begnügte sich mit den Stoffen, die sie jedes Jahr von Mrs. Tulsi zu Weihnachten bekam. Ihre Mieder waren über dem Busen und unter den Achseln geflickt, und je lauter Mr. Biswas protestierte, desto emsiger flickte sie. Aber auch wenn sie auf ihre Gleichgültigkeit in puncto Kleidung regelrecht stolz zu sein schien, hatte sie doch nicht allen Sinn für das Äußerliche verloren. Im Hanuman-Haus galt eine Hochzeitseinladung an Mrs. Tulsi auch für ihre Töchter, und nur ein einziges großes Geschenk, ausnahmlos aus den Lagerbeständen des Tulsi-Ladens, verließ das Haus. Aber Shama bekam inzwischen ihre eigenen Einladungen, und während der Hochzeitssaison der Hindus griff sie tief in die Kasse mit den Mietgeldern und brachte sich in unentwirrbare Verwicklungen mit ihren Haushaltsbüchern, um Hochzeitsgeschenke zu erstehen, meist ein Trinkservice.

»Lass es diesmal bleiben«, sagte Mr. Biswas. »Die sind so daran gewöhnt, dich mit einem Trinkservice zu sehen, dass sie bestimmt glauben, du hättest eins in der Hand gehabt.«

»Ich weiß schon selber, was ich tue«, erwiderte Shama. »Meine Kinder werden auch eines Tages heiraten.«

»Und wenn dann alle ihr Trinkservice zurückgeben, kann die arme Savi vor lauter Gläsern und Krügen keinen Schritt mehr tun. Das heißt, falls sie sich überhaupt erinnern. Lass es bleiben, wenigstens noch für ein paar Jahre.«

Aber Hochzeiten und Begräbnisse waren Shama wichtig geworden. Müde, mit schweren Lidern und heiser von den durchsungenen Nächten kehrte sie nach einer Hochzeit nach Hause zurück, wo inzwischen alles drunter und drüber ging, Savi in Tränen aufgelöst war, die Küche einem Schlachtfeld glich und Mr. Biswas über seine Verdauung klagte. Befriedigt über die Feierlichkeiten, das Geschenk, das ihr keine Schande bereitet hatte, das Singen, die Rückkehr nach Hause, sagte Shama: »Na, wie heißt es so schön, man vermisst das Wasser erst, wenn der Brunnen trocken ist.«

Und während der nächsten ein, zwei Tage, in denen Mr. Biswas und die Kinder ihr aus der Hand fraßen, ging sie mit düsterer Miene umher, und zwischendurch sagte sie: »Du kannst mir glauben, wenn die Kinder nicht wären …«

Und Mr. Biswas flötete: »Bald kriegst du deine goldene Brosche, Mädchen!«

Was für Shama die Hochzeiten und Beerdigungen, das waren für die Kinder ihre Ferienbesuche. Zuerst fuhren sie alle ins Hanuman-Haus. Aber dort fühlten sie sich mit jedem Besuch ein bisschen fremder. Es wurde immer schwerer, an die alten Bündnisse anzuknüpfen. Es gab neue Witze, neue Spiele, neue Geschichten, neue Themen. Zu vieles bedurfte der Erklärung, und immer öfter blieben Anand und Savi und Myna unter sich. Kaum waren sie dann wieder in Port of Spain, war von Einigkeit nichts mehr zu spüren. Savi fing wieder an, Myna zu schikanieren, Anand nahm Myna in Schutz, Savi schlug Anand, Anand schlug zurück, Savi beschwerte sich.

»Was?«, sagte Mr. Biswas. »Du schlägst deine Schwester? Da siehst du, Shama, was schon so ein kurzer Ausflug ins Affenhaus bei deinen Kindern anrichtet.«

Der Angriff traf doppelt, denn die Kinder zogen Besuche bei Mr. Biswas' Verwandten vor. Diese Verwandtschaft war wie eine Offenbarung erschienen. Nicht nur dass hier eine neue, bisher unangezapfte Quelle der Großzügigkeit sprudelte – Savi und Anand hatten immer geglaubt, Mr. Biswas sei, wie alle Väter im Hanuman-Haus, aus dem Nichts gekommen und die Tulsis seien die einzigen Menschen mit einer richtigen Familie. Zudem war es eine angenehme und ganz neue Erfahrung für Savi, Anand und Myna, einmal umschmeichelt und umworben und bestochen zu werden. Im Hanuman-Haus waren sie drei Kinder unter vielen, in Ajodhas Haus gab es keine Kinder außer ihnen. Und Ajodha war reich, wie das Haus, das er baute, sehr deutlich machte. Er bot ihnen Geld an und freute sich wie ein Kind darüber, dass sie seinen Wert zu schätzen wussten und es nahmen. Anand bekam sechs Cent extra dafür, dass er »Du und dein Körper« vorlas, dabei hätte ihm das Lob, das er erntete, als Belohnung völlig ausgereicht. Bei Pratap wurden sie gefeiert, Bipti hofierte sie auf peinliche Weise, und ihre Vettern und Kusinen waren schüchtern, voller Bewunderung und nett. Bei Prasad waren sie wieder die einzigen Kinder und wohnten in einer Lehmhütte, was sie herrlich fanden: Sie kamen sich vor wie in einem großen Puppenhaus. Von Prasad gab es kein Geld, aber dafür ein dickes rotes Schulheft, einen Shirley-Temple-Füllfederhalter und ein Fass Waterman-Tinte. Und so, mit diesem kleinen Schubs in Richtung Milch und Dörrpflaumen, ging eine einträgliche Besuchsrunde zu Ende.

Dann kam die Nachricht, dass Mrs. Tulsi Owad auf eine Universität im Ausland schicken wollte, damit ein Arzt aus ihm würde.

Mr. Biswas war erschüttert. Immer mehr Studenten gingen ins Ausland, aber das war ein Thema in den Nachrichten, weit weg. Er hätte nie für möglich gehalten, dass jemand, der so eng zu seinem Leben gehörte, so leicht entkommen konnte. Er verbarg seine Trauer und seinen Neid, kehrte Begeisterung heraus und bot seinen Rat bei der Auswahl der Schifffahrtslinie an. In Arwacas fielen ein paar von Mrs. Tulsis Getreuen von ihr ab. Als hätten sie vergessen, dass sie auf Trinidad waren, dass sie Indien verlassen, das schwarze Wasser überquert und dadurch alle Kastenzugehörigkeit verloren hatten, weigerten sie sich, Umgang mit einer Frau zu pflegen, die ihren Sohn über das schwarze Wasser zu schicken plante.

»Ach, deine Mutter hat ein dickes Fell«, meinte Mr. Biswas zu Shama. »So oft, wie die sich schon in die Nesseln gesetzt hat.«

Man fragte sich, ob Owad in England auch gut und ausreichend zu essen bekommen würde.

»In England«, sagte Mr. Biswas, »drehen jeden Morgen die Straßenfeger ihre Runden und sammeln die Leichen ein. Und wisst ihr warum? Weil das Essen dort nicht von orthodoxen römisch-katholischen Hindus gekocht wird.«

»Und wenn Onkel Owad mehr haben will?«, fragte Anand. »Meinst du, sie geben es ihm?«

»Hört euch den Jungen an«, sagte Mr. Biswas und drückte Anand die dünnen Ärmchen. »Lass dir sagen, mein Junge, du und Savi, ihr seid nur deshalb halbwegs heil aus dem Affenhaus gekommen, weil ich euch damals Ovomaltine gegeben hab.«

»Kein Wunder, Anand, dass du von den anderen so oft deinen kleinen Hintern versohlt kriegst«, sagte Shama.

»Deine Familie ist hart«, sagte Mr. Biswas. Er spuckte das Wort aus, machte eine Beleidigung daraus. *»Hart«*, wiederholte er.

»Wenigstens hat von uns keiner Waden, die wie Hängematten schaukeln.«

»Natürlich nicht. Eure Waden sind *hart*. Anand, schau dir meine Handrücken an. Kein einziges Härchen. Das Merkmal einer hoch entwickelten Rasse, mein Junge. Und nun schau dir deine an. Auch keine Haare. Aber man kann nie wissen. Bei dem ganzen Tulsi-Blut, das du in dir hast, wer weiß, vielleicht wachst du eines Tages auf und bist behaart wie ein Affe.«

Und dann berichtete Shama nach einem Besuch im Hanuman-Haus, dass der ältere Gott, Shekhar, dieser verheiratete Mann, bei der Nachricht von Owads Auslandsstudium in Tränen ausgebrochen sei.

»Schick ihm einen Strick und Kerzentalg«, sagte Mr. Biswas.

»Er wollte ja eigentlich nie heiraten«, sagte Shama.

»Wollte nicht heiraten! Ich hab noch nie einen gesehen, der

sich so flink abgesetzt hat, um der Schwiegermutter ihr Geld abzuluchsen.«

»Er wollte nach Cambridge gehen.«

»Cambridge!«, rief Mr. Biswas aus, aufgeschreckt von dem Wort, aufgeschreckt auch davon, dass es Shama so leicht über die Lippen kam. »Cambridge, so? Warum zum Henker ist er dann nicht gegangen? Warum seid ihr nicht alle miteinander nach Cambridge gegangen? Angst vor dem Schlangenfraß, was?«

»Seth war dagegen.« Shamas Tonfall war verletzt und verschwörerisch.

Mr. Biswas hielt inne. »Na, was du nicht sagst. *Was* du nicht sagst!«

»Schön. Wenigstens einer, der sich freut.«

Weitere Einzelheiten wusste sie nicht, und schließlich sagte sie ungeduldig: »Du klingst schon wie eine Frau.«

Sie schien tatsächlich der Meinung, dass ein Unrecht geschehen war. Und er kannte die Tulsis zu gut, um sich darüber zu wundern, dass die Schwestern, die ihre eigene versäumte Ausbildung, ihre Katze-im-Sack-Heiraten, ihre ungesicherte Situation klaglos hinnahmen, sich jetzt darüber grämten, dass ihrem Bruder mit seiner glücklichen Ehe und seinen florierenden Geschäften ein Wunsch unerfüllt geblieben sein sollte.

Shekhar hatte sich für ein Wochenende in Port of Spain angesagt. Er würde ohne seine Familie kommen, und die alte Mrs. Tulsi war in Arwacas – ein Wochenende lang konnten die Brüder noch einmal Jungen sein. Mr. Biswas erwartete Shekhar mit Interesse. Er traf am frühen Freitagabend ein. Das Taxi hupte; Shama schaltete die Lichter auf der vorderen und hinteren Veranda an; Shekhar, im weißen Leinenanzug, sprang die Vordertreppe herauf, durcheilte auf Ledersohlen das Haus, das sich spürbar mit Erregung auflud, und deponierte eine Flasche Wein, eine Dose Erdnüsse, eine Schachtel Kekse, zwei *Life*-Hefte sowie eine Taschenbuch-Ausgabe von Halévys *Geschichte des englischen*

Volkes auf dem Esstisch. Shama begrüßte ihn schwermütig, Mr. Biswas mit einer Feierlichkeit, von der er hoffte, dass man sie als Mitgefühl missverstehen konnte. Shekhar gab sich jovial: die zerstreute Jovialität des Geschäftsmannes, der seine Arbeitszeit opfert, des Familienvaters, der fern der Familie ist.

Owads teure neue Koffer standen auf der hinteren Veranda; Mr. Biswas bemalte sie mit Owads Namen.

»Da würde man am liebsten selber verreisen«, bemerkte Mr. Biswas.

Shekhar biss nicht an. Nachdem der Wein getrunken und die Erdnüsse und Kekse gegessen waren, zeigte er ein beinahe väterliches Interesse an den Vorbereitungen für Owads Reise, und es gelang Mr. Biswas nicht, ihm auch nur ein einziges Mal das Wort Cambridge zu entlocken.

»Du und dein Mundwerk«, sagte Mr. Biswas zu Shama.

Sie hatte keine Zeit zum Streiten. Sie empfand es als eine Ehre, beide Brüder auf einmal bewirten zu dürfen, noch dazu bei einem so bedeutenden Anlass, und sie war entschlossen, ihr Bestes zu geben. Sie hatte die ganze Woche über auf das Wochenende hingearbeitet, und am Morgen hatte sie gleich nach dem Frühstück mit dem Kochen angefangen.

Von Zeit zu Zeit ging Mr. Biswas in die Küche und flüsterte: »Wer bezahlt das eigentlich alles, hm? Die alte Füchsin oder du? Ich jedenfalls nicht, hörst du? Mich schickt keiner nach Cambridge. Und wenn ich nächste Woche trockenen Reis essen muss, kommt mit der Post kein Fresspaket aus dem Hanuman-Haus.«

Es war ein Hanuman-Haus-Fest im Kleinformat, und die Kinder kamen sich vor wie im Märchen. Sie hatten freien Zugang zur Küche und durften nach Herzenslust knabbern und naschen. Shekhar kaufte ihnen Süßigkeiten, und am Sonntag schickte er sie in die Kindervorstellung um halb zwei Uhr im Roxy. Und Mr. Biswas verstand sich so gut mit den Brüdern, dass sich eine Ferienstimmung seiner bemächtigte und er sich als Mann unter

Männern fühlte, privilegiert als Gastgeber der beiden Söhne der Familie, von denen einer ins Ausland ging, um Doktor zu werden. Er gab sich redliche Mühe, seinen Teil zur allgemeinen Begeisterung beizutragen – redete wieder von Schifffahrtslinien und Schiffen, als kenne er sie alle aus erster Hand, machte Andeutungen über den Artikel, den er über Owad schreiben würde, schmeichelte ihm mit der Bitte, den Reportern der anderen Zeitungen einen Korb zu geben, äußerte sich abfällig über Anands Leistungen und erntete Komplimente von Shekhar.

Der Sonntag brachte den *Sunday Sentinel* und Mr. Biswas' skandalöse Reportage über den »bösesten Mann Trinidads«: Teil einer Serie von Interviews mit den reichsten, ärmsten, größten, dicksten, dünnsten, schnellsten und stärksten Männern der Insel, die auf eine Serie über Männer mit ungewöhnlichen Berufen gefolgt war – Diebe, Bettler, Klärgrubenentleerer, Moskitojäger, Totengräber, Urkundenforscher, Irrenhauswärter –, die ihrerseits eine Serie über einarmige, einbeinige und einäugige Männer abgelöst hatte, die dadurch zustande gekommen war, dass nach einem M.-Biswas-Interview mit einem Mann, der vor Jahren in den Hals geschossen worden war und seitdem beim Sprechen das Loch zuhalten musste, die Redaktionsräume des *Sentinel* von Männern mit interessanten Verstümmelungen gestürmt worden waren, die ihre Geschichten zu verkaufen hofften.

Owad und Shekhar wollten sich totlachen über Mr. Biswas' Artikel, nicht zuletzt deshalb, weil den bösesten Mann Trinidads in Arwacas jedes Kind kannte. Er hatte zwar einen Mord begangen, aber im Affekt, und seit seinem Freispruch entwickelte er sich immer mehr zum leutseligen Langweiler. Der Titel des Interviews für die kommende Woche, mit Trinidads verrücktestem Mann, löste ebenfalls große Heiterkeit aus.

Nach dem Frühstück gingen alle Männer – einschließlich Anand – nach Docksite, um in dem neuen Erweiterungsbecken des Hafens zu schwimmen. Es war noch nicht fertig ausgebaggert, aber die Strandmauer war bereits gebaut, und am frühen Morgen konnte man in Teilen des Meeres sicher und sauber baden, auch wenn bei jedem Schritt Schlamm aufstieg und das Wasser trübte. Das dem Meer abgewonnene Land, bis zur Höhe der Strandmauer aufgefüllt, war noch kein richtiges Land, nur verkrusteter Schlamm mit scharfkantigen Rissen, gefächert wie ein Korallenstock.

Die Sonne war noch nicht aufgegangen, und die hohen, unbewegten Wolken schimmerten rötlich. Die Schiffe verschwammen am Horizont, die glatte See sah aus wie dunkles Glas. Die Männer ließen Anand nahe der Ufermauer zurück und wateten hinaus; ihre Stimmen, ihr Geplansche trugen weit in der Stille. Mit einem Mal kam die Sonne heraus; das Wasser leuchtete; die Geräusche klangen plötzlich gedämpfter.

Sich seiner kümmerlichen Erscheinung bewusst, begann Mr. Biswas den Clown zu spielen und versuchte, was er jetzt häufiger tat, Anand in seine Clownerien einzubeziehen.

»Tauch unter, Junge!«, rief er. »Tauch unter und zeig uns, wie lange du unter Wasser bleiben kannst.«

»Nein!«, rief Anand zurück.

Diese schroffe Missachtung der väterlichen Autorität war Teil der Clownerien geworden.

»Hört euch den Jungen an«, sagte Mr. Biswas zu Owad und Shekhar. Und er ließ ein obszönes Epigramm auf Hindi folgen, das sie immer amüsiert hatte und das sie jetzt mit ihm verbanden.

»Wisst ihr, wozu ich Lust hätte?«, fragte er kurz darauf. »Seht ihr das Ruderboot da vorn an der Mauer? Wie wär's, wenn wir es losmachen würden? Morgen früh ist es in Venezuela.«

»Und dich packen wir mit rein«, sagte Shekhar.

Sie jagten Mr. Biswas, fingen ihn ein, hielten ihn über das Wasser, während er lachte und zappelte und seine Waden wie Hängematten schwangen.

»Eins«, zählten sie, und schaukelten ihn. »Zwei …«

Plötzlich war er beleidigt und geriet in Wut.

»Drei!«

Das glatte Wasser schlug ihm wie eine harte, heiße Masse gegen Bauch und Brust und Stirn. Als er wieder an die Oberfläche kam, mit dem Rücken zu ihnen, ließ er sich Zeit, um sich das Haar zurechtzustreichen – in Wirklichkeit wischte er die Tränen ab, die ihm in die Augen geschossen waren. Die Pause war lang genug, um Owad und Shakhar merken zu lassen, dass er wütend war. Es war ihnen peinlich, und Mr. Biswas wurde sich der Grundlosigkeit seiner Wut bewusst, als Shekhar fragte: »Wo ist Anand?«

Mr. Biswas drehte sich nicht um. »Der passt schon auf. Er taucht. Sein Großvater war ein Meistertaucher.«

Owad lachte.

»Von wegen, er taucht!«, sagte Shekhar und schwamm zur Mauer hinüber.

Von Anand war nichts zu sehen. Im Schatten der Wand schwankte das Ruderboot sanft über seinem Spiegelbild.

Schweigend schauten sie Shekhar zu. Er tauchte unter. Mr. Biswas schaufelte eine Handvoll Wasser aus dem Meer und goss es sich über den Kopf. Ein Teil lief ihm übers Gesicht, der Rest sprengte das Meer.

Shekhar tauchte vor der Strandmauer auf, schüttelte sich das Wasser aus den Haaren, tauchte wieder hinab.

Mr. Biswas watete langsam auf die Mauer zu. Owad schwamm los. Mr. Biswas begann ebenfalls zu schwimmen.

Neben dem Ruderboot tauchte Shekhar wieder auf. Schrecken malte sich auf seinem Gesicht. Unter dem linken Arm hielt er Anand, mit dem rechten ruderte er kräftig.

Owad und Mr. Biswas steuerten auf ihn zu. Shekhar rief, sie sollten nicht näher kommen. Plötzlich hörte er auf, mit dem rechten Arm zu rudern, richtete sich auf und stand nur bis zu den Hüften im Wasser. Hinter ihm, im Schatten, lag das Ruderboot fast unbewegt.

Sie trugen Anand zum Ende der Mauer und rollten ihn hin und her. Dann knetete Shekhar ihm den schmalen Rücken durch. Mr. Biswas stand daneben, blind für alles außer der großen Sicherheitsnadel – zweifellos aus Shamas Beständen – in Anands blaugestreiftem Hemd, das oben auf dem kleinen Haufen seiner Kleider lag.

Anand spuckte und hustete. Er machte ein zorniges Gesicht. Er sagte: »Ich wollte zu dem Boot.«

»Ich hatte gesagt, du sollst bleiben, wo du bist«, sagte Mr. Biswas, ebenfalls zornig.

»Und der Boden vom Meer ist weggefallen.«

»Die Bagger«, sagte Shekhar. Noch immer stand ihm der Schrecken ins Gesicht geschrieben.

»Das Meer ist einfach weggefallen«, schrie Anand, auf dem Rücken liegend, das Gesicht unter dem angewinkelten Arm versteckt. Es klang, als wäre er beleidigt.

»Jedenfalls hast du den Rekord im Untertauchen gebrochen, Shompo«, sagte Owad.

»Halt den Mund!«, schrie Anand. Er fing an zu weinen, schrammte mit den Beinen über den harten, aufgesprungenen Boden, drehte sich dann auf den Bauch.

Mr. Biswas nahm das Hemd mit der Sicherheitsnadel und hielt es Anand hin.

Anand riss es ihm weg. »Lass mich!«

»Hätten wir dich mal gelassen, als du unter Wasser warst«, sagte Mr. Biswas. Er bereute es, kaum dass es ausgesprochen war.

»Ja!«, schrie Anand. »Hättet ihr mal!« Er sprang auf und ging zu seinem Kleiderhäuflein, begann sich wütend anzuziehen, zerrte sich die Kleider über die nasse, sandige Haut. »Ich geh nie wieder mit euch hierher. Mit keinem von euch.« Seine Augen waren klein und rot, die Lider geschwollen.

Schnell, sein schmächtiger Körper ein Schattenriss vor der Sonne, ging er über die unkrautüberwucherte Schlammfläche davon. Das Handtuch, nicht entrollt, klemmte als großes Bündel unter seinem Arm.

»Na«, sagte Mr. Biswas. »Springen wir noch mal rein?«

Owad und Shekhar lächelten. Dann zogen sich alle drei langsam an.

»Dass ich irgendwann noch so froh über meinen Rettungsschwimmer sein würde!«, sagte Shekhar. »Es war wie ein Loch im Meer. Und eine höllische Strömung. Der kleine Anand wäre morgen tatsächlich in Venezuela gewesen.«

Als sie heimkamen, fragte Shama besorgt, warum sie Anand zurückgeschickt hätten. Er hatte sich ohne ein Wort in sein Zimmer eingeschlossen.

Savi und Myna brachen in Tränen aus, als sie den Grund erfuhren.

Das Mittagessen war der Höhepunkt der Wochenendfestlichkeiten, aber Anand kam nicht aus seinem Zimmer. Er aß nur einen Schnitz Wassermelone, den Savi ihm brachte.

Später am Nachmittag, nachdem Shekhar abgereist war, machte Shama ihrem Ärger Luft. Anand hatte allen das Wochenende verdorben, dafür sollte er jetzt eine Tracht Prügel bekommen. Erst Owads Bitten konnten sie davon abbringen.

»Meine Kinder! Meine Kinder!«, sagte Shama. »Na ja, bei dem Beispiel. Sie machen's ja nur nach.«

Am nächsten Tag schrieb Mr. Biswas einen wütenden Artikel über das Fehlen von Warnschildern am Hafen. Am Nachmittag kam Anand aus der Schule zurück, inzwischen etwas gefasster, nahm – was außergewöhnlich war – unaufgefordert sein Heft aus der Tasche und gab es Mr. Biswas, der auf der hinteren Veranda in der Hängematte lag. Dann ging er sich umziehen.

In dem Heft standen Anands Englischaufsätze, an denen das

Vokabular und die Ideale von Anands Lehrer ebenso deutlich wurden wie Anands Begeisterung für den stilistischen Kunstgriff, auf ein Substantiv einen Gedankenstrich folgen zu lassen, um das Substantiv dann zusammen mit einem Adjektiv zu wiederholen, etwa »die Räuber – die grausamen Räuber«.

Der letzte Aufsatz trug den Titel »Ein Tag am Meer«. Darunter waren die vom Lehrer vorgegebenen Stichworte notiert: einen Ausflug planen – fieberhafte Vorbereitungen – große Vorfreude – randvolle Picknickkörbe – Wind, der durchs offene Autofenster weht – Überschwang, der sich in Liedern Bahn bricht – der anmutige Schwung der Kokospalmen – ein Bogen aus goldenem Sand – kristallklares Wasser – tosende Brandung – majestätische Brecher – mit ganzer Kraft gegen die Wellen – laute Jubelrufe – der gnädige Schatten der Kokospalmen – prachtvoller Sonnenuntergang – wehmütiger Abschied – Erinnerungen, die bewahrt werden wollen – die Vorfreude auf den nächsten Ausflug.

Mr. Biswas, mit dem klaren, optimistischen Weltbild des Lehrers mittlerweile vertraut, hätte ungefähr folgenden Text von Anand erwartet: »Mit Vorfreude – großer Vorfreude – planten wir unseren Besuch am Meer und trafen Vorbereitungen – fieberhafte Vorbereitungen –, und am Morgen des großen Tages wuchteten wir die Picknickkörbe – randvolle Picknickkörbe – in das Auto.« Denn in solchen Aufsätzen pflegten Anand und seine Kameraden im Luxus zu schwelgen.

Aber in diesem letzten Aufsatz gab es keine Gedankenstriche und keine Wiederholungen, keine Picknickkörbe, kein Auto, keine goldenen Bögen aus Sand, nur einen Spaziergang nach Docksite, eine Strandmauer aus Beton und Dampfschiffe am Horizont. Mr. Biswas las weiter, rasch und bang, als könnte er es nicht erwarten, die Angst des Vortags nachzuerleben. »Ich streckte die Hände in die Höhe, aber ich wusste nicht, ob sie die Oberfläche noch erreichten. Ich öffnete den Mund, wollte um Hilfe rufen. Wasser strömte herein. Ich dachte, ich muss sterben und machte die Augen zu, damit ich das Wasser nicht sehen musste.« Der Aufsatz endete mit einer Anklage gegen das Meer.

Kein einziges der Stichworte des Lehrers hatte Verwendung gefunden, und trotzdem hatte Anand für den Aufsatz zwölf von zehn möglichen Punkten bekommen.

Anand war auf die Veranda zurückgekehrt und trank seinen Tee am Tisch.

Mr. Biswas wollte ihm nahe sein. Er hätte alles getan, um ihn für die Einsamkeit des gestrigen Tages zu entschädigen. Er sagte: »Komm, setz dich her und lass uns den Aufsatz gemeinsam durchgehen.«

Anand wurde ungeduldig. Er freute sich über die gute Note, aber er mochte den Aufsatz nicht mehr sehen und schämte sich sogar ein bisschen dafür. Er hatte ihn der Klasse vorlesen müssen, und das Geständnis, dass er keine randvollen Picknickkörbe ins Auto gewuchtet hatte und an keinen von Palmen gesäumten Strand gefahren, sondern nur zum gewöhnlichen Hafen hinuntergegangen war, hatte für Gelächter gesorgt. Wie auch die Sätze: »Ich öffnete den Mund, wollte um Hilfe rufen. Wasser strömte hinein.«

»Komm«, sagte Mr. Biswas und machte Platz in der Hängematte.

»Nein!«, rief Anand.

Aber es war keiner da, der lachte.

Mr. Biswas' Herzweh verwandelte sich in Zorn. »Geh und schneide mir eine Rute ab«, sagte er und stieg aus der Hängematte. »Na los! Laufschritt!«

Anand stampfte die Hintertreppe hinunter. Von dem Paternosterbaum, der am Rand des Grundstücks stand und dessen Zweige bis in den Abflusskanal hingen, schnitt er eine dicke Rute ab, viel dicker als die, die er normalerweise abschnitt. Er wollte

Mr. Biswas kränken. Mr. Biswas spürte die Kränkung, und sie steigerte seinen Zorn. Er packte die Rute und schlug brutal auf Anand ein. Schließlich musste Shama einschreiten.

»Ich halte das nicht mehr aus!«, schluchzte Savi. »Ich halte euch alle nicht mehr aus. Ich will zurück ins Hanuman-Haus.«

Auch Myna weinte.

Shama sagte zu Anand: »Siehst du, was du angerichtet hast?«

Er schwieg.

»Gratuliere!«, sagte Savi. »Bei dem Geheul und Geschrei klingt dieses Haus wie alle anderen in der Straße. Da werden sich manche Leute aber freuen.«

»Ja«, sagte Mr. Biswas ruhig. »Manche Leute freuen sich.«

Sein Lächeln trieb Savi frische Tränen in die Augen.

Aber Anand bekam noch am selben Abend seine Rache.

Jetzt, da Owad nur noch wenige Tage in Trinidad blieben, und noch weniger, bis seine Familie zum Abschiednehmen in Port of Spain eintreffen würde, aßen Mr. Biswas und Anand so oft wie möglich mit ihm zusammen. Es waren förmliche Mahlzeiten im Esszimmer. Und an diesem Abend zog Anand, als Mr. Biswas sich hinsetzen wollte, seinem Vater den Stuhl weg, und Mr. Biswas landete geräuschvoll auf dem Boden.

»Shompo! Lompo! Gomp!«, rief Owad und brüllte vor Lachen.

»Ja«, sagte Savi, »manche Leute freuen sich.«

Mr. Biswas sprach kein Wort während des Essens. Danach ging er spazieren. Als er zurückkam, ging er direkt in sein Zimmer und rief nicht ein einziges Mal nach seinen Zigaretten und Streichhölzern oder nach seinen Büchern.

Er hatte sich angewöhnt, jeden Morgen um sechs durch das Haus zu gehen und mit der Zeitung zu rascheln, bis alle wach waren. Worauf er selbst sich wieder ins Bett legte: Er besaß die Fähigkeit, in Etappen schlafen zu können. Am folgenden Morgen weckte er niemanden auf, und auch als die Kinder sich für die Schule fertig machten, ließ er sich nicht blicken.

Aber Anand bekam von Shama ein Sechs-Cent-Stück mit auf den Weg.

»Von deinem Vater. Für Milch aus der Molkerei.«

Nachmittags um drei, als die Schule aus war, ging Anand die Victoria Avenue hinunter, vorbei an den ratternden Rädern und Bändern der Regierungsdruckerei, wechselte auf die andere Seite der Tragarete Road, in den Schatten der efeubewachsenen Mauer des Lapeyrouse-Friedhofs, und bog in die Phillip Street ein, wo die Zigarettenfabrik stand, die Quelle des süßlichen Tabakgeruchs, der über dem Viertel lag. Die Molkerei mit ihrem Weiß und Blassgrün sah vornehm und abschreckend aus. Auf Zehenspitzen ging Anand zu dem vergitterten Schalter, sagte zu der Frau: »Eine kleine Flasche Milch bitte«, bezahlte, nahm den Bon entgegen und setzte sich auf einen hohen, blassgrünen Hocker an der nach Milch riechenden Bar. Der Barmann mit der weißen Mütze versuchte etwas zu lässig, den silbernen Deckel abzuschnipsen, um ihn nach zwei Fehlversuchen schließlich mit seinem großen Daumen herauszudrücken. Anand machte sich nicht viel aus der eiskalten Milch, ihrer klebrigen Süße hinten im Rachen; außerdem meinte er den Tabakgeruch herauszuschmecken, der ihn wiederum an den Friedhof erinnerte.

Als er nach Hause kam, gab Shama ihm ein kleines, braun eingewickeltes Päckchen. Es enthielt Dörrpflaumen. Sie waren für ihn, und er durfte sie essen, wann immer er wollte.

Man schärfte ihm und Savi ein, über die Milch und die Dörrpflaumen Stillschweigen zu bewahren, damit Owad nicht davon erfuhr und sich über ihre Vermessenheit lustig machte.

Aber Anand musste schon bald den Preis für Pflaumen und Milch bezahlen. Mr. Biswas ging in die Schule und sprach mit dem Rektor und dem Lehrer, dessen Vokabular er so gut kannte. Beide waren der Meinung, dass Anand ein Stipendium bekommen könnte, wenn er fleißig wäre, und Mr. Biswas vereinbarte für Anand Privatstunden nach der Schule, nach der Milch. Als

Ausgleich dafür handelte er im Schulladen einen unbegrenzten Kredit für Anand aus und brachte Shamas Buchführung damit noch mehr durcheinander.

Savi hatte herzliches Mitleid mit Anand.

»Bin ich froh, dass Gott mir keinen Verstand gegeben hat«, sagte sie.

In der Woche vor Owads Abreise füllte sich das Haus mit Schwestern, Schwägern, Kindern und denjenigen von Mrs. Tulsis Gefolgsleuten, die ihr treu geblieben waren. Die Frauen kamen in ihren leuchtendsten Kleidern, mit ihrem besten Schmuck behängt, und sahen hier, nur zwanzig Meilen von ihren Dörfern entfernt, schon exotisch aus. Unbekümmert um die fremden Blicke starrten sie um sich und gaben Kommentare auf Hindi ab, ungewöhnlich laut, ungewöhnlich anzüglich, denn Hindi war eine Geheimsprache in der Stadt, und sie waren in Ferienstimmung. Ein Zelt überspannte den hinteren Teil des Hofes, in dem Anand und Owad manchmal Kricket gespielt hatten. Auf der Spielbahn selbst waren Feuerlöcher ausgehoben, über denen in großen schwarzen, eigens aus dem Hanuman-Haus herbeigeschafften Kesseln unablässig gekocht wurde. Die Besucher hatten Musikinstrumente mitgebracht. Sie spielten und sangen bis spät in die Nacht, und die Nachbarn, zu neugierig, um sich zu beschweren, spähten durch die Gucklöcher im Wellblechzaun.

Nur wenige der Besucher kannten Mr. Biswas oder wussten um seine Stellung im Hause. Und auf einmal war diese Stellung ungewiss. Er hatte nur mehr ein einziges Zimmer zu seiner Verfügung und verlor Shama und die Kinder zeitweise völlig aus den Augen. »Acht Dollar«, raunte er Shama zu. »Ich zahle hier monatlich acht Dollar Miete. Ich habe meine Rechte.«

Die Rosenbüsche und der Seerosenteich wurden in Mitleidenschaft gezogen.

»Spann Stolperdrähte«, sagte er zu Shama. »Dann sollen sie mal schön weitermachen. ›*Aré*, was haben wir denn hier?‹« – er imitierte eine alte Frau, die Hindi sprach. »Huch! Stolper! Plumps! Und patsch, sind die schönen Kleider versaut. Die Gesichter mit Schlamm bespritzt. Nach dem dritten Mal haben sie kapiert, dass Blumen nicht einfach so von selber wachsen.«

Nach zwei Tagen gab er seine Blumen verloren. Er machte ausgedehnte Abendspaziergänge und blieb so lange wie möglich fort, klapperte die Polizeireviere ab, um irgendwo eine Story aufzuschnappen. In einer Nacht lief er so lange herum, bis die Straßenhunde ihre Runde begannen, nutzlose Köter, die in Rudeln jagten und das Weite suchten, kaum dass sie Schritte hörten, umgekippte Mülltonnen und durchstöberte Abfälle hinter sich zurücklassend. Im Haus war noch Leben, wenn auch gedämpft, als er zurückkam. Vier Kinder lagen in seinem Bett. Es waren nicht seine. Danach besetzte er schon am frühen Abend sein Zimmer, verriegelte die Tür und reagierte weder auf Klopfen noch auf Rufe, Kratzen oder Gebrüll.

Und auch das Band zwischen ihm und Owad schien sich plötzlich aufgelöst zu haben. Owad machte die meiste Zeit Abschiedsbesuche, und wenn er einmal nach Hause kam, war er gleich von Freunden und Verwandten umringt, die ihn mit Tränen in den Augen anstarrten und ihm Ratschläge erteilten – Ratschläge zu Geld, Klima, Essen, Alkohol, Frauen, die sie später unter sich weiterdiskutierten, um zu zeigen, wie sehr ihnen sein Wohl am Herzen lag.

Dann war es Zeit für die Photos. Ehemänner, Kinder und Freunde sahen zu, wie Owad sich vor der Kamera aufstellte, mit Mrs. Tulsi, mit Shekhar und Mrs. Tulsi, mit Shekhar, Mrs. Tulsi und der ganzen stattlichen Reihe von Schwestern, die, weil der Anlass ein so trauriger war, trotz der Bitten des chinesischen Photographen grimmig in die Kamera blickten.

Am letzten Tag kam Seth. Er trug die Khakiuniform, seine

Schnürstiefel knallten bei jedem Schritt; wo er auftauchte, sorgte seine bloße Erscheinung für Förmlichkeit. Seine Abwesenheit war aufgefallen, und jetzt waren alle voller Erwartung. Aber nach dem letzten Familienrat machten Owad, Shekhar, Mrs. Tulsi und Seth lediglich feierliche Gesichter, was man als Ausdruck von Unstimmigkeiten oder von Kummer auslegen konnte, je nachdem.

Mr. Biswas machte vorübergehend von sich reden, als er den Photographen des *Sentinel* ins Haus brachte, das Wohnzimmer räumen ließ und so zu tun versuchte, als tanzten sowohl Owad als auch der Photograph nach seiner Pfeife. Doch am nächsten Morgen fand der Artikel auf Seite drei – JUNGER MANN AUS TRINIDAD ZUM MEDIZINSTUDIUM NACH U. K.– wenig Beachtung, denn diejenigen, die nicht damit beschäftigt waren, ihre Kinder für den Pier anzuziehen oder sich Passierscheine für den Pier zu beschaffen, wohnten dem Gottesdienst bei, den Hari im Zelt abhielt.

Schließlich brachen sie zum Pier auf. Nur neugeborene Babys und ihre Mütter blieben zu Hause. Das Kontingent der Tulsis blickte hinauf zum Schiff, an dessen Reling sich alsbald Transit-Passagiere und Teile der Besatzung versammelten, um einen ungewöhnlichen Blick auf den Hafen von Port of Spain zu genießen. Dann hieß es, man dürfe nun zum Abschiednehmen an Bord, und in Minutenschnelle hatten die Tulsis und ihr Gefolge das Schiff gestürmt. Sie betrachteten die Offiziere, die Passagiere, die Hitler-Bilder und lauschten aufmerksam auf die kehligen Sprachlaute um sie herum, um sie später nachahmen zu können. Die älteren Frauen trampelten auf das Deck und traten gegen Reling und Schiffswände, um deren Seetauglichkeit zu testen. Ein paar Zartbesaitetere ließen sich der Reihe nach auf Owads Koje nieder, um zu weinen. Die Männer waren gehemmter; die Kraft des Schiffes flößte ihnen Respekt ein, und sie gingen schweigend herum, die Hüte in den Händen. Letzte Zweifel an

Schiff und Mannschaft wurden zerstreut, als ein Offizier Geschenke zu verteilen begann: Feuerzeuge für die Männer, Puppen in Bauerntrachten für die Frauen. Und während der ganzen Zeit lief Mr. Biswas, unbeachtet von denen, die er beeindrucken wollte, auf dem Schiff herum, redete mit den Ausländern und machte sich Notizen.

Sie kamen vom Schiff herunter und nahmen vor einem magentafarbenen Schuppen mit Rauchverbotsschildern in englischer und französischer Sprache Aufstellung. Jemand hatte einen Stuhl organisiert, auf dem Mrs. Tulsi saß, den Schleier tief in die Stirn gezogen, ein verknülltes Taschentuch in der Faust und neben sich Sushila, die Krankenzimmer-Witwe.

Owad begann zu küssen, die Fremden zuerst. Aber es waren zu viele, bald ließ er sie stehen und konzentrierte sich auf die Familie. Er küsste jede Schwester, dass die Tränen nur so sprudelten, schüttelte den Männern die Hand, und als Mr. Biswas an der Reihe war, lächelte er und sagte: »Keine Tauchübungen mehr.«

Mr. Biswas war über die Maßen gerührt. Ihm zitterten die Knie, er fühlte sich wacklig. Er sagte: »Hoffentlich bricht der Krieg nicht aus ...« Tränen schossen ihm in die Augen, er schluckte und brachte kein weiteres Wort hervor.

Owad war schon weitergegangen. Er umarmte die Kinder, dann Shekhar, dann Seth, der hemmungslos weinte, schließlich Mrs. Tulsi, die keine Träne vergoss.

Er verschwand im Bauch des Schiffes. Kurz darauf erschien er an der Reling und winkte. Ein Mitreisender gesellte sich zu ihm, sie begannen sich zu unterhalten.

Die Passagier-Gangway wurde eingezogen. Dann plötzlich waren Rufe und heisere, unzusammenhängende Gesänge zu hören, und drei Deutsche mit narbigen Gesichtern und zerrissenen, schmutzigen Kleidern kamen den Pier entlanggetorkelt, auf komische Weise aneinander gelehnt, stockbetrunken. Vom Schiff rief jemand streng zu ihnen herunter, sie grölten zurück und schwankten, ohne am Seil Halt zu suchen, betrunken wie sie waren die schmale Treppe am Heck hinauf. Alle Bedenken das Schiff betreffend wurden sofort wieder wach.

Ein Tuten; Winken vom Schiff, vom Ufer; die Schiffswand rückte vom Pier ab, der jetzt ungeschützter dalag; Abfälle schwappten vor ihnen auf dem dunklen, öligen Wasser. Und bald standen sie gänzlich exponiert vor dem Zollschuppen, die Blicke auf das Schiff gerichtet, auf die Kluft, die es hinterließ.

Die Schwäche, die Mr. Biswas bei der Berührung von Owads Hand befallen hatte, blieb. Er hatte ein Loch im Magen. Er wollte auf Berge klettern, bis zur Erschöpfung, wollte gehen und gehen und nie mehr zurückkehren zum Haus, zu dem leeren Zelt, den toten Feuerlöchern, den verstellten Möbeln. Er verließ den Pier mit Anand, und sie liefen ziellos durch die Stadt. Vor einem Café blieben sie stehen, und Mr. Biswas kaufte Anand ein Eis im Pappbecher und eine Coca-Cola.

Am Morgen würde die Zeitung auf der sonnenbeschienenen Treppe liegen, der Mittag würde Stille bringen und der Nachmittag Schatten. Aber es würde ein ganz anderer Tag sein.

2. Das neue Regime

Da es in Port of Spain nichts mehr für sie zu tun gab, zog Mrs. Tulsi zurück nach Arwacas. Das Zelt wurde abgebaut, und nach ein paar Tagen war das Haus auch vom letzten Nachzügler geräumt. Mr. Biswas machte sich an die Restaurierung seiner Rosenbeete und des Seerosenteichs, dessen eingestürzte Ränder das Wasser in blubbernden Schlamm verwandelt hatten. Er arbeitete halbherzig, bedrückt von der Leere des Hauses und der Ungewissheit darüber, wie lange er noch würde bleiben dürfen. Noch waren keine von Mrs. Tulsis Möbeln abtransportiert worden: Das Haus schien auf neue Zeiten zu warten. Auch die Arbeit beim *Sentinel* verlor an Reiz. Er brauchte einen geistigen Adressaten für seine Beiträge. Anfangs war dieser Adressat Mr. Burnett gewesen, später Owad. Jetzt hatte er nur noch Shama. Sie las selten einen seiner Artikel, und wenn er ihr einen vorlas, zeigte sie sich weder interessiert noch amüsiert und enthielt sich jeden Kommentars. Als er ihr einmal das Manuskript eines Artikels gab, weckte sie seinen Zorn, indem sie die letzte Seite umblätterte und nach mehr suchte. »Schluss! Das war's!«, rief er. »Ich will dich nicht überfordern.«

Und aus dem Hanuman-Haus kamen weitere beunruhigende Nachrichten. Govind, der Eifrige, der Loyale, war unzufrieden; Shama berichtete von seinen aufwieglerischen Sprüchen. Äußerlich hatte sich nichts verändert, aber Mrs. Tulsi führte nicht mehr Regie, und ihr Einfluss wurde mehr und mehr als der einer zänkischen Kranken empfunden. Nun, da ihre beiden Söhne versorgt waren, schien sie das Interesse an der Familie verloren zu haben. Sie verbrachte viel Zeit im Rosenzimmer, war ständig unpässlich, trauerte Owad nach. Seth dagegen herrschte noch, aber seine Herrschaft war brüchig. Es war kein offenes Wort gefallen, doch die Berichte über Shekhars Missfallen, die niemand dementierte, sprachen gegen ihn und machten ihn den Schwestern verdächtig. Schließlich und endlich gehörte Seth nicht zur Familie, und er allein konnte den Frieden nicht garantieren, das hatte er durch seine Hilflosigkeit angesichts der Streitereien bewiesen, die während Mrs. Tulsis Aufenthalten in Port of Spain zwischen den Schwestern ausgebrochen waren. Seths Herrschaft war nur in Union mit Mrs. Tulsi, kraft ihrer Zuneigung und ihres Vertrauens wirksam. Dieses Vertrauen war, wenn auch nicht offiziell aufgekündigt, längst nicht mehr so offensichtlich, ja man begann sogar, in Seth den Außenseiter zu sehen.

Dann ging das Gerücht, Seth habe Grundstücke besichtigt.

»Meinst du, er sucht was für Mai?«, fragte Mr. Biswas.

Und Shama antwortete: »Schön, dass wenigstens einer sich freut.«

Mr. Biswas sollte die Freude bald vergehen. Die Weihnachtsferien hatten begonnen, und Shama fuhr mit den Kindern ins Hanuman-Haus. Inzwischen waren sie dort Fremde. Die alten Dekorationen aus Krepppapier und die Waren im dunklen, stickigen Tulsi-Laden waren bäurisch und läppisch, verglichen mit dem, was in Port of Spain in den Schaufenstern lag, und Savi taten die Leute in Arwacas Leid, die so etwas ernst nehmen mussten. An Heiligabend wurde der Laden endlich geschlossen, und die Onkel gingen fort. Savi, Anand, Myna und Kamla beschafften sich Strümpfe und hängten sie auf. Und gingen leer aus. Es war keiner da, bei dem sie sich beklagen konnten. Ein paar der Schwestern hatten heimlich Geschenke für ihre Kinder besorgt, und am Weihnachtsmorgen wurden in der Halle, wo keine Mrs. Tulsi darauf wartete, geküsst zu werden, die Geschenke hergezeigt und verglichen. Ohne Owad, ohne Mrs. Tulsi, ohne die Onkel und Shekhar, der den Tag bei der Familie seiner Frau verbrachte, gab es niemanden, der Spiele organisiert und zur Fröhlichkeit angespornt hätte. Weihnachten beschränkte sich auf das Mittagessen und auf Chintas Eiskrem, die so geschmacklos und so rostbesprenkelt war wie eh und je. Die Schwestern waren misslaunig, die Kinder zankten, und manche bezogen sogar Prügel.

Shekhar kam am Morgen des zweiten Weihnachtstags mit einer großen Tüte importierter Süßigkeiten. Er besuchte Mrs. Tulsi oben in ihrem Zimmer, aß in der Halle zu Mittag und ging wieder. Und als Mr. Biswas später am Nachmittag ankam, durfte er feststellen, dass die Schwestern nicht über Seth herzogen, sondern über Shekhar und seine Frau. Die Schwestern fühlten sich von Shekhar im Stich gelassen. Doch sie nahmen es ihm nicht übel. Er stand unter dem Pantoffel seiner Frau, also lag alle Schuld bei ihr.

Die Beziehung zwischen Shekhars Frau und den Schwestern war immer schwierig gewesen. So unorthodox es im Hanuman-Haus zuging, wo verheiratete Töchter bei ihrer Mutter lebten, wachten die Schwestern doch streng über eine Reihe anderer hinduistischer Familienkonventionen, weshalb Schwiegermüttern ihren Schwiegertöchtern gegenüber Härte zu zeigen hatten und Schwägerinnen verachtet werden mussten. Aber Shekhars Frau war dem Patronat der Tulsis von Anfang an mit arroganter presbyterianischer Modernität begegnet. Sie tat sich mit ihrer Bildung hervor. Sie ließ sich Dorothy nennen, ohne Scham oder schlechtes Gewissen. Sie trug kurze Kleider, und es kümmerte sie nicht, wie obszön und lächerlich sie darin aussah – eine große Frau wie sie, die nach der Geburt des ersten Kindes in die Breite gegangen war und von deren hohen, ausladenden Hüften die Kleider herunterhingen wie von einem Reifen. Sie hatte eine tiefe Stimme und eine burschikose Art; als sie sich einmal den Fuß verstaucht hatte, ging sie mit Stock, und Chinta bemerkte, das passe zu ihr. Und als Krönung verkaufte sie manchmal Eintrittskarten in ihrem eigenen Kino, was skandalös und außerdem unmoralisch war. Weit davon entfernt, irgendwelchen Eindruck auf Dorothy zu machen, handelten sich die Schwestern eine Niederlage nach der anderen ein. Sie hatten behauptet, Dorothy sei unfähig, einen Haushalt zu führen: Dorothy erwies sich als empörend perfekte Hausfrau. Sie hatten behauptet, Dorothy sei unfruchtbar: Dorothy brachte alle zwei Jahre ein Kind zur Welt. Bis jetzt waren es lauter Mädchen, aber auch das war nur ein schwacher Trost für die Schwestern: Dorothys Töchter waren außergewöhnlich schön, und die Schwestern konnten sich allenfalls darüber mokieren, dass Dorothy die Hindi-Namen für sie – Mira, Leela, Lena – so ausgewählt hatte, dass sie als westliche Namen durchgehen konnten.

Und jetzt wurden all die alten Anklagen wieder aufgewärmt, und zu Ehren von Shama und anderen aufmerksamen Schwestern auf Besuch gab es neue Einzelheiten. Je mehr auf dem Thema herumgeritten wurde, desto unappetitlicher wurden diese Einzelheiten: Dorothy benutze, wie alle Christen, die rechte Hand für unreine Zwecke, ihr sexueller Appetit sei unersättlich, ihre Töchter hätten bereits den Hurenblick in den Augen. Immer wieder beteuerten die Schwestern, wie sehr Shekhar zu bedauern sei, dass er nicht nach Cambridge hatte gehen dürfen und stattdessen gegen seinen Willen mit dieser schamlosen Person verheiratet worden war. Weil auch Seths Frau zugegen war, konnte auf Seths Rolle bei der Geschichte nicht eingegangen werden. Sooft freilich das Wort Cambridge fiel, gaben Blicke und Tonfall Padma zu verstehen, dass sie von der unausgesprochenen Kritik an ihrem Mann ausgenommen war, dass sie, wie Shekhar, für einen solchen Ehepartner Mitleid verdiente. Und Mr. Biswas staunte wieder einmal über den Tulsi'schen Familiensinn.

Mr. Biswas war mit Dorothy immer gut ausgekommen; er

mochte ihr lautes Wesen und ihre Fröhlichkeit und hatte in ihr stets eine Verbündete gegen die Schwestern gesehen. Doch an diesem heißen, stillen Nachmittag, an dem feiertägliche Dumpfheit über Arwacas lastete und die Halle mit ihrem Durcheinander an Möbeln, dem dunklen Erker, den rußigen grünen Wänden, den Fliegen, die zwischen den weißen Sonnenflecken auf dem langen Tisch hin und her flogen, verlassen und allen Lebens beraubt schien, empfand Mr. Biswas Shekhars Abwesenheit wie einen Verrat, und er konnte die Schwestern verstehen.

Savi sagte: »Das war mein letztes Weihnachten im Hanuman-Haus, dass ihr's wisst.«

Veränderung folgte auf Veränderung. In Pagotes richteten Tara und Ajodha ihr neues Haus ein. In Port of Spain wurden auf den Hauptstraßen neue, silbern gestrichene Laternenpfähle aufgestellt, und es hieß, die Busse mit Dieselmotor würden bald durch Trolleybusse ersetzt. Owads altes Zimmer wurde an ein kinderloses farbiges Ehepaar mittleren Alters vermietet. Und im *Sentinel* machten Gerüchte die Runde.

Unter der Leitung von Mr. Burnett hatte der *Sentinel* die *Gazette* hinter sich gelassen und war – wenn auch in gehörigem Abstand zum *Guardian* – mit seiner Frivolität so erfolgreich, dass es den Eigentümern peinlich wurde. Mr. Burnett stand schon seit geraumer Zeit unter Druck. Mr. Biswas bemerkte es, aber er hatte kein Gespür für Intrigen und verstand nicht, woher dieser Druck kam. Manche Mitarbeiter äußerten ihre Verachtung offen, bezeichneten Mr. Burnett als ungebildet, und in der Redaktion machte der Witz die Runde, er habe sich von Argentinien aus für die Stelle eines Redaktionsassistenten beworben und sein Brief sei missverstanden worden. Und wie zum Trotz wurde Mr. Burnett immer frivoler. »Machen wir uns nichts vor«, sagte er. »Leitartikel aus Port of Spain haben in Spanien nicht viel bewegt. Und Hitler werden sie auch nicht aufhalten.« Der *Guar-*

dian gründete als Reaktion auf den Kriegsausbruch einen Fonds für Frontkämpfer. In einem Kasten auf der Titelseite waren die Umrisse von zwölf Flugzeugen abgedruckt und wurden in dem Maße ausgemalt, in dem der Fonds stieg. Der *Sentinel* hatte bis zum Schluss mit der Englandtournee des Westindischen Kricketteams aufgemacht, und als die Tournee abgesagt wurde, druckte er eine Karikatur von Hitler, die sich, ausgeschnitten und entlang einer gepunkteten Linie gefalzt, in ein Schwein verwandeln ließ.

Kurz nach Neujahr platzte die Bombe. Mr. Biswas aß mit Mr. Burnett in einem chinesischen Restaurant zu Mittag, in einer dieser Sitznischen, die trüb von einer niedrig hängenden Glühbirne erleuchtet wurden, deren Kabel lose an den schmierigen, mit Fliegendreck beschmutzten Trennwänden entlanglief, als Mr. Burnett sagte: »Unglaubliche Szenen werden sich demnächst abspielen. Ich gehe.« Er machte eine Pause. »Gefeuert.« Und als hätte er Mr. Biswas' Gedanken erraten, fügte er hinzu: »Aber für Sie ist das kein Grund zur Sorge.« In kurzer Folge zeigte er eine Reihe widersprüchlicher Gemütsbewegungen. Er war lustig, er war niedergeschlagen; er war froh, gehen zu können, es tat ihm Leid, gehen zu müssen; er wollte nicht darüber sprechen, er sprach darüber; er wollte nicht mehr über sich sprechen, er sprach über sich. Er aß anfallartig, machte sich über das Essen her, als hätte es ihm etwas getan. »Sprossen? Sprossen nennen die das? Da dürfte es in China bald keinen Bambus mehr geben.« Er drückte auf einen Klingelknopf, der aus einem halbwegs runden Schmutzfleck an der Wand hervorschaute. Über vielem anderen Geklingel, dem Getrappel der Kellnerinnen und dem Gemurmel aus den angrenzenden Sitznischen hörten sie es in irgendeiner fernen Höhle schrillen.

Die geplagte Kellnerin kam, und Mr. Burnett sagte: »Sprossen? Das ist der pure Bambus. Was glauben Sie, was das hier drinnen ist?« Er klopfte sich auf den Bauch. »Eine Papiermühle?«

»Das war eine Portion Bambussprossen«, sagte die Kellnerin.

»Das war ein ausgewachsener Bambus.«

Er bestellte noch mehr Bier, die Kellnerin schmatzte verärgert durch die Zähne und verschwand, und hinter ihr klappte die Schwingtür hurtig auf und zu.

»Eine Portion Bambussprossen«, sagte Mr. Burnett. »Ein Fuder Heu, meint sie wohl. Und dieses verdammte Kabuff ist der Stall. Ich mache mir keine Sorgen. Ich habe andere Eisen im Feuer. Und Sie auch. Sie könnten wieder Schildermaler werden. Ich gehe, Sie gehen. Gehen wir eben alle.«

Sie lachten.

Mr. Biswas kehrte in einem Zustand hochgradiger Verstörtheit in die Redaktion zurück. Seine Name wurde, und zwar genüsslich, mit einigen der leichtfertigsten Ausschweifungen des *Sentinel* in Verbindung gebracht. Und beim Gedanken an jede einzelne von ihnen verspürte er nun einen Stich des schlechten Gewissens und der Angst. Er machte sich darauf gefasst, in geheimnisvolle Zimmer zitiert zu werden, um von Leuten, die sicher auf ihrem Stuhl saßen, mitgeteilt zu bekommen, dass man auf seine Dienste keinen Wert mehr legte. Er saß an seinem Schreibtisch – der ihm so wenig gehörte wie die Spalten des *Sentinel*, die er füllte – und lauschte dem Lärm der Zimmerleute. Es war derselbe Lärm wie an seinem ersten Arbeitstag, das Umbauen und Renovieren war seitdem pausenlos weitergegangen. Der Redaktionsraum erwachte zu nachmittäglichem Leben. Reporter kamen herein, zogen ihre Jacketts aus, schlugen Notizbücher auf und fingen an zu tippen; um den Wasserspender versammelten sich Gruppen, gingen wieder auseinander, an manchen Tischen wurden Druckfahnen korrigiert, die Layouts für die inneren Seiten gestaltet. Mehr als vier Jahre lang war er Teil dieser Betriebsamkeit gewesen. Aber jetzt, während er auf die Vorladung wartete, konnte er nur zuschauen.

Weil er glaubte, dass seine Anwesenheit in der Redaktion das

Risiko der Entlassung erhöhte, machte er früh Feierabend und radelte nach Hause. Eine Angst gebar die nächste. Wenn er die Kinder nun wieder ins Hanuman-Haus schicken musste, würde sich dort jemand ihrer annehmen? Und wenn Mrs. Tulsi ihm kündigte – wie Shama es mit so vielen Mietern tat –, wo sollte er dann hin? Wie sollte er leben?

Er sah düstere Jahre vor sich liegen.

Zu Hause rührte er sich Macleans Original-Magenpulver an, trank das Glas leer, zog sich aus, legte sich ins Bett und las Epiktet.

Doch die Tage vergingen, und die Vorladung blieb aus. Schließlich war Mr. Burnetts letzter Tag gekommen. Mr. Biswas hätte ihm gern mit irgendeiner Geste seine Dankbarkeit und sein Mitgefühl ausgedrückt, aber ihm fiel nichts ein. Und letztlich war es ja auch Mr. Burnett, der desertierte, und Mr. Biswas musste bleiben. Der *Sentinel* berichtete auf der Gesellschaftsseite über Mr. Burnetts Abschied. Daneben war ein wenig schmeichelhaftes Photo von Mr. Burnett in einer sichtlich ungeliebten Smokingjacke, die kleinen Augen im Blitzlicht weit aufgerissen, die Zigarre ins Gesicht gepflanzt wie ein Scherzartikel. Es tue ihm Leid zu gehen, wurde er zitiert, aber ihn erwarteten neue Aufgaben in Amerika; die Zeit auf Trinidad und beim *Sentinel* sei sehr lehrreich für ihn gewesen, und er werde den weiteren Weg beider mit Interesse verfolgen; das Niveau des örtlichen Journalismus schätzte er als »erstaunlich hoch« ein. Näheres über die Eisen im Feuer, von denen Mr. Burnett gesprochen hatte, konnte man in den anderen Zeitungen nachlesen. Dort war von einer indischen Varietétruppe die Rede, bestehend aus Tänzern, einem Feuerläufer, einem Mann, der auf einem Nagelbrett liegen konnte, und einem Schlangenbeschwörer, die Mr. Burnett, den ehemaligen Herausgeber eines Provinzblattes, auf seiner Reise nach Amerika begleiten würde. Eine der Überschriften lautete: DER ZIRKUS ZIEHT WEITER.

Und im *Sentinel* begann das neue Regime. Am Tag nach Mr. Burnetts Abschied tauchten im Redaktionsraum Plakate auf: ES RICHTIG MACHEN, NICHT SICH WICHTIG MACHEN und NACHRICHTEN, KEINE WELTANSCHAUUNGEN und FAKTEN STATT PHANTASIEN und RECHERCHIEREN GEHT ÜBER SPINTISIEREN. Mr. Biswas hatte das Gefühl, sie seien auf ihn ganz allein gemünzt, und ihr spaßiger Ton machte ihm Angst. Die allgemeine Stimmung war gedämpft, alle liefen mit ernsten Gesichtern herum, die Aufgestiegenen wie die Abgestiegenen. Mr. Burnetts Nachrichtenredakteur war zum Redaktionsassistenten degradiert worden. Seine vielversprechenden Reporter hatte man auf verschiedene Ressorts verteilt. Einer kam zu Veranstaltungen, Kriegsversehrte & Wetter, ein anderer zur Schifffahrt, einer zu Dianas Tagebuch auf der Gesellschaftsseite, einer zu den Kleinanzeigen. Mr. Biswas wurde dem Ressort Gerichtsnachrichten zugeteilt.

»Schreiben?«, sagte er zu Shama. »Das ist kein Schreiben. Das ist Formulareausfüllen. Mr. X, so und so alt, wurde gestern von Richter Y zu einem Bußgeld in Höhe von so und so viel verurteilt, weil er dies oder das getan hatte. Der Staatsanwalt warf ihm vor. Mr. X, der von dem Recht Gebrauch machte, sich selbst zu verteidigen, hielt dagegen. Der Richter sagte in seiner Urteilsbegründung.«

Aber Shama begrüßte das neue Regime. Sie sagte: »Da lernst du, ein bisschen Respekt vor den Menschen zu haben, und vor der Wahrheit.«

»Hört, hört! Aber bei dir wundert mich nichts. Von dir *erwarte* ich, dass du so redest. Na, die werden sich umschauen. Neues Regime, ja? Wirst schon sehen, wie schnell die Auflage sinkt.«

Shama war die Einzige, mit der Mr. Biswas über die Veränderungen redete. In der Redaktion kam das Thema nicht zur Sprache. Mr. Burnetts Günstlinge gingen sich aus dem Weg und mischten sich, aus Angst vor Intrigen, auch nicht unter die anderen. Abgesehen von den Plakaten waren keine neuen Direktiven ausgegeben worden, aber jeder hatte, soweit seine neuen Aufgaben ihm das Schreiben gestatteten, seinen Stil verändert. Es wurden längere Absätze mit vollständigen Sätzen und hochtrabenden Worten geschrieben.

Und dann kamen die Direktiven, in Form einer Broschüre mit dem Titel *Regeln für Reporter*, und es entsprach durchaus der distanzierten Art der neuen Machthaber, dass die Büchlein eines Morgens ohne Kommentar auf jedem Schreibtisch lagen und nur der Name des Reporters – mit einem »Mr.« davor – oben rechts in der Ecke vermerkt war.

»Da muss er früh aufgestanden sein heute Morgen«, sagte Mr. Biswas zu Shama.

Die Broschüre enthielt Vorschriften zu Sprache, Kleidung, Benehmen, und unten auf jeder Seite stand ein Wahlspruch. Auf der Titelseite stand: »DIE WAHRSTE NACHRICHT IST DIE BESTE NACHRICHT«, wobei die Anführungszeichen wohl suggerieren sollten, dass es ein historischer, geistreicher und kluger Spruch sei. Auf der Rückseite stand: BERICHTEN, NICHT ERDICHTEN.

»Berichten, nicht erdichten«, sagte Mr. Biswas zu Shama. »Sich dumme Sprüche ausdenken, das ist alles, was dieser Idiot macht. Und dafür streicht er dann ein fettes Gehalt ein! Regeln für Reporter. *Regeln!*«

Ein paar Tage später kam er nach Hause und sagte: »Du glaubst es nicht! Der Herausgeber pinkelt jetzt auf seinem eigenen Örtchen. ›Entschuldigen Sie. Aber ich muss mal eben pinkeln gehen – allein.‹ Seit Jahren pinkeln alle auf demselben Klo. Was soll das? Nimmt er Dodds Nierendragees und pinkelt blau, oder was?«

In Shamas Haushaltsbüchern tauchte Macleans Original-Magenpulver jetzt immer häufiger auf, und jedes Mal vollständig ausgeschrieben.

»Wart's nur ab«, sagte Mr. Biswas. »Die werden alle kündigen. So eine Behandlung lässt sich keiner gefallen, das sag ich dir.«

»Wann kündigst du?«, fragte Shama.

Und es sollte noch schlimmer kommen.

»Ich weiß ja nicht«, sagte er. »Ich glaube, die wollen mir nur Angst machen. Fortan werde ich – fortan: da hörst du mal, was für ein Vokabular diese Idioten verwenden –, fortan werde ich meine Nachmittage auf den Friedhöfen von Port of Spain zubringen. Gib mir mal das gelbe Buch rüber. Regeln für Reporter! Mal sehen, steht da was über Begräbnisse? Ach du Schreck! Hör dir das an: ›Der Reporter des *Sentinel* sollte zu solchen Anlässen in angemessener Kleidung erscheinen – d. h. im schwarzen Anzug.‹ Schwarzer Anzug! Der Bursche scheint nicht zu wissen, dass ich Frau und vier Kinder habe. Bildet sich wohl ein, er zahlt mir alle vierzehn Tage ein Vermögen aus. ›Weder durch sein Auftreten noch durch seine Kleidung darf der Reporter bei den Trauergästen Anstoß erregen, weil er damit dem Ansehen der Zeitung schadet. Ein *Sentinel*-Reporter darf nie vergessen, dass er den *Sentinel* vertritt. Er muss Vertrauen schaffen. Es kann nicht oft genug darauf hingewiesen werden, dass ein Reporter jeden Namen richtig schreiben muss. Ein unkorrekt geschriebener Name ist ein Affront. Sämtliche Orden und Auszeichnungen sollten Erwähnung finden, wobei der Reporter bei diesbezüglichen Recherchen größte Diskretion walten lassen sollte. Über die Auszeichnungen eines Menschen nicht im Bilde zu sein kommt einer Beleidigung gleich. Kaum weniger kränkend ist es, einen Officer of the British Empire zu fragen, ob er Member of the British Empire sei. Lieber sollte man in diesem hypothetischen Fall seine Nachforschungen unter der Voraussetzung anstellen, der Betreffende sei Commander. Die direkten Angehörigen sind stets als Erstes zu nennen, gefolgt von einer kompletten Liste der Trauergäste in alphabetischer Reihenfolge.‹

Zum Kotzen! Bei dieser Art von Schwachsinn kriegst du doch

glatt Lust, auf dem Grab zu tanzen. Weißt du, ich könnte aus der Begräbniskolumne einen richtigen kleinen Blickfang machen: Die gestrigen Bestattungen. Von M. Gravedigger. Gleich neben dem Veranstaltungskalender. Oder neben den Kriegsversehrten. Überschrift: Tot, toter, am totesten. Wie wäre das? Oder vorher – nachher: das Photo der weinenden Witwe am Grab. Und das Photo der grinsenden Witwe bei der Testamentseröffnung. Bildunterschrift: ›Guter Dinge, Mrs. X? Kein Wunder. Wo ein letzter Wille ist, ist auch ein Weg.‹ Die beiden Photos Seite an Seite.«

In der Zwischenzeit kaufte er sich auf Raten einen dunklen Kammgarnanzug. Und wenn Anand nachmittags auf dem Weg zur Milchbar an der Mauer des Lapeyrouse-Friedhofs entlangging, dann war hinter der Mauer nicht selten Mr. Biswas damit beschäftigt, feierlich an Grabsteinen vorüberzuschreiten und diskrete Erkundigungen über Namen und Auszeichnungen einzuziehen. Er kam spät nach Hause und klagte über Kopfschmerzen und Blähungen.

»Ein kapitalistisches Käseblatt«, sagte er immer öfter. »Ein kapitalistisches Käseblatt und sonst gar nichts.«

Anand stellte fest, dass sein Name nicht mehr genannt wurde.

»Umso besser«, sagte Mr. Biswas.

Und an vier aufeinander folgenden Samstagen schickten sie ihn zu unbedeutenden Kricketspielen, nur damit er das Ergebnis aufschrieb. Er hatte nicht die blasseste Ahnung von Kricket, aber man gab ihm zu verstehen, dass der Auftrag Teil seiner Umschulung war, und so radelte er von einem viertklassigen Match zum nächsten, schrieb Abkürzungen und Spielstände ab, die ihm nichts sagten, und nur der Respekt erstaunter und aufgeregter Spieler im Schatten der Bäume verschaffte ihm eine kurze Genugtuung. Die meisten Partien waren um halb sechs zu Ende, und er konnte nicht auf allen Plätzen gleichzeitig sein. Manchmal traf er niemanden mehr an, wenn er auf einem Platz ankam. Dann mussten Sekretäre ausfindig gemacht werden, was noch mehr Radeln bedeutete. Diese Aufträge verdarben ihm den Samstagnachmittag und den Samstagabend, und oft auch noch den Sonntag, weil viele der eingesammelten Ergebnisse gar nicht abgedruckt wurden.

Er begann, sich Sätze aus dem Prospekt der Idealen Schule des Journalismus vorzubeten. »Ich kann mit meiner Feder meinen Unterhalt verdienen«, sagte er. »Sollen sie nur so weitermachen! Die werden schon sehen, was sie davon haben!« Zu der Zeit schossen Ein-Mann-Zeitschriften wie Pilze aus dem Boden, die meisten von ihnen von Indern herausgegeben. »Ich mach meine eigene Zeitschrift«, drohte Mr. Biswas. »Und verkauf sie auf der Straße, wie Bissessar. Dem sein Blatt geht weg wie warme Semmeln, sagt er. Wie warme Semmeln, Mann!«

Zu Hause ließ er die Zügel schleifen und erzählte stattdessen so ausführlich von verschiedenen Mitarbeitern des *Sentinel*, dass Shama und die Kinder das Gefühl bekamen, sie persönlich zu kennen. Von Zeit zu Zeit gönnte er sich eine kleine Palastrevolution.

»Anand, geh auf dem Schulweg im Café vorbei und ruf beim *Sentinel* an. Sag ihnen, dass mir heute nicht nach Arbeiten ist.«

»Ruf doch selber an. Du weißt doch, dass ich Telefonieren nicht mag.«

»Es geht nicht immer danach, was wir mögen, mein Sohn.«

»Und ich soll einfach sagen, dir ist heute nicht nach Arbeiten?«

»Sag ihnen, dass ich krank bin. Erkältung, Kopfschmerzen, Fieber. Du weißt schon.«

Wenn Anand dann weg war, sagte Mr. Biswas: »Sollen sie mich nur rauswerfen. Sollen sie nur. Glaubst du, das macht mir was? Ich *will*, dass sie mich rauswerfen.«

»Ja«, sagte Shama. »Du willst, dass sie dich rauswerfen.«

Aber er hütete sich davor, diese Praxis einreißen zu lassen.

Er legte sich mit den Burschen und jungen Männern der Straße an, die nachmittags auf dem Gehsteig Kricket spielten und abends unter den Laternen miteinander schwatzten. Er brüllte aus dem Fenster zu ihnen herunter, und dank seines Anzugs, seiner Stellung, dank des Hauses, in dem er lebte, seiner Verwandtschaft mit Owad und seines Einflusses bei der Polizei konnte er sie einschüchtern. Manchmal ging er demonstrativ ins Café, um mit dem örtlichen Polizeimeister zu telefonieren, den er aus besseren Tagen gut kannte. Und er genoss die bösen Blicke und das Gemurmel der Spieler, wenn er, so korrekt gekleidet, wie die Trauergäste es von ihm erwarten durften, nachmittags zu einer seiner Bestattungen losradelte.

Er las politische Bücher. Sie lieferten ihm Sätze, die er nur vor sich hin murmeln oder an Shama ausprobieren konnte. Außerdem konfrontierten sie ihn mit immer neuem Unrecht und Elend, und hinterher fühlte er sich machtloser und einsamer denn je. Irgendwann entdeckte er die trostreiche Wirkung von Dickens. Wie leicht ließen sich Dickens' Charaktere und Schauplätze auf Menschen und Orte in seiner Umgebung übertragen! In Dickens' Grotesken wurde alles, was er fürchtete, banalisiert und ins Lächerliche gezogen, so dass er seine eigene Wut und Verächtlichkeit nicht mehr brauchte und die Kraft dazu fand, mit dem schwierigsten Augenblick des Tages fertig zu werden: dem morgendlichen Ankleiden, dieser tagtäglichen Bestätigung des Glaubens an sich selbst, die ihm manchmal wie ein Opfergang erschien. Er wollte, dass Anand an seiner Entdeckung teilhatte, und wenn er dem Jungen den Spaß an Dickens ein wenig verdarb, indem er ihn die schwierigen Wörter aufschreiben und lernen ließ, dann nicht als »Schikane« oder erzieherische Maßnahme: »Damit du nicht so wirst wie ich«, sagte er.

Anand verstand. Vater und Sohn – beide sahen sie den anderen als schwach und verletzlich an, beide fühlten sie sich für den anderen verantwortlich, eine Verantwortlichkeit, die der eine in Zeiten der Not durch übertriebene Autorität kaschierte, der andere durch übertriebenen Respekt.

Plötzlich ließ der Druck im *Sentinel* nach. Mr. Biswas wurde von Gerichtsnachrichten, Begräbnissen und Kricketpartien befreit, um einen wöchentlichen Beitrag für das Sonntagsmagazin zu schreiben.

»Wenn sie es noch weiter getrieben hätten«, sagte er zu Shama, »hätte ich gekündigt.«

»Sicher. Du hättest gekündigt.«

»Manchmal frag ich mich, warum ich überhaupt noch mit dir rede.«

Tatsächlich hatte er im Geiste die volltönendsten Kündigungsschreiben formuliert, beleidigende, hochtrabende oder humorvolle, sogar großmütige (die er mit seinen besten Wünschen für den weiteren Erfolg des *Sentinel* enden ließ).

Aber die Artikel, die er jetzt schrieb, waren nicht die Artikel, die er für Mr. Burnett geschrieben hatte. Er lieferte keine schokkierenden Interviews mit Einäugigen mehr; er schrieb seriöse Berichte über die Arbeit des Blindeninstituts. Er schrieb nicht: »Ich bin der verrückteste Mann Trinidads«; er schrieb über die vorbildliche Arbeit der Nervenheilanstalt. Seine Aufgabe war es, zu loben, den Blick an den Tatsachen vorbei auf die offiziellen Statistiken zu lenken, denn zur neuen Politik der Nüchternheit, die der *Sentinel* verfolgte, gehörte auch die Auffassung, dass dies die beste aller Welten sei und Trinidads öffentliche Einrichtungen ihr wohl großartigster Aspekt. Er musste die Dinge weniger verzerren als vielmehr über sie hinwegsehen: über die nackten, verhärteten Füße der Kinder in einem Waisenhaus, ihre stumpfen, angsterfüllten Augen, die schmachvollen Anstaltskittel. Von einem kurzlebigen, beschämenden Glanz umgeben, musste er Werkstätten und Gemüsegärten besichtigen und dabei Emsigkeit, Behandlungsfortschritte und Disziplin konstatieren, im Büro des Direktors ein Glas Limonade trinken und eine Zigarette rauchen, sich Zahlen nennen lassen, sich auf die Seite der Groteske stellen.

Solche Beiträge waren nicht leicht zu schreiben. Wenn er zu Mr. Burnetts Zeiten einen Aufhänger und einen ersten Satz gehabt hatte, war der Rest wie von selbst gekommen. Ein Satz erzeugte den anderen, ein Absatz führte zum nächsten, seine Artikel hatten Fluss und waren in sich geschlossen. Jetzt, da er Dinge schreiben musste, hinter denen er nicht stand, fühlte er sich verkrampft und wusste irgendwann überhaupt nicht mehr, wo er stand. Er musste sich Gedanken aufschreiben, sie an ihren Platz jonglieren. Er schrieb und schrieb wieder um, arbeitete extrem langsam, von ständigen Kopfschmerzen geplagt, und kam erst zu einem Ende, wenn der Abgabetermin am Donnerstag ihm keine Wahl mehr ließ. Was dabei herauskam, war gezwungen, tot und ein Lesegenuss für niemandem außer für die, über die er schrieb. Er freute sich nicht mehr auf den Sonntag. Er stand früh auf wie jeden Tag, aber die Zeitung blieb auf der Eingangstreppe liegen, bis Shama oder eines der Kinder sie hereinholte. Er vermied so lange wie möglich, sich seinen Artikel anzusehen. Und wenn er es schließlich doch tat, staunte er jedes Mal wieder, wie sehr Layout und Photos den Stumpfsinn der Sache übertünchten. Selbst dann las er nicht, was er geschrieben hatte, sondern überflog nur einzelne Absätze, immer auf der Suche nach Streichungen und Änderungen, die Hinweise auf die Missbilligung der Redaktion sein konnten. Zu Shama sagte er nichts, aber er lebte in ständiger Erwartung der Kündigung. Er wusste, dass seine Arbeit nicht gut war.

In der Zeitung blieben die Verantwortlichen auf Distanz. Es kam keine Kritik, aber auch keine Rückendeckung. Das neue Regime war noch immer ein Tabuthema, die Reporter mieden nach wie vor den Kontakt untereinander. Von Mr. Burnetts Lieblingen wurde nur der ehemalige Nachrichtenredakteur allgemein akzeptiert, ja er hatte im Büro sogar eine gewisse Berühmtheit erlangt. Die Sorge hatte ihn ausgezehrt. Er wohnte in Barataria und kam jeden Morgen mit dem Autobus durch die verkehrsreiche, schmale und gefährliche Eastern Main Road herein. Er hatte die Angst entwickelt, bei einem Autounfall ums Leben zu kommen und seine Frau und das kleine Töchterchen unversorgt zurücklassen zu müssen. Fahrten aller Art schreckten ihn, dabei musste er morgens und abends fahren und täglich das Layout für die Unfallmeldungen gestalten, mit Photographien der »ineinander verkeilten Wrackteile«. Er redete ständig von seiner Angst, machte sich lustig darüber und ließ es zu, dass man sich über ihn lustig machte. Aber je weiter der Nachmittag fortschritt, desto mehr verfiel er in Hektik, bis er schließlich regelrecht panisch wurde, den Feierabend nicht erwarten konnte und sich doch davor fürchtete, das Büro zu verlassen, den einzigen Ort, wo er sich sicher fühlte.

Ohne Pflege wurden die Rosensträucher struppig und hart. Ihre Stämme überzogen sich mit weißlichem Brand, die Blätter sahen kränklich und verkrüppelt aus. Die Knospen öffneten sich langsam, und es kamen ausgebleichte, zerzauste, mit winzigen Insekten übersäte Blüten zum Vorschein; andere Insekten bauten auf den Stämmen hellbraune Kuppeln. Der Seerosenteich war wieder eingestürzt, und die Wurzeln der Seerosen ragten braun und zottig aus dem schlammigen, Blasen werfenden Wasser. Die Kinder zeigten nur sporadisch Interesse am Garten, und Shama, die es, wie sie gern betonte, gelernt hatte, sich in keine von Mr. Biswas' Angelegenheiten mehr einzumischen, pflanzte für sich selbst ein paar Zinnien und Ringelblumen, die einzigen Pflanzen – abgesehen von einem Oleanderstrauch und ein paar Kakteen –, die im Garten des Hanuman-Hauses gediehen waren.

Die ersten Auswirkungen des Krieges machten sich bemerkbar. Überall stiegen die Preise. Mr. Biswas' Gehalt wurde erhöht, aber die Erhöhung wurde sogleich wieder geschluckt. Und als sein Gehalt auf siebenunddreißig Dollar und fünfzig Cent im halben Monat gestiegen war, führte der *Sentinel* einen so genannten Kosten-Lastenausgleich ein, kurz KOLA. Von nun an stieg nur noch der KOLA, und das Gehalt blieb unverändert.

»Reine Psychologie«, sagte Mr. Biswas. »Damit es klingt wie der Kaffeenachmittag im Waisenhaus.« Er hob die Stimme. »So, Kinderchen, habt ihr auch alle euren Kuchen? Habt ihr euer Eis? Habt ihr euer Kola?«

Je knapper das Geld, je schlechter das Essen wurde, desto akribischer führte Shama ihre Haushaltsbücher. Ein Reporternotizbuch nach dem anderen schrieb sie voll, und kein einziges davon wurde fortgeworfen; abgegriffen und von Zetteln gebläht, stapelten sie sich auf dem Küchenregal.

In den Läden prügelten sich die Menschen um gehamstertes, von Ungeziefer wimmelndes Mehl. Die Polizei hatte ein waches Auge auf die Marktstände, und mancher kleine Gemüseanbauer musste Strafe zahlen und wanderte hinter Gitter, weil er über den festgesetzten Preisen verkauft hatte. Das Mehl blieb knapp und wimmelte weiter von Ungeziefer, und Shamas Essen wurde schlechter und schlechter.

Auf Mr. Biswas' Klagen antwortete sie: »Ich lauf mir jeden Samstag die Hacken schief, um hier und dort einen Cent zu sparen.«

Und bald war das Essen vergessen, und sie stritten einfach. Ihre Streitereien dauerten von Tag zu Tag, von Woche zu Woche und unterschieden sich nur in den Worten von den Streitereien in The Chase.

»Eingesperrt!«, sagte Mr. Biswas. »Du und deine Familie, ihr habt mich in dieses Loch hier gesperrt.«

»Ja«, sagte Shama. »Wenn meine Familie nicht wäre, hättest du ein Strohdach über dem Kopf.«

»Deine Familie! Deine Familie! Steckt mich in ein finsteres Barackenloch und zahlt mir zwanzig Dollar im Monat. Komm mir nicht mit deiner Familie.«

»Ich kann dir sagen, wenn die Kinder nicht wären ...«

Oft endete es damit, dass Mr. Biswas lange nächtliche Spaziergänge durch die Stadt unternahm, an irgendeiner leeren Bretterbude von einem Café Halt machte, wo er die Magenschmerzen mit Dosenlachs zu lindern versuchte und sie damit nur verschlimmerte, während der schläfrige chinesische Cafébesitzer sich im trüben Licht einer Glühbirne in den Zähnen stocherte, die schlaffen nackten Arme auf eine Vitrine gestützt, in der Fliegen auf trockenen Kuchenstücken schlummerten. Bis dahin war die Stadt etwas Neues für ihn gewesen, sie hatte Erwartungen in ihm geweckt, die keine noch so tote Nachmittagssonne zerstören konnte. Alles schien möglich: Er hätte seiner unfruchtbaren Heldin über den Weg laufen, die Vergangenheit rückgängig machen, sich selbst neu erschaffen können. Doch jetzt vermochte nicht einmal mehr der Gedanke an die Rotationsmaschinen des *Sentinel*, aus denen zur Stunde Berichte über Begräbnisse (alle Namen und Auszeichnungen sorgfältigst recherchiert), Reden und Bankette rollten, ihn darüber hinwegzutäuschen, dass die Stadt nichts weiter war als eine endlose Wiederholung dieser düsteren, schäbigen Cafés, mit ihren schartigen Tresen, den Fliegen, die dicht an dicht auf dem Elektrokabel saßen, den in der Ecke gestapelten leeren Coca-Cola-Kisten, den gesprungenen Vitrinen, den Cafébesitzern, die in den Zähnen stochernd darauf warteten, endlich schließen zu dürfen.

Und zu Hause kamen die Kinder aus den Betten gekrochen, während er fort war, und gingen zu Shama, und sie nahm ihre zettelgeblähten Reporternotizbücher vom Regal und versuchte zu erklären, wie sie das ihr anvertraute Geld ausgegeben hatte.

Einmal fragte Anand den Jungen, der in der Schule die Bank mit ihm teilte: »Streiten deine Eltern auch so?«

»Wegen was?«

»Ach, wegen allem. Essen, zum Beispiel.«

»Nee. Aber wehe, er schickt sie in die Stadt, was einkaufen. Und wehe, sie bringt es nicht mit. Au weia!«

Eines Abends, nachdem ein Streit aufgeflammt und unbeigelegt wieder erloschen war, ging Anand in Mr. Biswas' Zimmer und sagte: »Ich muss dir eine Geschichte erzählen.«

Etwas an seinem Ton warnte Mr. Biswas. Er legte sein Buch beiseite, stopfte sich ein Kissen in den Rücken und lächelte.

»Es war einmal ein Mann …« Anand versagte die Stimme.

»Ja?«, sagte Mr. Biswas mit freundlichem Spott, noch lächelnd, und nagte an der Unterlippe.

»Es war einmal ein Mann, der …« Wieder versagte ihm die Stimme, das Lächeln seines Vaters brachte ihn durcheinander, er vergaß, was er sich zurechtgelegt hatte, und beendete, die Grammatik außer Acht lassend, eilig seinen Satz: »Der immer unzufrieden war, egal, was man für ihn tut.«

Mr. Biswas brach in lautes Gelächter aus, und Anand lief, zitternd vor Wut und Scham, aus dem Zimmer, um sich in der Küche von Shama trösten zu lassen.

Viele Tage lang behandelte Anand Mr. Biswas wie Luft und trank in der Milchbar, eine heimliche Rache, Eiskaffee statt Milch. Mr. Biswas war überschwänglich nett zu Savi, Myna und Kamla, entspannt bei Shama. Die Atmosphäre im Haus lockerte sich spürbar auf, und Shama, jetzt Anands Beschützerin, fand viel Freude daran, Anand gut zuzureden, damit er wieder mit seinem Vater sprach.

»Lass ihn nur«, sagte der. »Lass den Geschichtenerzähler.«

Anand wurde zusehends mürrischer. Als er eines Nachmittags von seinem Privatunterricht heimkam, mochte er weder essen noch reden. Er ging in sein Zimmer, legte sich auf sein Bett und ließ sich durch kein Bitten Shamas herauslocken.

Mr. Biswas kam nach Hause, marschierte in Anands Zimmer und sagte im muntersten Tonfall: »Na? Was ist los mit unserem Hans Christian Andersen?«

»Iss ein paar Pflaumen, Kind«, sagte Shama und holte die kleine braune Papiertüte aus der Küchenschublade.

Mr. Biswas merkte, wie unglücklich Anand dreinschaute, und fragte in verändertem Ton: »Was ist denn passiert?«

Anand sagte: »Die Jungen lachen über mich.«

»Wer zuletzt lacht, lacht am besten«, sagte Shama.

»Lawrence sagt, sein Vater ist dein Chef.«

Schweigen.

Mr. Biswas setzte sich aufs Bett und sagte: »Lawrence ist der Nachtredakteur. Ich hab nichts mit ihm zu tun.«

»Er sagt, sie behandeln dich im Büro wie einen Laufburschen.«

»Du weißt doch, dass ich Artikel schreibe.«

»Und er sagt, wenn du zu seinem Vater ins Haus kommst, musst du zur Hintertür reingehen.«

Mr. Biswas stand auf. Sein Leinenanzug war zerknittert, das Jackett verzogen von den Notizbüchern in den Taschen, die oben am Rand schmutzig und ein wenig zerschlissen waren.

»Du warst nie bei seinem Vater zu Hause?«

»Warum sollte er zu Lawrence nach Hause gehen?«, sagte Shama.

»Und du bist nie zur Hintertür reingegangen?«

Mr. Biswas stellte sich ans Fenster. Es war dunkel; er wandte ihnen den Rücken zu.

»Ich mach jetzt Licht«, sagte Shama energisch. Ihre Schritte waren schwer. Das Licht flammte auf. Anand legte den Arm über das Gesicht. »Ist das alles, was dich so durcheinander gebracht hat?«, fragte Shama. »Dein Vater hat mit Lawrence nichts zu tun. Du hast gehört, was er gesagt hat.«

Mr. Biswas verließ das Zimmer.

Shama sagte: »Du hättest es ihm nicht sagen dürfen, Kind.«

Für den Rest des Abends lief Shama herum, redete viel und machte bei allem, was sie tat, so viel Lärm wie möglich.

Am nächsten Morgen, als Anand – die Bücher und den Mittagsproviant im Ranzen, das Milchgeld in der Hosentasche – seiner Mutter auf der hinteren Veranda einen Kuss gab, kam Mr. Biswas herbei und sagte: »Ich bin nicht auf diese Arbeit angewiesen. Das weißt du. Wir können jederzeit zurück ins Hanuman-Haus gehen. Alle. Das weißt du.«

Am Samstag machte er mit den Kindern einen Überraschungsbesuch bei Ajodha. Tara und Ajodha waren ebenso begeistert wie die Kinder, und sie blieben bis zum Sonntag. In dem neuen Haus gab es viel zu sehen. Es war ein großes zweigeschossiges Betonhaus, nach der neuesten Mode gebaut, ausgestattet und möbliert. Die Betonblöcke sahen wie roh behauener Stein aus, kein Gitterwerk hing als Staubfänger von der Dachtraufe, Türen und Fenster waren lackiert, nicht gestrichen, und ließen sich auf die interessantesten Arten öffnen und schließen; anstatt kleiner Stühle mit Sitzen aus Rohrgeflecht gab es breite Polstersessel; die Böden waren gebeizt und gebohnert; die Klosettspülung funktionierte ohne Kette. Im Wohnzimmer betrachteten sie Taras Photos von toten Menschen, sahen Raghu in seinem blumenbestreuten Sarg, umringt von seinen mageren großäugigen Kindern. Die Küche war riesig und mit einer Vielfalt moderner Geräte bestückt; die alte, langsame und altmodische Tara wirkte darin beinahe fehl am Platz. Als ihnen das Haus über wurde, liefen sie hinaus in den Garten, wo sich nichts verändert hatte. Sie plauderten mit dem Stallburschen und dem Gärtner, nahmen die verschiedenen Besucher in Augenschein, die ihre Aufwartung machten, und spielten zwischen ausgeschlachteten Autokarosserien. Am Samstag gingen sie nach dem Mittagessen ins Kino, und am Sonntag unternahm Ajodha einen Ausflug mit ihnen.

Am nächsten Wochenende fuhren sie wieder hin, und auch am Wochenende darauf, und bald waren die Wochenendbesuche zur festen Einrichtung geworden. Sie fuhren gleich am Samstagmorgen los, der einzigen Zeit, zu der man mit dem Autobus noch relativ problemlos aus Port of Spain herauskam. Sobald sie an der Haltestelle in der George Street in den Bus geklettert waren, ging mit Mr. Biswas eine Verwandlung vor; die Alltagsverdrießlichkeit fiel von ihm ab, und er wurde fröhlich, sogar schalkhaft. Die Stimmung hielt bis zum Sonntagabend an; je näher sie dann der Stadt, dem Haus, Shama und dem Montagmorgen kamen, desto schweigsamer wurden sie alle. Für die nächsten ein, zwei Tage erschien ihnen das Haus in Port of Spain jedes Mal düster und primitiv.

Shama war nur bei einem dieser Besuche dabei, und den verdarb sie ihnen fast. Die alte, unausgesprochene Feindseligkeit zwischen den Familien existierte noch, und sie war nur widerwillig mitgekommen. Kurz bevor sie durch das Tor gingen, hatte es einen kleinen Streit gegeben, und Shama betrat Taras Haus mit bitterer Miene. Und sie blieb während des ganzen Wochenendes bitter, sei es aus Stolz, sei es weil die Vornehmheit des Hauses sie einschüchterte oder weil sie nicht fähig war, den ersten Schritt zu tun. Hinterher behauptete sie, von vornherein gewusst zu haben, dass Ajodha und Tara sie nicht leiden konnten, und sie kam nie wieder mit.

Sie war oft allein in Port of Spain. Die Kinder hatten keine große Lust, sie ins Hanuman-Haus zu begleiten, und je heftiger die Meinungsverschiedenheiten dort wurden, desto weniger zog es sie selbst dorthin; sie trauerte der Wärme von früher nach und hatte Angst davor, in die neuen Streitereien hineingezogen zu werden. Sie hatte sich kaum je außerhalb ihrer Familie bewegt und tat sich schwer mit Fremden. Vor Menschen anderer Rasse, Religion oder Lebensart fürchtete sie sich. Diese Furcht hatte ihr bei den Mietern den Ruf der Härte eingebracht, und auch der Frau, die in Owads altem Zimmer wohnte, hatte sie sich nie zu nähern versucht. Doch jetzt, an diesen einsamen Wochenenden, hatte sie das Bedürfnis nach Gesellschaft und ging auf die Frau zu, die ihr nicht nur entgegenkam, sondern sich als außerordentlich neugierig erwies. Und Shama holte ihre Haushaltsbücher aus dem Regal und begann zu erklären.

So wurde das Haus Shamas Haus, der Ort, an dem sie lebte und zu dem Mr. Biswas und die Kinder nach den Wochenenden widerstrebend zurückkehrten.

Für Anand war das Leben unter der Woche eine einzige Qual. Während Mr. Biswas sich Lobeshymnen abrang auf die vorbildliche Arbeit der Siedlung für Leprakranke in Chacachacare (Photo: Leprakranke beim Gebet) und der Anstalt für jugendliche Straftäter (Photo: jugendliche Straftäter beim Gebet), schrieb Anand endlose Englisch- und Geographielektionen mit und lernte sie auswendig. Die Schulbücher wurden ausrangiert, es waren nur noch die Lektionen des Lehrers von Bedeutung, jede Abweichung wurde unverzüglich und drastisch bestraft, und es verging kein Tag, an dem nicht einer der Jungen Prügel bekam und hinter der Tafel stehen musste. Denn dies war die Stipendiatenklasse, gelernt wurde nur, was gute Prüfungsnoten versprach, und der Lehrer verstand sich auf seine Arbeit. Zu Hause las Mr. Biswas Anand aus *Selbst ist der Mann* vor, schenkte ihm zum Geburtstag *Pflichterfüllung*, beides von Samuel Smiles, und legte aus reinem Übermut eine Schulausgabe von Lambs *Shakespeare-Geschichtenbuch* dazu. Die Kindheit als eine Zeit der Fröhlichkeit und Verantwortungslosigkeit, das war für diese Stipendiaten nur ein Mythos aus Englischaufsätzen. Nur in ihren Aufsätzen stießen sie Jubelschreie aus, brach Überschwang sich in Liedern Bahn, nur dort ließ sich in etwas schwelgen, was in den Stichwörtern zum Aufsatz »Schülerstreiche« hieß.

Nach dem Vorbild einiger Samuel-Smiles-Helden, die in ihrer Jugend noch nichts von der Brillanz späterer Jahre ahnen ließen, drückte sich Anand vor der Schule, wo er nur konnte. Er simulierte Krankheiten, schwänzte und schrieb sich seine Entschuldigungen selber, wurde erwischt und verprügelt; er machte seine Schuhe kaputt. Einmal verschaffte er sich einen freien

Nachmittag, indem er dem Lehrer vorlog, er werde daheim bei einem hinduistischen Gebetsritual benötigt, das unter allen Umständen an diesem Nachmittag um halb vier stattzufinden habe, und seinen Eltern erzählte, die Mutter des Lehrers sei gestorben und der Lehrer müsse zum Begräbnis. Mr. Biswas, eifrig bemüht, sich die Gunst des Lehrers zu erhalten, radelte am nächsten Tag in die Schule, um ihm sein Beileid zu bekunden. Der Lehrer nannte Anand einen kleinen Schlawiner (und sank ob dieser saloppen Ausdrucksweise in der Achtung des Jungen), verabreichte ihm Prügel und stellte ihn hinter die Tafel. Zu Hause sagte Mr. Biswas: »Privatstunden kosten Geld, weißt du das?« »Streiche« waren nur in Englischaufsätzen erlaubt.

Die meisten seiner Vettern hatten sich dem brahmanischen Initiationsritus unterzogen, und obgleich Anand Mr. Biswas' Abneigung gegen religiöse Rituale teilte, fühlte er sich von dieser Zeremonie augenblicklich angezogen. Seinen Vettern waren die Köpfe geschoren worden, man hatte ihnen die heilige Schnur überreicht, die geheimen Verse verraten, kleine Bündel geschenkt und sie zum Studieren nach Benares geschickt – Letzteres freilich nur symbolisch, im Spiel. Die Attraktion der Zeremonie war das Kahlscheren des Kopfes: Kein Junge mit geschorenem Kopf konnte in eine überwiegend christliche Schule gehen. Sogleich startete Anand eine heftige Kampagne für seine Initiation. Aber er wusste um Mr. Biswas' Vorurteile; er durfte nicht mit der Tür ins Haus fallen. Eines Abends sagte er zu Mr. Biswas, er fühle sich nicht mehr in der Lage, die gewöhnlichen Gebete mit der erforderlichen Ernsthaftigkeit zu verrichten, weil die Worte ihre Bedeutung verloren hätten. Er brauche ein Originalgebet, bei dem er über jedes Wort nachdenken könne. Mr. Biswas sollte ihm ein solches Gebet schreiben – und Anand ließ keinen Zweifel daran, dass er, anders als Mr. Biswas, keine west-östlichen Halbherzigkeiten wollte, sondern ein kompromisslos hinduistisches Gebet. Das Gebet wurde geschrieben. Und Shama musste Anand aus dem Hanuman-Haus einen farbigen Druck der Göttin Lakshmi mitbringen. Den hängte er über seinem Tisch an die Wand und erlaubte nicht, dass abends das Licht eingeschaltet wurde, bevor er zu Lakshmi gebetet hatte. Shama war hochbeglückt über diesen Triumph des Blutes über die Erziehung, und auch Mr. Biswas konnte bei allem arischen Widerwillen gegen solch sanatanistische, tulsihafte Götzenverehrung nicht verbergen, wie geschmeichelt er sich fühlte, dass er Anand sein Gebet hatte schreiben dürfen. Nach einiger Zeit fing Anand dann an zu klagen, die ganze Prozedur sei unrein, eine Verhöhnung, und nur seine Initiation könnte daran etwas ändern.

Shama strahlte.

Aber Mr. Biswas sagte: »Warte bis zu den großen Ferien.«

Und in den großen Ferien, während Savi, Myna und Kamla ihre Besuchsrunde machten, zu der diesmal auch ein vierzehntägiger Aufenthalt in einem von Ajodha gemieteten Strandhaus gehörte, blieb Anand, kahl geschoren und durch und durch ein Brahmane, in Port of Spain, weil er sich mit seinem kahlen Kopf nicht zeigen mochte, und Mr. Biswas gab ihm Lektionen aus Macdougalls Grammatik auf und hörte seine Geographie- und Englischaufgaben ab. Die abendlichen Anbetungen der Lakshmi fanden ein Ende.

Das Jahr war fast um, da erhielt Mr. Biswas einen Brief aus Chicago. Die Briefmarke war mit dem Stempel OBSZÖNE BRIEFE BITTE DEM POSTMEISTER MELDEN entwertet. So lang der Umschlag war, so kurz war der Brief; ein Drittel des Bogens nahm allein der verschnörkelte, in roter und schwarzer Prägeschrift gedruckte Briefkopf einer Zeitung ein. Der Brief war von Mr. Burnett.

Lieber Mohun, wie Sie sehen, habe ich meinen kleinen Zirkus verlassen und bin in das alte Metier zurückgekehrt. Wobei streng genommen nicht ich den Zirkus verlassen habe, sondern er mich. Vielleicht brennen die Feuer in Trinidad ja weniger heiß. Jedenfalls ist der Junge aus St. James, als er durch ein kleines amerikanisches Feuer gehen sollte, nicht gegangen, sondern gerannt. Auf und davon nämlich. Ich vermute, er sitzt jetzt auf Ellis Island und niemand bürgt für ihn. Der Schlangenbeschwörer war gut, bis er von der Schlange gebissen wurde. Wir haben ihm ein ordentliches Begräbnis spendiert. Ich habe mir die Hacken nach einem Hindu-Priester abgelaufen, der ihn unter die Erde bringt – keine Chance. Ich hätte es selber gemacht, bin aber an den Gewändern gescheitert: Ich konnte weder den Kopfteil binden noch den Sterz. Hin und wieder kommt mir eine Nummer des *Sentinel* in die Finger. Warum versuchen Sie es nicht auch mal in Amerika?

Auch wenn der Brief ein Witz war und nicht einen ernst zu nehmenden Satz enthielt, war Mr. Biswas gerührt, dass Mr. Burnett ihm überhaupt geschrieben hatte. Er machte sich gleich an die Antwort, füllte Seite um Seite mit detailliertesten Verunglimpfungen der neuen Mitarbeiter. Beim Schreiben kam er sich locker und überlegen vor, aber als er das Geschriebene in der Mittagspause durchlas, spürte er, wie verbittert es klang, wie viel er von sich selbst preisgegeben hatte. Er zerriss den Brief. Bis zu seinem Tode dachte er immer wieder einmal daran, doch noch zu schreiben. Aber er schrieb nicht. Und auch Mr. Burnett schrieb nie wieder.

Der letzte Schultag rückte näher, und die Kinder vergaßen die Enttäuschungen des letzten Jahres und sprachen aufgeregt vom Weihnachtsbesuch im Hanuman-Haus. Shama verbrachte Stunden auf der hinteren Veranda, wo sie Kleider auf einer alten

Handnähmaschine nähte, die seltsamerweise ihr gehörte, auch wenn niemand wusste, weshalb und seit wann. Der angeknackste Holzgriff war mit rotem Baumwollgarn umwickelt und sah aus, als hätte er aus einer tiefen Wunde geblutet; Brust, Taille, Rumpf und Hinterteil dieser tierförmigen Maschine wie auch der hölzerne Sockel waren schwarz von Öl und rochen nach Öl, und es erschien wie ein Wunder, dass der Stoff aus dem Klappern, Mampfen und Schnattern, das Shama der Kreatur durch Fingerdruck auf den blutigen bandagierten Schwanz entlockte, sauber und unversehrt hervorging. Die Hinterveranda roch nach Maschinenöl und neuem Stoff; Stecknadeln auf dem Boden und zwischen den Bodenbrettern machten sie zum gefährlichen Pflaster. Anand fand die Begeisterung seiner Schwestern für eine derart langweilige Prozedur ebenso erstaunlich wie ihre Fähigkeit, nadelgespickte Kleider überzuziehen, ohne sich zu stechen. Shama nähte ihm zwei Hemden mit langen Schößen – die Mode unter Schuljungen (denn selbst Stipendiumsanwärter haben ihre profaneren Momente) waren sich bauschende, notdürftig in den Bund gestopfte Hemden.

Doch keines der von Shama genähten Kleidungsstücke sollte im Hanuman-Haus zum Einsatz gelangen.

Eines Nachmittags kam Mr. Biswas vom *Sentinel* nach Hause und hatte das Fahrrad kaum durch die Pforte geschoben, als er schon sah, dass der Rosengarten neben dem Haus zerstört und der Boden planiert war, rote Erde mit schwarzer zusammengestampft. Die Pflanzen lagen auf einem Haufen vor dem Wellblechzaun. Die Stämme, außen hart und fleckig und brandig, zeigten sich an den sauberen Schnittstellen weiß und feucht und vielversprechend; ihre krüppligen Blätter sahen noch unverzagt und lebendig aus.

Er warf das Fahrrad gegen die Betontreppe.

»Shama!«

Eilig, mit hallendem Schritt, ging er durch das Wohnzimmer

auf die hintere Veranda. Der Boden war übersät mit Stofffetzen und Fadengewirr.

»Shama!«

Sie kam aus der Küche, das Gesicht angespannt; ihr Blick beschwor ihn, still zu sein.

Er registrierte den Tisch und die Nähmaschine, die Stofffetzen, die Fäden, die Stecknadeln, den Speiseschrank, das Geländer, die Treppe. Unten im Hof, vor dem Zaun zusammengedrängt, standen die Kinder. Sie schauten zu ihm herauf. Dann erst nahm er das Heck eines Lastwagens wahr, einen Stapel alter Wellbleche, einen Stapel frischer Bretter, zwei schwarze Arbeiter mit staubbedeckten Haaren, Gesichtern und Rücken. Und Seth. Derb und dienstlich in seiner Khakiuniform und den schweren, rissigen Stiefeln, die elfenbeinerne Zigarettenspitze von der zugeknöpften Klappe einer Hemdtasche gesichert.

Er sah es deutlich. Es schien eine Weile zu dauern, bis er es auch begriff. Dann rannte er die Hintertreppe hinunter; Seth blickte auf, überrascht; die Arbeiter, gebückt auf dem Lastwagen, blickten ebenfalls auf, und im nächsten Moment machte Mr. Biswas sich schon an den Brettern zu schaffen. Er wollte eines hochschwingen, hatte die Größe falsch eingeschätzt, ließ es liegen – »Nein!«, rief Shama von der Veranda herunter. »Nicht!« – und hob stattdessen einen großen, fleckigen, nassen Stein aus dem Bleichbecken. »Wer hat dir erlaubt, hier einfach herzukommen und meine Rosen rauszurupfen? Sag!« Er schrie es – kratzte die Worte so tief aus der Kehle heraus, dass sie nicht von ihm zu kommen schienen, sondern von jemandem, der direkt hinter ihm stand. Der eine Arbeiter sprang vom Lastwagen, aus Seths Blick sprach Verblüffung, sogar eine Spur Furcht. »Pa!«, jammerte eins der Mädchen, als Mr. Biswas ausholte, »Mann! Mann!«, rief Shama. Große, heiße, sandige Hände griffen grob nach seinem Handgelenk. Der Stein fiel zu Boden.

Seiner Waffe beraubt, fand er keine Worte. Er fühlte sich klein und kümmerlich, wie er da in seinem ausgebeulten Leinenanzug vor den drei Männern stand, vor Seth in seiner prallen Khakiuniform, den Negern in ihren zerlumpten Arbeitskleidern. Auf den Ärmeln seines Jacketts prangten die Abdrücke schmutziger Finger, sein Handgelenk brannte.

Seth sagte: »Da siehst du's. Du jagst deinen Kindern eine Heidenangst ein.« Und zu den Arbeitern: »Alles in Ordnung, Jungs.«

Das Entladen ging weiter.

»Rosen?«, sagte Seth. »Für mich war das einfach schwarzes Gestrüpp.«

»Ja«, sagte Mr. Biswas. »Ja! Natürlich ist das für dich Gestrüpp. Barbar!«, fügte er hinzu. »Barbar!« Als er sich umdrehte, stolperte er über das Becken aus Bleichsteinen.

»Hoppla!«, sagte Seth.

»Barbar!«, wiederholte Mr. Biswas und stolzierte davon.

Shama folgte ihm.

Zu beiden Seiten verschwanden Köpfe hinter Zäunen, Gardinen fielen wieder herab.

»Ganove!«, schob Mr. Biswas, die Treppe hinaufsteigend, nach.

»He, he«, sagte Seth und lächelte den Kindern zu. »Ganz schön in Fahrt, der Mann. Aber meine Laster können nicht auf der Straße übernachten.«

Von der Veranda herab, unsichtbar jetzt, sagte Mr. Biswas: »Da ist das letzte Wort noch nicht gesprochen. Die Chefin wird sich das nicht bieten lassen, da kannst du Gift drauf nehmen. Und Shekhar auch nicht.«

Seth lachte. »Die alte Henne und der große Gott, was?« Und mit einem Blick in Richtung Veranda sprach er auf Hindi weiter: »Hier bilden sich zu viele Leute ein, dass den Tulsis alles gehört. Was meinst du, von welchem Geld dieses Haus gekauft worden ist?«

Mr. Biswas tauchte am Verandageländer auf.

Anand schaute weg.

»Du hörst von meinem Anwalt«, sagte Mr. Biswas. »Und die beiden Rakschas, die du da bei dir hast. Die auch.« Er verschwand wieder.

Die Arbeiter, die nicht ahnten, dass sie soeben mit Mächten des Bösen in der hinduistischen Mythologie gleichgesetzt worden waren, luden weiter ab.

Seth zwinkerte den Kindern zu. »Euer Vater ist schon ein komischer Heiliger. Führt sich auf, als würde das Haus ihm gehören. Ich sag euch mal was, Kinder. Wie ihr auf die Welt gekommen seid, da hätt er euch nicht mal ernähren können. Fragt ihn selber. Und was ist der Dank? Jetzt gehen sie plötzlich alle auf mich los. Oder wisst ihr das gar nicht?«

»Savi! Myna! Kamla! Anand!«, rief Shama.

»Wisst ihr, was euer Vater gemacht hat, bevor ich ihn aufgegabelt und mit eurer Mutter verheiratet hab? Wisst ihr das? Hat er's euch erzählt? Er hat nicht mal Krebse gefangen. Fliegen gefangen hat er.«

»Savi! Anand!«

Sie zögerten, aus Angst vor Seth, vor dem Haus, vor Mr. Biswas.

»Und heute, guckt ihn euch an! Weißer Anzug, Schlips und Kragen. Und ich? Immer noch in den alten, schmutzigen Klamotten, die ich schon getragen hab, wie ihr geboren wurdet. Dankbarkeit, was? Aber eins könnt ihr mir glauben, Kinder, ohne mich würde die ganze Bagage morgen Krebse fangen – eure Eltern und alle, das garantier ich euch.«

Von irgendwo aus dem Haus kam Mr. Biswas' Stimme, fistelig, undeutlich, hitzig.

Seth ging zum Lastwagen.

»Na, Ewart?«, sagte er freundlich zu einem der Arbeiter. »Waren schon prächtige Rosen, was?«

Ewart lächelte, die Zungenspitze an der Oberlippe, und gab ein paar unverbindliche Geräusche von sich.

Seth stieß das Kinn in Richtung des Hauses, aus dem immer noch wütende, unverständliche Worte schallten. Er lächelte. Dann hörte er abrupt auf zu lächeln und sagte: »Die können uns doch alle gestohlen bleiben.«

Die Kinder verzogen sich zum Fuß der Hintertreppe, wo Seth und die Arbeiter sie nicht sehen konnten.

Mr. Biswas' Gemurmel verebbte.

Plötzlich ertönte ein ungeheuerlicher Fluch aus dem Haus. Die Kinder hielten den Atem an. Dann Totenstille, selbst auf dem Lastwagen. Anand war nach Weinen zumute. Kurz darauf schepperten wieder die Wellbleche.

Aus der Küche kam eine Folge von krachenden Schlägen.

»Rupft hier meine Rosenbüsche raus!«, brüllte Mr. Biswas. »Schlägt mir alles kurz und klein! Das kann ich auch!«

Die Kinder, jetzt unter dem Haus, hörten seine Schritte über ihren Köpfen, während er von Zimmer zu Zimmer stürmte und Dinge umstieß.

Anand lief unter dem Haus hindurch nach vorne, vorbei an Mr. Biswas' verlassenem Fahrrad. Der Schatten des Zauns reichte über den Gehsteig bis hinaus auf die Straße. Anand lehnte sich gegen den Zaun und lauschte neidvoll der Ruhe in den anderen Häusern, der Gruppe von Burschen und jungen Männern – den Kricket-Spielern, den abendlichen Plauderern –, die sich unter der Laterne versammelten.

Neue Geräusche drangen aus dem Hof. Nicht mehr von Mr. Biswas, der mit Sachen um sich warf, sondern von Seth und Ewart und Ewarts Kollegen, die hinter dem Haus den Schuppen für Seths Lastwagen errichteten, da, wo einmal Mr. Biswas' Garten gewesen war.

Auf der Straße wurden die Schatten der Häuser und Bäume rasch länger, verzerrten sich zur Unkenntlichkeit, lösten sich in Dämmerung auf.

Mr. Biswas kam die Vordertreppe herunter.

»Komm, gehen wir spazieren.«

Anand wäre gern mitgegangen, wenn auch nur, um ihn nicht zu kränken. Aber noch lieber wollte er den Schaden begutachten und Shama trösten.

Der Schaden hielt sich in Grenzen. Mr. Biswas war bei seinem Zerstörungswerk ökonomisch vorgegangen. Den Spiegel von Shamas Frisierkommode hatte er aus den Scharnieren gehoben und auf das Bett geworfen, wo er jetzt unbeschädigt auf dem Rücken lag und die Zimmerdecke spiegelte. Die Bücher hatte es schlimmer erwischt; besonders die *Weisheiten des Sankaracharya* waren übel zugerichtet. Mrs. Tulsis sämtliche Marmortischchen waren umgekippt worden – die zerberstenden Marmorplatten mussten für einige der furchterregendsten Geräusche verantwortlich gewesen sein. Viele Messingvasen wiesen Dellen auf, und zwei der Topfpalmen hatten zwar ihre Töpfe eingebüßt, nicht aber die Topfform ihrer Ballen. Die Garderobe war an der Trennwand zur vorderen Veranda gelandet, doch ihr Flug war ein sanfter gewesen: Ein paar Haken waren abgebrochen, aber das Glas war heil. In der Küche waren weder Tassen und Teller noch Gläser geflogen, nur scheppernde Gegenstände wie Töpfe und Pfannen und Schüsseln aus Emaille.

Als Mr. Biswas zurückkam, war seine Stimmung umgeschlagen.

»Shama, wie um alles in der Welt sind die Marmorplatten zerbrochen?«, äffte er Mrs. Tulsis Stimme nach. Dann imitierte er sich selber: »Zerbrochen, Mai? Was ist zerbrochen? Ach, die Marmorplatten. Tatsächlich, Mai. Zerbrochen. Sehen ganz zerbrochen aus. Wie das wohl passiert ist?« Er untersuchte die verstümmelten Garderobenhaken. »Metall ist schon eine seltsame Sache. Sieh mal, Savi. Gar nicht glatt innen drin, eher wie gepresster Sand.« Und was den Rundfunkempfänger betraf, den er mit dem Fuß von einem Zimmer ins nächste befördert und dabei gründlich ausgeweidet hatte, sagte er: »Das hatte ich schon lange mal vor. Die Radiogesellschaft behauptet immer, die Dinger würden kostenlos ersetzt.«

Als die Techniker den ramponierten Kasten sahen und wissen wollten, was damit geschehen sei, antwortete er: »Da haben wir scheint's ein bisschen stürmisch zugehört.« Sie ließen ihm ein nagelneues Gerät im aktuellsten Design da.

Jede Nacht schliefen Seths Lastwagen nun in dem Schuppen neben dem Haus. Es war Mr. Biswas nie in den Sinn gekommen, dass Tulsi-Besitz einer einzelnen Person gehören könnte. Das Land in Green Vale, der Laden in The Chase, das alles gehörte zum Hanuman-Haus. Aber die Lastwagen gehörten Seth.

3. Das Shorthills-Abenteuer

Bei all ihrer Etabliertheit hatten die Tulsis Arwacas und selbst Trinidad nie als ihr Zuhause betrachtet. Sie sahen darin lediglich eine Station der Reise, die mit Pandit Tulsis Auszug aus Indien begonnen hatte. Nur der Tod von Pandit Tulsi hatte ihre Rückkehr nach Indien verhindert; und seitdem sprachen sie, wenn auch nicht so oft wie die alten Männer unter den Arkaden, von der Zeit, da sie weiterziehen würden, nach Indien, Demerara, Surinam. Mr. Biswas gab nicht viel auf solches Gerede. Die alten Männer würden Indien nie wiedersehen. Und die Tulsis konnte er sich nirgendwo anders als in Arwacas vorstellen. Eine Trennung von ihrem Haus und ihren Ländereien bedeutete auch die Trennung von den Feldarbeitern, Pächtern und Freunden, bei denen ihnen ihre Frömmigkeit und das Gedenken an Pandit Tulsi Status verlieh; ihre hohe Kaste würde wertlos und sie selbst, wie schon bei ihrem Einfall in das Haus in Port of Spain, zu bloßen Exoten.

Doch als Shama nach Arwacas eilte, um Seths Frevel zu melden, fand sie das Hanuman-Haus von Aufbruchstimmung erfüllt. Die Tulsis hatten beschlossen weiterzuziehen. Das Lehmziegelhaus sollte aufgegeben werden, und alle redeten nur von der neuen Plantage in Shorthills, nordöstlich von Port of Spain, in den Bergen der Northern Range.

Auf der High Street herrschte bunte Betriebsamkeit wie immer in der Vorweihnachtszeit, auch wenn es wegen des Krieges kaum importierte Waren zu kaufen gab. Im Tulsi-Laden waren die einzigen Weihnachtsartikel die alten schwarzen Puppen und die einzige Dekoration Mr. Biswas' verblichene, abblätternde Malereien. Viele der Regale waren leer; alles, was in Shorthills von Nutzen sein konnte, war schon gepackt.

Und Shamas Neuigkeiten waren überholt. Die Verstimmung zwischen Seth und der restlichen Familie war in offenen Zwist ausgeartet. Er und seine Frau und die Kinder waren ausgezogen und wohnten jetzt in einer Nebenstraße nicht weit vom Hanuman-Haus; sie würden den Umzug nach Shorthills nicht mitmachen. Der Grund für das Zerwürfnis blieb im Dunkeln; beide Seiten warfen einander Undank und Verrat vor, wobei Seth insbesondere Shekhar verunglimpfte. Weder Mrs. Tulsi noch Shekhar hatten sich in der Sache geäußert. Außerdem kam Shekhar sowieso selten nach Arwacas, und so besorgten die Schwestern das Streiten. Sie hatten ihren Kindern verboten, mit Seths Kindern zu reden; Seth hatte seinen Kindern verboten, mit den Tulsi-Kindern zu reden. Nur Padma, Seths Frau, war als Mrs. Tulsis Schwester noch im Hanuman-Haus willkommen; für ihre Ehe konnte sie nichts, und ihr Alter verschaffte ihr auch weiterhin Respekt. Seit dem Bruch war sie einmal zu einem heimlichen Besuch dagewesen. Die Schwestern fühlten sich durch Padmas Treue bestätigt, und dass sie heimlich hatte kommen müssen, bewies nur Seths Brutalität.

Die Erntezeit stand bevor, und die Zuckerrohrfelder, nunmehr ohne Verwalter, waren der Arglist aller ausgeliefert, die einen Groll gegen die Tulsis hegten. Zwei Brände waren bereits gelegt worden, und angeblich sorgte Seth für neuen Ärger, indem er Ansprüche auf Tulsi-Land anmeldete. Mehrere Schwäger wollten Drohungen erhalten haben.

Aber es wurde weniger von Seth geredet als über das neue Anwesen. Die anderen wurden nicht müde, Shama seine Herrlichkeiten aufzuzählen. Zum Haupthaus gehörten ein Kricketplatz und ein Schwimmbecken. Die Auffahrt war gesäumt von Orangenbäumen und Sternnusspalmen mit schlanken weißen Stämmen, roten Beeren und dunkelgrünen Blättern. Und auch das Land selbst war voll der Wunder. An den Lianen, die von den Samanbäumen hingen, konnte man schaukeln, so stark und geschmeidig waren sie. Den ganzen Tag lang warfen die Korallenbäume ihre rot-gelben Blüten ab, die wie Vögel geformt waren und auf denen man pfeifen konnte wie ein Vogel. Kakaobäume wuchsen im Schatten der Korallenbäume, Kaffeepflanzen im Schatten der Kakaobäume, und die Hügel waren bedeckt mit Tonkabohnen. Obstbäume – Mango, Orange, Avocado – gab es in solcher Fülle, dass sie fast wild zu wachsen schienen. Und Muskatbäume gab es, Zedern, Poui-Bäume und *bois-canot*, ein Holz, das federleicht und doch so biegsam und kräftig war, dass es bessere Kricketschläger lieferte als selbst Weidenholz. Die Schwestern schwärmten von den Hügeln, den klaren Quellen und versteckten Wasserfällen, wie nur Menschen es können, die nie etwas anderes als die offene, heiße Ebene mit ihren flachen Zuckerrohrfeldern und schlammigen Reisfeldern gekannt haben. Selbst wer nicht das landwirtschaftliche Geschick mitbrachte, das sie glücklicherweise besaßen, selbst wer keinen Finger krümmte, konnte in Shorthills üppig leben. Sie würden eine Meierei aufmachen, sie würden Pampelmusenhaine anlegen. Vor allem aber redeten sie von der Schafzucht und von dem romantischen Plan, jedem Kind ein Schaf zu geben, das nur ihm allein gehörte – der Grundstein, so klang es, zu sagenhaftem Reichtum. Und Pferde gab es auf dem Gut: Die Kinder würden reiten lernen.

Obwohl auch später nie ans Licht kam, warum diese weittragende Entscheidung so abrupt gefällt worden war, und obwohl unverständlich war und blieb, weshalb die letzte gemeinschaftliche Anstrengung der Tulsis diesem Akt der Entwurzelung galt, kehrte Shama begeistert nach Port of Spain zurück. Sie wollte zurück zu ihrer Familie und bei dem Abenteuer dabei sein.

»Pferde?«, sagte Mr. Biswas. »Ich wette, wenn ihr hinkommt, schaukelt gerade mal ein einsamer alter Affe an der Liane im Samanbaum. Versteh einer diesen Wahnsinn, der deine Familie umtreibt.«

Shama führte die Schafe ins Feld.

»Schafe?«, sagte Mr. Biswas. »Zum Reiten?«

Sie erwähnte, dass Seth nicht mehr zur Familie gehörte und dass zwei Schwäger, die das Hanuman-Haus nach Missstimmigkeiten mit Seth verlassen hatten, jetzt gemeinsam mit der Familie nach Shorthills ziehen würden.

Mr. Biswas hörte gar nicht hin. »Diese Schafe. Also Savi kriegt eins, Anand kriegt eins, Myna kriegt eins, Kamla kriegt eins. Das sind vier. Was machen wir mit vier Schafen? Züchten? Verkaufen und schlachten? Hindus, wie? Füttern und mästen, nur um sie dann abzuschlachten? Oder meinst du, wir sechs setzen uns hin und machen Wolle mit unseren vier Schafen? Weißt du, wie man das macht, Wolle? Weiß irgendwer in deiner Familie, wie man Wolle macht?«

Die Kinder wollten an keinen Ort ziehen, den sie nicht kannten, und der Gedanke, wieder bei den Tulsis zu wohnen, war ihnen gar nicht geheuer. Vor allem aber wollten sie in der Schule nicht als Bauerntrampel dastehen: eine Schande, die von den Vorteilen – Fahrschüler durften am Nachmittag eine Viertelstunde früher gehen – nicht aufgewogen wurde. Und Mr. Biswas zog Shamas Propaganda ins Lächerliche. Er las laut »Des Kaisers neue Kleider« aus *Bells Lehrbuch der Vortragskunst* vor; blökend trieb er imaginäre Schafherden durchs Wohnzimmer. Wie stets in den Ferien kündigte er seine Heimkehr an, indem er noch auf der Straße seine Fahrradklingel ertönen ließ; dann kamen ihm die Kinder im Gänsemarsch entgegen, schwankend unter nicht vorhandenen Lasten. »Übertreib's nicht, Savi!«, rief er. »Diese Tonkabohnen sind bleischwer.« Und später fragte er: »Na, tüchtig Wolle gesponnen heute?« Und als Anand einmal ins Wohnzimmer kam, während hinter ihm noch die Klosettspülung rauschte, sagte Mr. Biswas: »Auf Schusters Rappen unterwegs? Was ist los? Hast du dein Pferd am Wasserfall vergessen?«

Shama schmollte.

»Bald kriegst du deine goldene Brosche, Mädchen! Anand, Savi, Myna! Kommt her und singt eurer Mutter ein Weihnachtslied vor.«

Sie sangen »Die Hirten auf dem Feld bei Nacht«.

Aber gegen Shamas Trübsal richtete alles nichts aus. Und diese Weihnachten, ihre ersten Weihnachten allein, wurden denkwürdig durch Shamas Trübsal. Eis konnte sie keines machen, weil sie keinen Eisschrank hatten, aber sie tat ihr Möglichstes, um den Tag in eine kleine Hanuman-Haus-Weihnacht zu verwandeln. Sie stand früh auf und wartete, dass man sie küsste, wie Mrs. Tulsi. Sie legte ein weißes Tischtuch auf und verteilte Nüsse, Äpfel und Datteln darüber; sie kochte ein verschwenderisches Mahl. Sie handhabte alles perfekt, aber mit dem Gebaren einer Märtyrerin. »Man könnte glauben, du kriegst wieder ein Kind«, sagte Mr. Biswas. Und Anand schrieb in sein Tagebuch, ein *Sentinel*-Reporternotizbuch, das er auf Mr. Biswas' Anregung hin als Zusatzübung im Aufsatzschreiben und dem natürlichen Gebrauch der englischen Sprache führte: »Das war das schlimmste Weihnachten, das ich je erlebt habe« – und um dem literarischen Anspruch des Unterfangens gerecht zu werden, fügte er hinzu: »Ich fühle mich wie Oliver Twist im Armenhaus.«

Doch Shama ließ sich nicht erweichen.

Nicht lang, und sie erhielt eindrucksvolle Unterstützung. Das Haus füllte sich mit Schwestern und Ehemännern auf dem Weg von und nach Shorthills. Die prächtigen Kleider, Schleier und Schmuckstücke der Schwestern vertrugen sich schlecht mit ihren Mienen, in denen Shamas Stimmung Ausdruck zu finden schien. Sie hefteten verletzte, hilflose, anklagende Frauenblicke auf Mr. Biswas, die zu ignorieren ihm schwer fiel. Die Witze über Schafe, Wasserfälle und Tonkabohnen hörten auf; er schloss sich in seinem Zimmer ein. Manchmal zog sich Shama auf das Bitten ihrer Schwestern hin schön an und fuhr mit ihnen nach Shorthills. Hinterher war sie trübsinniger denn je, und wenn Mr. Biswas sagte: »Na komm, Mädchen, erzähl schon«, antwortete sie nicht und weinte nur leise. Wenn Mrs. Tulsi kam, weinte Shama ununterbrochen.

Seit dem Zerwürfnis mit Seth hatte Mrs. Tulsi ihre Invalidenrolle abgelegt. Sie hatte das Rosenzimmer verlassen, um beim Umzug nach Shorthills Regie zu führen, und war höchstselbst der Quell der Begeisterung, die alle erfasst hatte. Sie versuchte Mr. Biswas die Umsiedelung schmackhaft zu machen, und Mr. Biswas, geschmeichelt von ihrer Aufmerksamkeit, lauschte voller Anteilnahme. Es würde kein Seth da sein, sagte Mrs. Tulsi; in Shorthills lebte man umsonst; Mr. Biswas konnte sein Gehalt für andere Dinge sparen; es gab viele gute Bauplätze, und vielleicht würde sich Mr. Biswas mit Holz von ihrem Land sogar ein kleines Haus bauen können.

»Lass ihn, lass ihn«, sagte Shama. »Dieses ganze Gerede vom eigenen Haus – das war nur, um mich zu quälen.«

»Aber wenn ich meine Stelle in Port of Spain behalte, kann ich nicht auf der Plantage mithelfen«, wandte Mr. Biswas ein.

»Mach dir da keine Sorgen«, sagte Mrs. Tulsi.

Er wusste nicht recht, ob sie ihn um Shamas willen bearbeitete oder ob es ihr nach dem Bruch mit Seth einfach darum ging, möglichst viele Männer um sich zu scharen; vielleicht ertrug sie es auch nur nicht, dass jemand durch seine Skepsis in ihr Zweifel an ihrer eigenen Begeisterung säte. Und eines Morgens ließ er sich dazu überreden, mit ihr nach Shorthills zu fahren, um die Plantage zumindest anzuschauen.

Er ließ Anand beim *Sentinel* anrufen und ging mit Mrs. Tulsi zur Bushaltestelle. Dort durchlitt er einige unbehagliche Augenblicke, denn mit ihrem langen weißen Rock, ihrem Schleier, den vom Handgelenk bis zum Ellbogen mit Armreifen behängten Armen und der schweren Goldkette um den Hals war Mrs. Tulsi eine auffällige Erscheinung auf den Straßen von Port of Spain, und Mr. Biswas sorgte sich, jemand aus der Redaktion könnte sie zusammen sehen. Er lehnte sich an einen Laternenpfahl, das Gesicht abgewendet.

»Regelmäßige Busverbindungen«, sagte er nach einer Weile.

»In Shorthills fahren die Busse pünktlich auf die Minute.«

»Wie wär's mit Pferden für die Kinder anstatt Schafen? Dann reiten sie einfach zur Schule. Und retour.«

Schließlich kam der Bus, der leer war bis auf den Fahrer und den Schaffner – ein primitiver, scheppernder Kasten aus Holz und Blech und Filz mit riesigen hervorstehenden Schraubenköpfen, der sehr nach Eigenbau aussah. Mr. Biswas wippte übertrieben auf dem rohen Holzsitz auf und ab. »Nur zur Einstimmung«, sagte er.

Hinter dem Bahnhof Maraval endete die Stadt jäh. Die Straße stieg an und fiel ab; immer wieder nahmen ihnen Hügel die Sicht. Nach einer halben Stunde zeigte Mr. Biswas auf die Büsche auf einer Verkehrsinsel. »Plantage?« Sie fuhren an drei unerklärlich eng zusammengedrängten, zerfallenden Hütten vorbei. Auf der harten gelben Erde des Hofes standen zwei schwarze Wassertonnen. »Kricketplatz?«, sagte Mr. Biswas. »Schwimmbecken?«

Nach zahllosen Aufwärtskurven ging es wieder bergab, geradeaus in ein immer breiter werdendes Tal. Die Hügel wirkten sehr wild, ein dichtes Gemenge von Baumwipfeln, Wälle klumpigen Grüns. Aber hier und da lieferte das verblichene Schilfdach eines Schuppens, warm schimmernd vor dem stillen, dunklen Grün, den Beweis, dass es eine parzellierte Wildnis war. Häuser und Hütten tauchten zu beiden Seiten der Straße auf, in so großen Abständen und so eingewachsen in Grün, dass Shorthills vom Bus aus gesehen nur aus vereinzelt aufblitzenden Farbflecken zu bestehen schien: dem Rostrot eines Daches, dem Rosa oder Ocker einer Mauer.

»Nächster Bus nach Port of Spain in zehn Minuten«, sagte der Schaffner im Plauderton. Mr. Biswas stand auf. Mrs. Tulsi zog ihn auf seinen Sitz zurück. »Erst wenden lassen.« Der Bus stieß rückwärts in einen Feldweg und kam unter einem Avocadobaum am Wegrand zum Stehen.

Fahrer und Schaffner hockten sich unter den Baum und rauchten. Am Straßenrand, neben dem Feldweg, in dem der Bus gewendet hatte, sah Mr. Biswas ein Stück freie Fläche, deren Verwendungszweck nur den Erdhügeln und ausgebleichten Kränzen zu entnehmen war.

Mr. Biswas deutete auf den verlorenen kleinen Friedhof und den Feldweg, der an ein paar baufälligen Häuschen vorbei im Gestrüpp verschwand und allem Anschein nach zu nur noch dichterem Gestrüpp und den dahinter aufsteigenden Bergen führte. »Plantage?«, fragte er.

Mrs. Tulsi lächelte. »Und da drüben auch.« Sie deutete auf die andere Straßenseite hinüber.

Jenseits eines tief eingeschnittenen Wasserlaufs, dessen Böschung senkrecht abfiel, und dessen Bett mit Felsblöcken, Steinen und Kieseln bestreut war, perfekt nach Größe geordnet, sah Mr. Biswas noch mehr Gebüsch, noch mehr Berge. »Schön viel Bambus«, sagte er. »Ihr könntet eine Papierfabrik aufmachen.«

Es war leicht zu erkennen, wie weit die Busse fuhren. Bis zum Feldweg war die Straße glatt und in der Mitte von einem stumpf glänzenden Schwarz. Danach verschmälerte sie sich, wurde steinig und staubig, ihre Ränder zugewuchert.

»Da entlang, stimmt's?«, sagte Mr. Biswas.

Sie setzten sich in Bewegung.

Mrs. Tulsi bückte sich und riss eine Pflanze am Straßenrand aus. »Taubnesseln«, sagte sie. »Es gibt kein besseres Kaninchenfutter. In Arwacas musst du das kaufen.«

Bäume breiteten ihre Äste über den Weg und tauchten ihn in sanften Schatten. Die Sonne malte verschwommene weiße Kleckse auf den Kies, sprenkelte das feuchte Grün am Wegrand, die dunkel gefurchten Stämme. Es war kühl. Erst jetzt bemerkte Mr. Biswas die Obstbäume. Avocadobäume wuchsen neben der Straße, so selbstverständlich wie normales Gebüsch; ihre Früchte, die eben erst die Blüten abgelöst hatten, waren winzig, aber schon vollendet geformt, mit einem Glanz, den sie bald verlieren würden. Der Abstand zwischen Weg und Bachbett vergrößerte sich, die Böschung wurde flacher. Am anderen Ufer sah Mr. Biswas die hohen Korallenbäume und ihre rot-gelben Blüten. Gleich darauf schimmerte auch der unberührte Pfad zu ihren Füßen vor lauter Blüten. Mr. Biswas hob eine auf, nahm sie zwischen die Lippen, schmeckte den Nektar, blies hinein, und aus der wie ein Vogel geformten Blüte drang ein Pfiff. Während sie noch standen, fielen neue Blüten auf sie herab. Unter den Korallenbäumen sah er die Kakaobäume, krüpplig, ihre Äste schwarz und trocken; die Kakaobohnen schillerten gelblich und rötlich und lila und violett und sahen nicht wie gewachsen aus, sondern wie gelackte, auf tote Zweige gespießte Wachsmodelle. Und Orangenbäume sah er, schwer behangen mit Blättern und Früchten. Und immerzu gingen sie zwischen zwei Hügeln dahin. Der Weg wurde noch schmaler; bis auf das Knirschen ihrer Schritte auf dem lockeren Kies war es vollkommen still. Dann hörten sie, wie in der Ferne der Bus losfuhr, zurück in das geschäftige Port of Spain, diese öde Stadt aus Holz und Beton. Undenkbar, dass sie keine Stunde entfernt lag!

Das Bachbett wurde immer flacher, bis es nur noch eine kleine Vertiefung war, gepolstert mit weichem Gerank von einem ganz zarten Grün. Mrs. Tulsi bückte sich und fuhr mit der Hand hindurch. Eine Ranke blieb an ihrem Finger hängen, der ein schwacher Geruch nach Minze entströmte.

»Bartflechte«, sagte sie. »In Arwacas züchten sie die in Körben.«

Das Haus war nur zum Teil zu sehen, verdeckt durch einen großen, ausladenden, hoch aufragenden Samanbaum. Dicke Schlingpflanzen zogen sich wie Adern an seinen Ästen und dem mächtigen Stamm entlang, Kiefernschößlinge sprossen wie borstiges Haar aus sämtlichen Astgabeln, und er war über und über mit Lianen behangen. Unter dem Baum, gleich neben dem Bachbett, begann eine kurze, von Orangenbäumen gesäumte Auffahrt, und um seinen Stamm wuchsen wilde Kolokasien, mattgrün, einen guten Meter hoch, nichts als Stiele und riesige herzförmige, mit flinken, kühlen Tautropfen besetzte Blätter.

In der Senke des Bachbetts stand ein windschiefes altes Straßenschild, die Buchstaben blass und ausgebleicht: *Christopher Columbus Road*. Der Name passte. Obwohl das Land seine Fruchtbarkeit zweifellos früherer Kultivierung verdankte, hatte es etwas Unberührtes.

»Das war die alte Straße«, sagte Mrs. Tulsi.

Und Mr. Biswas konnte sich unschwer jene anderen »Inder« vorstellen, die auf dieser Straße ihrer Wege gezogen waren, bevor es für sie dunkel geworden war in der Welt.

Alle Schilderungen Shamas hatten ihn nicht auf den Anblick vorbereiten können, den das Haus von der Senke des Bachbetts am Ende dieser baumgesäumten Auffahrt bot. Es war ein zweistöckiges Gebäude mit einer langen Veranda im Erdgeschoss; es stand ein gutes Stück von der Straße entfernt auf einer Geländestufe im Hang, und eine breite Betontreppe, weiß leuchtend vor all dem Grün, führte zur Haustür hinauf.

Und alles war so, wie Shama gesagt hatte. Auf der einen Seite der Auffahrt lag ein Kricketplatz; die Spielbahn war rot und aufgewühlt; offenbar trainierte die Dorfmannschaft ohne Matten.

Das Schwimmbecken lag auf der anderen Seite, hinter dem Samanbaum, den Lianen, den wilden Kolokasien: leer, versandet, mit Sprüngen im Beton, aus denen Pflanzen wucherten, aber man konnte es sich leicht ausgebessert und mit klarem Wasser gefüllt vorstellen, und auf dem künstlichen kleinen Hügel dahinter überwölbte ein Kirschbaum, dessen dicke untere Äste gleichmäßig zurückgestutzt waren, ein schmiedeeisernes Bänkchen. Und entlang der Auffahrt die Sternnusspalmen mit ihren weißen Stämmen, roten Beeren und dunkelgrünen Blättern – ein wenig zu alt vielleicht schon, denn sie waren so hoch gewachsen, dass man sie nicht im Ganzen sehen konnte und deshalb Gefahr lief, sie gar nicht zu sehen.

Dann erspähte Mr. Biswas hinter dem Kricketplatz ein Maultier. Es wirkte alt und mutlos. Obwohl es nicht angepflockt war, stand es ganz still da, gut getarnt vor dem Hintergrund von Kakaobäumen.

»Aha!« Mr. Biswas brach das Schweigen. »Pferde.«

»Das ist kein Pferd«, sagte Mrs. Tulsi.

Sie machten ein paar Schritte weg von der Auffahrt, zwischen die wilden Kolokasien unter dem Samanbaum. Mrs. Tulsi zog eine Liane zu sich heran und hielt sie Mr. Biswas hin. Während er sie befühlte, griff sie nach einer dünneren Liane und riss sie herunter. »Stark wie ein Seil«, sagte sie. »Die können die Kinder als Hüpfseile nehmen.«

Sie gingen weiter die unkrautüberwucherte Auffahrt entlang. Der schmale Abflussgraben auf der einen Seite war mit feinem, gewelltem Sand verstopft. »Sogar den Sand hier könnte man verkaufen«, sagte Mrs. Tulsi. Dann hatten sie den Fuß der breiten Treppe mit ihren flachen Betonstufen erreicht. Mr. Biswas schritt sie langsam hinauf: unmöglich, sich beim Beschreiten einer solchen Treppe nicht königlich zu fühlen.

Zu beiden Seiten des Hauses lag ein verwahrlostes Gärtchen, blumenlos bis auf ein paar vereinzelte Ringelblumen, aber durch das Gestrüpp ließen sich noch die Betoneinfassungen der Beete und die verkümmerten Sträucher erkennen, die »roter Tee« und »grüner Tee« hießen. Am hinteren Ende stand ein Julie-Mangobaum in einem runden Beet, dessen Betonmäuerchen einen knappen Meter hoch war.

»Ein ideales Plätzchen für einen Tempel«, flüsterte Mrs. Tulsi.

Das Haus war aus Holz, aber das Holz war so gestrichen, dass es wie Granitblöcke aussah: grau mit schwarzen, roten, weißen und blauen Pünktchen darin, unterteilt mit dünnen weißen Linien. Eine spanische Wand trennte das königliche Wohnzimmer von dem königlichen Esszimmer ab, und es gab eine Vielzahl von Räumen, deren Zweck nicht ersichtlich war. Das Haus hatte seinen eigenen Strom; zur Zeit sei der Generator außer Betrieb, sagte Mrs. Tulsi, aber er könne repariert werden. Es gab eine Garage, Dienstbotenunterkünfte, ein Außenbad mit einer tiefen Betonwanne. Die Küche, durch einen überdachten Gang mit dem Haus verbunden, war riesig und hatte einen Ziegelofen. Gleich hinter der Küche ging es den Berg hinauf; durch das hintere Fenster sah man den grünen Hang zum Greifen nahe. Und der Hang war mit Tonkabohnen bewachsen.

»Wer hat hier früher gewohnt?«, fragte Mr. Biswas.

»Irgendwelche Franzosen.«

Mr. Biswas hatte schon während seiner Ariertage kurze Bekanntschaft mit den Schriften Romain Rollands gemacht. Seine Bewunderung für die Franzosen wuchs.

Sie gingen herum und schauten. Die Stille, die Einsamkeit, der fruchtbare Urwald in dieser zerklüfteten Landschaft – es wirkte wie verzaubert.

In der Ferne hörten sie den Bus.

»Hm«, sagte er. »So langsam sollten wir wohl nach Hause fahren.«

»Nach Hause?«, sagte Mrs. Tulsi. »Das ist doch jetzt dein Zuhause.«

Und so zogen die Tulsis aus Arwacas fort. Die Ländereien wurden verpachtet, und nun durften sich die Pächter mit Seths Ansprüchen herumschlagen. Den Laden übernahm ein Kaufmannsunternehmen aus Port of Spain. Eines der Mietshäuser in Port of Spain wurde verkauft und Shama ihrer Pflichten als Eintreiberin entbunden. Erst daraufhin enthüllte Shama, die auch nach ihrem Sieg weiterschmollte, dass Mrs. Tulsi beschlossen hatte, die Miete für ihr Haus in Port of Spain zu erhöhen. Mr. Biswas war entgeistert, und um sein Entsetzen noch zu steigern, holte Shama ihr Haushaltsbuch herbei und legte ihm dar, dass sein gesamtes Gehalt in den Lebensmittelladen wanderte, sobald er es ausbezahlt bekam, und ihre Schulden immer größer wurden.

Mit der Einsamkeit und Stille in Shorthills war es vorbei. Die Dorfbewohner nahmen die Invasion ohne Protest und fast gleichgültig hin. Sie waren hübsche Menschen, eine Mischung aus Franzosen, Spaniern und Negern, und obwohl sie so nahe bei Port of Spain lebten, bildeten sie eine enge, abgegrenzte Gemeinschaft. Sie hatten die Bedächtigkeit und Höflichkeit von Landleuten, und ihr Englisch war gefärbt von dem französischen Patois, das sie untereinander sprachen. Es schien, dass sie auf dem Anwesen gewisse Rechte genossen. Fast jeden Nachmittag übten sie auf dem Kricketplatz, und jeden Sonntag fand ein Match statt, bei dem das Gelände von Dörflern schier überschwemmt wurde. Eine Zeit lang schlenderten nach dem Einzug der Tulsis an den Nachmittagen noch Liebespaare die Orangenalleen und die Auffahrt entlang und verschwanden hier und da zwischen den Kakaobäumen. Aber diese Gewohnheit wurde bald aufgegeben, und die Pärchen verlagerten ihre Spaziergänge weiter hangaufwärts, wo sie nicht auf Schritt und Tritt irgendwelchen Tulsis in die Arme liefen.

Mr. Biswas' erster Eindruck bei der Ankunft in Shorthills war, dass die Tulsis mehr geworden waren. Zwar fehlten Seth und seine Familie, aber die Schwestern, die aus dem einen oder anderen Grund nicht mit im Hanuman-Haus gewohnt hatten, waren allesamt mit Familie eingezogen, und dazu kamen etliche verheiratete Enkelkinder mit ihren Familien.

Mr. Biswas bekam ein Zimmer im Obergeschoss zugewiesen, eines von sechs gleich großen Zimmern, die von dem Flur in der Mitte abgingen. Die Aufteilung hatte etwas Hotelartiges: die Ehepaare oben in den Zimmern, die Witwen und die Kinder im Gemeinschaftsbereich im Erdgeschoss. Mr. Biswas' Zimmer wurde zum Hauptquartier für seine Familie: Hier machte Anand seine Hausaufgaben, hierher kamen die Kinder gelaufen, wenn sie sich über etwas beschweren wollten, hier steckte Mr. Biswas ihnen Leckerbissen zu, die sie heimlich aßen. Das Himmelbett, Shamas Frisierkommode, das Bücherregal, der Schreibtisch und der Tisch standen in diesem Zimmer; der Rest seiner Möbel – Schaukelstuhl, Garderobe, Speiseschrank – verteilte sich, wie die Kinder bei Nacht, übers Haus.

Die Möbel aus dem Salon im Hanuman-Haus waren ähnlich verstreut. Das neue Haus ließ sich nicht in genutzte und ungenutzte Regionen unterteilen, und so wurden die thronartigen Stühle, die Statuen und Vasen einfach im Wohnzimmer aufgestellt, das sich in Aussehen und Funktion schon bald nicht mehr von der Halle im Hanuman-Haus unterschied.

Ein zusätzliches kleines Unbehagen entstand Mr. Biswas daraus, dass das Zimmer direkt gegenüber dem seinen von einem Schwager bewohnt wurde, den er im Hanuman-Haus nie gesehen hatte, einem großen, verachtungsvollen Mann, der eine augenblickliche Abneigung gegen ihn gefasst hatte und dieser Abneigung durch ein Beben der Nasenflügel Ausdruck verlieh.

Anand sagte: »Prakash sagt, sein Papa hat mehr Bücher als du.«

Mr. Biswas schickte Anand nachsehen, was für Bücher Prakashs Vater hatte.

Anand meldete: »Alle Bücher haben genau die gleiche Größe,

und auf ihrem Einband klebt ein grünes Schild, auf dem *Boots* steht. Und sie sind alle von einem Mann, der W. C. Tuttle heißt.«

»Schund«, sagte Mr. Biswas.

»Schund«, beschied Anand Prakash.

»Du hältst meine Bücher also für Schund?«, fragte Prakashs Vater ein paar Tage später, als sie morgens beide zur gleichen Zeit ihre Türen öffneten.

»Wer sagt, dass ich deine Bücher für Schund halte?«

Die Nüstern bebten. »Und was ist mit deinem Epiktet und *Manxman* und Samuel Smiles?«

»Woher weißt du von meinem Epiktet?«

»Woher weißt du von meinen Büchern?«

Von da an sperrte Mr. Biswas sein Zimmer ab, wenn er hinausging. Es sprach sich herum, und es fielen Bemerkungen.

»Fängst du jetzt schon an?«, sagte Shama.

Und nachdem sie sich in Shorthills eingerichtet hatten, begann das Warten: auf die Schafe, auf die Pferde, darauf, dass das Schwimmbecken instandgesetzt würde, die Auffahrt von Unkraut befreit, die Gärten gejätet, der Generator repariert, das Haus neu gestrichen.

Im Lauf der Wartezeit holten die Kinder sämtliche Lianen vom Samanbaum herunter. Aber es fand sich keine Verwendung für diese sonderbaren, erfreulichen Gewächse; entgegen Mrs. Tulsis Behauptung eigneten sie sich nicht als Hüpfseile: die dünnen zerfransten sofort, die dicken ließen sich nicht schwingen. Hari fällte den Mangobaum in dem erhöhten Beet am Ende das Gartens und baute an seiner Stelle eine kleine, zwingerartige Bretterhütte; das war der Tempel. Der W. C.-Tuttle-Leser hängte im Wohnzimmer einen großen gerahmten Druck der Göttin Lakshmi auf, vor dem er allabendlich seine Gebete verrichtete; Prakash sagte, sein Vater verstehe mehr von diesen Dingen als Hari. Der Ziegelofen in der Küche wurde herausgerissen, der überdachte Verbindungsgang zwischen Haus und Küche dem Erdboden gleichgemacht, und die entstandene freie Fläche erhielt ein Dach aus altem Wellblech und Ästen vom Hang hinter dem Haus.

Schließlich hatte Anand das Warten satt. Er verbreitete unter den Kindern das Gerücht, das Haus werde seinen neuen Anstrich erst bekommen, wenn die alte Farbe abgekratzt war, und so hatte er bald ein Dutzend Helfer, die den Granitblöcken zuleibe rückten. Sie brachten den grauen Verandawänden viele rosa- und cremefarbene Narben bei, bevor man ihr Treiben entdeckte, und dieser Versuch, die Renovierung zu erzwingen, endete in einer Massenzüchtigung.

Auch Mr. Biswas wartete auf die Verbesserungen. Aber sein Herz hing nicht daran. Für ihn war Shorthills ein Abenteuer, ein Intermezzo. Seine Arbeit machte ihn unabhängig von den Tulsis, und Shorthills sicherte ihn für den Fall einer Kündigung ab. Außerdem bot es Gelegenheit zum Sparen, zum Plündern. Und so plünderte er heimlich: ein halbes Dutzend Orangen hier, ein halbes Dutzend Avocados, Pampelmusen oder Zitronen dort, die er einem Cafébesitzer in der St. Vincent-Street verkaufte, zusammen mit Geschichten über die Vielfalt der Obstbäume in seinem Hinterhof. Die Einkünfte waren gering, aber regelmäßig, der Kitzel des Plünderns jedesmal köstlich. Plündern! Allein der Klang dieses Wortes beschwingte Mr. Biswas. Wenn er in der Morgenkühle zur Arbeit radelte und auf seine Weise vor sich hin pfiff, sprang er unvermittelt vom Fahrrad, schaute nach rechts, schaute nach links, pflückte Orangen oder Avocados vom Baum, ließ sie in seiner Satteltasche verschwinden, schwang sich wieder auf den Sattel und radelte gemessen seines Weges, pfeifend.

Als er eines Nachmittags heimkam, war der Kirschbaum gefällt, der künstliche Hügel zur Hälfte abgetragen, das Schwimmbecken zur Hälfte zugeschüttet. Bis zum Ende der Woche war der Hügel nur noch ein platter schwarzer Fleck Erde, und das Schwimmbecken gab es nicht mehr. Über der zugeschütteten Fläche wurde ein Zelt aufgerichtet, und Schwestern und Ehemänner bemerkten ein ums andere Mal, wie herrlich es doch sei, so viel Bambus in der Nähe zu haben – und anders als in Arwacas auch noch kostenlos!

Das Zelt war für die Hochzeitsgäste bestimmt. So wie es aussah, sollte ein ganzer Schwung von Shamas Nichten verheiratet werden. Eine der Hochzeiten war schon vor dem Umzug verabredet worden, und während der müßigen Wochen in Shorthills hatte die Idee ein Eigenleben entwickelt. Gesagt, getan. Die Einzelheiten – Bräutigame, Mitgiften – waren schnell geregelt, die Plantage mit all ihren Problemen war vergessen, und sämtliche Energien flossen in die Hochzeitsvorbereitungen. Tage vor den Feierlichkeiten trafen Gäste und Gefolgsleute, Tänzer, Sänger und Musikanten aus Arwacas ein. Sie schliefen im Zelt, in der Garage, auf der Veranda und der überdachten Fläche zwischen Küche und Haus, und bei Tag streiften sie in den Gärten und im Wald umher und plünderten.

An Bambus wurde bei den Dekorationen nicht gespart. Die Auffahrt und die Fußpfade entlang zogen sich Bambuszäune: waagerechte Stangen auf senkrechten Stangen, die waagerechten mit Öl gefüllt und mit Dochten versehen. Am Abend der Hochzeiten schienen in der Dunkelheit lauter kleine flackernde Flämmchen zu schweben; die Bäume, unerleuchtete Silhouetten, sahen wie eine Mauer aus, und das Gelände mutete beschützt an, wie eine warme Höhle in der Nacht. Die sieben Bräutigame kamen in sieben Festzügen mit sieben Trommlergruppen, gefolgt von den verblüfften Dorfbewohnern. Am Fuß der Betontreppe wurden sieben Willkommenszeremonien abgehalten, und in dem Hochzeitszelt in einem der Gärten, den man zu diesem Zweck planiert hatte, dauerten die sieben Hochzeitszeremonien die ganze Nacht, während in dem Zelt über dem Schwimmbecken gesungen und getanzt und gefeiert wurde.

Und als die Feier vorbei und das Haus vorübergehend um sieben Bewohner ärmer war, als die Gäste abgereist waren und die Zelte über dem zertrampelten Garten und dem Schwimmbecken abgebaut, begann das Warten aufs Neue: darauf, dass der kleine Kricketpavillon hergerichtet würde, dass die Abzugsrinnen gesäubert würden, der Abflussgraben von Schlamm befreit, die Auffahrt freigeschnitten, die Tannenhecken am Fuß des Hügels zurückgestutzt, der unzerstörte Teil des Gartens neu bepflanzt. Unaufgefordert taten die Kinder, was sie konnten, aber ihre verstreuten Bemühungen hinterließen in dem Gelände kaum Spuren. Sie sammelten Tonkabohnen am Hang, und da sie nicht wussten, wohin damit, ließen sie sie in der Garage liegen, wo sie schon bald zu faulen und zu stinken begannen.

Dann waren plötzlich ein paar Schafe da. Ein halbes Dutzend magere, kahle, verschüchterte Schafe. Die Kinder hatten auf Schafe gewartet, aber sie hatten sich flauschige Lämmchen vorgestellt; um diese hier riss sich niemand. Die Schafe blieben draußen auf dem Kricketplatz, wo sie das Gras ausrupften, den Kindern und den Kricketspielern gleichermaßen ein Dorn im Auge.

Um die Kakaobäume, die Orangenbäume kümmerte sich keiner. Woche für Woche arbeitete sich die Wildnis weiter vor, und das Anwesen wirkte nicht mehr nur vernachlässigt; es wirkte verlassen. Es gab nach wie vor niemanden, der geplant oder Anweisungen erteilt hätte. So jäh, wie sie von ihrem Krankenlager auferstanden war, um den Umzug zu beaufsichtigen, hatte Mrs. Tulsi sich nun wieder zurückgezogen. Sie bewohnte ein kleines Zimmer im Erdgeschoss mit Blick auf den verwüsteten Garten und Haris Brettertempel. Aber ihr Fenster blieb geschlossen, das Zimmer abgeschirmt von Licht und Luft, und den Großteil des Tages brachte sie in ammoniakgeschwängertem

Dämmer zu, umsorgt von Sushila und Miss Blackie. Es war, als wäre ihr Tatendrang einzig durch den Streit mit Seth freigesetzt worden und sein Verebben stürzte sie nun umso tiefer in Mattigkeit und Gram.

Eines Tages riss Govind den Kricketpavillon ab. An seiner Statt entstand ein primitiver Kuhstall, und Mr. Biswas vernahm mit Erstaunen, dass seine Kuh dort eingestellt werden sollte.

»Kuh? *Meine* Kuh?«

Es zeigte sich, dass die Kuh, Mutri mit Namen, zu Shamas heimlichen Besitztümern zählte, so wie die Handnähmaschine. Mutri war auf dem Gut in Arwacas zusammen mit all den anderen Kühen der Tulsis gehalten worden. Sie war alt und schwarz, ein müdes Tier mit kurzen, abgestoßenen Hörnern.

»Was ist mit der Milch?«, fragte Mr. Biswas. »Den Kälbern?«

»Was ist mit dem Gras?«, fragte Shama zurück. »Dem Wasser? Dem Futter?«

Für die Kühe war Govind zuständig, und schon aus diesem Grund hakte Mr. Biswas nicht weiter nach. Govind wurde immer misslauniger. Er sprach mit fast niemandem mehr und ließ seinen Groll an den Kühen aus. Er schlug sie mit dicken Holzprügeln, und zur Melkzeit brachte ihn schon das geringste Aufmucken in Rage. Die Tiere brüllten nicht, sie zuckten nicht, sie wurden nicht böse; sie versuchten nur auszuweichen. Niemand beschwerte sich; bei wem hätte man sich beschweren sollen?

»Arme Mutri«, sagte Mr. Biswas.

Vor den Kühen und Schafen kapitulierten die Kricketspieler. Nach kurzer Zeit bestand das Kricketfeld nur noch aus Morast und Dung, und jemand pflanzte an seinem Rand eine Kürbisranke.

Dann begann das Bäumefällen. Nicht einmal einen Vormittag brauchte der W. C.-Tuttle-Leser, um die Sternnusspalmen entlang der Auffahrt abzuholzen. Er kehrte schwitzend ins Haus zurück, und da keiner der Wasserhähne funktionierte, nahm er ein

Bad in einer Wassertonne. Mrs. Tulsi aß, der Empfehlung einer ihrer Freundinnen aus Arwacas folgend, die Palmenherzen; die Kinder trösteten sich mit den roten Beeren. Govind wollte nicht zurückstehen und schlug die Orangenbäume, angeblich, weil sie den Brand hatten, Schlangen anzogen und Dieben Versteck boten.

»Welcher Dieb ist so dämlich, dass er denkt, hier ist was zu holen?«, sagte Mr. Biswas. »Die sägen die Bäume doch nur um, damit sie leichter an die Orangen kommen.«

Die Orangen wurden von Govind, Chinta und ihren Kindern eingesammelt, in Säcke gepackt und im Bus nach Port of Spain verfrachtet. Alle fragten sich, wer wohl das Geld bekam. Die Stämme wurden zu Scheiten zerhackt und in der Küche verheizt; ihre moosbewachsene Rinde eignete sich vortrefflich zum Anschüren.

Der Eifer der Kinder erlahmte. Jetzt musste man sie dazu zwingen, Tonkabohnen zu sammeln oder Orangen und Avocados für den Verkauf in Port of Spain zu pflücken. Ein paar Samstage lang rupften sie noch in der Auffahrt Unkraut und ließen sich von den Erwachsenen zu sinnlosen Wettbewerben anstacheln, wer den höchsten Unkrauthaufen auftürmen konnte.

Die Abwasserrohre blieben unrepariert. Ein paar der untergeordneten Ehemänner bauten am Hang eine Latrine. Aus der unbenutzten Innentoilette wurde ein Nähzimmer.

An der Auffahrt wurden anstelle der Orangenbäume und Palmen Setzlinge gepflanzt und mit Bambusstangen eingehegt. Die Kühe trampelten den Zaun um den Kricketplatz nieder. Die Schafe, nunmehr freilaufend, trampelten die Bambusstangen nieder und fraßen die Setzlinge kahl. Der Schlick im Abflussgraben neben der Auffahrt stieg höher. Unkraut spross aus dem rissigen Beton der Abzugsrinne und begann die breiten, flachen Stufen hinaufzuklettern.

Und jeden Morgen sprach in dem Bretterzwinger im zerstörten Garten Hari seine Gebete, läutete die Glocke und schlug den Gong; und jeden Abend betete der Mann, den Mr. Biswas bei sich jetzt nur noch W. C. Tuttle nannte, vor dem gerahmten Druck im Wohnzimmer. Der Müllhaufen, den die Tulsis am Fuß des Hügels angelegt hatten, wuchs in die Höhe und in die Breite. Die Schafe, vernachlässigt, unfruchtbar, überlebten. Die Kühe wurden gemolken. Die Kürbisranke wucherte fröhlich im gedüngten Schlamm und trieb zarte gelbe Blüten. Der erste Kürbis, die erste Frucht aus Tulsi'scher Züchtung, wurde mit Jubel begrüßt, und da ein hinduistisches Tabu, für das niemand eine Erklärung wusste, es den Frauen verbot, Kürbisse aufzuschneiden, wurde mit dieser Aufgabe ein Mann betraut. Der Mann war W. C. Tuttle.

W. C. Tuttle war es auch, der die elektrische Anlage zerlegte und das Blei zu Hanteln einschmolz. Und es war W. C. Tuttle, der verkündete, dass sie eine Tischlerwerkstatt aufmachen würden. Unmengen von Zedern wurden gefällt, zersägt, die Bretter in der Garage gestapelt, und W. C. Tuttle ließ aus seinem Heimatdorf einen Neger namens Théophile kommen. Théophile war ein Hufschmied, dessen Geschäfte unter der Einführung des Automobils gelitten hatten. Er bekam eine Kammer unter dem Wohnzimmer, drei Mahlzeiten am Tag und wurde auf die Zedernbretter losgelassen. Er zimmerte viele Bänke; kühner geworden, versuchte er sich an einem riesigen, annähernd ovalen Tisch, dann an einer Anzahl von Kleiderschränken, die wie Schilderhäuschen aussahen. Keine Fuge war sauber, keine Tür passte, und das weiche Holz war übersät mit kleinen Hammerdellen. W.C. Tuttle, seine Frau, seine Kinder sowie Théophile selbst versicherten, Beize und Lack würden diese Schönheitsfehler kaschieren. Und mit froher Erregung sahen die Tulsis zu, wie Théophile Ruhesessel mit verstellbarer Rückenlehne in Angriff nahm. W. C. Tuttle gab einen Bücherschrank in Auftrag. Mr. Biswas gab einen Bücherschrank in Auftrag. Mr. Biswas bekam einen Bücherschrank mit schiefen Oberkanten, die, wenn sie sich denn berührt hätten, zu einem Giebel zusammengelaufen wären: Théophile behauptete, es sei ein Stil. Mittlerweile waren bei dem ovalen Tisch die Bretter geschrumpft, die Fugen waren offen, das Wachs bröckelte heraus, und bei den Kleiderschränken ließen sich die Türen nicht mehr schließen. Théophile bearbeitete Tisch und Schränke mit Säge, Hammer und Nägeln; als Nächstes bedurften die Stühle und Bücherschränke der Zuwendung; danach bereiteten wieder die Kleiderschränke Probleme. Théophile wurde in sein Dorf zurückgeschickt, und von der Tischlerwerkstatt hörte man nichts mehr. Die Sessel fielen auseinander und mussten als Feuerholz herhalten; ein paar todesmutige Kinder schliefen nachts auf dem Tisch. W. C. Tuttle trat als Mrs. Tulsis Kommissionär auf und verkaufte die Zedernbretter in der Garage. Kurz darauf schaffte er einen Lastwagen an, den er an die Amerikaner vermietete.

Dann kamen die Amerikaner ins Dorf. Sie waren dabei, einen Stützpunkt irgendwo in den Bergen einzurichten, und Tag und Nacht rollten Armeelaster auf kettenbewehrten Reifen durch das Dorf. Der Weg neben dem Friedhof wurde verbreitert und schlängelte sich in der Ferne als dünne, schlammrote Linie die dunkelgrünen Berghänge hinauf. Die Tulsi-Witwen taten sich zusammen und stellten an der Wegbiegung eine Hütte auf, in der sie Coca-Cola, Kuchen, Orangen und Avocados feilboten. Die amerikanischen Laster hielten nicht an. Die Witwen investierten in eine Schanklizenz sowie, voller Schaudern, in ein paar Fässer Rum. Die Laster hielten nicht an. Eines Nachts donnerte ein Laster in die Bude. Die Witwen räumten das Feld.

Inmitten all dieser Verheerung blieb Mr. Biswas ungerührt. Er zahlte keine Miete, er gab nichts fürs Essen aus, er sparte fast sein ganzes Gehalt. Zum ersten Mal hatte er Geld, und alle zwei Wochen wurde es mehr. Er verhärtete sein Herz gegen Kummer und Zorn über einen Niedergang, den er nicht aufhalten konnte, und indem er sich mit einem kleinen Wonneschauer klar machte, dass sich nun jeder auf eigene Faust durchschlagen musste – eine Formulierung, die ihn ungeheuer befriedigte –, setzte er sein Diebeswerk fort und tat sich dabei viel zugute auf die Ruhe, mit der er, während um ihn das Chaos toste, seine eigenen teuflischen Pläne verfolgte.

Dann verbreitete sich im Haus die geflüsterte Kunde von W. C. Tuttles und Govinds Raubzügen. W. C. Tuttle hatte unter der Hand ganze Zedern verkauft. Govind hatte Lastwagenladungen von Orangen, Papayas, Avocados, Limetten, Pampelmusen, Kakaobohnen und Tonkabohnen verscherbelt. Mr. Biswas kam sich ausnehmend dumm vor, als er am nächsten Morgen ein halbes Dutzend Orangen in seiner Satteltasche verschwinden ließ. Außerdem fragte er sich, wie jemand eine ganze Zeder stehlen konnte, ohne erwischt zu werden. Shama, die ebenso entrüstet war wie die meisten ihrer Schwestern, erklärte ihm, dass die Bäume an Ort und Stelle verkauft worden waren, für einen Spottpreis. Die Laster der Käufer hatten den Umweg von Norden her genommen, über die gefährliche und so gut wie nie benutzte Straße durch die Berge. Niemand hätte etwas gemerkt, wenn nicht die Lichtung am Hang mit der Zeit so groß geworden wäre, dass der Plantagenverwalter Verdacht geschöpft hatte, ein melancholischer, sorgenbeladener Mann, der mit dem Anwesen übernommen worden war wie das Maultier und trotz Mangels an Aufgaben immer beschäftigt tun musste, damit er nicht seine Stelle verlor.

Govind und Chinta taten so, als bemerkten sie das Getuschel und das Schweigen gar nicht. W. C. Tuttle reagierte mit bösen Blicken und Hantelstemmen. Seine Frau schaute beleidigt. Die neun kleinen Tuttles redeten nicht mehr mit den anderen Kindern.

Dann schlossen die Dorfbewohner sich gegen die Tulsis zusammen. Viele der Tulsi-Kinder gingen in Port of Spain zur Schule, und wenn sie an der Endstation neben dem Friedhof in den Sieben-Uhr-Bus stiegen, dann war der Sieben-Uhr-Bus voll. Die Dorfbewohner, denen die stündliche Busverbindung nach Port of Spain bis dahin immer gereicht hatte, verfielen darauf, schon an der Ecke vor dem Friedhof einzusteigen und einen Penny mehr zu zahlen, um sich ihren Platz nach Port of Spain zu sichern. Und vor den wartenden Kindern hielt ein gut besetzter Bus, aus dem niemand ausstieg. Der Ansturm auf die Handvoll verbleibender Plätze war mäßig, ja die meisten Kinder gingen tagelang überhaupt nicht mehr in die Schule, bis W. C. Tuttle sich, mit allen Anzeichen grollender Versöhnlichkeit, erbot, die Kinder für nicht mehr als den Busfahrpreis in seinem Laster zur Schule zu bringen.

Der Laster hatte um sechs Uhr morgens am amerikanischen Truppenstützpunkt zu sein. Deshalb durften die Kinder nicht viel später als halb sechs vor der Schule abgesetzt werden. Dazu mussten sie in Shorthills um Viertel vor fünf losfahren. Das hieß, sie mussten um vier Uhr aufstehen. Es war noch Nacht, wenn sie, dicht zusammengedrängt auf den Planken der Ladefläche, mit klappernden Zähnen unter den tief hängenden tropfenden Zweigen durch die klammen Hügel ruckelten; und die Straßenlaternen brannten noch, wenn sie Port of Spain erreichten. Sie wurden vor ihren Schulen abgeladen, bevor die Zeitungsjungen die Zeitungen austrugen, bevor die Dienstboten aufstanden, bevor das Schultor geöffnet wurde. Sie warteten auf dem Bürgersteig und spielten im Morgengrauen Himmel-und-Hölle. Der Hausmeister der Mädchenschule stand um sechs auf, zog sich hastig an und ließ sie herein, wobei er sie ermahnte, keinen Lärm zu machen und seine Frau nicht zu stören, die noch schlief. Die Hausmeisterswohnung war klein, zwei Zimmer und eine winzige, nur zum Teil überdachte Küche, und der Hausmeister hatte eine vielköpfige Familie. Sie waren es gewohnt, frühmorgens über den Schulhof zu laufen, gekleidet, wie es ihnen gerade passte; sie putzten ihre Zähne draußen und spuckten auf den sandigen Boden; sie stritten; sie flitzten nackt aus dem Haus zum Badeverschlag hinüber und trockneten sich im Freien ab; sie kochten und aßen unter dem Tamarindenbaum; sie hängten ihre Unterwäsche heraus. Jetzt mussten sie sich von frühmorgens an benehmen. Wenn dann der Hausmeister und seine Familie frühstückten, schweigend, bekamen auch die Kinder wieder Hunger und aßen ihren Mittagsproviant, der drei Stunden zuvor für sie zubereitet worden war. Es war die beste Zeit dafür, denn bis zum Mittag hatte sich die Currysoße rötlich verfärbt und roch komisch. Die Kinder, die ihr Essen bis dahin aufsparten, tauschten es meist gegen Käsebrote oder Ähnliches ein, und da dem Ruf der indischen Küche anscheinend nicht einmal die Kochkünste der Tulsis etwas anhaben konnten, wähnten sich beide Seiten die Glücklicheren.

Der Rückweg nach Shorthills barg seine eigenen Tücken. Schulschluss war um drei. Der Laster verließ den amerikanischen Stützpunkt um sechs. Wenn die Kinder vor acht daheim sein sollten, schied der Laster aus. Und die Busfahrt von Port of Spain wurde mit jeder Woche problematischer. Eine Folge der Rationierung war, dass weniger Busse innerhalb des Stadtgebietes verkehrten, und deshalb stiegen auch viele Leute in den Bus, die gar nicht bis Shorthills wollten. Der Bus fuhr am Bahnhof ab, und dorthin waren es fast drei Meilen zu Fuß. Der letzte nicht überfüllte Bus ging um halb drei; um ihn zu erreichen, hätten die Kinder kurz nach Mittag von der Schule aufbrechen müssen. Ein Kind, das den Halb-vier-Uhr-Bus erreichen wollte, machte sich um halb drei auf den Weg, ging zum Bahnhof und mischte sich unter die dort Wartenden. Nach der Reihenfolge fragte keiner; sobald der Bus kam, wurde er von allen Seiten gestürmt. Die Leute stiegen über die Reifen und den Deckel des Benzintanks, zwängten sich zu den offenen Fenstern hinein oder stemmten den Notausstieg am Heck auf, so dass selbst ein Kind, das mit den Ersten zur Tür hereinschlüpfte, alle Plätze besetzt fand. Also gingen die Kinder zu Fuß, bis ein späterer, nicht mehr so voller Bus oder der Laster auf dem Rückweg vom Armeestützpunkt sie aufgabelte. Mrs. Tulsi ließ ihnen aus ihrem Zimmer ausrichten, der nachmittägliche Marsch würde sie weniger ermüden, wenn sie beim Marschieren Lieder sängen; falls die Mädchen belästigt würden, sollten sie die Schuhe ausziehen (sie trugen Schuhe mit Kreppsohlen) und dem Wüstling damit eins überbraten.

Zu guter Letzt wurde jedoch ein Auto angeschafft, und von da an brachte einer der Schwiegersöhne die Kinder zusammen mit den Orangen in die Stadt. Das Auto war ein Ford V-8 aus den frühen dreißiger Jahren, nicht unelegant, und hätte womöglich etwas verlässlichere Dienste geleistet, wenn seine Last nicht gar so schwer gewesen wäre. Unter dem Gewicht von Kindern und Orangen saß die Hinterachse fast auf dem Boden auf, die Kühlerhaube zeigte leicht himmelwärts, und an den steileren Stellen mussten die Kinder aussteigen. Oft blieb der Wagen auch liegen, und der Fahrer, der von Autos nichts verstand, ließ die Kinder anschieben. Wie Ameisen um eine tote Kakerlake wimmelten die Kinder dann um das Auto (die Mädchen in ihrer dunkelblauen Schultracht) und stießen und zogen. Manchmal mussten sie es über eine Meile weit schieben. Oder sie schoben es auf eine Hügelkuppe, sprangen zur Seite, wenn es bergab zu rollen begann, hörten es anspringen, spurteten, vom Fahrer zur Eile angetrieben, hinterher und warfen sich, immer drei auf einmal, hinein. Und wenn der Motor dann wieder absoff, warteten sie, ineinander geschachtelt, teils geduckt, teils halb stehend, alle flach atmend und stumm, auf das fruchtlose, kratzende Jaulen des Anlassers. Manchmal erreichte das Auto Port of Spain mit hochgeklappter Kühlerhaube, weil ein Kind auf dem Kotflügel eine Pumpe oder dergleichen mit der Hand bedienen musste. Manchmal kam das Auto auch gar nicht in Port of Spain an. Das freute die Kinder mehr als den Fahrer, der kein Mittagessen dabeihatte. Oder das Auto streikte Tage am Stück. Dann fuhren die Kinder mit dem Laster nach Port of Spain, oder sie überrumpelten die leichtsinnig gewordenen Dorfbewohner, indem sie den Sieben-Uhr-Bus nahmen.

Der Ford V-8 fand seine letzte Ruhe nach einem Abend, an dem einige der untergeordneten Schwiegersöhne, denen die Erfahrung der Kinder nicht zugute kam, damit zu einer Filmführung nach Port of Spain gefahren waren. Das Haus blieb die ganze Nacht hell erleuchtet, und die betroffenen Schwestern – mit Stöcken bewaffnet, um Wüstlinge abzuschrecken – rückten etliche Male in Richtung Port of Spain aus. Die Männer kehrten in der Morgendämmerung heim, schiebend. Die Kinder fuhren im Laster zur Schule. Der Wagen wurde von der Straße hinunter ins Bachbett und von da weiter bis zu dem Büschel wilder Kolokasien unter dem Samanbaum geschoben, von wo sämtliche Fahrzeugteile, die sich irgend verkaufen ließen, in kürzester Zeit verschwanden. Da blieb er dann, ein Spielzeug für die Kinder.

Ein neues Auto wurde angeschafft, wieder ein Ford V-8, aber diesmal ein Sportmodell mit einem Notsitz. Und den Kindern gelang es auf wundersame Weise, sich auch in dieses Gefährt hineinzuquetschen, aus dem Notsitz stehend wie langstielige Blumen aus einer Vase. Die Orangen wurden gesondert transportiert. Solange sie über Land fuhren, konnten die Kinder vorgeben, sie reisten auf dem Dach einer Postkutsche, aber wenn sie Port of Spain erreichten, zogen sie spöttische Aufmerksamkeit auf sich und sehnten sich nach dem Schutz der Limousine.

Für die Kinder wurde Shorthills also zum Alptraum. An den meisten Abenden kamen sie erst im Dunkeln heim, und es gab wenig, was das Heimkommen lohnte. Das Essen wurde immer primitiver, immer liebloser zubereitet; gegessen wurde jetzt in der Küche, wo der Ziegelboden mittlerweile mit einer Dreckschicht überzogen war, oder in dem überdachten Zwischenraum zwischen Küche und Haus. Kein Kind wusste im Voraus, wo es in der Nacht schlafen würde; Betten wurden überall und zu jeder Zeit aufgeschlagen. An den Samstagen jäteten die Kinder Unkraut; an den Sonntagen pflückten sie Orangen oder anderes Obst.

An den Wochenenden fügten die Kinder sich in die Gesetze der Familie. Aber unter der Woche, wenn sie so viel Zeit fort von zu Hause verbrachten, bildeten sie ihre eigene Gemeinschaft außerhalb des Familiengefüges. Es war eine Gemeinschaft, in der es keinen Anführer gab, sondern nur Starke und Schwache. Geschwisterliebe war verpönt. Bündnisse hatten keinen Bestand. Nur Feindschaften waren von Dauer, und oft brach sich auf den heißen, in Mrs. Tulsis Vorstellung von fröhlichem Gesang erfüllten Nachmittagsmärschen purer Hass in erbitterten Kämpfen Bahn.

Mr. Biswas bekam seine Kinder kaum mehr zu Gesicht, und auch zwischen den Geschwistern brachen Gräben auf. Anand schämte sich seiner Schwestern. Alle drei gehörten zu den Schwachen. Myna hatte eine Blasenschwäche entwickelt; jede Fahrt mit ihr geriet zur Peinlichkeit. Manchmal hielt das Auto an, manchmal nicht. Kamla schlafwandelte; aber das war etwas Neues und wurde, zumal bei einem so kleinen Kind, als drollig eingestuft. Savi blieb unauffällig, bis sie bei einem Schulkonzert vorsingen durfte, dessen Schirmherr der Vertreiber einer Gesichtslotion mit Namen Limacol war. Sie hatte Limacol nie benutzt, bestätigte dem Conferencier aber willig, dass der Werbespruch »Ein Hauch von Morgenfrische aus der Tube« den Nagel auf den Kopf traf. Danach sang sie mit hoher Stimme und viel Tremolo »An einem Sonntagmorgen« und bekam ein Pröbchen Limacol überreicht. Die Tulsi-Schwestern waren entsetzt. Sie sprachen von Savi, als wäre sie eine Varietékünstlerin, und hielten ihren Kindern Gardinenpredigten. Von da an wurde Savi verspottet und verhöhnt. Ihre Spezialität war es, Landkarten mit liebevoll eingebuchteten Küstenlinien zu zeichnen, gestützt auf ihre eigenen Beobachtungen am Strand. Sie versuchte, diese Technik zu propagieren, und hatte eine kleine Gefolgschaft; aber jetzt sagte eine von Govinds Töchtern, diese Einbuchtungen seien genauso affig und dumm wie das Tremolo, mit dem Savi »An einem Sonntagmorgen« gesungen hatte, und Savis Anhänger fielen von ihr ab. Als sie eines Abends aus dem Bus geworfen wurde, weil sie ihr Fahrgeld verloren hatte, und erst in tiefer Dunkelheit in Shorthills ankam, so verängstigt und erschöpft, dass sie von Shama massiert werden musste, sahen darin alle eine gerechte Strafe. Die Neuigkeit von der Massage in dem Zimmer im Obergeschoss, von Savis Tränen und der Wut des heimgekehrten Mr. Biswas verbreitete sich schnell im ganzen Haus. Kamla, die verhätschelte Schlafwandlerin, wurde um Einzelheiten bestürmt, die sie willig lieferte, hochzufrieden mit der Beachtung und Heiterkeit, die ihre Auskünfte erregten.

Obwohl die wenigsten es begriffen, zählte Anand zu den Starken. Seine spöttische Distanz sicherte ihn ab. Zunächst war dies nur eine Pose gewesen, etwas dem Vater Abgeschautes. Doch aus dem Spott war Verachtung geworden, und in Shorthills wurde diese Verachtung, eine jähe, tiefe, umfassende Verachtung, zu einem Teil seines Wesens. Sie führte zu unangemessenen Reaktionen, einem gesteigerten Bewusstsein seiner selbst und anhaltender Einsamkeit. Aber sie war ein Schutz.

Eines Morgens machten sich die Kinder zum Aufbruch bereit. Die in braunes Papier gewickelten Proviantpakete wurden in die Ranzen gestopft, und auf der Straße wartete schon das Auto. Die Kinder bestiegen es hastig. Sie quetschten sich hinein. Sie keilten sich hinein. Sie schraubten sich hinein. Eine Tür schlug zu. Anand hinten auf dem Notsitz hörte einen Schrei, dann ein Stöhnen. Es kam von Savi. Die Kinder, kurzatmig und schlecht gelaunt wie immer, wenn das Auto stand, drängten zum Abfahren. Aber plötzlich rief jemand: »Schnell! Macht die Tür auf. Ihre Hand.«

Anand lachte. Niemand stimmte ein. Das Auto leerte sich wieder, und er sah Savi in den nassen Taubnesseln am Straßenrand sitzen. Er mochte ihre Hand nicht anschauen.

Shama, Mr. Biswas und ein paar Schwestern kamen zur Straße herunter.

Myna sagte: »Anand hat gelacht, Pa.«

Mr. Biswas ohrfeigte Anand.

Und er gelangte zu dem Entschluss, dass es Zeit für sie war, sich aus dem Shorthills-Abenteuer zu verabschieden. Eine Rückkehr nach Port of Spain war unmöglich. Auf seinen Spaziergängen über das Anwesen hielt er nach einem geigneten Bauplatz Ausschau.

Dann kam es in schneller Folge zu einer Reihe von Todesfällen.

Sharma, der Schwiegersohn, der die Orangen pflückte und die Kinder zur Schule fuhr, rutschte eines verregneten Morgens von einem bemoosten Orangenast ab und brach sich den Hals. Er war fast auf der Stelle tot. Die Kinder durften die Schule schwänzen. Sharmas Witwe versuchte, aus dem freien Tag einen Trauertag zu machen. Sie schluchzte und heulte, umarmte alle, die in ihre Reichweite kamen, und verlangte, dass Botschaften geschickt würden. Die Botschaften wurden geschickt, und am Nachmittag trafen Sharmas Verwandte ein, unscheinbare Leute, denen nicht einmal der Kummer aus ihrer Verschüchterung heraushalf. Sie legten Sharma in einen schmucklosen Sarg und trugen ihn zum Friedhof, wo schon das ganze Dorf versammelt war, um eine Hindu-Bestattung mitzuerleben. Hari mit seiner weißen Jacke und der Gebetskette wimmerte über dem Grab und sprengte mit einem Mangoblatt Wasser darüber.

»Genau, wie er es mit meinem Haus gemacht hat«, sagte Mr. Biswas zu Anand.

Sharmas Witwe stieß einen Schrei aus, verlor die Sinne, fand sie wieder und versuchte sich ins Grab zu stürzen. Die Dorfbewohner sahen interessiert zu. Ein paar Kenner flüsterten etwas von *suttee*.

Von da an fuhr W. C. Tuttle die Kinder zur Schule. Er setzte seine eigenen Kinder neben sich auf den Vordersitz und pfropfte die anderen in den Notsitz. Er beschwerte sich über die Mucken des Wagens und legte sie samt und sonders Sharma zur Last. Bald war zu hören, dass W. C. Tuttle das Auto dazu benutzte, sein Raubgut zu transportieren. Er drohte, seine Fahrerdienste einzustellen, wenn das Gerede nicht aufhörte. Außer ihm konnte niemand fahren, nur der mürrische Govind, und das Gerede hörte auf.

Trotz W. C. Tuttles Geschimpfe geriet Sharma rasch in Vergessenheit. Und an einem heißen Sonntagnachmittag, als alle anderen im Freien waren, stieß Anand im Esszimmer auf Hari und seine Frau, die allein an einem Ende des riesigen, von W. C. Tuttles Hufschmied geschreinerten Zederntisches saßen. Sie waren ein trauriges Paar. Haris Frau hatte Tränen in den Augen, und Haris ausdrucksloses Gesicht war gelb. Um sie ein bisschen aufzumöbeln und eine neu erworbene Fertigkeit vorzuführen, erbot sich Anand, ihnen ein Gedicht zu deklamieren. Er hatte sich eben sämtliche auf dem Frontispiz von *Bells Lehrbuch der Vortragskunst* illustrierten Gesten beigebracht. Hari und seine Frau schienen gerührt; sie lächelten und baten Anand, sein Gedicht aufzusagen.

Anand schlug die Hacken zusammen, dienerte und sagte: »Bingen am Rhein.« Er legte die Handflächen aneinander, senkte das Kinn darauf und begann:

»Ein Soldat der Legion lag zu Algier im Sterben …«

Zufrieden stellte er fest, dass das Lächeln auf den Gesichtern von Hari und seiner Frau einem Ausdruck äußersten Ernstes gewichen war.

»Keine Mutterhand, die ihn pflegte, keine Liebste, die Tränen vergoss:
Ein Kamerad hielt bei ihm Wache, dieweil sein Lebensblut floss.«

Anands Stimme bebte vor Gefühl. Hari starrte zu Boden. Seine Frau fixierte mit ihren großen Augen einen Punkt irgendwo hinter Anands Schulter. Mit einem so unverzüglichen, umfassenden Erfolg hatte Anand nicht gerechnet. Er legte noch mehr Pathos in seine Stimme, sprach langsamer und übertrieb seine Gesten. Beide Hände auf die linke Brust gepresst, stieß er die letzten Worte des sterbenden Legionärs hervor.

»Sag ihr, die letzte Nacht bricht an, denn glänzt des Mondes Schein,
Streift meine Seel' die Fesseln ab, mein Körper seine Pein.«

Haris Frau brach in Tränen aus. Hari legte seine Hand auf ihre. So lauschten sie dem Gedicht bis zum Ende, worauf Anand eine Sechs-Cent-Münze bekam und die beiden völlig aufgewühlt zurückließ.

Eine knappe Woche später starb Hari, und erst jetzt erfuhr Anand, dass Hari schon eine Weile von seinem nahenden Tod gewusst hatte. W. C. Tuttle, gnadenlos brahmanisch in einer bestickten Seidenjacke, vollzog die Totenriten. Das ganze Haus trauerte um Hari; niemand verwendete Zucker oder Salz. Er war einer jener Männer gewesen, bei denen das Fehlen von Eindrücken sich in Wohlwollen niederschlägt, und so gedachten seiner alle freundlich. Er hatte sich in keinerlei Zwistigkeiten hineinziehen lassen; seine Güte war in der Familie so sprichwörtlich wie seine Gelehrsamkeit. Jeder war es gewöhnt gewesen, Hari bei religiösen Zeremonien in der Rolle des Pandit zu sehen; jeder war es gewöhnt gewesen, aus seiner Hand allmorgendlich die geweihte Speise zu empfangen. Hari mit Dhoti und Sandelholzzeichen auf der Stirn, Hari bei der Morgen- und Abendpuja, Hari mit seinen religiösen Schriften an dem schnitzereiverzierten Lesepult: Diese Anblicke schienen aus dem Haus der Tulsis nicht wegzudenken. Es hatte niemanden gegeben, der Seths Platz hätte einnehmen können. Es gab niemanden, der Haris Platz einnahm.

Die Puja-Pflichten teilten sich nun etliche der Männer und Jungen. Manchmal kam auch Anand nicht drum herum. Da niemand ihn die Gebete gelehrt hatte, musste er sich auf die Gesten beschränken. Er wusch die Bildnisse und schmückte den Schrein mit frischen Blumen, wobei er hier und da ein wenig Abwechslung ins Spiel brachte, indem er einem Gott einen Blumenstengel in die Armbeuge steckte oder unters Kinn klemmte. Er betupfte die Stirnen der Gottheiten, die glatten schwarzen, rosafarbenen und gelben Kiesel und seine eigene Stirn mit frischer Sandelholzpaste; zündete den Kampfer an, ließ mit der Rechten die Flamme über dem Schrein kreisen, während er mit der Linken die Glocke zu läuten versuchte; stieß in das Muschelhorn und brachte einen Ton hervor, der klang, als würde ein schwerer Kleiderschrank über einen Holzboden geschoben, worauf er, die Wangen noch schmerzend von der Anstrengung des Blasens, zum Frühstück eilte, nachdem er vorher noch durch das Haus gezogen war, um allen von der Milch und den Tulsi-Blättern anzubieten, die er, man glaubte es kaum, selber geweiht hatte. Wenn er dann in seine Schulkleider stieg, wischte er sich die getrockneten Sandelholzzeichen von der Stirn.

Rund vierzehn Tage nachdem Hari gestorben war, erreichte sie aus Arwacas die Nachricht von einem weiteren Todesfall. Eines Abends, als Anand am Tisch in dem Zimmer im Obergeschoss über seinen Hausaufgaben saß und Mr. Biswas lesend im Bett lag, flog plötzlich die Tür auf, und Savi kam hereingelaufen und rief: »Großtante Padma ist tot!«

Mr. Biswas schloss die Augen und drückte die Hand aufs Herz.

»Savi!«, rief Anand.

Sie stand reglos da, in ihren Augen glänzte es.

Im Erdgeschoss brach ein kehliges Wehklagen aus und verbreitete sich durch das ganze Haus, anschwellend und abebbend, von einer Schwester zur nächsten weitergegeben und wieder zurück wie Hundegebell bei Nacht.

Sharmas Tod hatte den Tagesablauf durcheinandergebracht, mehr nicht. Haris Tod hatte Betrübnis ausgelöst. Padmas Tod stürzte das Haus in Angst. Sie war Mrs. Tulsis Schwester – der Tod war ihnen allen ein Stück näher gerückt. Sie hatten sie ihr Leben lang gekannt; nun war sie fern von ihnen gestorben. All das sagten die Schwestern immer und immer wieder, während sie einander um dem Hals fielen und ihre Kinder umarmten. Das Haus bebte von Schritten, Wehgeheul, Wimmern und dem Weinen verängstiger Kinder. Mrs. Tulsi sei wie von Sinnen, wurde gemunkelt; es ging das Gerücht, dass auch sie stürbe. Die Kinder stachen Nadeln durch die Lampendochte und murmelten Beschwörungsformeln, um neues Unheil fernzuhalten. Sie hörten Mrs. Tulsi jammernd danach verlangen, zur Leiche ihrer Schwester gebracht zu werden. Der Ruf wurde von mehreren der Schwestern aufgenommen, und trotz der späten Stunde, trotz der Fehde mit Seth wurden Vorbereitungen getroffen, der Laster und der Sportwagen brachen nach Arwacas auf, und im Haus blieben nur Männer und Kinder zurück.

Die Frauen kehrten am folgenden Nachmittag heim, erfüllt von mehr als ihrer Trauer. Für die meisten von ihnen war es seit dem Umzug der erste Besuch in Arwacas gewesen, die erste Begegnung mit Seth. Gesprochen hatten sie nicht mit ihm, aber dank dem Waffenstillstand hatten sie das Haus besichtigen können, das der unverändert kriegerisch gesinnte Seth gekauft hatte: in der High Street, nicht weit vom Hanuman-Haus, ein erster Schritt, so hieß es, zur Übernahme des Hanuman-Hauses selbst. Es war ein Lebensmittelgeschäft, und es war groß genug und neu genug und wohlsortiert genug, um die Schwestern zu beunruhigen. Doch das Thema Seth musste vorerst zurückstehen.

Padma erschien in dieser Nacht in vielen Träumen. Am Morgen wurde jeder Traum einzeln erzählt, und man war sich einig, dass Padmas Geist nun in dem Haus in Shorthills wohnte, in das sie zu Lebzeiten keinen Fuß gesetzt hatte. Dies wurde durch die Erfahrung einer Schwester bestätigt. Mitten in der Nacht hatte sie Schritte auf dem Weg gehört. Sie hatte Padmas Schritt erkannt. Die Schritte waren verstummt, als Padma durch das Bachbett ging, jedoch wieder zu hören gewesen, als sie die sandige Auffahrt und die Betonstufen heraufkam. Dann hatte Padma einen Rundgang durch das Haus gemacht, sich auf die Hintertreppe gesetzt und geweint. In der folgenden Zeit wurde Padma von vielen gesichtet. Große Aufmerksamkeit maß man der Geschichte eines der Tuttle-Söhne bei. Am hellen Tag hatte er eine Frau in Weiß vom Friedhof in Richtung Haus gehen sehen. Er hatte sie eingeholt und »Tante« gesagt. Sie hatte sich umgedreht. Es war keine Tante. Es war Padma; sie weinte. Ehe er etwas sagen konnte, zog sie den Schleier über ihr Gesicht, und er lief davon. Als er sich umwandte, war die Straße leer.

Dennoch dauerte es seine Zeit, bis die Schwestern begriffen, dass Padma deshalb so oft erschien, weil sie eine Botschaft für sie hatte. Es wurde beschlossen, jeder, der sie sah, solle sie fragen, wie ihre Botschaft laute. Die Botschaften wichen voneinander ab. Anfangs erkundigte sich Padma nur nach bestimmten Familienmitgliedern und sagte, sie wünschte, sie wäre noch am Leben und bei ihnen; manchmal sagte sie auch, sie sei an gebrochenem Herzen gestorben. Aber Padmas spätere Botschaften, die von Schwester zu Schwester, von Kind zu Kind weitergeflüstert wurden, gaben zu denken. Sie sagte, Seth habe sie dazu getrieben, Gift zu schlucken; sie sagte, Seth habe sie vergiftet; sie sagte, Seth habe sie zu Tode geprügelt und den Arzt bestochen, damit dieser keine Obduktion durchführe.

»Erzählt es nicht Mai«, sagten die Schwestern.

Zorn gewann die Oberhand über ihre Trauer. Jede Schwester verwünschte Seth und schwor, nie wieder ein Wort mit ihm zu sprechen.

Mrs. Tulsi rührte sich nicht aus dem Zimmer mit den geschlossenen Fenstern. Sushila und Miss Blackie legten ihr Branntweinkompressen auf die Augenlider und massierten ihre Kopfhaut mit Pimentöl wie zuvor. Aber im Brettertempel am Ende des zerstörten, überwucherten Gartens betete kein Hari mehr für sie und das Haus. Glocken wurden geläutet, Gongs geschlagen, doch ihr Glück, das Glück der Tüchtigen, hatte die Familie verlassen.

Und zwei von den Schafen starben. Der Abflussgraben neben der Auffahrt versandete vollends, und der Regen, der schon nach den kürzesten Schauern in Strömen den Hang hinablief, überflutete das ebene Gelände. Die Uferböschung, nicht hinreichend von Wurzeln gesichert, wurde nach und nach fortgespült. Die Bartflechte fand keinen Halt mehr; ihr dünnes Wurzelgewirr hing über die Böschung wie ein fadenscheiniger Teppich. Das Bachbett, freigeschwemmt von seiner schwarzen Erde und den Pflanzen, die in ihr wuchsen, lag nackt da, sandig, später kiesig, noch etwas später steinig. Es konnte nicht länger mit dem Auto durchquert werden, also blieb das Auto auf der Straße. Die Schwestern waren verblüfft über die Erosion, die ihnen über Nacht gekommen zu sein schien, aber sie nahmen sie als Teil ihres neuen Schicksals hin.

Govind ließ die Kühe im Stich. Er kaufte sich einen Gebrauchtwagen und wurde Taxifahrer in Port of Spain. W. C. Tuttle eröffnete einen Steinbruch auf dem Grundstück. Ein Unterfangen, das Missgunst erregte. Er war der Erste gewesen, der die Bäume des Anwesens verkauft hatte; nun, da es kaum noch Bäume gab, verkaufte er den Boden selbst. Und Mr. Biswas schmuggelte seine Orangen- und Avocadobeute wie gehabt in der Satteltasche seines Fahrrads.

Die meisten Schwestern, die noch Männer hatten, betrachteten Shorthills mittlerweile als bloßes Zwischenspiel. Die Witwen dagegen hatten nur Shorthills, nur dieses Land, das ihnen

Rätsel aufgab. Es war weder Reisland noch Zuckerrohrland. Aber die Witwen steckten die Köpfe zusammen, und nach viel bedeutsamem Gewispere und demonstrativem Schweigen, wenn andere Schwestern, ihre Ehemänner oder ihre Kinder in der Nähe waren, verkündeten die Witwen, dass sie eine Hühnerfarm aufmachen würden. Um die Hühner zu füttern, brauchten sie Mais. Sie rodeten ein Stück Hang, brannten es ab und pflanzten Mais. Dann kauften sie eine Anzahl Hühner und ließen sie frei. Anfangs hielten die Hühner sich nahe beim Haus auf, oft auch im Haus, wo sie alles mit ihrem Kot verdreckten. Nicht lange, und sie wurden die Beute von Schlangen und Mungos. Die überlebenden Hennen liefen davon in den Busch, lernten fliegen und legten ihre Eier an Stellen, wo die Witwen nicht hinkamen. In der Zwischenzeit wurde der Mais geerntet und geschält. Die Witwen und ihre Kinder aßen Kolben über Kolben, gekocht und geröstet. Der Rest türmte sich auf der Veranda; es gab keine Hühner, an die man ihn hätte verfüttern können. Die Kolben verfärbten sich von Hellgelb zu einem harten, leuchtenden Orange. Sporadisch rückten die Witwen und ihre Kinder ihnen mit Reibeisen zuleibe. Es war die Rede von Maismehl, das sie verkaufen wollten; da Weizenmehl nach wie vor knapp war, versprachen sie sich davon viel. Die Witwen erstanden eine Getreidemühle, zwei gezahnte kreisförmige Steinplatten, die gegeneinandergedreht wurden. Nach einiger Zeit und langem Mühen war ein Häuflein Mehl gemahlen, aber die erhoffte Nachfrage blieb aus. Der Mais türmte sich nach wie vor auf der Veranda; Rüsselkäfer und andere Schädlinge bohrten saubere Tunnel durch die goldenen Kolben.

Mrs. Tulsi blieb in ihrem verdunkelten Zimmer, wo sie Sparpläne ersann und Ernährungsstrategien ausgab. Sie hatte gehört, dass bei den Chinesen, einem sehr alten Volk, Bambussprossen gegessen würden. Bambus gab es auf dem Grundstück in Hülle und Fülle; Mrs. Tulsi ordnete an, dass Bambussprossen gegessen werden sollten. Aber was waren Bambussprossen? Waren es die schmucken kleinen grünen Knospen an den Blattgelenken der Stämme? Waren es die ganz jungen Bambusstängel? Waren es die ganz jungen Bambusblätter? Niemand wusste es. Knospen, Stängel und Blätter wurden gepflückt, gewaschen, zerhackt, gekocht und mit Tomaten als Currygericht serviert. Es war ungenießbar. Aus den Blättern der Peperomien, einer üppig wuchernden Strauchart, die auch in Sand gedieh, war schon vorher manchmal ein Trank mit leicht abführender Wirkung gebraut worden, der nicht unangenehm schmeckte und angeblich bei Erkältung, Husten und Fieber half. Nun verfügte Mrs. Tulsi, dass kein Tee mehr gekauft werden dürfe: Peperomienblätter eigneten sich ebenso gut. Kaffee und Schokolade wurden von den Witwen und ihren Kindern längst aus den Bohnen der Plantage hergestellt. Jetzt sollte anstelle von Weizenmehl Maismehl verwendet werden, und Kokosöl sollte nicht mehr gekauft, sondern aus eigenen Kokosnüssen gewonnen werden. Auf die Idee, Gemüse zu ziehen, war niemand gekommen, aber auch Gemüse durfte nicht mehr gekauft werden, und so sann man auf Gemüseersatz: harte Kokosnüsse, grüne Papayas, grüne Mangos, grüne Cytherenäpfel, überhaupt alle Früchte, solange sie nur grün waren. Nur als Mrs. Tulsi den Witwen auftrug, mit Vogelnestern zu experimentieren (die die Chinesen schließlich auch aßen), und die Witwen die Nester der Kornvögel zu beäugen begannen, lange, strumpfähnliche Gebilde aus trockenen Zweigen, die von den Ästen des Samanbaums hingen, war der Aufschrei so groß, dass der Plan fallen gelassen wurde.

Zu W. C. Tuttles Pflichten gehörte es, nachdem die Kinder an ihren Schulen abgeliefert waren, alte Backwaren für die Kühe aus der Stadt mitzubringen. Um sie vor Dieben zu schützen, lagerte man diese Backwaren neben dem trockenen Mais der Witwen auf der Veranda. Den Kindern der Witwen gelang es, aus dem Haufen ein paar essbare Kuchen zutage zu fördern. Das kam Mrs. Tulsi zu Ohren, und daraufhin wurde das alte Backwerk gerecht zwischen den Kühen und den Witwen geteilt. Alle möglichen neuen Gerichte wurden in dieser Experimentierphase erfunden. Die Kinder stellten fest, dass ein trockener Pfannkuchen mit braunem Zucker ein besseres Mittagessen abgab als Bambuscurry, das sich in der Schule gegen gar nichts eintauschen ließ. Ein Kind verfiel darauf, Sardinen in Kondensmilch zu tunken, und ein anderes Kind entdeckte durch einen Zufall, dass in der Dose angebrannte Kondensmilch einen ganz eigenen und nicht unangenehmen Geschmack hatte.

Die Sparsamkeit machte beim Essen nicht Halt. Mrs. Tulsi ordnete an, dass keine Blechdosen mehr weggeworfen werden durften, und bestellte einen Kesselflicker aus Arwacas. Der aß zwei Wochen lang im Haus mit, schlief auf der Veranda und fertigte Blechtassen und Blechteller an; aus einer Sardinenbüchse machte er eine Trillerpfeife. Auch Tinte durfte nicht mehr gekauft werden; stattdessen wurde eine violette Flüssigkeit, blass, aber unauswaschbar, aus den kleinen Beeren des schwarzen Salbei gepresst. Jemand trug Mrs. Tulsi zu, dass Kokosnussschalen weggeworfen wurden. Mrs. Tulsi erklärte, dass aus Kokosfasern Matratzen und Kissen hergestellt und vielleicht sogar verkauft werden konnten. Die Witwen und ihre Kinder weichten die Schalen ein, klopften und dehnten und zerkleinerten sie und wuschen und trockneten die Fasern. Dann schickte Mrs. Tulsi nach dem Matratzenmacher in Arwacas. Er kam und machte einen Monat lang Matratzen und Kissen.

Schwestern mit Ehemännern fütterten ihre Kinder heimlich. Und als ruchbar wurde, dass die Söhne einiger Witwen ein Schaf geschlachtet und es im Wald gebraten und aufgegessen hatten, tat W. C. Tuttle seinen Abscheu vor solch unhinduistischem Treiben kund, weigerte sich, weiterhin Speisen aus der gemeinschaftlichen Küche zu essen, und ließ seine Frau getrennt kochen. Einer seiner Söhne berichtete, dass sich W. C. Tuttles

Brahmanenmund am Tage des Frevels mit Blasen überzogen habe. Mit solch eindrucksvollen Symptomen konnte Mr. Biswas zwar nicht aufwarten, aber er ließ Shama fortan ebenfalls getrennt kochen. Angeregt durch den allgemeinen Experimentierwahn, hatte er eigene Forschungen angestellt. Und er hatte herausgefunden, dass sowohl Gospo-Früchte, eine Kreuzung aus Orange und Zitrone, als auch Shaddocks, eine Unterart der Pampelmuse, die niemand aß, unvergleichliche Qualitäten besaßen. Es gab nur einen Gospobaum auf dem Anwesen, und mit seinen Früchten hatten die Kinder (mit ihren Schlägern aus *bois-canot*) bisher Kricket gespielt. Dem bereitete Mr. Biswas nun ein Ende. Er trank jeden Morgen ein Glas ungut schmeckenden Gosposaft, und seine Kinder mussten es ihm nachtun, bis schließlich der Gospobaum, der an einer Ecke des Kricketplatzes stand, nach einer Überschwemmung ins Bachbett stürzte, immer noch schwer behangen mit seiner hybriden Frucht.

Und als erst der Gospobaum fort war, schrumpfte der Kricketplatz mit rasender Geschwindigkeit. Jeder Regenguss unterhöhlte ihn ein Stück und ließ einen grasbedeckten Überhang zurück, der ein oder zwei Tage später in sich zusammensackte und vom nächsten Regen weggeschwemmt wurde. Auf der Auffahrt wucherten hohe Gräser, und durch diese Gräser führte ein schmaler, seltsam gewundener Pfad zu der Betontreppe. Deren Stufen waren mittlerweile eingesunken und voller Risse, aus denen sich Unkraut hervordrängte. Aus der Tannenhecke war ein Dickicht von Bäumchen geworden, und bei jedem Regen verriet ein frischer, fischiger Geruch, dass Schlangen auf dem Grundstück waren.

Niemand hatte Zeit, die Wildnis zurückzudrängen. Wenn die Witwen nicht kochten, wuschen, putzten oder die Kühe versorgten, stellten sie Kaffee oder Schokolade oder Kokosöl her oder mahlten Maiskörner. Ihre Kleider wurden zerlumpt, ihre Arme hart und sehnig. Sie sahen wie Feldarbeiterinnen aus und mussten dazu noch die frohlockenden Kommentare erdulden, die Seth ihnen durch gemeinsame Freunde übermittelte. Er habe sein Leben in den Dienst der Familie gestellt, nur um von ihr verstoßen und verleumdet zu werden. Ihre Bestrafung fange gerade erst an. Habe er nicht immer gesagt, ohne ihn würden sie alle als Krebsfänger enden?

Und die Witwen arbeiteten wie Männer. Als sich das Bachbett zur Schlucht ausweitete, schlugen sie eine Brücke aus Palmenstämmen darüber. Die Schlucht wurde breiter; die Stämme stürzten in den Bach. Die Witwen bauten eine neue Brücke; auch die stürzte ein. Die Witwen ließen nicht locker, bis Mrs. Tulsi Eisenbahnschienen kaufte. Die Schienen wurden quer über die Schlucht gelegt, die Palmenstämme wiederum quer über die Schienen, und dieses Gebilde hielt eine Weile, wacklig, schlüpfrig, voller Lücken, durch die ein Kind leicht auf die darunter liegenden Felsen fallen konnte.

Auch Mr. Biswas konnte den Niedergang rings um sich jetzt nicht länger ignorieren, aber sobald er von Umziehen sprach, verfiel Shama, die doch von den Beratungen der Witwen ebenso ausgeschlossen war wie von den Vertraulichkeiten der anderen Schwestern, in Trübsinn, und manchmal weinte sie auch.

Dann kam es zu dem Skandal mit den achtzig Dollar.

Chinta verkündete eines Tages, jemand habe achtzig Dollar aus ihrem Zimmer gestohlen. Das war eine erstaunliche Bekanntmachung – nicht nur wurde der Vorwurf des Diebstahls in der Familie zum ersten Mal laut, es war auch allen neu, dass Chinta und Govind so viel Geld hatten. Wieder und wieder schilderte Chinta wortreich, wann sie das Geld das letzte Mal gezählt und durch welchen Zufall sie sein Fehlen überhaupt erst entdeckt hatte. Sie behauptete zu wissen, wer der Dieb war, aber sie wollte warten, bis er sich in seiner eigenen Schlinge fing.

Als mehrere Tage vergingen, ohne dass dies geschehen wäre, nahm Chinta ihre Suche wieder auf, und wo sie auch hinkam, versammelte sie eine Menge um sich. Manchmal murmelte sie Beschwörungen auf Hindi; manchmal machte sie sich mit einer Kerze in der einen Hand und einem Kruzifix in der anderen auf die Jagd; manchmal spuckte sie in ihre linke Handfläche, schlug mit einem Finger hinein und suchte in der Richtung, in die der Speichel geflogen war. Zuletzt beschloss sie, ein Verhör mit Bibel und Anrufung der Heiligen anzustellen.

»Die alte Katholenkatze und ihr Junges«, sagte Mr. Biswas zu Shama. »Wie die Mutter, so die Tochter. Aber eins sag ich dir, meine Kinder machen bei diesem Unfug nicht mit.«

Die Äußerung verbreitete sich durchs ganze Haus.

Chinta sagte: »Ich sag nichts.«

Das Verhör zog sich über einen ganzen Nachmittag hin. Chinta rief die Heiligen Petrus und Paulus an und sprach die Anklagen, Miss Blackie führte unter Anrufung derselben Namen die Verteidigung, und die Unschuld aller mit Ausnahme von Mr. Biswas und seiner Familie wurde erwiesen.

Mr. Biswas weigerte sich, sein Zimmer durchsuchen zu lassen, und verschloss sich allen Bitten Shamas, die Kinder doch noch zum Verhör zu schicken. »Sie ist eine Katholenkatze«, sagte er. »Und? Seh ich aus wie eine hinduistische Maus?« Er und Govind hatten schon seit einer Weile kein Wort mehr gewechselt, jetzt sprachen auch Chinta und er nicht mehr miteinander. Shama, um einen freundlichen Umgang bemüht, holte sich bei Chinta eine Abfuhr.

»Ich sag nichts«, sagte Chinta. »Ein schlechtes Beispiel ist nun mal ein schlechtes Beispiel.«

Dann ging das Getuschel los.

»Redet nicht mit ihnen. Aber passt gut auf.«

»Vidiadhar! Schnell! Meine Geldbörse liegt noch auf dem Esstisch.«

»Anand mag es, wenn ihm die Nase läuft. Er schluckt den Rotz runter. Das schmeckt ihm besser als Kondensmilch.«

»Savi isst den Schorf von ihren Ellenbogen.«

»Hast du mal Kamlas Kopf angeguckt? Da wimmelt's von Läusen. Aber sie macht es wie die Affen, sie frisst sie.«

Und die Mädchen bestürmten Mr. Biswas, dass sie fortziehen sollten.

Er fand genau den Bauplatz, der ihm immer vorgeschwebt hatte: abgeschieden, unberührt, voll der Möglichkeiten. Er lag ein Stück vom Haupthaus entfernt, auf einem niedrigen, von Buschwerk umwucherten Hügel in gehörigem Abstand zur Straße. Der Bau wurde begonnen und, da ungesegnet, in knapp einem Monat vollendet. Der Grundriss war der gleiche wie bei dem Haus, mit dem es Mr. Biswas in Green Vale versucht hatte, wie bei Tausenden von Häusern im ländlichen Trinidad: Veranda, zwei Schlafzimmer, Wohnzimmer, das Ganze auf hohen Pfosten. Das Holz dazu lieferten die Bäume des Anwesens; Mr. Biswas musste nur für das Sägen bezahlen. Er kaufte Wellblech für das Dach, normales Glas und Milchglas für die Fenster, Buntglas für die Wohnzimmertür und Beton für die Pfeiler.

Die Geschwindigkeit, mit der das Haus in die Höhe wuchs, überrumpelte ihn. Die Bauleute hatten ihm keine Gelegenheit zu einem Rückzieher gegeben, und am Ende waren seine Ersparnisse auf ein Minimum zusammengeschmolzen. Ihm war nicht ganz wohl dabei. Seine Umstände hatten sich geändert, sein Ehrgeiz aber war der alte geblieben – nur dass er ihm nun romantisch und absurd erschien. Er hatte sein eigenes Haus gebaut, in einer Gegend, die so wild und so abgelegen war, wie er es sich nur wünschen konnte. Aber Shama musste zum Einkaufen eine Meile zu Fuß ins Dorf gehen, und das Wasser musste von einer Quelle im Kakaowald den Hügel hinaufgeschleppt werden. Dazu kam das Transportproblem. Er selbst bewältigte jeden Tag riesige Strecken mit dem Fahrrad, und obwohl er der Familie den Rücken gekehrt hatte, waren seine Kinder für den Schulweg auf das Familienauto angewiesen.

Nach dem Kauf eines Slumberking-Betts (angeliefert von zwei Möbelpackern aus Port of Spain, die den notdürftig freigeschnittenen, abschüssigen Pfad viele Male fluchend hinauf- und hinunterstapften) war sein Geld endgültig aufgebraucht. Das Haus hatte noch keinen Anstrich. Rot und roh stand es inmitten von grünem Wildwuchs und schien weniger der Bewohner zu harren als des Verfalls.

Shama war gegen den Umzug, sosehr der Zwist mit Chinta sie zermürbte. Sie empfand den Hausbau als Provokation, und wie die Kinder sah sie ihn fortschreiten und hoffte, dass er nie vollendet würde. Die Kinder wollten nach Port of Spain zurück; sie wollten wieder so leben wie vor der Zeit in Shorthills. Sie wussten, dass Wohnraum knapp war, aber sie warfen Mr. Biswas vor, es gar nicht erst versucht zu haben. Das neue Haus machte sie zu Gefangenen von Stille und Busch. Es gab keine Abwechslung für sie, keine Kinovorführungen, keine Spaziergänge, nicht einmal Spiele, denn das Gelände rund ums Haus roch noch nach Schlangen. Die Nächte kamen ihnen länger und dunkler vor. Die Mädchen hingen an Shamas Rockzipfel, als hätten sie Angst davor, für sich zu sein, und in ihrer Küchenbaracke sang Shama traurige Lieder auf Hindi.

Eines späten Nachmittags nicht lang nach dem Umzug war Anand allein im Haus. Mr. Biswas war unterwegs, die Mädchen mit Shama in der Küche. Das Haus fühlte sich nackt an, unbenutzt, exponiert; die Ecken bargen noch keine Geheimnisse; kein Möbelstück schien noch den rechten Platz gefunden zu haben. Mehr aus Langeweile als aus Neugier zog Anand die Schublade an Shamas Frisierkommode auf. In einem Umschlag fand er die Heiratsurkunde seiner Eltern, seine eigene Geburtsurkunde und die seiner Schwestern. Auf einer Geburtsurkunde, die er schließlich als die von Savi erkannte, las er einen Namen, Basso, den er nie verwendet gehört hatte. Er sah Mr. Biswas' böse hingekritzeltes *Richtiger Rufname: Lakshmi.* In der Rubrik mit der Überschrift »Beruf des Vaters« war das *Feldarbeiter* wild durchgestrichen und durch *Ladenbesitzer* ersetzt. Keine der anderen Geburtsurkunden war auf ähnliche Weise beschmiert. Aus Lagen von zerknittertem braunem Papier kamen einige Photographien zum Vorschein. Auf einer standen die Tulsi-Schwestern mit bösen Gesichtern in Reih und Glied; die anderen bildeten die Großfamilie ab, das Hanuman-Haus, Pandit Tulsi, Pandit Tulsi im Hanuman-Haus.

In der Küche sang Shama ihre klagende Weise und klatschte den Teig von einer Hand in die andere.

Anand stieß auf ein Bündel Briefe. Sie steckten alle noch in ihren Umschlägen. Die Briefmarken waren englisch und mit dem Porträt von George V. verziert. Aus einem Umschlag rutschten kleine bräunliche Photos, die ein englisches Mädchen zeigten, einen Hund, ein Haus mit einem verblassten X auf einem der Fenster. In einem anderen Umschlag fand er einen Zeitungsausschnitt, bei dem ein Name in einem langen Absatz voller Namen mit Tinte angestrichen war. Die Briefe waren in Schönschrift geschrieben und sagten in sehr vielen Worten sehr wenig. Sie handelten von Briefen, die die Absenderin erhalten hatte, von der Schule, den Ferien; sie bedankten sich für Photos. Dann klang in ihnen auf einmal Gefühl durch; sie brachten Befremden über eine jäh anberaumte Hochzeit zum Ausdruck; sie versuchten das Befremden durch Glückwünsche abzumildern. Dann hörten sie auf.

Anand schloss die Schublade und ging ins Wohnzimmer. Er stützte die Ellbogen auf den Fenstersims und sah hinaus. Die Sonne war eben untergegangen, und der Busch hob sich immer schwärzer gegen den noch hellen Himmel ab. Aus der Küchentür und dem Küchenfenster quoll Rauch, und Anand lauschte Shamas Gesang. Dunkelheit füllte das Tal.

Später am Abend entdeckte Shama die durchwühlte Schublade. »Diebe!«, sagte sie. »Da waren Diebe im Haus.«

Mr. Biswas trotzte der düsteren Stimmung seiner Familie und der eigenen Befürchtung, vorschnell gehandelt zu haben, und machte sich daran, das Land zu roden. Er verschonte nur die Poui-Bäume, um ihres Holzes und der gelben Blüten willen, die eine Woche im Jahr aufbrachen wie kleine Sterne. Aus unversehrter, lebendiger Wildnis wurde ein braunes Chaos umgestürzter und sterbender Bäume. Mitten hindurch schnitt Mr. Biswas einen gewundenen Pfad vom Haus hinunter zur Straße frei, grub Stufen in den Boden und stützte sie mit Bambusstäben ab. Die Abfälle konnten nicht gleich verbrannt werden, denn obwohl die Blätter tot waren und knisterten, war das Holz grün. Während er wartete, schnitzte Mr. Biswas Poui-Stöcke und röstete sie über einem Feuer im Freien. Und das erinnerte ihn an eine Pflicht.

Er schickte nach seiner Mutter. Er war sich nicht sicher, ob sie überhaupt kommen würde – schließlich stammte sein Versprechen, sie zu sich zu holen, wenn er erst sein eigenes Haus hätte, noch aus der Zeit, da er ein Knabe in der Lehmhütte gewesen war. Aber sie kam, für zwei Wochen. Was sie dabei empfand, ließ sich nicht feststellen. Er selbst war anfangs voller Überschwang. Bipti jedoch blieb gelassen, und nach einer Weile folgte Mr. Biswas ihrem Beispiel. Es war, als bestünde die Beziehung zwischen ihnen auch ohne ihr Zutun und sie bräuchten sich nur beide hineinzufügen.

Die Kinder verstanden Hindi, sprachen es aber nicht, was der Verständigung zwischen ihnen und Bipti Grenzen setzte. Dafür kamen Shama und Bipti auf Anhieb gut miteinander aus. Shama zeigte keine Spur von der Griesgrämigkeit, mit der sie Biptis Schwester Tara begegnete, und zu Mr. Biswas' Überraschung und Freude erwies sie Bipti allen Respekt, der einer Hindu-Schwiegertochter anstand. Bei Biptis Ankunft hatte sie Biptis

Füße mit den Fingern berührt, und sie erschien nie mit bloßem Haupt vor ihr.

Bipti half bei der Hausarbeit und auf dem Grundstück. Wenn Mr. Biswas nach Biptis Tod an sie zurückdachte, erinnerte er sich weniger an seine Kindheit und die Lehmhütte als an diese zwei Wochen in Shorthills. Vor allem ein Moment war es, der ihm dabei vor Augen stand. Das Gelände vor dem Haus war erst teilweise von Astwerk gesäubert, und als er sein Fahrrad eines Nachmittags die Lehmstufen hinaufschob, sah er, dass ein Stück Hang, das bei seinem Aufbruch am Morgen noch von Zweigen übersät dagelegen hatte, freigeräumt und geebnet und geharkt worden war. Das schwarze Erdreich war weich und steinlos; die Schaufel hatte sich tief hineingegraben, und die feuchten Schollen, die sie aufgeworfen hatte, waren glatt wie Mauerwerk. Hier und da hatten die Zinken der Harke flache parallele Furchen in der umgestochenen Erde hinterlassen. In der sinkenden Sonne, dem schwermütigen Abendlicht glich dieser Garten, in dem Bipti arbeitete, für Sekunden plötzlich einem Garten, den er früher einmal gekannt hatte, in dämmernder Vorzeit, und die dazwischenliegenden Jahre waren wie ausgelöscht. Harkenspuren in der Erde ließen ihn von da an immer an diesen Augenblick auf dem Hügel denken, und an Bipti.

Die Kinder freuten sich auf das Brandroden wie auf ein Fest. Die Behörde für Zivilschutz hatte sie auf den Geschmack gebracht, und nun sollten sie eine eigene Feuersbrunst bekommen, gleich hinter ihrem Haus! Das versprach fast so spannend zu werden wie der simulierte Luftangriff auf der Rennbahn in Port of Spain. Gut, es würde keine Häuserattrappen geben, die abbrennen konnten, keine Krankenwagen, keine Krankenschwestern, die sich an stöhnenden »Verletzten« zu schaffen machten, keine Pfadfinder auf Motorrädern, die mit Eilbotschaften durch den dichten Rauch flitzten; aber dafür würde es diesmal ohne die übereifrigen Feuerwehrleute abgehen, die auf der Rennbahn trotz empörter Proteste aus dem Publikum einige der Häuserattrappen gelöscht hatten, kaum dass sie angekokelt waren.

Mit einer Patentheit, der seine Kinder insgeheim misstrauten, hob Mr. Biswas Gräben aus und trug Zweige und Blätter an strategischen Punkten, wie er es nannte, zu kleinen Nestern zusammen. Am Samstagnachmittag rief er die Kinder herbei, tauchte einen Kienspan in Teeröl, steckte ihn an und eilte damit von Nest zu Nest – hielt ihn hinein und machte einen Satz nach hinten, als hätte er eine Lunte gezündet. Hier und da fingen ein Blatt oder ein Zweig Feuer, eine Flamme loderte auf, schrumpfte, glomm und erlosch. Mr. Biswas wartete es nicht ab. Ohne sich um die Rufe der Kinder zu kümmern, rannte er weiter, eine Fährte von dunklen, in sich zusammensinkenden Rauchfähnchen hinter sich lassend.

»Alles unter Kontrolle«, sagte er, als er zuletzt mit seinem feuertriefenden Kienspan den Hang herunterkam. »Alles unter Kontrolle. Komische Sache, so ein Feuer. Du denkst, es ist aus, und unter der Erde lodert's wie wild.«

Eines der Rauchfähnchen fiel in sich zusammen wie ein abgedrehter Springbrunnen.

»Es hat dich gehört und ist untergetaucht«, sagte Savi.

»Hm«, machte er und rieb einen juckenden Fußknöchel gegen den anderen. »Vielleicht ist es doch noch ein bisschen zu grün. Vielleicht sollten wir bis nächste Woche warten.«

Protest erhob sich.

Savi hielt sich die Hand vors Gesicht und wich zurück.

»Was ist?«

»Die Hitze«, sagte sie.

»Mach dich nur lustig. Dir wird's gleich ganz woanders heiß werden. Witzbolde. Und so was zieh ich groß. Eine Bande von Witzbolden.«

Aus der Küche rief Shama: »Beeilt euch, ihr! Es wird dunkel.«

Sie inspizierten die Nester, die Mr. Biswas in Brand gesteckt hatte. Sie fanden sie zusammengesackt, angefressen: flache Häuflein grauer Blätter und schwarzer Zweige. Nur eines brannte, und von ihm aus arbeitete sich das Feuer auf höchst unspektakuläre Weise voran, mied dicke Äste und knabberte an dünneren, krümmte ihnen die Rinde, attackierte das grüne Holz mit dicken Rauchschwaden, ließ es dunkel anlaufen, wich dann zurück, um geschäftig an einem Zweiglein emporzuflackern, wo es die braunen Blätter versengte, kurz aufloderte und ins Stocken kam. Auf dem Boden züngelten ein paar versprengte Flämmchen, keines höher als zwei, drei Zentimeter.

»Ein Feuerwerk!«, rief Savi.

»Mach's doch selber, wenn du so schlau bist.«

Die Kinder rannten in die Küche und holten das Teeröl, das Shama für die Lampen gekauft hatte. Sie spritzten es wahllos auf Äste und Zweige und zündeten sie an. Binnen Minuten brannte der Busch lichterloh und verwandelte sich in ein wogendes Meer aus Gelb, Rot, Blau und Grün. Sie tauschten Theorien über die verschiedenen Farben aus, lauschten wohlig dem Knistern und Prasseln der hurtigen Flammen. Nur zu bald verloren die großen Feuerzungen an Höhe. Die Sonne ging unter. Verkohlte Blätter stiegen in die Luft auf. Nach dem Essen hatten sie die traurige Aufgabe, das Feuer vom Grabenrand zurückzudrängen. Das braune Meer war jetzt schwarz, durchsetzt von rotem Glitzern und Glimmen.

»Also dann«, sagte Mr. Biswas. »Ende der Puja. Zeit zum Hausaufgabenmachen.«

Sie gingen in das kahle Wohnzimmer. Ab und zu traten sie ans Fenster. Der Hang hob sich schwarz vor einem helleren Himmel ab. An manchen Stellen glühte er rot, und vereinzelt schlugen gelbe Flammen aus ihm hervor, die ohne einen Halt in der Luft zu tanzen schienen.

Anand war im Bus, einem dieser schrottreifen, überfüllten Busse, die zwischen Shorthills und Port of Spain verkehrten. Etwas stimmte nicht. Er lag auf dem Boden, und Leute schauten auf ihn herab und redeten durcheinander. Der Bus fuhr offenbar eine frisch ausgebesserte Straße entlang; die Reifen schleuderten Splitt gegen die Kotflügel.

Myna und Kamla standen über ihm, und Savi rüttelte ihn an der Schulter. Er lag auf seinem Schlaflager im Wohnzimmer.

»Feuer!«, sagte Savi.

»Wie spät ist es?«

»Zwei oder drei. Steh auf. Schnell.«

Das Stimmengewirr, der prasselnde Splitt waren das Brausen des Feuers. Durchs Fenster sah er, dass der ganze Hang sich rot gefärbt hatte und auch das restliche Land an Stellen rot glühte, an die das Feuer nie hatte hinkommen sollen.

»Pa? Ma?«, fragte er.

»Draußen. Wir müssen im großen Haus Bescheid sagen.«

Das Haus schien umzingelt von dem roten, flammenlosen Busch. Die Hitze machte das Atmen schmerzhaft. Anand spähte hinauf zu den beiden Poui-Bäumen oben am Hang. Schwarz und blattlos standen sie vor dem Himmel.

Hastig zog er sich an.

»Lasst uns nicht hier«, sagte Myna.

Draußen hörte er Mr. Biswas rufen: »Treib es einfach zurück. Treib es einfach nur von der Küche zurück. Dem Haus passiert nichts. Kein Busch rundrum. Halt es nur von der Küche weg.«

»Savi?«, kam Shamas Stimme. »Ist Anand wach?«

»Lasst uns nicht hier«, jammerte Kamla.

Alle vier verließen sie das Haus und liefen an dem frisch geharkten Land vor dem Haus vorbei zu dem Pfad, der zur Straße hinabführte. Gleich unterhalb der Hangkante überraschte sie vollkommene Finsternis; zwischen dem Pfad und der Straße brannte es nirgends.

Myna und Kamla, verschreckt von der Finsternis vor ihnen, dem Feuer hinter ihnen, fingen zu weinen an.

»Lasst sie hier!«, rief Shama. »Und beeilt euch!«

Savi und Anand tasteten sich die unsichtbaren Lehmstufen hinunter.

»Du kannst meine Hand halten«, sagte Anand.

Sie fassten einander bei den Händen und suchten sich ihren Weg hügelabwärts, in das Bachbett hinab, aus dem Bachbett wieder heraus auf die Straße. Baumkronen wölbten sich schwarz über ihnen. Die Schwärze fühlte sich wie ein Gewicht an: als trügen sie Mützen, die ihnen bis über die Augenbrauen hinabreichten. Sie schauten nicht auf; sie mochten nicht daran erinnert werden, dass nicht nur vor ihnen, sondern auch hinter und über ihnen Dunkelheit war. Sie hielten den Blick auf den Weg gesenkt und schlurften so laut wie nur möglich durch den losen Kies. Es war kalt.

»Sag *Rama Rama*«, sagte Savi. »Das schützt gegen alles.«

Sie sagten *Rama Rama*.

»Da ist Pa dran schuld«, sagte Savi unvermittelt.

Das wiederholte *Rama Rama* beruhigte sie. Ihre Augen gewöhnten sich an die Dunkelheit. Sie konnten Bäume in ein paar Metern Entfernung unterscheiden. Der niedrige Betonkasten, in dem hinter einer Stahltür der Sprengstoff für die Plantagenarbeit gelagert wurde, schimmerte tröstlich als heller Klecks am Straßenrand.

Endlich waren sie an der Brücke aus Palmenstämmen angelangt. Auf der anderen Seite kam das weiße Fachwerk entlang der Dachtraufe des Hauses in Sicht. In Mrs. Tulsis Zimmer brannte Licht, wie stets bei Nacht. Sie balancierten über die gefährliche Brücke, der Wald blieb hinter ihnen zurück, und einen kurzen Augenblick priesen sie Govind und W. C. Tuttle für ihre Kahlschlagaktion. Die hohen nassen Gräser der Auffahrt strichen an ihren nackten Beinen entlang. Sie schnüffelten, ob es irgendwo nach Schlangen roch.

Sie hörten ein Schnaufen. Sie konnten nicht recht bestimmen, woher es kam. Sie unterbrachen ihr *Rama-Rama*-Gemurmel, rückten eng zusammen und rannten los, auf den fernen grauen Schimmer der Betonstufen zu. Das Schnaufen folgte ihnen, zusammen mit einem dumpfen, gemächlichen Klopfen.

Über seine linke Schulter sah Anand das Maultier auf dem Kricketplatz. Es trabte neben ihnen her, am Drahtgewirr des Zauns entlang. Sie erreichten das Ende der Auffahrt. Das Maultier hatte die Ecke des Kricketplatzes erreicht und blieb stehen.

Sie hetzten die Treppe hinauf, unter den überhängenden Zweigen des Muskatbaums hindurch. Der Riegel an der Verandapforte wollte ihnen nicht recht gehorchen, und sein Klappern erschreckte sie. Sie kratzten an Türen und Fenstern, pochten an die Außenwand von Mrs. Tulsis Zimmer, rüttelten an der hohen Wohnzimmertür. Sie riefen. Keine Antwort. Jedes Geräusch, das sie machten, schien ihnen so laut wie Donner. Aber in der Stille und Schwärze war es nicht mehr als ein Flüstern. Ihre Schritte, ihr Klopfen, Anands Stolpern inmitten von altem Backwerk und dem Mais der Witwen, all das trug nicht weiter als das Trippeln von Ratten.

Dann hörten sie Stimmen, leise und besorgt: Tanten, die miteinander wisperten, Mrs. Tulsi, die nach Sushila rief.

»Tante!«, schrie Anand.

Die Stimmen verstummten. Gleich darauf erhoben sie sich wieder, trotzig diesmal. Anand trommelte an ein Fenster.

Eine Frauenstimme sagte: »Zwei vom kleinen Volk!«

Dem folgte ein Ausruf.

Man hielt sie für die Geister von Hari und Padma.

Mrs. Tulsi stöhnte und sprach einen Bannfluch auf Hindi. Im Hausinnern gingen Türen, der Boden erbebte von dröhnenden Schlägen. Es wurde laut und aggressiv von Knüppeln, Macheten und Gott geredet, während Sushila, die Krankenzimmer-Witwe, eine Expertin für alles Übernatürliche, mit lieblicher Stimme fragte: »Ihr armen kleinen Wesen, was können wir für euch tun?«

»Feuer!«, schrie Anand.

»Feuer«, sagte Savi.

»Unser Haus brennt!«

Und Sushila, die doch all die Zeit eifrig tuschelnd mit den anderen gegen Savi und Mr. Biswas gestichelt hatte, konnte nicht mehr zurück und musste immer weiter lieblich mit Savi und Anand reden.

Die Nachricht von dem Feuer ließ die bange Stimmung im Haus in freudige Tatkraft umschlagen.

»Also wirklich«, sagte Chinta, während sie sich vergnügt fertig machte, »jedes Kind weiß doch, dass man nichts Dümmeres tun kann, als sein Land in der Nacht in Brand zu stecken.«

Überall gingen Lichter an. Säuglinge greinten und wurden wieder beruhigt. »Zieh dir was auf den Kopf, Mann«, hörte man Mrs. Tuttle sagen. »Bei dem Tau kann man gar nicht vorsichtig genug sein.« »Eine Machete, eine Machete!«, rief Sharmas Witwe. Und die Kinder verbreiteten jubelnd: »Onkel Mohuns Haus brennt ab!« Ein paar beschwingte Schwarzseher äußerten die Befürchtung, das Feuer könnte durch den Wald bis zu dem großen Haus selbst vordringen, und es wurde über die Wirkung der Flammen auf den Sprengstoff spekuliert.

Der Marsch zur Brandstätte war wie ein Ausflug. Und einmal angekommen, machte sich der Trupp der Tulsis begeistert ans Schneiden, Räumen und Schlagen. Es wurde ein Fest. Shama, zum zweiten Mal Gastgeberin für die ganze Familie, kochte in der unversehrt gebliebenen Küche für alle Kaffee. Und Mr. Biswas, unbekümmert um alte Feindschaften, rief sämtlichen Gästen zu: »Nichts passiert! Nichts passiert! Alles unter Kontrolle.«

Ein paar Eier wurden entdeckt, schwarz verbrannt und völlig ausgetrocknet. Ob es Schlangeneier waren oder Hühnereier von den Hennen der Witwen, wusste niemand. Eine verbrannte Schlange fand sich keine zwanzig Meter von der Küche entfernt. »Die Hand Gottes«, sagte Mr. Biswas. »Das Luder ist gegrillt worden, bevor es mich beißen konnte.«

Der Morgen offenbarte das Haus, immer noch rot und roh, inmitten verkohlter, rauchender Verwüstung. Die Dorfleute kamen schaulustig angelaufen und sahen sich in ihrem Glauben bestätigt, dass ihr Dorf Vandalen in die Hände gefallen war.

»Holzkohle, Holzkohle«, rief Mr. Biswas ihnen entgegen. »Braucht irgendjemand Holzkohle?«

Noch Tage danach überzog ein Ascheschleier das Tal, sooft der Wind wehte. Asche bestäubte den Acker, den Bipti umgegraben hatte.

»Ein Segen für das Land«, sagte Mr. Biswas. »Der beste Dünger, den's gibt.«

4. Lesen! lernen!

Er konnte das Haus in Shorthills nicht einfach so aufgeben. Er musste davon erlöst werden. Und schon bald wurde er erlöst. Die Stadt wurde unerreichbar. Die Busverbindung verschlechterte sich zusehends; der Sportwagen machte ebenso viel Ärger wie sein Vorgänger und musste verkauft werden. Und just zu diesem Zeitpunkt wurde Mrs. Tulsis Haus in Port of Spain frei. Mr. Biswas bekam zwei der Zimmer dort angeboten und griff sofort zu.

Er konnte von Glück sagen. Die Wohnungsnot in Port of Spain hatte sich verschärft durch den beständigen Zustrom illegaler Einwanderer von den anderen Inseln, die bei den Amerikanern Arbeit zu finden hofften. Am östlichen Stadtrand war eine ganze Barackenstadt aus dem Boden gewachsen, und selbst durch den Kauf eines Hauses sicherte man sich nicht automatisch einen Platz zum Wohnen, denn die wahllosen Zwangsräumungen, die Shama so ungerührt durchgeführt hatte, waren jetzt gesetzlich verboten.

So stellte er also inmitten der Verwüstung, die er angerichtet hatte, ein Schild auf: Haus zu vermieten oder zu verkaufen, und zog nach Port of Spain. Das Shorthills-Abenteuer war vorbei. Beschert hatte es ihm nichts als zwei weitere Möbelstücke: das Slumberking-Bett und Théophiles Bücherschrank. Und als er wieder in das Haus in Port of Spain zog, war er nicht der Einzige.

Die Tuttles zogen mit ihm ein, Govind, Chinta und ihre Kinder, und Basdai, eine der Witwen. Die Tuttles belegten fast das ganze Haus mit Beschlag. Sie beanspruchten das Wohnzimmer für sich, das Esszimmer, ein Schlafzimmer, die Küche und das Badezimmer, was ihnen zusätzlich Kontrolle über die vordere wie auch die hintere Veranda verschaffte, für die sie keinen Cent Miete zahlten. Govind und Chinta bewohnten nur ein Zimmer. Chinta deutete an, dass sie sich mehr leisten konnten, aber auf bedeutendere Dinge sparen wollten; und wie als Vorgeschmack auf diese bedeutenderen Dinge legte Govind plötzlich seine derbe Kluft ab und erschien an sechs aufeinander folgenden Tagen, während deren er alle wie ein Blöder anlächelte, in sechs verschiedenen Dreiteilern. Jeden Morgen hängte Chinta fünf von Govinds Anzügen in die Sonne und bürstete sie aus. Ihr Essen kochte sie unter den hohen Pfählen, die das Haus stützten; dort schliefen auch ihre Kinder, auf ein paar langen Zedernbänken, die Théophile in Shorthills zusammengezimmert hatte. Basdai, die Witwe, wohnte im Dienstbotenverschlag, der für sich allein im Hof stand.

In Mr. Biswas' zwei Zimmer gelangte man nur über die Vorderveranda, die Tuttle-Territorium war. Anfangs schlief Mr. Biswas im hinteren der beiden Zimmer. Tuttle-Licht und Tuttle-Lärm drangen durch die Lüftungsschlitze oben an der Trennwand und trieben ihn in das vordere Zimmer, wo er gegen Shama und die Kinder wütete, die unablässig in das hintere Zimmer gingen oder aus dem hinteren Zimmer herauskamen. Wie Chinta kochte auch Shama unter dem Haus; und wenn Mr. Biswas nach seinem Essen oder Macleans Original-Magenpulver schrie, musste es über die Vordertreppe zu ihm heraufgebracht werden, und die ganze Straße konnte zuschauen.

Still war es im Haus nie, und nahezu unerträglich wurde es, als W. C. Tuttle ein Grammophon kaufte. Er spielte ein und dieselbe Platte immer wieder von vorn:

One night when the moon was so mellow
Rosita met young man Wellow.
He held her like this, his loveliness,
And stole a kiss, this fellow.
Tippy-tippy-tum tippy-tum

– und an dieser Stelle fiel W. C. Tuttle jedes Mal mit ein, pfeifend, singend, klopfend, so dass Mr. Biswas, sobald das Lied zu spielen anfing, nicht anders konnte als hinhören und auf W.C. Tuttles Einsatz warten:

Tippy-tippy-tum tippy-tum
Tippy-tippy-teeeee pi-tum-tum tum.

Auch zwischen W. C. Tuttle und Govind machten sich Spannungen bemerkbar. Beide parkten ihr Auto in der Garage neben dem Haus, und morgens war der eine dem anderen unweigerlich im Weg. Sie fochten diesen Kampf aus, ohne ein einziges Mal miteinander zu sprechen. W. C. Tuttle ließ seine Frau wissen, dass ihre Schwäger Analphabeten seien, Govind grunzte Chinta an, und beide Ehefrauen lauschten bußfertig. Und seit sie nicht mehr unter Mrs. Tulsis Dach lebten, hatten die Schwestern ihre eigenen tagtäglichen Kabbeleien, darüber, wessen Kinder die frische Wäsche schmutzig gemacht oder das Klosett in einem so fürchterlichen Zustand hinterlassen hatten. Basdai, die Witwe, spielte immer wieder die Vermittlerin, und ab und an kam es zu rührseligen Versöhnungsszenen auf der Hinterveranda der Tuttles. Chinta war es, die feststellte, dass diese Versöhnungen auffällig oft dann stattfanden, wenn die Tuttles gerade ein neues Möbel- oder Kleidungsstück erworben hatten.

Denn W. C. Tuttle war, trotz der brahmanischen Strenge, mit der er in seinem Haushalt das Zepter führte, ein großer Freund alles Modernen. Neben dem Grammophon besaß er ein Radio, eine Anzahl zierlicher Tischchen und eine Polstergarnitur, und er sorgte für eine Sensation, als er die gut einen Meter hohe Statue einer nackten Frau mit einer Fackel in der Hand mit nach Hause brachte. Der Einzug der Fackelträgerin läutete einen ungewöhnlich langen Waffenstillstand ein, bis eines Tages Myna auf ihrem Weg durch die Tuttleschen Räumlichkeiten an den fackeltragenden Arm stieß und ihn abbrach. Die Tuttles machten ihre Grenzen wieder dicht. Schweigender Druck sorgte dafür, dass Myna eine Tracht Prügel verabreicht bekam, und in den Beziehungen zwischen den Tuttles und den Biswases kehrte die alte Frostigkeit wieder ein. Wobei es auch nicht förderlich war, dass Shama eines Tages verkündete, sie habe bei dem Tischler um die Ecke eine Vitrine bestellt.

Die Vitrine wurde geliefert.

Chinta schrie ihre Kinder auf Englisch an. »Vidiadhar und Shivadhar! Bleibt bloß vom Tor weg! Nachher zerbrecht ihr noch anderer Leute Sachen, und ich muss mir anhören, das kommt, weil ich neidisch bin!«

Als die elegante Vitrine die Vordertreppe hinaufgetragen wurde, schwang eine der Glastüren auf, schlug gegen die Stufen, und die Scheibe zersprang. Familie Tuttle, hinter den Jalousien beidseits der Wohnzimmertür nur unzureichend versteckt, schaute zu.

»Oh-oh!«, sagte Mr. Biswas am Abend. »Jetzt ist sie da, Shama. Jetzt ist sie da, Mädchen. Fehlt bloß was zum Reintun.«

Sie verteilte das japanische Kaffeeservice über eines der Fächer. Die übrigen Fächer blieben leer, und die Vitrine, die sie über Monate würde abzahlen müssen, reihte sich ein in Shamas allseits bespöttelte Besitztümer: die Nähmaschine, die Kuh, das Kaffeeservice. Sie brachten sie im Vorderzimmer unter, das mit dem Slumberking-Bett, Théophiles Bücherschrank, der Garderobe, dem Küchentisch und dem Schaukelstuhl bereits mehr als vollgestellt war. Mr. Biswas sagte: »Weißt du, Shama-Mädchen, was diesen Zimmern erst den richtigen Pfiff geben würde? Noch ein Bett!«

Das Haus wurde immer überfüllter. Basdai, die Witwe, die den Dienstbotenverschlag in der Absicht bezogen hatte, von dort aus ihren finanziellen Siegeszug durch die Stadt anzutreten, beschloss, doch lieber Kostgänger aus Shorthills zu beherbergen. Die Witwen waren mittlerweile fast verzweifelt darauf aus, ihren Kindern eine Ausbildung zu verschaffen. Es gab kein Hanuman-Haus mehr, das sie beschützen konnte; jeder musste aus eigener Kraft in der neuen Welt zurechtkommen, dieser Welt, in die Owad und Shekhar hinausgezogen waren und in der Wissen die einzige Sicherheit bot. Also schickte man die Kinder, kaum dass sie mit der Vorschule in Shorthills fertig waren, nach Port of Spain. Wo Basdai sie in Kost nahm.

Zwischen ihrem kleinen Dienstbotenverschlag und dem rückwärtigen Zaun baute sie einen Unterstand aus Zinkblech. Darin kochte sie. Gegessen wurde auf den Stufen zu ihrem Verschlag, im Hof und unter dem Haupthaus. Die Mädchen schliefen bei Basdai im Verschlag, die Jungen mit Govinds Kindern unterm Haus.

Manchmal, wenn er den Lärm und die Enge nicht mehr ertrug, machte Mr. Biswas mit Anand lange Abendspaziergänge durch die ruhigeren Viertel von Port of Spain. »Sogar die Straßen hier sind sauberer als dieses Loch«, sagte er. »Ein einziger Besuch vom Gesundheitsinspektor, und wir landen alle miteinander hinter Gittern. Kostgänger, Logiergäste, du glaubst es nicht. Am besten zeig ich mich gleich selber an.«

Es dauerte nicht lang, und das Haus, das jeden Morgen einen Schwall von Schülern ausstieß und nachmittags wieder in sich aufsog, erregte Aufmerksamkeit in der Straße. Und sei es aus diesem Grund, sei es, weil tatsächlich ein Gesundheitsinspektor eine Drohung ausgestoßen hatte, jedenfalls kam aus Shorthills die Kunde, Mrs. Tulsi habe beschlossen, etwas zu unternehmen.

Von einem Fußboden und Wänden unter dem Haus war die Rede, von Trennwänden und Zimmern, von Ziegelmauern mit Gitteraufsatz. Die äußeren Pfosten wurden denn auch durch eine halbhohe Mauer aus Hohlziegeln verbunden, die zwar teilweise verputzt wurde, aber nicht gestrichen, und von Gitterwerk konnte schon gar keine Rede sein. Um das Haus vor Blicken abzuschirmen, wurde stattdessen der Maschendrahtzaun niedergerissen und durch eine hohe Ziegelmauer ersetzt. *Die* wurde verputzt, *die* erhielt einen Anstrich; und die Leute auf der Straße konnten nur noch Vermutungen darüber anstellen, in welcher Form dort drinnen für die Verköstigung und Unterbringung der Heerscharen von Kindern gesorgt war, von denen das Haus nachmittags, abends und früh am Morgen zwitscherte und schnatterte wie ein Schulhof.

Die Kinder teilten sich in Schläfer und Esser, die wiederum in Familiengruppen aufgesplittert waren. Zusammenstöße waren an der Tagesordnung. Dazu brachten die Esser ihre Zänkereien aus Shorthills mit und trugen sie in Port of Spain aus. Und den ganzen Abend klatschten in dem Geschnatter die Ruten (Basdai war Prügelgewalt über sämtliche ihrer Zöglinge gegeben), und Basdai schrie: »Ihr sollt lesen! Und lernen! Lernen! Lesen!«

Und jeden Morgen setzte sich Mr. Biswas mit sauber gebürstetem Haar, frischem Hemd und sorgfältig gebundener Krawatte auf sein Fahrrad und floh aus dieser Hölle in die geräumige, gut beleuchtete, gut belüftete Redaktion des *Sentinel*.

Wenn er jetzt zu Shama sagte: »Ein Loch! Das hat sie glücklich geschafft, deine Familie. Ich sitze in einem Loch!«, sprach er eine schmerzhafte Wahrheit aus. Denn während er zuvor von seinem Haus auf dem Lande und der Plantage seiner Schwiegermutter gesprochen hatte, hielt er seine Adresse nun so geheim wie ein Kaninchen sein Loch. Und dieses Loch war keine Zuflucht. Seine Magenprobleme kehrten zurück, heftiger denn je, und auch seine Kinder wurden zunehmend von nervösen Leiden geplagt. Savi litt an Hautausschlag, Anand entwickelte plötzlich Asthma und lag bis zu drei Tagen am Stück röchelnd im Bett, während sich die Haut auf seiner Brust, verätzt von den nutzlosen Anwendungen einer medizinischen Watte, in Fetzen ablöste.

Es kamen immer neue Kostgänger. Das Bildungsfieber hatte mittlerweile auch Mrs. Tulsis Freunde und Gefolgsleute in Arwacas erfasst. Sie alle wollten, dass ihre Kinder in Port of Spain zur Schule gingen, und Mrs. Tulsi, einer Pflicht gehorchend, die ein früheres Zeitalter ihr auferlegt hatte, musste sie aufnehmen. Und Basdai verköstigte sie. Es wurde immer mehr geprügelt und gezankt. Immer häufiger erschallte das: »Lesen! Lernen!«; und jeden Morgen, nicht lange nachdem die schwatzende Kinderschar zum schmalen Tor zwischen den hohen Mauern hinausgeströmt war, erschien, adrett gekleidet, Mr. Biswas und radelte in die Redaktion.

Trotz der vielen Arbeit, trotz der Angst vor der Kündigung, die ihn nie verlassen hatte, nicht einmal während des Abenteuers in Shorthills, wurde das Büro jetzt der rettende Hafen, in den er sich jeden Morgen flüchtete, und wie Mr. Burnetts Nachrichtenredakteur wagte auch er sich kaum mehr daraus hervor. Der Mittag, wenn die Leser und Lerner in der Schule und W. C. Tuttle und Govind bei der Arbeit waren, war die einzige Zeit, zu der er das Haus erträglich fand. Er genehmigte sich eine längere Mittagspause und blieb dafür nachmittags länger im Büro.

Zwischendurch kam wieder Shama mit ihrem Haushaltsbuch an, um ihm zu beweisen, dass sie unmöglich von dem leben konnten, was er verdiente. Selbstekel führte zu Wut, Geschrei, Tränen, eine weitere Zutat zum brodelnden Tumult der Abende, ihrer nervenaufreibenden Ohnmacht. Bei Tag fuhr er dann mit einem *Sentinel*-Wagen und einem *Sentinel*-Photographen über

Land, um bei indischen Bauern die Aussichten für die diesjährige Reisernte zu recherchieren. Die Bauern, Analphabeten, die nichts von den Verhältnissen ahnten, in die er am Abend zurückkehren würde, behandelten ihn wie ein höheres Wesen. Und diese selben Männer, die wie seine Brüder als Plantagenarbeiter angefangen und gespart und sich ihr eigenes Land gekauft hatten, bauten nun Villen; sie schickten ihre Söhne nach Amerika und Kanada, damit sie Chirurgen und Zahnärzte wurden. Doch, es gab Geld auf der Insel. Das sah man an den Anzügen von Govind, der die Amerikaner in seinem Taxi herumkutschierte, an den Besitztümern von W. C. Tuttle, der seinen Laster an sie vermietete, an den neuen Autos, den neuen Gebäuden. Nur Mr. Biswas bekam von diesem Geld, trotz Marc Aurel und Epiktet, trotz Samuel Smiles nichts ab.

Er begann seinen Kindern von seiner Kindheit zu erzählen. Er erzählte ihnen von der Hütte, von den Männern, die nachts im Garten gegraben hatten; er erzählte ihnen von dem Öl, das später auf dem Grundstück gefunden worden war. Welch ein Vermögen hätten sie scheffeln können, wenn nur sein Vater nicht gestorben wäre, wenn er nur der Scholle treu geblieben wäre wie seine Brüder, wenn er nicht nach Pagotes gegangen, nicht Schildermaler geworden, nicht im Hanuman-Haus gelandet wäre, wenn er nicht geheiratet hätte! Wenn, wenn, wenn.

Er gab seinem Vater Schuld, er gab seiner Mutter Schuld, den Tulsis, Shama. In seinem Kopf reihte sich wahllos eine Schuldzuweisung an die andere, aber zum Hauptschuldigen wurde für ihn immer mehr der *Sentinel*, und er machte Shama – fast als wäre sie seine Vorgesetzte – grimmige Andeutungen, dass er die Augen nach einer anderen Beschäftigung offen halte und sich im Notfall eben bei den Amerikanern als Bauarbeiter verdingen werde.

»Bauarbeiter!«, sagte Shama. »Das möcht ich sehen, mit *den* Hängematten als Muskeln!«

Worauf er entweder aufbrauste oder auf absurde Kaspereien verfiel. Dann hob er, wie immer, wenn er sich in Zukunftsbetrachtungen erging, in Unterhemd und Unterhosen auf dem Slumberking-Bett liegend, ein Bein in die Luft und bohrte einen Finger in die schlaffe Wade oder ließ sie hin und her schaukeln wie damals als Frischverheirateter im Langen Zimmer im Hanuman-Haus. Und oft nutzte er die Gelegenheit (denn die Kinder waren bei solchen Auseinandersetzungen ums Geld meist dabei), um scheinheilige Moralpredigten über die Ehrbarkeit seines Broterwerbs zu halten und darauf hinzuweisen, dass er seinen Kindern nichts zu hinterlassen habe als eine solide Ausbildung und eine gute Erziehung.

Während einer dieser Diskussionen erzählte Anand, wie die Jungen in der Schule sich gegenseitig mit den Berufen ihrer Väter zu übertrumpfen suchten. Das war ein neues Spiel an der Schule, das auch vor der Gruppe der Stipendiumsanwärter nicht Halt gemacht hatte. Die hitzigsten Herausforderer kamen aus den unterdrücktesten, ungesichertsten Schichten, und ihr aggressives Auftreten sollte kundtun, dass sie selbst weder unsicher noch unterdrückt waren. Anand, der in einer amerikanischen Zeitung gelesen hatte, dass »Journalist« ein gestelztes Wort sei, hatte seinen Vater als Reporter bezeichnet, was, wenn auch weniger eindrucksvoll, so doch unanfechtbar war. Vidiadhar, Govinds Sohn, hatte gesagt, sein Vater arbeite für die Amerikaner. »So nennen sie es zur Zeit alle«, sagte Anand. »Warum kann Vidiadhar nicht einfach zugeben, dass sein Vater Taxifahrer ist?«

Mr. Biswas lächelte nicht. Govind besaß sechs Anzüge, Govind verdiente Geld, Govind würde bald sein eigenes Haus haben. Vidiadhar würde ins Ausland gehen und studieren. Und was wartete auf Anand? Eine Stelle beim Zoll, ein Posten in der Verwaltung: Intrigen, Demütigungen, Abhängigkeit.

Anand merkte, dass sein Scherz schlecht ankam. Und als einige Tage später eine neue Testfrage an der Schule die Runde machte – wie nannten die Jungen ihre Eltern? –, setzte er sich lieber noch ein wenig mehr herab, indem er log und »Bap und Mai« sagte und entsprechend verspottet wurde, während Vidiadhar, der Neuling an der Schule, gleich merkte, was es geschlagen hatte, und wie aus der Pistole geschossen antwortete: »Mummy und Daddy.« Denn diese Jungen, die durchweg Ma und Pa sagten und durchweg aus Elternhäusern kamen, in denen die so plötzlich sprudelnden amerikanischen Dollars Ehrgeiz, Energie und Ungewissheit freigesetzt hatten – diese Jungen nahmen ihre Englischaufsätze mit einem Mal sehr ernst: Ihre Daddys arbeiteten in Büros, und am Wochenende fuhren Daddy und Mummy mit ihnen im Auto an den Strand, mit randvollen Picknickkörben.

Bei all seinem Maulheldentum wusste Mr. Biswas, dass er niemals vom *Sentinel* weggehen würde, um für die Amerikaner als Bauarbeiter, Sekretär oder Taxifahrer zu arbeiten. Zum Taxifahrer fehlte ihm das Naturell, zum Bauarbeiter die Muskeln, und überhaupt hätte er es nicht gewagt, seine Stelle aufzugeben; die Amerikaner würden schließlich nicht ewig auf der Insel bleiben. Aber als kleinen Akt der Rebellion gegen den *Sentinel* meldete er alle seine Kinder in der Zwergen-Liga des *Guardian* an, des großen Konkurrenzblattes, und im *Junior Guardian* wurde Mr. Biswas' Kindern noch Jahre danach zum Geburtstag gratuliert. Seine Genugtuung über diesen Schritt nahm noch zu, als W. C. Tuttle nachzog und seine Kinder ebenfalls in die Zwergen-Liga steckte.

Der *Sentinel* rächte sich. Ein kleiner, aber stetiger Rückgang der Auflagenzahlen brachte die Herausgeber dazu, ihre Devise, die Zustände in der Kolonie könnten besser nicht sein, zu überdenken; sie begannen einzuräumen, dass die Leser gelegentlich vielleicht doch lieber Weltanschauungen als Nachrichten lesen wollten und dass die wahrste Nachricht nicht automatisch die beste Nachricht war. Denn nicht nur machte der *Guardian* dem *Sentinel* Leser abspenstig, der *Guardian* gewann auch Leser hinzu, die vorher überhaupt keine Zeitung gelesen hatten. Also richtete der *Sentinel* den »Fonds für unterstützenswerte Bedürftige« ein, wobei der Name klarstellen sollte, dass nicht zwangsläufig ein Widerspruch zwischen dem Fonds und einem Direktorium bestand, das Arbeitslosigkeit mit Schmarotzertum gleichsetzte. Der Fonds war die Antwort auf die »Rettung in der Not«-Aktion des *Guardian*; aber während Rettung in der Not eine Weihnachtsaktion war, sollte der Fonds für unterstützenswerte Bedürftige das ganze Jahr über bestehen.

Mr. Biswas wurde zum Ermittler ernannt. Seine Aufgabe war es, die Anträge der Bedürftigen durchzulesen, die Unterstützensunwerten abzulehnen, die Übrigen zu besuchen, um zu prüfen, wie unterstützenswert oder verzweifelt sie waren, und im Falle eines positiven Befunds ihre Not mit so herzzerreißenden Worten zu schildern, dass die Leser sich zum Spenden aufgerufen fühlten. Es galt einen unterstützenswerten Bedürftigen pro Tag zu finden.

»Unterstützenswerter Bedürftiger Nummer eins«, sagte er zu Shama, »M. Biswas. Beruf: Ermittler unterstützenswerter Bedürftiger.«

Dem *Sentinel* hätte kein sichereres Mittel einfallen können, um Mr. Biswas einen Schrecken einzujagen und seine Furcht vor Kündigung, Krankheit und jäher Unbill neu zu schüren. Tag für Tag besuchte er die Versehrten, die Gebrochenen, die Nutzlosen und die Wahnsinnigen in Behausungen, die sich von der seinen gar nicht so sehr unterschieden: erstickend heißen, verfaulenden Holzbuden; Baracken aus Pappe, Segeltuch und Blech; dunklen, Feuchtigkeit ausschwitzenden Zementhöhlen. Tag für Tag besuchte er die östlichen Regionen der Stadt, wo schmale Häuser ihre schorfigen, blasigen Fassaden aneinander drängten, um das dahinterliegende Grauen zu verbergen – die dumpfen, abflusslosen, mit grünem Schleim überzogenen Hinterhöfe im ewigen Schatten der umstehenden Gebäude und hohen Bruchsteinmauern, an die noch weitere Hütten angebaut waren: ein Verhau von windigen Küchenverschlägen, engen Maschendrahtkäfigen voller Federvieh, Bleichsteinen, auf denen urinsaure Wäsche ausgebreitet lag – ein Geruch den anderen jagend, ohne dass einer von ihnen den Gestank der Sickergruben und übervollen Faulbehälter zu überdecken vermochte, das ganze Elend noch verstärkt durch Horden von Kindern, meist unehelichen, mit zentimeterweit herausstehenden Bauchnabeln, als sei ihre Geburt voller Eile und Abscheu erfolgt. Und mittendrin das eine oder andere aufgeräumte Zimmer, dessen wichtigstes Möbelstück, ein Tisch oder ein Sessel, auf Hochglanz poliert war und nichts ahnen ließ von dem Schmutz, der gleich vor der Türschwelle brandete. Tag für Tag traf er auf Menschen, die so gebrochen waren, so mutlos, dass es eine Lebensaufgabe gewesen wäre, sie wieder aufzurichten. Aber er konnte nur seine Hosenaufschläge hochziehen, vorsichtig durch Matsch und Schleim stelzen, ermitteln, schreiben, weitergehen.

In der Regel respektierten ihn seine Asozialen, wie er sie nach einer Weile zu nennen begann, um das Grauen, das sie in ihm weckten, ein wenig abzumildern. Doch es gab auch Verstockte, die sich, erbost über Mr. Biswas' Nachhaken, plötzlich weigerten, die herzzerreißenden Einzelheiten preiszugeben, die er für seine Geschichte benötigte. Dann wurde Mr. Biswas beschuldigt, mit den Reichen, den Spöttern, der Regierung unter einer Decke zu stecken. Manchmal wurde ihm auch Gewalt angedroht. Worauf er Schuhe und Hosenaufschläge vergaß und machte, dass er auf die Straße zurückkam, verfolgt von Worten: ein würdeloser Rückzug unter den müßig-interessierten Blicken von mehreren Dutzend Menschen, alle bedürftig, alle möglicherweise unterstützenswert. »Unterstützenswerter Bedürftiger dreht durch« – er sah die Schlagzeile schon vor sich. Nicht dass sie eine Chance gehabt hätte: Dem *Sentinel* war es nur um die herzzerreißenden Details zu tun, die unterwürfige Dankbarkeit.

Sein Fahrrad litt. Erst verschwanden die Ventilkappen, dann die Gummigriffe am Lenker, dann die Klingel, dann die Satteltasche, in der er sein Diebesgut aus Shorthills transportiert hatte, und zu guter Letzt auch der Sattel. Es war ein Brooks-Sattel aus der Zeit vor dem Krieg, in höchstem Maße begehrenswert, da neue Sättel nicht mehr zu bekommen waren. Die nachmittägliche Heimfahrt vom Ostrand der Stadt in den Westteil, ein stetes Gerüttel und Geschüttel ohne eine Möglichkeit, sich hinzusetzen, war zehrend gewesen und, nach den Blicken der Passanten zu schließen, auch sehenswert.

Noch andere Gefahren lauerten. Immer wieder gingen ihn stämmige, von Gesundheit und Kraft strotzende Neger an: »Inder, gib mir Geld.« Gelegentlich wurden exakte Beträge benannt: »Inder, gib mir einen Schilling.« Mit solch drohenden Forderungen von kerngesunden Schwarzen musste man auch vor den größeren Kinos rechnen, aber dort waren die Lichter hell und die Polizisten wachsam, und man sagte einfach nein. Hier im Ostteil der Stadt waren die Lichter nicht hell, die Polizisten rar, und um die Bedürftigen nicht mehr zu provozieren als nötig, steckte er sich vorsorglich Kupfermünzen in seine verschiedenen Taschen, wenn er ermitteln ging. Die verteilte er dann und holte sie sich später vom *Sentinel* als Spesen zurück.

Und wiederum andere Gefahren. Einmal stieg er ein paar Stufen hinauf, schob sich an dem hinderlichen Spitzenvorhang vorbei in ein Zimmer von außergewöhnlicher Gepflegtheit und fand sich einer höchst robust wirkenden Dame gegenüber. Ihre dicken Lippen waren grotesk geschminkt; Rougeflecken loderten auf ihren schwarzen Wangen. »Bist du der von der Zeitung?«, fragte sie. Er nickte. »Gib mir Geld«, sagte sie, so fordernd wie ein Mann. Er gab ihr einen Penny. Die Promptheit überrumpelte sie. Voller Ehrfurcht starrte sie auf das Geldstück hinab, dann küsste sie es. »Wenn du wüsstest, was das heißt, von einem Mann einfach so Geld zu bekommen.« Aus seiner Zeit als Gerichtsreporter kannte er solche Prostituiertensprüche zur Genüge, und so stellte er nur pro forma ein paar Fragen und schickte sich zum Gehen an. »Und mein Geld?«, sagte die Frau. Sie folgte ihm zu Tür, laut schreiend: »Dieser Kerl hat mich … gleich hier, hier hinter dem Vorhang, und jetzt will er nicht bezahlen!« Sie rief die Frauen und Kinder im Hof und in den Nachbarhöfen als Zeugen für das Unrecht an, und Mr. Biswas, dem es schien, als verliehen sein Anzug, die Gediegenheit seiner Erscheinung und die Tageszeit der Anschuldigung Gewicht, eilte schuldbewusst von dannen.

Es dauerte eine Weile, bis er lernte, die Betrüger schon an ihren Anträgen zu erkennen: diejenigen, die lediglich auf Beachtung aus waren, diejenigen, die irgendeinem Groll Luft machen oder sich etwas von der Seele reden wollten, und dazu die erstaunliche Anzahl wohlhabender Ladeninhaber, Amtsdiener und Taxifahrer, die auf Geld *und* Beachtung aus waren und Mr. Biswas anboten, mit ihm halbe-halbe zu machen. Viele seiner Besuche in der Anfangsphase waren reine Zeitverschwendung, aber er musste täglich mit einem überzeugenden Bedürftigen aufwarten, und manchmal blieb ihm nichts anderes übrig, als auf Bedürftige zweiter Wahl zurückzugreifen und dafür dicker aufzutragen.

Seine Vorgesetzten beim *Sentinel* enthielten sich weiterhin jeden Kommentars und jeder Einmischung, und diese Haltung, die ihm zunächst unheimlich gewesen war, versetzte ihn nun in eine Position der Verantwortung und Macht. Seine Empfehlung war allentscheidend; er hatte das letzte Wort. Er erhielt eine Verfasserzeile, in der er als »Unser Sonderermittler« firmierte, was Anand in der Schule ein gewisses Maß an Achtung eintrug. Und zum ersten Mal in Mr. Biswas' Leben bekam er Bestechungsgelder angeboten. Es war ein Zeichen von Status. Aber er nahm nichts an, hauptsächlich, weil er den Bedürftigen nicht traute; allerdings ließ er sich von einem verkrüppelten schwarzen Schreiner einen Esstisch zum Sonderpreis anfertigen.

Das bereute er, denn als der Tisch geliefert wurde, war in seinen Zimmern endgültig kein Platz mehr. Shamas Vitrine wurde ins Hinterzimmer umquartiert, und der Tisch kam in Mr. Biswas' Zimmer, wo er parallel zum Bett stand, so nahe, dass sich Mr. Biswas', wenn er sich bückte, um seine Schuhe anzuziehen, beim Aufrichten oft den Kopf anstieß; und wenn die Schuhe angezogen waren, durfte er nicht zu schnell aufstehen, sonst prallte er mit dem Hüftknochen gegen die Tischkante. Der dankbare Schreiner hatte den Tisch fast zwei Meter lang und einen guten Meter breit gemacht, weshalb sich das Fenster nur schließen und öffnen ließ, wenn man dazu auf den Tisch stieg. In seinen ruhelosen Nächten hatte Mr. Biswas Anand früher gern ans Fußende des Slumberkings verbannt; geschah das jetzt, verließ Anand beleidigt das Bett und verbrachte den Rest der Nacht auf dem Tisch, eine Regelung, die Mr. Biswas zur Dauereinrichtung zu machen versuchte. Das Fenster musste immer offen sein, weil die Luft im Zimmer sonst zum Ersticken wurde. Der Nachmittagsregen kam jäh und gewaltsam. Shama konnte nie schnell genug auf den Tisch steigen, und schon bald überzog sich das unter dem Fenster gelegene Tischende mit einer grauen, schwarzgefleckten Patina, die Shamas sämtlichen Versuchen mit Beize, Lasur und Politur widerstand. »Das war der erste und letzte Esstisch, den ich anschaffe«, sagte Mr. Biswas.

Eines Abends lag er in Unterhemd und Unterhose auf dem Slumberking-Bett und las, wobei er sowohl das Geschnatter und Geschrei der Leser und Lerner ausblenden musste als auch W. C. Tuttles neue Schallplatte, *»When There's a Rainbow on the River«*, gesungen von einem amerikanischen Kinderstar namens

Bobby Breen. Jemand kam ins Zimmer, und Mr. Biswas, der mit dem Rücken zur Tür lag, steuerte zu dem Höllenspektakel bei, indem er sich laut fragte, wer zum Teufel ihm da im Licht stehe.

Es war Shama. »Schnell, zieh dich an«, sagte sie aufgeregt. »Da sind Leute, die dich sprechen wollen.«

Er bekam einen Schrecken. Er hatte seine Adresse geheim gehalten, aber seit seiner Ernennung zum Armenermittler waren ihm schon mehrmals Leute gefolgt. Einmal hatte ihn sogar einer angesprochen, als er sein Fahrrad eben zwischen den hohen Mauern hindurchschieben wollte. Er hatte vorgegeben, in einem besonders unterstützenswerten Fall zu ermitteln, und da dies glaubhaft wirkte, hatte er den Mann abspeisen können, indem er seine Angaben an Ort und Stelle aufnahm, auf dem Gehsteig vor dem Haus, und ihm versprach, der Sache so bald als möglich nachzugehen.

Jetzt bog er den Kopf nach hinten und sah, dass Shama lächelte. In ihre Aufregung mischte sich eine Menge Genugtuung.

»Wer ist es?«, fragte er, sprang aus dem Bett und schlug sich die Hüfte am Esstisch an. Eingeklemmt zwischen Tisch und Bett, war es ihm unmöglich, sich nach seinen Schuhen zu bücken. Er setzte sich vorsichtig wieder hin und angelte sich einen Schuh.

Shama sagte, es seien die Witwen aus Shorthills.

Die Anspannung wich von ihm. »Und die können mich nicht draußen sprechen?«

»Ist was Privates.«

»Aber wie zum Teufel soll ich hier drin mit ihnen reden?« Es war ein Problem. Die Witwen würden gleich bei der Tür stehen bleiben müssen, in dem engen Durchgang zwischen dem Bett und der Trennwand, während er zwischen Bett und Tisch stand. Gut, aber es war Abend. Er zog das Bettlaken unter dem Kopfkissen hervor und hüllte sich darin ein.

Shama ging hinaus, um die Witwen hereinzurufen, und die

Frauen, fünf an der Zahl, traten fast augenblicklich ins Zimmer, in ihren besten weißen Gewändern und Schleiern, ihre Gesichter rau von Sonne und Regen, ihr Gebaren ernst und verschwörerisch wie immer, wenn sie einen ihrer unseligen Pläne ausheckten: Geflügelzucht, Schafzucht, Milchwirtschaft, Gemüseanbau.

Mr. Biswas, das Laken um den Brustkorb geschlungen, kratzte sich die nackten, schlaffen Oberarme. »Kann euch keinen Platz anbieten«, sagte er. »Kein Platz da. Außer auf dem Tisch.«

Die Witwen lächelten nicht. Ihre Feierlichkeit hatte ihre Wirkung auf Mr. Biswas. Er hörte auf, an seinen Armen herumzukratzen, und zog sich das Laken bis unter die Achseln. Nur Shama, die mit ihren geflickten und schmutzigen Hauskleidern ohnehin nicht recht ins Bild passte, fuhr fort zu lächeln.

Sushila, die älteste Witwe, trat ans Fußende des Bettes und brachte ihr Anliegen vor.

Ob sie wohl als unterstützenswerte Bedürftige in Betracht kämen?

Sie sprach ruhig und besonnen.

Mr. Biswas war zu verlegen, um zu antworten.

Natürlich, sagte Sushila, könnten sie nicht *alle* unterstützenswerte Bedürftige sein. Aber vielleicht eine von ihnen?

Es war unmöglich. So bedürftig sie sein mochten, sie waren Verwandte. Aber sie hatten ihre besten Kleider und ihren besten Schmuck angelegt, sie waren eigens den weiten Weg von Shorthills hergekommen, da konnte er nicht glattweg nein sagen. »Und der Name?«, fragte er.

Das hatten sie bedacht. Der Name Tulsi brauchte nicht erwähnt zu werden. Sie konnten die Namen ihrer Männer verwenden.

Mr. Biswas überlegte fieberhaft. »Was ist mit den Kindern in der Schule?«

Auch daran hatten sie gedacht. Sushila hatte keine Kinder. Und was das Photo anging, so konnte sie mit Schleier, Brille und ein wenig Gesichtsschmuck ohne weiteres unkenntlich gemacht werden.

Mr. Biswas fiel kein aufschiebender Einwand mehr ein. Er kratzte sich langsam die Arme.

Die Witwen fixierten ihn mit feierlichem, dann mit zunehmend anklagendem Blick. Das Schweigen zog sich hin. Shamas Lächeln wich einem Ausdruck der Verärgerung; zum Schluss schaute auch sie anklagend.

Mr. Biswas versetzte seinem linken Arm einen Klaps. »Es würde mich meine Stelle kosten.«

»Aber damals«, sagte Sushila, »als du der Scarlet Pimpernel warst, da bist du doch auch herumgezogen und hast deine komischen Gutscheine an deine Mutter und deine Brüder und alle Kinder verteilt.«

»Das war etwas anderes«, sagte Mr. Biswas. »Es tut mir Leid. Wirklich.«

Die fünf Witwen schwiegen. Sie verharrten reglos und fixierten Mr. Biswas so starr, dass ihre Augen glasig wurden. Er wich ihrem Blick aus, suchte seine Zigaretten, klopfte so lange das Bett ab, bis die Streichhölzer in ihrer Schachtel klapperten.

Schließlich ließ Sushila einen tiefen Seufzer hören, und auch die übrigen Witwen seufzten eine nach der anderen, den Blick starr auf Mr. Biswas' Stirn gerichtet, und schüttelten die Köpfe. Shama funkelte ihn bitterböse an. Und dann marschierten sie und die Witwen zur Tür hinaus.

Unten bekam ein Kind eine saftige Tracht Prügel verabreicht. W. C. Tuttles Grammophon spielte *»One Night When the Moon Was so Mellow«*.

»Es tut mir Leid«, sagte Mr. Biswas zum Rücken der letzten Witwe. »Aber es würde mich meine Stelle kosten. Tut mir Leid.«

Und es tat ihm wirklich Leid. Doch selbst wenn sie keine Verwandten gewesen wären, hätte er ihren Fall nicht überzeugend darstellen können. Wie konnte man eine Frau als bedürftig bezeichnen, wenn sie auf der Plantage ihrer Mutter wohnte, in einem der drei Häuser ihrer Mutter; wenn ihr Bruder im Vereinigten Königreich Medizin studierte, wenn ein anderer Bruder im Süden unaufhaltsam an Einfluss gewann, wenn sein Name in den Klatschspalten aller Zeitungen auftauchte, seine Geschäftsabschlüsse und politischen Äußerungen in den Nachrichtenspalten erwähnt wurden und er sogar seine eigenen eleganten Werbeanzeigen hatte (»Die Tulsi-Lichtspiele Trinidad beehren sich …«)?

Nicht viel später erhielt Mr. Biswas eine weitere Anfrage, die ihm Kopfzerbrechen bereitete. Sie kam von Bhandat, Ajodhas verstoßenem Bruder. Mr. Biswas hatte Bhandat nicht mehr gesehen, seit dieser sich aus der Rumschänke in Pagotes davongemacht hatte und zu seiner chinesischen Geliebten nach Port of Spain gezogen war; er hatte lediglich von Bhandats Sohn Jagdat gehört, dass Bhandat in großer Armut lebte, die er mannhaft ertrug. Mr. Biswas konnte nichts für Bhandat tun. Sie waren verwandt, und auch hier wäre es wieder schwierig gewesen, einen Mann als würdigen Fall zu präsentieren, dessen Bruder als einer der reichsten Männer der ganzen Kolonie bekannt war.

Bhandat hatte eine Adresse in der Innenstadt angegeben, die einen Unkundigen auf den Gedanken hätte bringen können, Bhandat müsse ein Kakao- oder Zuckerhändler sein, ein Import-Export-König. Tatsächlich hauste er in einem Mietshaus, das zwischen einem Importgeschäft für orientalische Waren und einem Exportunternehmen für Zucker und Kopra lag. Es war ein altes Gebäude im spanischen Stil. Die schmucklose Fassade, aufgelockert durch kleine Fenster mit zerbrochenen Läden, zwei rostige Eisenbalkone und unregelmäßige Löcher im Putz, schien direkt aus dem Bürgersteig hervorzuwachsen.

Aus dem Laden des Exporteurs roch es ranzig nach Kopra und dumpf nach in Säcke abgefülltem Zucker – ein Geruch, der wenig gemein hatte mit den faulig-süßlichen Gerüchen der Zuckerfabriken und Büffelteiche, die Mr. Biswas aus seiner Kindheit kannte. Aus dem Laden des Importeurs kam eine Vielfalt scharfer Gewürzdüfte, und von der Straße roch es nach Staub, Stroh und den Exkrementen von Pferden, Eseln und Maultieren. Im Rinnstein hatte sich vor jedem Hindernis ein runzliger Schmutzfilm gebildet, weiß wie Milchhaut, über dem ein bitterer, stechender Gestank hing; von der Nachmittagssonne aufgerührt und erhitzt, schlug dieser Gestank in erstickenden Schwaden von der Straße herauf und wehte Mr. Biswas nach, als er in den jähen schwarzen Schatten eines Bogengangs zwischen dem Mietshaus und dem Exporteur einbog. Er lehnte sein Fahrrad an die kühle Mauer, scheuchte die von dem Zucker des Exporteurs angelockten Bienen weg und stelzte vorsichtig ein holpriges Gässchen entlang, neben dem, glitzernd im Dämmer, ein flaches schwärzlich-grünes Rinnsal rann. Das Gässchen mündete in einen gepflasterten Hof, der nur um weniges breiter war. Auf der einen Seite wurde er durch die hohe, nackte Mauer des Exportgeschäfts begrenzt, auf der anderen durch die Hauswand das Mietshauses, in der über verdreckten Gardinen schwarz die Fenster klafften. Eine schiefe Wasserpumpe tropfte auf einen bemoosten Sockel und speiste den Rinnstein; am Ende des Hofes sah man durch offene Türen einen Abort, um den sich zusammengeknülltes Zeitungspapier türmte, und ein unüberdachtes Bad. Darüber der Himmel, leuchtend blau. Ganz oben fiel ein Sonnendreieck über die Mauer des Exporteurs.

Mr. Biswas bog in einen Durchgang hinter der Pumpe ein. Er wollte eben an einer vorhangverhängten Tür vorbeigehen, als ihn eine schrille Stimme anrief, freudig fast: »Mohun!«

Es war, als hätte er sich in einen kleinen Jungen zurückverwandelt. Alle Schwäche, alle Scham war mit einem Schlag wieder da.

Das Zimmer war niedrig und fensterlos, erhellt nur von dem Licht aus dem Durchgang. Die eine Ecke war durch einen Wandschirm abgeteilt. In einer anderen Ecke stand ein Bett, und aus dem Bett drangen gurgelnde, frohe Laute. Bhandat wirkte nicht gebrechlich. Mr. Biswas, der sich auf ein zu melodramatischer indischer Hutzeligkeit geschrumpftes Männchen gefasst gemacht hatte, war erleichtert. Das Gesicht war dünner, aber die Höcker an der Oberlippe waren unverändert; und die Augenbrauen, sorgenvoll verzogen wie eh und je, stießen über Augen zusammen, die noch klar waren.

Bhandat streckte dünne Arme aus. »Du bist mein Kind, Mohun. Komm.« Die Schrillheit der Stimme war neu.

»Wie geht es dir, Onkel?«

Bhandat schien ihn nicht zu hören. »Komm her, komm her. Du denkst vielleicht, du wärst ein großer Mann geworden, aber für mich bist du immer noch mein Kind. Komm, lass dich küssen.«

Mr. Biswas ging über den Zuckersack, der als Teppich diente, und beugte sich über das muffig riechende Bett. Sogleich wurde er kräftig nach unten gezogen. Er sah von Staub und Ruß bepelzte Leimfarbe an der Wand, spürte Bhandats unrasiertes Kinn kratzig an seinem Hals, spürte Bhandats trockene Lippen an seiner Wange. Dann schrie er auf. Bhandat hatte ihn an den Haaren gerissen. Er machte einen Satz nach hinten, und Bhandat krähte los.

Während er darauf wartete, dass Bhandat sich beruhigte, schaute Mr. Biswas im Zimmer umher. An einer Wand waren in den Mörtel zwischen den Steinen ein paar Nägel getrieben, an denen Kleider hingen. Die Haufen auf dem schmutzknirschenden Zementboden waren keine Kleiderhaufen, wie er im ersten Moment angenommen hatte, sondern Zeitungsstapel. Neben dem Wandschirm stand ein kleiner Tisch mit noch mehr Zeitungen, einem billigen Schreibblock, einem Tintenfass und einem zerkauten Federhalter: Hier musste Bhandat gesessen und seinen Brief geschrieben haben.

»Inspizierst du meinen Palast, Mohun?«

So leicht ließ Mr. Biswas sich nicht rühren. »Ich weiß nicht. Macht doch gar keinen so üblen Eindruck. Du solltest sehen, wie manche Leute wohnen.« Und fast hätte er hinzugefügt: »Du solltest sehen, wie ich wohne.«

»Ich bin ein alter Mann«, sagte Bhandat mit seiner neuen, krähenden Stimme. Seine Augen wurden feucht, und ein kleines, unstetes Lächeln erschien auf seinen Lippen.

Mr. Biswas zog sich ein Stückchen weiter vom Bett zurück.

Hinter dem schmuddeligen bunt bedruckten Kattun des Wandschirms kamen Geräusche hervor: der Ring einer Kohlenpfanne klirrte, ein Streichholz ratschte, dann energisches Fächeln. Die Chinesin. In Mr. Biswas züngelte die Neugier hoch. Weißer Holzkohlenrauch stieg hinter dem Wandschirm auf, kräuselte sich durch das Zimmer und entschwand flugs zur Tür hinaus.

»Warum benutzt du Lux-Toilettenseife?«

Mr. Biswas sah, dass Bhandat ihn mit ernstem Blick betrachtete. »Lux-Seife? Ich glaube, wir benutzen Palmolive. So eine grüne –«

Bhandat sagte auf Englisch: »Ich benutze Lux-Toilettenseife, denn das ist die Seife, die schöne Filmstars benutzen.«

Mr. Biswas war verstört.

Bhandat wälzte sich auf die Seite und begann in den Zeitungen auf dem Boden zu kramen. »Keiner meiner nichtsnutzigen Söhne kommt mich jemals besuchen. Du bist der einzige, Mohun. Aber so warst du ja immer.« Mit gerunzelter Stirn starrte er auf eine der Zeitungen. »Nein. Der da war schon. Fernandes-Rum. Die Runde für jeden Kreis. So was zieht bei denen. Rum, Mohun. Weißt du noch? Ah! Ja, das ist es.« Er streckte Mr. Biswas eine Zeitung hin, und Mr. Biswas studierte die Ausschreibung des Lux-Werbesloganwettbewerbs. »Hilf einem alten Mann, Mohun. Sag mir, warum du Lux-Toilettenseife benutzt.«

Mr. Biswas sagte: »Ich benutze Lux-Toilettenseife, weil sie antiseptisch, erfrischend, wohlriechend und preisgünstig ist.«

Bhandat zog die Brauen zusammen. Die Worte schienen nicht zu ihm durchzudringen. Und Mr. Biswas sah bestätigt, was er schon vorher gespürt, aber beiseite geschoben hatte: Bhandat war taub.

»Schreib's mir auf, Mohun«, krähte Bhandat. »Schreib's mir auf, bevor ich es vergesse. Ich hab kein Glück mit dem Zeug. Kreuzworträtsel. Suchbilder. Werbesprüche. Ist doch eins wie's andere.«

Während Mr. Biswas schrieb, begann Bhandat mit einem Abriss seiner Lebensgeschichte. Er musste schon länger taub sein, denn er sprach in vollständigen Sätzen, was seinen Worten einen literarischen Anstrich verlieh. Es war das alte Lied von Stellen, die er bekommen und verloren hatte, kühnen Unternehmungen, die fehlgeschlagen, einmaligen Gelegenheiten, die ungenutzt verstrichen waren, teils seiner eigenen Redlichkeit wegen, teils wegen der Unredlichkeit seiner Geschäftspartner, die jetzt ausnahmslos berühmt und reich waren.

Der Werbespruch gefiel ihm. »Der gewinnt garantiert, Mohun. Und Kreuzworträtsel, Mohun? Kannst du mich da nicht wenigstens einmal gewinnen lassen?«

Mr. Biswas wurde einer Antwort enthoben, denn in diesem Augenblick kam die Frau hinter dem Wandschirm hervor. Mit raschen, verstohlenen Bewegungen setzte sie einen Teller mit kleinen gelben Kuchen auf dem Tisch ab, zog einen Stuhl heraus, rückte ihn in die Nähe der Stelle, an der Mr. Biswas stand, und eilte zurück hinter den Wandschirm. Sie war ältlich, hager, mit langem Hals und einem kleinen Gesicht. Alles an ihr schien eine senkrechte Linie zu bilden: das fettige schwarze, gerade herunterhängende Haar, das verwaschene blaue, gerade herunterhängende Baumwollkleid, die dünnen geraden Beine.

Mr. Biswas versuchte an Bhandat irgendein Anzeichen von

Verlegenheit zu entdecken. Aber Bhandat erzählte unbeirrt weiter von den Preisausschreiben, an denen er teilgenommen hatte und leer ausgegangen war.

Die Frau kam wieder heraus, diesmal mit zwei großen Emailletassen Tee. Sie stellte die eine Tasse auf den Tisch und schob den Teller mit den Kuchen näher zu Mr. Biswas hin, der auf dem von ihr herangerückten Stuhl Platz genommen hatte. Die andere Tasse gab sie Bhandat, der sich im Bett aufsetzte und ihr den Zettel mit Mr. Biswas' Werbespruch in die Hand drückte.

Bhandat schlürfte seinen Tee, und einen Moment lang hätte er Ajodha sein können. Sämtliche Gesten waren haargenau die gleichen: das langsame Anheben der Tasse zum Mund, das halbe Schließen der Lider, die Lippe, die auf dem Tassenrand zu ruhen kam, das vorsichtige Pusten. Dann folgte das Schlürfen, mit geschlossenen Augen nun, als wäre das Getränk eine geweihte Speise, und Frieden breitete sich auf dem gequälten Gesicht aus.

Die Augen öffneten sich wieder; die Qual kehrte zurück. »Gut, wie?«, sagte er auf Englisch zu der Frau. Sie warf einen hastigen Blick zu Mr. Biswas hinüber. Sie schien sich hinter ihren Wandschirm zurückzusehnen.

»Jetzt ist er ein großer Mann«, sagte Bhandat. »Aber weißt du, ich hab ihn schon gekannt, da ging er mir bloß bis hier.« Er stieß einen Krählaut aus. »Bis hier.«

Um Bhandats Blick nicht begegnen zu müssen, nahm Mr. Biswas einen der gelben Kuchen und biss hinein.

»Bis hier ging mir der Junge. Jetzt ist er ein großer Mann. Aber ich hab ihm tüchtig das Fell gegerbt, das sag ich dir. Stimmt's, Mohun? Und wie!« Er hielt die Tasse in der Linken und hieb mit dem rechten Zeigefinger gegen den Daumen.

Das war der Augenblick, den Mr. Biswas gefürchtet hatte. Aber nun, da es so weit war, empfand er lediglich Erleichterung. Bhandat hatte die Schmach nicht wieder aufleben lassen; er hatte sie fortgenommen.

Die Tasse in Bhandats Hand schwankte. Die Frau lief zum Bett und riss den Mund weit auf. Es kamen keine Worte aus diesem Mund, nur ein Zungenschnalzen, das gegen Ende in ein schrilles Krächzen umschlug.

Der Tee war auf das Bett geschwappt, auf Bhandat. Und Mr. Biswas, außerstande, an etwas anderes zu denken als an Taubheit, Stummheit, Geisteskrankheit und das Grauen des Geschlechtsaktes in diesem verdreckten Zimmer, spürte, wie der gelbe Kuchen sich in seinem Mund in süßen, glitschigen Brei verwandelte. Er konnte weder kauen noch schlucken. Bhandat in seinem Bett schäumte vor Wut und fluchte auf Hindi, während die Frau, unbeeindruckt, ihm die Tasse aus der Hand nahm, hinter den Wandschirm lief und ein an mehreren Stellen angekokeltes Stück Mehlsack holte, mit dem sie energisch an dem Laken und Bhandats Unterhemd herumrieb.

»Du ungeschickte, unfruchtbare Kuh!«, kreischte Bhandat auf Hindi. »Voll bis zum Rand. Jedesmal voll bis zum Rand!«

Sie schrubbte so heftig, dass ihr Kleid hin und her schwang und das dichte Haargestrüpp unter ihren Achseln sehen ließ, die Umrisse ihrer reizlosen Figur, ihres Untergewands. Mr. Biswas zwang sich, den Brei in seinem Mund hinunterzuschlucken, und spülte mit dem starken, süßen Tee nach. Er war heilfroh, als die Frau den Mehlsacklappen zusammenlegte, ihn Bhandat unters Hemd stopfte und hinter dem Wandschirm verschwand.

Bhandat beruhigte sich schlagartig. Er lächelte Mr. Biswas spitzbübisch zu und sagte: »Hindi versteht sie nicht.«

Mr. Biswas stand auf, um zu gehen.

Die Frau erschien wieder und krächzte etwas.

»Bleib ruhig zum Essen, Mohun«, sagte Bhandat. »Ich bin nicht so arm, dass ich es mir nicht leisten könnte, meinem Kind eine ordentliche Mahlzeit vorzusetzen.«

Mr. Biswas schüttelte den Kopf und klopfte auf das Notizbuch in seiner Jackentasche.

Die Frau zog sich zurück.

»Antiseptisch, wohlriechend, erfrischend und preisgünstig! Gott wird's dir lohnen, Mohun. Meine nichtswürdigen Söhne dagegen ...« Bhandat grinste. »Komm und lass dich küssen, ehe du gehst, Mohun.«

Mr. Biswas lächelte, ließ den Krähenden allein und trat hinter den Vorhang, um sich von der Frau zu verabschieden. Auf einer Kiste glomm eine Kohlenpfanne, auf einer anderen Kiste sah er Gemüse und ein paar Teller. Eine Schüssel voll trübem Wasser stand mitten auf dem nassen schwarzen Boden.

Er sagte: »Ich tue, was ich kann. Aber ich kann nichts versprechen.«

Die Frau nickte.

»Ist vor allem der Rücken bei ihm.«

Die Worte waren leise, aber deutlich. Sie war gar nicht stumm!

Er wartete keine Erklärung ab. Er eilte aus dem Zimmer in die Gasse hinaus. Die Luft war warm und stickig. Wieder brachen die stechenden Straßengerüche über ihn herein. Die Bienen, Honigproduzentinnen, umsummten die schwitzenden Zuckersäcke des Exporteurs. Zwischen Mr. Biswas' Zähnen klebten Kuchenreste. Er schluckte. Sofort füllte sich sein Mund wieder mit Speichel.

Zu Hause angekommen, ging er geradewegs zu dem alten Bücherschrank und wühlte unter seinen Zeitungsausschnitten, der Korrespondenz mit der Idealen Schule und einem Nest voll rosaroter blinder Mäusejunger die unvollendeten Fluchtgeschichten hervor, seine Träume von der unfruchtbaren Heldin. Die nahm er mit auf den Abort im Hof, wo er eine Weile blieb und sein eigenes Getöse veranstaltete, unter vielmaligem Ziehen der Spülkette. Als er herauskam, hatte sich eine kleine Warteschlange von Lesern und Lernern gebildet, ungeduldig, aber interessiert.

Sonntags war der Radau der Leser und Lerner am schlimmsten, und Mr. Biswas machte es sich wieder zur Gewohnheit, mit den Kindern nach Pagotes zu fahren. Aber jetzt hatten sie dort nicht viel von ihm. Jagdat lauerte mit dem Eifer eines ungezogenen Schuljungen darauf, Mr. Biswas aus dem Haus zu locken, und Mr. Biswas folgte ihm willig. Zwischen den beiden hatte sich eine lockere, entspannte Beziehung herausgebildet. Sie stritten nicht, sie würden nie Freunde sein, aber sie freuten sich jedesmal, wenn sie sich sahen. Keiner schenkte den Reden des anderen Glauben oder auch nur Beachtung, ja sie fühlten sich nicht einmal verpflichtet, so zu tun. Und Mr. Biswas war gern mit Jagdat in Pagotes unterwegs, denn sobald er das Haus verließ, wurde Jagdat ein Mann von Bedeutung, Ajodhas Erbe, und trat auf wie jemand, der Gehorsam und Zuneigung gewohnt ist. Daheim hatte er, trotz seines Alters, seiner Familie, seines so früh schon kleidsam ergrauten Haars, noch immer den Status des Jungen, der mit Nachsicht behandelt werden muss. Sein größtes Vergnügen war es darum, gegen Ajodhas Regeln zu verstoßen, und ein paar Stunden lang musste Mr. Biswas so tun, als gälten diese Regeln auch für ihn. Rauchen war verboten – also rauchten sie, kaum dass sie zur Tür hinaus waren. Trinken war verboten, und die Rumschänken hatten sonntagvormittags von Gesetz wegen geschlossen – also tranken sie. Jagdat hatte eine Vereinbarung mit einem Schänkenbesitzer, der ihnen im Austausch für kostenloses Benzin aus Ajodhas Pumpen an den Sonntagvormittagen sein Wohnzimmer überließ. In diesem Wohnzimmer, das mit seinen vier glänzend polierten Sesseln rund um einen kleinen Tisch seltsam gediegen wirkte, tranken Mr. Biswas und Jagdat Whisky Soda. Sie begannen jedesmal als junge Männer, die das Leben noch vor sich hatten, und keiner erwähnte die Bindungen, zu denen er am Abend zurückkehren musste. Doch früher oder später trat unweigerlich ein Schweigen ein, und so sehr sich danach beide bemühten, fortzufahren wie zuvor, forderten die

Sorgen und Bindungen wieder ihr Recht. Jagdat fing an, von seinen Kindern zu sprechen, nannte sie beim Namen, machte sie zu Personen. Mr. Biswas sprach über den *Sentinel*, über Anand und das Stipendium. Und irgendwann wandte sich das Gespräch dann Ajodha zu. Mr. Biswas hörte alte und neue Geschichten über Ajodhas Selbstsucht und Grausamkeit; wieder und wieder hörte er, dass Ajodha seine ersten Erfolge einzig und allein Bhandat verdankte. Mr. Biswas, der der Familie trotz Alkohol nicht über den Weg traute, lauschte und enthielt sich eines Kommentars, nur über die Tulsis schob er dann und wann halbherzig ein Wörtchen dazwischen, um durchblicken zu lassen, dass er einem mindestens so üblen Verrat zum Opfer gefallen war wie Bhandat. Eines Sonntagvormittags erzählte er Jagdat von seinem Besuch bei Bhandat.

»Ah! Dann hast du den Alten also gesehen? Wie geht's ihm so? Hat er irgendwas über dieses blutsaugerische Schwein gesagt?«

Damit konnte nur Ajodha gemeint sein. Mr. Biswas, den Blick auf sein Glas gerichtet, als sei er tief bewegt, schüttelte den Kopf.

»Da siehst du, was für ein Mensch er ist, Mohun. Keinerlei Groll.«

Mr. Biswas trank von seinem Whisky. »Er hat gesagt, keiner von euch würde ihn jemals besuchen oder ihm ein bisschen helfen oder sonst irgendwas.«

Eine Pause, dann sagte Jagdat: »Verlogener alter Mistkerl. Und dann dieses gerissene Luder, mit dem er da zusammenwohnt. Ständig stiftet die ihn zu irgendwas an.«

Danach sprach Jagdat nie wieder von Bhandat, und Mr. Biswas gelobte sich, nur noch zuzuhören.

Bei diesen Sitzungen zeigte Jagdat alle Anzeichen wachsender Trunkenheit. Mr. Biswas war am Schluss eigentlich immer betrunken, und wenn sie das Wohnzimmer des Schänkenbesitzers verließen, beschlossen sie manchmal, gegen noch mehr Regeln zu verstoßen. Sie gingen in Ajodhas Garage, tankten einen von Ajodhas Lastwagen oder Kleinbussen mit Ajodhas Benzin voll und fuhren zum Strand oder an den Fluss. Jagdat fuhr rasant, aber vollkommen sicher, und es demütigte Mr. Biswas jedesmal aufs Neue, festzustellen, dass Jagdat, sobald sie wieder bei Ajodha waren, leidlich nüchtern wurde. Dann behauptete er, er habe etwas zu erledigen gehabt, schilderte Gespräche und Begebenheiten mit einer Fülle unerheblicher, glaubwürdiger Details und schwatzte fröhlich das ganze Mittagessen durch. Mr. Biswas sagte wenig und bewegte sich mit bedächtiger Präzision. Seine Kinder bemerkten seine blutunterlaufenen Augen und wunderten sich, was der Lebhaftigkeit, die er am Morgen am Busbahnhof in Port of Spain an den Tag gelegt hatte, einen solchen Dämpfer versetzt haben mochte.

Beim Mittagessen kam Ajodha Mr. Biswas regelmäßig mit seinen geschäftlichen Problemen. »Die haben mir diesen Vertrag wieder nicht gegeben, Mohun. Du solltest wirklich mal einen Artikel über die Vertragspraxis der Straßenbaubehörde schreiben.« Und: »Mohun, ich kriege einfach keine Einfuhrgenehmigung für Diesellastwagen. Kannst du herausbekommen, warum? Schreibst du einen Brief für mich? Ich wette, da stecken die Ölgesellschaften dahinter. Warum schreibst du da nicht mal einen Artikel drüber, Mohun?« Und dann galt es Formulare zu begutachten, amtlichen Schriftverkehr, bebilderte Prospekte von amerikanischen Firmen, wobei Mr. Biswas leicht verdreht dasaß, von Ajodha wegatmete und mit halbgeschlossenen Lippen Platitüden über den Krieg und Sparmaßnahmen murmelte.

Wenn die Kinder Mr. Biswas fragten, was ihm fehle, klagte er über seine Magenprobleme, und manchmal verschlief er den ganzen Nachmittag. Er hatte in der Tat Magenprobleme; sein gesteigerter Bedarf an Macleans Original-Magenpulver, seine Schweigsamkeit, sein unstillbarer Durst waren Symptome, die Shama voll Scham zu deuten lernte.

So waren die Kinder in Pagotes meist auf sich gestellt. Nur Tara hieß sie willkommen, und Tara hatte fast immer mit ihrem Asthma zu kämpfen. In dem großen, komfortablen, leeren Haus waren nur die Spannungen zwischen Ajodha und seinen Neffen spürbar. Alles konnte einen Streit auslösen: die Aussprache von »Irak«, eine Diskussion über die Vorzüge des Buick. Diese Zusammenstöße wurden immer häufiger, aber auch immer kürzer und dabei so heftig und obszön, dass es undenkbar schien, dass Onkel und Neffen je wieder miteinander sprechen würden. Und doch kam Ajodha meist schon nach wenigen Minuten wieder aus seinem Zimmer, die Brille auf der Nase, einen Stoß Papiere in der Hand, und alle unterhielten sich ganz normal und lachten sogar. Ajodha war auf seine Neffen angewiesen und sie auf ihn. Ajodha brauchte seine Neffen im Geschäft, denn Fremden traute er nicht, und erst recht brauchte er sie im Haus, denn er hatte Angst vor dem Alleinsein. Und Jagdat und Rabidat mit ihren großen totgeschwiegenen Familien, die beide weder Geld noch Gaben hatten und denen nur Ajodhas Protektion einen gewissen Status verlieh, wussten, dass sie auf Ajodha angewiesen sein würden, solange er lebte. Bei Rabidat, dem Mann, der so gern seinen schönen Körper zur Schau trug, schienen die Zähne in seinem prognathischen Kiefer stets leicht gefletscht. Jagdats Gekicher konnte von einer Sekunde auf die andere in Geschrei und Geheule umschlagen. In Ajodhas Gegenwart stand er ständig auf der Kippe zur Hysterie; das verrieten die kleinen, unsteten Augen, die seine leutselige, schulterklopfende Art Lügen straften.

Die Kinder fühlten sich immer mehr wie Eindringlinge. Sie wurden sich ihrer Stellung bewusst. Und die Demütigung blieb nicht aus.

Auf einen Aufruf von Tante Juanita von der Zwergen-Liga des *Guardian* hin war Anand mit einem blauen Kärtchen herumgegangen und hatte Geld für polnische Flüchtlingskinder gesammelt. Er hatte Spenden von Lehrern, dem Hausmeister in der Schule, Ladeninhabern und sogar von W. C. Tuttle eingeheimst. Die Kassiererin in der Milchbar der Molkerei hatte sechs Cent gespendet und ihn beglückwünscht, dass er in so jungen Jahren schon gute Werke tat. Und so zeigte Anand eines Sonntagvormittags auf der Hinterveranda in Pagotes, wo er Ajodha einen Artikel über die Wichtigkeit richtiger Atmung vorgelesen hatte, sein blaues Kärtchen vor und bat ihn um eine Spende.

Ajodha zog die Brauen zusammen und machte ein beleidigtes Gesicht.

»Ihr seid mir eine lustige Familie«, sagte er. »Euer Vater sammelt Geld für Bedürftige. Du sammelst Geld für polnische Flüchtlinge. Wer sammelt für euch?«

Es dauerte lange, bis Anand danach wieder zu Ajodha mitfuhr. Er sammelte keine Spenden für polnische Flüchtlinge mehr und zerriss das Kärtchen. Das Geld, das er gesammelt hatte, schmolz dahin, und ein paar Monate stand er Todesängste aus, dass Tante Juanita ihn zu sich zitieren und zur Rechenschaft ziehen könnte. Die Freundlichkeit, die er jeden Nachmittag von der Frau in der Milchbar erfuhr, kam ihm vor wie ein Hohn.

Diese Sonntagsausflüge – Morgen des schönen Scheins, Nachmittage und Abende des Büßens – wurden seltener, und Mr. Biswas ging zunehmend in seinen häuslichen Fehden auf.

W. C. Tuttles Grammophon hatte Konkurrenz bekommen, denn Chinta und Govind gaben neuerdings fromme Gesänge aus dem *Ramajana* zum Besten. Das Studium des *Ramajana*, das Chinta viele Jahre zuvor in Angriff genommen hatte, noch während Mr. Biswas' Zeit in Green Vale, war nun offenbar abgeschlossen; sie sang sehr gut. Govinds Vortrag war weniger wohlklingend, eine Mischung aus Jaulen und Grunzen, was daher kam, dass er beim Singen auf dem Bauch lag. In diesem Kreuzfeuer der Gesänge, das nicht selten den ganzen Abend andauerte, konnte es geschehen, dass Mr. Biswas nach Ewigkeiten des Zuhörens plötzlich aufsprang, in Unterhose und Unterhemd ins Hinterzimmer raste und abwechselnd an die Trennwand zu Govinds Zimmer und die Trennwand zu W. C. Tuttles Wohnzimmer hämmerte.

Die Tuttles reagierten nie. Chinta sang umso inbrünstiger. Govind kicherte manchmal nur ein wenig zwischen den einzelnen Strophen, so als gehörte es zum Lied dazu (dem *Ramajana*-Sänger stand es frei, zwischen den Strophen zu improvisieren); manchmal jedoch unterbrach er seinen Gesang, um Beschimpfungen durch die Trennwand zu brüllen. Mr. Biswas schimpfte zurück, und dann musste Shama heraufgeeilt kommen, um Mr. Biswas zum Schweigen zu bringen.

Govind war inzwischen der Schrecken des ganzen Hauses. Es war, als hätten die langen Stunden in seinem Taxi, mit dem Rücken zu den Fahrgästen, ihn zum eingefleischten Menschenfeind werden lassen, als hätten seine Dreiteiler das wenige, was von seiner Eifrigkeit und Loyalität noch übrig war, hinter ihren Knopfreihen eingekapselt und dort brütete und gärte es nun und machte sich dann und wann in hässlichen Eruptionen Luft. Es schlug sich auch in seinem Äußeren nieder. Sein einstmals schwächliches, hübsches Gesicht war gedunsen, der Ausdruck schwer zu deuten, und seit er Taxi fuhr, war sein Körper in die Breite gegangen und zu einem jener Leiber abgeschlafft, die eine Weste brauchen, um ihnen Würde zu verleihen und zumindest vorzutäuschen, dass das quellende Fleisch im Zaum gehalten wird. Sein Verhalten war befremdlich und unberechenbar. Seine *Ramajana*-Gesänge hatten fast alle überrascht, und sie hätten Heiterkeit erregt, wenn mit ihnen nicht eine Reihe gewalttätiger Auftritte einhergegangen wäre. Tagelang behandelte er alle wie Luft; dann griff er sich, völlig ohne Grund, plötzlich jemanden heraus und verfolgte ihn mit kindischen Provokationen und einem drohenden Lächeln. Er beleidigte Shama und die

Kinder; Shama, die sich über die Kraft, die in Mr. Biswas' Hängemattenmuskeln steckte, keine Illusionen machte, erduldete diese Beleidigungen schweigend. Er unternahm eine Reihe von Überraschungsangriffen auf Basdais Leser und Lerner und terrorisierte sie, wo er nur konnte. Appelle an Chinta blieben fruchtlos; die Furcht, die Govind um sich verbreitete, war für sie ein Quell des Stolzes. Sie erzählte ihren Kindern von den Prügeln, die Mr. Biswas damals von Govind bezogen hatte, und die Kinder gaben die Geschichte an die Leser und Lerner weiter und verängstigten sie damit vollends.

Ein Streit zwischen Govind und Mr. Biswas wurde unweigerlich von einem Streit zwischen ihren Kindern in den unteren Regionen des Hauses begleitet.

»Warum kauft Pa nicht einfach ein Haus?«, sagte Savi einmal.

Govinds älteste Tochter antwortete: »Wenn manche Leute so viel Geld hätten wie Flausen im Kopf, würden sie in einem Palast wohnen.«

»Manche Leute bestehen nur aus Mund und Bauch.«

»Manche Leute haben wenigstens einen Bauch. Andere haben gar nichts.«

Savi nahm sich diese Niederlagen zu Herzen. Sobald sich im Obergeschoss die Wogen geglättet hatten, floh sie in das Hinterzimmer und rollte sich auf dem Himmelbett zusammen. Da sie weder die eigene Wunde wieder aufreißen noch ihrem Vater wehtun wollte, konnte sie ihm nicht erzählen, was vorgefallen war; und er war der Einzige, der sie hätte trösten können.

In dieser Lage wurde W. C. Tuttle zu einem nützlichen Verbündeten. Seine Muskelkraft stand der von Govind in nichts nach (auch wenn dies von Govinds Kindern abgestritten wurde), und die Garage war und blieb ein Zankapfel. Hinzu kam, dass W. C. Tuttle und Mr. Biswas eines gemeinsam hatten: Beide waren der Meinung, dass sie durch ihre Heirat mit einer Tulsi unter die Barbaren geraten waren. W. C. Tuttle sah sich als eine der letzten Säulen der Brahmanenkultur auf Trinidad, die er, wie er fand, auf elegante Weise mit den höheren Errungenschaften der westlichen Zivilisation in Einklang brachte: ihrer Literatur, ihrer Musik, ihrer bildenden Kunst. Er ließ es zu keiner Zeit an der geziemenden Würde fehlen. Zum Streiten war er sich zu gut; er begnügte sich mit stummer Verachtung, einem Beben seiner haarigen Nüstern.

Und so stand zwischen Mr. Biswas und W. C. Tuttle – wenn man von den grammophonbedingten Verstimmungen absah – eigentlich nur der Konkurrenzkampf, der nach Mynas Missgeschick mit dem fackeltragenden Arm der Fackelträgerin und Shamas Vitrinenkauf entbrannt war. Den Einrichtungswettstreit verlor Mr. Biswas durch Nichtantreten: die Vitrine (deren zerbrochene Tür nie ersetzt wurde und deren untere Fächer mit Schulbüchern und Zeitungen vollgestopft waren) und der Esstisch des dankbaren Bedürftigen hatten seinen letzten freien Platz aufgebraucht. W. C. Tuttle hatte die ganze Vorderveranda zur Verfügung: Er schaffte zwei Schaukelstühle an, eine Stehlampe, ein Rollbureau und einen Bücherschrank mit gläsernen Schiebetüren. Mr. Biswas hatte sich einen kleinen Vorsprung durch die Idee mit der Zwergen-Liga des *Guardian* sichern können, ihn aber dadurch wieder verspielt, dass er W. C. Tuttles Khakishorts nachzuahmen versuchte. W. C. Tuttles Shorts waren richtige Shorts, und er hatte die Figur dazu. Mr. Biswas hatte diese Figur nicht, und seine Khakishorts waren nur lange Khakihosen, die Shama widerstrebend gestutzt und auf ihrer Nähmaschine mit einer krummen weißen Naht gesäumt hatte. Und er musste einen weiteren Rückschlag hinnehmen, als die Tuttle-Kinder offenbarten, dass ihr Vater eine Lebensversicherung abgeschlossen hatte. »Ihr seid gut«, sagte Mr. Biswas zu Myna und Kamla. »Wenn ich auch noch jeden Monat Versicherungsbeiträge zahle, meint ihr, ihr würdet lang genug leben, um sie einzukassieren?«

Der Bilderkrieg begann, als Mr. Biswas in einem indischen Buchladen zwei Zeichnungen kaufte und sie mit Passepartouts rahmte. Er stellte fest, dass ihm das Rahmen Spaß machte. Es machte ihm Spaß, mit sauberer Pappe und scharfen Messern zu werkeln; es machte ihm Spaß, mit den Farben und Größen der Passepartouts zu experimentieren. Er schaute zu, wie das Glas nach seinen Angaben zurechtgeschnitten wurde, er bugsierte es ängstlich auf dem Fahrrad nach Hause, und ein ganzer Abend war verwandelt. Ein Bild rahmen, das war ähnlich wie Schildermalen; es erforderte Sorgfalt und Genauigkeit; er konnte sich darauf konzentrieren, was seine Hände taten, konnte das Haus vergessen, alles Missliche von sich schieben. Bald waren seine sämtlichen Wände so dicht mit Bildern bedeckt wie der Barackenraum in Green Vale mit Sinnsprüchen.

W. C. Tuttle eröffnete die Gegenoffensive mit einer Reihe von Photographien in großen Holzrahmen, die ihn selbst zeigten. Auf einer saß W. C. Tuttle – nur mit Dhoti, heiliger Schnur und Kastenzeichen angetan, den Kopf geschoren bis auf den Scheitelknoten – mit gekreuzten Beinen da, die Fingerkuppen zart auf den nach oben weisenden Fußsohlen ruhend, und meditierte mit geschlossenen Augen. Auf dem Bild daneben hatte W. C. Tuttle, diesmal in Jackett, langer Hose, Schlips, Kragen und Hut, einen wohlbeschuhten Fuß auf das Trittbrett eines Automobils gestellt; in seinem lachenden Mund blitzte der Goldzahn. Auf weiteren Photographien waren W. C. Tuttles Vater zu sehen, seine Mutter, ihr Haus; seine Brüder, einzeln und als Gruppe; seine Schwestern, einzeln und als Gruppe. Es gab Photographien von W. C. Tuttle in verschiedenen Stadien des Übergangs: W. C. Tuttle mit Backenbart, Kinnbart und Schnauzer, nur mit Backenbart, nur mit Schnauzer; W. C. Tuttle als Gewichtheber (in der Badehose, grimmig in die Kamera blickend, die Hanteln, die er sich aus dem Blei des zerlegten Generators in Shorthills gemacht hatte, hoch in die Luft gestemmt); W. C. Tuttle in der Tracht eines indischen Richters; W. C. Tuttle im vollen Panditsornat mit Turban, Dhoti, weißer Jacke, Gebetskette und Messingkrug, lachend auch hier (eine Anzahl verschwommener, ehrfürchtiger Gesichter im Hintergrund). Dazwischen hingen Photos englischer Frühlingslandschaften, eine Ansicht des Matterhorns, ein Porträt von Mahatma Gandhi und ein Gemälde mit dem Titel »Wie lange ist dein Vater jetzt schon fort?«. Das war W. C. Tuttles Art, Ost und West miteinander zu verschmelzen.

Doch Govind, taxifahrend, *Ramajana*-grunzend, zeigte sich von diesen und allen sonstigen Rivalitäten unbeeindruckt und bedrohte und beschimpfte alle wie zuvor. Die Leser und Lerner bekannten sich offen zu dem Wunsch, er möge bei einem Autounfall verstümmelt oder getötet werden. Stattdessen erhielt er eine Auszeichnung für unfallfreies Fahren und durfte dem Bürgermeister von Port of Spain die Hand schütteln. Das schien ihm auch die letzten Hemmungen zu nehmen, und sowohl Basdai als auch Mr. Biswas sprachen davon, die Polizei zu holen.

Aber die Polizei wurde nicht geholt. Denn ganz plötzlich gab es mit Govind keine Probleme mehr.

Eine jähe, unfassbare Stille senkte sich eines Abends über das Haus. Das Geschnatter der Leser und Lerner erstarb. W. C. Tuttles Grammophon verstummte. Die *Ramajana*-Gesänge brachen mitten in der Strophe ab. Und aus Govinds Zimmer ertönte Gegrunze, Gerumpel, Knallen und Krachen.

Anand kam auf Zehenspitzen in Mr. Biswas' Zimmer geeilt und flüsterte froh: »Daddy verdrischt Mummy.«

Mr. Biswas setzte sich auf und horchte. Ja, es klang ganz so. Vidiadhars Daddy verdrosch Vidiadhars Mummy.

Das ganze Haus horchte. Und als in Govinds Zimmer Ruhe einkehrte und Govind die nächste Strophe des *Ramajana* zu winseln begann, schwoll das Gesumm in den unteren Regionen wieder an, ein neuer, befriedigter Ton, und W. C. Tuttles Grammophon spielte eine Festmusik.

So war es von da an immer, wenn Chinta von Govind geschlagen wurde. Was häufig der Fall war. Die Leser und Lerner vergaßen ihre Ängste, denn seit er dieses Ventil für seine Aggressionen gefunden hatte, suchte Govind kein anderes mehr. Seine Schläge verliehen Chinta eine matriarchalische Würde und trugen ihr seltsamerweise einen vorher nie gekannten Respekt ein. Nebenbei versetzten sie auch noch Chintas Kindern einen Dämpfer, bereiteten Chintas Gesängen ein Ende und stachelten ihren sozialen Ehrgeiz an.

Vidiadhar gehörte ebenfalls zu den Stipendiumsanwärtern. Er war zwar nicht in der Bestengruppe, wie Anand, aber das führte Chinta auf Bestechung und Korruption zurück. Und als Anand eines Nachmittags in der Milchbar auf dem Hocker am vorderen Ende des Tresens saß, kam ein indischer Junge herein. Es war Vidiadhar. Anand war überrascht. Vidiadhar schien auch überrascht. Und vor lauter Überraschung redete keiner mit dem anderen. Vidiadhar ging an Anand vorbei zu dem Hocker am hinteren Ende des Tresens und verlangte ein Glas Milch. Anand freute sich, dass er diesen Fehler machte: Der Barmann gab einem die Milch nur, wenn man den Kassenbon vorwies. Also musste Vidiadhar an der ganzen Reihe hoher Hocker vorbei wieder zurückgehen, sich an der Kasse seinen Bon holen und ein weiteres Mal an allen Hockern vorbei zu dem von ihm erwählten hintersten Platz marschieren. Ohne einander anzusehen, tranken sie ihre Milch, langsam; keiner wollte der Erste sein, der ging. Sie hatten nicht vorgehabt, einander zu schneiden; es war einfach passiert. Aber jeder sah die Schuld beim anderen; und bis sie Männer waren, wechselten sie nie wieder ein Wort miteinander. Inmitten der ständig wechselnden, verwickelten, vielfältigen Beziehungen in diesem überfüllten Haus blieb ihr Schweigen konstant. Es wurde sprichwörtlich. Vidiadhar behauptete nach einer Weile, er sei es gewesen, der Anand an diesem Nachmittag geschnitten hatte, und Anand beanspruchte das Gleiche für sich. Und jeden Nachmittag um fünf nach drei konnten die Leute in der Milchbar zwei Inderjungen an entgegengesetzten Enden der Tresens sitzen sehen, beide mit einem halben Liter Milch vor sich, den sie durch einen Strohhalm tranken, ohne einander anzusehen, ohne miteinander zu sprechen.

Myna und Kamla, empört über Vidiadhars aufreizendes Verhalten – er aß jetzt ganz offen Pflaumen –, gingen mit Anands akademischen Großtaten hausieren.

»Mein Bruder hat mehr Bücher gelesen als ihr alle zusammen.«

»Ach, wirklich? Wenn Anand so viel gelesen hat, weiß er ja wohl auch, wer *Singende Colts* geschrieben hat.« Dies von einem der kleinen Tuttles.

»Sag's ihm, Anand. Sag ihm, wer *Singende Colts* geschrieben hat.«

»Keine Ahnung.«

»Ha-ha-ha!«

»Wie soll er so was auch wissen?«, sagte Myna. »Er liest nur vernünftige Bücher.«

»Na gut. Anand liest viele Bücher. Aber mein Bruder hat ein Buch *geschrieben*. Ein *ganzes* Buch. Und er ist schon beim nächsten.«

So war es. Der Schreiberling war der älteste Sohn der Tuttles. Er beeindruckte seine Eltern durch einen ungeheuren Verschleiß an Heften und unermüdliche Schreibtätigkeit. Er mache sich Notizen, sagte er. Tatsächlich hatte er eine wortwörtliche Abschrift von *Nelsons Westindischer Geographie* von Captain Cutteridge angefertigt, dem Leiter der Schulbehörde, aus dessen Feder auch *Nelsons Westindisches Lesebuch* und *Nelsons Westindische Mathematik* stammten. Für die *Geographie* hatte er mehr als ein Dutzend Hefte verbraucht, und jetzt saß er am ersten Band von *Nelsons Westindischer Geschichte*, verfasst von Captain Daniel, stellvertretender Leiter der Schulbehörde.

Bis zu den Stipendienprüfungen waren es keine zwei Monate mehr, und Anands Leben bestand aus nichts als Arbeit. Er erhielt morgens vor der Schule eine halbe Stunde Privatunterricht, er erhielt nachmittags nach Schulschluss eine volle Stunde Privatunterricht, er erhielt den ganzen Samstagvormittag Privatunterricht. Und zusätzlich zu all dem Privatunterricht, den sein Klassenlehrer ihm erteilte, bekam er seit einer Weile auch noch vom Schuldirektor von fünf bis sechs Unterricht in dessen Haus. Er trabte von der Schule in die Milchbar, von da zur Schule zurück und weiter zum Schuldirektor, wo Savi mit belegten Broten und lauwarmer Ovomaltine auf ihn wartete. Er verließ das Haus um sieben Uhr morgens, er kam um halb sieben Uhr abends zurück. Er aß. Dann machte er seine Hausaufgaben, dann bereitete er sich auf seine ganzen Privatstunden vor.

Den übrigen Jungen in der Bestengruppe der Stipendiatenklasse erging es nicht viel anders, aber sie versuchten nach Kräften, so zu wirken, als hätten sie nichts als Streiche im Kopf und genössen die sorglosesten Tage ihres Lebens. Ein paar Memmen gab es, die nur über die Arbeit sprechen konnten. Aber die meisten redeten über die Fußballsaison, die gerade begann, und die eben zu Ende gegangenen Renntage in Santa Rosa, nicht ohne durchblicken zu lassen, dass sie selbstredend dort gewesen waren, mitsamt Daddys und Autos und randvollen Picknickkörben, und am Totalisator gewaltige Summen gesetzt und verloren hatten. Sie fachsimpelten über die Aussichten von Brown Bomber und Jetsam bei den Weihnachtsrennen (die Prüfung war Anfang November, und solche Gespräche halfen ihnen, über diesen Tag hinauszudenken). Anand hielt wacker mit. Obwohl er sich nur mäßig für Pferderennen interessierte, hatte er sie zu seinem Spezialgebiet gemacht. Er wusste zum Beispiel, dass Jetsam von Flotsam aus Hope of the Valley gezogen war; er nahm für sich in Anspruch, alle drei Pferde gesehen zu haben, und verbreitete eine Rennbahnlegende, derzufolge Jetsam als Fohlen die zum

Trocknen aufgehängte Wäsche von der Leine gefressen hatte. Und unter Rückgriff auf weiteren Rennbahnklatsch behauptete er (eine Meinung, die sich herumsprach), das beste Pferd der Kolonie sei, trotz seiner nahezu durchweg desaströsen Laufbahn, der Hengst Whitstable: Ein Jammer, dass er so unberechenbar sei, aber diese Grauen hätten eben ihren eigenen Kopf.

Eines Montags ging es in der Mittagspause um Kinofilme, und sämtliche in Port of Spain wohnenden Jungen schienen am Wochenende die Doppelvorstellung im London Theatre gesehen zu haben: *Jesse James* und *Rache für Jesse James*.

»Tolle Filme!«, riefen die Jungen. »Einer genialer als der andere!«

Anand, dem sein Glaube an die Fähigkeiten Whitstables den Ruf des großen Querdenkers eingetragen hatte, sagte, er halte von beiden nicht viel.

Die Jungen umdrängten ihn.

Anand, der die Doppelvorstellung nicht gesehen hatte, wiederholte, dass er nicht viel von ihr hielt. »*Bande der Fünf* und *Die Bande der Fünf kehrt zurück* – das sind Filme! Da würd ich sofort wieder reingehen.«

Woraufhin natürlich einer der Jungen einwerfen musste: »Ich wette, du warst überhaupt nicht drin! Dieser alte Streber und Kino, das glaubt doch kein Mensch!«

»Du verlogener kleiner Kretin«, sagte Anand – einer der Ausdrücke, den er von Mr. Biswas übernommen hatte. »Du bist doch ein viel größerer Streber als ich.«

Diese Wendung des Gesprächs behagte dem Jungen wenig; er war ein ungeheurer Streber. Er wiederholte, halbherzig jetzt: »Ich wette, du warst gar nicht drin.« Aber inzwischen hörten alle zu, und der Herausforderer, wieder bestärkt, sagte: »Na gut, na gut. Er war drin. Dann soll er mir doch kurz sagen, was passiert, als Henry Fonda –«

Anand sagte: »Ich mag Henry Fonda nicht.«

Das lenkte sie kurzfristig ab.

»Wie, du magst Fonda nicht? Du hast ihn wohl noch nie gehen sehen?«

»*Das* ist ein Gang, Mann.«

»Also gut, also gut«, fuhr der Herausforderer fort. »Was passiert, als Henry Fonda mit Brian Donlevy –«

»Den mag ich auch nicht«, sagte Anand. Und zu seiner großen Erleichterung schrillte die Glocke.

Ihm war klar, dass sein erboster Herausforderer das Kreuzverhör fortsetzen würde. Nach der Schule ging er schnellstmöglich in die Milchbar; als er zurückkam, begann schon die Privatstunde, und nach der Stunde stahl er sich gleich davon zum Haus des Direktors. Als er heimkam, sagte er, er könne abends nicht mehr arbeiten und wolle ins London Theatre gehen, um seinen Kopf auszulüften.

»Ich hab kein Geld«, sagte Shama. »Du wirst deinen Vater bitten müssen.«

Mr. Biswas sagte: »Wenn du mein Alter erreichst, bist du an Western nicht mehr interessiert.«

Anand wurde wütend. »Wenn ich dein Alter erreiche, bin ich hoffentlich nicht so wie du!«

Er bereute es sofort; er war wirklich erschöpft, und Mr. Biswas' wegwerfende Art war ihm fühllos erschienen. Aber er entschuldigte sich nicht. Stattdessen erwähnte er die Kopfschmerzen, die ihn plagten, und meinte, er leide sicher an Hirnkrämpfen und Hirnfieber – Streberkrankheiten, die ihm seine Rivalen in der Schule schon oft prophezeit hatten.

Mr. Biswas sagte: »Ich hab keinen einzigen Cent. Ich kriege mein Gehalt erst übermorgen. Im Moment klaue ich aus der Portokasse für meine Asozialen. Frag deine Mutter.«

Wie üblich stellte sich heraus, dass sie doch Geld hatte. »Wie viel brauchst du?«

Anand rechnete nach. Erwachsene zwölf Cent, Kinder die

Hälfte. Um ganz sicherzugehen, sagte er: »Sechsunddreißig Cent.« Er würde ihr den Rest hinterher zurückgeben.

»Sechsunddreißig Cent. Du machst mich arm, Junge. Schau her.«

Ihre Börse war leer bis auf ein paar Kupfermünzen. Aber irgendwie kam sie immer über die Runden. Und in zwei Tagen war Zahltag.

Die Abendvorstellung begann um halb neun. Mr. Biswas und Anand verließen das Haus gegen acht. Nicht weit vom Kino entfernt war ein chinesisches Café. Dort musste etwas gekauft werden, das gehörte zum Kino-Ritual. Sie hatten achtzehn Cent zur Verfügung. Sie kauften Erdnüsse, *channa* und Pfefferminzbonbons für insgesamt sechs Cent.

Den Zuschauerraum des London Theatre betrat man durch einen Tunnel, der so schmal war wie der Felsengang zu einem Burgverlies. Immer nur einer auf einmal passte hindurch, so dass sich niemand am Kartenabreißer vorbeimogeln konnte, der am Ende des Tunnels auf einem Stuhl saß, einen kräftigen Prügel vor sich über der Armlehne. Als Mr. Biswas und Anand ankamen, verstopfte eine rempelnde, ungehaltene Menschenmenge die Mündung des Tunnels. Zaudernd blieben sie am Rand des Gedränges stehen, nur um sich Sekunden später, von hinten angeschoben, mittendrin zu finden. Sie verloren die Kontrolle über ihre Hände und Füße. Eingekeilt zwischen lauter großen Männern, abgeschnitten von Luft und Licht, hatte Anand keine andere Wahl, als sich mitschleifen zu lassen. Aufschreie der Enttäuschung und Verzweiflung pflanzten sich durch die Menge fort; der Film hatte angefangen, sie hörten die Musik. Der Druck nahm weiter zu; Anand bekam Angst, dass er am Tunneleingang zerquetscht werden würde. Mr. Biswas rief nach ihm, mit einer Stimme, die von weither zu kommen schien; er konnte nicht antworten; er konnte weder nach oben noch nach unten schauen. Sein einziger Trost war, dass am Ende dieses Tunnels Henry

Fonda und Brian Donlevy und Tyrone Power warteten – alles drei Schauspieler, die sich, entgegen Anands Behauptungen in der Schule, seiner höchsten Wertschätzung erfreuten. Er hörte Männer schreiend nach Karten verlangen; gleich war es so weit. Zu einem kleinen, halbkreisförmigen, erleuchteten Loch in der Wand wanderten Münzen hinein, Eintrittskarten heraus, und gelegentlich sah man die Hände der Kartenverkäuferin aufblitzen, kleine Hände, dick und kühl.

Mr. Biswas war an der Reihe. Er legte einen Schilling auf das glatte, glänzende Holz, nur mühsam imstande, seinen Platz vor dem Loch zu behaupten und zu verhindern, dass er kartenlos weitergespült wurde zu dem Kontrolleur mit dem Stock. »Einmal normal, einmal ermäßigt.«

Eine Frauenstimme sagte: »Ermäßigung nur am Nachmittag.« Die Hände, die schon die Karte von der Rolle abreißen wollten, warteten.

»Zweimal dann.«

Zwei grüne Billetts wurden ihm hingeschoben, und dankbar gaben Anand und er dem Druck in ihrem Rücken nach.

»He, Sie!«, rief die Stimme der Frau aus dem Loch.

Der Verkauf war unterbrochen, das Geschrei im Tunnel wurde noch heftiger.

»Sie!«

Mr. Biswas kämpfte sich zu dem hell leuchtenden Loch zurück.

»Was soll das? Das ist nur ein Schilling!« Das Geldstück lag in ihrer Handfläche.

»Zweimal zwölf.«

»Zweimal zwanzig. Noch sechzehn Cent.«

Anand stand ganz still. Getümmel und Geschrei schienen plötzlich weit weg.

Aus dem Saal drangen Geräusche wie von einem Feuer. Die Leute, die den Film schon gesehen hatten, erkannten die Stelle und gerieten vollends außer sich.

Wie hatte er vergessen können, dass es Ermäßigung nur am Nachmittag gab? Wie hatte er vergessen können, dass der Eintritt am Montag genau wie samstags und sonntags nicht zwölf Cent kostete, sondern zwanzig?

Mr. Biswas legte die zwei grünen Billets wieder hin. Eins wurde abgerissen und ihm zurückgegeben, zusammen mit vier Cent.

Sie standen an die Wand neben dem Kartenkontrolleur gedrückt, während die Männer, die hinter ihnen gewesen waren, an ihnen vorbeieilten und im Gehen ihre derangierte Kleidung zurechtzupften.

»Geh du«, sagte Mr. Biswas.

Das Pfefferminzbonbon lag schwer in Anands Backentasche. Er hatte völlig vergessen zu lutschen; es fühlte sich nass und kalt an. Er schüttelte den Kopf. Der Schrecken hatte ihm alle Lust auf die Vorstellung genommen; wenn er dablieb, würde er um Mitternacht allein nach Hause gehen müssen.

Sie wurden pausenlos angerempelt. Sie standen im Weg.

Mr. Biswas sagte: »Ich komme und hol dich ab.«

Anand zögerte. Aber in diesem Moment entstand ein Stück weiter vorn ein neuerlicher Stau, jemand rief: »Geht ihr jetzt rein, oder was?«, der Kartenabreißer sagte: »Bisschen dalli jetzt. Da wollen Leute durch.« Und Anand sagte zu Mr. Biswas: »Geh du«, woraufhin Mr. Biswas in unverzüglichem Gehorsam, so schien es, hinter vielen Rücken verschwand und sich in den Zuschauerraum schwemmen ließ, um zwei Filme zu sehen, die ihn beide nicht interessierten.

Anand blieb, wo er war, flach gegen die Wand gepresst, während die Leute an ihm vorbeidrängten. Kurz darauf – die Handlung war längst in vollem Gange – lag der Tunnel leer da. Seine ockerfarbenen Wände waren zu speckiger Glätte gewetzt. Die Hände in dem erleuchteten Loch strickten.

Er ging am Woodbrook-Markt vorbei, an dem chinesischen Café, dem Spielplatz in der Murray Street. Das Haus empfing ihn zwitschernd und schnatternd. Aber niemand sah ihn. Er ging geradewegs in das vordere Zimmer, zog sich die Schuhe aus und legte sich auf das Slumberking-Bett.

Dort entdeckte ihn Shama, als sie nach oben kam und Licht machte.

»Kind! Hast du mich erschreckt! Bist du gar nicht ins Kino gegangen?«

»Doch. Aber ich hab Kopfweh bekommen.«

»Und dein Vater?«

»Der ist noch da.«

Das Hoftor klickte, jemand kam die Betonstufen herauf. Die Tür öffnete sich, und sie erblickten Mr. Biswas.

»So was!«, sagte Shama. »Hast du auch Kopfweh?«

Er gab keine Antwort. Er zwängte sich hinter den Tisch und ließ sich auf dem Bett nieder.

»Ihr seid mir ein Paar«, sagte Shama. Sie verschwand im Hinterzimmer, kam mit einer Näharbeit wieder heraus und ging nach unten.

Mr. Biswas sagte: »Junge, hol mir den Collins Clear-Type Shakespeare. Und meinen Füller.«

Anand kletterte über das Kopfbrett des Bettes und holte Füller und Buch.

Mr. Biswas schrieb eine ganze Weile.

»Dieses Scheiß-Papier kleckst wie verrückt. Aber da, lies.«

Und Anand las auf dem Vorsatzblatt, unter den vier Männernamen, die Savi vor ihrer Geburt zugedacht worden waren: *»Hiermit gelobe ich, Mohun Biswas, meinem Sohn Anand Biswas bei Erhalt eines Stipendiums am Gymnasium ein Fahrrad zu kaufen.«* Dem folgten Unterschrift und Datum.

Mr. Biswas sagte: »Bezeug's zur Sicherheit lieber.«

Anand setzte die neueste Variante seines Namenszuges darunter und fügte in Klammern »Zeuge« hinzu.

»Hieb- und stichfest«, sagte Mr. Biswas. »Obwohl – Sekunde. Gib mir das Buch noch mal. Ich glaube, ich hab was vergessen.«

Er nahm den Collins Clear-Type Shakespeare, änderte den Punkt hinter seiner Erklärung in ein Komma um und schrieb: *»sofern die Kriegsbedingungen es zulassen«*.

Der Lärm, der im Haus vereinzelt noch aufgebrandet war, hatte sich gelegt. Das Schnattern war in ein leises, stetiges Summen übergegangen. Es war spät. Shama und Savi kamen die Treppe herauf und gingen ins Hinterzimmer, wo Myna und Kamla bereits schliefen. Anand legte sich auf das Slumberking-Bett, von Mr. Biswas durch einen Kissenwall getrennt. Er zog sich das Baumwolllaken übers Gesicht, um das Licht auszusperren, und war bald eingeschlafen. Mr. Biswas blieb noch eine Weile wach und las. Dann stand er auf, löschte das Licht und tastete sich zurück zum Bett.

Er erwachte, wie neuerdings fast immer, noch im Dunkeln. Er wollte nie wissen, wie viel Uhr es war: im Zweifel zu früh oder zu spät. Das Haus, von oben bis unten vollgepfropft mit Mietern, Lesern und Lernern, war von Geräusch erfüllt; es schnarchte. Die Welt hatte alle Farbe verloren; sie erwartete niemandes Erwachen. Durch das offene Fenster, über der Silhouette der Baumwipfel und dem Dach des Nachbarhauses, konnte er den tiefen, sternenfunkelnden Himmel sehen. Der Anblick vergrößerte sein Unglück noch. Beklemmung steigerte sich zu Panik, in seinem Magen bildete sich der wohlbekannte Knoten.

Am nächsten Morgen verschlief er; wusch sich in dem unüberdachten Bad draußen im Hof, frühstückte im sonnigen Vorderzimmer, zog das Hemd vom Vortag an (er wechselte seine Hemden nur alle zwei Tage), dazu Armbanduhr, Krawatte, Jackett und Hut, und radelte als respektabler Herr davon, um Bedürftige zu verhören.

Und als Anands Herausforderer Anand in der Schule zur Rede

stellte, sagte dieser: »Klar war ich drin. Aber ich fand es so blöd, dass ich sofort wieder rausgegangen bin.«

Darin sahen alle eine höchst charakteristische Äußerung.

Anands Asthmaanfälle traten in Abständen von vier Wochen oder weniger auf, und Mr. Biswas und Shama befürchteten, dass es in der Woche der Stipendiumsprüfung wieder so weit sein könnte. Aber der Anfall kam in der Woche davor, dauerte seine drei Tage, während deren sich die von der medizinischen Watte malträtierte Haut auf Anands Brust erst verfärbte und dann schälte, und danach stand den letzten Stunden Intensivunterricht nichts mehr im Weg. Anands Pensum erfuhr noch eine Verschärfung, als Mr. Biswas, fest entschlossen, so wenig wie nur möglich dem Zufall zu überlassen, Aufsätze über die Kampagne zur Intensivierung der Landwirtschaft und das Rote Kreuz schrieb und sie Anand auswendig lernen ließ. Er hatte seine eigene Persönlichkeit sehr geschickt verborgen in diesen Aufsätzen, fand er: Hier sprach kein ketzerischer Erwachsener, hier sprach ein brillanter, patriotischer Schuljunge. Sie strotzten von edler Gesinnung wie sonst nur die Leitartikel des *Sentinel*; sie riefen mit Nachdruck zur Unterstützung von Kampagne und Organisation auf und stellten klar, dass der Krieg gewonnen werden müsse, um diesen freien Einrichtungen, die Anand so sehr am Herzen lagen, ein Weiterbestehen zu ermöglichen.

Der Tag der Prüfung war ein Samstag. Am Freitagabend legte Shama Anands sämtliches Schreibzeug und die guten Kleider bereit, die er sonst nur zur Jahresabschlussfeier trug. Anand wehrte sich gegen die Kleider: Warum staffierten sie ihn nicht gleich für die Puja aus? Und Chinta, die ihre Pläne geheim gehalten hatte, veranstaltete in der Tat eine kleine Puja für Vidiadhar. Ein Pandit kam am Freitagabend mit dem Motorrad aus Arwacas angefahren und übernachtete mit den Lesern und Lernen unter dem Haus. Und während Anand am Samstagmorgen ein letztes Mal seine Aufzeichnungen überflog, badete Vidiadhar in geweihtem Wasser, legte den Dhoti an und nahm dem Pandit gegenüber am Opferfeuer Platz. Er lauschte den Gebeten des Pandit, verbrannte ein wenig Büffelmilchbutter, geraspelte Kokosnuss und braunen Zucker, und die Leser und Lerner läuteten Glöckchen und schlugen Gongs.

Ganz entging auch Anand den Ritualen nicht. Er musste die dunkelblauen Kammgarnshorts anziehen, das weiße Hemd, die unzerkaute Schulkrawatte, und Shama besprengte sein Hemd, als er nicht hinsah, todesmutig mit Lavendelwasser. Er sagte, die Wanduhr in der Aula genüge ihm völlig, aber er bekam Mr. Biswas' Cyma-Uhr umgeschnallt; sie schlackerte an seinem Handgelenk wie ein loses Armband und musste ihm weit den Unterarm hinaufgeschoben werden. Er bekam Mr. Biswas' Füllfederhalter, für den Fall, dass sein eigener ihn im Stich ließ. Er bekam ein großes neues Tintenfass, für den Fall, dass die Prüfer nicht genügend Tinte bereitstellten. Er bekam viele Löschblätter, viele *Sentinel*-Bleistifte, einen Bleistiftspitzer, ein Lineal und zwei Radiergummis, einen für Bleistift, einen für Tinte. »Die Leute müssen denken, ihr wollt mich verheiraten«, sagte er. Als Letztes gab Shama ihm noch zwei Schilling. Wogegen die vorbeugen sollten, sagte sie nicht, und Anand hütete sich zu fragen.

Ähnliche Aufmerksamkeiten wurden dem töricht lächelnden, lippenleckenden Vidiadhar zuteil, wobei Chinta ihn obendrein noch mit allerlei Amuletten ausstattete, die ihm unter Aufsicht des Pandit angelegt wurden, mit viel Heimlichtuerei und beständigem Wegscheuchen neugieriger Leser und Lerner. Dann endlich machten die Jungen sich, beide lavendelduftend, auf den Weg – Vidiadhar im väterlichen Taxi, Anand zu Fuß, begleitet von Mr. Biswas, der sein Royal-Enfield-Rad neben sich herschob. Sie waren schon ein Stück gegangen, als Anand in die Hosentasche langte und auf etwas Weiches, Kleines und Rundes stieß. Es war eine getrocknete Limone. Shama musste sie ihm hineingesteckt haben, damit sie Pech von ihm fernhielt. Er warf sie in den Rinnstein.

Es war, wie Anand befürchtet hatte. Nach all den Jahren der Vorbereitung auf den großen Tag erschienen sämtliche Prüfungskandidaten geschmückt wie Opfertiere. Sie trugen alle Kammgarnshorts, weiße Hemden und Schulkrawatten, und Anand konnte nur Vermutungen anstellen über die Amulette, die sich unter diesen Kleidern verbargen. Ihre Taschen waren mit Füllern und Bleistiften vollgestopft. In den Händen hielten sie Löschblätter, Lineale, Radiergummis und neue Tintenfässer, manche sogar einen kompletten Zirkelkasten; viele hatten Armbanduhren umgeschnallt. Der Schulhof wimmelte von Daddys, den Helden so vieler Englischaufsätze; sie schienen mit ebensolcher Sorgfalt gekleidet wie ihre Söhne. Die Jungen beäugten die Daddys, und die Daddys, uhrlos, beäugten einander: Erzeuger von Rivalen. Nur wenige Autos standen vor der Schule, und Vidiadhar war ein kurzlebiger Triumph beschieden gewesen, als er im Auto seines Vaters angekommen war. Aber Govind war nicht schnell genug wieder abgefahren, und die Jungen, geübt im Entdecken solcher Dinge, hatten das T auf dem Nummernschild ausgemacht, das den Wagen als Taxi auswies. Ja, es war ein entsetzlicher Tag, ein Tag der Abrechnung: reihum Daddys im Kreuzfeuer musternder Blicke, und danach die Prüfung.

Anand wollte Mr. Biswas so schnell wie möglich loswerden. Nicht weil Mr. Biswas einer Musterung nicht standhalten konnte; aber kein Junge mit einem besorgten Vater an seiner Seite konnte so tun, als ließe die Prüfung ihn völlig kalt, und das war Anands sehnlichster Wunsch. Mr. Biswas fügte sich und ging, nicht ohne über kindlichen Undank und kindliche Herzlosigkeit nachzusinnen. Anand gesellte sich zu den vaterlosen Jungen, die zu Ehren der Daddys alle Register der Schuljungenhaftigkeit zogen: herumschrien, die Schwächeren drangsalierten, einander mit Spitznamen riefen und laut über abgedroschene, aber nur Eingeweihten verständliche Schülerwitze lachten. Mit schallender Stimme redeten sie über das Fußballspiel, das an diesem Nachmittag im Savannah-Park gleich am Ende der Straße stattfinden würde; viele sagten, sie wollten hingehen. Ein besonders Tapferer sprach von dem Film, den er am Vorabend gesehen hatte. Ihre schwitzenden Hände hinterließen Flecken auf Löschpapier und Linealen, während sie redeten, glitschten von Tintenfässern ab; alle warteten sie.

Das Schrillen der Glocke brachte den Hof augenblicklich zur Ruhe. Rufe brachen mittendrin ab, Sätze blieben unvollendet in der Luft hängen. Der Verkehr auf der Tragarete Road klang herüber, das Klappern aus der Küche des Queen's Park Hotel. Ein kurzes Durcheinandergewimmel weißer Hemden, das Trappeln und Knarzen frisch gewichster Schuhe auf dem Asphalt des Hofes und die Betonstufen hinauf; eine sich schlängelnde Reihe blauer Kammgarnhosen an jeder Tür; kleinmütige Schritte drinnen in der Aula; vereinzelt das trotzige Klappern eines Pultdeckels. Dann Stille. Und die Daddys, allein auf dem Schulhof, blickten auf die Aulatüren.

Langsam zerstreuten sie sich. Drei Stunden später fanden sich die ersten wieder ein, ihre Kleider nicht mehr ganz so straff sitzend, ihre Gesichter glänzend. Viele trugen in öliges Papier eingeschlagene Pakete in den Händen. Sie nahmen im Schatten von Mauern und Bäumen Aufstellung und hefteten den Blick auf die Aulatüren. Durch das Fenster sah man einen gelassenen Lehrer auf und ab gehen, hemdsärmlig, Papiere in der Hand; von Zeit zu Zeit hustete er geräuschlos in eine locker geballte Faust. Nicht weit vom Schultor kam ein Auto zum Stehen; der Chauffeur, ein Mann mittleren Alters, machte es sich im Winkel von Sitz und Tür bequem, schlug über dem Lenkrad eine Zeitung auf und fing an zu lesen, wobei er in der Nase bohrte.

Dann tauchte ein Picknickkorb auf. Ein geflochtener Korb, unter dessen Deckel der Rand einer gebügelten weißen Serviette hervorlugte. Er hing in der Armbeuge eines Dienstmädchens in Dienstmädchentracht, das im Schatten eines Baumes neben der Hausmeisterwohnung wartete und die Blicke der Daddys mit den öligen Papierpaketen an sich abprallen ließ.

Weitere Autos fuhren vor. Mr. Biswas, der für den *Sunday Sentinel* noch eben die haarsträubende Leidensgeschichte eines Bedürftigen zu Papier gebracht hatte, stieg von seinem Royal Enfield, das er, einer Gewohnheit von seinen Ermittlungsbesuchen folgend, am Schulzaun ankettete. Die Hosenklammern ließ er an, als er den Schulhof betrat – sie gaben ihm so etwas Dynamisches, Athletisches.

Noch zwei Picknickkörbe fanden sich ein. Ihre Trägerinnen, eine in Dienstmädchentracht, eine in einem schwarzen Kattunkleid, stellten sich neben die erste Korbträgerin.

Govind erschien. Seit dem Morgen war seine Stimmung umgeschlagen. Er knallte die Tür seines Taxis zu und ging vor dem Schultor auf und ab, auf das Pflaster hinunterlächelnd, summend, die Hände auf dem Rücken verschränkt.

Aus der Aula ein Flattern wie von Tauben: Die Arbeiten wurden eingesammelt. Dann ein stetiges, lang anhaltendes Pultdeckelklappern, ein Schlurfen und Scharren, Schritte, die bestimmter klangen als am Morgen, ein wildes Gewusel weißer Hemden, blaue Kammgarnhosen in unordentlichem Zickzack – als hätte das disziplinierte Bataillon von vorhin eine vernichtende Niederlage erlitten und ergriffe nun eilig, unter Zurücklassung all seiner Waffen, die Flucht. Und die Daddys rückten heran wie Abholer am Bahnhof: manche zielbewusst die Ihren in Empfang nehmend, andere zaudernd, ganz verloren in den Strudeln von Weiß und Dunkelblau.

Auch in dem Durcheinander stachen die Picknickkörbe ins Auge, wobei zwei eine Überraschung darstellten, denn ihre

Empfänger waren brav und unbedeutend und wurden von den Dienstmädchen resolut in die Klassenzimmer geführt.

Überall wurde den Daddys Bericht erstattet. Aufgabenblätter wurden hervorgeholt, tintenverschmierte Finger zeigten. Vielerorts wurden auch schon mit dem Rücken zum restlichen Hof Pakete aus ihrem braunen oder weißen Papier gewickelt und verstohlen inspiziert.

Mr. Biswas entdeckte als erstes Vidiadhar, der die Stufen heruntergerannt kam, beide Hosentaschen gut sichtbar ausgebeult von Limonen; seine Kleider waren ein bisschen zerknautscht, aber sein Gesicht war so fröhlich und frisch und unbefleckt wie am Morgen. Der kleine Kretin. Er lief zu einer Gruppe Vaterloser, die sich um den Klassenlehrer scharte. Nun da sie sich nicht mehr für die Daddys oder einander in Szene setzten, waren sie eifrig, aufgeregt, ihre Stimmen schrill.

Anand machte einen Bogen um sie, als er kam. Der Füller, den Mr. Biswas ihm für den Fall eines Falles geliehen hatte, war in seiner Hemdtasche ausgelaufen und hatte einen großen, feucht glänzenden Fleck hinterlassen: Es sah aus, als hätte sein Herz Tinte geblutet. Seine Haare waren zerrauft, seine Lippen schwarz mit einem Tintenschnurrbart auf der Oberlippe, auf Wangen und Stirn zeichneten sich schwärzliche Tapser ab. Sein Gesicht war verzogen; er sah niedergeschlagen, erschöpft und gereizt aus.

»Na?«, sagte Mr. Biswas, lächelnd, von bangen Ahnungen erfüllt. »Alles gut gelaufen?«

»Mach die Hosenklammern ab!«

Verblüfft über die Heftigkeit des Jungen gehorchte er.

Anand gab ihm die Aufgabenblätter, die schief zusammengefaltet und schon beschmutzt waren. Mr. Biswas wollte sie auffalten.

»Herrje, steck sie ein«, sagte Anand, und wieder gehorchte Mr. Biswas.

Ein bekümmerter Chinesenjunge, hoffnungslos abgerissen aussehend, in zu weiten und zu langen Kammgarnhosen, die ihm um die mageren Knie schlackerten, löste sich aus der Gruppe um den Lehrer und kam auf sie zu. In einer seiner kleinen Hände hielt er ohne jede Scham ein gewaltiges Käsebrot, das viel zu dick schien für den schmalen Mund, aber an einem Ende schon ein paar unregelmäßige Nagespuren aufwies. In der anderen Hand trug er eine Flasche Sodawasser. Sorge verzerrte sein eingefallenes Gesicht: Sandwich und Sprudel konnten ihm nicht helfen.

»Biswas«, sagte er, ohne von Mr. Biswas Notiz zu nehmen. »Diese Aufgabe mit dem Radfahrer –«

»Ach, lass mich doch in Ruhe«, sagte Anand.

Mr. Biswas lächelte dem Jungen entschuldigend zu, aber der bemerkte es gar nicht. Daddylos wanderte er davon, allein mit seinen Sorgen, ohne einen Menschen, der ihm versicherte, dass seine Lösung richtig war und die des Lehrers falsch.

»Das war nicht nett von dir«, sagte Mr. Biswas.

»Da. Nimm deinen Füller wieder.«

Mr. Biswas nahm seinen Füller. Er triefte von Tinte.

»Und deine Uhr.« Anand wollte nur noch alles loswerden, was ihn an die Vorbereitungen des Morgens erinnerte.

Govind und Vidiadhar waren weggefahren. Auch die anderen Autos waren verschwunden. Es war stiller im Hof. Mr. Biswas spendierte Anand ein Mittagessen in der Molkerei. Das Gedränge von Jungen und ihren Vätern ließ die Milchbar fremd wirken. Zur Feier des Tages bekam Anand statt Milch einen Schokoladentrunk, doch an dem freute er sich genauso wenig wie an allem anderen: Ihm schien alles nur Teil des Opferrituals.

Der Schulhof belebte sich wieder. Autos kehrten zurück, setzten Jungen ab und fuhren davon. Die Picknickkörbe und Dienstmädchen traten den Heimweg an. Das Schrillen der Glocke hatte nicht das augenblickliche, vollständige Verstummen des

Morgens zur Folge; Geschwätz, Schlurfen und Klappern erstarben nur nach und nach, ehe Stille eintrat.

Mr. Biswas faltete Anands Aufgabenblätter auseinander. Der Rand der Mathematikaufgabe war mit hektischem Zahlengekritzel bedeckt; gekürzte Brüche, und dazu viele kleine Multiplikationen, einige zu Ende geführt, einige abgebrochen. Der Anblick gefiel Mr. Biswas gar nicht. Dann entdeckte er auf dem Blatt mit den Geographieaufgaben Anands Initialen, liebevoll verschnörkelt, mit Bleistift vorgezeichnet, mit Bleistift schraffiert; und das bestürzte ihn vollends.

Die Nachmittagsprüfung war kürzer, und an ihrem Ende warteten weniger Daddys im Schulhof. Nur noch ein Auto kam. Das große Drama war vorbei. Kein Strom ergoss sich aus den Aulatüren. Die Jungen nahmen ihre Krawatten ab, falteten sie zusammen und steckten sie so in ihre Hemdtaschen, dass das breite Ende heraushing (die neueste Mode). Ein Lehrer mit angeschmuddeltem Sakko und Klammern an den Hosenbeinen trug sein klappriges Fahrrad die Stufen herunter, nicht länger entrückt und ehrfurchtgebietend, einfach ein Mann, der von der Arbeit heimging.

Anand, die Krawatte in der Hemdtasche, den Kragen hochgestellt, kam mit breitem Grinsen auf Mr. Biswas zugelaufen. »Schau!«, sagte er und hielt die Englischfragen hoch.

Eins der Aufsatzthemen war die Kampagne zur Intensivierung der Landwirtschaft.

Sie lächelten einander an, zwei Verschwörer.

»Biswas!«, rief ein Junge. »Kommst du mit zum Savannah-Park?«

»Na klar.«

Er rannte zu den anderen, und Mr. Biswas, beladen mit Füller und Bleistiften, Lineal, Radiergummis und Tintenfass, radelte nach Hause.

Seltsam eigentlich: Das ganze Schuljahr hatten die Jungen

über Fußball und Pferderennen geredet; nun, da sie ein wichtiges Fußballspiel sahen, sprachen sie von nichts als der Prüfung.

Anand kam nicht lange nach Einbruch der Dunkelheit. Seine Kammgarnhose war staubig, sein Hemd nass von Schweiß, er selbst in Grabesstimmung.

»Ich bin durchgefallen«, sagte er.

»Wie das?«, fragte Mr. Biswas.

»Bei der Rechtschreibprüfung. Die Synonyme und Homonyme. Die waren so leicht, dass ich dachte, ich mach sie als Letztes. Und dann hab ich sie einfach vergessen.«

»Du meinst, du hast eine ganze Frage ausgelassen?«

»Ich hab's erst im Stadion gemerkt.«

Die düstere Stimmung griff auf Savi, Myna, Kamla und Shama über und wurde noch verstärkt durch das Frohlocken von Vidiadhars Brüdern und Schwestern. Vidiadhar hatte die Ereignisse des Tages unerschüttert überstanden und saß zur Stunde im Roxy Theatre, wo er alle zwölf Folgen von *Der gelbe Kreis* sah. Die Aufgabenblätter, die er mit heimgebracht hatte, waren blitzsauber bis auf frohgemute Häkchen neben den von ihm beantworteten Fragen. Seine Mathematiklösungen, ordentlich auf einem Zettel notiert, waren durchweg richtig. Er hatte die Bedeutung sämtlicher schwieriger Wörter gewusst; er hatte die Synonyme erkannt und sich von keinem der Homonyme aufs Glatteis führen lassen. Und das alles ohne Privatunterricht. Ohne eine Privatstunde nach der anderen. Ohne jemanden, der ihm um fünf Ovomaltine und belegte Brote gebracht hatte. Er ging erst seit kurzem in Port of Spain zur Schule; er hatte wenig Milch getrunken, wenige Pflaumen gegessen.

»Ich hab ja immer gesagt«, bemerkte Shama, obwohl sie nie etwas dergleichen gesagt hatte, »ich hab ja immer gesagt, dass deine Schlamperei dir noch irgendwann das Genick bricht.«

»In ein paar Jahren wirst du dich zurückerinnern und darüber lachen«, sagte Mr. Biswas. »Du hast dein Bestes gegeben. Und das merk dir, redliche Mühe macht sich irgendwann bezahlt.«

»Wie bei dir, ja?«, sagte Anand.

Und obgleich sie im selben Bett schliefen, wechselten sie an diesem Abend kein Wort mehr.

Auf Anand wartete für den Rest des Jahres kein Unterricht mehr, keine Milch in der Milchbar, aber er ging am Montag dennoch zur Schule. Sämtliche Kandidaten vom Samstag waren da. Sie bildeten nun eine Kaste der Müßigen, Privilegierten – auch wenn ein paar der Jungen den Tag damit zubrachten, die Prüfung vom Samstag möglichst exakt noch einmal zu schreiben (der Chinesenjunge bekam seine Lösung der Aufgabe mit dem Radfahrer bestätigt, mit einer Demut, durch die nackte Angst schimmerte). Die anderen sonnten sich im Glanz ihrer Untätigkeit. Erst genügte es ihnen, im Klassenzimmer zu sitzen, ohne Teil der Klasse zu sein, und zuzuschauen, wie die Anwärter des nächsten Jahres in Stipendiatendisziplin gedrillt wurden. Doch das verlor bald an Reiz, und sie trollten sich in den Hof hinaus. Ihre Sicht der Prüfung hatte sich seit Samstagnachmittag verändert; alle hatten nun Schreckensgeschichten zu vermelden. Anand, der den anderen kein Wort glaubte, bauschte seinen eigenen Patzer auf. Schließlich überboten sie einander mit ihren Misserfolgen, und jedem war es angeblich ziemlich egal. Die Zeit kroch zäh dahin, und der Nachmittag erfuhr nur ein begrenztes Maß an Auflockerung durch eine Schachtel Zigaretten: enttäuschend, aber ein Streich, endlich ein Streich. Zum ersten Mal seit Jahren stand es Anand frei, gleich nach Schulschluss nach Hause zu gehen. Noch eine Woche zuvor war ihm das als die Freiheit schlechthin erschienen. Aber jetzt grauste ihn davor, sich von den anderen zu trennen, es grauste ihn davor, in das Haus zurückzukehren. Es wurde sechs, bis er heimkam.

Gegen seine Gewohnheit war Mr. Biswas unter dem Haus, in

der Ecke, die Shama als Küche benutzte. Er trug seine Arbeitskleidung, und er war müde, aber äußerst fidel.

»Ah, der junge Mann höchstpersönlich«, begrüßte er Anand. »Ich hab schon auf dich gewartet. Ich habe etwas für dich, junger Mann.« Er zog einen Umschlag aus seiner Jackentasche.

Es war ein Brief von einem englischen Richter. Er schrieb, er sei ein regelmäßiger Leser und Bewunderer von Mr. Biswas' Artikeln im *Sentinel* und würde Mr. Biswas gern kennen lernen, um ihn, wie er hoffte, für einen von ihm gegründeten Literaturzirkel gewinnen zu können.

»Wie bei mir, was? Wie bei mir. Ich sag dir, Junge, redliche Mühe zahlt sich irgendwann aus. Nicht dass ich mir von dieser gottverfluchten Zeitung irgendwas erwarten würde. Oder von dir.«

Mr. Biswas' Hochstimmung war unverhältnismäßig. Anand glaubte zu wissen, warum. Aber er war nicht zum Trösten aufgelegt, nicht in der Verfassung, irgendeine Form von Schwäche an sich heranzulassen. Er gab Mr. Biswas den Brief ohne ein Wort zurück.

Mr. Biswas nahm ihn geistesabwesend entgegen, sagte Shama, sie solle ihm sein Essen nach oben bringen, und ging hinauf ins Vorderzimmer. Und er war einsam, als er nachts in dem schnarchenden Haus aufwachte, den schlafenden Anand neben sich, und durch das Fenster in den klaren, stummen Himmel hinaussah.

Gleich am nächsten Tag traf er sich mit dem Richter, und am Freitagabend ging er zu dem Treffen des Literaturzirkels. An diesem Abend war er besonders froh, dem Haus zu entrinnen, denn freitags kamen die Witwen aus Shorthills und übernachteten unter dem Haus. Angespornt durch den Erfolg indischer Hemdenmacher, hatten die Witwen beschlossen, eine Schneiderwerkstatt zu eröffnen. Da keine der fünf richtig nähen konnte, wollten sie es lernen, und so besuchten sie jeden Freitag einen Nähkurs im

Royal Victoria Institute, wobei sich jede Witwe ihr eigenes Spezialgebiet gesucht hatte. Sie kamen am späten Nachmittag, wurden jubelnd von den Lesern und Lernern begrüßt, und Basdai verköstigte sie. Die Leser und Lerner, die im Beisein ihrer Mütter keine Prügel von Basdai zu befürchten hatten, veranstalteten einen ungeheueren Radau; Feststimmung lag in der Luft.

Mr. Biswas fühlte sich in dem Literaturzirkel ein wenig überfordert. Außer den Gedichten im *Königlichen Lesebuch* und in *Bells Lehrbuch der Vortragskunst* waren die einzigen Gedichte, die er kannte, die von Ella Wheeler Wilcox und Edward Carpenter, und im Hause des Richters drehte sich alles um Lyrik. Aber es gab viel zu trinken, und so war es spät, als Mr. Biswas zurückkam und sein Fahrrad unter das Haus schob, sein Kopf schwirrend von den Namen von Lorca und Eliot und Auden. Die Leser und Lerner lagen schlafend auf Bänken und Tischen. Die Witwen, weiß gekleidet, leise singend, saßen unter einer trüben Glühbirne, spielten Karten, tranken Kaffee und machten sich an ihren vom wochenlangen Üben schmuddeligen Näharbeiten zu schaffen. Er stieg die dunkle Vordertreppe hinauf und knipste in seinem Zimmer das Licht an. Anand lag breit hinter seinem Kissenwall. Er zog sich aus und zwängte sich in den Spalt zwischen Esstisch und Bett. Shama, die das Licht gesehen hatte, kam aus dem Hinterzimmer und bemerkte die Symptome – Langsamkeit, Präzision, Wortkargheit –, die sie von seinen Sonntagsausflügen nach Pagotes kannte.

Bedingung für seine Aufnahme in den Zirkel war, dass er etwas Selbstverfasstes vortrug. Er wusste nicht, was. Dichten konnte er nicht, und seine Fluchtgeschichten hatte er weggeworfen. Gut, aber er kannte die Geschichte in- und auswendig; er konnte sie jederzeit neu schreiben. Ihm fiel nach wie vor kein befriedigender Ausgang ein, aber er hatte genügend moderne Prosa gelesen und sagte sich, dass ein allzu sauberes Ende ohnehin kaum im Sinne der Gruppe wäre. Sein Held durfte nicht der gesichtslose »John Lubbard« sein, der »hochgewachsen, breitschultrig und schneidig« war; sie würden hohnlachen. Er musste skrupellos sein. Er musste Gopi nehmen, einen ländlichen Ladenbesitzer, »klein, schmächtig, abgezehrt«. Er holte einen *Sentinel*-Notizblock, stieg ins Bett und begann ordentlich die vertrauten Worte niederzuschreiben: *Im Alter von dreiunddreißig Jahren, als er schon Vater von vier Kindern war …*

Doch der Zirkel bekam diese Worte nie zu hören. Die Geschichte blieb unvollendet wie die anderen vor ihr. Denn ehe Gopi seine unfruchtbare Heldin auch nur kennen lernen durfte, kam die Nachricht, dass Bipti, Mr. Biswas' Mutter, gestorben war.

Er holte die Kinder aus der Schule, und sie fuhren mit Shama zu Pratap. Von der Straße aus wirkten die offene Veranda und die Stufen davor wie mit weißen Stoffbahnen behangen, so dicht drängten sich die Trauernden. Mit einer solchen Menge hatte er nicht gerechnet. Tara war da, und Ajodha, der verärgert dreinsah. Aber den Großteil der Trauergäste kannte er nicht: die Familien seiner Schwägerinnen, die Freunde seiner Brüder, Biptis Freunde. Es hätte die Bestattung einer Fremden sein können. Der Leichnam, der in einem Sarg auf der Veranda aufgebahrt lag, gehörte mehr ihnen als ihm. Er sehnte sich danach, Schmerz zu empfinden. Zu seiner Überraschung empfand er stattdessen Eifersucht.

Shama weinte pflichtgetreu. Dehuti, die seit ihrer Heirat Geächtete, saß mitten auf der Treppe, wo sie neu eintreffenden Trauergästen entgegenschluchzte und ihre Füße umklammerte, als müssten sie zu Fall gebracht und am Weitergehen gehindert werden. Die Trauernden, in deren Hosen oder Röcke sich plötzlich ein nasses Gesicht presste, streichelten Dehutis verhülltes Haupt, während sie gleichzeitig versuchten, ihre Gewänder frei zu bekommen. Niemand machte Anstalten, Dehuti von ihrem Platz zu entfernen. Ihre Geschichte war bekannt, und man empfand ihr Verhalten als einen Akt der Buße, den zu unterbrechen sich nicht geziemt hätte. Ramchands Auftritt war beherrschter, aber nicht minder eindrucksvoll. Er nahm die Vorbereitungen für das Begräbnis in die Hand und ging dabei so resolut zu Werke, dass niemand auf die Idee gekommen wäre, dass er mit Bipti oder Mr. Biswas' Brüdern nie ein Wort gewechselt hatte.

Mr. Biswas schob sich an Dehuti vorbei, um den Leichnam zu sehen. Danach hatte er nicht mehr den Wunsch, ihn zu sehen. Aber die ganze Zeit, während er im Hof unter den Trauernden umherging, ließ ihn der Anblick nicht los. Eine Empfindung von Verlust bedrückte ihn – kein Verlust in seinem jetzigen Leben, mehr das Gefühl, irgendwann früher etwas verpasst zu haben. Er wäre gern allein gewesen, um dem Gefühl nachzugehen. Aber die Zeit war knapp, und immerzu waren da Shama und die Kinder, fremde Auswüchse, fremde Bande, die an ihm zehrten und ihn wegriefen von dem Teil seiner selbst, der ihm allein gehört hatte, diesem Teil, der so lange verschüttet gewesen war und nun für immer verschwand.

Die Kinder kamen nicht mit zum Friedhof. Sie streiften auf Prataps großem Hof herum, beäugten andere Geschwistergruppen, Stadtkinder gegen Landkinder. Anand – im Prüfungsanzug – führte seine Schwestern durch den Gemüsegarten zum Kuhstall. Sie untersuchten ein zerbrochenes Wagenrad. Hinter dem Stall störten sie eine Henne und ihre Küken auf, die in einem Misthaufen scharrten. Mädchen und Hühner stoben in entgegengesetzte Richtungen davon, und die Landkinder kicherten.

Nach der Rückkehr nach Port of Spain fiel ihnen auf, wie still Mr. Biswas war, wie einsilbig, wie in sich gekehrt. Er beschwerte sich nicht über den Krach; er widersetzte sich – sanft – allen Versuchen, ihn ins Gespräch zu ziehen; er unternahm allein lange Nachtspaziergänge. Er schickte niemanden durch die Gegend, damit er ihm Streichhölzer, Zigaretten oder Bücher holte. Und er schrieb. Was er schrieb, sagte er nicht. Er schrieb energisch, aber ohne Begeisterung; verbissen vernichtete er Blatt um Blatt. Er aß wenig, aber seine Magenprobleme waren verschwunden. Shama kaufte ihm Lachs in der Dose, sein Lieblingsessen; sie befahl den Mädchen, sein Fahrrad zu putzen, und ließ Anand jeden Morgen die Reifen aufpumpen. Doch er schien die Aufmerksamkeiten gar nicht zu bemerken.

Eines Abends ging sie ins Vorderzimmer und trat ans Kopfende des Bettes. Er schrieb; er kehrte ihr den Rücken zu. Sie nahm ihm das Licht, aber er schrie sie nicht an.

»Was ist los, Mann?«

Er sagte mit ausdrucksloser Stimme: »Du stehst mir im Licht.« Er legte Stift und Papier weg.

Sie zwängte sich zwischen den Tisch und das Bett und setzte sich auf die Bettkante, gleich bei seinem Kopf. Ihr Gewicht machte eine Delle in die Matratze. Das Kopfkissen neigte sich, und sein Kopf rutschte ein Stück herunter, fast in ihren Schoß. Er wollte ihn wegziehen, doch als sie ihn festhielt, wehrte er sich nicht.

»Du siehst schlecht aus«, sagte sie.

Er ließ sich ihre Liebkosungen gefallen. Sie streichelte sein Haar, lobte seine Feinheit, sagte, dass es allmählich dünn wurde, aber Gott sei Dank nicht grau wie ihres. Sie riss sich ein Haar aus und legte es ihm über die Brust.

»Schau«, sagte sie, »völlig grau«, lachend.

»Stimmt. Grau.«

Über seinen Brustkorb hinweg sah sie auf die Blätter, die er fortgelegt hatte. *Mein lieber Herr Doktor*, stand da, das *Mein* ausgestrichen und wieder darüber geschrieben.

»An wen schreibst du?«

Sie konnte nicht weiterlesen, denn nach der Anrede verkam die Schrift zu wildem Gekrakel.

Er antwortete nicht.

Eine ganze Weile saßen sie so, schweigend, bis die Haltung Shama zu unbequem wurde. Sie streichelte seinen Kopf, sah von ihm weg zum offenen Fenster, hörte das Gezwitscher und Gekreische unten und oben. Er schloss die Augen unter ihrer streichelnden Hand, öffnete sie wieder.

»An welchen Doktor?« Trotz des langen Schweigens schien zwischen ihren Fragen keine Unterbrechung zu liegen.

Er blieb stumm.

Dann sagte er: »Doktor Rameshwar.«

»Der Arzt, der …«

»Ja. Der bei meiner Mutter den Totenschein ausgestellt hat.«

Sie streichelte weiter seinen Kopf, und schließlich begann er stockend zu sprechen.

Es hatte Schwierigkeiten gegeben mit dem Schein. Nein, nicht eigentlich Schwierigkeiten. Pratap hatte zunächst Boten geschickt; dann war Prasad gekommen, und gemeinsam waren sie zum Doktor gegangen, in Trauer und Eile. Es war Mittagszeit, heiß; die Leiche würde sich nicht halten. Der Doktor hatte sie endlos auf seiner Veranda warten lassen, sie hatten sich beschwert, und der Doktor hatte sie verwünscht und ihre Mutter verwünscht. Seine Laune war auf dem Weg zum Haus nicht besser geworden; wütend und respektlos hatte er Biptis Leichnam untersucht, den Totenschein ausgestellt, sein Geld verlangt und war gegangen. So hatten es Mr. Biswas seine Brüder erzählt, ohne Wut, einfach als eine der vielen Prüfungen, die der Tag ihnen auferlegt hatte: Biptis Tod, das Aussenden der Boten, die Vorkehrungen für die Beerdigung.

»Und warum hast du es mir nicht erzählt?«, fragte Shama auf Hindi.

Er gab keine Antwort. Es war etwas, das nur ihn betraf. Davon zu sprechen hätte geheißen, sich der Geringschätzung Shamas und der Kinder auszusetzen; es hätte außerdem geheißen, sie mit in seine Demütigung hineinzuziehen.

Shamas Trost überraschte ihn. Sie sagte es auch den Kindern, und er fühlte sich zusätzlich bestärkt, als sie nicht verletzt reagierten, sondern empört.

Er wurde geradezu vergnügt und machte sich mit ganz neuem Elan wieder an seinen Brief. Er las die Entwürfe, die er schrieb, Anand vor, und fragte ihn nach seiner Meinung. Die Entwürfe waren hysterisch, verleumderisch. Aber dank seiner neuen Stimmung, und nach vielen Umarbeitungen, entwickelte sich der Brief zu einer groß angelegten philosophischen Abhandlung über die Natur des Menschen. Er und Anand waren sich einig, dass sie humorvoll war, großherzig und stellenweise gerade im richtigen Maße gönnerhaft; und es bereitete ihnen viel Freude, sich die Verblüffung des Doktors auszumalen, wenn er einen solchen Brief von dem Verwandten einer Frau erhielt, die er als einfache Bäuerin abgetan hatte. Mr. Biswas stellte sich als der Sohn der Verstorbenen vor, der der Doktor auf so rüde Weise den Tod bescheinigt hatte. Er verglich den Doktor mit dem zornigen Helden eines alten Hindu-Epos und bat um Verzeihung, dass er die hinduistischen Epen gegenüber einem Inder erwähnte, der von seiner Religion zu einem neumodischen Aberglauben übergelaufen war, dem die Wilden weltweit auf den Leim gingen (der Doktor war Christ). Vielleicht habe der Doktor sich aus politischen oder gesellschaftlichen Gründen zu diesem Schritt entschlossen, vielleicht auch nur, um seiner Kaste zu entkommen; doch kein Mensch könne dem entkommen, was er war. Dieses Thema wurde noch weiter ausgeführt, und der Brief schloss damit, dass niemand sein Menschsein verleugnen könne, ohne seine Selbstachtung zu verlieren. Mr. Biswas und Anand durchforsteten den Collins Clear-Type Shakespeare und entdeckten in *Maß für Maß* einen reichen Schatz an passenden Zitaten. Auch aus dem Neuen Testament und der *Gita* zitierten sie. Der Brief war acht Seiten lang. Er wurde auf der gelben Schreibmaschine getippt und abgeschickt, und Mr. Biswas, aufgekratzt nach seinen zwei Wochen der Plackerei, meinte zu Anand: »Wie wär's mit noch ein paar Briefen zu Weihnachten? An einen Geschäftsmann. Kleine Abrechnung mit Shekhar. An einen Herausgeber. Große Abrechnung mit dem *Sentinel*. Das Ganze als Bändchen herausgeben. Meinem Sohn Anand gewidmet.«

Aber die Wunde blieb dennoch, zu tief, als dass Zorn oder Rachegedanken sie hätten heilen können. Was geschehen war, ließ sich nicht ungeschehen machen. Aber es war falsch, ein Fehler. Das wollte er festgehalten wissen; und er wollte etwas tun, das sich als Akt der Auflehnung verstehen ließ. Die Tote in der Erde dort war entweiht, und er schuldete ihr Ehre, dieser unbekannten Mutter, die er nie geliebt hatte. Wenn er nachts aufwachte, fühlte er sich ausgeliefert und verletzlich. Er sehnte sich nach Händen, die ihn am ganzen Leib bedeckten, und er konnte nur mit über dem Nabel gewölbten Händen einschlafen, außerstande, an diesem Teil seines Körpers auch nur die leiseste Berührung durch etwas Fremdes zu ertragen.

Um ihr Ehre zu erweisen, fehlten ihm die Gaben. Es gebrach ihm an den Worten, das zu sagen, was er hätte sagen wollen: den Worten des Dichters, die mehr ausdrückten als die Summe ihrer Bedeutungen. Doch eines Nachts, als er wach lag und durch das Fenster in den Himmel hinausblickte, stieg er plötzlich aus dem Bett, tastete sich zum Lichtschalter, knipste das Licht an, holte Stift und Papier und begann zu schreiben. Er richtete die Zeilen an seine Mutter. Er scherte sich nicht um den Rhythmus, er gebrauchte keine verlogenen abstrakten Begriffe. Er schrieb davon, wie er den Hügel heraufgekommen war und die schwarze, geharkte Erde gesehen hatte, die Einstiche des Spatens, die Furchen der Gabelzinken. Er schrieb von einer Reise, von der er vor langer Zeit heimgekehrt war. Er war müde gewesen; sie hatte ihm Rast gewährt. Er war hungrig gewesen; sie hatte ihm zu essen gegeben. Er hatte nicht gewusst, wohin; sie hatte ihn willkommen geheißen. Das Schreiben beschwingte und erleichterte ihn, so sehr, dass er auf den schlafenden Anand neben ihm hinabschauen und denken konnte: »Der Arme. Ist durch seine Prüfung gefallen.«

Nun da das Gedicht geschrieben, die Hemmschwelle überwunden war, fühlte er sich wieder ganz. Und als am Freitag die fünf Witwen zu ihrem Nähkurs am Royal Victoria Institute eintrafen und das Haus hallte von Geklapper und Geschnatter und Geschrei und Gesang und dem Radio und dem Grammophon, ging Mr. Biswas zu dem Treffen seines Literaturzirkels und kündigte an, es sei so weit, er könne endlich etwas vortragen.

»Es ist ein Gedicht«, sagte er. »In freien Rhythmen.«

Das gedämpfte Licht auf der Veranda des Richters tauchte alles in einen samtigen Schimmer. Auf dem Tisch standen Flaschen mit Whisky und Rum, Gingerale und Soda und eine Schale mit zerstoßenem Eis.

Mr. Biswas nahm auf dem Stuhl unter dem Leselämpchen Platz und trank einen Schluck Whisky Soda. »Ohne Titel«, sagte er. Und wie er schon erwartet hatte, wurde dies mit Befriedigung aufgenommen.

Dann folgte die Blamage. Da er sich befreit wähnte von dem, was er zu Papier gebracht hatte, begann er sein Gedicht kühn, sogar mit einem Anflug von Selbstironie. Doch beim Lesen fingen seine Hände zu zittern an, das Blatt raschelte, und als er zu der Stelle mit der Reise kam, versagte ihm die Stimme. Sie brach, einmal, immer wieder; in seinen Augen stach es. Aber er fuhr fort, und seine Ergriffenheit war so groß, dass am Ende niemand ein Wort sagte. Er faltete das Blatt zusammen und steckte es in seine Jackentasche. Jemand schenkte ihm nach. Er starrte auf seinen Schoß hinab, grollend, als wäre er völlig allein. Den Rest des Abends schwieg er, beschämt und verwirrt, und trank. Als er heimkam, sangen die Witwen leise, die Kinder schliefen, und er machte Shama Schande, indem er sich lautstark auf dem Abort im Hof übergab.

Was auch geschah, Anand sollte aufs Gymnasium gehen. Darüber waren sich Mr. Biswas und Shama einig. Leicht würde es nicht sein, aber es wäre grausam und dumm, dem Jungen nicht mehr als eine Volksschulbildung zukommen zu lassen. Die Mädchen waren derselben Meinung. Für sie hatte es keine Milch und keine Pflaumen gegeben, und ihre Chancen, eine Oberschule zu besuchen, waren gering; aber da sie schlechte Zensuren hatten, hielten sie sich auch nicht für würdig. Myna und Kamla forderten von Mr. Biswas eine öffentliche Erklärung, dass Anand aufs Gymnasium gehen werde, denn Vidiadhar benahm sich, als hätte er das Stipendium bereits in der Tasche, und lernte für jedermann sichtbar Latein und Französisch, Algebra und Geometrie, all die wunderbaren Fächer, die am Gymnasium gelehrt wurden.

Die Erklärung wurde abgegeben, auch wenn weder Mr. Biswas noch Shama zu sagen wussten, woher das Geld dafür kommen sollte.

Shama sprach davon, ihre Kuh Mutri aus Shorthills zu holen.

»Wo willst du sie hintun?«, fragte Mr. Biswas. »Zu Basdais Brut unters Haus?«

»Milch kostet zehn bis zwölf Cent die Flasche«, sagte Shama.

»Und Gras, hm? Denkst du, du kannst Mutri einfach auf dem Adam Smith Square oder auf dem Spielplatz in der Murray Street anpflocken? Du hast zu viel Captain Cutteridge gelesen. Und wie kommst du eigentlich darauf, dass die arme alte Mutri überhaupt noch Milch gibt, nach diesen ganzen Jahren bei deiner Familie?«

In Shama gärten alle möglichen Geschäftsideen, seit eine der Witwen, nicht länger willens zu glauben, dass ihre Schneiderambitionen in absehbarer Zeit Früchte tragen würden, eines Freitags mit einem Sack Orangen aus Shorthills gekommen war. Sie hatte feierlicher dreingeschaut denn je. Sie hatte einen ihrer Söhne beiseite genommen und ihm befohlen, die Orangen auf einem Tablett auszulegen und das Tablett auf einer Kiste auf dem Bürgersteig aufzubauen. Dann war sie ins Royal Victoria Institute gegangen. Der Plan der Witwe hätte einfacher nicht sein können; er erforderte kaum Aufwand und keinerlei Ausgaben. An diesem Abend wurde unter den Schwestern erregt diskutiert; viele Pläne wurden entworfen, Zukunftsbilder zaghaft ausgemalt. Die Witwe selbst sagte nichts, sondern lutschte nur mit unverändert feierlicher und trauervoller Miene an ihren Garnenden, fädelte sie durchs Nadelöhr, nähte.

Das Auftauchen eines Häufleins Orangen auf einem Tablett vor den hohen, kahlen Mauern des Hauses sorgte in dieser Wohngegend für eine kleine Sensation. Und es machte Mr. Biswas' Furcht, ungeduldige Bedürftige könnten ihm bis an die Haustür folgen, noch quälender.

Über der Stipendiumsprüfung und dem Tod seiner Mutter hatte er die Bedürftigen vernachlässigt. Anträge waren liegen geblieben, und als er eines Morgens in der Redaktion saß und zum zehnten Mal tippte: »*Sehr geehrter Herr! Ihr Schreiben habe ich nach meiner Rückkehr aus dem Urlaub vorgefunden* ...«, kam ein Reporter zu ihm an den Schreibtisch und sagte: »Gratuliere, Mann.«

Es war der Bildungsredakteur des *Sentinel*. Er hielt ein paar maschinenbeschriebene Blätter in der Hand. Die Ergebnisse der Stipendiumsprüfung.

Auf einer Seite voller Namen stach der Name heraus.

Anand war auf den dritten Platz gekommen, er hatte eines der zwölf Stipendien.

Kaum weniger berauschend als die Nachricht selbst war die Herzlichkeit, mit der sie von den älteren Kollegen in der Redaktion aufgenommen wurde. Die ganz jungen, die die Prüfung nicht allzu viele Jahre zuvor ihrerseits abgelegt hatten, gaben sich reserviert und unbeeindruckt.

Drittbester! Drittbester der ganzen Insel! Das war unglaublich. Nur zwei Jungen gescheiter! Er konnte es gar nicht fassen.

Als er sich halbwegs gefangen hatte, versuchte Mr. Biswas, einen Teil des Lobes ein wenig umzulenken. »Na ja, der Lehrer versteht eben sein Handwerk.« Doch er konnte es nicht durchhalten. »Dabei hat er sogar noch geschlampt. Eine ganze Frage ausgelassen. In der Rechtschreibprüfung. Synonyme und Homonyme.«

Das Interesse begann zu schwinden.

»Er wusste sie alle. Ein Kinderspiel, hat er gedacht.«

Die ersten Reporter kehrten an ihre Schreibtische zurück.

»Und dann hat er sie vergessen. Sie einfach ausgelassen. Eine ganze Frage.«

Nach einem beschwingten Morgen, an dem er die Lebensumstände zweier Bedürftiger mit einer Wohlgemutheit in Augenschein nahm, die diese ihm verübelten, fuhr er ins Büro zurück und lud den Bildungsredakteur und Mr. Burnetts Nachrichtenredakteur auf ein Bier in das Café an der Ecke ein. Da saßen sie inmitten grellfarbiger Wandmalereien von fröhlichem Treiben an Tropenstränden und tranken: drei Männer, keiner von ihnen über vierzig, die für sich selbst keine Perspektive mehr sahen und ihren ganzen Ehrgeiz in die Karrieren ihrer Kinder setzten. Der Erfolg für den Sohn eines von ihnen gab den anderen Hoffnung. Sie teilten Mr. Biswas' Freude; in sein Delirium vermochten sie ihm nicht zu folgen.

»Lass die alte Mutri nur in Frieden sterben«, sagte er zu Shama, als er mittags in das stille Haus zurückkam; und seine Aufgekratztheit stellte sie vor ein Rätsel. »Wie wär's mit Orangen? Versuch dich als Verkäuferin. Tu dich mit den Witwen zusammen. Den fünf Finanzgenies.«

Denn das Orangengeschäft war fehlgeschlagen. Drei Orangen waren für einen Penny an einen versprengten amerikanischen Soldaten verkauft worden; der Rest war in der Sonne verfault. Der Fehlschlag wurde auf den ungeeigneten Standort und die Blasiertheit und Missgunst der Nachbarn geschoben, die, nur um den Witwen eins auszuwischen, lieber den ganzen Weg zum

Markt liefen, um ihre Orangen dort zu einem höheren Preis zu erstehen. Dem Sohn der Witwe wurden außerdem mangelnde Begeisterung und falscher Stolz vorgeworfen: Er hatte sich ein gutes Stück von dem Orangentablett entfernt aufgestellt und ein unbeteiligtes Gesicht zu machen versucht.

Als Mr. Biswas mit der Nachricht von dem Stipendium herausrückte, fing Shama an, die Witwen zu verteidigen, und sie und Mr. Biswas hatten eine lange und gemütliche Kabbelei über die Tulsis. Es war wie in alten Zeiten, und Mr. Biswas, der wie immer Sieger blieb, tröstete Shama, wie er es lange nicht mehr getan hatte, indem er sagte: »Bald kriegst du deine goldene Brosche, Mädchen. Wart's nur ab.«

»Die wird sich gut machen in meinem Sarg.«

Die Schule hatte die ersten vier Plätze belegt und sieben der zwölf Stipendien erhalten. Die Skripte und Privatstunden des Lehrers, weithin berühmt für ihre Wirksamkeit, hatten sich wieder einmal bewährt. Fünf der Stipendien gingen an anerkannte Streber wie Anand und den Chinesenjungen und entlockten kaum jemandem einen Kommentar. Das sechste ging an einen der farblosen, picknickkorbgestärkten Jungen; er galt nun als hinterfotzig. Aber für die größte Überraschung sorgte der Junge, der auf den ersten Platz gekommen war. Er war ein Negerjunge von erstaunlicher Größe. Er war ein Jahr jünger als Anand, wirkte jedoch unvergleichlich viel älter. An seinen Unterarmen traten schon die Venen hervor, und an Kinn und Wangen sprossen vereinzelt ein paar drahtige Härchen. Er war immer laut über die Streber hergezogen, er hatte bei den Diskussionen über Filme und Sport das große Wort geführt, er besaß einen phänomenalen Überblick über die Kricketergebnisse der einzelnen englischen Grafschaften in den dreißiger Jahren; und er hatte das Thema Sex aufgebracht. Er wollte alle möglichen sexuellen Erfahrungen gesammelt haben, und wenn er nach den

Privatstunden davonstiefelte, dass ihm die Mappe über dem knackigen Hintern wippte, war jeder überzeugt, dass nicht die Hausaufgaben auf ihn warteten, sondern heimliche sexuelle Genüsse und die lustvollen Nachstellungen reifer Frauen. Er legte überzeugende Kenntnisse des weiblichen Körpers und seiner Funktionen an den Tag; und der Eindruck, dass in seinem außerschulischen Leben Bücher und Aufzeichnungen und Hausaufgaben keinerlei Rolle spielten, wurde zusätzlich verstärkt durch seine glühende Verehrung der Romane von P. G. Wodehouse, dessen Stil er in seinen Englischaufsätzen gekonnt nachahmte. Seine Beliebtheit hatte an diesem Morgen ihren Tiefstand erreicht; sein Erfolg stellte all seine Geschichten von erotischen Abenteuern in Frage. Er beteuerte, er habe nicht gebüffelt, lediglich in letzter Sekunde ein bisschen wiederholt, und das Ergebnis habe ihn noch mehr überrascht als irgendjemanden sonst. Aber vergebens.

Photographen von den Zeitungen kamen. Die Stipendiaten rückten ihre Krawatten gerade und wurden photographiert. Dann waren sie frei. Sie gehörten nicht mehr der Schule an. Schule und Lehrer schienen in die Ferne zu rücken, es trieb die Jungen vom Schulhof fort. Keiner wagte zuzugeben, dass er nach Hause gehen wollte, um die Neuigkeit zu verkünden; außerdem wollte keiner, dass der Tag schon zu Ende war.

Die Stadt lag schwarz und weiß in der Sonne. Die Bäume waren reglos, der Himmel hoch. Sie schlenderten zum Savannah-Park, wo sie sich hinsetzten und die Leute beobachteten, die im Queen's Park Hotel aus und ein gingen. In den weiß getünchten Nischen beidseits des Hoteleingangs standen, in steife, schneeweiße Gewänder gehüllt, zwei Türhüter, deren Schwärze ihresgleichen suchte. Der Effekt war streng, aber malerisch. Die Jungen stellten laut Überlegungen darüber an, was das Hotel wohl dazu bewog, für diesen Posten die schwärzesten Männer der Insel anzuwerben, und was wohl die Männer dazu bewog, einen solchen Posten zu übernehmen. Dann diskutierten sie in aller Ausführlichkeit darüber, ob sie selbst sich bei entsprechender Schwärze zu so etwas hergeben würden. Die Taxifahrer, die auf dem Asphalt des Bürgersteigs hockten, grinsten in sich hinein; und die Türhüter, durch das unausgesetzte Kommen und Gehen dazu verurteilt, ihre statuenhafte Starre beizubehalten, konnten nur verstohlene Drohgebärden machen und mit den Lippen eilige, stumme Obszönitäten formen. Die Jungen lachten und verzogen sich. Sie gingen die Ringstraße entlang, immer im Schatten der hohen Bäume. An der Ecke von Queen's Park West trafen sie auf einen Karren, an dem es Schabsel von zweifarbigem Sirupeis zu kaufen gab. Sie kauften; sie lutschten; sie verschmierten sich Hände, Gesichter, Hemden. Dann schlug der Negerjunge, der immerhin einen Ruf zurückzuerobern hatte, vor, sie sollten in den Botanischen Garten gehen und dort nach kopulierenden Paaren Ausschau halten. Gesagt, getan. Von dem Negerjungen dirigiert, brachten sie ein Paar dazu, hastig seine Blößen zu bedecken. Beim zweiten Mal setzte ihnen ein wütender amerikanischer Matrose nach. Sie flohen in den Felsengarten und spazierten dann weiter, vorbei an den architektonischen Wundern der Maraval Road, dem schottischen Baronsschloss, der maurischen Villa, dem pseudoorientalischen Palast, der Bischofsresidenz im spanischen Kolonialstil, bis sie schließlich vor dem blau-rot gestrichenen klassizistischen Bau des Gymnasiums standen, das jetzt verlassen dalag; nur unter dem Balkon mit seinen Säulen und seiner Balustrade parkten zwei Autos. Sie waren stolz und ein wenig eingeschüchtert. Könige für einen halben Tag, würden sie hier bald die Neuen sein, und damit gar nichts. Es schlug drei. Sie sahen zur Turmuhr hinauf. Dieses Zifferblatt würden sie nun Wochen und Monate und Jahre vor Augen haben; dieser Glockenschlag würde ihnen vertraut werden. Er würde ihnen vielerlei Dinge ankündigen; er würde Anfänge und Enden einläuten. Fürs Erste verkündete er ihnen, dass ihr halber Ferientag vorbei war. »Bis nächstes Jahr«, sagten die Jungen und gingen ihrer getrennten Wege.

Während an diesem Abend Mr. Biswas und die Eltern der anderen Stipendiaten zum Haus des Lehrers pilgerten, bepackt mit Rum und Whisky, bratfertigem Federvieh und Zicklein mit gefesselten Läufen, wurden die Tuttle-Kinder mit neuer Striktheit an ihre Hausaufgaben gesetzt, obgleich doch Weihnachten und die Schulferien vor der Tür standen. Der Schreiberling, zu neuem Ehrgeiz angestachelt, vollendete den ersten Band von Captain Daniels *Westindischer Geschichte*. Für Vidiadhar wurde es ein trauriger Abend. Er bekam nichts zu essen. Denn er hatte kein Stipendium erhalten – Vidiadhar, der blitzsaubere Aufgabenblätter mit Häkchen neben den beantworteten Fragen und eine säuberliche Liste mit korrekten Mathematikergebnissen mit nach Hause gebracht hatte, der schon angefangen hatte, Latein und Französisch zu lernen, der das Fußballturnier der Oberschulen besucht und seine Mannschaft angefeuert hatte. Jetzt musste er bis spät in die Nacht statt über seinen Latein- und Französischbüchern über seinen Prüfungsaufzeichnungen sitzen und bekam von Chinta mehrmals die Rute.

Die Zeitungen brachten am nächsten Morgen Photos von Anand und den anderen Stipendiaten. Sie brachten auch klein gedruckte Spalten mit den Namen der vielen Hundert, die die Prüfung lediglich bestanden hatten. Die Leser und Lerner durchforsteten sie nach Vidiadhars Namen. Sie fanden ihn nicht. Mit Verlierern hielten sie es nicht, also drehten sie die Seite um und gaben vor, da zu suchen, und dann taten sie so, als würden sie die Kleinanzeigen durchgehen, die in der gleichen Schrift gedruckt waren. Chinta, die nicht Basdais Züchtigungsrechte genoss und den Lesern und Lernern jetzt auch nicht mehr mit Govind drohen konnte, musste sich aufs Schimpfen beschränken. Sie beschimpfte sie alle einzeln; sie beschimpfte Shama; sie beschimpfte W. C. Tuttle; sie beschimpfte Anand und seine Schwestern; sie beschuldigte Mr. Biswas, die Prüfer bestochen zu haben; sie brachte die gestohlenen achtzig Dollar zur Sprache. Ihre Stimme war ein zeterndes Winseln; ihre Augen waren rot, ihr ganzes Gesicht brannte. Die Leser und Lerner kicherten. Vidiadhar, dem das gute Abschneiden der Schule bei den Prüfungen einen freien Tag beschert hatte, wurde erneut an seine Aufzeichnungen gescheucht. Zwischendurch unterbrach Chinta ihr Geschimpfe, um ihn anzuschreien: »Pass bloß auf! Gleich hol ich das Messer, und dann schneid ich dir deine kleine Zunge ab!« Und: »Wasser und Brot, mehr gibt's für dich nicht mehr! Anders kann man's gewissen Leuten in diesem Haus ja scheint's nicht recht machen.« Ab und zu verstummte sie auch, lief, nein, rannte zu dem Tisch, an dem er saß, und verdrehte ihm das Ohr, als würde sie einen Wecker aufziehen, so lange, bis Vidiadhar wie ein Wecker losschrillte. Dann schlug sie ihn und knuffte ihn, riss ihn an den Haaren und grub ihm die Finger in den Hals. Vidiadhar, ganz benommen, füllte mit seiner erbärmlichen Klaue Seite um Seite mit sinnlosen Notizen; und seine Schwestern und Brüder durchbohrten alle mit ihren Blicken, als wäre das gesamte restliche Haus schuld an Vidiadhars Versagen und Bestrafung.

Den ganzen Tag und den ganzen Abend übertönte Chintas Gekeife den Hintergrundlärm des Hauses, bis selbst W. C. Tuttle sich zu einer Bemerkung hinreißen ließ, in seinem reinen Hindi und so laut, dass sie durch die Trennwand in Mr. Biswas' Hinterzimmer drang, von wo sie Mr. Biswas im Vorderzimmer zugetragen wurde – ein erster Schritt zu einer Versöhnung zwischen den beiden Männern, die vollständig war, als W. C. Tuttles zweitältester Sohn, der seine Stipendiumsprüfung im kommenden Jahr ablegen würde, herunterkam, um Anand zu bitten, ihm beim Lernen zu helfen.

Und von den Tuttles bekam Anand auch seine einzigen beiden Belohnungen: eine Ausgabe des *Talisman* von W. C. Tuttle, den er unlesbar fand, und einen Dollar von Mrs. Tuttle, den er Shama gab. Mr. Biswas schämte sich, das Versprechen im Collins Clear-Type Shakespeare zu erwähnen, und auch Anand brachte die Sprache nicht darauf; er nahm brav an, dass die Kriegsbedingungen den Kauf eines Fahrrads eben nicht zuließen. Von der Schule gab es ebenfalls keinen Preis. Wieder waren die Kriegsbedingungen schuld; und als eine »Kriegsmaßnahme« erhielt Anand eine von der Regierungsdruckerei am Ende der Straße gedruckte Urkunde in »Vertretung« für das ledergebundene Buch mit Goldschnitt und dem Wappen der Schule.

Es war ein Jahr des Mangels gewesen, ein Jahr der Teuerung; in den Läden hatten sich die Menschen um gehortetes Mehl geprügelt. Doch zur Weihnachtszeit drängten sich auf den Gehsteigen herausgeputzte Kauflustige vom Lande, und die Straßen waren verstopft von zäh dahinrollendem, aber umso lärmenderem Verkehr. In den Geschäften gab es nur klobiges handgefertigtes Holzspielzeug zu kaufen, aber auf den Plakaten prangten bunt wie immer rotbäckige Weihnachtsmänner, tänzelnde Rentiere, Stechpalmen, rote Beeren und Buchstaben mit Schneemützen. Nie waren die Bedürftigen unterstützenswerter gewesen, und Mr. Biswas arbeitete härter denn je. Und doch vereinte sich alles – Läden, Plakate, Menschenmengen, Lärm, Hektik – zu jener Atmosphäre fröhlicher Dringlichkeit, die sich für die Jahreszeit gehörte. Das Jahr endete gut.

Und es sollte noch besser enden.

Eines Morgens zu Beginn der Weihnachtswoche, als Mr. Biswas seine Anträge gerade nach einem unterstützungswürdigen Zimmermann für Heiligabend durchforstete, steuerte ein gut gekleideter Herr mittleren Alters auf seinen Schreibtisch zu, überreichte ihm mit einer steifen Gebärde ein Kuvert, machte ohne ein Wort kehrt und verließ raschen Schrittes den Nachrichtenraum.

Mr. Biswas öffnete das Kuvert. Dann stieß er seinen Stuhl zurück und eilte nach draußen. Der Mann saß in einem Auto und fuhr schon davon.

»War er nicht gerade bei Ihnen?«, fragte der Portier. »Er hat nach Ihnen gefragt. Doktor Soundso. Rameshwar.«

Der Brief war beantwortet worden. Der Fehler war bereinigt.

»Na, was meinst du, Junge?«, sagte er später am selben Tag zu Anand. »Eine Sammlung von Briefen. An einen Doktor. Einen Richter. Geschäftsmann, Herausgeber. Schwager, Schwiegermutter. *Zwölf offene Briefe*, von M. Biswas. Was meinst du?«

5. Die Leere

Das Gymnasium kannte keinen eifrigeren Vater als Mr. Biswas. Sämtliche Schulregeln, Schulrituale und Schultraditionen beglückten ihn. Er begeisterte sich für die Bücher, die der Lehrplan vorschrieb, und ließ es sich nicht nehmen, Anands Büchergutschein eigenhändig zu Muir Marshalls Buchladen am Marine Square zu tragen und gegen einen Stapel Bücher einzutauschen, alle kostenlos. Er band die Bücher ein und beschriftete ihre Rücken. Auf das vordere und hintere Vorsatzblatt eines jeden Buches schrieb er Anands Namen, Klasse, den Namen des Gymnasiums und das Datum. Anand hatte seine liebe Not, dies vor seinen Mitschülern zu verbergen, die ihre Namen selber schreiben und ihre Bücher verunstalten durften, wie es ihnen gefiel. Mr. Biswas besuchte auch die Jahresabschlussfeier des Gymnasiums, obwohl weder Anand noch er dort etwas verloren hatten. Und er bestand darauf, mit in die Wissenschaftsausstellung zu kommen, und verdarb Anand damit den Tag; denn während der Negerjunge gleich zu den anderen lief und verkündete: »Wahnsinn, Mann, Schnecken können sich selber ficken«, musste Anand neben Mr. Biswas hergehen, der pflichtgetreu am Anfang anfing, lange und sorgfältig die elektrischen Apparate betrachtete und nicht weiter als bis zu den Mikroskopen kam. »Stell dich hierher«, befahl er Anand. »Gib mir Deckung, dass ich die Platte herausziehen kann. Ich will nur mal schnell husten und draufspucken. Damit wir was zu gucken haben.« »Ja, *Daddy*«, sagte Anand. »Gern, *Daddy*.« Aber die Schnecken bekamen sie nicht zu sehen. Als jedem Jungen versuchsweise ein Hausaufgabenbuch mitgegeben wurde, das von Eltern oder Erziehungsberechtigten täglich abzuzeichnen war, zeichnete Mr. Biswas ab, was das Zeug hielt. Wenige andere Eltern machten sich die Mühe, und die Idee wurde bald wieder fallen gelassen, nur Mr. Biswas blieb bis zum bitteren Ende am Ball. Für ihn stand fest, dass sein Interesse an Anand von der gesamten Schule geteilt wurde, und sooft Anand nach einem seiner Asthmaanfälle wieder in den Unterricht zurückkehrte, fragte Mr. Biswas am Nachmittag: »Na, was haben sie gesagt?«, als müsste Anands Fehlen den ganzen Schulbetrieb durcheinander gebracht haben.

Im Oktober wurde Myna auf Milch und Dörrpflaumen gesetzt. Wider Erwarten war sie zur Stipendiumsprüfung im November zugelassen worden. Mr. Biswas und Anand begleiteten sie zur Aula – Anand gönnerhaft, ganz der Erwachsene, der den Stätten seiner Kindheit einen Besuch abstattet. Er sah seinen Namen auf dem Brett im Zimmer des Direktors und war gerührt über diesen Versuch der Schule, Anspruch auf ihn zu erheben. Als Myna mittags herauskam, war sie sehr vergnügt, aber im Lauf von Anands strengem Verhör wurde sie zunehmend verwirrt und unglücklich, gab Fehler zu, versuchte andere Fehler als richtig hinzudrehen. Dann gingen sie mit ihr in die Milchbar, alle drei mit einem Gefühl der Vergeudung. Und als die Ergebnisse bekannt gegeben wurden, gratulierte niemand Mr. Biswas, denn Mynas Name ging unter in den klein gedruckten Spalten mit den Namen derer, die lediglich bestanden hatten.

Die Veränderung war schleichend über ihn gekommen. Er hätte nicht zu sagen gewusst, wann die Stadt für ihn ihre Romantik und Verheißung verloren und er selbst begonnen hatte, sich alt zu fühlen und seine Laufbahn als beendet zu sehen, wann für ihn an die Stelle einer eigenen Zukunft die Vision von Anands Zukunft getreten war. Jede dieser Erkenntnisse war mit Verzögerung erfolgt, und nicht überraschend, sondern als Bestätigung eines Zustands, mit dem er sich lange schon abgefunden hatte.

Anders war es, als er eines Nachts erwachte und es ihm wie Schuppen von den Augen fiel, dass er seine Lebensumstände nun schon seit einer Weile als unabänderlich hinnahm: das lärmerfüllte Haus, die Küche zwischen den Stützpfählen, das Essen, das über die Vordertreppe heraufgebracht werden musste, die zwei engen Zimmer, in denen Shama und er und die heranwachsenden Kinder zusammengepfercht waren. Häuser – mit ihren erleuchteten Wohnzimmern hinter offenen Türen, dem Besteckgeklapper aus den Esszimmern, wenn er abends um acht ins Kino unterwegs war, den Garagen, den Gärten, die nachmittags mit Schläuchen gesprengt wurden, den Veranden, auf denen sonntagvormittags faul Herumsitzende die nackten Beine von sich streckten – Häuser gehörten für ihn nun zu den Dingen, die nur die anderen betrafen, ähnlich wie Kirchen, Metzgerstände, Kricket- und Fußballspiele. Sie schürten weder seinen Ehrgeiz noch seine Verzweiflung. Der Traum vom eigenen Haus war ihm abhanden gekommen.

Er ließ sich in die Trübsal hineinsinken wie früher in die Leere, die in seiner Phantasie immer für das Leben gestanden hatte, das noch vor ihm lag. Nacht für Nacht versank er. Aber jetzt steigerte sich sein Unglück zu keiner Panik mehr, schürzte sich zu keinem Knoten in seinem Innern. Er entdeckte in sich nur wachsenden Widerwillen, und jener Teil seines Wesens, der die Folgen eines solchen Rückzugs fürchtete, wurde mehr und mehr zum Schweigen gebracht.

Bedürftige wurden überprüft und die Unterstützungswürdigen in der Zeitung vorgestellt. Der Waffenstillstand mit W.C. Tuttle wurde gebrochen, neu geschlossen und erneut gebrochen. Die Leser und Lerner lasen und lernten. Anand und Vidiadhar wechselten weiterhin kein Wort miteinander, und dieses Schweigen zwischen den Vettern sprach sich allmählich auch am Gymnasium herum, an dem Vidiadhar inzwischen ebenfalls Aufnahme gefunden hatte, wenn auch in einer entsprechend niedrigeren Klasse. Govind verprügelte Chinta, trug seine Dreiteiler und fuhr sein Taxi. Die Witwen brachen ihren Nähkurs am Royal Victoria Institute ab, gaben ihre Schneiderpläne auf, gaben all ihre Pläne auf. Eine kam und kampierte, zimmerlos, unter dem Haus, drohte damit, einen Stand auf dem Markt in der George Street aufzumachen, konnte davon abgehalten werden und kehrte nach Shorthills zurück. W. C. Tuttle erwarb eine Schallplatte, auf der eine fünfzehnjährige Amerikanerin namens Gloria Warren *»You Are Always in My Heart«* sang. Und Morgen für Morgen entfloh Mr. Biswas, nachdem die Leser und Lerner aus dem Haus geströmt waren, in die Redaktion des *Sentinel*.

Dann, ganz plötzlich, kehrten seine Lebensgeister zurück.

Das geschah während Anands zweitem Jahr am Gymnasium. Dank seiner konkurrenzlosen Erfahrung in Sachen Armut war Mr. Biswas beim *Sentinel* zum Fachmann für alles Soziale geworden. Als solcher führte er Interviews mit den Vorsitzenden wohltätiger Vereine und nahm an zahlreichen Diners teil. Eines Morgens lag auf seinem Schreibtisch ein Vermerk, er möge die frisch eingetroffene Leiterin des Amtes für kommunale Wohlfahrt interviewen. Das war eine staatliche Behörde, die ihre Arbeit noch nicht aufgenommen hatte. Mr. Biswas wusste, dass sie Teil der nach Kriegsende eingeführten Förderprogramme war, aber nicht, worin die Aufgaben der Behörde im Einzelnen bestanden. Er ließ sich das Dossier kommen. Es half ihm nicht weiter. Das meiste davon hatte er selbst geschrieben und wieder vergessen. Er rief an, bekam noch am selben Vormittag einen Termin und ging hin. Als er eine Stunde später wieder die Stufen des Red House in den asphaltierten Vorhof hinunterstieg, formulierte er im Geiste nicht seinen Artikel, sondern sein Kündigungsgesuch an den *Sentinel*. Er hatte eine Stelle als staatlicher Wohlfahrtsbeamter angeboten bekommen, zu einem Monatsgehalt, das fünfzig Dollar über seinem Gehalt beim *Sentinel* lag. Und er hatte zugesagt. Dabei war er sich noch immer nicht recht über die Ziele der Behörde im Klaren. Er glaubte verstanden zu haben, dass es um Dorferneuerung ging; was es an den Dörfern zu erneuern gab, wusste er nicht.

Miss Logie, die Leiterin der Behörde, war ihm auf Anhieb sympathisch gewesen. Sie war eine große, energische Frau, die die mittleren Jahre schon hinter sich hatte. Sie war nicht wichtigtuerisch oder aggressiv, wie es Frauen in gehobenen Positionen seiner Erfahrung nach so gerne waren. Sie war eine Dame, und schon bevor die Sprache auf die Stelle gekommen war, hatte er sich alle Mühe gegeben, einen guten Eindruck auf sie zu machen. Dazu haftete ihr der Reiz des Neuen an. Er hatte noch nie eine indische Frau ihres Alters getroffen, die so wach und intelligent und wissbegierig war. Und als das Angebot kam, zögerte er keine Sekunde. Er verzichtete auf die Bedenkzeit, die Miss Logies ihm einräumen wollte; er fürchtete jeden Aufschub.

Frohen Herzens ging er die St. Vincent Street entlang zurück in die Redaktion. Etwas in jeder Hinsicht Unerwartetes war ihm widerfahren. Der Gedanke an eine neue Arbeit war etwas, das er längst aufgegeben hatte. Sein Interesse an all dem Gerede über Entwicklungsförderung war rein journalistischer Natur gewesen, da er es nicht auf sich und seine Familie bezog. Und nun, an einem ganz normalen Montagmorgen, war ihm eine neue Stelle in den Schoß gefallen, eine Stelle, die ihn zugleich Teil der neuen Ära machte. Und obendrein eine Stelle bei der Regierung! Mit Wohlgefallen dachte er an all die Witze, die man sich über Regierungsbeamte erzählte, und spürte das volle Gewicht der Sorgen, die seit Mr. Burnetts Weggang auf ihm gelastet hatten. Beim *Sentinel* hätte er jederzeit auf die Straße gesetzt werden können; nichts und niemand hätte ihn davor geschützt. Aber aus dem Staatsdienst konnte niemand so einfach entlassen werden. Es gab, so meinte er zu wissen, Ausschüsse, die eigens für derlei Dinge zuständig waren. Die Angelegenheit würde alle möglichen Instanzen zu durchlaufen haben – welch ein wunderbares Wort, Instanzen –, und das, so erzählte man, war eine derart komplizierte Prozedur, dass kaum ein Regierungsbeamter jemals entlassen wurde. Wie war das noch mit dem Boten gewesen, der sämtliche Schreibmaschinen in seiner Abteilung gestohlen und verkauft hatte? Hatte man da nicht einfach gesagt: »Steckt ihn in eine Abteilung ohne Schreibmaschinen«?

Wie viele Kündigungsgesuche an den *Sentinel* hatte er in Gedanken schon entworfen! Doch als es nun so weit war, als der Schriftwechsel zwischen dem Ministerium und ihm abgeschlossen war und er auf dem Slumberking-Bett lag, um an den *Sentinel* zu schreiben, verwendete er keine der Formulierungen, keinen der Sätze, die er im Lauf der Jahre ausgefeilt hatte. Stattdessen bezeigte er sich zu seiner Überraschung dankbar dafür, dass die Zeitung so lange mit ihm zusammengearbeitet hatte, dass sie es ihm möglich gemacht hatte, in der Stadt Fuß zu fassen, und ihm das Rüstzeug für den Staatsdienst mitgegeben hatte.

Er kam sich reichlich dumm vor, als er die Antwort der Zeitung in Händen hielt. In fünf Zeilen dankte man ihm da für sein Schreiben, sprach Bedauern aus, würdigte seine Dienste und wünschte ihm Glück auf dem neuen Posten. Der Brief war von einer Sekretärin getippt, die ihre Initialen in modischer Kleinschreibung unten links in die Ecke gesetzt hatte.

In der Zeit, die er noch abzuleisten hatte, vernachlässigte er seine Bedürftigen und bereitete sich mit Schwung auf seine neue Aufgabe vor. Er entlieh Bücher aus der Zentralbibliothek und aus der kleinen Sammlung der Behörde. Er fing mit Soziologiebüchern an und erlitt sofort Schiffbruch: Er verstand weder ihre Diagramme noch ihren Jargon. Als Nächstes versuchte er es mit verständlicher geschriebenen Broschüren über Dorfsanierung in Indien. Die waren schon spannender. Sie zeigten dörfliche Abwasseranlagen vorher und nachher, enthielten Anleitungen für den Bau kostengünstiger Rauchabzüge und das Ausheben von Brunnen. Sie beflügelten Mr. Biswas dermaßen, dass er sich einige Tage versucht fühlte, an der kleinen Gemeinschaft bei sich zu Hause zu üben. Eine Anzahl der Bücher legten verblüffend viel Wert auf gemeinschaftliches Singen und Tanzen bei der Arbeit; einige gaben sogar Liedtipps. Mr. Biswas sah sich als Anführer einer singenden Dorfgemeinschaft, die mit vereinten Kräften Straßen ausbesserte, Mehrzweckhütten baute und Brunnen grub; singend ernteten sie einander reihum die Felder ab. Ein wenig überzeugendes Bild; er kannte indische Dorfbewohner zu gut. Govind zum Beispiel sang, W. C. Tuttle war ein großer Musikfreund – aber wie sollte er die beiden dazu bringen, gemeinsam mit den singenden Lesern und Lernern unter seiner Führung den Boden unter dem Haus neu mit Beton auszugießen, die halbhohen Mauern zu verputzen, ein zusätzliches Bad oder Klosett einzubauen? Im Zweifelsfall brachte er sie nicht einmal zum Singen. Er las über Heimarbeit, ein nostalgisch klingendes Wort, bei dem er sich gemeinschaftlich gebaute Mehrzweckhütten vorstellte, in denen ordentlich gekleidete Bauern mit ernsten, klassisch geschnittenen Gesichtern am Spinnrad saßen und Ellen über Ellen von Garn spannen, um sich nach getaner Arbeit zu den abendlichen Volkstänzen und Volksgesängen unter dem Dorfbaum aufzumachen, beleuchtet vom Schein der Fackeln. Aber er wusste zu gut, wie es nachts, wenn die Rumschänken sich leerten, in den Dörfern zuging. Nein, lieber sah er sich in einem großen Bretterschuppen zwischen Reihen disziplinierter Körbe flechtender Bauern auf und ab schreiten … Von der Heimarbeit verlagerte sich sein Interesse auf die Jugendkriminalität, der er mehr abgewinnen konnte als der Erwachsenenkriminalität. Besondere Freude machten ihm die Photos der Gewohnheitstäter: kleinwüchsig, Zigarette im Mundwinkel, verächtlich und ungeheuer attraktiv. Er malte sich aus, wie er ihr Vertrauen gewann und später ihre ewige Verehrung. Er las Bücher über Psychologie und merkte sich ein paar Fachbegriffe für das Verhalten Chintas, wenn sie Vidiadhar die Rute gab.

Miss Logie, die ihn in seinem Eifer zunächst bestärkt hatte, versuchte ihn jetzt eher zu bremsen. Er sah sie oft im Lauf dieses Monats, und sie verstanden sich immer besser. Anderen Leuten stellte sie ihn als ihren Kollegen vor, eine Freundlichkeit, die für ihn etwas völlig Neues war; und nachdem er in ihrer Gegenwart erst nur unbefangen gewesen war, wurde er nun fast übermütig.

Dann bekam er einen Schrecken.

Miss Logie sagte, sie würde gern seine Familie kennen lernen.

Leser! Lerner! Govind! Chinta! Das Slumberking-Bett und der Esstisch des verkrüppelten Schreiners! Und womöglich hatte eine Witwe einen neuen Anlauf genommen, und vor dem Tor wartete das nächste kleine Tablett mit Orangen oder Avocados.

»Mumps«, sagte er.

Es war nicht ganz unwahr. Die Krankheit hatte die gesamte Schar von Basdais Lesern und Lernern niedergestreckt, sie hatte einen kleinen Tuttle ereilt; aber Mr. Biswas' Kinder waren bisher noch verschont geblieben.

»Die liegen leider Gottes alle mit Mumps im Bett.«

Und als Miss Logie sich ein paar Tage darauf nach den Kindern erkundigte, musste Mr. Biswas sagen, sie seien wieder wohlauf, dabei hatte es sie eben erst erwischt.

Pünktlich zum Letzten des Monats kam sein letztes Freiexemplar des *Sentinel*.

»Bevor Sie anfangen, täte Ihnen doch vielleicht ein kleiner Urlaub gut, meinen Sie nicht?«, sagte Miss Logie.

»Das habe ich auch schon gedacht.« Die Worte kamen ihm wie selbstverständlich über die Lippen; sie gingen mit seiner neuen Rolle einher. Und er sah sich zu einer unbezahlten Woche unter den Lesern und Lernern verdammt. »Ja, ein kleiner Urlaub täte mir sicher ganz gut.«

»Sans Souci zum Beispiel wäre hübsch.«

Sans Souci lag im Nordosten der Insel. Miss Logie, die Zugereiste, war dort gewesen; er nicht.

»Ja«, sagte er. »Sans Souci wäre hübsch. Oder Mayaro«, fügte er hinzu, in dem Versuch, sich einen Anstrich von Unabhängigkeit zu geben, indem er einen Badeort im Südosten ins Spiel brachte.

»Ihrer Familie würde das sicher Spaß machen.«

»Ja, das glaube ich auch.« Schon wieder die Familie! Er wartete. Und natürlich kam es. Sie wollte sie immer noch kennen lernen.

Seine Gefasstheit ließ ihn im Stich. Was sollte er vorschlagen? Dass er sie einzeln mit ins Red House brachte?

Miss Logie erlöste ihn aus seiner Not. Sie fragte, ob sie nicht alle zusammen am Sonntag nach Sans Souci fahren sollten.

Das schienen sicherere Gewässer. »Aber gern, gern«, sagte er. »Meine Frau kann uns etwas kochen. Wo sollen wir uns treffen?«

»Ich hole Sie ab.«

Er saß in der Falle.

»Es ist nämlich so, dass ich ein Haus in Sans Souci gemietet habe«, sagte Miss Logie. Und dann enthüllte sie ihren Plan. Sie wollte, dass Mr. Biswas mit seiner Familie eine Woche lang dort blieb. Die Verkehrsverbindungen waren spärlich, aber das Auto könnte sie Ende der Woche abholen. Wenn Mr. Biswas nicht hinfuhr, würde das Haus leer stehen, und das wäre ein Jammer.

Er war überwältigt. Urlaub, das waren für ihn bisher schlicht die Tage gewesen, an denen er nicht zur Arbeit ging; eine solche

Zeit dazu zu nutzen, mit der Familie an irgendeinen Ferienort zu fahren – das lag jenseits aller Ambitionen. Nur wenige Menschen machten diese Art von Urlaub. Es gab keine Pensionen oder Hotels, nur Strandhäuser, und die hatte er sich immer unerschwinglich vorgestellt. Und nun das! Nach all diesen Briefen an die Bedürftigen: *Sehr geehrter Herr! Ihren Brief habe ich bei meiner Rückkehr aus dem Urlaub vorgefunden ...*

Er erhob Einwände, aber Miss Logie blieb fest. Er hielt es für klüger, kein zu großes Aufhebens zu machen; er wollte nicht den Eindruck erwecken, dass er die Sache unnütz aufbauschte. Miss Logie hatte ihr Angebot aus Freundschaft gemacht; er würde es als Freund annehmen. Er gab jedoch zu bedenken, dass er erst mit Shama darüber sprechen müsse, und Miss Logie sagte, das verstehe sie.

Dennoch kam er sich ertappt vor, so als hätte er Miss Logie mehr von sich preisgegeben, als ihm bewusst gewesen war; und dieses Gefühl steigerte sich zur Qual, als er am nächsten Tag, nach der Morgenwäsche draußen im Badeverschlag, im Hinterzimmer vor Shamas Frisierkommode stand. Wenn ihn der Selbstekel gepackt hielt, war ihm das Ankleiden ohnehin ein Gräuel, und an diesem Morgen sah er, dass sein Kamm, der, wie er mehrfach betont hatte, für seinen und nur für seinen Gebrauch bestimmt war, voller Frauenhaare steckte. Er zerbrach den Kamm, zerbrach einen zweiten Kamm und warf mit Ausdrücken um sich, die weder zu seinen Kleidern passten noch zu dem Menschen, zu dem er in ihnen wurde.

Er teilte Miss Logie mit, dass Shama hocherfreut sei, und der Selbsthass war schnell vergessen, als er und Shama sich an die Vorbereitungen machten. Sie gingen ans Werk wie zwei Verschwörer. Sie hatten sich zur Geheimhaltung entschlossen. Dafür gab es keinen rechten Grund außer der Tatsache, dass es ein ungeschriebenes Gesetz des Hauses war: Die Tuttles etwa hatten sich unmittelbar vor Eintreffen der nackten Fackelträgerin unnahbarer denn je gezeigt, und Chinta war mit einer regelrechten Trauermiene umhergegangen, bevor Govind sich in seinen Dreiteilern präsentiert hatte.

Am Samstag begann Shama einen Picknickkorb zu packen.

Das Geheimnis ließ sich nicht länger vor den Kindern verborgen halten. Der randvolle Picknickkorb, das Auto, die Fahrt ans Meer – das alles kannten sie zu gut. »Vidiadhar und Shivadhar!«, schrie Chinta. »Ihr bleibt mir auf eurem Allerwertesten sitzen und lest eure Bücher, habt ihr gehört! *Ihr* habt keinen Vater, der mit euch Ausflüge machen kann. Euer Vater bekommt kein regelmäßiges Gehalt vom Staat, dass ihr's wisst!« Die Leser und Lerner umdrängten Shama, während sie den Picknickkorb packte. Shama, abweisender und vertiefter, als man sie sonst kannte, ignorierte sie. Alles an ihrer Art legte nahe, dass ihr die ganze Sache – wie sie denn auch zu Basdai, der Witwe, sagte, die neben ihr stand und Ratschläge erteilte – äußerst lästig war und sie nur den Kindern und ihrem Vater zuliebe gute Miene dazu machte.

Ziel und Dauer ihres Urlaubs waren bekannt gegeben worden. Die Art der Beförderung war noch geheim; diese Überraschung sollte bis zum Schluss aufgespart werden. Und sie bereitete Mr. Biswas die größten Sorgen. Die ganze Woche graute ihm schon vor dem Moment, in dem Miss Logie in ihrem nagelneuen Buick vorfahren würde. Er musste sicherstellen, dass der Zeitraum zwischen ihrer Ankunft und der Abfahrt so kurz wie nur möglich ausfiel. Sie durfte um Gottes willen nicht aus dem Auto aussteigen. Denn dann würde sie vielleicht durch das Tor gehen und sehen, was für Zustände unter dem Haus herrschten; am Ende ging sie sogar hinunter! Oder sie stieg die Stufen hinauf und klopfte an die Haustür; dann würde ihr W. C. Tuttle entgegentreten, und der Himmel allein mochte wissen, als was er an diesem Morgen posieren würde: Jogi, Gewichtheber, Pandit, Lastwagenfahrer beim Ausspannen. Doch um jeden Preis galt es zu verhindern, dass sie das Vorderzimmer betrat und das Slumberking-Bett sah, auf dem der formelle Brief geschrieben worden war, in dem Mr. Biswas den Posten des staatlichen Wohlfahrtsbeamten annahm, oder den Esstisch des verkrüppelten Schreiners, immer noch hochbeladen mit Büchern über Soziologie, Dorferneuerung in Indien, Heimarbeit und Jugendkriminalität.

Entsprechend waren die Kinder, obwohl Miss Logie sich für neun Uhr angesagt hatte, bereits um acht angezogen und mit dem Frühstück fertig und wurden als Wächter am Tor postiert. Von Zeit zu Zeit ließen sie ihren Posten im Stich und mussten nach hektischer Suche aus einem Auflauf von Lesern und Lernern herausgezerrt oder aus dem Abort getrieben werden. Shama fielen immer neue Dinge ein, die sie vergessen hatte: Zahnbürsten, Handtücher, Flaschenöffner. Mr. Biswas für seinen Teil konnte sich nicht entschließen, welches Buch er mitnehmen sollte, und eilte ständig ins Vorderzimmer zurück. Zu guter Letzt aber war alles beisammen, und sie standen in Reih und Glied auf der Vordertreppe, sprungbereit. Mr. Biswas war in Urlaubskleidung: krawattenlos (wobei sein Samstagshemd noch den Abdruck der Samstagskrawatte erkennen ließ), die Jacke über dem Arm und sein Buch in der Hand. Shama trug ihre reich verzierten Besuchskleider; sie hätte zu einer Hochzeit unterwegs sein können.

Während sie warteten, wurden sie von Lesern und Lernern unterwandert. »Macht, dass ihr wegkommt!«, flüsterte Mr. Biswas hitzig. »Ab ins Haus mit euch. Geh rein, kämm dir die Haare. Und du, lauf und zieh dir Schuhe an.« Ein paar Kleinere ließen sich einschüchtern; die Größeren, die genau wussten, dass Mr. Biswas ihnen gar nichts zu befehlen hatte, zeigten ihre Verachtung offen, und zu Mr. Biswas' Verzweiflung stelzten einige von ihnen auf den Gehsteig hinunter, wo sie sich hinstellten wie die Störche, eine Fußsohle gegen die fleckige, streifige rosa getünchte Mauer gestemmt. Das Grammophon spielte ein Lied aus einem indischen Film, Govind jaulte das *Ramajana*, Chintas heisere Stimme schalt, und Basdai kreischte, ihre Mädchen sollten hereinkommen und ihr beim Essenkochen helfen.

Dann ertönten die Rufe. Ein grüner Buick war um die Ecke gebogen. Mr. Biswas und seine Familie hasteten mit ihren Koffern und Körben die Treppe hinunter, wobei Mr. Biswas mit zornig erhobener Stimme die Leser und Lerner wegzuscheuchen versuchte.

Als der Wagen anhielt, standen Mr. Biswas und seine Familie an der vordersten Bordsteinkante. Miss Logie, die neben dem Chauffeur saß, lächelte und winkte ein bisschen, nur mit den Fingern. Sie begriff offenbar, was die Lage gebot, und blieb im Auto sitzen. Mit unbewegter Miene öffnete der Chauffeur den Wagenschlag und verstaute Koffer und Körbe im Kofferraum.

W. C. Tuttle trat auf die Veranda heraus: der Lastwagenfahrer beim Ausspannen. Seine Khakishorts gaben den Blick auf runde, stämmige Beine frei, sein weißes Unterhemd enthüllte eine breite Brust und breite, schwabbelige Oberarme. Über die halbhohe Verandamauer gelehnt, von Hängefarnen eingerahmt, legte er einen langen Finger zart an ein bebendes Nasenloch und stieß durch das andere mit einem kurzen Grunzer ein wenig Rotz aus.

Mr. Biswas plapperte wie im Rausch, um von den Lesern und Lernern und W. C. Tuttle abzulenken und um die Geräusche aus dem Haus zu übertönen, den jähen, durchdringenden Aufschrei Chintas, aus dem echte Todesqual zu klingen schien: »Vidiadhar und Shivadhar! Auf der Stelle kommt ihr rein, sonst brech ich euch alle Knochen!«

Scheue, interessierte Leser und Lerner strömten stetig zum Tor heraus.

»Hier ist jede Menge Platz«, sagte Miss Logie lächelnd. »Wir werden uns nicht lange drängen müssen. Ich kann leider nicht mit nach Sans Souci kommen. Ich fühle mich heute nicht gut, da wäre mir ein Tag am Strand einfach zu viel.«

Mr. Biswas verstand. »Bloß diese vier«, sagte er. »Bloß diese vier.« Er trat mit dem Fuß in Richtung der Leser und Lerner. Der Kreis weitete sich nur.

»Waisen«, sagte Mr. Biswas.

Dann fuhren sie gnädigerweise los, nicht ohne dass einige der Waisen dem Buick noch ein Stück nachsetzten.

Sie bekundeten ihr Bedauern über Miss Logies Unpässlichkeit und beschworen sie, es sich noch einmal zu überlegen; ihnen wäre alles verdorben, wenn sie nicht mitkäme. Miss Logie sagte, sie habe ohnehin nicht vorgehabt, schwimmen zu gehen; sie habe lediglich die Fahrt mitmachen wollen. Aber nach einer Weile, als zweifelsfrei feststand, dass sich nur vier Kinder im Auto befanden und auch keine weiteren zusteigen würden, geriet ihr Entschluss ins Wanken, und sie meinte, die frische Luft habe sie belebt und sie würde vielleicht doch mitkommen.

Wenn Passanten sie anstarrten, wussten die Kinder nicht, ob sie lächeln oder böse schauen oder den Blick abwenden sollten; diejenigen, die in Reichweite der Halteschlaufen saßen, hielten sich daran fest. Nie hatte Nordtrinidad so schön ausgesehen wie durch die Fenster dieses Buick. Es war, als hätten sie vom Bus aus niemals bemerkt, wie die Landschaft sich veränderte, wie das Marschland am Stadtrand von versprengten Vororten abgelöst wurde, dann von Hügelland, später von Dörfern, von kleinen ländlichen Städtchen, von Reisfeldern und Zuckerrohrfeldern, und die ganze Zeit über ragte zu ihrer Linken die Bergkette der Northern Range auf. Sie folgten dem glatten neuen amerikanischen Highway bis zum amerikanischen Stützpunkt, an dessen Eingang und Ausgang sie von Soldaten mit Helmen und Gewehren kontrolliert wurden. Dann ging es auf einer kurvenreichen Straße unter einem Baldachin kühler Baumkronen weiter nach Arima, wo rücksichtsvolles Fahren begrüßt wurde, und Valencia, wo die Straße viele Meilen schnurgerade verlief, mit unberührtem Busch zu beiden Seiten.

Sie fuhren, reflektierte Anand, mit Picknickkörben – randvollen Picknickkörben – im Auto ans Meer. Der Englischaufsatz war Wirklichkeit geworden.

Mr. Biswas quälte sich wegen Shama. Wie sie da mit ihrem bestickten Georgetteschleier auf dem Kopf drall neben Miss Logie auf dem Vordersitz saß, zeigte Shama sich von einer selbstbewussten, ja geschwätzigen Seite. Sie verbreitete sich über die neue Verfassung, die Föderation, Einwanderung, Indien, die Zukunft des Hinduismus, Bildungschancen für Frauen. Mr. Biswas lauschte diesem Strom von Meinungen überrascht und entsetzt. Er hätte sich nie träumen lassen, dass Shama so gut informiert und so voller Vorurteile war; und er litt, sooft ihr ein Grammatikfehler unterlief.

In Balandra hielten sie an und gingen zu Fuß bis zum gefährlichen Ende der Bucht, wo die Wellen fast zwei Meter hoch waren und ein Schild vor dem Schwimmen warnte. Nie war Wasser so blau erschienen, Sand so golden; nie hatte eine Bucht einen so anmutigen Bogen beschrieben, hatten Wellen sich so gefällig gebrochen. Es war eine Welt, in der alles vollendet war – die Linien der Kokospalmen fortgeführt in der Biegung der Bucht, der Krümmung der Wellen, der Wölbung des Horizonts. Schon jetzt schmeckten sie das Salz auf den Lippen. Der Wind blies heftig; die Hosen von Mr. Biswas und dem Chauffeur blähten sich auf; die Frauen und Mädchen hielten ihre Röcke fest.

Sie badeten da, wo es ungefährlich war.

(Und hinterher wies Anand Mr. Biswas darauf hin, dass Miss Logie ja doch einen Badeanzug dabeigehabt hatte.)

Sie öffneten die Picknickkörbe und picknickten auf dem trockenen Sand im gefährlichen Schatten der Kokospalmen (»Über eine Million Kokosnüsse werden an der Ostküste auch heute wieder von den Bäumen fallen«, hatte der heiter-nichtssagende

Anfangssatz einer Reportage über die Kopra-Industrie gelautet, die Mr. Biswas für den *Sentinel* geschrieben hatte).

Dann fuhren sie weiter nach Sans Souci, auf schmalen, heruntergekommenen Straßen, die zu beiden Seiten von Busch verdunkelt wurden. Kleine Dörfer überraschten sie hier und dort, verloren und einsam. Und das Meer wich ihnen nicht mehr von der Seite. Zwar sahen sie es die meiste Zeit nicht, aber sie hörten es als ein stetiges Donnern. Wind zauste ohne Unterlass die Bäume; über dem schwankenden Busch, dem tanzenden gefiederten Grün spannte sich der hohe, offene Himmel. Ab und zu kam das Meer flüchtig in Sicht: so nah, so unendlich, so lebendig, so unpersönlich. Was würde aus ihnen werden, wenn ein Unfall geschah, wenn sie von der Straße abgedrängt wurden, hinein in dieses Meer?

In einem Traum in der folgenden Nacht sollte es zu einem solchen Unfall kommen, und Kamla erwachte dankbar aus dem Schlaf, nur um abermals zu erschrecken, denn sie hatte vergessen, in was für einem Zimmer sie sich alle schlafen gelegt hatten, in dem großen nackten Haus oben auf dem Hügel, eingehüllt in undurchdringliche Schwärze, während gleich dort draußen das Meer rauschte und die Kokospalmen im Wind ächzten.

Sie waren spät am Nachmittag angekommen und hatten kaum Zeit gehabt, sich umzusehen. Miss Logie, der Chauffeur und der Buick waren in die Stadt zurückgekehrt; und als sie sich nun allein fanden, in einem großen Haus, im Urlaub, waren sie plötzlich alle befangen. Die Dunkelheit trug zu ihrer Beklommenheit bei. In dem fremden, kahlen, modrig riechenden Wohnzimmer saßen sie um eine Petroleumlampe, vor den Resten aus dem Picknickkorb, die inzwischen schal und unappetitlich geworden waren; der Frischkäse, den sie am Vortag in der Molkerei gekauft hatten, war schon verdorben. Das Haus war so groß, dass jeder ein Zimmer für sich hätte haben können, aber das Rauschen, die

Einsamkeit, die unbekannte Schwärze ringsum ließen sie zusammenbleiben.

Am nächsten Morgen hießen Wind und Meer sie willkommen. In der Helligkeit sahen sie endlich, wo sie waren. Der Wind und das Meer hatten die ganze Nacht gewütet, aber jetzt schienen sie ihnen voller Frische, Boten des neuen Tages. Die Kinder liefen durch das glänzende nasse Gras auf dem Hügel; zwischen den gebeutelten Kokospalmen hindurch erhaschten sie Blicke auf die See, die sich dort unten breitete; ihre Hände und Gesichter wurden klebrig vom Salz.

Langsam schwand ihre Befangenheit. Sie wagten sich an verlassene Strände, an denen, halb vergraben, die übers Meer herangetragenen Skelette fremdartiger Bäume lagen. Hinter einem welligen Saum aus Seetang war der gekräuselte Sand von den Löchern der Sandkrabben unterhöhlt – kleine, nervöse Lebewesen, die die gleiche Farbe hatten wie der Sand. Sie unternahmen Ausflüge zu den Orten mit den französischen Namen, Blanchisseuse, Matelot, und nach Toco und Salybia Bay. Sie pflückten grüne Mandeln, saugten sie aus, zerbröselten die Kerne: In einer so wilden und abgelegenen Gegend konnte es ja wohl kein Eigentum geben! Von den Bäumen am Straßenrand ernteten sie feuerrote Cashewnüsse, saugten die Frucht aus und nahmen die Kerne mit zum Haus, um sie zu rösten. Die Tage waren lang. Einmal begegneten sie einer Gruppe von Fischern, die eine französische Mundart sprachen; ein andermal trafen sie ein paar gut gekleidete, lärmende indische Jugendliche, von denen sich einer bei Myna nach Savis Namen erkundigte, und Mr. Biswas merkte, dass nun eine neue Form der väterlichen Verantwortung auf ihn zukam. An den Abenden, wenn draußen Wind und Meer tosten – ein beruhigender Klang nun –, spielten sie Karten; sie hatten vier Satz im Haus entdeckt.

Eine weitere Entdeckung machten sie in einem Schrank voller Konserven: Cerebos-Salz. Salz in Dosen war ihnen noch nie untergekommen. Das Salz, das sie aus den Läden daheim kannten, war grob und klumpte; dieses hier war fein und trocken und rieselte tatsächlich so locker wie auf dem Bild auf der Dose.

Sie vergaßen das Haus in Port of Spain und breiteten sich in dem Haus auf dem Hügel aus. Es war, als wären sie allein auf der Welt, als gäbe es keine lebenden Wesen bis auf sie selbst und die See und den Wind. Bei klarem Wetter, hatte man ihnen gesagt, könne man bis nach Tobago sehen; aber dazu kam es nicht.

Und dann holte der Buick sie ab.

Schon auf der Rückfahrt nach Port of Spain war das zaghafte neue Behagen, das sie am Alleinsein gefunden hatten, dahin. Sie stellten sich wieder auf die zwei Zimmer ein, auf die gepflasterten Gehsteige, den rissigen Betonboden unter dem Haus, den Lärm, die Zänkereien. Auf der Hinfahrt hatte ihnen der Gedanke ans Ankommen Angst gemacht, der Vorstoß ins Unbekannte; jetzt graute ihnen vor der Rückkehr zu dem, was sie kannten. Aber sie redeten von anderen Dingen. Shama sprach über das Abendessen; ihr war eingefallen, dass sie nichts im Haus hatte. Der Buick hielt vor einem Geschäft in der Eastern Main Road, und für eine kurze Zeit fiel der Glanz ihres chauffeurgesteuerten Wagens auf sie alle.

Port of Spain bereitete ihnen keinen großen Empfang. Es war Abend. Die Leser und Lerner lasen und lernten. Alles war so, wie sie es verlassen hatten: die trüben Glühbirnen, die langen Tische, der leiernde Singsang einiger Lerner, die ihre Lektionen auswendig zu lernen versuchten. Nur erschien ihnen das Haus jetzt niedriger, düsterer, beklemmend. Zunächst ignorierte man sie. Doch nicht lange, und die Fragen begannen, verstohlene Erkundigungen, ob wohl ein Unglück passiert sei, denn die Trübseligkeit, mit der die Heimkehr sie erfüllte, hatte sie gereizt und kurz angebunden gemacht.

Gab es die Wildnis wirklich? Stand das Haus noch auf der Spitze des Hügels? Ächzten die Kokospalmen auch jetzt noch im Wind? Donnerte das Meer gegen die leeren Strände an? Spülte es in diesem Moment, in dieser Dunkelheit, seine schwarzen Beeren, Zweige, Stränge von Seetang an Land, aus meilenweiter, unfasslicher Ferne?

Mit dem Tosen von Wind und Meer in den Ohren schliefen sie ein. Am Morgen weckte sie das Zwitschern und Schnattern des Hauses.

Mr. Biswas beaufsichtigte vorerst keine Körbe flechtenden Bauern. Niemand sang für ihn. Und er hielt auch niemanden dazu an, bessere Hütten zu bauen oder Heimarbeit aufzunehmen. Er führte Umfragen durch und ging mit von Miss Logie ausgearbeiteten Fragebögen von Haus zu Haus. Die meisten der Befragten waren geschmeichelt. Einige waren auch verwirrt: »Wer schickt Sie? Die Regierung? Die interessiert so was?« Andere waren mehr als verwirrt: »Die *bezahlen* dich dafür? Nur damit du rausfindest, wie wir leben? Das kann ich denen doch auch so sagen, Mann.« Mr. Biswas deutete an, dass zu so einer Umfrage mehr gehörte, als es schien; hakten sie nach, musste er bluffen. Es war wie mit seinen Ermittlungen bei den Bedürftigen, nur dass der Einzige, der am Ende Geld bekam, er war. Und er verdiente nicht schlecht. Zusätzlich zu seinem Gehalt konnte er Fahrtkosten und Verpflegung geltend machen, und an vielen Abenden musste er seine Bücher beiseite legen, um seine Spesen auszurechnen. Er füllte ein Formular aus, reichte es ein und erhielt ein paar Tage später einen Beleg. Mit diesem Beleg ging er ins Schatzamt und tauschte ihn bei einem Mann in einem Gitterkäfig wie im Zoo gegen einen anderen Beleg ein, der sich mürbe anfühlte von den vielen Händen, durch die er gegangen war, und mit Häkchen, Initialen, Unterschriften und Stempeln in den verschiedensten Farben versehen war. Den löste er an einem weiteren Gitter ein, diesmal gegen richtiges Geld. Es war zeitraubend, aber diese Besuche im Schatzamt gaben ihm das Gefühl, endlich teilzuhaben an dem Reichtum der Kolonie.

Er stellte fest, dass das neue Geld sich auf vielerlei neue Arten ausgeben ließ, und er legte nicht so viel zurück, wie er gehofft hatte. Savi musste auf eine bessere Schule geschickt werden; auch mit dem Essen konnte es nicht mehr so weitergehen, und dann war da Anands Asthma. Und er beschloss – und Shama gab ihm Recht –, dass es Zeit für ihn wurde, sich ein paar neue Anzüge anzuschaffen, passend zu seinem neuen Rang.

Außer dem Kammgarnanzug für die Beerdigungen hatte er nie einen ordentlichen Anzug besessen, immer nur billiges Seiden- oder Leinenzeug, und er gab seine neuen Anzüge mit viel Liebe in Auftrag. Er merkte, dass er im Grunde ein Dandy war. Er nahm es ganz genau mit der Stoffqualität, dem Farbton, dem Schnitt. Er genoss die Anproben: den Stärkeduft des weißen Zwischenfutters, die beständige, unterwürfige Zerstörungsarbeit, die der Schneider an seinem eigenen Werk leistete. Als der erste Anzug fertig war, beschloss er ihn sogleich anzuziehen. Die Hose kratzte unangenehm an den Waden, die Jacke hatte einen fremden Geruch, und als Mr. Biswas an sich hinuntersah, erschien ihm diese Kaskade in Braun grotesk und bestürzend. Aber ein Blick in den Spiegel beruhigte ihn, und er verspürte den Drang, sich umgehend der Welt zu präsentieren. Im Oval-Stadion wurde ein interkoloniales Kricketspiel ausgetragen. Er verstand nichts von Kricket, aber er wusste, dass solche Spiele große Zuschauermengen anzogen und dass Geschäfte und Schulen ihretwegen schlossen.

Zu der Zeit war es Mode, dass Männer auf Sportveranstaltungen mit einer runden Dose mit fünfzig englischen Zigaretten in der Hand erschienen, gegen deren Deckel sie mit dem Zeigefinger eine schlichte Streichholzschachtel drückten. Die Streichholzschachtel hatte Mr. Biswas; nun gab er den Verpflegungsbonus für einen halben Tag für die Zigaretten aus. Um die

Anzugtaschen nicht auszubeulen, radelte er den ganzen Weg zum Stadion mit der Dose in der Hand.

Als er die Tragarete Road entlangfuhr, hörte er, ganz schwach, dürftigen Applaus. Es war kurz vor Mittag, zu früh für den richtigen Andrang; nach dem Tee wäre es sicher besser gewesen. Dennoch fuhr er um das Stadion herum auf die Seite, wo die Tribüne war, lehnte sein Fahrrad an den abblätternden Wellblechzaun, kettete es an, entfernte die Klammern von seinen sorgsam umgeschlagenen Hosenbeinen, schüttelte die Hose aus, strich die Bügelfalten glatt, rückte das kratzige Jackett über den Schultern zurecht. Es stand niemand an. Er zahlte einen Dollar für sein Billett und stieg die Treppe zur Tribüne hinauf, in der Hand seine Zigarettendose und die Streichholzschachtel. Das Stadion war zu weniger als einem Viertel voll. Die meisten Zuschauer saßen ganz vorne. Er erspähte einen freien Platz in einer der wenigen dicht besetzten Reihen.

»Pardon«, sagte er und begann seinen mühsamen Weg zwischen den Sitzen entlang, der ein ständiges Aufstehen und Sichwiedersetzen in seiner Reihe und der Reihe dahinter auslöste; »pardon«, sagte er immer wieder ganz weltmännisch, unbekümmert um die Störung, die er verursachte. Schließlich hatte er seinen Platz erreicht und wischte ihn mit seinem Taschentuch sauber, auf Aufforderung seines Hintermannes hin in leicht gebückter Haltung. Während er sich das Jackett aufknöpfte, brach rings um ihn der Applaus los. Mit einem zerstreuten Blick in Richtung Spielfeld applaudierte Mr. Biswas ebenfalls. Er setzte sich hin, zog die Hosenbeine hoch, schlug die Beine übereinander, betätigte den Schieber auf dem Deckel der Zigarettendose, holte eine Zigarette hervor und zündete sie sich an. Frenetischer Beifall umbrandete ihn. Alle auf der Tribüne standen auf. Stühle wurden nach hinten gestoßen, manche kippten um. Mr. Biswas erhob sich und klatschte mit den anderen. Die Menge – soweit man von Menge sprechen konnte – stürmte das

Spielfeld; die Spieler, verwischte weiße Gestalten, flitzten vom Platz. Die Torstäbe waren verschwunden; die Schiedsrichter, durch die Menge voneinander getrennt, gingen geruhsam auf den Pavillon zu. Das Spiel war aus. Mr. Biswas verzichtete darauf, nach dem Endstand zu schauen. Er verließ das Stadion, machte sein Fahrrad los und fuhr nach Hause, die Dose mit den Zigaretten in der Hand.

Sein einer Anzug, von Shama zum Lüften auf ihrer Wäscheleine im Hof aufgehängt, wirkte ein wenig verloren neben Govinds fünf Dreiteilern auf Chintas Leine, die von zwei gegabelten Stangen gestützt werden musste. Aber es war ein Anfang.

Nachdem er die Befragungen abgeschlossen hatte, musste Mr. Biswas die gesammelten Informationen auswerten. Und hier geriet er ins Schleudern. Er hatte zweihundert Haushalte befragt, aber wenn er in den einzelnen Rubriken nachzählte, kam bei keiner zweihundert heraus, und dann musste er alle Fragebogen nochmals durchgehen. Er hatte es mit einer Gesellschaft ohne Regeln oder feste Muster zu tun, da mussten Klassifizierungen zwangsläufig zu einem Durcheinander führen. Seite um Seite bedeckte er mit langen, schlangenähnlichen Additionsreihen, und das Slumberking-Bett war übersät mit seinen Fragebogen. Er spannte Shama und die Kinder ein, verfluchte sie für ihre Unzulänglichkeit, scheuchte sie fort und arbeitete bis tief in die Nacht, in der Hocke auf einem Stuhl vor dem Esstisch kauernd. Der Tisch war zu hoch; die Kopfkissen, die er sich unterschob, bewährten sich nicht; also blieb nur die Hocke. Manchmal drohte er damit, die Beine des Esstisches um die Hälfte abzusägen, und verwünschte den Bedürftigen, der ihn angefertigt hatte.

»Dieses verdammte Zeug macht mich krank!«, schrie er, wenn Shama und Anand versuchten, ihn zum Schlafengehen zu bewegen. »Krank, ich sag's euch. *Krank.* Mein Gott, wär ich bloß bei meinen armen kleinen Bedürftigen geblieben!«

»Ist doch überall das Gleiche mit dir«, sagte Shama.

Er verriet ihr nichts von seinen tiefgreifenderen Ängsten. Die Behörde stand schon jetzt unter Beschuss. Ein Besorgter Bürger, ein Besorgter Steuerzahler, Pro Bono Publico und andere hatten sich in Leserbriefen zu Wort gemeldet, um sich nach dem Sinn und Zweck der Behörde zu erkundigen und Einspruch gegen die Verschwendung von Steuergeldern zu erheben. Die Kaufmannspartei aus dem Süden, der Shekhar angehörte, hatte sogar eine Kampagne zur Abschaffung der Behörde ins Leben gerufen – für sie die lang ersehnte Chance, sich zu profilieren, denn die Parteien der Kolonie hatten allesamt kein Programm, aber dafür identische Ziele, nämlich Reichtum und Gleichheit für jedermann.

Mr. Biswas war nie zuvor öffentlicher Kritik ausgesetzt gewesen, und es tröstete ihn wenig, dass Briefe dieser Art seit jeher geschrieben wurden und sämtliche Regierungsbehörden unablässig Angriffe von allen Parteien der Insel hinnehmen mussten. Ihm graute davor, die Zeitung aufzuschlagen. Pro Bono Publico war besonders niederträchtig vorgegangen: Er hatte den gleichen Brief an alle drei Zeitungen verschickt, und zwischen dem ersten und letzten Erscheinen hatten ganze zwei Wochen gelegen. Auch dass sich außer ihm niemand Sorgen zu machen schien, war Mr. Biswas kein Trost. Shama sah die Regierung als unangreifbar – aber das war eben Shama. Miss Logie konnte jederzeit dahin zurückgehen, wo sie hergekommen war. Seine Kollegen waren von diversen anderen Dienststellen abgestellt worden, und auch sie konnten dahin zurückkehren, wo sie hergekommen waren. Für Mr. Biswas dagegen gab es nur den *Sentinel* und fünfzig Dollar weniger im Monat.

Jetzt war er froh, dass sein Kündigungsschreiben so milde ausgefallen war. Und in Erwartung des Schicksalsschlags begann er, sich gelegentlich wieder in der Redaktion blicken zu lassen. Die Zeitungsatmosphäre hatte noch immer ihre alte prickelnde Wirkung auf ihn, und der Empfang, der ihm zuteil wurde, zerstreute seine Bedenken: Hier war er jemand, der den Absprung geschafft und es zu etwas gebracht hatte. Gleichzeitig fühlte er sich mit jedem Schritt, den es mit ihm aufwärts ging, jedem Dollar, den er zurücklegte, verletzlicher; es war zu schön, als dass es währen konnte.

Zu guter Letzt wurde er mit seinen Tabellen fertig (um die einzelnen Rubriken übersichtlich darstellen zu können, klebte er drei Doppelbogen aneinander und überreichte Miss Logie eine anderthalb Meter lange Schriftrolle, bei deren Anblick sie in schallendes Gelächter ausbrach), und er schrieb seinen Bericht. Tabellen und Bericht wurden abgetippt, vervielfältigt und, so hieß es, in verschiedene Teile der Welt verschickt. Damit war der Weg frei zu den Dorfbewohnern, zur Heimarbeit und zu den Gesängen. Er bekam einen Bezirk zugeteilt. Und ein Memorandum setzte ihn davon in Kenntnis, dass man ihm, um seine Bewegungsfreiheit in seinem Bezirk zu gewährleisten, über ein zinsloses Regierungsdarlehen ein Auto finanzieren würde.

Das ungeschriebene Gesetz des Hauses trat auch jetzt wieder in Kraft. Die Kinder wurden zur Verschwiegenheit verpflichtet. Mr. Biswas brachte Hochglanzbroschüren mit nach Hause, deren Duft nach hochwertigem Bilderdruckpapier schon den Geruch des neuen Autos vorwegzunehmen schien. In aller Heimlichkeit nahm er Fahrstunden und machte den Führerschein, und an einem ganz gewöhnlichen Samstagvormittag kam er in einem nagelneuen Prefect vorgefahren, parkte ihn lässig und nicht ganz parallel zum Bordstein vor dem Tor und stieg die Vordertreppe hinauf, ohne sich um die Aufregung zu kümmern, die hinter ihm losbrach.

»Vidiadhar! Komm sofort her, sonst brech ich dir beide Hände und Füße!«

Als Govind zum Mittagessen heimkam, fand er seinen Parkplatz besetzt. Sein Chevrolet war größer, aber alt und ungepflegt; die Kotflügel waren voller Dellen und Scharten und Schweißnähte, eine Tür war nachlackiert, mit einer glanzlosen Farbe, die nicht zum Rest passte, auf dem Nummernschild prangte das verräterische T, und die Windschutzscheibe war durch verschiedene Aufkleber und eine runde Plakette verunstaltet, auf der Govinds Photo und seine Taxi-Lizenz zu sehen waren.

»Zigarrenkiste!«, murrte Govind. »Wer hat denn die Zigarrenkiste hier verloren?«

Das beeindruckte die Waisen so wenig, wie es den Arbeitseifer von Mr. Biswas' Kindern bremste, die seit Mr. Biswas' legerem Parkmanöver an dem Wagen herumpolierten und düstere Bemerkungen darüber machten, was für ein Staubfänger so ein neues Auto doch sei. Sie fanden überall Staub: an der Karosserie, den Stoßdämpfern, der Unterseite der Kotflügel. Sie wischten und rieben und stellten zu ihrem Entsetzen fest, dass sie Kratzer im Lack hinterließen, ganz leichte zwar nur, aber aus bestimmten Winkeln sah man sie eben doch. Myna meldete es Mr. Biswas.

Letzterer lag auf dem Slumberking-Bett, umgeben von vielen glänzenden Broschüren. »Und?«, fragte er. »Hört ihr irgendwas? Was sagen sie so?«

»Govind sagt, es ist eine Zigarrenkiste.«

»Zigarrenkiste, tss. Ich sag dir, das ist ein englischer Wagen. Der wird Jahre halten und noch laufen, wenn sein Chevrolet längst auf dem Schrottplatz ist.«

Er vertiefte sich wieder in die verschlungenen roten und schwarzen Linien des Schaltplans. Ganz durchschaute er ihn nicht, aber er hatte es sich zur Gewohnheit gemacht, bei jeder Neuanschaffung, seien es ein Paar Schuhe oder eine Arznei, die komplette mitgelieferte Literatur zu studieren.

Kamla erschien mit der Meldung, dass die Waisen an dem Auto herumfingerten und seinen Glanz trübten.

Mr. Biswas kniete sich aufs Bett und rutschte auf den Knien zum vorderen Fenster. Er hob die Gardine, schob den dürftig bekleideten Oberkörper ein Stück hinaus und rief: »Du da! Junge! Hände weg von dem Wagen! Denkst du, das ist ein Taxi?«

Die Waisen stoben davon.

»Ich brech euch jeden Finger einzeln!«, schrie Basdai, die wachsame Witwe. Rufe, Johlen und Gekicher begleiteten die Nachricht von Basdais Näherkommen, ihrem Innehalten am Paternosterbaum an der Hofmauer, um sich eine Rute zu brechen. Einige der Waisen verschmähten es wegzulaufen und wurden auf dem Gehsteig verdroschen. Es gab Geheul, und Basdai sagte: »Wenigstens *manche* Leute sind jetzt wohl zufrieden.«

Shama blieb unter dem Haus und kam nicht heraus, um den Wagen zu besichtigen. Und als Suniti, das einstige Schlangenmädchen, nunmehr eine rundbäuchige Schwangere, die auf dem Weg nach oder von Shorthills – nach einem Streit oder einer Versöhnung mit ihrem Mann – gern im Haus vorbeischaute, Schockeffekte zu erzielen versuchte, indem sie von Scheidung sprach, und hässliche, schlecht sitzende Kleider trug, die ihre Modernität hervorheben sollten – als Suniti zu Shama kam und sagte: »Na, Tante, ihr wollt ja hoch hinaus. Auto und alles!«, sagte Shama: »Ja, mein Kind«, als wäre das Auto auch nur wieder einer von Mr. Biswas' beschämenden Exzessen. Aber sie hatte begonnen, einen Picknickkorb zu packen.

Mr. Biswas brauchte nicht zu fragen, wohin es gehen sollte. Sie wollten alle nach Balandra, um das Wunder noch einmal zu erleben: die Fahrt im eigenen Auto, den Picknickkorb, den Strand.

Sie fuhren nach Balandra, aber diesmal war es ein anderes Gefühl. Sie achteten nicht auf die Landschaft. Sie sogen den Duft des neuen Leders ein, diesen köstlichen Duft eines neuen Wagens. Sie horchten auf das leise, stetige Schnurren des Motors und verglichen es mit dem Schleifen und Scheppern der Fahrzeuge, die ihnen entgegenkamen. Und sie lauschten ängstlich nach Misstönen. Auf dem Aschenbecher an einer der Türen lag der Rost nicht richtig auf und klapperte irritierend; sie versuchten ihn mit einem Streichholz festzuklemmen. Mr. Biswas hatte den Zündschlüssel vorsorglich mit einer Schlüsselkette versehen. Die Kette schlug gegen das Armaturenbrett. Auch das irritierte sie. Einmal sah es aus, als wollte es zu regnen beginnen; ein paar Tropfen fielen auf die Windschutzscheibe. Sofort schaltete Anand den Scheibenwischer an. »Du verkratzt das Glas!«, schrie Mr. Biswas. Sie brachten es kaum über sich, die Füße auf die Bodenmatten zu stellen. Ständig schauten sie auf die Uhr am Armaturenbrett und verglichen sie mit den Uhren, die sie am Straßenrand sahen. Sie konnten gar nicht genug über den Tachometer staunen.

»Diese Prefect-Uhren«, sagte Mr. Biswas, »gehen angeblich in null Komma nichts nach dem Mond.«

Und sie beschlossen, Ajodha einen Besuch abzustatten.

Sie parkten den Wagen auf der Straße und gingen ums Haus herum auf die hintere Veranda. Tara war in der Küche. Ajodha las den *Sunday Guardian*. Mr. Biswas sagte, sie seien unterwegs zum Meer und wollten nur kurz hallo sagen. Eine Pause entstand, in der jeder von ihnen erwog, mit der Sprache herauszurücken.

Ajodha machte eine Bemerkung über ihr käsiges Aussehen, kniff Anand in den Arm und lachte, als der Junge zurückzuckte. Dann ließ er ihnen, quasi als Soforttherapie, große Gläser frische Milch bringen, und das Dienstmädchen musste ihnen ein paar Orangen aus dem Sack in der Verandaecke schälen.

Jagdat kam herein, seine Beerdigungskluft aufgelockert durch eine breite, bunte Krawatte und die aufgeknöpften, über seinen haarigen Handgelenken hochgekrempelten Manschetten. »Na, Mohun«, fragte er launig, »ist das dein Auto da draußen?«

Die Kinder waren in ihre Milch vertieft.

Mr. Biswas sagte sacht: »Ja, Mann.«

Jagdat wieherte wie über einen gelungenen Witz. »Der gute alte Mohun!«

»Auto?«, sagte Ajodha, verdutzt, missmutig. »Mohun?«

»Ein kleiner Prefect«, sagte Mr. Biswas.

»Ein paar von diesen englischen Vorkriegsmodellen sind gar nicht so übel«, sagte Ajodha.

»Es ist ein neuer«, sagte Mr. Biswas. »Gestern geliefert.«

»Oje.« Und Ajodha drückte die Finger zusammen. »Die zerquetscht's wie Pappe.«

»Kleine Spritztour, Mohun?«, sagte Jagdat. »Na?«

Die Kinder und Shama erschraken. Sie sahen zu Mr. Biswas hin, während Jagdat lächelte und in die Hände schlug.

Mr. Biswas entging ihr Schrecken nicht.

»Hast schon Recht, Mohun«, sagte Ajodha. »Er fährt ihn dir nur zu Schrott.«

»Das ist es nicht«, sagte Mr. Biswas. »Aber wenn wir ans Meer wollen …« Er schaute auf seine Cyma-Uhr. Dann sah er, dass Jagdat nicht mehr lächelte, und fügte hinzu: »Muss noch eingefahren werden, weißt du.«

»Ich hab mehr Autos eingefahren als du«, sagte Jagdat böse. »Größere und bessere.«

»Zu Schrott fährt er ihn dir«, wiederholte Ajodha.

»Das ist es nicht«, sagte Mr. Biswas noch einmal.

»Hört euch das an«, sagte Jagdat. »Komm mir nicht mit so was, Mann. Ich bin schon Auto gefahren, da konntest du noch nicht mal einen Eselskarren fahren. Schau mich an. Glaubst du, ich reiß mich darum, mit deiner Sardinenbüchse zu fahren? Glaubst du das?«

Mr. Biswas schaute betreten.

Den Kinder war's egal. Das Auto war gerettet.

»Mohun! Glaubst du das?« Jagdats Brüllen ließ die Kinder zusammenzucken.

»Jagdat«, sagte Tara.

Fluchend stürmte er von der Veranda in den Hof hinunter.

»Ich kann's dir nachfühlen, Mohun«, sagte Ajodha. »Das ist nun mal so beim ersten Auto.« Und er schwenkte die Hand in Richtung Hof, der letzten Ruhestätte vieler Motorfahrzeuge.

Er ging mit ihnen auf die Straße hinaus. Als er den Prefect sah, lachte er krähend.

»Sechs Pferdestärken?«, fragte er. »Acht?«

»Zehn«, sagte Anand und zeigte auf die rote Plakette unterhalb der Motorhaube.

»Zehn, meinetwegen.« Er wandte sich Shama zu. »Nun, Nichte, wo soll's denn hingehen in dem neuen Auto?«

»Balandra.«

»Na, hoffentlich ist nicht zu viel Wind.«

»Wind, Onkel?«

»Sonst kommt ihr nie hin. Der bläst euch von der Straße. Puff!«

Sie setzten ihren Weg in düsterer Stimmung fort.

»Spritztour!«, sagte Mr. Biswas. »Sonst noch Wünsche! Ich hab gesehen, wie der fährt. Vor dem ist kein Auto sicher. Hat keinen Respekt vor Autos, der Mann. Aber dann beleidigt sein.«

»Ich sag's ja, ein paar von deinen Verwandten haben kein Benehmen«, sagte Shama.

»So etwas fragt man doch nicht«, sagte Mr. Biswas. »Ich würde gar nicht auf die Idee kommen! Merkt ihr, wie gut der Wagen auf der Straße liegt? Merkt ihr das? Anand? Savi?«

»Ja, Pa.«

»Puff! Bläst mich von der Straße! Dass ein Mann in dem Alter noch so neidisch ist. Aber genau das ist er. Neidisch.«

Und doch dachten sie jetzt bei jedem Prefect, der ihnen begegnete, wie klein und mickrig er aussah; und das war seltsam, wo sie sich doch in ihrem Wagen so geborgen fühlten und sich in keiner Weise beengt vorkamen. Sie lauschten weiter nach Geräuschen. Anand hielt die Zündschlüsselkette fest, damit sie nicht gegen das Armaturenbrett schlug. Als sie in Balandra anlangten, achteten sie darauf, dass das Auto weit genug von den Kokospalmen entfernt stand, und sie fragten sich besorgt, ob die Karosserie die Salzluft vertrug.

Die Katastrophe ereignete sich bei der Abfahrt. Die Hinterreifen versanken im heißen, lockeren Sand. Sie mussten zusehen, wie die Räder durchdrehten, wie der Sand aufspritzte, und alle spürten sie deutlich, dass der Wagen irreparablen Schaden genommen hatte. Mit Hilfe untergeschobenener Palmäste, Kokosnussschalen und Treibholz bekamen sie das Auto schließlich wieder flott. Shama behauptete steif und fest, dass es jetzt Schlagseite hatte; die ganze Karosserie sei verzogen, sagte sie.

Am Montag radelte Anand auf dem Royal Enfield in die Schule, womit das Versprechen aus dem Collins Clear-Type Shakespeare zumindest bedingt erfüllt war. Der Krieg hatte endlich ein Einsehen gehabt; tatsächlich war er seit geraumer Zeit vorbei.

Und während all dessen hatte W. C. Tuttle Ruhe gegeben. Weder Mr. Biswas' neue Anzüge noch das neue Auto oder der Urlaub hatten ihm irgendeine Reaktion entlockt, und fast schien es, als habe er vor dieser Serie von Rückschlägen kapituliert. Aber als der Glanz des Prefect zu verblassen begann, als sie sich damit abgefunden hatten, dass Bodenmatten nun einmal verschmutzten, als das Autowaschen zur lästigen Pflicht wurde, die die Kinder auf Shama abwälzten, als die Uhr am Armaturenbrett stehen blieb und niemand mehr das Klappern des Aschenbecherrosts bemerkte, machte W. C. Tuttle Mr. Biswas' ganzen Vorsprung auf einen Schlag zunichte und bereitete dem Wettstreit ein Ende, indem er sich seiner enthob.

Durch Basdai, die Witwe, verlautbarte er, dass er ein Haus in Woodbrook gekauft habe.

Mr. Biswas nahm die Nachricht schlecht auf. Er wies Shamas

Tröstungsversuche zurück und brach Streit mit ihr vom Zaun. »›Was für dich ist, ist für dich‹«, höhnte er. »Das ist also eure Philosophie, ja? Ich sag dir, was eure Philosophie ist. Fang ihn ein, heirate ihn, steck ihn in ein Kohlenfass. Das ist die Philosophie bei euch in der Familie. Fang ihn ein, und rein mit ihm ins Kohlenfass.« Er vertrug überhaupt keine Kritik an dem Amt für kommunale Wohlfahrt mehr. Er ließ die Bücher über Sozialarbeit und Jugendkriminalität auf dem Esstisch verstauben und flüchtete sich zu seinen Philosophen. Das Grammophon der Tuttles spielte erbitternd frohgemut, und er hämmerte an die Trennwand und schrie: »Stellt euch vor, manche Leute wohnen noch hier!«

Als guter Philosoph versuchte er es von der positiven Seite zu betrachten. Das Garagenproblem würde sich vereinfachen; mit drei Fahrzeugen war die Lage aussichtslos gewesen, und sein Auto hatte oft auf der Straße bleiben müssen. Mit dem Grammophongedudel würde Schluss sein. Und vielleicht konnte er sogar die frei gewordenen Zimmer der Tuttles mieten.

Aber die Tage vergingen, und die Tuttles zogen nicht aus.

»Warum zum Teufel nimmt er nicht sein Grammophon und das nackte Weibsbild und verschwindet?«, fragte Mr. Biswas Shama. »*Wenn* er schon ein Haus hat.«

Basdai lieferte neue Nachrichten. Das Haus steckte voller Mieter, und W. C. Tuttle, der sich so seelenruhig gab, prozessierte mühselig, um sie loszuwerden.

»Ach«, sagte Mr. Biswas. »*So* ein Haus ist das.« Er sah einen dieser verfallenden Kästen vor sich, in denen er seine Bedürftigen ermittelt hatte. Und genauso sehnlich, wie Mr. Biswas W. C. Tuttle aus dem Haus wünschte, wünschte er sich nun andererseits, dass er seinen Prozess verlor. »Immer raus mit den armen Leuten. Und wo sollen sie dann hin, hm? Aber nach so was fragt deine Familie ja nicht.«

Eines Morgens sah Mr. Biswas W. C. Tuttle in Anzug, Krawatte und Hut aus dem Haus gehen. Und am selben Nachmittag berichtete Basdai, dass der Prozess verloren worden war.

»Und ich dachte, er geht sich mal wieder photographieren lassen«, sagte Mr. Biswas.

Hochbeglückt machte er das, was er sich bisher verkniffen hatte: Er fuhr zu dem Haus und schaute es sich an. Zu seiner Enttäuschung stellte er fest, dass es in einer guten Gegend lag, auf einem ganzen Grundstück: ein solider altmodischer Holzbau, der nichts als einen neuen Anstrich brauchte.

Nicht viel später meldete Basdai, dass die Mieter auszogen. W. C. Tuttle hatte den Stadtrat davon überzeugt, dass das Haus einsturzgefährdet war und instand gesetzt, wenn nicht gar völlig abgerissen werden musste.

»Um die Armen rauszuschmeißen, ist jeder Trick recht«, sagte Mr. Biswas. »Obwohl wahrscheinlich jedes Haus einsturzgefährdet wäre, wenn zehn fette Tuttles drin herumtrampeln. Instand setzen, so so. Rein in den Laster und ab nach Shorthills, noch ein paar Bäume fällen, was?«

»Genau so macht er's«, sagte Shama, die diese Freibeuterei nicht leicht nahm.

»Wie soll ein anständiger Mensch da auf einen grünen Zweig kommen! Sag mir das mal!« Und noch im Sprechen merkte er selbst, dass er klang wie Bhandat in seiner Betonzelle.

Die Tuttles zogen ohne Brimborium aus. Nur Mrs. Tuttle küsste, der allgemeinen Feindseligkeit zum Trotz, ihre Schwestern und jegliche Kinder, die ihr über den Weg liefen. Traurig, aber hoheitsvoll ließ sie durchblicken, dass ihr Mann, wenngleich sie mit seinen Raubzügen nichts zu schaffen hatte, völlig im Recht war und sie ganz und gar auf seiner Seite stand. Den eingeschüchterten Schwestern blieb nichts übrig, als ihrerseits zu trauern, und der Abschied fiel so tränenreich aus, als wäre Mrs. Tuttle eine neu vermählte Braut.

Mr. Biswas' Hoffnung auf die von den Tuttles geräumten Zimmer zerschlug sich, als bekannt wurde, dass Mrs. Tulsi von Shorthills herziehen wollte. Die Neuigkeit legte sich wie ein Schatten über das Haus. Ihre Töchter hatten sich damit abgefunden, dass Mrs. Tulsis tätiges Leben vorbei war und nur noch der Tod auf sie wartete. Und doch herrschte sie auf vielerlei Weise über sie alle, und ihre Kapricen mussten erduldet werden. Basdai gab ihre eigene Verzagtheit an die Leser und Lerner weiter, indem sie ihnen drohend ausmalte, was Mrs. Tulsi alles mit ihnen anstellen würde.

Sie kam mit Miss Blackie und Sushila, der Krankenzimmer-Witwe, und schlagartig wurde es ruhiger im Haus. Die Leser und Lerner durften sich nicht mucksen, aber wider Erwarten hatte Mrs. Tulsis Nähe auch ihr Gutes für sie: Wenn sie im Voraus nur laut genug heulten, blieb ihnen die Rute erspart.

Mrs. Tulsi litt an keiner bestimmten Krankheit. Sie war einfach krank. Die Augen taten ihr weh, ihr Herz machte Sperenzchen, ihr Kopf schmerzte immerzu, ihr Magen war empfindlich, ihre Beine ließen sie im Stich, und alle zwei Tage fieberte sie. Ihr Haar musste fortwährend mit Pimentöl getränkt werden; man musste sie einmal täglich massieren; sie benötigte Kompressen aller Art. In ihren Nasenlöchern steckte Talg oder Wick-Vaporub; sie trug eine dunkle Brille und fast immer einen Stirnwickel. Sushila war den ganzen Tag auf Trab. Im Hanuman-Haus hatte sie sich als Mrs. Tulsis Krankenpflegerin Geltung verschafft; nun, da die alten Strukturen aufgehört hatten zu bestehen, ging mit der Rolle kein Prestige mehr einher, aber Sushila war und blieb an sie gebunden, und Kinder, die sie erlösen konnten, hatte sie nicht.

Die Zeit verging zäh für Mrs. Tulsi. Sie las nicht. Das Radio beleidigte ihren guten Geschmack. Um das Haus zu verlassen, reichten ihre Kräfte nicht aus. Sie schleppte sich von ihrem Zimmer zum Abort, vom Abort zur Vorderveranda, von der Vorderveranda zurück in ihr Zimmer. Nur im Reden fand sie Trost. Töchter waren immer zur Hand, aber die Unterhaltung mit ihnen erboste Mrs. Tulsi nur, und je mehr ihr Körper verfiel, desto reicher wurde ihr Schatz an Injurien und Obszönitäten. Am häufigsten ergoss sich ihr Zorn über Sushila, die sie einmal wöchentlich des Hauses verwies. Sie beschimpfte ihre Töchter als Blutsaugerinnen, die ihren Tod nicht erwarten könnten; sie verhängte Flüche über sie und ihre Kinder und drohte ihnen, sie aus der Familie zu verstoßen.

»Ich habe kein Glück mit meiner Familie«, vertraute sie Miss Blackie an. »Ich habe kein Glück mit den Meinen.«

Und es war Miss Blackie, der sie ihr Herz ausschüttete, Miss Blackie, die ihr berichtete und sie tröstete. Ein weiterer Vertrauter war ihr Arzt, ein emigrierter Jude. Er kam einmal die Woche zum Zuhören. Das Haus wurde fein gemacht für ihn, und Mrs. Tulsi behandelte ihn liebevoll. Er förderte alles zutage, was ihr an Weichheit und Humor geblieben war. Wenn er ging, sagte sie zu Miss Blackie: »Trau nie deinesgleichen, Black. Trau ihnen nicht.« Und Miss Blackie sagte: »Nein, Ma'am.« Obstpräsente für den Doktor waren an der Tagesordnung, und manchmal kommandierte Mrs. Tulsi Basdai und Sushila dazu ab, aufwendige Speisen zuzubereiten und sie zum Haus des Doktors zu tragen, in einer Eile, als sei es ihr eigenes Gelüst, das es zu befriedigen galt.

Die Töchter besuchten sie dennoch. Ganz machtlos waren sie nicht, und das wussten sie: Mrs. Tulsi hatte Angst vor der Einsamkeit und würde es niemals so weit treiben, dass es zum Bruch kam; sie konnten sie treffen, indem sie fernblieben. Wurde ihr von Miss Blackie hinterbracht, dass eine Tochter allzu gekränkt war, dann machte Mrs. Tulsi Friedensangebote, und sie machte Versprechungen. In solchen Momenten konnte schon einmal ein Schmuckstück herausspringen, konnte Mrs. Tulsi sich einen Ring oder einen Armreif abstreifen und ihn herschenken. Also kamen die Töchter, und keine duldete es, dass eine von ihnen mit Mrs. Tulsi allein blieb. Besonderen Argwohn erregten die Besuche von Mrs. Tuttle. Sie ertrug die Schmähungen mit einer wahren Engelsgeduld und brachte es am Ende fertig, Mrs. Tulsi nahe zu legen, sich in den Anblick von Pflanzen zu versenken, da Grün das Auge labe und die Nerven beruhige.

So schlecht sie ihre Töchter behandelte, bei den Schwiegersöhnen nahm sie sich in Acht. Sie grüßte Mr. Biswas knapp, aber höflich. Und sie enthielt sich jeder Kritik an Govind, der es trieb wie zuvor. Er prügelte Chinta, wenn ihm danach war, und sang ohne Rücksicht auf Mrs. Tulsis Kopfschmerzen aus dem *Ramajana*. Aber es blieb Sache der Schwestern, sein Verhalten zu kommentieren.

Es gab Zeiten, da wünschte sie Kinder in ihrer Nähe. Dann zitierte sie die Leser und Lerner herbei, damit sie die Böden von Wohnzimmer und Veranda schrubbten oder ihr Hymnen auf Hindi vorsangen. Ihre Stimmung schlug ohne Vorwarnung um, und die Leser und Lerner schwebten in ständiger Angst, da sie nie wussten, ob nun Feierlichkeit oder Vorwitz gefragt war. Manchmal ließ sie sie in einer Reihe in ihrem Zimmer antreten und das Einmaleins hersagen, und wer sich vertat, den prügelte sie so kraftvoll, wie ihre Arme es ihr erlaubten, schlaffe, muskellose Arme, die nach den Achselhöhlen hin breit und weich ausliefen und wabbelten wie totes Fleisch. Miss Blackie brach in glucksendes Gelächter aus, wenn ein Kind einen dummen Fehler machte oder wenn Mrs. Tulsi eine witzige Bemerkung gelang, was Mrs. Tulsi, ihre Augen hinter dunklen Brillengläsern verborgen, mit einem schiefen, zufriedenen Lächeln quittierte. In grimmigeren Momenten schaute auch Miss Blackie grimmig drein, vollführte schnelle Schnappbewegungen mit dem Unterkiefer und sagte bei jedem Hieb, den Mrs. Tulsi austeilte: »Mm!«

Eine kaum weniger harte Prüfung für die Leser und Lerner war Mrs. Tulsis Besorgnis um ihre Gesundheit. Jeden fünften

Samstag rief sie sie in ihr Zimmer und verabreichte ihnen eine Dosis Epsomer Bittersalz, und in der Zeit zwischen diesen düsteren, vergeudeten Wochenenden lauschte sie auf ihre Huster und Nieser. Es gab kein Entrinnen. Sie konnte jede Stimme zuordnen, jedes Lachen, jeden Schritt, jeden Husten und fast jedes Niesen. Besonders Anands Keuchen und sein bellendes Husten machte sie zu ihrer Angelegenheit. Sie kaufte ihm giftig schmeckende Kräuterzigaretten; als diese keine Wirkung zeigten, verordnete sie ihm ein Branntwein-Wasser-Gemisch und schenkte ihm eine Flasche Branntwein. Anand fand die Mixtur zwar abscheulich, trank sie jedoch ihrer literarischen Anklänge wegen: Sie kam auch bei Dickens vor.

Manchmal bestellte Mrs. Tulsi alte Freundinnen aus Arwacas zu sich. Die kampierten dann rund eine Woche bei ihr und hörten ihr zu. Mrs. Tulsi selbst, belebt, redete den ganzen Tag bis spät in die Nacht, während von den Freundinnen, die auf Bettstätten auf dem Boden lagerten, mechanische, schläfrige Laute der Zustimmung kamen: »Ja, Mutter. Ja, Mutter.« Manche dieser Besuche wurden durch Erkrankungen abgekürzt, manche durch penibel aufgezeichnete Unheilsträume; diejenigen Besucherinnen, die bis zum Ende durchhielten, zogen erschöpft, benommen und trübäugig von dannen.

Regelmäßig wurden auch Pujas abgehalten, schmucklose Zeremonien, die für Gott allein bestimmt waren, ohne den Prunk und die Festlichkeit der Pujas im Hanuman-Haus. Der Pandit kam, und Mrs. Tulsi saß vor ihm; er las aus den heiligen Schriften, kassierte sein Geld, zog sich im Badezimmer wieder um und ging. Immer mehr Gebetsfahnen wurden im Hof gehisst, die weißen und roten Wimpel flatterten, bis sie völlig zerschlissen waren, während die Bambusstangen sich gelb, braun und grau färbten. Bei jeder Puja probierte Mrs. Tulsi einen neuen Pandit aus, denn nach Hari konnte es ihr keiner recht machen. Und da kein Pandit es ihr recht machte, erlahmte ihr Glaube. Sie schickte Sushila in die katholische Kirche, damit sie Kerzen anzündete; sie hängte ein Kruzifix in ihrem Zimmer auf, und sie ließ das Grab von Pandit Tulsi für Allerseelen herrichten.

Je mehr Schonung ihr angeraten wurde, desto mehr schwanden ihre Kräfte, bis sie nur noch ihrer Krankheit zu leben schien. Körperlicher Verfall wurde zu ihrer fixen Idee, und nach einer Weile verlangte sie, dass die Mädchen sie lausten. Keine einzige Laus hätte die Ströme von Pimentöl überlebt, die sich stündlich über Mrs. Tulsis Kopf ergossen, aber sie wurde bitterböse, wenn die Mädchen nichts fanden. Sie bezichtigte sie der Lüge, kniff sie, riss sie an den Haaren. Manchmal litt sie auch stumm; dann schlurfte sie hinaus auf die Veranda, wo sie ganz still saß, den Schleier an die Lippen gedrückt, und ihre Augen am Grün labte, wie Mrs. Tuttle es ihr empfohlen hatte. Sie sprach mit niemandem, verweigerte die Nahrung, wies alle Fürsorge zurück. Sie saß nur da, labte ihre Augen an dem Grün, und unter der dunklen Brille hervor rannen die Tränen über ihre schlaffen Wangen.

Von allen Händen waren ihr Mynas Hände die liebsten. Myna musste ihr den Kopf nach Läusen absuchen, Myna musste die Läuse töten, Mynas Fingernägel mussten es sein, zwischen denen die Läuse geknackt wurden. Diese Bevorzugung weckte Neid, verstörte Myna, ärgerte Mr. Biswas.

»Lass die Alte ihre verdammten Läuse doch selber suchen«, sagte Mr. Biswas.

»Hör nicht auf deinen Vater«, sagte Shama, die diesen unerwarteten Trumpf ungern aus der Hand geben wollte.

Also verbrachte Myna Stunden in Mrs. Tulsis Zimmer, und ihre schmalen Finger durchsuchten jede einzelne Strähne von Mrs. Tulsis dünnem, grauem, pimentölduftendem Haar. Von Zeit zu Zeit knipste sie, um Mrs. Tulsi zu erfreuen, die Fingernägel gegeneinander, und Mrs. Tulsi schluckte und sagte »Ah«, erleichtert, dass einer ihrer Läuse der Garaus gemacht worden war.

Ein zusätzlicher Druck lastete auf dem Haus, wenn Shekhar und seine Familie Mrs. Tulsi einen ihrer Besuche abstatteten. Wäre Shekhar allein gekommen, so wäre der Empfang der Schwestern herzlicher ausgefallen. Aber die Feindseligkeit zwischen ihnen und Shekhars presbyterianischer Frau Dorothy hatte im selben Maße zugenommen, in dem Shekhars Geschäfte florierten und Dorothys Presbyterianertum dogmatischer und rigider wurde. Ein offener Streit war nur knapp vermieden worden, als Shekhar den Witwen statt des erbetenen Kredits für die Eröffnung einer Garküche Arbeit in seinen Kinos angeboten hatte. Sie hatten das Angebot als Beleidigung empfunden und dahinter Dorothys Einfluss vermutet. Selbstredend hatten sie abgelehnt: Sie legten keinen Wert darauf, Dorothys Angestellte zu sein, und in einer öffentlichen Vergnügungsstätte schon gar nicht.

Shekhar war ein Besucher, mehr nicht. Er fuhr in seinem Auto vor, führte seine Frau und die fünf eleganten Töchter nach oben, und lange Zeit hörte man nichts als gelegentliche Schritte und Mrs. Tulsis leise, monotone Stimme. Dann kam Shekhar allein wieder herunter, bedrohlich untadelig in seinem kurzärmligen weißen Sporthemd und den weißen langen Hosen. Nachdem er seine Mutter angehört hatte, hörte er nun seine Schwestern an, wobei er ihnen starr in die Augen sah und »Hm-hm« machte, die Unterlippe von der hängenden Oberlippe fast völlig verdeckt. Er sprach wenig, als wolle er seine Mundstellung möglichst nicht verändern. Seine Worte kamen abrupt hervor, von keinerlei Mienenspiel begleitet, und alles, was er sagte, hatte einen bissigen Unterton. Wenn er die Leser und Lerner aus der Reserve zu locken versuchte, verschreckte er sie nur. Dabei schien er nie unnett, lediglich abgelenkt.

Nach dem Mittagessen, das von Basdai und Sushila zubereitet und oben eingenommen wurde, kamen auch Dorothy und ihre Töchter herunter, und Dorothy begrüßte alle mit dröhnender

Stimme, während die Töchter, eng aneinander gedrängt, mit zarter, fast unhörbarer Stimme sprachen. Dann schaute Dorothy auf ihre Uhr und rief: »*Caramba! Ya son las tres. Dónde está tu padre? Lena, va a llamarle. Vamos, vamos. Es demasiado tarde.* Also dann, Leute«, sagte sie zu den wütenden Schwestern und staunenden Lesern und Lernern, »wir müssen.« Seit sie nach Venezuela und Kolumbien in Urlaub fuhren, wechselte Dorothy ins Spanische, wenn sie im Beisein der Schwägerinnen mit ihren Kindern oder mit Shekhar sprach. Hinterher stellten die Schwestern dann einträchtig fest, dass Shekhar zu bemitleiden sei; sie alle hatten bemerkt, wie unglücklich er wirkte.

Ehe sie gingen, schauten Shekhar und Dorothy regelmäßig zu Mr. Biswas herein. Mr. Biswas hatte wenig Freude an diesen Besuchen. Das lag nicht nur daran, dass Shekhars Partei gegen das Amt für kommunale Wohlfahrt agitierte. Für Shekhar war und blieb Mr. Biswas ein Hanswurst, und bei jeder ihrer Begegnungen versuchte er, ihn zu irgendwelchen Kaspereien zu provozieren. Er machte herabsetzende Bemerkungen, und Mr. Biswas fiel der Part zu, diese Bemerkungen witzig und phantasievoll weiterzuspinnen. Zu seinem besonderen Ärger schlug auch Dorothy neuerdings in diese Kerbe, und es gab kein Entkommen für ihn, denn Wut und Gegenwehr zählten mit zum Spiel. Shekhar kam ins Vorderzimmer und fragte auf seine brüske, humorlose Art: »Und – lässt sich's der Wohlfahrtsbeamte wohlergehen?« Worauf er sich auf den Esstisch des verkrüppelten Schreiners schwang und Mr. Biswas die Zerschlagung seiner Behörde und den Verlust seiner Stelle androhte. Eine Zeitlang reagierte Mr. Biswas dann auf gewohnte Weise. Er erzählte Geschichtchen über Regierungsbeamte, sprach von der Mühsal des ständigen Spesenausrechnens, der Arbeit, die es ihm bereite, etwas zu tun zu finden. Aber lange hielt er mit seinem Verdruss nicht hinterm Berg. »Du nimmst das zu persönlich«, sagte Shekhar darauf, noch immer im Spiel. »Unsere Unstimmigkeiten sind rein politischer Art. Du musst ein bisschen mehr über den Dingen stehen, Mann.« »Über den Dingen stehen!«, sagte Mr. Biswas, wenn Shekhar gegangen war. »Mit leerem Bauch? Der alte Skorpion. Wenn's nach dem geht, sitz ich morgen auf der Straße.«

Gerüchte waren schon seit einer Weile im Umlauf. Und jetzt endlich wurde es offiziell: Owad, Mrs. Tulsis jüngerer Sohn, kehrte aus England zurück. Alle waren aufgeregt. Schwestern kamen in ihren besten Kleidern aus Shorthills an, um die Neuigkeit zu besprechen. Owad war der Abenteurer der Familie. Die Entfernung hatte ihn zur Legende werden lassen, daran änderten auch die Scharen von Studenten nichts, die die Kolonie inzwischen allwöchentlich verließen, um in England, Amerika, Kanada und Indien Medizin zu studieren. Was genau er erreicht hatte, war nicht bekannt, aber alle waren sich einig, dass es phänomenal sein musste und beinahe jedes Fassungsvermögen überstieg. Er war ein Doktor, ein Akademiker, ein Mann mit Buchstaben hinter seinem Namen! Und er war einer von ihnen! Auf Shekhar konnten sie nicht länger Anspruch erheben. Aber jede Schwester wusste eine Geschichte zu erzählen, die ihre Nähe zu Owad bewies, die großen Stücke, die er auf sie hielt.

Mr. Biswas war genauso aufgeregt, genauso voller Besitzergefühle wie die Schwestern. Aber er spürte eine Unruhe in sich. Schon einmal, vor vielen Jahren, hatte sein Instinkt ihm geraten, das Hanuman-Haus zu verlassen, bevor Owad und Mrs. Tulsi zurückkehrten. Jetzt verspürte er die gleiche Unruhe: das gleiche Gefühl der Bedrohung, den gleichen Drang, die Flucht zu ergreifen, ehe es zu spät war. Immer wieder rechnete er nach, wie viel Geld er gespart hatte, wie viel Geld er noch sparen würde. Seine Berechnungen übersäten Zigarettenschachteln, Zeitungsränder, die Rückseiten der beigefarbenen Aktendeckel seiner Behörde. Das Ergebnis war immer das gleiche: Er hatte sechshundertzwanzig Dollar; bis zum Jahresende würden es siebenhundert sein. Es war eine gewaltige Summe, mehr als er zu irgendeiner anderen Zeit besessen hatte. Aber der Kredit, der sich mit solch einer Summe aufnehmen ließ, reichte höchstens zum Kauf eines dieser hölzernen Mietshäuser, die jederzeit für unbewohnbar erklärt werden konnten. Zu einem Preis von rund zweitausend Dollar waren solche Häuser Okkasionen, aber nur für Spekulanten, die es sich leisten konnten, die Mieter herauszuklagen und neu zu bauen oder aber so lange zu warten, bis das Grundstück im Wert stieg. Mit der Aufregung rings um ihn wuchs auch seine Beklemmung, und jeden Morgen überflog er die Listen der Makler und hielt auf seinen Fahrten durch die Stadt nach Mietangeboten Ausschau. Als der Stadtrat eine volle Woche lang in mehrseitigen Zeitungsanzeigen die Häuser inserierte, die zur Auktion standen, weil die Gemeindeabgaben nicht bezahlt worden waren, fand sich neben sämtlichen Immobilienmaklern der Stadt auch Mr. Biswas im Rathaus ein, doch zum Mitbieten fehlte ihm der Mut.

Das Erste, was er bei seiner Rückkehr sah, war Mrs. Tulsi. Sie saß auf der Veranda und labte ihre Augen an dem Grün, den Schleier an die Lippen gedrückt.

Und obgleich er sich für den Schlag gewappnet hatte, geriet er nun, da es tatsächlich so weit war, außer sich.

Shama überbrachte ihm die Nachricht.

»Mich einfach an die Luft setzen!«, sagte Mr. Biswas. »Das hätte das alte Luder sich so gedacht! Ich habe Rechte. Ich habe Anspruch auf eine Ersatzunterkunft.« Und: »Verreck, du Miststück!«, zischte er in Richtung Veranda. »Verreck!«

»Mann!«

»Verreck! Und du! Lässt ihr von der armen kleinen Myna den Pelz lausen. Und – hat's genützt? Hm? Hast du gedacht, sie setzt ihren kleinen Gott vor die Tür? O nein. Der Gott braucht ein Zimmer für sich allein. Du und ich und meine Kinder, wir können in Zuckersäcken schlafen. Der Tulsi-Schlafsack. Patentantrag schon gestellt. Verreck, alte Vettel!«

Sie konnten Mrs. Tulsis friedliche Stimme hören, die Sushila etwas zumurmelte.

»Ich habe Rechte«, sagte Mr. Biswas. »Es ist nicht mehr so wie in alten Zeiten! Einfach Zettel an die Tür und raus, das geht nicht mehr! Eine Ersatzunterkunft, wenn ich bitten darf.«

Aber Mrs. Tulsi hatte bereits an eine Ersatzunterkunft gedacht: ein Zimmer in einem der Häuser, in denen Shama Jahre zuvor die Mieten kassiert hatte. Die Bretterwände waren ungestrichen, grauschwarz, morsch; bei jedem Schritt auf den schwankenden, aneinander gestückelten Dielen rieselte aus den Termitentunneln Holzstaub zu Boden. Das Zimmer hatte keine Decke, das nackte Zinkblech des Daches war pelzig von Ruß, und es gab keinen Strom. Wo sollten sie ihre Möbel unterbringen? Wo sollten sie schlafen, kochen, sich waschen? Wo sollten die Kinder ihre Schularbeiten machen?

Er schwor sich, nie wieder ein Wort mit Mrs. Tulsi zu wechseln, und als spürte sie seine Entschlossenheit, sprach auch sie nicht mit ihm. Jeden Morgen ging er auf Wohnungssuche von Haus zu Haus, bis er erschöpft war, und die Erschöpfung brannte die Wut aus ihm heraus. Am Nachmittag fuhr er dann in seinen Bezirk und blieb dort bis in die Nacht.

Als er eines späten Abends zum Haus zurückkam – das ihm nun immer mehr als ein Inbegriff von Ordnung und Geborgenheit erschien –, sah er Mrs. Tulsi im Dunkeln auf der Veranda sitzen. Sie summte auf Hindi vor sich hin, leise, als ob sie ganz allein sei, der Welt entrückt. Er grüßte sie nicht und wollte schon in sein Zimmer gehen, als sie ihn ansprach.

»Mohun?« Ihre Stimme war tastend, liebenswürdig.

Er blieb stehen.

»Mohun?«

»Ja, Mutter.«

»Wie geht es Anand? Ich habe ihn in den letzten Tagen gar nicht husten hören.«

»Dem geht's gut.«

»Kinder, Kinder. Nichts als Sorgen. Aber weißt du noch, wie Owad immer gearbeitet hat? Wie er gegessen hat und dabei gelesen? Im Laden geholfen und dabei gelesen. Geld gezählt und dabei gelesen. Zugepackt wie alle anderen auch, und trotzdem immerzu gelesen. Erinnerst du dich an das Hanuman-Haus, Mohun?«

Er erkannte ihre Stimmung und verspürte wenig Lust, sich davon einwickeln zu lassen. »Hm. Viel Platz da. Mehr, als wir bald haben werden.«

Das erschütterte sie nicht. »Haben sie dir Owads Brief gezeigt?«

Diejenigen von Owads Briefen, die herumgezeigt wurden, handelten vornehmlich von der englischen Flora und dem englischen Wetter. Sie waren sehr literarisch und in sehr großer Schrift geschrieben, mit breiten Zwischenräumen zwischen den Wörtern und breiten Abständen zwischen den Zeilen. »Die Februarnebel haben sich endlich verzogen«, schrieb Owad etwa, »nicht ohne auf sämtlichen Fensterbänken ihre dicken schwarzen Ablagerungen zu hinterlassen. Die Schneeglöckchen sind bereits verblüht, doch bald bricht die Osterglockenzeit an. Ich habe sechs Osterglocken in meinem winzigen Vorgärtchen gepflanzt. Fünf entwickeln sich gut. Die sechste will nicht so recht gedeihen. Jetzt heißt es hoffen, dass sie nicht wieder blütenlos bleiben wie letztes Jahr.«

»Als Junge war er nie an Blumen interessiert«, sagte Mrs. Tulsi.

»Vor lauter Lesen wahrscheinlich.«

»Er hat dich immer gemocht, Mohun. Das lag sicher daran, dass du auch so ein großer Leser bist. Ich weiß nicht. Vielleicht hätte ich alle meine Töchter mit großen Lesern verheiraten sollen. Owad war ja immer dafür. Aber Seth, weißt du ...« Sie brach ab; es war das erste Mal seit Jahren, dass er den Namen aus ihrem Mund hörte. »Die alten Sitten sind so schnell unmodern geworden, Mohun. Du siehst dich nach einem Haus um, heißt es.«

»Ich hab da etwas im Auge.«

»Es tut mir Leid, dass ich dir Ungelegenheiten bereite. Aber wir müssen das Haus für Owad herrichten. Es ist nicht sein Elternhaus, Mohun. Wäre es nicht schön, wenn er in sein Elternhaus zurückkehren könnte?«

»Doch, sehr schön.«

»Dieser Farbgeruch, das wäre nichts für dich. Und schädlich ist er auch. Wir wollen an ein paar Stellen Markisen und Lamellenfenster anbringen. Ein bisschen was Modernes.«

»Ja, das klingt schön.«

»Hauptsächlich natürlich für Owad. Aber ihr hättet ja sicher auch etwas davon, wenn ihr dann zurückkommt.«

»Wenn wir zurückkommen?«

»Kommt ihr denn nicht zurück?«

»Doch, natürlich«, sagte er, und gegen seinen Willen klang seine Stimme eifrig. »Sicher. Lamellenfenster wären sehr schön.«

Shama war überglücklich über die Nachricht.

»Ich wusste ja«, sagte sie, »dass Ma uns nicht für immer wegschickt.« Und sie führte Mrs. Tulsis Zuneigung zu Myna ins Feld, den Branntwein, den sie Anand geschenkt hatte.

»Mein Gott!«, sagte Mr. Biswas, plötzlich angeekelt. »Mein Gott. Hat sich das Läuseknacken also doch gelohnt? Schickst du Myna gleich rüber, dass sie noch ein paar knackt? Gott! Gott! Katz und Maus! Katz und Maus!«

Ihm wurde elend bei dem Gedanken, dass er Mrs. Tulsi ins Netz gegangen war und ihr Dankbarkeit bezeigt hatte. Sie ließ ihn zappeln, genau wie sie ihre Töchter zappeln ließ. Und er war von ihr abhängig, wie er es im Grunde von dem Moment an gewesen war, als er erstmals den Fuß in den Tulsi-Laden gesetzt und Shama hinter dem Ladentisch gesehen hatte.

»Katz und Maus!«

Sie konnte es sich jederzeit anders überlegen. Und selbst wenn nicht, womit durften sie rechnen, wenn sie zurückkamen? Mit zwei Zimmern, einem Zimmer oder nur einem Lagerplatz unter dem Haus? Sie hatte bewiesen, dass sie ihre Macht auszuspielen verstand, und nun musste sie umworben und beschwichtigt werden. Wenn sie nostalgisch wurde, musste er in ihre Nostalgie einstimmen; wenn sie ausfallend wurde, musste er vergeben und vergessen.

Sein Fluchtkapital betrug gut sechshundert Dollar. Er arbeitete für die Wohlfahrtsbehörde; er war Beamter auf Widerruf. Ein Aus für die Behörde würde auch für ihn das Aus bedeuten.

»Eingesperrt habt ihr mich!«, beschuldigte er Shama. »Eingesperrt in diesem Loch!«

Er fing Streit mit ihr und den Kindern an.

»Gut, verkaufen wir eben das verflixte Auto!«, schrie er. Und weil er wusste, wie sehr er Shama damit demütigte, sagte er es auch draußen im Hof, wo die Schwestern und die Leser und Lerner es hörten.

Er wurde bösartig, unentwegt plagten ihn Schmerzen. Er warf in seinem Zimmer mit Sachen um sich. Er riss die Bilder, die er gerahmt hatte, von den Wänden und zerbrach sie. Er warf ein Glas Milch nach Anand und verletzte ihn über dem Auge. Er ohrfeigte Shama im Hof. So dass er sich, wie Govind, den Spott und die Verachtung des ganzen Hauses zuzog. Neben ihm, dem Staatlichen Wohlfahrtsbeamten, war der abwesende Owad umso heller umstrahlt von Tugend, Erfolg und der Wertschätzung aller.

Sie verfrachteten die Vitrine, Shamas Frisierkommode, Théophiles Bücherschrank, die Garderobe und das Slumberking-Bett in das neue Zimmer hinüber. Das eiserne Himmelbett wurde zerlegt und unters Haus geschafft, zusammen mit dem Esstisch des verkrüppelten Schreiners und dem Schaukelstuhl, dessen Kufen auf dem rauen, unebenen Betonboden zu splittern begannen. Das Leben nahm albtraumhafte Züge an, zweigeteilt zwischen dem Zimmer und dem Hohlraum unter dem Haus, wo Shama auch weiterhin kochte. Manchmal schliefen die Kinder dort bei den Lesern und Lernern; manchmal schliefen sie bei Mr. Biswas im Mietshaus.

Und jeden Nachmittag fuhr Mr. Biswas in seinen Bezirk, um anderen die höheren Dinge des Lebens nahe zu bringen. Er verteilte Broschüren; er hielt Vorträge; er gründete Vereine und mischte in der verwickelten Politik kleiner Dörfer mit; und spät nachts fuhr er zurück nach Port of Spain, in sein Mietszimmer, das viel schlimmer war als sämtliche Behausungen, die er während des Tages besucht hatte. Der Prefect überzog sich mit Staub, regengesprenkeltem, verkrustetem Staub; die Fußmatten verdreckten, und auf dem staubigen Rücksitz türmten sich Ordner und alte braune Zeitungen.

Schließlich führten seine Pflichten ihn nach Arwacas, wo er eine Schulung für »Führungskräfte« zu organisieren hatte. Und um der späten, langen Rückfahrt nach Port of Spain zu entgehen, um dem Mietshaus und seiner Familie zu entgehen, beschloss er, sich für die Dauer der Zeit im Hanuman-Haus einzuquartieren. Der hintere Teil des Hauses stand schon seit einer Weile leer; niemand wohnte dort außer einer Witwe, die sich zur Umsetzung einer nicht näher enthüllten Geschäftsidee aus Shorthills hergestohlen hatte und tapfer darauf setzte, dass Seth eine so unbedeutende Kreatur wie sie in Frieden lassen würde. Ihre Sorge war überflüssig. Nach dem Tod seiner Frau hatte sich Seth eine Zeitlang wüst aufgeführt. Er war wegen Körperverletzung und Beleidigung angezeigt worden und hatte sich im Ort viele Sympathien verscherzt. Auch sein Geschick schien ihn im Stich gelassen zu haben. Er hatte einen seiner alten Lastwagen abgefackelt und war erwischt und wegen Versicherungsbetrugs verklagt worden. Zwar hatte er einen Freispruch erstritten, aber die Sache hatte ihn viel Geld gekostet, und seitdem hielt er sich sehr zurück. Er kümmerte sich um seinen verlotterten Lebensmittelladen, sandte niemandem mehr Drohungen und sprach auch nicht mehr davon, das Hanuman-Haus zu kaufen. Für den Familienzwist, der letztlich so ereignislos verlaufen war, interessierte sich längst niemand mehr; weder Seth noch die Tulsis waren in Arwacas noch das, was sie einmal gewesen waren.

Über der Tür des Tulsi-Ladens stand jetzt der schottische Name einer Firma aus Port of Spain, und dieser Name war so oft gebraucht worden, dass er allen selbstverständlich von den Lippen ging und niemand mehr stutzte. Eine große rote Reklame für Bata-Schuhe spannte sich unter der Hanuman-Statue, und der Laden war bunt und betriebsam. Aber das restliche Haus war wie tot. Im Hof herrschte ein wildes Durcheinander aus Verpackungskartons, Stroh, großen Bogen steifen braunen Packpapiers und billigen, unbehandelten Küchenmöbeln. Im Holzhaus hinten hatte man den Durchgang zwischen Küche und Halle mit Brettern zugenagelt, und die Halle diente nun als Lagerraum für ungespelzten Reis, der noch die hintersten Winkel mit seinem muffigen Geruch und seinem warmen, kitzelnden Staub erfüllte. Der Erker auf der einen Seite war so dunkel und vollgestellt wie eh und je. Das Wasserbecken im Hof gab es noch, aber es waren keine Fische mehr darin; sein schwarzer Anstrich warf Blasen und blätterte ab, und das brackige Regenwasser, über dessen Oberfläche sich schillernde Schlieren wie von Öl zogen, wuselte von Mückenlarven. Der Mandelbaum war immer noch so schütter belaubt, als hätte ein nächtlicher Sturm die Blätter heruntergefetzt, und die Erde darunter war trocken und porös. Im Garten hatte sich die Kreppmyrte zum Baum ausgewachsen; der Oleander war so hoch aufgeschossen, dass all seine Kräfte aufgezehrt waren und er das Blühen eingestellt hatte; über den Zinnien und Ringelblumen wucherte Gestrüpp. Die Sindhis, die den Nachbarladen übernommen hatten, spielten auf ihrem Grammophon von früh bis spät klagende indische Filmmusik, und ihr Essen verströmte seltsame Gerüche. Und doch gab es Zeiten, da schien das Holzhaus seiner Wiederbelebung entgegenzuharren: wenn an stillen, heißen Nachmittagen aus den benachbarten Höfen gedankenvolles Hühnergackern herüberdrang, Laute dröger Geschäftigkeit; wenn an den Abenden Petroleumlampen angezündet wurden und Gesprächsfetzen zu hören waren, Gelächter, ein Hund, der gerufen wurde, ein Kind, das die Rute bekam. Aber das Hanuman-Haus lag stumm da. Niemand blieb, wenn der Laden schloss, und die Sindhis nebenan gingen früh zu Bett.

Die Witwe hatte sich im Bücherzimmer eingenistet. Dieser große Raum war immer kahl gewesen. Jetzt, ohne seine Stapel bedruckten Papiers, umgeben nur von Leere, den Reisbergen in der Halle und den gedämpften Geräuschen aus den Nachbarhäusern, wirkte er trostloser denn je. Ein schmales Schlaflager war in einer Ecke aufgeschlagen; fromme, erbauliche Bilder hingen darüber an der Wand; daneben stand eine kleine Truhe, in der die Witwe ihre Habseligkeiten aufbewahrte.

Die Witwe ging ihren Geschäften nach, machte Besuche; sie war selten da. Mr. Biswas begrüßte das Schweigen, die Ruhe. Er forderte einen Schreibtisch und einen Drehstuhl aus Regierungsbeständen an (seltsam, diese Beweise der Macht) und verwandelte das Lange Zimmer in ein Büro. In diesem Zimmer, an dessen Wänden noch immer die Lotosblumen blühten, hatte er mit Shama gewohnt. Durch dieses Fenster hatte er versucht, auf Owad hinunterzuspucken, und ihm sein Essen auf den Kopf gekippt. In diesem Zimmer war er von Govind verprügelt worden, hatte *Bells Lehrbuch der Vortragskunst* einen Tritt versetzt und seinen Einband verknickt. Fernab jeder Zugehörigkeit hatte er hier über die Unwirklichkeit seines Daseins nachgesonnen und wenigstens einen Fleck an der Wand zu hinterlassen gewünscht zum Nachweis seiner Existenz. Jetzt brauchte er keinen solchen Nachweis mehr. Beziehungen waren entstanden, wo früher nichts gewesen war; er stand in ihrem Mittelpunkt. In der Unwirklichkeit damals hatte Freiheit gelegen. Jetzt trug er seine Bürde, und das Hanuman-Haus war der Ort, an dem er diese Bürde zu vergessen suchte: die Kinder, die verstreuten Möbel, das dunkle Zimmer in dem Mietshaus und Shama, die so hilflos war wie er und nun, wie er es immer ersehnt hatte, von ihm abhängig.

Sein friesbespannter Schreibtisch im Langen Zimmer war übersät mit Gläsern und Löffeln, an denen Macleans Original-Magenpulver klebte, zahllosen Papieren voll mit kommunalen Wohlfahrtsbelangen und dem langen, schmalen, schon halb aufgebrauchten Block, auf dem er die Ausgaben für den Prefect verzeichnete, der im Hof des Gerichtsgebäudes geparkt stand.

Die Renovierungsarbeiten an dem Haus in Port of Spain schritten nur langsam voran. Aus Angst vor den Kosten hatte Mrs. Tulsi lieber keinen Bauunternehmer beauftragt. Stattdessen beschäftigte sie einzelne Handwerker, die sie regelmäßig beschimpfte und fortjagte. Sie hatte zum ersten Mal mit Handwerkern aus der Stadt zu tun und konnte nicht verstehen, warum sie nicht bereit waren, für Essen und ein wenig Taschengeld zu arbeiten. Miss Blackie gab den Amerikanern die Schuld und sagte, Habgier sei eines der Laster ihres Volkes. Doch auch wenn ein Lohn ausgehandelt worden war, brachte Mrs. Tulsi es nicht über sich, ihn voll auszubezahlen. Ein gestandener Maurer, der ganze zwei Wochen gearbeitet hatte, wurde von den beiden Frauen derart heruntergeputzt, dass er weinend aus dem Haus flüchtete und mit der Polizei drohte. »Meine Leute, Ma'am«, sagte Miss Blackie entschuldigend.

Fast drei Monate vergingen, bis die Arbeiten abgeschlossen waren. Ober- und Untergeschoss hatten innen und außen einen neuen Anstrich bekommen, über den Fenstern spannten sich gestreifte Markisen, und die Veranden wurden von Jalousien verdunkelt, die fragil und fehl am Platz wirkten an dem unschönen, klobigen Haus.

Und Mr. Biswas' Albtraum fand ein Ende. Ihm wurde gestattet, aus der Mietskaserne zurückzukehren. Nicht in seine zwei Zimmer allerdings, sondern, genau wie befürchtet, in ein einzelnes Zimmer auf der Rückseite des Hauses. Die Zimmer, die er geräumt hatte, waren für Owad reserviert. Govind und Chinta zogen in Basdais Verschlag, und Basdai, die nun kein Logis mehr bieten konnte, zog zu ihren Lesern und Lernern unters Haus. Mr. Biswas brachte in seinem Zimmer beide Betten, Théophiles Bücherschrank und Shamas Frisierkommode unter. Der Esstisch des verkrüppelten Schreiners blieb unterm Haus. Für Shamas Vitrine reichte der Platz nicht, aber Mr. Tulsi erlaubte Shama, sie bei ihr im Esszimmer unterzustellen. Dort war sie gut aufgehoben und schmuck und modern anzusehen. Manchmal schliefen die Kinder im Zimmer; manchmal schliefen sie unten. Alles war behelfsmäßig. Doch nach der Zeit in dem Mietshaus schienen die neuen Verhältnisse geordnet und taten allen wohl.

Und Mr. Biswas fing von neuem zu rechnen an, zählte wieder und wieder die Jahre, die seine Kinder noch vor sich hatten, bis sie das Erwachsenenalter erreichten.

Im Grunde war Savi ja jetzt schon kein Kind mehr. Er hatte sich so auf Anand konzentriert, dass ihm das nun erst auffiel. Sie war ernst und verschlossen, stritt nicht mehr mit ihren Vettern und Kusinen, obwohl sie sehr scharfzüngig sein konnte, und weinte auch nicht mehr. Anand hatte mehr als die Hälfte seiner Gymnasiumszeit hinter sich gebracht. Bald, so dachte Mr. Biswas, würde er seiner Verantwortung enthoben sein. Die Älteren würden sich um die Jüngeren kümmern. Wie Mrs. Tulsi schon damals bei Savis Geburt in der Halle des Hanuman-Hauses gesagt hatte: Irgendwie würden sie alle überleben; keiner konnte sie töten. Und dann dachte er: »Ich habe ihre Kindheit verpasst.«

6. Die Revolution

Ein Brief aus London. Eine Postkarte aus Vigo. Mrs. Tulsi vergaß ihr Kränkeln, ihren Missmut und verbrachte den halben Tag auf der Vorderveranda, wartend. Das Haus füllte sich mit Schwestern, ihren Kindern und Enkeln, und erzitterte von ihrem Gepolter und Gekreisch. Im Hof wurde ein riesiges Zelt errichtet. Seine Bambusstangen wurden mit Palmenzweigen geschmückt, die sich zu Bogen wölbten, und von jedem dieser Palmwedelbogen hing ein Büschel Früchte herab. Bis tief in die Nacht wurde gekocht und gesungen, und jeder schlief, wo er gerade Platz fand. Es war wie bei den Festlichkeiten früher im Hanuman-Haus. So etwas hatte es nicht mehr gegeben, seit Owad abgereist war.

Eine Depesche aus Barbados stürzte das Haus in einen Taumel der Aufregung. Mrs. Tulsi wurde vergnügt. »Ma'am, Ihr Herz«, warnte Miss Blackie. Aber Mrs. Tulsi konnte nicht stillsitzen. Sie bestand darauf, hinunter ins Erdgeschoss geführt zu werden; sie besichtigte, sie scherzte; sie ging wieder nach oben und kam aufs Neue herunter; wohl ein Dutzend Mal inspizierte sie die Zimmer, die für Owad reserviert waren. Und in dem Durcheinander wurde ein Bote ausgeschickt, um den Pandit herbeizuholen, dabei war der Pandit längst da: ein zurückhaltender Mann, der, mit Hemd und Hose bekleidet, in der wachsenden Menge von niemandem bemerkt worden war.

Die Schwestern verkündeten, dass sie die ganze Nacht aufzubleiben gedachten: Noch so viel wollte gekocht sein! Die Kinder schliefen ein. Die Schar der Männer um den Pandit lichtete sich; der Pandit schlief ein. Die Schwestern kochten und klagten frohgemut über die viele Arbeit; sie sangen traurige Hochzeitslieder; sie brauten kannenweise Kaffee; sie spielten Karten. Manchmal verschwand eine der Schwestern für ein Stündchen, aber keine gab zu, dass sie sich hingelegt hatte, und Chinta brüstete sich damit, dass sie zweiundsiebzig Stunden aufbleiben konnte – brüstete sich, als wäre Govind noch der fügsame Sohn der Familie, als hätte es seine Brutalitäten nie gegeben, als wären noch die alten Zeiten und sie noch Schwestern in der Halle im Hanuman-Haus.

Kurz vor Tagesanbruch wurden sie alle von Lethargie erfasst, aber das Morgenlicht brachte einen frischen Schub überbordender Geschäftigkeit. Die Kinder waren fertig gewaschen, abgefüttert und angezogen, noch ehe die Straße erwachte; das Haus wurde gefegt und geputzt. Mrs. Tulsi ließ sich von Sushila baden und ankleiden; auf ihrer glatten Haut standen kleine Schweißtröpfchen, obwohl die Sonne noch nicht aufgegangen war und sie so gut wie nie schwitzte. Kurz darauf begannen die Besucher einzutreffen, viele von ihnen dem Haus nur um Ecken verbunden, wenn nicht gleich – wie die angeheiratete Sippschaft mancher Enkelinnen – gänzlich unbekannt. Die Straße war von Autos verstopft und bunt von den Kleidern der Frauen und Mädchen. Shekhar, Dorothy und die fünf Töchter trafen ein. Jeder tat sich mit irgendetwas wichtig: den Kindern, dem Essen, den Passierscheinen für den Pier, der Fahrt zum Hafen. Ständig fuhren irgendwelche Autos mit bedeutsamem Knattern davon. Wenn sie zurückkehrten, schwenkten ihre Fahrer Passierscheine und berichteten von Zusammenstößen mit verschreckten Hafenbeamten.

Mr. Biswas hatte eine problematische Nacht hinter sich. Und der Morgen ließ sich schlecht an. Als er Anand hinunterschickte, um ihm den *Guardian* zu holen, meldete dieser, die Zeitung sei vom Pandit annektiert worden und seither unauffindbar. Dann wurde er aus dem Zimmer verbannt, während Shama und die Mädchen sich fein machten. Unten herrschte heilloses Durcheinander. Er warf einen Blick ins Bad und beschloss, für den heutigen Tag aufs Waschen zu verzichten. Als er in sein Zimmer zurückdurfte, hing dort ein schwacher, aber abstoßender Geruch nach Gesichtspuder in der Luft, und überall lagen Kleider herum. Unglücklich zog er sich an. »Untergang der *Hesperos*, oder was«, sagte er naserümpfend, während er seine Bürste mit einem Kamm von Frauenhaaren befreite und der Staub aufstieg, gut sichtbar in dem Sonnenlicht, das schräg durch die gestreifte Markise einfiel. Shama bemerkte seine Gereiztheit, sagte aber nichts dazu, was ihn noch mehr aufbrachte. Alle Stockwerke hallten wider von ungeduldigen Schritten, Rufen und Geschrei.

Das Empfangskommando brach grüppchenweise auf. Mrs. Tulsi fuhr in Shekhars Wagen mit. Mr. Biswas fuhr in seinem Prefect, aber seine Familie hatte sich auf andere Autos verteilt, und so musste er irgendwelche völlig Fremden mitnehmen.

Der Dampfer, weiß und ruhevoll, lag draußen im Golf vor Anker. Für Mrs. Tulsi wurde ein Stuhl aufgetrieben und an der magentaroten Mauer eines der Zollschuppen aufgestellt. Mrs. Tulsi, ganz in Weiß gekleidet, hatte den Schleier in die Stirn gezogen. Von Zeit zu Zeit presste sie die Lippen aufeinander und ballte die Faust um ihr Taschentuch. Flankiert wurde sie von Miss Blackie in ihrem Kirchengewand und einem Strohhut mit rotem Band, und von Sushila, die eine große Tasche mit ausgewählten Arzneien bei sich trug.

Ein Nebelhorn ertönte. Der Dampfer wurde in den Hafen geschleppt. Ein paar von den Kindern – diejenigen, die in der Schule gelernt hatten, einer der Beweise für die Kugelform der Erde sei die Tatsache, dass Schiffe hinter dem Horizont verschwanden – übertrieben die Entfernung zwischen Schiff und Kai. Viele sagten, das Schiff würde erst in zwei, drei Stunden anlegen.

Shivadhar, Chintas jüngerer Sohn, behauptete, es würde nicht vor dem nächsten Abend so weit sein.

Doch die Erwachsenen beschäftigte etwas anderes.

»Kein Wort zu Mai«, zischelten die Schwestern.

Seth stand am Kai. Er wartete zwei Zollschuppen von ihnen entfernt. Er trug einen billigen Anzug von einem unsäglichen Braun, und allen, die ihn in Khakiuniform und schweren Stiefeln in Erinnerung hatten, musste er wie ein Feldarbeiter im Sonntagsanzug vorkommen.

Mr. Biswas linste zu Shekhar hinüber. Der und Dorothy hielten den Blick entschlossen auf das nahende Schiff gerichtet.

Seth fühlte sich sichtlich unwohl. Er konnte nicht still stehen. Er nestelte seine lange Zigarettenspitze aus der Brusttasche hervor und musste sich konzentrieren, um die Zigarette hineinzustecken. Der Anzug und die fahrigen Bewegungen nahmen der Zigarettenspitze alle Wirkung, und den Kindern, die ihn nicht von früher her kannten, erschien sie lächerlich und gekünstelt. Kaum hatte er die Zigarette angezündet, sprang ein Beamter in khakifarbener Uniform herzu und deutete auf die großen weißen, in Englisch und Französisch abgefassten Verbotsschilder an den Zollgebäuden. Seth schnippte die Zigarette wieder aus der Spitze und zermalmte sie mit der Sohle eines glanzlosen braunen Schuhs. Dann steckte er die Zigarettenspitze in die Brusttasche zurück und faltete die Hände auf dem Rücken.

Bald, zu bald für manche der Kinder, hatte der Dampfer die Kaimauer erreicht. Die Schlepper tuteten, holten ihre Trossen ein. Taue wurden von der Reling auf den Pier geworfen, der nun, im Schatten des weißen Schiffsrumpfs, beschützt wirkte, fast wie ein Zimmer.

Und dann sahen sie ihn. Er trug einen Anzug, den keiner von ihnen kannte, und ein Robert-Taylor-Schnurrbärtchen. Sein Jackett war aufgeknöpft, seine Hände steckten in den Hosentaschen. Er hatte breitere Schultern bekommen, und auch sonst war er recht stattlich geworden. Sein Gesicht war sehr voll, fast zu voll, mit riesigen runden Backen; wäre er nicht so groß gewesen, hätte er fett gewirkt.

»Das kommt von der Kälte in England«, sagte jemand als Erklärung für die Backen.

Mrs. Tulsi, Miss Blackie, die Schwestern, Shekhar, Dorothy und sämtliche Enkeltöchter, die selbst schon Kinder hatten, fingen leise zu weinen an.

Eine junge weiße Frau trat zu Owad an die Reling. Sie lachten und redeten.

»Aré bap!«, rief eine von Mrs. Tulsis Freundinnen durch ihre Tränen.

Aber es war blinder Alarm.

Die Laufplanke wurde heruntergelassen. Die Kinder liefen zum Rand der Kaimauer vor, untersuchten die Halteseile und versuchten zu den erleuchteten Bullaugen hineinzuspähen. Jemand fing eine Diskussion über Anker an.

Und dann war er da. Seine Augen waren feucht.

Aus Mrs. Tulsi war schlagartig aller Überschwang gewichen. Sie blieb auf ihrem Stuhl sitzen und hob ihm das Gesicht entgegen, damit er sie küssen konnte. Dann umarmte sie seine Beine. Sushila öffnete unter Tränen ihre Tasche und zückte ein leuchtend blaues Fläschchen Riechsalz. Miss Blackie schluchzte mit Mrs. Tulsi um die Wette, und sooft Mrs. Tulsi schniefte, sagte sie: »Hm-mm. Hm. Mm.« Die Kinder, übergangen, gafften. Die Brüder gaben sich die Hand wie zwei Männer und lächelten einander an. Dann waren die Schwestern an der Reihe. Sie wurden geküsst, sie brachen erneut in Tränen aus und versuchten fieberhaft, ihm die in den Jahren seiner Abwesenheit geborenen Kinder vorzustellen. Owad, küssend, weinend, fertigte sie rasch ab. Als Nächstes waren die acht überlebenden Schwäger dran. Govind, der Owad gut gekannt hatte, fehlte, dafür war W.C. Tuttle da, der ihn fast gar nicht kannte. Lange Brahmanenhaare sprossen ihm aus den Ohren, und er zog zusätzliche Aufmerksamkeit auf sich, indem er die Augen schloss, säuberlich ein paar Tränen wegzwinkerte, eine Hand auf Owads Haupt legte und einen Segen auf Hindi sprach. Je näher Owad herankam, desto mehr schwand Mr. Biswas' Fassung, und als er ihm die Hand reichte, saß ihm ein Schluchzen in der Kehle. Doch Owad nahm die Hand zwar, bekam dabei aber mit einem Mal etwas Unnahbares.

Seth war im Anmarsch. Er lächelte mit Tränen in den Augen und streckte die Hände aus.

Kein Moment hätte deutlicher zeigen können, dass trotz seines Alters, trotz Shekhar, Owad das neue Familienoberhaupt war. Alles sah auf ihn. Wenn er das Signal gab, würde es zur Versöhnung kommen.

»Mein Sohn, mein Sohn«, sagte Seth auf Hindi.

Beim Klang seiner Stimme, die sie jahrelang nicht mehr gehört hatten, durchfuhr sie alle ein kleines Prickeln.

Owad hielt immer noch Mr. Biswas' Hand.

Mr. Biswas bemerkte die schlaffen Falten in Seths billigem braunem Sakko, die verfärbte Zigarettenspitze. Seth hatte beide Hände ausgestreckt, fast berührte er Owad.

Owad wandte sich ab und sagte auf Englisch: »Dann kümmere ich mich wohl besser mal um das Gepäck.« Und indem er Mr. Biswas' Hand losließ, ging er mit schnellen Schritten und schwingendem Jackett davon.

Seth stand ganz still. Die Tränen versiegten schlagartig. Aber das Lächeln blieb.

Hektik erfasste die Menge der Tulsis; ihre Erleichterung machte sich in Lautstärke Luft.

Er hätte sich eher wegdrehen können, dachte Mr. Biswas immer wieder. Er hätte sich eher wegdrehen können.

Seths Hände sanken langsam herab. Das Lächeln erstarb.

Eine Hand fasste nach der Zigarettenspitze, und er legte den Kopf schief, als wollte er etwas sagen. Aber er fummelte nur kurz an der Zigarettenspitze herum, drehte sich um und verschwand festen Schrittes zwischen zwei Zollschuppen in Richtung Ausgang.

Owad kam zu ihnen zurück.

»Mit Mutter? Bruder? Vater? Alle zusammen?«, fragte jemand, und Mr. Biswas erkannte die spöttische Stimme des *Sentinel*-Photographen.

Der Photograph nickte ihm zu und grinste, als wäre er Mr. Biswas auf die Schliche gekommen.

»Allein«, sagte Mrs. Tulsi. »Nur er allein.«

Owad straffte die Schultern und lachte. Sein Bärtchen zog sich breit, die Zähne bleckten; die Backen, glänzend und sehr rund, wanderten nach oben und zwängten die Nase ein.

»Danke«, sagte der Photograph.

Ein junger Reporter, den Mr. Biswas nicht kannte, pirschte sich mit Notizbuch und Bleistift an sie heran, und schon die Art, wie er diese beiden Gegenstände handhabte, verriet Mr. Biswas, dass er ein Neuling war, so unerfahren wie er selber damals, als er den englischen Schriftsteller interviewt und ihm etwas Zündendes über Port of Spain zu entlocken versucht hatte.

Vielerlei Gefühle wurden in ihm wach, und ohne sich von jemandem zu verabschieden, entfernte er sich, stieg in den Prefect, der sich mit seinen geschlossenen Fenstern aufgeheizt hatte wie ein Backofen, und fuhr in seinen Bezirk.

»Tulpen und Osterglocken!«, murmelte er im Gedenken an den gärtnernden Owad der Briefe, während er den Churchill-Roosevelt Highway entlangfuhr, zwischen Sümpfen, baufälligen Hütten und Reisfeldern dahin.

Als er nach Port of Spain zurückkam, war es kurz nach zehn. Das Haus war still, das Obergeschoss in Dunkel gehüllt: Owad hatte sich schlafen gelegt. Aber in den unteren Regionen und im Zelt brannte helles Licht. Nur die kleineren Kinder schliefen schon; bei allen anderen, unter ihnen eine Reihe morgendlicher Besucher, die beschlossen hatten, über Nacht zu bleiben, wirkten die Aufregungen des Tages noch nach. Manche aßen, manche spielten Karten, manche unterhielten sich flüsternd, und eine erstaunlich große Zahl las Zeitung. Anand, Savi und Myna liefen auf Mr. Biswas zu, sobald sie ihn erblickten, und erzählten ihm atemlos von Owads Abenteuern in England: von seinen Brandeinsätzen während des Krieges, den Rettungsaktionen, die er geleitet hatte, den Malen, die er um Haaresbreite dem Tod entronnen war; von den Operationen, mit denen er Berühmtheiten in letzter Sekunde das Leben gerettet hatte, den Posten, die ihm infolgedessen angeboten worden waren, dem Sitz im Parlament; von den bedeutenden Männern, die er kennen gelernt und nicht selten in öffentlichen Debatten bezwungen hatte. Russell, Joad, Radhakrishnan, Laski, Menon, mit diesen Namen warfen sie alle nur so um sich. Das ganze Haus stand in Owads Bann, überall im Zelt saßen kleine Grüppchen beieinander und käuten seine Geschichten wieder. Chinta hatte bereits eine heftige Abneigung gegen Krishna Menon gefasst, den Owad besonders tief verachtete. Und binnen eines einzigen Nachmittags war mit der traditionsgemäßen Indienverehrung aufgeräumt worden: Owad verachtete alle Inder aus Indien. Sie waren eine Schande für die Inder aus Trinidad; sie waren arrogant, hinterhältig und lüstern; sie hatten eine furchtbare englische Aussprache, sie waren unintelligent, schwer von Begriff und bekamen ihre Studienabschlüsse aus reiner Barmherzigkeit; ihnen war mit Geld nicht zu trauen; in England ließen sie sich mit Krankenschwestern und anderen Frauen aus der Unterschicht ein und waren häufig in Skandale verwickelt; sie konnten kein ordentliches indisches Essen zubereiten (die einzigen echt indischen Mahlzeiten, die Owad in England bekommen hatte, waren die von ihm selbst gekochten); ihr Hindi ließ zu wünschen übrig (Owad hatte sie wiederholt bei Sprachsünden ertappt); ihre religiösen Bräuche waren verkommen; kaum waren sie in England, aßen sie, um ihre Modernität zu beweisen, Fleisch und tranken Alkohol (ein Junge aus einer Brahmanenfamilie hatte Owad zum Mittagessen ein Corned-Beef-Curry vorgesetzt); und bei alledem sahen sie unerklärlicherweise auf die Inder aus den Kolonien herab. Die Schwestern sagten, sie hätten den Indern aus Indien noch nie über den Weg getraut; sie ließen sich über das Benehmen der ihnen bekannten Missionare, Kaufleute, Ärzte und Politiker aus, und sie machten gewichtige Mienen, als sie sich ihrer Verantwortung als die letzten Vertreter hinduistischer Kultur innewurden.

Der Pandit, geschmückt mit heiliger Schnur, Kastenzeichen und Armbanduhr, hatte es sich in Dhoti und Weste auf einer Decke bequem gemacht, die auf dem blank gefegten, platt gestampften Erdboden ausgebreitet war. Er las eine Zeitung, die Mr. Biswas nie zuvor gesehen hatte. Und nun bemerkte Mr. Biswas auch, dass die vielen anderen Zeitungen im Zelt der des Pandit sehr ähnlich sahen. Es war die *Soviet Weekly*.

Mitternacht war schon vorbei, als der von Gruppe zu Gruppe wandernde Mr. Biswas schließlich genug gehört hatte, und als Anand anfangen wollte, von Owads Begegnung mit Molotow, den Verdiensten der Roten Armee und den Wundern Russlands zu erzählen, sagte er, es sei nun für sie alle Zeit zum Schlafengehen. Er ging hinauf in sein Zimmer und ließ Anand und Savi in der Festatmosphäre des Untergeschosses zurück. Ihm schwirrte der Kopf von den großen Namen, die die Kinder und Schwestern so beiläufig aussprachen. Zu denken, dass der Mann, der all diese Persönlichkeiten kennen gelernt hatte, mit ihm unter einem Dach schlief! Dort, wo Owad herkam, war zweifellos das wahre Leben zu Hause.

Eine ganze Woche dauerten die Festlichkeiten an. Besucher verabschiedeten sich; neue fanden sich ein. Wildfremde Menschen – der Eismann, der Erdnussverkäufer, der Postbote, die Bettler, die Straßenkehrer, viele herumstreunende Kinder – wurden hereingebeten und verköstigt. Das Essen ging auf Mrs. Tulsis Rechnung, und gekocht wurde gemeinsam, wie in den alten Zeiten, die zusammen mit Owad zurückgekehrt schienen. Die Früchte, die von den Palmwedelbogen im Zelt herabhingen, verschwanden; die Palmenblätter färbten sich gelb. Aber Owad zog immer noch bewundernde Blicke auf sich, es war immer noch eine Ehre, wenn er das Wort an einen richtete, und alles, was er sagte, musste wiederholt werden. Jede Bemerkung von ihm, egal wann und zu wem, konnte der Beginn einer neuen Geschichte sein; dann scharten sich sofort Zuhörer um ihn. An den Abenden versammelte man sich regelmäßig im Wohnzimmer oder, wenn Owad müde war, auch in seinem Schlafzimmer. Mr. Biswas versäumte diese Zusammenkünfte nur ungern. Mrs. Tulsi, die ihre eigenen Malaisen vergaß und stattdessen aufs Pflegen aus war, hielt Owads Hand oder Kopf, während er sprach.

Er hatte 1945 Stimmen für die Labour-Partei geworben, und Kingsley Martin sah in ihm einen der Architekten des Labour-Wahlsiegs. Kingsley Martin hatte Owad auch unbedingt für den *New Statesman and Nation* gewinnen wollen, aber da, sagte Owad (und lachte dabei wie über einen Scherz, den nur er verstand), habe er Kingsley leider einen Korb geben müssen. Für die Konservativen war er der Erzfeind, woran seine sardonische Kritik an Churchills Fulton-Rede schuld war. Sardonisch war eines von Owads Lieblingswörtern, und am allersardonischsten war er mit Krishna Menon verfahren. Indirekt ließ er durchblicken, dass er von Menon bei einer öffentlichen Versammlung völlig grundlos beleidigt worden war. Er hatte Spenden für Maurice Thorez gesammelt und mit ihm über die Strategien seiner Partei bei den Wahlen in Frankreich beratschlagt. Auch mit den russischen Generälen und ihren Schlachten schien er bestens vertraut. Er sprach die russischen Namen aus wie ein Kenner.

»Diese Russen haben schon grauenhaft hässliche Namen«, ließ sich Mr. Biswas eines Abends vernehmen.

Die Schwestern sahen von Mr. Biswas zu Owad.

»Die Schönheit liegt im Auge des Betrachters«, sprach Owad. »Biswas zum Beispiel. Komischer Name, wenn man so drüber nachdenkt.«

Die Schwestern sahen wieder auf Mr. Biswas.

»Rokossowski und Coca-Cola-kowski«, sagte Mr. Biswas ein wenig verärgert. »Grauenhaft hässlich.«

»Findest du? Wjatscheslaw Molotow. Klingt das für dich hässlich, Ma?«

»Nein, Junge.«

»Joseph Dugaschwili«, fuhr Owad fort.

»Den hab ich gemeint«, sagte Mr. Biswas. »Erzähl mir nicht, dass das schön klingt.«

Owad erwiderte sardonisch: »Für mich schon.«

Die Schwestern lächelten.

»Gwagel«, sagte Owad, wobei er das Kinn hob (er lag im Bett) und eine Art Würgelaut von sich gab.

Mrs. Tulsi ließ die Hand von seinem Kinn zu seinem Adamsapfel hinuntergleiten.

»Wie bitte?«, fragte Mr. Biswas.

»Gogol«, sagte Owad. »Der größte humoristische Schriftsteller der Welt.«

»Klang wie Gurgeln.« Mr. Biswas wartete auf Beifall, aber Shama warf ihm nur einen warnenden Blick zu.

»In Russland dürftest du so etwas nicht laut sagen«, sagte Chinta.

Das brachte Owad von der Schönheit russischer Namen auf Russland selbst. »Es gibt dort Arbeit für jedermann, und jeder muss arbeiten. In der sowjetischen Verfassung steht ausdrücklich geschrieben – Basdai, reichst du mir das kleine Buch da –, dass, wer nicht arbeitet, auch nicht essen soll.«

»Das ist gerecht«, sagte Chinta, nahm die Sowjetische Verfassung von Owad entgegen, schlug sie auf, warf einen Blick auf das Deckblatt, schlug sie wieder zu und gab sie weiter. »So ein Gesetz bräuchten wir hier in Trinidad auch.«

»Wer nicht arbeitet, soll auch nicht essen«, wiederholte Mrs. Tulsi langsam.

»Die sollten mal ein paar von *meinen* Leuten nach Russland schicken«, sagte Miss Blackie, und um das Ausmaß ihrer Verzweiflung über ihre Leute auch recht deutlich zu machen, schmatzte sie mit der Zunge, schüttelte ihren Rock aus und rutschte auf ihrem Stuhl herum.

Mr. Biswas fragte: »Wie soll jemand arbeiten, wenn er nicht isst?«

Owad hörte nicht hin. »In Russland, weißt du, Ma« – er hatte die Gewohnheit, viele seiner Sätze an sie zu richten –, »in Russland pflanzen sie Baumwolle in verschiedenen Farben an. Rote und blaue und grüne und weiße Baumwolle.«

»Einfach so auf dem Acker?«, fragte Shama, die Mr. Biswas' Respektlosigkeit wettmachen wollte.

»Einfach so auf dem Acker. Und du«, sagte Owad zu einer Witwe gewandt, die vergeblich versucht hatte, in Shorthills ein Reisfeld anzulegen, »du weißt, welche Mühsal es ist, Reis zu pflanzen. Immer gebückt in der glühenden Sonne, bis zu den Knien im schlammigen Wasser, tagein, tagaus.«

»Die Rückenschmerzen«, sagte die Witwe, wobei sie den Rücken durchdrückte und die Hand an die Stelle legte, wo es wehtat. »Mir brauchst du nichts erzählen. Nur dieser eine Hektar, und ich war reif fürs Krankenhaus.«

»In Russland gibt's das alles nicht«, sagte Owad. »Keine Rückenschmerzen, kein Bücken. Wisst ihr, wie sie in Russland Reis pflanzen?«

Sie schüttelten die Köpfe.

»Sie schießen ihn aus dem Flugzeug ab. Einfach Reis statt Kugeln.«

»Aus dem Flugzeug?«, sagte die Reis pflanzende Witwe.

»Aus dem Flugzeug. Da wäre dein Hektar in ein paar Sekunden fertig bepflanzt.«

»Solang du nicht daneben schießt«, sagte Mr. Biswas.

»Und du«, sagte Owad zu Sushila. »Du solltest eigentlich Medizin studieren. Das liegt dir.«

»Genau, was ich ihr auch immer sage«, bestätigte Mrs. Tulsi.

Sushila, die es gründlich satt hatte, Mrs. Tulsi zu pflegen, die den Geruch nach Arzneien hasste und sich im Alter nichts als einen ruhigen kleinen Haushaltswarenladen wünschte, nickte.

»In Russland *würdest* du Medizin studieren. Ohne Geld.«

»Studieren wie du?«, fragte Sushila.

»Ganz genau so. Kein Unterschied zwischen den Geschlechtern. Nicht dieser Unfug, dass die Jungen alle Chancen bekommen und die Mädchen gar keine.«

Chinta sagte: »Vidiadhar redet andauernd davon, dass er Luftfahrtingenieur werden will.«

Das war gelogen. Vidiadhar wusste nicht einmal, was ein Luftfahrtingenieur war. Er fand nur, dass es gut klang.

»In Russland *würde* er Luftfahrtingenieur«, sagte Owad.

»Der die Reiskörner aus dem Flugzeugtank pult«, sagte Mr. Biswas. »Und was ist mit mir?«

»Mit dir? Mohun Biswas, Wohlfahrtsbeamter. Erst zerstören sie den Menschen das Leben, berauben sie sämtlicher Möglichkeiten, und dann schicken sie dich als Straßenkehrer, der die Scherben aufliest. Ein typischer Kapitalistentrick, Ma.«

»Ja, Junge.«

»M-m-m-m.« Miss Blackie ließ ihr Schnurren hören.

»Die benutzen die Menschen wie Werkzeuge. Fünfhundert Dollar Profit, danke sehr, hier sind fünf Dollar als Almosen.«

Die Schwestern nickten.

O Gott, dachte Mr. Biswas, noch so ein Skorpion, der mich um meine Stelle bringen will.

»Aber du bist ja kein richtiger Kapitalistenknecht«, fuhr Owad fort.

»Nicht direkt«, sagte Mr. Biswas.

»Du bist kein richtiger Bürokrat. Du bist Journalist, ein Schriftsteller, ein Literat.«

»Das stimmt. Doch. Genau.«

»In Russland sagst du einfach, du bist Journalist, du bist Schriftsteller, und schon geben sie dir ein Haus, sie geben dir Essen und Geld und sagen zu dir: ›So, und jetzt schreib schön.‹«

»Ganz im Ernst?«, fragte Mr. Biswas. »Ein Haus, einfach so?«

»Alle Schriftsteller kriegen da Häuser. Datschen, Landhäuser.«

»Warum«, fragte Mrs. Tulsi, »wandern wir nicht alle nach Russland aus?«

»Moment!«, sagte Owad. »Sie haben dafür kämpfen müssen. Ihr solltet hören, was sie mit dem Zaren gemacht haben.«

»M-m-m-m«, schnurrte Miss Blackie, und die Schwestern nickten ernst.

»Bist du«, sagte Mr. Biswas, jetzt voller Hochachtung, »bist du Mitglied der Kommunistischen Partei?«

Owad lächelte nur.

Und ähnlich kryptisch war seine Reaktion, als Anand ihn fragte, wie er, als ein Kommunist, der der Revolution den Weg bereitete, eine Stelle im staatlichen Gesundheitswesen annehmen könne. »Die Russen haben ein Sprichwort«, sagte Owad. »Zieht die Schildkröte den Kopf ein, so kann sie durch die Kloake schwimmen und wird doch nicht schmutzig.«

Am Ende der Woche war das Haus gründlich aufgepeitscht. Alle warteten auf die Revolution. Die sowjetische Verfassung und die *Soviet Weekly* wurden aufmerksamer gelesen als der *Sentinel* oder der *Guardian*. Das gesamte Weltbild war auf den Kopf gestellt. Die Leser und Lerner nahmen die Tatsache, dass sie in einer Gesellschaft lebten, der die vollständige Zerschlagung unmittelbar bevorstand, freudig zum Anlass, ihre Lese- und Lernbemühungen schleifen zu lassen, und verachteten ihre Lehrer, die sie bis dahin verehrt hatten, fortan als uninformierte Jasager.

Und Owad war vielseitig. Er hatte nicht nur dezidierte Ansichten zu Politik und Militärstrategie, kannte sich nicht nur mit Kricket und Fußball aus – er stemmte auch Gewichte, er schwamm, er ruderte, und er äußerte sich sehr entschieden über Maler und Schriftsteller.

»Eliot«, sagte er zu Anand. »Den hab ich oft getroffen. Amerikaner, weißt du. *Das wüste Land. J. Alfred Prufrocks Liebesgesang.* Komm, wir gehen, du und ich. Eliot ist für mich ein rotes Tuch.«

Und in der Schule verkündete Anand: »Eliot ist für mich ein rotes Tuch«, und fügte hinzu: »Ich kenne wen, der ihn kennt.«

Während sie auf die Revolution warteten, ging das Leben weiter. Das Zelt wurde abgebaut. Schwestern und verheiratete Enkelinnen kehrten in ihre Häuser zurück. Die Besucher kamen nicht mehr in Scharen. Owad nahm seine Arbeit im Colonial Hospital auf, und eine Zeitlang musste das Haus sich mit Geschichten von den Operationen begnügen, die er durchgeführt hatte. Der jüdische Arzt wurde nicht mehr benötigt: Owad behandelte Mrs. Tulsi selbst. Ihr Zustand verbesserte sich rasant. »Diese Ärzte haben seit zwanzig Jahren nichts mehr dazugelernt«, sagte Owad. »Nicht mal die Fachzeitschriften lesen die.« Fast mit jeder Post trafen Journale aus England für ihn ein, und dazu Medikamentenproben, die er stolz herumzeigte, wenn auch manchmal mit sardonischen Kommentaren.

Das gemeinschaftliche Kochen war eingestellt worden, aber das gemeinschaftliche Leben ging weiter. Schwestern und Enkelinnen blieben oft über Nacht oder übers Wochenende. Sie trugen ihre sämtlichen Krankheiten zu ihm, und er beriet sie unentgeltlich und spritzte ihnen reihum neue Wundermittel, die, wie er sagte, in der Kolonie noch gänzlich unbekannt waren. Hinterher rechneten die Schwestern dann aus, wie viel sie bei einem anderen Arzt hätten bezahlen müssen, und wetteiferten ein wenig miteinander, welche von ihnen mit der teuersten Behandlung ausgezeichnet worden war.

Und Owads Beliebtheit nahm noch zu. Seit langer Zeit lag das ganze Gewicht im Haus auf Lesen und Lernen, wozu viele der Leser und Lerner weder die Gabe noch die Neigung mitbrachten. Jetzt erklärte Owad, diese Gewichtung sei falsch. Jeder habe etwas zu bieten. Körperkraft und handwerkliches Geschick seien ebenso wichtig wie schulische Erfolge, und in Russland genössen Bauern, Arbeiter und Intellektuelle alle gleich viel Ansehen. Er organisierte Badeausflüge, Bootsfahrten, Tischtennisturniere, und die Bewunderung und Achtung, die er erfuhr, waren so groß, dass selbst Feinde sich näher kamen. Anand und Vidiadhar spielten mehrere Partien Tischtennis miteinander, und obwohl sie vorher und nachher kein Wort wechselten, legten sie während des Spiels eine ausgesuchte Höflichkeit an den Tag und sagten beim geringsten Anlass »Guter Schlag!« und »So ein Pech!«. Vidiadhar, der eine wilde Sportbegeisterung entwickelt hatte, aber in der Schule nie aufgestellt wurde, weil seine Spielwut sein Talent weit übertraf, tat sich bei diesen Familienspielen hervor und war der Hausbeste.

»Ich kann dir nicht sagen«, vertraute Chinta Owad an, »wie ich mich um unseren Vidiadhar sorge. Der Junge schwitzt ja so. Er ist einfach keiner, der sich mit irgendeinem alten Buch in die Ecke setzt. Immer saust er herum, immer spielt er irgendwelche wilden Spiele. Die Hand hat er sich schon gebrochen, und den Fuß und ein paar Rippen auch. Ich red ja und red, aber er hört nicht. Und dann schwitzt er so sehr.«

»Kein Grund zur Beunruhigung«, sagte Owad, ganz Arzt. »Das ist völlig normal.«

»Da fällt mir ein Stein vom Herzen«, sagte Chinta enttäuscht, denn sie hielt übermäßiges Schwitzen für ein Zeichen von außergewöhnlicher Männlichkeit und hatte auf eine dahingehende Diagnose gehofft. »Er schwitzt nämlich wirklich sehr.«

Regelmäßig fanden sich auch Shekhar, Dorothy und die fünf Töchter ein, und bei diesen Besuchen übten die Schwestern süße Rache. Shekhar erwiesen sie den Respekt, der ihm zukam, aber sie ließen keinen Zweifel an ihrer Verachtung für Dorothy. »Tut mir Leid«, sagte Chinta eines Sonntags zu ihr, »aber ich kann dich nicht verstehen. Ich spreche nur Spanisch.« Dorothy hatte seit Owads Ankunft nicht mehr Spanisch gesprochen, und die Schwestern glaubten, sie hätten sie endlich in ihre Schranken gewiesen. Aber ihre Sticheleien führten zu einem unvorhergesehenen Ergebnis. Denn Owad folgte dem Beispiel der Schwestern und zog Dorothy auf; sie nahm es mit Humor und blieb ihm nichts schuldig, so dass sich bald eine Vertrautheit zwischen ihnen einstellte; und eines Sonntags brachte sie zum Entsetzen der Schwestern ihre Kusine mit, eine hübsche junge Frau, die an der McGill-Universität in Montreal studiert hatte und so elegant war, wie nur Inderinnen aus Südtrinidad es sein konnten. Hinterher zerstreute Owad die Befürchtungen der Schwestern mit höhnischen Kommentaren über den kanadischen Abschluss des Mädchens, ihren leichten kanadischen Akzent und ihre Musikalität. »Nach Kanada gehen, nur zum Geigenlernen?«, sagte er. »Die soll bloß nicht kommen und *mir* was vorspielen. Dann haue ich ihren Eltern nämlich den Bogen um die Ohren. Hier in Trinidad hungern die Menschen, haben nicht genug zu essen, und sie spielt in Kanada Geige!«

Und obwohl er immer mehr Zeit mit seinen Freunden und Kollegen verbrachte und oft zu Shekhar in den Süden fuhr, und obwohl im Haus absolute Ruhe herrschen musste, wenn seine Freunde zu Besuch kamen, und die Schwestern und die Leser und Lerner sich nicht blicken lassen durften, wiegten die

Schwestern sich auch weiterhin in Sicherheit. Denn nach jeder seiner Reisen, nach jeder Begegnung erzählte Owad ihnen seine Abenteuer. Sein Gesprächsdurst war unstillbar, seine dramatische Begabung ließ ihn nie im Stich, und seine Bemerkungen über die Menschen, mit denen er zusammengetroffen war, waren ausnahmslos sardonisch.

Die Schwestern ersuchten ihn nun einzeln oder in kleinen Gruppen um Audienz. Sie kamen und warteten bis spät abends auf seine Rückkehr, und war er dann da, führten sie lange Gespräche mit ihm, unter dem Haus, um Mrs. Tulsis Schlaf nicht zu stören. Jede der Schwestern glaubte ihm ganz besonders nahe zu stehen und vergalt ihm sein Vertrauen mit Vertrauen. Als Erstes brachten die Schwestern ihre Geldsorgen zur Sprache. Doch Owad war nicht willens, der Revolution vorzugreifen. Dann begannen die Schwestern zu klagen. Sie klagten über die Lehrer, die ihre Kinder in der Schule nicht vorankommen ließen; sie klagten über Dorothy, über Shekhar, über ihre Ehemänner; sie klagten über abwesende Schwestern. Jeder Skandal wurde diskutiert, jede kleine Auseinandersetzung, jede Verstimmung. Und Owad hörte zu. Auch die Kinder hörten zu, wach gehalten durch die murmelnden Stimmen der Schwestern und ihr häufiges Räuspern und Ausspucken (ein Zeichen von Innigkeit: je größer das Einvernehmen, desto lauter das Husten, desto länger blieb der Schleim beim Reden im Mund). Am Morgen waren die Schwestern, die so lange aufgeblieben waren, voller Elan und über die Maßen freundlich zu den Leuten, über die sie sich beschwert hatten, über die Maßen besitzergreifend gegenüber Owad.

Am Sonntag wurde gemeinsam gekocht, und das Haus wimmelte von Schwestern. Manchmal kam Shekhar allein, und dann fanden vor dem Mittagessen Beratungen zwischen den Brüdern und Mrs. Tulsi statt. Die Schwestern fühlten sich durch diese Beratungen nicht bedroht wie früher durch die Gespräche zwischen

Shekhar und Dorothy und Mrs. Tulsi. Sie fühlten sich nicht ausgeschlossen. Denn mit Owad als Drittem im Bunde war es einfach wie früher, wenn im Hanuman-Haus der Familienrat zusammentrat. Und so kochten die Schwestern unter dem Haus und sangen und waren fröhlich. Nach Möglichkeit betonten sie die Rangunterschiede zwischen ihnen und ihren Brüdern sogar noch. Es war, als zollten sie den Brüdern damit einen geschuldeten Tribut, der sie selbst stärkte und beschützte, indem er ihnen ihren festen Platz zurückgab. Sie sprachen kein Hindi, sie benutzten nur derbsten englischen Dialekt und niedrigste Ausdrücke und wetteiferten miteinander um das Privileg, die gröbsten Arbeiten zu verrichten und sich schmutzig zu machen. Auf diese Weise besiegelten sie wieder für einen Tag die Familienbande.

Es gehörte zum Sonntagsbrauch, dass die Männer nach ihren Beratungen und vor dem Mittagessen, das vor dem Ausflug ans Meer kam, eine Runde Bridge spielten.

Und an einem dieser Vormittage ließ Shekhar, ungeachtet Anands Plädoyers für eine niveauvollere Unterhaltung, durchblicken, dass er nicht noch mehr über die Ausmerzung der Kapitalisten und das Schicksal des Zaren zu hören wünschte, und versuchte dem Gespräch eine neue Wendung zu geben. Merkwürdigerweise landeten sie bei moderner Kunst.

»Dieser Picasso – aus dem werd ich nicht schlau«, sagte Shekhar.

»Picasso ist für mich ein rotes Tuch«, sagte Owad.

»Aber ist er nicht ein Genosse?«, fragte Anand.

Owad runzelte die Stirn. »Und was Chagall und Rouault und Braque –«

»Was hältst du von Matisse?« Shekhar versuchte der Flut nie gehörter Namen durch einen Namen Einhalt zu gebieten, den er aus seinen *Life*-Heften kannte.

»Matisse ist in Ordnung«, sagte Owad. »Unnachahmliche Farbgebung.«

Eine solche Sprache war Shekhar fremd. Er sagte: »Da haben sie einen netten Film draus gemacht. Ist nur leider nicht sehr gut gelaufen. *Der Besessene von Tahiti.* Mit George Sanders.«

Owad, ganz in sein Blatt vertieft, antwortete nicht.

»Schon komische Burschen, diese Künstler«, bemerkte Shekhar.

Sie spielten um Streichhölzer. Anand brachte sein Häufchen durcheinander und sagte: »Porträt von Picasso.«

Alle lachten, nur Owad nicht.

»Das Buch dazu wollte ich auch noch irgendwann lesen«, sagte Shekhar. »Von Somerset Morghum oder so.«

Anand verstreute wieder seine Streichhölzer.

»Guck doch einfach in den Spiegel, wenn du ein Porträt von Picasso sehen willst«, sagte Owad.

Das war zweifellos eine von Owads sardonischen Bemerkungen. Shekhar lächelte und grunzte. Die zuschauenden Schwestern und ihre Kinder quietschten vor Lachen. Owad quittierte ihren Beifall, indem er auf seine Karten hinunterlächelte.

Anand fühlte sich verraten. Er hatte sich Owads sämtliche politischen und künstlerischen Ansichten zu Eigen gemacht; er war in der Schule als bekennender Kommunist aufgetreten, er hatte verkündet, dass Eliot ein rotes Tuch für ihn sei. Er war mit dem Geben an der Reihe. In seiner Verwirrung gab er sich selbst zuerst. »Ach, Entschuldigung«, sagte er mit gesenktem Blick und versuchte, ein Lachen in seine Stimme zu legen.

»Du brauchst dich nicht zu entschuldigen«, sagte Owad streng. »Es ist schlicht ein Symptom deiner Dünkelhaftigkeit und Ichbezogenheit.«

Die Zuschauer hielten den Atem an.

Die Heiterkeit wich vom Tisch, Shekhar studierte sein Blatt. Owad besah seines mit gefurchter Stirn. Sein Fuß klopfte auf den Betonboden. Der Kreis der Zuschauer wurde größer.

Anand fühlte seine Ohren glühen. Er starrte auf seine Karten und glaubte zu spüren, wie das Schweigen bis in die hintersten Winkel des Hauses kroch. Aus den Augenwinkeln sah er noch mehr Zuschauer herankommen, Savi, Myna, Kamla. Auch Shama war da.

Owad atmete schwer und schluckte geräuschvoll.

Shekhar bot mit leiser Stimme, wie um deutlich zu machen, dass er sich aus dem Streit heraushalten wollte. Die Stimme von Vidiadhar, Shekhars Partner, war dick und spuckig, aber unverkennbar die Stimme eines freien, aufrechten Mannes.

Anand reizte ungeschickt.

Owad klemmte die Unterlippe zwischen den Zähnen ein, schüttelte langsam den Kopf, klopfte mit beiden Füßen und atmete noch lauter. Als er bot, war sein Zorn über diese hoffnungslose Situation, die er hier zu retten versuchte, nicht zu überhören.

Schleppend nahm die Partie ihren Fortgang. Anand spielte immer schlechter. Scheinbar widerstrebend kassierte Shekhar einen Stich nach dem anderen.

Owads Schnaufen und Schlucken machte Anand das Atmen schwer. Ihn fror am Rücken – sein Hemd war schweißnass.

Endlich war das Spiel vorbei. Säuberlich und bedächtig trug Shekhar die Punkte ein. Sie warteten auf Owads Verdikt. Der mischte die Karten, obwohl er nicht an der Reihe war, schnaufte schwer und sagte: »Das hat man jetzt also von deinem Genie.«

Die Tränen schossen Anand in die Augen. Er sprang so heftig auf, dass sein Stuhl umfiel, und schrie: »Wer redet denn hier von Genie, du Blödmann!«

Klatsch! Seine rechte Wange brannte und begann dann zu zittern, obwohl Owads Hand längst wieder weg war, so als hätte die Wange Zeit gebraucht, um den Schlag zu registrieren. Auch Owad stand jetzt, und Shekhar bückte sich, um die Karten von dem staubigen Boden aufzusammeln. Und – *klatsch!* – brannte und zitterte auch seine linke Wange. Er vergaß die Zuschauer, konzentrierte sich nur auf das Atmen vor ihm, auf das Schwellen dieser Brust unter dem weißen Hemdstoff. Owads Stuhl lag auf dem Boden. Und Shekhar auf seinem nach hinten gerückten Stuhl, unbeholfen über den Tisch gebeugt, ließ die Karten aus einer Hand in die andere gleiten, mit gerunzelter Stirn und hängender Oberlippe.

Der Tisch wurde vor Anand weggestoßen. Da stand er, lächerlich aufrecht, halb blind von den beschämenden Tränen. Owad stürmte mit Riesenschritten in Richtung Treppe davon. Und nun hatte Anand Zeit, sich der Erregung, der Genugtuung der Zuschauer bewusst zu werden, der Stille im Haus, durch die man fern Govinds Gesang hörte, Kinderlärm von der Straße draußen, das Brummen eines Autos auf der Hauptstraße.

Shekhar saß immer noch auf seinem Stuhl und ließ die Karten hin und her gleiten.

Ein Murmeln kam von den Zuschauern.

»Ihr!« Anand fuhr zu ihnen herum. »Was steht ihr da so blöd rum? Quak-quak-quak-quak, die ganze verdammte Nacht durch, schnatter-schnatter-schnatter.«

Die Wirkung war unerwartet und demütigend. Sie lachten. Sogar Shekhar hob den Kopf, stieß sein grunzendes Lachen aus und zuckte mit den Schultern.

Shamas Ernst gab ihr fast etwas Absurdes.

Die Zuschauer zerstreuten sich. Jeder kehrte zu seinen Angelegenheiten zurück. Eine gelöste, ja fröhliche Stimmung verbreitete sich im Haus.

Shekhar stapelte die Karten ordentlich auf dem Tisch, stand auf, legte Anand die Hände auf die Schultern, seufzte und ging nach oben.

Sie hörten Owad von Zimmer zu Zimmer laufen.

Anand fand Mr. Biswas in Unterhemd und Unterhose auf dem Bett liegend, mit dem Rücken zur Tür und einem Stoß Papiere auf den angewinkelten Knien. »Bist du das, Junge?«, sagte er, ohne sich umzudrehen. »Schaust du mal, ob du diese verflixten Fahrtkosten richtig ausrechnen kannst?« Er hielt ihm den Block hin. »Was ist los, Junge?«

»Nichts, gar nichts.«

»Da, rechne das kurz für mich durch. Alle außer mir werden stinkreich mit ihren Autos. Ich hab das Gefühl, ich werd ärmer.«

»Pa.«

»Gleich, Junge. Null mal null ist null. Zweimal fünf ist zehn. Null hin, eins im Sinn.« Mr. Biswas war entspannt und sogar zu Faxen aufgelegt; mit seiner Art zu multiplizieren sicherte er sich jedesmal Lacher.

»Pa. Wir müssen hier wegziehen.«

Mr. Biswas wandte sich um.

»Wir müssen wegziehen. Ich halte es hier keinen Tag länger aus.«

Mr. Biswas hörte die Gequältheit in Anands Stimme. Aber er mochte nicht nachfragen. »Wegziehen? Alles zu seiner Zeit. Alles zu seiner Zeit. Ich warte noch auf die Revolution und meine Datscha.«

In so vergnügter Stimmung war sein Vater dieser Tage selten. Und Anand sagte nichts mehr.

Er führte die knifflige Berechnung der Fahrtkosten durch. Kurz darauf hörte er das trockene, säuberliche Aufschlagen des Tischtennisballs, die Ausrufe von Owad, Vidiadhar, Shekhar und den anderen.

Er ging nicht hinunter zum Mittagessen, auf das er sich gefreut hatte, und als Shama ihm einen Teller heraufbrachte, konnte er weder essen noch trinken. Mr. Biswas, immer noch in Blödellaune, kauerte sich in der Hocke auf seinen Stuhl und tat so, als würde er auf sein Essen spucken, um es vor Anands Gefräßigkeit zu schützen. Er wusste, dass solche Possen Anand zur Weißglut brachten. Aber Anand reagierte nicht.

Unten machten sich die Männer für ihren Badeausflug fertig.

Söhne baten ihre Mütter um Handtücher, Mütter ermahnten ihre Söhne, schön vorsichtig zu sein.

»Gehst du nicht mit?«

Anand gab keine Antwort.

Mr. Biswas nahm an diesen Unternehmungen nicht mehr teil. Sie waren ihm zu schwungvoll, und Owads Beispiel stachelte die anderen zu waghalsigen Kunststückchen an. Stattdessen machte er nach dem Mittagessen Spaziergänge für sich allein, bei denen er Häuser ansah, gelegentlich auch Erkundigungen einzog, aber meist schaute er nur.

Die Fröhlichkeit ihrer Tanten, Vettern und Kusinen, ihre neue, ausgrenzende Kameraderie trieben Savi, Kamla und Myna zu Anand ins Zimmer, wo sie, da es nirgends Platz zum Sitzen gab, auf dem Bett lagen und unzusammenhängende, befangene Bemerkungen austauschten.

Anand nippte an seinem Orangensaft. Das Eis war geschmolzen, der Saft war abgestanden und warm. Die Mädchen brachen zu einem Spaziergang in den Botanischen Garten auf. Shama nahm ihr Bad: Anand hörte sie im Badeverschlag draußen im Hof singen und Kleider waschen. Als sie heraufkam, waren ihre Haare nass und glatt, ihre Finger schrumpelig, aber die Besorgnis hatte sie über dem Singen nicht verlassen.

Sie sagte auf Hindi: »Warum entschuldigst du dich nicht einfach bei deinem Onkel.«

»Nein!« Es war das erste Wort, das er seit langer Zeit sprach.

Sie tätschelte ihn. »Mir zuliebe.«

»Wir haben Revolution«, sagte er.

»Du vergibst dir doch nichts. Er ist älter als du. Und dein Onkel.«

»Von wegen mein Onkel. Reis aus Flugzeugen schießen!«

Shama fing leise zu singen an. Sie warf ihre Haare nach vorn übers Gesicht und schlug mit einem Handtuch die Nässe heraus. Es klang wie ersticktes Niesen.

Die Mädchen kamen von ihrem Spaziergang heim. Sie wirkten lockerer und unterhielten sich freier.

Dann verstummten sie.

Die Männer waren zurückgekehrt. Sie hörten ihr lautes Reden, ihre Schritte; sie hörten Owads leutselig erhobene Stimme, sein Gelächter und die munteren Fragen der Tanten; sie hörten, wie Shekhar sich verabschiedete, wie sein Auto wegfuhr.

Savi fragte Shama flüsternd: »Was ist passiert?«

»Nichts ist passiert«, sagte Shama beschwörend, weniger als Antwort auf Savis Frage denn als erneute Bitte an Anand. »Er wird sich bei deinem Onkel entschuldigen, und damit hat sich die Sache. Nicht der Rede wert.«

Die Mädchen wollten Anand nicht im Stich lassen, und sie hatten Angst davor, nach unten zu gehen.

»Denkt dran«, sagte Shama. »Kein Wort zu eurem Vater. Ihr wisst, wie er ist.«

Damit verließ sie das Zimmer. Sie konnten sie in normalem, ja sogar scherzendem Ton mit einer der Tanten reden hören und bewunderten sie für ihren Mut. Kurz darauf folgten die Mädchen ihr nach unten, um sich ihrerseits der Rechtschaffenheit der Unbescholtenen auszusetzen.

Im oberen Bad rauschte das Wasser. Owad duschte und sang dazu ein Lied aus einem alten indischen Film. Das galt als Beweis seiner Tugend: Es zeigte, wie wenig England ihn zu verderben vermocht hatte, und war eine Hommage an sie alle. Denn die Tugend, mit der sie ihn in seiner Abwesenheit geschmückt hatten, wurde nun in den kleinsten Kleinigkeiten entdeckt; Anand wusste noch gut, wie eine der Schwestern gesagt hatte, er habe aus England die Schuhe und Hemden und Unterhosen wieder mitgebracht, mit denen er von Trinidad abgereist war.

»Dieselben Schuhe nach acht Jahren«, murmelte Anand. »Dreckiger Lügner.«

Im Bad wurde es still.

Shama kam ins Zimmer. »Schnell. Bevor sie ins Kino gehen.«

Anand kannte das Sonntagsprogramm: Bridge, Tischtennis, Mittagessen, Ausflug ans Meer, Duschen, Abendessen und zum Abschluss Kino.

Drüben im Esszimmer versammelten sich die Vettern und Kusinen. Owads Stimme, handtuchgedämpft, drang aus seinem Schlafzimmer herüber.

Anand ging die Hintertreppe hinunter und die Stufen zur hinteren Veranda hinauf, derselben Veranda wie damals, als er um ein Haar im Hafenbecken ertrunken wäre. Von hier konnte er ins Esszimmer sehen, wo er seinem Vater in Owads Beisein den Stuhl weggezogen hatte.

Die Vettern entdeckten ihn. Ein paar von den Tanten entdeckten ihn. Alle verstummten. Blicke senkten sich, obwohl die Tanten ihre tiefernsten, gekränkten, richterlichen Mienen beibehielten. Dann lebte das Gespräch wieder auf. Die Vettern und Kusinen spielten Karten, träge, ein Zeitvertreib vor dem Essen. Vidiadhar, der Schwitzer, lächelte auf den Tisch hinab, lippenleckend.

Anand musste eine ganze Weile auf der Veranda warten, bis Owad aus dem Schlafzimmer kam. Sein Schritt war schwer und energisch wie immer. Sobald er Anand sah, wurde sein Ausdruck streng. Und Schweigen trat ein.

Anand ging hinein, die Hände auf dem Rücken.

»Ich entschuldige mich«, sagte Anand.

Owad blickte streng wie zuvor.

Schließlich sagte er: »Na gut.«

Anand wusste nicht, was er tun sollte. Einen Moment stand er einfach da, so dass es wirkte, als warte er auf eine Aufforderung, sich zu Tisch zu setzen und mit ins Kino zu kommen. Doch die Aufforderung blieb aus. Er drehte sich um und ging langsam wieder hinaus auf die hintere Veranda. Als er die Stufen hinabstieg, hörte er hinter sich das Stimmengewirr losbrechen, hörte seine Tanten emsig in der Küche werkeln.

Shama wartete in ihrem Zimmer auf ihn. Er wusste, dass sie so verletzt war wie er, vielleicht sogar noch tiefer, und er wollte ihr Unglück nicht noch vergrößern. Sie wartete auf ein Wort von ihm, irgendetwas, das es ihr erlauben würde, ihn zu trösten. Aber er sagte nichts.

»Möchtest du jetzt etwas essen?«

Er schüttelte den Kopf. Wie kläglich doch die Aufmerksamkeiten waren, die sich die Schwachen im Schatten der Starken erwiesen!

Sie ging nach unten.

Als Owad und die Vettern aufbrachen, kam sie wieder. Diesmal ließ er sich zum Essen überreden.

Wenig später kehrte Mr. Biswas von seinem Spaziergang heim. Seine Stimmung war umgeschlagen. Sein Gesicht war schmerzverzerrt, und Anand musste ihm sein Magenpulver auflösen. Der Spaziergang hatte ihn ermüdet, und er wollte ins Bett. Am Sonntag konnte er sich früh schlafen legen; an den übrigen Abenden kam er erst spät aus seinem Bezirk zurück.

Durch die hohen Lüftungsluken an der Oberkante der Trennwand fiel der Lampenschein aus dem Esszimmer herein. Er rief Shama und befahl ihr: »Geh rüber und sag ihnen, sie sollen das Licht ausmachen.«

Selbst unter den günstigsten Umständen war das eine problematische Forderung, auch wenn sich Shama vor Owads Heimkehr einige Male damit hatte durchsetzen können. Jetzt war sie machtlos.

Mr. Biswas geriet in Rage. Er ließ sich von Shama und Anand Pappdeckel bringen und sprang damit, auf dem Bett stehend, an der Wand hoch, um sie vor die Luken zu klemmen. Von den drei Pappstücken, die er zwischen Sims und Decke einpassen konnte, fielen zwei fast sofort wieder herab.

»Bruder Ungeschickt«, sagte Savi.

Er wollte seinen Zorn schon über sie ausgießen, als wie zur Antwort auf sein Gerumpel das Licht im Esszimmer verlosch. In der Dunkelheit legte er sich auf dem Bett nieder und war bald eingeschlafen, zähneknirschend und unter seltsamen zufriedenen Schmatzlauten.

Anand saß im Dunkeln. Shama kam ins Zimmer und stieg in das Himmelbett. Anand mochte nicht nach unten gehen. Er streckte sich neben seinem Vater auf dem Bett aus und lag ganz still.

Stimmen und schwere Schritte störten ihn auf, und der Lichtschein, der durch die beiden unverdeckten Luken über dem Sims hereinfiel, weckte ihn vollends. Ein paar Tanten, die unter dem Haus auf die Heimkehrer gewartet hatten, machten sich nun hörbar in der Küche zu schaffen. Drüben redeten sie durcheinander, lachten.

Mr. Biswas wälzte sich herum und stöhnte. »Mein Gott!«

Anand spürte Shamas angespanntes Wachsein. Wenn man dalag und lauschte, waren die Stimmen so unerträglich wie das Tropfen eines Wasserhahns.

»Gott!«, schrie Mr. Biswas.

Im Esszimmer schwiegen sie einen Moment.

»Hier wohnen auch noch andere Leute!«, rief Mr. Biswas.

Unter dem Haus hörte man die Schwestern auf Besuch und die Leser und Lerner erwachen.

Leise, so als spräche er nur mit den anderen im Zimmer, sagte Owad: »Wann könnten wir das je vergessen.« Gekicher wurde laut.

Das Gekicher gab Mr. Biswas den Rest. »Scher dich doch nach Frankreich!«, schrie er.

»Und du scher dich zum Teufel.« Das war Mrs. Tulsi. Ihre Worte, in gleichmäßigem Ton geäußert, waren kalt und fest und klar.

»Ma!«, sagte Owad.

Mr. Biswas wusste nichts zu erwidern. Seine Verblüfftheit wich der Bestürzung, die Bestürzung der Wut.

Shama stand aus dem Himmelbett auf und sagte: »Mann! Mann!«

»Soll er sich doch zum Teufel scheren«, wiederholte Mrs. Tulsi fast beiläufig. Ihren Worten folgte ein Ächzen, dann das Knarzen von Sprungfedern und schlurfende Schritte.

Lichter gingen im Untergeschoss an, leuchteten in den Hof hinaus und von da durch die Jalousie an der Tür zu Mr. Biswas ins Zimmer.

»Zum Teufel soll ich mich scheren?«, sagte Mr. Biswas. »Zum Teufel? Schon mal alles für dich vorbereiten, was? Für die alte Gottesanbeterin. Die das Grab von ihrem Alten herrichten lässt!«

»Herrgott noch mal, Biswas«, rief Owad, »halt dein verdammtes Maul!«

»Komm du mir nicht mit Gott. Rote und blaue Baumwolle! Reis, der aus Flugzeugen geschossen wird!«

Die Mädchen kamen ins Zimmer gelaufen.

»Pa, hör mit dem Quatsch auf«, sagte Savi. »Hör um Gottes willen auf!«

Anand stand zwischen den beiden Betten. Das Zimmer glich einem Käfig.

»Jagt ihn zum Teufel!«, schluchzte Mrs. Tulsi. »Werft ihn raus!«

»Nachbarin! Nachbarin!«, schrie eine schrille Frauenstimme von nebenan. »Ist etwas passiert, Nachbarin?«

»Ich halte das nicht *aus*!«, brüllte Owad. »Ich halte das nicht aus. Warum bin ich hierher zurückgekommen?« Seine schweren Schritte stampften durchs Wohnzimmer. Er murmelte laut, wütend, unverständlich.

»Sohn, Sohn«, sagte Mrs. Tulsi.

Sie hörten ihn die Stufen hinunterpoltern, hörten die Pforte klicken und scheppern.

Mrs. Tulsi brach in Wehklagen aus.

»Nachbarin! Nachbarin!«

Ein wunderbarer Satz nahm in Mr. Biswas' Hirn Gestalt an, und er sagte: »Der Kommunismus, nicht anders als die Nächstenliebe, sollte zu Haus beginnen.«

Mr. Biswas' Tür wurde aufgestoßen, neues Licht, neue Schatten brachten die Muster an der Wand durcheinander, und Govind erschien im Zimmer, der Gürtel seiner Hose offen, das Hemd aufgeknöpft.

»Mohun!«

Seine Stimme klang besorgt. Mr. Biswas kamen die Tränen. »Der Kommunismus, nicht anders als die Nächstenliebe«, sagte er zu Govind, »sollte zu Haus beginnen.«

»Ja, ja, ist ja gut«, sagte Govind.

Sushila tröstete Mrs. Tulsi. Ihr Wehgeheul ging in Schluchzen über.

»Ich kündige«, rief Mr. Biswas. »Ich verfluche den Tag, an dem ich den Fuß in dein Haus gesetzt habe.«

»Mann, Mann!«

»Du verfluchst den Tag«, sagte Mrs. Tulsi. »Wo du bei deiner Ankunft nicht mehr Kleider hattest, als du an einen Nagel hängen konntest.«

Das verletzte Mr. Biswas. Ihm fiel nicht gleich eine Erwiderung ein. »Ich kündige«, wiederholte er schließlich.

»*Ich* kündige *dir*«, sagte Mrs. Tulsi.

»Ich hab zuerst gekündigt.«

Schlagartig wurde es still. Dann erklang drüben im Wohnzimmer gedämpftes, belustigtes Getuschel, und die Leser und Lerner unter dem Haus, von denen die ganze Zeit kein Mucks gekommen war, fingen zu wispern an.

»Tss!«, sagte die Frau von nebenan. »Da meint man's gut mit den Leuten ...«

Govind klopfte Mr. Biswas auf die Schulter, stieß ein kleines Lachen aus und verschwand wieder.

Das Gewisper im Untergeschoss verstummte. Das Licht, das durch die Jalousien hereinfiel und das Zimmer in Streifen zerlegte, ging aus. Das Lachen im Wohnzimmer erstarb. Es folgte Geräusper mit einem leicht spöttischen Beiklang, unterdrücktes, ängstliches Gekicher. Schlurfende Schritte waren zu hören, Wispern. Dann wurde auch hier das Licht gelöscht, und das Zimmer lag im Dunkeln, und es herrschte Stille im Haus.

Entgeistert saßen sie da, zu erschrocken, um sich zu rühren oder das Schweigen zu brechen, kaum fähig in so viel Dunkelheit und Stille, das Geschehene so recht zu glauben.

Wenig später gingen die Kinder, erschöpft vor lauter Untätigkeit, nach unten.

Der Morgen würde den Schrecken der vergangenen Minuten in seinem vollen Ausmaß offenbaren.

Sie erwachten mit einem Gefühl des Unbehagens. Fast augenblicklich war die Erinnerung wieder da. Sie gingen einander aus dem Weg. Sie horchten angestrengt, ob zwischen Räuspern und Spucken, dem Rauschen von Wasserhähnen, dem Schlurfen und Trappeln, dem Anfachen der Kohlenpfannen, dem metallischen Zischen der Klosettspülung nicht irgendwo die Schritte und Stimmen von Mrs. Tulsi und Owad zu hören wären. Doch oben blieb es still. Dann erfuhren sie, dass Owad in aller Frühe zu einer einwöchigen Reise nach Tobago aufgebrochen war. Ihr Instinkt riet Mr. Biswas' Kindern, schnell das Weite zu suchen, sich aus dem Haus in die ganz andere Wirklichkeit von Straßen und Schule zu flüchten.

Mr. Biswas' Wut war schal geworden; sie lag ihm im Magen. Und er schämte sich für sein Benehmen, schämte sich für die ganze scheußliche Szene. Aber die Unsicherheit, die er seit den allerersten Gerüchten von Owads Rückkehr aus England nicht hatte abschütteln können, war verflogen. Plötzlich fiel es ihm leicht, seine Ängste zu verdrängen, und nachdem er gebadet hatte, fühlte er sich erquickt und sogar beschwingt. Auch er machte, dass er aus dem Haus kam. Und als er ging, galt sein ganzes Bedauern Shama, die bleiben musste.

Die Schwestern machten fromme Gesichter. Selber unbescholten, glaubten sie das Recht auf ihrer Seite, und obgleich Owads Abreise – im Zorn, wie berichtet wurde – einen Schimpf und eine Bedrohung für sie alle darstellte, war sich jede Schwester ihrer Sonderstellung bei Owad sicher und ließ Shama ihren Vorwurf und Abscheu spüren.

»So, Tante«, sagte Suniti, das frühere Schlangenmädchen, »ich hab gehört, ihr zieht um.«

»Ja, Liebes«, sagte Shama.

In der Schule machte sich Anand für Eliot, Picasso, Braque und Chagall stark. Er, der in der Bibliothek die *Soviet Weekly* zwischen die Seiten von *Punch* und *The Illustrated London News* geschmuggelt hatte, verkündete nun, er finde den Kommunismus degoutant. Die Wortwahl stieß auf Befremden; aber da sich der Sinneswandel zu einer Zeit vollzog, da der Kommunismus von führenden Intellektuellen in Europa und Amerika in Acht und Bann getan wurde, fiel er nicht weiter auf.

In seiner ersten Zeit beim *Sentinel* war Mr. Biswas einmal spät abends zum Marine Square gefahren, um Interviews mit den Obdachlosen zu führen – ganzen Familien zum Teil –, die regelmäßig auf dem Platz schliefen. »Diese Hydra, die Wohnungsfrage« hatte er seinen Artikel begonnen – eine Formulierung, die ihm von Mr. Burnett gestrichen worden war, aber ihr Klang hatte es Mr. Biswas angetan, und er hatte sie nie vergessen. Ihr Rhythmus pochte und klopfte ihm an diesem Morgen im Kopf; er sprach sie und sang sie vor sich hin, und bei der Montagsbesprechung im Büro war er ungemein lebhaft und aufgekratzt. Als die Besprechung zu Ende war, ging er die St. Vincent Street entlang zu dem Café mit den fröhlichen

Wandmalereien, wo er an der Bar Platz nahm und auf bekannte Gesichter wartete.

»Ich sitz dann wohl demnächst auf der Straße«, sagte er.

Er sagte es leichthin, auf Anteilnahme eingestellt, aber seiner Nonchalance wurde mit Nonchalance begegnet.

»Früher oder später landen wir sowieso alle auf dem Marine Square«, sagte ein Reporter vom *Guardian*.

»Trotzdem. Verteufelte Lage. Vier Kinder und kein Dach überm Kopf. Weiß irgendwer was zu mieten?«

»Wenn ich was wüsste, wär ich selber drin.«

»Na gut. Dann bleibt wohl nur der Square.«

»Tja, sieht so aus.«

Das Café lag in unmittelbarer Nachbarschaft von Zeitungsredaktionen, Behörden und dem Gericht, und so bestand seine Kundschaft aus Zeitungsleuten und Regierungsbeamten, Angeklagten, die sich vor ihrem Verfahren einen Drink genehmigten und dann verschwanden, manchmal für Monate, Kanzleisekretären sowie Amtsgehilfen, die Tage der Ödnis damit zubrachten, an den polierten Schreibtischen im Vorzimmer des Standesamts nach Rechtstiteln zu fahnden.

Es war einer der Rechtstitelfahnder, der meinte: »Wenn Billy noch da wär, würd ich sagen, gehen Sie zu Billy. Erinnert ihr euch an Billy? Der hat den Leuten nicht bloß Häuser versprochen, sondern den Umzug gratis dazu. Auf den Gratisumzug waren die Leutchen ganz wild – ihr kennt ja die Schwarzen –, und sie haben prompt alle angezahlt. Wie Billy einen hübschen Haufen Anzahlungen beisammenhat, sagt er sich, Schluss mit dem Blödsinn, und will sich nach Amerika absetzen. Und jetzt passt auf: Einen Tag vor der Abfahrt fliegt Billys Plan auf. Aber Billy kriegt spitz, dass er aufgeflogen ist. Also mietet er sich am nächsten Tag, wie sein Schiff schon im Hafen wartet, einen Laster, zieht sich seinen Khaki-Overall an und fährt zu den ganzen Leuten, denen er Geld abgeknöpft hat. Vor lauter Überraschtheit vergessen sie alle, wie stinkig sie sind. Alle erzählen sie Billy, dass sie zur Polizei gelaufen sind, und sie sagen: ›Aber Billy, wir dachten, du haust ab.‹ Und Billy sagt: ›Was redet ihr da für einen Niggerstuss? *Ich* hau nicht ab. *Ihr* haut ab. Da steht der Umzugswagen. Habt ihr alles gepackt?‹ Natürlich hat keiner irgendwas gepackt, und Billy kriegt eine Mordswut und sagt, sie verschwenden nur seine Zeit und am liebsten würd er die ganze Sache abblasen. Und sie beschwichtigen ihn und sagen, wenn er am Nachmittag wiederkommt, ist alles fertig und bereit. Also zieht Billy ab, und die Leute packen und warten auf Billy. Sie warten immer noch.«

Gelächter brach aus, aber Mr. Biswas konnte nicht mitlachen. Draußen war es dunkel geworden. Sekundenlang flackerte bläulich ein Blitz, gefolgt vom Krachen und Rumpeln des Donners. Die Aussicht, mit geschlossenen Fenstern in seinen Bezirk fahren zu müssen, war nicht verlockend. Er hatte viele Biere getrunken und war darüber zunehmend still und stumm geworden. Er wollte nicht aufs Land hinausfahren; er wollte nicht im Café bleiben. Aber der Regen, der nun zu fallen begann, in schweren, platschenden Tropfen, die das Pflaster im Nu in eine strömend nasse Fläche verwandelten, hielt ihn drinnen fest, und so saß er schweigend und abwesend auf einem hohen Hocker vor seinem Bier, starrte die primitiven bunten Wandgemälde an und überließ sich der Düsternis.

Dann plötzlich legte sich eine Hand auf seine Schulter, und als er sich umwandte, stand hinter ihm ein sehr großer, dünner Farbiger. Mr. Biswas hatte ihn gelegentlich in der St. Vincent Street gesehen und wusste, dass er Kanzleisekretär war. Seit ein, zwei Jahren grüßten sie sich, aber sie hatten noch nie miteinander gesprochen.

»Im Ernst, Sie müssen raus?«, fragte der Mann.

Mr. Biswas registrierte die Körpergröße des anderen, die Anteilnahme in seiner Stimme und dem Gesicht, das jung und alt zugleich wirkte. »Ja.«

»Gar nichts zu machen?«

Mr. Biswas würdigte das Mitgefühl, indem er die Lippen schürzte, auf sein Glas hinuntersah und den Kopf wiegte.

»Verteufelte Lage. Wie lang haben Sie noch?«

»Weiß nicht. Einen Monat vielleicht.«

»Verteufelte Lage. Verheiratet? Kinder?«

»Vier.«

»Teufel, Teufel. Und die Regierung? Sie sind doch im Staatsdienst, oder? Gibt's keine Darlehen für Beamte?«

»Nur für die auf Lebenszeit.«

»Zu mieten kriegen Sie nichts Anständiges, für alles Geld der Welt nicht«, sagte der Mann. Er zwängte sich auf Mr. Biswas' andere Seite, so dass er ihn von den Schwatzenden abschirmte, von denen sich einige jetzt an der Bar und den Tischen zum Essen setzten. »Dann noch eher zu kaufen, auf lange Sicht. Was trinken Sie? Lager? Zwei Lager, Miss. Verteufelte Lage, Mann.«

Die Biere wurden ihnen hingestellt.

»Ich weiß Bescheid«, sagte der Mann. »Bei mir war's vor gar nicht so langer Zeit dasselbe. Ich hatte nur meine Mutter. Aber schon da war's die Hölle, ich sag's Ihnen. Das ist, als wär man krank.«

»Krank?«

»Wenn Sie krank sind, vergessen Sie, wie man sich als Gesunder fühlt. Und wenn Sie gesund sind, vergessen Sie, wie es ist, krank zu sein. Genau so ein Gefühl ist das, kein Zuhause zu haben, in das man nach der Arbeit heimkommen kann.«

Im Café wurden die Lichter angeschaltet. An allen Türen standen Leute, die schweigend in den Regen hinaussahen. Von der dunklen Straße drang das Zischen nasser Reifen und das Prasseln des Regens herein und übertönte das Klirren von Messern und Gabeln auf den Tellern, das Stimmengewirr.

»Tja, ich weiß nicht«, sagte der Mann. »Aber schauen Sie. Was haben Sie jetzt noch vor?«

»Ich müsste eigentlich aufs Land rausfahren. Aber bei dem Regen …«

»Wissen Sie was? Kommen Sie doch und essen Sie mit mir zu Mittag. Nein, nicht hier.« Er sah im Café umher, mit einem Blick, der Mr. Biswas die Schwätzer für ihre Fühllosigkeit zu maßregeln schien.

Sie gingen hinaus und eilten durch den Regen, ständig gegen Leute rempelnd, die an den Hausmauern Schutz suchten. Sie bogen in eine Nebenstraße ein und betraten den schmutzigen grünen Windfang eines chinesischen Restaurants. Die Kokosmatte war feucht und schwarz, der Boden nass. Sie stiegen ein paar nackte Stufen hinauf, und der Kanzleisekretär traf auf Schritt und Tritt Bekannte. Und zu jedem dieser Bekannten sagte er, indem er Mr. Biswas auf die Schulter klopfte: »Verteufelte Lage. Der Mann hier fliegt aus seiner Wohnung raus. Und er weiß nicht, wohin.« Die Leute sahen Mr. Biswas an, gaben mitfühlende Laute von sich, und Mr. Biswas, ganz verwirrt durch das Bier, die fremden Gesichter und das unerwartete Interesse, wurde ungeheuer tragisch zumute.

Sie setzten sich in eine von Rohrfaserwänden eingefasste Nische, und der Kanzleisekretär bestellte für sie beide.

»Ich weiß ja nicht«, sagte er. »Aber schauen Sie. Meine Lage ist folgende. Ich wohne mit meiner Mutter in einem Haus in St. James. Hübsches Haus, zweigeschossig. Aber sie wird langsam ein bisschen alt, wissen Sie …«

»Meine Mutter ist tot«, sagte Mr. Biswas und stellte dabei überrascht fest, dass er aß. »Dieser verdammte Arzt wollte den Totenschein nicht ausstellen. Dem hab ich vielleicht einen Brief geschrieben. Acht Seiten …«

»Verteufelte Lage, Mann. Aber die Sache ist die. Die alte Dame hat's ein bisschen am Herzen. Treppen und alles, das schafft sie nicht mehr. Belastend fürs Herz, wissen Sie.« Der Kanzleisekretär legte sich die Hand auf die Brust, hob die Schultern und ließ sie schwer wieder fallen. »Und jetzt hab ich dieses Angebot für ein Haus in Mucurapo, das für die alte Dame das Ideale wäre. Das Problem ist nur, ich kann's nicht kaufen, wenn nicht jemand meins kauft.«

»Und das wäre ich.«

»Sozusagen. Ich würde Ihnen helfen, und Sie würden mir helfen. Und der alten Dame.«

»Ein zweigeschossiges Haus, sagen Sie.«

»Mit allem modernen Komfort, sofort uneingeschränkt bezugsfähig.«

»Tja, wenn ich das Geld hätte ...«

»Warten Sie, bis Sie's gesehen haben.«

Und ehe das Essen noch beendet war, hatte Mr. Biswas sich bereit erklärt, das Haus anzuschauen. Er wusste sehr gut, was er tat. Er wusste, dass er nicht mehr als achthundert Dollar besaß und dass er nur die Zeit des Kanzleisekretärs und seine eigene Zeit vergeudete. Aber die Höflichkeit gebot es.

»Sie tun mir einen Gefallen damit«, sagte der Kanzleisekretär. »Und der alten Dame tun Sie auch einen Gefallen.«

Also fuhren sie im strömenden Regen, in dem von Zeit zu Zeit die Scheibenwischer aussetzten, die St. Vincent Street entlang, um den Marine Square herum, dann weiter auf der Wrightson Road (wo die soliden Leute wohnten) durch Woodbrook zur Western Main Road (vorbei an dem riesigen Gelände der Polizeikaserne mit seiner mit Samanbäumen bestandenen Einfahrt) und bogen in die Sikkim Street ein.

Als der Wagen vor dem Haus hielt, regnete es immer noch. Über den Zaun, der halb aus Beton war, mit Bleirohren zwischen quadratischen Pfosten, rankten Purpurwinden; ihre kleinen, tupfenartigen roten Blüten ließen im Regen die Köpfe hängen. Das hohe Dach, die grauen und cremefarbenen Mauern, die weiß gerahmten Türen und Fenster, die roten Ziegelabschnitte mit den weißen Ausfugungen – all diese Einzelheiten erfasste

Mr. Biswas mit einem Blick und wusste, dass ein solches Haus nicht für ihn bestimmt war.

Als er dann unter dem Regen hinweg ins Haus hastete und der alten Dame vorgestellt wurde, die weniger alt war, als der Kanzleisekretär sie geschildert hatte, war er überwältigt von ihrer Zuvorkommenheit. Mit seinem Anzug und seiner Krawatte, den gewichsten Schuhen und dem Prefect fühlte er sich auch so schon als Betrüger an der Allgemeinheit. Hier, in diesem Haus in der Sikkim Street, das so begehrenswert war und so unerreichbar, kam ihn der Betrug noch härter an als sonst. Er versuchte der Verbindlichkeit der alten Dame mit ebensolcher Verbindlichkeit zu begegnen; er versuchte jeden Gedanken an sein überfülltes Zimmer und seine achthundert Dollar zu verbannen. Langsam und bedächtig – er spürte das viele Bier jetzt deutlich – trank er seinen Tee und rauchte eine Zigarette. Zaghaft (offene Musterung wäre ihm unhöflich erschienen) beäugte er die mit Leimfarbe gestrichenen Wände, die getünchte Faserplattendecke mit ihren schokoladenbraunen, nagelneu aussehenden Holzleisten, die Milchglasfenster und Milchglastüren mit ihrem weißen Holz, das weiße Gitterwerk, den gebohnerten Boden, die gepflegte Sitzgruppe. Und als der Kanzleisekretär, der von den achthundert Dollar ja nichts ahnen konnte, rechtschaffen und vertrauensvoll darauf bestand, dass Mr. Biswas auch das Obergeschoss besichtigte, machte Mr. Biswas einen hastigen Rundgang, bei dem er ein Badezimmer mit einer Klosettschüssel und – welch Luxus! – einem porzellanenen Waschbecken sah, zwei Schlafzimmer mit grünen Wänden, eine Veranda, herrlich kühl ohne Sonne, die Purpurwinden unten am Zaun, seinen Prefect auf der Straße; und eine Sekunde lang sah er das Haus als *sein* Haus, und der Gedanke war so schwindelerregend, dass er ihn sogleich von sich wies und wieder nach unten eilte.

Die alte Dame, deren Herz sie daran gehindert hatte, die

Treppe zu erklimmen, begrüßte ihn, als wäre er von einer langen Reise zurückgekehrt.

Er nahm auf einem der Sessel Platz, trank noch ein wenig Tee, rauchte noch eine Zigarette.

Bisher war kein Wort über den Preis verloren worden. Mr. Biswas versuchte sich eine aberwitzig hohe, unmögliche Summe vorzustellen, die ihn aller Verantwortung und allen Bedauerns entheben würde. Er dachte an achttausend, neuntausend. So nah an der geschäftigen Hauptstraße: ein idealer Standort für einen Laden. Und doch so ruhig jetzt im Regen!

»Ein Schnäppchen für sechstausend«, sagte der Kanzleisekretär.

Mr. Biswas rauchte und schwieg.

Die alte Dame kam mit einem Teller voll kleiner Kuchen aus der Küche. Der Kanzleisekretär nötigte Mr. Biswas, einen zu probieren. Die alte Dame hatte sie selbst gebacken.

Mr. Biswas nahm einen Kuchen. Die alte Dame lächelte ihn an, und er lächelte zurück.

»Gut, seien wir ganz offen. Wir haben es beide eilig. Also sagen wir fünf-fünf.«

Irgendwann hatte Mr. Biswas einmal in dem Buch eines französischen Schriftstellers eine Erzählung über eine Frau gelesen, die zwanzig Jahre lang arbeitete, um die Schulden für eine Halskette zurückzuzahlen, die in Wirklichkeit ein Imitat war. Er hatte nie verstehen können, was an der Geschichte komisch sein sollte. Schulden waren etwas Entsetzliches; und mit all ihrem Wenn und Hätte rührte die Geschichte zu nah an die Wirklichkeit: erst Hoffnung, dann Schiffbruch, und die Jahre vergingen, das Leben selbst verging, bis zum Schluss herauskam, dass alles umsonst gewesen war: Ach, meine arme Matilda! Die waren doch nicht echt! Während er nun in dem Sessel des Kanzleisekretärs saß, fühlte sich Mr. Biswas nur um Haaresbreite von solch einer Schuldenlast entfernt, von einem ähnlichen Schiffbruch, ähnlicher Vergeblichkeit; und wieder lag er des Nachts wach, hörte das Schnarchen des überfüllten Hauses und sah durch das Fenster hinaus in den leeren Himmel, über den stumm die Suchscheinwerfer tasteten.

»Fünf-fünf, und ich leg noch die Sitzgruppe drauf.« Der Kanzleisekretär stieß ein kleines Lachen aus. »Ich hab ja immer gehört, dass die Inder hart im Verhandeln sind, aber wie hart, das merk ich jetzt erst.«

Die alte Dame lächelte milde wie zuvor.

»Ich muss es mir einfach noch überlegen.«

Die alte Dame lächelte.

Auf dem Rückweg beschloss Mr. Biswas, den Stier bei den Hörnern zu packen.

»Wenn Sie das Haus so dringend loswerden wollen, warum geben Sie's dann nicht einem Makler?«

»Ich? Haben Sie die Leute im Café nicht gehört? Diese Makler sind nichts als ein Haufen Halsabschneider, Mann.«

Er war sich sicher, dass er das Haus nie wiedersehen würde. Er ahnte nicht, dass ihm in den fünf Jahren, die er noch zu leben hatte, diese Fahrt die Western Main Road entlang, durch Woodbrook zur Wrightson Road und zum South Quay, vertraut und sogar langweilig werden sollte.

Kaum war er allein, kehrten Niedergeschlagenheit und Panik zurück. Aber zu Hause angekommen, gab er sich selbstsicher und streng und sagte laut zu Shama, die sich über seine frühe Heimkehr wunderte: »Bin heute nicht aufs Land rausgefahren. Hab mir ein paar Häuser angeschaut.«

Der Schmerz, der seit einer Weile schon in seinem Kopf bohrte und den er seiner inneren Unruhe zugeschrieben hatte, konkretisierte sich nun zu dem Katerkopfschmerz, den er immer bekam, wenn er tagsüber trank. Er ging hinauf ins Zimmer, zog sich bis auf Unterhose und Hemd aus, versuchte Marc Aurel zu lesen, scheiterte und war bald eingeschlafen, zum Erstaunen seiner Kinder, die nicht begreifen konnten, wie ihr Vater in einer Krise, die sie alle betraf, so früh am Nachmittag Muße zum Schlafen fand.

Er hatte das Haus mit den Augen eines Gastes gesehen, der ganz und gar in der Schuld seines Gastgebers steht. Hätte es nicht geregnet, dann wäre er vielleicht auf dem kleinen Grundstück herumgegangen und hätte die absonderliche Form des Hauses bemerkt. Er hätte die Löcher entlang der Dachtraufe bemerkt, zu denen die Fledermäuse der Nachbarschaft ein- und ausflatterten. Er hätte die Treppe bemerkt, die außen am Haus hing, offen, nur durch ein Geländer gesichert und mit ungestrichenem Wellblech überdacht. Er hätte den dicken Vorhang vor der Hintertür im Erdgeschoss nicht als ein Zeichen von Gemütlichkeit missdeutet: Er hätte gesehen, dass das Haus überhaupt keine Hintertür besaß. Hätte er nicht unter dem Regen hinwegeilen müssen, wäre ihm vielleicht die Straßenlaterne direkt vor dem Haus aufgefallen; er hätte sich klar gemacht, dass eine Straßenlaterne so nahe der Hauptstraße Tagediebe anlockte wie Motten. Aber er sah von alledem nichts. Er sah nur ein Haus, heimelig im strömenden Regen, blanke Böden und eine alte Dame, die in der Küche Kuchen buk.

In einem weniger aufgewühlten Zustand hätte er den Eifer des Kanzleisekretärs womöglich etwas unhöflicher hinterfragt. Aber es ging alles zu schnell, es passte zu gut. Ein Streit in der Nacht, die Aussicht auf ein sogleich bezugsfertiges Haus keinen Tag später. Und ehe der Abend um war, lag die Summe von fünftausendfünfhundert Dollar in nicht mehr ganz so unerreichbarer Ferne.

»Besuch für dich«, hörte er Shama sagen.

Er wachte auf und stellte verwirrt fest, dass es Abend war.

»Mal wieder ein Asozialer?« Seine Berühmtheit hatte seine Kündigung beim *Sentinel* überdauert; auch jetzt geschah es gelegentlich noch, dass Bedürftige ihn angingen.

»Ich weiß es nicht. Eher nicht.«

Mit brummendem Schädel zog er sich an, ging unterm Haus hindurch zum Fuß der Vordertreppe und überraschte so den Besucher, einen ordentlich gekleideten Neger der Handwerkerzunft, der auf der obersten Treppenstufe auf ihn wartete.

»Guten Abend«, sagte der Mann. Sein Akzent verriet ihn als illegalen Einwanderer von einer der kleineren Inseln. »Ich komm wegen dem Haus. Ich will es kaufen.«

Alle wollten sie heute Häuser kaufen oder verkaufen. »Ich hab noch nicht mal angezahlt dafür«, sagte Mr. Biswas.

»Für das Haus in Shorthills?«

»Ach, das. Das. Aber das kann ich nicht verkaufen. Das Land gehört mir nicht. Ich hab's nicht mal gepachtet.«

»Ich weiß. Ich will das Haus ja auch zum Mitnehmen.« Er begann zu erklären. Er hatte ein Grundstück in Petit Valley gekauft. Er wollte sich sein eigenes Haus bauen, aber Baumaterial war knapp und teuer, und er wollte Mr. Biswas' Haus nicht, um darin zu wohnen, sondern um es zu zerlegen. Er sei nicht bereit zu feilschen, sagte er. Er habe sich das Gebäude genau angeschaut, und er sei bereit, vierhundert Dollar dafür zu bezahlen.

Und als Mr. Biswas wieder in das Zimmer mit den zerwühlten Betten, den kreuz und quer geschachtelten Möbeln und dem Durcheinander auf Shamas Frisierkommode kam, knisterten in seiner Tasche zwanzig Zwanzig-Dollar-Scheine.

»Du glaubst nicht an Gott?«, sagte er zu Anand. »Dann schau her.«

Zwischen achthundert Dollar und eintausendzweihundert Dollar liegen Welten. Achthundert Dollar, das ist ein Spargroschen. Eintausendzweihundert Dollar sind richtiges Geld. Der Abstand zwischen achthundert und fünftausend ist unüberbrückbar. Der Abstand zwischen eintausendzweihundert und fünftausendfünfhundert ist Verhandlungssache.

Eine Woche zuvor hätte Mr. Biswas allein schon die Idee, ein Haus für über fünftausend Dollar zu kaufen, als absurd abgetan. Er wollte ein Haus für dreitausend oder dreieinhalbtausend Dollar; Häuser über viertausend Dollar sah er sich gar nicht erst an. Und nun, da er den Blick einmal höher gerichtet hatte, kam es ihm seltsamerweise keine Sekunde in den Sinn, sich andere Fünftausend-Dollar-Häuser anzusehen.

Gleich am nächsten Tag marschierte er zu dem Kanzleisekretär, leistete eine Anzahlung von hundert Dollar und war so schlau, sich eine gestempelte Quittung geben zu lassen.

»Die zahl ich jetzt gleich auf das Haus an, das *ich* kaufen will«, sagte der Kanzleisekretär. »Wird die alte Dame sich freuen, wenn sie das hört!«

Als Shama es hörte, brach sie in Tränen aus.

»Ah«, sagte Mr. Biswas. »Uns schwillt der Kamm! Wir sind vergrätzt! Du kannst nur glücklich sein, wenn wir für immer bei deiner Mutter und eurer großen glücklichen Familie wohnen bleiben, stimmt's?«

»Was fragst du *mich*? *Du* hast das Geld, *du* willst das Haus kaufen, und *ich* habe gar nichts zu meinen.«

Und Shama ging aus dem Zimmer und traf auf Suniti, und Suniti sagte: »Ich hab gehört, ihr wollt hoch hinaus. Haus kaufen, hm?«

»Ja, Kind«, sagte Shama.

»Shama!«, rief Mr. Biswas. »Sag dem Gör, sie soll sich nach Pokima Halt verziehen und ihrem Nichtsnutz von Mann beim Ziegenhüten helfen.«

Die Ziegen waren eine Erfindung von Mr. Biswas, mit der er Suniti wunderbar ärgern konnte. »Ziegen!«, sagte sie in den Hof und schmatzte laut mit der Zunge. »Manche Leute haben immerhin Ziegen. Was mehr ist, als man von gewissen anderen Leuten behaupten kann.«

Mr. Biswas erriet Shamas Gefühle nur zum Teil. Sie wusste

selbst, dass die Zeit zum Ausziehen gekommen war. Aber es sollte nicht auf einen Streit, eine Demütigung hin geschehen. Sie hoffte, dass der Unfriede zwischen ihrer Mutter und ihr beigelegt würde, und sie empfand Mr. Biswas' Vorgehen als übereilt und provozierend.

Eine nach der anderen offenbarte er ihr die ungeheuerlichen Einzelheiten.

»Fünfeinhalbtausend«, sagte er.

Die Wirkung blieb nicht aus.

»O mein Gott!«, sagte Shama. »Du bist wahnsinnig! Wahnsinnig! Du hängst mir einen Mühlstein um den Hals.«

»Eine Halskette.«

Ihr Entsetzen machte ihm Angst. Aber es verstärkte auch seinen Starrsinn; er quälte sich selbst, nur um sie zu quälen.

»Wo doch noch nicht mal das Auto abbezahlt ist. Und woher willst du wissen, wie lange du bei der Regierung bleibst?«

»Wenn es nach deinem Bruder geht, nicht mehr lange. Gib's ruhig zu. Insgeheim findest du, dass meine Arbeit einen Dreck wert ist, stimmt's? Insgeheim findest du das. Stimmt's?«

»Wenn du meinst«, schrie sie und lief die Treppe hinunter in die Küche unter dem Haus, zu den Lesern und Lernern und Schwestern und verheirateten Nichten, die im Licht der trüben, fliegenverdreckten Glühbirnen arbeiteten und schwatzten. Geborgenheit hüllte sie ein; und doch schwebte das Unheil über ihrem Haupt, und sie war ganz allein.

Sie ging wieder hinauf ins Zimmer.

»Wo nimmst du das Geld her?«

»Lass das nur meine Sorge sein.«

»Wenn du so dringend Geld rausschmeißen musst, kann ich dir schon helfen. Gleich morgen geh ich zu de Lima und kauf mir diese Brosche, von der du immer redest.«

Er kicherte.

Kaum war sie aus dem Zimmer, da erfasste ihn Panik. Er verließ das Haus und machte einen Spaziergang um den Savannah-Park, durch die breiten, stillen, rasengesäumten Straßen von St. Clair, wo offene Türen sanft beleuchtete, üppig ausgestattete, friedliche Interieurs sehen ließen.

Nachdem er einmal zugesagt hatte, brachte er nicht den Mut zu einem Rückzieher auf, wohl aber die Energie, vorwärts zu preschen. Shamas Düsternis stachelte ihn an, die Begeisterung der Kinder bestärkte ihn. Er vermied es, sein Tun in Frage zu stellen; ihm graute vor Owads Rückkehr, und seine ganze Sorge war, dass er plötzlich doch nicht mehr gut genug sein könnte für das Haus des Kanzleisekretärs und die alte Dame, die kleine Kuchen buk und sie so liebenswürdig kredenzte.

Diese Sorge trieb ihn dazu, am Donnerstagnachmittag zu Ajodha zu fahren und Tara gleich beim Hereinkommen zu eröffnen, dass er sich viertausend Dollar von ihnen leihen wolle, um ein Haus zu kaufen. Sie trug es mit Fassung; sie sei froh, sagte sie, dass er sich endlich von den Tulsis unabhängig mache. Und als Ajodha hereinkam, in der Hand den Hut, mit dem er sich Luft zufächelte, war Mr. Biswas ebenso geradeheraus, und Ajodha behandelte die Sache als eine harmlose kleine Transaktion. Viertausendfünfhundert Dollar zu acht Prozent, rückzahlbar innerhalb von fünf Jahren.

Mr. Biswas blieb zum Essen und war die ganze Zeit über ungezwungen und polternd und obenauf. Erst als er wegfuhr, verließ seine Hochstimmung ihn, und er machte sich klar, dass er sich nicht nur verschuldet, sondern auch die Tatsachen verfälscht hatte. Ajodha wusste nicht, dass das Auto nicht abbezahlt war; Ajodha wusste nicht, dass er keine Stelle auf Lebenszeit hatte. Und das Darlehen konnte nicht innerhalb von fünf Jahren zurückgezahlt werden; allein schon die Zinsen beliefen sich auf dreißig Dollar im Monat.

Noch hätte es Gelegenheit zum Rückzug gegeben. Am Freitagabend zum Beispiel, als sie das Haus besichtigen gingen.

In seiner Angst davor, unwürdig zu erscheinen, verlangte Mr. Biswas, dass die Kinder ihre besten Kleider anzogen, und schärfte Shama ein, den Mund möglichst nicht aufzumachen, wenn sie erst dort wären.

»Lass mich hier. Lass mich hier«, sagte Shama. »Anscheinend habe ich ja kein Schamgefühl und werde dir vor deinem hochmächtigen Hausverkäufer Schande machen.«

Und die ganze Fahrt über hörte sie nicht auf damit, bis Mr. Biswas, unmittelbar bevor sie in die Sikkim Street einbogen, wütend wurde und sagte: »Ja. Du machst mir verdammt noch mal Schande. Geh heim zu deiner Familie und lass mich in Frieden. Ich will dich nicht dabeihaben.«

Sie schaute verblüfft drein. Aber es blieb keine Zeit, den Streit beizulegen. Sie waren in der Sikkim Street. Er fuhr am Haus vorbei, parkte ein Stück entfernt, forderte die Kinder auf, mitzukommen oder, wenn ihnen das lieber war, bei ihrer Mutter zu bleiben und für den Rest ihres Lebens bei den Tulsis zu wohnen, knallte die Tür zu und stapfte davon. Die Kinder stiegen aus und folgten ihm.

So dass der einzige Eindruck, den Shama von dem Haus bekam, ehe es gekauft wurde, der flüchtige Blick aus dem fahrenden Prefect war: Betonmauern, sanft getönt vom Schein der Straßenlaterne, in dem die Bäume des Nachbargrundstücks romantische Schatten warfen. Und sie, die vielleicht ein Auge gehabt hätte für die abenteuerliche Konstruktion der Treppe, die bedenklich durchhängenden Deckenbalken, die roh belassenen Holzarbeiten, sie, die vielleicht das Fehlen der Hintertür bemerkt hätte, das Fehlen Hunderter von kleinen, aber wichtigen Details, saß im Auto, überwältigt von Wut und Angst.

Derweil machten die Kinder engelsbrav Konversation mit der alten Dame und waren sehr geschmeichelt von dem Interesse, das sie an ihnen zeigte, und dem Beifall, den beinahe jede ihrer Äußerungen bei ihr fand. Sie sahen den blanken Boden, die üppig fallenden Vorhänge, die Rohrfaserdecke, die Sitzgruppe, und hatten bereits genug gesehen. Sie tranken Tee und aßen Kuchen, während Mr. Biswas, nicht wenig angetan von dem Erfolg seiner Kinder, mit dem Kanzleisekretär Zigaretten rauchte und Whisky trank. Als sie nach oben stiegen, ging der Kanzleisekretär voraus. Es war dunkel. Ihnen fiel nicht auf, dass die Treppe kein Licht hatte; die Dunkelheit kaschierte die Behelfsmäßigkeit der Konstruktion. An Provisorien und Altmodisches von jeher gewöhnt, geblendet von dem bisher Gesehenen und zu Gast in einem fremden Haus, stellten sie keine Fragen; und oben angekommen, waren sie viel zu hingerissen von dem Badezimmer und den grünen Schlafzimmern und der Veranda und dem Rundfunkempfänger.

»Ein Radio!«, riefen sie. Sie hatten völlig vergessen, wie es war, eines zu haben.

»Das lass ich Ihnen da, wenn Sie möchten«, sagte der Kanzleisekretär in einem Ton, als würde er sich erbieten, die Mietgebühren für den Apparat zu übernehmen.

»Und?«, fragte Mr. Biswas, als sie gingen. »Gefällt's euch?«

Daran konnte es keinen Zweifel geben. Etwas so Neues, so Sauberes, so Modernes, so Gepflegtes. Sie schwärmten Shama davon vor, bestürmten sie, mit hineinzukommen und es sich mit eigenen Augen anzusehen. Aber angesichts von Mr. Biswas' Vergnügtheit, seinem Triumph, blieb Shama fest. Sie sagte, sie habe nicht die Absicht, Mr. Biswas oder seinen Kindern Schande zu machen.

Mrs. Tulsi hatte die Woche hindurch gefasst vor sich hin gekränkelt. Nach Owads Rückkehr schlug ihre Stimmung ins Weinerliche um. Sie brachte den Großteil des Tages in ihrem Zimmer zu, ließ sich Pimentöl ins Haar massieren und horchte auf Owads Schritt. Sie umwarb ihn mit Geschichten über seine Kindheit und Pandit Tulsi. Sie beschimpfte niemanden, sie wütete gegen niemanden, nur die Tränen quollen, so schien es, aus den Tiefen ihrer dunklen Brillengläser, während ihre Mär von Ungerechtigkeit, Vernachlässigung und Undank lang und länger wurde. Ihre Töchter kamen und lauschten ihr. Sie kamen gebeugt und bußfertig und zollten dem Schweigen ihres Bruders durch ein feierliches, würdiges Gebaren Respekt. Sie sprachen Hindi; sie setzten sich nicht herab; alle versuchten sie, ein Gesicht zu machen, als hätten sie sich versündigt. Doch Owad blieb unerbittlich. Er behielt seine Abenteuer in Tobago für sich, und die stummen Anklagen der Schwestern richteten sich gegen Shama. Owad verbrachte immer mehr Zeit außer Haus. Er umgab sich mit seinen Medizinerkollegen, einer neuen Kaste, die mit der Gesellschaft, aus der sie hervorgegangen war, nicht mehr viel gemein hatte. Er fuhr in den Süden zu Shekhar. Er spielte Tennis im India Club. Und fast so plötzlich, wie es aufgekommen war, war das Thema Revolution erledigt.

7. Das Haus

Der Kanzleisekretär hielt Wort, und sobald der Handel perfekt war, räumten er und die alte Dame eilends das Haus. Mr. Biswas hatte seine endgültige Entscheidung Montagabend getroffen. Am Donnerstag wartete das Haus auf ihn.

Am späten Donnerstagnachmittag fuhren sie mit dem Prefect in die Sikkim Street. Die Sonne brannte durch die offenen Erdgeschossfenster bis zur Küchenwand. Die Holzleisten und das Milchglas waren fast zu heiß zum Anfassen. Die Ziegelmauer fühlte sich innen warm an. Die Sonne schien quer durchs Haus und überzog die nackt daliegende Treppe mit gleißenden Streifen. Nur die Küche war vor der Sonne sicher; überall sonst war die Luft, trotz Gitterwänden und offenen Fenstern, zum Ersticken, eine Ballung von Hitze und Licht, die in den Augen wehtat und ihnen den Schweiß aus den Poren trieb.

Vorhanglos, leer bis auf die Sitzgruppe in der Mitte des heißen Bodens, der jetzt nicht mehr spiegelte und glänzte, sondern auf dem die Sonnenstrahlen Schmutz und Kratzer und staubige Fußabdrücke hervorhoben, wirkte das Haus plötzlich viel kleiner auf die Kinder und hatte all das Lauschige verloren, das sie im gedämpften Lampenlicht des Abends empfunden hatten, hinter den dicken Vorhängen, die die Welt aussperrten. Ohne die Vorhänge schien das Haus mit seinem vielen Gitterwerk durch nichts gegen die Außenwelt abgeschirmt: gegen das Grün des Brotfruchtbaums nebenan, die Flammenden Herzen, deren üppige Ranken den morschen Zaun überwucherten, die heruntergekommene Baracke auf dem rückwärtig angrenzenden Grundstück, den Straßenlärm.

Sie entdeckten die Treppe: Durch nichts mehr kaschiert, sah sie armselig aus. Mr. Biswas stellte fest, dass es keine Hintertür gab. Shama stellte fest, dass zwei der Holzpfosten, die den Treppenabsatz stützten, morsch waren, nach unten zu angefressen und grün vor Feuchtigkeit. Alle miteinander stellten sie fest, dass die Treppe gefährlich war. Unter jedem Schritt schwankte sie, und beim leisesten Luftzug bogen sich die abschüssigen Wellblechbahnen durch, mit einem Geräusch, das wie ein metallener Seufzer klang.

Shama beklagte sich nicht. Sie sagte nur: »Ein paar Sachen sollten wir vor dem Umzug vielleicht noch reparieren.«

In den folgenden Tagen machten sie noch mehr Entdeckungen. Die Stützpfosten unter der Treppe waren deshalb verfault, weil sie neben einem Hahn standen, der aus der Rückwand des Hauses hervorsprang. Das Wasser aus dem Hahn versickerte einfach in der Erde. Shama äußerte die Befürchtung, dass der Boden sich absenken könnte. Dann stellten sie fest, dass das Grundstück keinerlei Abfluss hatte. Wenn es regnete, strömte das Wasser von dem pyramidenförmigen Dach direkt auf den Boden, verwandelte den Garten in eine Schlammgrube und spritzte an Mauern und Türen hoch, deren untere Ränder aussahen wie mit nassem Ruß besprüht.

Sie stellten fest, dass keines der Fenster im Erdgeschoss schloss. Manche Fensterflügel schabten über den Betonsims, andere hatten sich in der Sonne so verzogen, dass der Riegel nicht einmal mehr in die Nähe seines Lochs kam. Sie stellten fest, dass die Haustür, die so elegant aussah mit ihrem weißen Holz, den Milchglasscheiben und dem Fischgrätengitter auf beiden Seiten, bei Wind selbst dann aufflog, wenn sie zugesperrt und verriegelt war. Die andere Tür des Wohnzimmers wiederum ließ sich nicht öffnen: Sie klemmte im Türrahmen, festgehalten von zwei Dielenbrettern, deren Ränder sich aufgeworfen hatten und gegeneinander drückten, so dass sie eine gleichmäßige Bergkette bildeten.

»Nichtskönner!«, sagte Mr. Biswas.

Sie stellten fest, dass überall die Verblendungen fehlten und dass die Latten der Gitterwände krumm und an vielen Stellen von Nägeln gespalten waren, die ihre großen Köpfe hervorschoben.

»Kundenschlepper! Gauner!«

Sie stellten fest, dass im Obergeschoss jede Tür eine andere Größe, Farbe und Form hatte und auf andere Weise angebracht war. Keine passte in ihren Rahmen. Eine begann erst fünfzehn Zentimeter über dem Boden, wie die Schwingtür einer Bar.

»Nazi, dreckiger Kommunist!«

Der Boden im Obergeschoss senkte sich zur Mitte hin ab, und von unten bemerkten sie eine entsprechende Krümmung in den beiden tragenden Deckenbalken. Shama vermutete, dass der Boden deshalb durchhing, weil die innere Verandawand, die er stützte, aus Ziegeln gemauert war.

»Reißen wir sie doch einfach ab«, sagte Shama, »und bauen eine Trennwand aus Holz.«

»Abreißen!«, sagte Mr. Biswas. »Pass auf, dass du das Haus nicht gleich mit abreißt. Wahrscheinlich kracht ohne diese Wand das ganze verdammte Ding zusammen.«

Anand plädierte für eine Säule, die die durchhängenden Balken vom Wohnzimmer aus abstützen sollte.

Bald begannen sie ihre Entdeckungen für sich zu behalten. Anand entdeckte, dass die viereckigen Zaunpfosten zur Straße hin, die so hübsch aussahen mit ihrem Windengerank, aus Hohlziegeln waren und keinerlei Fundament hatten. Sie wackelten, wenn man sie nur mit dem Finger anstieß. Er sagte nichts und meinte nur, wenn der Maurer käme, könne er vielleicht auch einen Blick auf den Zaun werfen.

Der Maurer kam, um eine Abflussrinne aus Beton um das Haus zu ziehen und unter dem Hahn an der Rückwand ein flaches Becken anzubringen. Er war ein vierschrötiger Neger mit Schnurrhaaren wie eine Katze, und er sang in einem fort:

Der gute alte Onkel Finn,
Dem wuchsen Schnurrhaare am Kinn.

Seine Aufgeräumtheit deprimierte sie alle.

Tag für Tag pendelten sie zwischen dem feindseligen Haus voller Tulsis und der Sikkim Street hin und her. Sie wurden immer gereizter. Sitzgruppe und Rundfunkempfänger waren ein schwacher Trost.

»Ich lass Ihnen den Rundfunkempfänger da«, äffte Mr. Biswas den Kanzleisekretär nach. »Du alter Betrüger! In der Hölle sollst du schmoren!«

Die Gebühren für den Rundfunkempfänger betrugen zwei Dollar im Monat. Die Grundstückspacht belief sich auf monatlich zehn Dollar, sechs Dollar mehr, als er für sein Zimmer zu zahlen hatte. Gemeindeabgaben – etwas, das ihm immer so exotisch erschienen war wie Nebel oder Schnee – bekamen nun eine Bedeutung. Grundstückspacht, Rundfunkgebühren, Gemeindeabgaben, Zinsen, Reparaturen, Schulden: Die Verpflichtungen stürmten fast im gleichen Tempo auf ihn ein wie die Entdeckungen, die er an dem Haus machte.

Dann rückten die Maler an, zwei große, melancholische Neger, die schon lange keinen Auftrag mehr bekommen hatten und froh um den kargen Lohn waren, den Mr. Biswas ihnen von seinem geborgten Geld zahlte. Sie rückten mit ihren Leitern und Gestellen und Eimern und Pinseln an, und als Anand sie im Obergeschoss herumspringen hörte, wurde er unruhig und ging hinauf, um sich zu vergewissern, dass das Haus nicht einstürzte. Die Maler teilten Anands Besorgnis nicht. Sie sprangen weiter von ihren Gestellen auf den Boden hinunter, und er schämte sich zu sehr, um etwas zu sagen. Er blieb da und überwachte sie. Die frische Leimfarbe ließ den langen, unheilverkündenden Riss in der Verandawand deutlicher und noch unheilverkündender hervortreten. Während der Rundfunkempfänger das heiße, leere Haus mit leichter Musik und munteren Werbesprüchen erfüllte, unterhielten sich die Maler, manchmal über Frauen, meistens jedoch über Geld. Einmal sang aus dem Apparat eine Frau, deren Stimme aus einer nahen, aber unerreichbaren Stadt aus Samt und Glas und Gold zu kommen schien, wo alles licht und sicher war und selbst die Traurigkeit schön:

They see me night and day time
Having such a gay time.
They don't know what I go through –

und der eine Maler sagte: »Das bin ich, Mann. Nach außen lachen, innen drin weinen.« Dabei hatte er kein einziges Mal gelächelt oder gelacht. Und für Anand verbanden sich diese Schlager, die unermüdlich aus dem Radioapparat durch das hallende, nach Farbe riechende Haus tönten, für immer und ewig mit Ungewissheit, Bedrohung und Leere, und ihre Texte nahmen eine banale Symbolik an, die Zeiten und Moden überdauern sollte: »*Laughing on the Outside*«, »*To Each His Own*«, »*Till Then*«, »*The Things We Did Last Summer*«.

Und noch mehr Ausgaben kamen auf sie zu. Es gab keine Kanalisation in diesem Teil der Stadt, und das Haus hatte einen Faulbehälter. Ehe die Maler ihre Arbeit beendet hatten, war der Faulbehälter schon verstopft. Die Klosettschüssel füllte sich mit Gebrodel, der Garten füllte sich mit Gebrodel, die ganze Straße stank. Der Sanitärinstallateur musste kommen und einen neuen Faulbehälter einbauen. Inzwischen war das Geld, das Mr. Biswas sich geliehen hatte, vollständig aufgebraucht, und Shama musste sich zweihundert Dollar von Basdai, der Pensionsmutter, borgen.

Doch schließlich konnten sie aus dem Haus der Tulsis ausziehen. Ein Transporter wurde gemietet – wieder Kosten – und ihre sämtlichen Möbel hineingepackt. Und es war erstaunlich, wie unvertraut sich all diese lang gewohnten Dinge draußen auf der Straße, auf der Ladefläche des Transporters, mit einem Mal ausnahmen, wie unvertraut und schäbig und beschämend. Ein letztes Mal sollten sie nun umziehen, die Besitztümer eines ganzes Lebens: der Speiseschrank (verkrustet von Lackschichten in allen möglichen Farben, sein Netzdraht zerrissen und verstopft), der gelbe Küchentisch, die Garderobe mit dem nutzlosen Zierglas und den abgebrochenen Haken, der Schaukelstuhl, das Himmelbett (zerlegt und darum unauffällig), Shamas Frisierkommode (gegen das Fahrerhaus gelehnt, spiegellos, schubladenlos, so dass das unverfärbte, unbehandelte Holz der Innenseite hervorleuchtete, nach all den Jahren noch so roh, so neu), das Bücherregal und der Schreibtisch, Théophiles Bücherschrank, das Slumberking-Bett (mit einer intimen rosa Rose am Kopfbrett), die Vitrine (Mrs. Tulsis Esszimmer entrissen), der Esstisch des verkrüppelten Schreiners (auf den Rücken gedreht, seine Beine mit Seilen umspannt, beladen mit Schubladen und Kisten), die Schreibmaschine (immer noch leuchtend gelb), auf der Mr. Biswas Beiträge für englische und amerikanische Zeitungen hatte schreiben wollen und auf der seine Artikel für die Ideale Schule entstanden waren, der Brief an den Arzt – all die im Lauf eines Lebens angesammelten Habseligkeiten, so lange verstreut und von keinem beachtet, hier lagen sie nun vereint auf der Ladefläche des Transporters. Shama und Anand fuhren im Transporter mit, Mr. Biswas und die Mädchen im Auto – die Mädchen mit Kleidern bepackt, die in den Kisten Schaden genommen hätten.

Zum Auspacken kamen sie erst am Abend. Sie bereiteten in der Küche ein behelfsmäßiges Mahl zu und aßen im Chaos des

Esszimmers. Sie sprachen wenig. Nur Shama redete und bewegte sich unbefangen. Dann bauten sie oben die Betten auf. Anand schlief auf der Veranda. Er spürte ganz deutlich, wie sich der Boden, auf dem er lag, zu der dubiosen Ziegelwand hin absenkte. Er legte die Hand an die Wand, als könnte ihm das eine bessere Vorstellung von ihrem Gewicht verschaffen. Bei jedem Schritt, vor allem Shamas Schritten, schwankten die Dielen unter ihm. Als er die Augen schloss, überkam ihn ein Gefühl des Kreiselns und Taumelns. Hastig öffnete er sie wieder und vergewisserte sich, dass der Boden nicht noch weiter abgesackt war, dass das Haus noch stand.

Jeden Nachmittag hatten sie auf der Veranda des Nachbarhauses einen alten Inder behaglich im Schaukelstuhl schaukeln sehen. Sein breites, schwerlidriges Gesicht hatte fast etwas Chinesisches, und er wirkte schläfrig und teilnahmslos. Doch als Mr. Biswas, dem daran gelegen war, sich mit den Nachbarn gut zu stellen, den Mann grüßte, kam in diesen unverzüglich Leben, und er beugte sich in seinem Schaukelstuhl vor und sagte: »'ne Menge Reparaturen hatten Sie.«

Mr. Biswas fasste dies als Einladung auf, zu ihm auf die Veranda zu kommen. Das Haus war neu und solide gebaut; die Mauern waren massiv, der Boden eben und fest, alles Holz sauber verarbeitet und lasiert. Nur der Zaun fehlte, und an der Rückwand des Hauses sprang ein Verschlag aus verrostetem Wellblech und grauschwarzen Brettern hervor.

»Schönes Haus, das Sie da haben«, sagte Mr. Biswas.

»Ja, mit der Hilfe Gottes und meiner Jungs haben wir es gebaut. Ein Zaun muss noch her, und wir müssen eine Küche bauen, wie Sie sehen. Aber das hat Zeit. 'ne Menge Reparaturen waren das bei Ihnen drüben.«

»Ein paar Kleinigkeiten hier und da. Tut mir Leid wegen dem Faulbehälter.«

»Um den braucht's Ihnen nicht Leid tun. Da hätt ich viel früher mit gerechnet. Er hat ihn selber gebaut.«

»Wer? Der Mann?«

»Und nicht nur den. Das ganze Haus hat er selber gebaut. Samstags und sonntags, und an den Nachmittagen. Muss so eine Art Hobby von ihm gewesen sein. Wenn er einen Zimmermann beschäftigt hat, hab ich's jedenfalls nicht gesehen. Und ich warn Sie lieber gleich: Die elektrischen Leitungen hat er auch alle selber verlegt. Ein echter Komiker war das. Ich frag mich, wie die Stadt so ein Haus abnehmen kann. Hat alle möglichen Baumstämme und Äste angeschleppt, als Dachsparren und Tragbalken.«

Er war ein alter Mann, der sich am Ende seines Lebens mit Hilfe seiner Söhne ein solides, stabiles Haus gebaut hatte. Die Vergangenheit lag in dem Verschlag an der Rückwand seines Hauses, in den halb verfallenen Holzhäusern, die die Straße noch säumten. Es war die Zufriedenheit mit dem Erreichten, die ihn so sprechen ließ, keine Häme.

»Ach, aber robust ist es schon«, sagte Mr. Biswas und sah von der Veranda des alten Mannes hinüber. Und er bemerkte, wie vorteilhaft der Brotfruchtbaum des alten Mannes das Haus einrahmte, wie elegant sich durch die Ranken der Flammenden Herzen die Gitterwände ausnahmen, deren fehlende Lasur von hier aus nicht störte. Aber ihm sprang auch der Riss ins Auge, der durch die Ziegelwand der Veranda lief. Und erst jetzt fiel ihm auf, wie viele von den Faserplatten entlang der Dachtraufe fehlten; und während er noch hinsah, flogen die Fledermäuse zu den Löchern ein und aus. »Ein robustes kleines Haus. Das ist die Hauptsache.«

Aus der Stimme des alten Mannes klang keine Spur von Rechthaberei, als er fortfuhr: »Und diese Pfeiler an den vier Ecken. Jeder andere hätte die aus Beton gebaut. Wissen Sie, was er genommen hat? Lehmziegel. Die sind innen hohl.«

Mr. Biswas konnte seine Bestürzung nicht verbergen, und der alte Mann lächelte gütig, befriedigt darüber, dass seine Mitteilung Wirkung zeigte.

»Ein echter Komiker war das«, wiederholte er. »Wie gesagt, es war so eine Art Hobby von ihm. Hat sich die Fensterrahmen von überallher beschafft, von den Amis und was weiß ich wo. Eine Tür hier, eine Tür da, und dann bei sich eingebaut. Eine Schande ist das. Ich begreif nicht, wie die Stadt das Ding abnehmen konnte.«

»Ich kann mir nicht vorstellen«, sagte Mr. Biswas, »dass die Stadt es abgenommen hätte, wenn es nicht robust wäre.«

Der alte Mann hörte gar nicht hin. »Ein Spek'lant, das war er. Ein richtiger, echter Spek'lant. Der macht das nicht zum ersten Mal. In Belmont hat er auch schon zwei, drei solche Häuser gebaut, dann eins in Woodbrook, das hier, und jetzt grade baut er das nächste in Morvant. Baut dran und wohnt gleichzeitig drin.« Der alte Mann schaukelte und lachte in sich hinein. »Aber auf dem hier ist er sitzen geblieben.«

»Er hat lange drin gewohnt«, sagte Mr. Biswas.

»Hat niemand gefunden, der es ihm abkauft. Nettes kleines Grundstück, das schon. Aber er hat zu viel dafür haben wollen. Vier-fünf.«

»Vier-fünf!«

»Verrückt, wie? Und schauen Sie. Schauen Sie sich das Häuschen da drüben an.« Er zeigte auf einen adretten neuen Bungalow, der Mr. Biswas mit seinem geschärften Blick für Zimmerei bereits durch seinen guten Grundriss und die solide handwerkliche Ausführung aufgefallen war. »Klein, aber tipptopp. *Dafür* hat jemand dieses Jahr vier-fünf gezahlt.«

Ein Tuttle-Sohn, der Schreiberling, kam eines Nachmittags unerwartet zu ihnen ins Haus, redete von diesem und jenem, um dann, so beiläufig, als wäre es ihm eben erst wieder eingefallen, zu erwähnen, dass seine Eltern am Abend bei ihnen vorbeischauen würden, weil Mrs. Tuttle einen Rat von Shama brauchte.

In fliegender Hast bereiteten sie alles vor. Der Boden wurde gebohnert, und niemand durfte ihn mehr betreten. Die Vorhänge wurden neu drapiert und Sitzgruppe, Vitrine und Bücherschrank umgestellt. Die Vorhänge verhüllten die Treppe; der Bücherschrank und die Vitrine verdeckten Teile der Gitterwand, die ebenfalls von Vorhängen verhüllt war. Die Tür, die nicht zuging, wurde weit offen gelassen und die Türöffnung mit einem Vorhang verhängt. Die Tür, die nicht aufging, wurde zugelassen und ihrerseits mit einem Vorhang verhängt. Die Fenster, die nicht schlossen, blieben wiederum offen, und auch sie wurden verhängt. Und als die Tuttles eintrafen, empfing sie ein lauschiges, schimmerndes, sanft beleuchtetes Haus, in dessen blankem Fußboden sich die Sessel der Sitzgruppe und die kleine Palme in ihrem Messingtopf spiegelten. Shama ließ sie in den Sesseln Platz nehmen und ein, zwei Minuten schweigend staunen, während sie selbst, so traulich wie dereinst die alte Dame, in der Küche Tee kochte und diesen mit Zwieback servierte.

Und die Tuttles bissen an! Shama merkte es an dem Ausdruck von Entrüstung und Selbstmitleid, zu dem sich Mrs. Tuttles Züge verhärteten, an dem nervösen kleinen Auflachen von W. C. Tuttle, der in einer Mischung aus östlicher und westlicher Eleganz in seinem Lehnstuhl saß, sich mit einer Hand das auf dem linken Knie ruhende Fußgelenk tätschelte und mit der anderen seine langen Nasenhaare zwirbelte.

Mrs. Tuttle sagte zu Myna, die die Fackelträgerin um ihren fackeltragenden Arm gebracht hatte: »Hallo, Myna-Mädchen. Hast du deine Tante ganz vergessen? Tja, jetzt kann ich mit meinem alten Haus dich ja wohl nicht mehr locken.«

Myna lächelte, als hätte Mrs. Tuttle eine peinliche Wahrheit ausgesprochen.

Und Mrs. Tuttle sagte auf Hindi zu Shama: »Gut, alt ist es. Aber man hat Platz drin.« Sie drückte die Ellbogen an den Körper, um zu zeigen, wie beengt sie sich in Shamas Haus fühlte. »Außerdem wollten wir keine Schulden und alles das.«

W. C. Tuttle zwirbelte seine Nasenhaare und lächelte.

»Ich will gar nichts Größeres«, sagte Shama. »Das hier ist gerade recht für mich. Klein und fein.«

»Ja«, sagte W. C. Tuttle. »Fein und klein.«

Und sie durchlebten einen Moment der Panik, als er aus seinem Stuhl aufsprang, zu der Wand mit dem Gitterwerk ging und sie abzumessen begann, indem er die Finger spreizte, wieder zusammenführte und erneut spreizte. Aber es war nur die Länge der Wand, die ihn interessierte, nicht die Qualität der Bauarbeit. Er maß, stieß ein kleines Lachen aus und sagte: »Zwölf auf zwanzig Fuß.«

»Fünfzehn auf fünfundzwanzig«, sagte Shama.

»Fein und klein«, sagte W. C. Tuttle. »Darin besteht für mich sein größter Reiz.«

Und Shama wurde noch einmal bang zumute, als W. C. Tuttle das Obergeschoss sehen wollte. Aber es war Abend. Sie hatten die Treppe vom Dach bis hinab zum Geländer mit Gitterwerk und vom Geländer bis zu den Stufen mit Holzlatten eingefasst, und alles war gestrichen worden. Eine schwache Glühbirne erhellte den Treppenabsatz, tauchte den Garten in Dunkel, und der Eindruck von Lauschigkeit blieb.

Und wie rasch sie die Unannehmlichkeiten vergaßen und das Haus mit den Augen der Besucher sahen! Was sich nicht durch Bücherschrank, Vitrine oder Vorhänge verstecken ließ, damit arrangierten sie sich. Sie flickten den Zaun und erneuerten das Tor. Sie bauten eine Garage. Sie kauften Rosenbüsche und bepflanzten den Garten. Sie begannen Orchideen zu züchten, und Mr. Biswas verfiel auf die raffinierte Idee, sie an den Stümpfen von Kokospalmen hochzuziehen, die in der Erde vergraben wurden. Neben dem Haus, im Schatten des Brotfruchtbaums, legten sie ein Beet mit Flamingoblumen an. Damit die Flamingoblumen es kühl genug hatten, umgaben sie sie mit feuchtem, vermoderndem Korallenbaumholz, das sie sich in Shorthills holten. Und bei einer dieser Fahrten nach Shorthills sahen sie die nackten Betonpfeiler aus dem hohen Buschwerk des Hanges ragen, an dem einmal Mr. Biswas' Haus gestanden hatte.

Bald schien es den Kindern, als hätten sie niemals anderswo gewohnt als in dem hohen, schachtelförmigen Haus in der Sikkim Street. Von nun an sollte ihr Leben geordnet sein, ihre Erinnerungen zusammenhängend. Der Geist, zumindest der gesunde, ist barmherzig. Und in Windeseile gerieten die Erinnerungen an das Hanuman-Haus, The Chase, Green Vale, Shorthills, das Tulsi-Haus in Port of Spain durcheinander und verblassten; Ereignisse nahmen an Bedeutung ab, viele wurden ganz vergessen. Gelegentlich rührte etwas an einen Nerv der Erinnerung – eine Pfütze, in der sich nach dem Regen blauer Himmel spiegelte, ein Satz eselsohriger Spielkarten, ein widerspenstiger Schnürsenkel, der Geruch eines neuen Autos, eine steife Brise, die in den Bäumen rauschte, die Farben und Gerüche eines Spielzeugladens, der Geschmack von Milch und Pflaumen –, und ein Fragment verschütteter Erfahrung tauchte aus der Tiefe auf, isoliert, verwirrend. In einem nördlichen Land, einer Zeit neuer Trennungen und Sehnsüchte, sollte in einer plötzlich verdüsterten Bibliothek, an deren Scheiben der Hagel schlug, der Anblick des marmorierten Vorsatzblattes in einem verstaubten, in Leder gebundenen Buch im Gedächtnis haken, und die Bibliothek wurde zum Tulsi-Laden in der heißen, betriebsamen Vorweihnachtswoche und die Buchseite zur Marmorierung altmodischer, mit einem gummiartigen Staub bepuderter Luftballons in einer flachen weißen Schachtel, die nicht angerührt werden durfte. So dass ganz allmählich, zu Zeiten größerer Sicherheit, andersgearteter Nöte, die Erinnerungen – schmerzliche wie frohe, ohne ihren Stachel nun – ihren Platz in dem Gefüge finden und die Vergangenheit zurückbringen sollten.

Obwohl Mr. Biswas den Kanzleisekretär im Geiste vielfache Folterqualen durchleiden ließ, mied er das Café mit den fröhlichen Wandmalereien tunlichst. Und er war so überrascht wie verlegen, als er bei seiner Heimkehr eines Nachmittags, mehr als fünf Monate nach dem Umzug, des Kanzleisekretärs ansichtig wurde, der mit einer Zigarette zwischen den Lippen recht methodisch das Grundstück neben dem seinen abschritt.

Den Kanzleisekretär focht es nicht an. »Wie steht's, mein Freund? Wie geht's der Gattin? Und den Kindern? Immer noch fleißig in der Schule?«

Statt zu sagen, was ihm auf der Zunge lag, nämlich: »Meine Kinder und ihre Schule gehen dich einen Dreck an, du schlitzohriges altes Kommunistenschwein!«, antwortete Mr. Biswas, dass alle wohlauf seien, und fragte: »Und wie geht's der alten Dame?«

»So lala. Das Herz macht immer noch seine Faxen.«

Das Grundstück neben dem von Mr. Biswas war so gut wie leer. Nur am hinteren Ende stand ein gepflegtes Häuschen mit zwei Räumen, das Büro eines Arbeiterhilfsvereins, so dass Mr. Biswas auf dieser Seite keine Nachbarn hatte. Der konzentrierte Blick des Kanzleisekretärs wollte ihm nicht gefallen. Aber er beschloss, Ruhe zu bewahren.

»Und wie lebt sich's in Mucurapo?«, fragte er. »Ach, was sag ich da. Morvant, stimmt's?«

»Die alte Dame ist nicht so ganz glücklich. Feuchte Gegend.«

»Und die Moskitos. Ich kann's mir vorstellen. Gar nicht gut fürs Herz, hab ich gehört.«

»Trotzdem«, sagte der Kanzleisekretär. »Wir geben die Hoffnung nicht auf.«

»Haben Sie das Haus in Morvant schon verkauft?«

»Noch nicht. Aber ich hab jede Menge Angebote.«

»Und jetzt möchten Sie hier wieder bauen.«

»Ein kleines Haus, wie Sie eins haben. Zwei Geschosse.«

»Den Teufel werden Sie hier tun, Sie hinterfotziger alter Stümper!«

Der Kanzleisekretär unterbrach sein Auf-und-ab-Schreiten und trat dicht an den von Mr. Biswas' Bougainvilleen purpurn und grün überrankten Zaun. Über die Bougainvilleen hinweg fuchtelte er mit einem langen Finger vor Mr. Biswas' Nase herum und sagte: »Passen Sie auf, was Sie sagen! Passen Sie gut auf! Ich könnt Sie jetzt schon für eine hübsche kleine Weile hinter Gitter bringen. Passen Sie gut auf. Mir scheint, Sie kennen das Gesetz nicht!«

»Noch so eine Bude kriegen Sie bei der Stadt nicht durch. Ich zahle Steuern, ich habe meine Rechte.«

»Ich hab Sie gewarnt. Passen Sie gut auf, was Sie sagen, hören Sie?«

Als der Kanzleisekretär abgezogen war, ging Mr. Biswas im Garten umher und versuchte sich vorzustellen, was für ein Anblick das sein würde: zwei hohe Kästen direkt nebeneinander. Er ging und guckte und grübelte und schätzte. Dann, kurz vor Sonnenuntergang, rief er: »Shama! Shama! Bring mir was zum Messen!«

Sie brachte ihm den Zollstock, und Mr. Biswas begann die Breite seines Grundstücks zu vermessen, wobei er sich von dem halb leeren Grundstück Fuß für Fuß auf das Haus des alten Mannes zuarbeitete, der alles beobachtet hatte, schaukelnd, sein Chinesengesicht ganz knittrig vom vielen Schmunzeln.

»Jetzt will er das Nächste hinstellen, wie?«, rief er, als Mr. Biswas nahe genug war. »Das wundert mich kein bisschen!«

»Wenn er baut, dann nur über meine Leiche!«, rief Mr. Biswas, eifrig messend, zurück.

Der alte Mann schaukelte heiter vor sich hin.

»Aha!«, sagte Mr. Biswas, als er am Ende des Grundstücks angelangt war. »Aha! Hab ich mir's doch gedacht.« Er bückte sich und begann sich zu dem halbleeren Grundstück zurückzuarbeiten, während der alte Mann schaukelte und in sich hineinlachte.

»Shama!« Mr. Biswas rannte in die Küche. »Wo hast du den Kaufvertrag für das Haus?«

»In der Kommode.«

Sie ging nach oben, kam mit der Urkunde zurück, und Mr. Biswas las.

»Aha! Der alte Gauner! Shama, wir kriegen einen größeren Garten.«

Ob versehentlich oder mit Vorsatz: Der Zaun, den der Kanzleisekretär gezogen hatte, verlief ganze zwölf Fuß innerhalb der im Kaufvertrag angegebenen Grundstücksgrenze.

»Ich hatte ja immer den Verdacht«, sagte Shama, »dass das keine fünfzig Fuß Straßenfront sind.«

»Straßenfront, so«, sagte Mr. Biswas. »Hübsches Wort. Du schnappst auf deine alten Tage eine Menge hübscher Wörter auf.«

Und der Kanzleisekretär ließ sich nicht noch einmal in der Sikkim Street blicken.

»Da haben Sie ihn also drangekriegt«, sagte der alte Mann. »Aber das muss man ihm lassen. Er war ein Fuchs.«

»Mir hat er nichts vorgemacht«, sagte Mr. Biswas.

Auf dem dazugewonnenen Streifen Land pflanzte Mr. Biswas einen Goldregenstrauch. Der Strauch wuchs rasch hoch und höher. Er verlieh dem Haus etwas Romantisches, milderte die harten, reizlosen Linien ab und bot Schutz vor der Nachmittagssonne. Seine Blüten dufteten, und an den stillen, heißen Abenden erfüllte ihre Süße das Haus.

Epilog

Noch im selben Jahr verließ Owad Port of Spain. Nach seiner Hochzeit mit Dorothys Kusine, der presbyterianischen Geigerin, kündigte er seine Stelle am Colonial Hospital und zog nach San Fernando, wo er eine eigene Praxis eröffnete. Und zum Jahresende wurde das Amt für kommunale Wohlfahrt aufgelöst. Nicht auf Betreiben von Shekhars Partei: die hatte sich noch vorher aufgelöst, nachdem sämtliche vier Kandidaten bei den ersten allgemeinen Wahlen in der Kolonie durchgefallen waren – Grund genug für Shekhar (den »Freund der Armen«, wie seine Wahlplakate ihn titulierten), sich aus dem öffentlichen Leben zurückzuziehen und sich ganz seinen Kinos zu widmen. Die kommunale Wohlfahrtsbehörde wurde deshalb abgeschafft, weil sie sich überlebt hatte. Dreißig, zwanzig, vielleicht auch noch zehn Jahre früher hätte es Menschen gegeben, die für ihren Erhalt gekämpft hätten. Aber der Krieg, die amerikanischen Militärstützpunkte, überhaupt das amerikanische Vorbild hatten in jedermann den Drang geweckt, sich zu verbessern, und viele auch schon in die Lage dazu versetzt. Ansporn und Anleitung von Regierungsseite waren überflüssig geworden. Und als die Behörde unter Beschuss geriet, wusste niemand, nicht einmal diejenigen, die von ihren Schulungen für »Führungskräfte« profitiert hatten, etwas zu ihrer Verteidigung vorzubringen. Und Miss Logie, wie vor ihr Mr. Burnett, ging fort.

Damit war Mr. Biswas' kleiner Höhenflug als Regierungsbeamter beendet, und er kehrte zum *Sentinel* zurück. Das Auto gehörte ihm inzwischen; aber er bekam ein niedrigeres Gehalt als die Kollegen, die bei der Zeitung geblieben waren. Von seinen Schulden waren fünfhundert Dollar abbezahlt; jetzt reichte es kaum mehr für die Zinsen. Er wollte das Auto verkaufen, und eines Tages kam ein Engländer zu ihnen nach Hause, um es sich anzusehen. Shama war extrem ruppig, und der Engländer, der sich inmitten eines Familienkrachs wiederfand, suchte das Weite. Mr. Biswas gab nach. Shama hatte ihm nie Vorwürfe wegen des Hauses gemacht, und er hatte einen ganz neuen Respekt vor ihrem Urteil entwickelt. Wieder und wieder sagte sie ihm, sie sei unbesorgt, die Schulden würden sich schon irgendwie erledigen; und obwohl Mr. Biswas das für leeres Gerede hielt, tröstete es ihn doch.

Aber die Schulden blieben. In den Nächten, wenn er durch die verzogenen Fensterrahmen im Obergeschoss geradewegs in den Himmel sah, spürte er, wie die Zeit dahinflog, wie die fünf Jahre auf vier Jahre zusammenschrumpften, auf drei, wie das Unheil immer näher rückte und sein Leben auffraß. Am Morgen flutete dann das Sonnenlicht durch das Gitterwerk über dem Treppenabsatz und unter der Bartür hindurch in sein Schlafzimmer, und neue Gelassenheit erfasste ihn. Die Kinder würden sich der Schulden annehmen.

Aber die Schulden blieben. Viertausend Dollar. Wie ein Prellbock am Ende eines Gleises. Alle Tatkraft, aller Ehrgeiz zerschellte an ihnen. Es gab den *Sentinel*, und darüber hinaus nur das Nichts. Und sosehr ihn die Redaktionsarbeit anfangs wieder stimulierte, diese Atmosphäre der Dringlichkeit, dieses tägliche Wunder, das am Nachmittag Geschriebene in Gedrucktes verwandelt zu sehen, das am nächsten Morgen Tausende lesen würden: Ohne den Ansporn des Ehrgeizes schwand die Begeisterung rasch. Sein Stil bekam etwas Schwerfälliges, Forciertes; seine Artikel verloren ihren Schwung, so wie er selbst ihn verloren hatte. Er wurde stumpf und grämlich und streitsüchtig. Leben, das war immer ein Sichrüsten gewesen, ein Warten. Und so waren die Jahre verstrichen, und nun gab es nichts mehr, worauf er warten konnte.

Bis auf die Kinder. Für sie öffnete sich plötzlich die Welt. Savi erhielt ein Stipendium und ging ins Ausland. Zwei Jahre später erhielt Anand ein Stipendium und ging nach England. An eine Rückzahlung der Schulden war nicht zu denken. Doch Mr. Biswas schien es, dass er warten konnte; wenn die fünf Jahre um waren, würde er weitersehen.

Er vermisste Anand und machte sich Sorgen um ihn. Anfangs kamen fast gar keine Briefe, dann häuften sie sich mit einem Mal. Sie waren düster, voller Selbstmitleid, und binnen kurzem bekamen sie einen hysterischen Unterton, den Mr. Biswas augenblicklich verstand. Er schrieb Anand lange, lustige Briefe; er schrieb über den Garten; er erteilte ihm religiöse Ratschläge; für teures Geld schickte er ihm per Luftpost ein von zwei amerikanischen Psychologinnen verfasstes Buch mit dem Titel *Die Nerven überlisten*. Anands Briefe wurden wieder rar. Mr. Biswas blieb nichts als warten. Warten auf Anand. Warten auf Savi. Warten, dass die fünf Jahre zu Ende gingen. Warten. Warten.

Eines Nachmittags sandte man Shama Nachricht, und in aller Eile packte sie Mr. Biswas' Nachtzeug ein und fuhr ins Colonial Hospital. Er war in der Redaktion des *Sentinel* zusammengebrochen. Schuld war nicht sein Magen, dieser Magen, von dem er so oft erklärt hatte, er würde ihn zu gern einmal heraustrennen und unter die Lupe nehmen, um endlich zu wissen, was da drin solche Sperenzchen mache. Es war sein Herz, über das er nie geklagt hatte.

Er blieb einen Monat im Krankenhaus. Als er nach Hause kam, hatten Shama, Myna und Kamla die Wände im Erdgeschoss neu getüncht. Der Boden war frisch eingelassen und gebohnert. Der Garten blühte. Mr. Biswas war tief bewegt. Er schrieb Anand, er merke jetzt erst, was für ein hübsches kleines Haus es war. Aber an Anand zu schreiben war ein wenig, als zeigte man einem Blinden die Aussicht.

Da er keine Treppen steigen durfte, musste Mr. Biswas im Erdgeschoss wohnen, eine ständige Demütigung, denn das Klosett war im ersten Stock. Wenn die Nachmittagssonne schien, war es unten kaum auszuhalten; auch nachdem Shama eine Markise über die Fenster gespannt hatte, blieb das Licht grell und die Hitze drückend. Zu wissen, dass auf sein Herz kein Verlass war, machte ihm Angst. Er sorgte sich um sein Herz. Er sorgte sich um Anand. Er bangte dem Ende der fünf Jahre entgegen. Er schrieb weiterhin frohgemute Briefe an Anand. In großen Abständen kam Antwort, unpersönlich, knapp, inhaltsleer, gezwungen.

Dann kürzte der *Sentinel* Mr. Biswas' Gehalt um die Hälfte. Innerhalb eines Monats hatte Mr. Biswas die Arbeit wiederaufgenommen, stieg die Treppen in die Redaktion hinauf, stieg die Treppe zu seinem Schlafzimmer hinauf, fuhr im Prefect, der mittlerweile alt und launisch war, in alle Teile der Insel, bei jedem Wetter, um hinterher über seinen Artikeln zu schwitzen und öden Themen so viel Farbe zu verleihen, wie er nur konnte. Er schickte diese Artikel Anand, doch der verlor selten ein Wort über sie, und als schämte er sich, schickte er keine mehr. Lethargie ergriff von ihm Besitz. Sein Gesicht quoll auf. Sein Teint färbte sich dunkel: nicht die natürliche Dunkelheit der Brünetten, keine Sonnenbräune, sondern eine Dunkelheit, die von innen zu kommen schien, als wäre die Haut ein trüber, aber durchsichtiger Überzug, unter dem das angeschlagene Fleisch zu faulen begonnen hätte, und die Fäulnis stiege nun immer weiter nach oben.

Dann erhielt Shama eines Tages wieder Nachricht, und als sie ins Krankenhaus kam, erkannte sie gleich, dass es diesmal viel ernster war. Sein Gesicht war von einem Schmerz verzerrt, den sie kaum mitansehen konnte; er konnte nicht sprechen.

Sie schrieb an Anand und Savi. Savi antwortete innerhalb von vierzehn Tagen. Sie wollte so rasch wie möglich heimkommen. Von Anand kam ein sonderbarer, rührseliger, nutzloser Brief.

Mr. Biswas kehrte nach sechs Wochen nach Hause zurück. Wieder wohnte er im Erdgeschoss. Inzwischen war sein Zustand nichts Neues mehr, und keine Willkommensvorbereitungen waren für ihn getroffen worden. Die Wandfarbe war noch frisch; die Vorhänge blieben hängen. Er hatte das Rauchen aufgegeben; sein Appetit kehrte zurück, und er bildete sich ein, eine bedeutende Entdeckung gemacht zu haben. In seinen Briefen warnte er Anand vor Zigaretten und schrieb ansonsten über den Garten und das Gedeihen seines Schattenbaums, den sie alle seinen Schatten nannten. Sein Gesicht wurde immer gedunsener, aufgeschwemmt fast, seine Haut noch dunkler, und er nahm zu. Das Warten auf Savi, das Warten auf Anand, das Warten auf das Ende der fünf Jahre machte ihn immer unleidlicher.

Dann bekam er die Kündigung vom *Sentinel*. Nur noch drei Monate Gehalt. Und jetzt brauchte Mr. Biswas die Anteilnahme und den Zorn seines Sohnes. Auf der ganzen Welt gab es sonst niemanden, dem er sein Leid klagen konnte. Und so setzte er sich endlich über Anands eigene Leiden hinweg und schrieb ihm auf der gelben Schreibmaschine einen hysterischen, wehleidigen, verzweifelten Brief, in dem der Schattenbaum, die Rosen, die Orchideen und die Flamingoblumen mit keinem Wort erwähnt wurden.

Als nach drei Wochen noch immer keine Antwort da war, wandte er sich ans Kolonialministerium. Das hatte einen kurzen Brief von Anand zur Folge. Anand schrieb, er wolle nach Hause kommen. Mit einem Schlag traten die Schulden, das Herz, die Kündigung, die fünf Jahre in den Hintergrund. Mr. Biswas hätte ohne Bedenken neue Schulden gemacht, um Anand heimzuholen. Doch der Plan zerschlug sich; Anand hatte es sich anders überlegt. Und Mr. Biswas jammerte nie wieder. In seinen Briefen war er wie zuvor der Tröster. Der Tag seiner letzten Gehaltszahlung rückte näher, und mit ihm das Ende der fünf Jahre.

Und ganz zum Schluss schien alles sich aufzuhellen. Savi kehrte heim, und Mr. Biswas hieß sie willkommen, als wäre sie sie selbst und Anand in einer Person. Savi bekam eine Stelle, mit einem Gehalt, von dem Mr. Biswas nur träumen konnte, und die Dinge fügten sich so gut, dass Savi ihre Arbeit antrat, kaum dass Mr. Biswas' Gehaltszahlungen eingestellt wurden. »Wie kann man da nicht an Gott glauben?«, schrieb Mr. Biswas an Anand. Es war ein Brief voller Überschwang. Er sei so froh über Savis Gesellschaft; sie habe den Führerschein gemacht, und sie unternähmen kleine Ausflüge; es sei unglaublich, wie gescheit sie geworden war. Er habe eine Schmetterlingsorchidee gekauft. Der Schatten blühe schon wieder: Ob es nicht ein Wunder sei, dass ein Baum, der so schnell wuchs, solch süß duftende Blüten trug?

Eine von Mr. Biswas' ersten Geschichten für den *Sentinel* hatte von einem toten Entdecker gehandelt. Der *Sentinel* war damals ein schamloses Blatt gewesen, und Mr. Biswas hatte eine makabre Story geschrieben, die ihm später oft Leid tat. Er hatte sein schlechtes Gewissen mit dem Gedanken beruhigt, dass die Angehörigen des Entdeckers wohl kaum den *Sentinel* lasen. Er hatte auch gesagt, wenn einmal sein eigener Tod gemeldet würde, dann solle die Überschrift lauten: RASENDER REPORTER KRATZT DIE KURVE. Aber beim *Sentinel* herrschte jetzt ein anderer Ton, und die Überschrift, die Mr. Biswas bekam, lautete: JOURNALIST UNERWARTET VERSTORBEN. Sonst brachte keine Zeitung die Nachricht. Die Rundfunksender strahlten die Mitteilung zweimal inselweit aus. Aber das hatte eine Gebühr gekostet.

Ihre Schwestern ließen Shama nicht im Stich. Sie erschienen vollzählig. Für sie war es ein selten gewordener Anlass zusammenzukommen, denn sie lebten jetzt alle in eigenen Häusern, manche in der Stadt, manche auf dem Lande.

Die Türen im Erdgeschoss standen weit offen. Die Tür, die nicht aufging, war mit Gewalt geöffnet und dabei halb aus den Angeln gerissen worden. Die Möbel hatten sie an die Wand gerückt. Den ganzen Tag und Abend gingen schön gekleidete Trauergäste, Männer, Frauen und Kinder, im Haus ein und aus. Der blanke Boden wurde staubig und bekam Kratzer; die Treppe schwankte in einem fort; die Decke ächzte unter all den Schritten. Und das Haus stürzte nicht ein.

Die Einäscherung, eine der wenigen von der Gesundheitsbehörde genehmigten, wurde am Ufer eines schlammigen Flüsschens vorgenommen und zog Schaulustige verschiedener Rassen an. Danach machten sich die Schwestern auf den Heimweg, und Shama und die Kinder fuhren mit dem Prefect zurück in das leere Haus.